LES DAMES DE CLERMONT

DANS LA MÊME COLLECTION

© Presses de la Cité, 1993
ISBN 2-258-03734-4

Anne Courtillé

LES DAMES DE CLERMONT

Préface de Régine Pernoud

Roman

Présenté par Jeannine Balland

A ma mère qui m'a fait aimer l'histoire et le roman.

Préface

Histoire ou roman ? On pourrait se poser la question à propos de l'ouvrage d'Anne Courtillé, *Les Dames de Clermont*. Une documentation très sûre, d'abondants détails concernant la vie quotidienne, habitat, usages du temps ; en premier plan un personnage que l'historien a plaisir à retrouver : ce Gilles Aycelin qui réussit le tour de force de traverser le règne de Philippe le Bel sans compromissions, à la différence d'un Pierre Flotte ou d'un Nogaret, lequel s'appropriait sans vergogne les biens des juifs expulsés ; une étude très fine de la mentalité et de son évolution au cours de ce règne en complet contraste avec celui de Saint Louis, si proche dans le temps.

Et l'on admire sans réserve l'auteur d'avoir évité les effets dramatiques, l'émotion facile : la tentation eût été forte, précisément à propos de cette époque, dont elle possède une connaissance approfondie, d'exploiter la sombre histoire des Templiers, ou celle, atroce, des trois belles-filles de Philippe le Bel et de leurs prétendus amants suppliciés sur ordre de leur beau-père. Elle eût trouvé là des occasions de récits « à grand spectacle » ; or elle a choisi, au contraire, la voie difficile et apparemment sans éclat : suivre la vie itinérante d'un peintre, de son apprenti, d'une cité à l'autre ; reconstituer le décor quotidien de leur existence. Là se révèle, chez l'historienne, l'étoffe d'une romancière. Commençant son récit vers l'année 1295, elle le termine vers 1304, et c'est tout juste si, au passage, l'affaire fameuse d'Anagni s'y trouve évoquée.

Mais on est captivé dès les premières lignes par le personnage de Martin, le jeune orphelin qui débute comme

I

apprenti du peintre Omblard, et l'on suit avec un intérêt toujours plus poussé les rencontres et les épisodes qui vont le mener jusqu'à l'étude du droit – une tendance profonde de l'époque : « En France, on a tout plein d'avocats », constatait Geoffroy de Paris – et au statut d'enquêteur-réformateur, admis au Conseil du Roi, sans cesser pour autant de tomber éperdument amoureux de bon nombre de ces « dames » qui peuplent l'ouvrage. Martin tout, au cours de sa vie, sera mené par elles « où elles voudront, quand elles voudront ».

Aucun doute : il s'agit d'un roman, et même d'un roman plein d'aventures et de saveur, qui nous mène de la façon la plus vivante de la rue de la Savaterie à Poitiers à la rue des Gras à Clermont, puis à Paris du collège de Montaigu ou du Pont-au-Change à la foire du Lendit, pour ne rien dire de Rome, de Florence ou de Bologne, évoquant tour à tour chanoines et évêques, chanceliers et banquiers, et un petit peuple de merciers et de regrattiers, entre cortèges et banquets, scènes de rues et scènes d'amour, avec partout détails et couleurs, scènes toujours vives, toujours vécues, animées, chaleureuses. Un décor restitué au naturel, sans abuser des termes techniques, lesquels sont expliqués en de courtes notes lorsqu'elles s'imposent.

Saluons ce nouveau talent qui éclot au moment où une Jeanne Bourin nous annonce un changement d'orientation : elle s'écarte du Moyen Age ; Anne Courtillé, elle, s'y révèle, avec une aisance et une sûreté qui ne peuvent laisser insensible un public de plus en plus attiré aujourd'hui par une époque dont il a découvert les extraordinaires richesses. On a l'impression que plus l'enseignement qu'il a reçu les lui dérobe, plus son intérêt s'accroît. Et c'est d'une immense importance. Non seulement parce que cela contribue à la compréhension, donc à la sauvegarde d'un patrimoine que le monde nous envie, et que Français et étrangers visitent de plus en plus, mais aussi parce que ce patrimoine constitue pour les jeunes un apport incomparable d'éducation à la beauté, donc un stimulant pour leur imagination et leurs capacités créatrices.

Beaucoup d'entre eux, j'en suis persuadée, puiseront le sens et la compréhension de leur passé dans des ouvrages comme celui d'Anne Courtillé – qui nous en fournira, espérons-le, bien d'autres de même facture.

Régine Pernoud

PHILIPPE IV LE BEL
1268-1314
ROI DE FRANCE
1285-1314

Philippe IV le Bel n'a que dix-sept ans lorsqu'il monte sur le trône. Beau, fort, il a deux passions : les affaires du royaume et la chasse.

Habile politique, il sait s'entourer de conseillers compétents parmi lesquels les légistes, généralement formés au droit romain, comme Pierre Flotte ou Guillaume de Nogaret, se taillent la meilleure part. Ils vont faire entrer la France dans le monde moderne avec l'idée, contraire à la féodalité, que l'État est une puissance indépendante et inaliénable.

L'autorité monarchique est renforcée aux dépens des vassaux, l'administration royale se développe avec la mise en place de chambres spécialisées et le nombre croissant de « fonctionnaires ». La tenue des premiers états généraux du royaume est un événement. Une grande réforme financière et fiscale est menée dont feront les frais successivement les lombards, les juifs et enfin les templiers.

Les légistes s'opposent aussi à l'idée de la théocratie pontificale défendue par les papes du XIIIe siècle, d'où un conflit permanent, souvent dramatique, avec le pape Boniface VIII. Clément V, pape français, finira par céder, assurant le triomphe de l'absolutisme royal sur la suprématie papale.

A l'extérieur, Philippe IV est aussi soucieux d'imposer l'image d'un royaume de France puissant. Ses relations avec son principal vassal, le roi d'Angleterre, possesseur de la Guyenne, allié du comte de Flandre, en témoignent. Entre les deux royaumes, guerres politique et économique se conjuguent dans un conflit qui s'éternisera, marqué par des défaites comme Courtrai — 1302 —, des victoires comme

Mons-en-Pévèle – 1303 – ou des traités de paix plus ou moins appliqués. Le roi sera plus heureux avec la Champagne et la Navarre que lui avait apportées son épouse Jeanne. Il est le premier roi de France et de Navarre. Il augmentera encore le royaume de quelques comtés comme celui de Chartres.

Philippe le Bel apparaît comme un des créateurs d'une monarchie puissante, indépendante et centralisée.

1

« *Omblardus pinxit.* » Reculant de quelques pas, Omblard jugea l'effet produit par sa signature centrée sur le petit escabeau qui supportait les pieds de sa Vierge. Avec son fin pinceau, il s'approcha à nouveau du mur et retoucha, la mine gourmande, l'œil précis, les lettres pourtant si bien calligraphiées.

– Martin, as-tu tout rangé? Fais attention aux petits pinceaux de soie. Étaient-ils bien secs?

– Oui maître, tout est prêt, fit Martin qui avait le cœur serré.

En disant ces mots, il leva la tête vers la madone à laquelle le maître pour lui faire plaisir avait donné le visage de Radegonde, sa Radegonde. Les cheveux blond filasse, légués par un ancêtre de la suite du Plantagenêt, faisaient merveille sous le voile bleu brodé d'or de la Vierge. Maître Omblard avait bien su rappeler les traits du fin minois dans ce visage illuminé par un regard aussi bleu que celui de la jeune fille! Omblard avait même utilisé la précieuse poudre de lapis-lazuli, une folie, mais le chanoine Jean avait été si généreux! Que n'aurait-il fait pour que sa madone soit réussie! Après tout, en commandant son portrait à genoux aux pieds de Marie, ne comptait-il pas se ménager une place au paradis et racheter ainsi quelques petits péchés?

– Alors maître Omblard, c'est le départ?

Le chanoine sortait du chœur de la cathédrale où le chapitre, abrité des regards des fidèles par un jubé monumental, avait célébré la purification de la Vierge. En ce mois de février de la onzième année du roi Philippe, qua-

11

trième du nom[1], le froid était vif et le vieux chanoine frissonnait sous son camail[2] pourtant doublé de fourrure.

— Eh oui, répondit Omblard, resté le pinceau à la main, visiblement satisfait de sa signature, je vais peut-être ajouter l'année, qu'en pensez-vous ?

Le chanoine acquiesça et le peintre s'approcha à nouveau du mur comme s'il était content de ne pas quitter encore ce qu'il considérait déjà comme son chef-d'œuvre.

Cela faisait deux ans qu'il était à Poitiers. Arrivé de Tours avec une petite réputation de « faiseur d'images », il y avait trouvé une bonne clientèle parmi les bourgeois et le clergé. Et aussi la sérénité après le grand malheur qui l'avait frappé dans sa ville natale, la mort de son épouse Clotilde et de son fils nouveau-né dont il gommait, peu à peu, les traits torturés par la maladie en créant de merveilleux enfants Jésus tout bouclés. Il était parti avec Martin, le fils de son ami et voisin, Jehan le peintre.

A seize ans, Martin voulait voir du pays comme si les pèlerins venus de tous les horizons pour se recueillir sur la tombe de son saint patron lui avaient insufflé l'envie irrésistible de voyager. Désormais sans attache, maître Omblard avait décidé de mener la vie d'artiste itinérant comme beaucoup de peintres, verriers ou sculpteurs.

Martin ignorait qu'à Poitiers, il n'aurait déjà plus envie d'aller ailleurs à cause de Radegonde au nom étrange qu'elle tenait d'une sainte martyrisée dans la cité.

Appelé chez un riche marchand, Pierre Valereau, pour orner un petit oratoire, Omblard y avait peint les saints patrons de la famille, Pierre, Agathe, pour les parents, Valérie, Jean et Radegonde pour les enfants. Cette décoration avait pris suffisamment de temps pour que des liens se créent entre le commanditaire et l'artiste, souvent convié, avec son aide, aux repas familiaux. Martin allait parfois à l'école des chanoines avec les enfants. Radegonde, blonde et ravissante, eut tôt fait de fasciner Martin, naïvement inquiet de sentir son cœur battre plus fort dès qu'elle apparaissait. Omblard avait bien vite compris et s'était efforcé de le calmer en lui démontrant que la jeune fille n'était pas pour un pauvre apprenti-peintre !

— Son riche marchand de père a certainement d'autres vues pour sa fille, répétait-il à Martin.

Voyant Omblard se remettre au travail pour calli-

1. Philippe le Bel qui régna de 1285 à 1314.
2. Cape courte portée par les chanoines.

graphier soigneusement « MCCXCV », Martin s'approcha :

— Je vais faire une petite prière à Notre-Dame.

Omblard sourit car il savait qu'en fait de prière à Notre-Dame, Martin irait se poster sous le clocheton sud de l'église pour guetter Radegonde dont la maison était toute proche.

— Oui, mais je n'en ai pas pour longtemps... Je ne voudrais pas partir trop tard pour faire un peu de chemin aujourd'hui...

— Je vous ai préparé une lettre pour mon vieil ami le chanoine Gauthier à Clermont, dit le chanoine Jean. Il trouvera sûrement à vous loger et, sur le chantier de la cathédrale, il doit y avoir du travail. A son âge, il devrait bien penser lui aussi à préparer son au-delà.

— Je vous remercie, dit Omblard en humidifiant son pinceau.

Au loin son regard tomba sur le vitrail de la Crucifixion dont les bleus l'avaient tant fasciné le jour de son arrivée à Poitiers.

— Quelle merveille! Ah, ces verriers, ils ont la lumière avec eux! Nous les peintres, face à notre mur, quel ennui!

— Vous n'allez pas comparer votre art avec ces verres si fragiles... Le mur au moins, c'est solide! répliqua le chanoine bien décidé à passer à la postérité.

Martin était sorti de la cathédrale par l'un des portails à l'occident. Cette église lui plaisait; elle lui rappelait par sa démesure Saint-Martin de Tours. Il fit un détour par Sainte-Radegonde et y entra pour prier afin d'obtenir un prompt retour à Poitiers.

Martin chemina ainsi dans ces rues étroites que les magistrats municipaux avaient tenté d'améliorer avec des pavements achetés à grands frais au chapitre de Saint-Hilaire, propriétaire d'une carrière. Le résultat était souvent médiocre; le travail des paveurs laissait à désirer avec ces dalles juste posées sur un lit de sable très mouvant. Martin détourna la tête pour écouter le crieur public rappeler l'évacuation obligatoire des fumiers dans les deux jours. Passant devant la belle maison des piliers, auberge réputée, il esquiva l'eau qui tombait d'une gargouille au-dessus de l'enseigne de la Mère-Dieu Grosse. Il aimait emprunter la Grande Rue dont les enseignes colorées tintaient au vent avant de prendre la rue du Paradis qui le rapprochait de sa bien-aimée.

Au bout de la rue, l'église Notre-Dame dressait fièrement ses clochetons et sa façade peuplée d'une foule de personnages. Posté sous le clocheton du midi, il vit sortir une courte procession conduite par deux prêtres recueillis malgré une agitation sans nom. Comme toujours, à l'heure des offices matinaux, la chaussée se couvrait d'un monde hétéroclite de vendeurs ambulants ou bonimenteurs de tous genres. L'un d'eux, croulant sous le poids d'un énorme baluchon, interpella Martin :

— Eh, la rue du Paradis ?

— En face, répondit Martin tandis qu'un autre réclamait de l'aide pour faire avancer son âne récalcitrant.

— Ma belle poirée, mes beaux épinards ! criait un troisième à la cantonade pour attirer le client vers le contenu de ses deux grands paniers.

En face, une femme se penchait à la fenêtre d'une belle maison à colombages pour héler la tripière qui l'incommodait avec ses odeurs de graisse. Des jurons fusèrent à la grande joie des chalands.

Martin fixait ses regards sur l'imposante maison de Radegonde. Il y vit rentrer, par la porte cochère à peine entrouverte, un raccommodeur de vêtements aussitôt chassé par Julie la servante sortant pour acheter quelques denrées au poissonnier forain qui avait déballé tout près ses cabas d'osier regorgeant de crustacés, berniques, patelles et autres beaux poissons.

Radegonde parut enfin dans l'embrasure de la lourde porte, suivie de sa sœur Valérie. Martin bondit.

— Tu es encore là, Martin ? dit Valérie, tout excitée à l'idée d'aller voir ce que des marchands italiens avaient à vendre aux halles.

Leur père avait décrit les merveilleuses soies de Lucques et les riches draps de Bologne, en leur ouvrant généreusement son aumônière pour l'occasion.

— Viens-tu avec nous ? Nous allons acheter des tissus pour le mariage de notre cousine Bertrande.

— Je n'ai pas beaucoup de temps, dit Martin tout à coup intimidé, Omblard m'attend !

— Accompagne-nous quand même ! trancha Radegonde, illuminant son regard bleu d'un merveilleux sourire, maître Omblard t'attendra, il ne peut partir sans toi !

Martin escorta les deux jeunes filles frêles dans leurs vêtements élégants ; leur cotte très longue, verte pour Radegonde, bleue pour Valérie, dégageait à peine leur cou sous le surcot aux manches largement fendues, visible sous le mantel bordé de fourrure, ouvert et retenu par une cordelière. Martin suivait, fasciné, leurs tresses ramenées au-dessus des oreilles sous une coiffe légère recouverte d'un voile.

— Martin, tu es bien beau! fit Radegonde en se retournant soudain pour fixer son superbe mantel.

— Omblard me l'a acheté chez le fripier de la rue Notre-Dame, il va faire froid à Clermont, répondit Martin, heureux de constater l'effet produit par ce vêtement dont il était fier.

Radegonde ne se doutait pas qu'entre sa chemise et son bliaud [1], il portait, serré sur son cœur, un morceau de parchemin avec son image. Il avait supplié Omblard de lui donner l'ébauche de sa madone de la cathédrale où il croyait bien reconnaître sa bien-aimée. Il avait aussi ramassé l'esquisse de l'ange qui accompagnait la Vierge du chanoine Jean et qui lui ressemblait trait pour trait : cheveux châtains, un peu souples et en désordre autour d'un visage assez rond, œil noir et vif, nez en trompette, lèvres bien dessinées, menton volontaire.

Pris d'une inspiration subite, il tendit ce portrait à Radegonde.

— Un souvenir.

Étonnée, elle regarda le parchemin et le protégea de son mantel. Martin n'était pas sûr qu'elle l'ait reconnu, mais peu importait.

Rue de la Savaterie, ils durent s'arrêter; il y avait un attroupement devant la boutique d'Hilaire, le cordonnier, avec lequel un étudiant avait une vive discussion à propos du coût de la réparation de ses estivaux [2]. Le ton était monté entre les deux protagonistes qu'un sergent, requis d'urgence, tentait de mettre d'accord au milieu d'une foule surexcitée et finalement friande de ce genre d'incidents. Curieuse, Radegonde voulut attendre le dénouement alors que Valérie s'impatientait et que Martin commençait à songer à Omblard qui devait s'énerver de son retard. Finalement, l'étudiant sortit quelques sols de son aumônière râpée, le cordonnier les compta soigneusement et rentra dans son échoppe sans barguigner, retrouvant avec entrain ses outils et mettant ainsi fin au spectacle. Valérie en profita pour se faufiler dans la foule,

1. Courte tunique serrée par une ceinture à la taille.
2. Bottes légères, généralement noires, parfois rouges.

15

entraînant sa sœur et Martin vers les halles où ils arrivèrent quelques minutes plus tard.

— Je dois aller retrouver Omblard, dit alors Martin, en triturant son chapel pourtant tout neuf.

— Alors adieu Martin, lui répondirent ses compagnes sans la mélancolie escomptée.

Sur un petit signe de tête, joint à un geste de la main à peine esquissé, il prit définitivement congé et lorsqu'il se retourna, quelques pignons plus loin, les deux jeunes filles s'étaient déjà engouffrées dans le long bâtiment des halles. Déçu par ces adieux si brefs et froids, il s'en alla, triste, par la rue des Merciers; sa marche pesante s'accéléra près de la cathédrale.

— Enfin! l'apostropha Omblard, j'ai fini depuis longtemps! Heureusement que le chanoine Jean était là pour me tenir compagnie. Il faut partir, mon garçon.

Le vieux chanoine les accompagna jusqu'à leur maison tout près de la cathédrale où la mule, déjà chargée du matériel du peintre et de quelques effets, piaffait dans la cour de la rue de la Moquerie. Le changeur voisin sortit de sa loge pour saluer les voyageurs. Du deuxième étage de la maison qui en comptait trois en encorbellement au-dessus de l'échoppe d'un regrattier [1], le vieux Martial, leur logeuse les salua :

— Que Dieu vous garde!

— Que Dieu vous garde! répéta le chanoine Jean.

2

La mule s'essouffla dans la côte qui menait de Mont-ferrand, la dernière cité traversée, au rempart de Clermont. À l'horizon brouillé par le soleil déclinant, pointait une étrange montagne en forme de dôme au milieu d'un chapelet de mamelons.

Laissant derrière eux l'église des cent frères et les courtils à l'entour, ils parvinrent enfin au Champ Herm dominé par la vieille muraille dite « aux cinq portes », devenue un peu désuète en ces temps de paix. Empruntant la porte Champet, quelque peu délabrée, ils entrèrent dans le quartier du Port, ainsi nommé à cause de ses florissantes activités de marché. Passant devant les églises Saint-Laurent et Sainte-Marie-Principale, ils se dirigèrent vers la cathédrale.

— Au sommet de la cité, leur avait indiqué un boulanger occupé à ranger à l'étal ses petits pains dorés luisant sous le pâle soleil de février.

Laissant à gauche, la rue de la Flèche où étaient installés les archers, ils montèrent péniblement au milieu d'un charroi indescriptible dans ce quartier de marchands et d'artisans.

— Dans cette rue monteuse, les jours d'orage, l'eau doit dévaler, observa Omblard, habitué à sa plate Touraine.

Le croisement des véhicules et des animaux de bât était délicat. La mule buta dans une ornière et se déporta contre un chariot dont le propriétaire invectiva Omblard pendant qu'un cheval descendant glissait sur la chaussée boueuse et devenait subitement agressif.

— Calme, calme, répétait son cavalier d'un ton persuasif en tirant désespérément sur les rênes.

Les échoppes étaient desservies par des degrés et Martin s'extasia sur un étal bien fourni en poêles, chaudières et bassins étincelants. A côté, une aimable marchande vendait toiles à carreaux, draps de Saint-Flour, laine et couettes.

L'auberge de la Chatte Qui Saute parut à Omblard une halte nécessaire pour reprendre ses esprits avant d'arriver à la cathédrale où il espérait rencontrer le jour même le chanoine Gauthier. L'aubergiste joufflu, avec sa chemise fendue retombant négligemment sur ses braies [1], s'avança :

— Messire, que voulez-vous ?

— A boire et à manger.

— Pour boire, que diriez-vous d'un petit vin de Chanturgue ?

Omblard parut étonné.

— Ah je vois, messire n'est pas ici. Chanturgue, c'est la petite colline là-bas derrière Sainte-Marie.

— C'est encore loin la cathédrale ?

— Non, par la rue Ferreterie, vous y serez très vite.

Abasourdi par le bruit du charroi dont il avait perdu l'habitude dans leur long et presque toujours solitaire cheminement campagnard, Martin demanda :

— Y a-t-il toujours autant de monde ?

— C'est jour de marché! Et encore, depuis que Montferrand est ville royale [2], ses marchés et foires nous font une drôle de concurrence. Ce n'est pas avec notre évêque que nous allons y remédier!

Les deux hommes détachèrent la mule.

— Chauds pâtés, chauds gâteaux, criait une commère.

— Beurre frais, répondait une grosse matrone.

Un porteur d'eau s'effaçait devant la mule. Tout à coup, au détour de la rue toujours aussi encombrée, un énorme édifice s'imposa à leur vue.

— La cathédrale. Qu'elle est triste! Pourquoi est-elle grise? s'exclama Martin à voix si haute qu'un homme approcha.

— Que cherchez-vous mes bons? Gros-Moulu pour vous servir!

1. Pantalon.
2. Montferrand avait été achetée en 1292 par le roi Philippe le Bel au comte d'Auvergne, Louis II de Beaujeu.

Omblard, qui ne tenait pas à poursuivre, jeta une pièce dans la sébile, mais Gros-Moulu continua :

— Gros-Moulu pour vous servir connaît tous les habitants, toutes les servantes, l'hôtelier du Lion, celui du Pot Qui Bout, les fleurs odorantes du jardin de la belle Isabelle, les secrets de l'Espagnol, ceux de Cocci le banquier, la grosse Margot pour toi jeune homme, pourquoi rougistu ? Il n'y a pas de mal à ça, et même tous les chanoines et Marthe la cuisinière de monseigneur l'évêque....

— Et tous les chanoines de la cathédrale ? demanda Omblard, subitement intéressé.

— Oui messire...

— Alors tu connais le chanoine Gauthier !

— Oui messire...

— Hum, peux-tu me dire où il habite ?

— Là, rue des Gras, sous la cathédrale ancienne !

— Sous la cathédrale ancienne ?

— Eh oui, messire, notre cathédrale, la noire, n'est pas finie et l'ancienne est encore debout vers l'occident, c'est-à-dire pour les Clermontois vers le puy de Dôme !

— Ah bon... et tu peux nous accompagner chez le chanoine Gauthier ?

— Oui. Gros-Moulu pour vous servir !

Ils contournèrent le chœur de la cathédrale par le nord.

— On ne passe plus de l'autre côté. Monseigneur l'évêque a vendu le terrain au chapitre, la troisième année après la mort de notre bon roi Louis [1]. Il a reconstruit son palais qui est très beau avec une porte privée vers Notre-Dame qu'il partage avec les chanoines. Regardez, messires, le beau portail avec notre Dieu. Ils l'ont installé l'année où le roi Philippe est mort [2], avec sa Vierge Notre-Dame de Grâce. Vous verrez messire Pierre l'Imagier qui travaille dans sa loge aux images de nos bons saints... Voilà la place « devant Clermont ».

La mule traînait la patte et à la porte Terrasse, pour éviter les marches, Gros-Moulu dirigea l'attelage vers la rue des Chaussetiers, sombre et étroite; des volailles s'échappèrent d'un courtil et un porc grogna, déclenchant les aboiements d'une meute de chiens. Au bas des maisons entassées sans ordre, les échoppes des cordonniers se succédaient, renfoncements obscurs et peu engageants. Les estivaux noirs et rouges, ces bottes légères à la mode,

1. 1273. Saint Louis.
2. 1285.

côtoyaient sur des étagères de bois les escoletés à courroie et bouclette. Un cordonnier, installé inconfortablement sur un tabouret à trois pieds, taillait avec entrain de gros patins de bois; munis ensuite de lanières, ils protégeraient de la boue les souliers des élégants.

A hauteur d'un chapier, l'encorbellement de deux maisons en vis-à-vis était tel qu'il ménageait une sorte de passage couvert. Dans le pignon à colombages, deux niveaux d'ouvertures très régulières surplombaient trois arcs moulurés sur colonnettes où deux têtes couronnées ornaient les chapiteaux. Le chapier affirmait avec de grands airs :

– Ce sont les « pourtrailts » du roi Philippe et de la reine Isabelle [1]. En souvenir de leur mariage dans notre nouvelle cathédrale!

Ses auditeurs pouffaient habituellement de rire.

Gros-Moulu bifurqua au moment où la rue devenait cloaque. Un chariot s'embourba, le paysan jurant pendant qu'un piéton glissait dans le caniveau central. Par la rue Pastourelle, on repassa rue des Gras. Au-dessus des pignons pointaient les clochers de l'église Saint-Pierre et de l'hôpital Saint-Barthélemy. En bas de la rue, la porte des Gras, appelée aussi porte épiscopale, s'ouvrait dans le rempart.

– C'est là qu'est rentré dans la cité monseigneur l'évêque Guy. Qu'il était beau le moine du couvent des cent frères! Il avait vingt et un ans, l'année de la mort de la reine Blanche [2]. Il est mort l'année du sacre de notre roi Philippe [3], il y a juste quelques années, je ne sais pas compter! J'étais encore à la croisade d'Aragon. Pitié pour mon roi! Qu'il soit au paradis! Voilà la maison du chanoine Gauthier. Il y a quelqu'un ?

– Voilà.

Une femme parut, tout échevelée.

– C'est Berthe, la servante du chanoine. Ah, elle ne vaut pas la belle Isabelle! Où est le chanoine, ma bonne Berthe ?

– Tais-toi, Gros-Moulu, je n'ai pas gardé les cochons avec toi... Sauve-toi.

– Permettez, madame, il nous a conduits jusque-là, sans lui nous étions perdus, dit Omblard, tout à coup

1. Philippe III et Isabelle d'Aragon.
2. 1252.
3. 1285.

compatissant pour le mendiant. Merci, ajouta-t-il en sortant un nouveau sol de sa bourse.

— Merci messire, Gros-Moulu pour vous servir, fit celui-ci une dernière fois en saluant de son chapel défraîchi.

Berthe, qui plumait un poulet, secouait maintenant son tablier et les plumes voletaient autour d'elle comme des flocons de neige.

— A qui ai-je l'honneur, messire ? demanda-t-elle enfin quand elle fut assurée d'avoir retrouvé sa dignité.

— Omblard, peintre de Tours, et mon aide Martin. Nous arrivons de Poitiers où le chanoine Jean de Parthenay nous a fait travailler. Il a connu le chanoine Gauthier à la cour de monseigneur Alphonse de Poitiers [1], il m'a donné une lettre de recommandation pour lui.

— C'est que, messire, le chanoine dort mais il sera bientôt vêpres et je m'en vais aller le réveiller dans un moment ! En attendant, rentrez, attachez votre mule et venez vous reposer !

La mule installée dans la petite grange attenante à la maison, Berthe commenta :

— Messire le chanoine n'a plus de mule et encore moins de cheval. Pensez, il ne va pas plus loin que la cathédrale.

Omblard et Martin la suivirent dans la cuisine surélevée par trois marches au-dessus de la cave et dont le sol en terre était en partie recouvert de petits carreaux rouges mal jointoyés. Dans la grande cheminée flambait avec entrain un feu qui éclairait la pièce sombre et chauffait l'eau d'une marmite sur trépied. La cathèdre [2] modeste du chanoine était installée de l'autre côté, avec des coussins de velours rouge usagés qui auraient bien eu besoin d'être tapés, ce que Berthe ne devait pas faire souvent. Une sellette où étaient posés un pichet et une timbale, une table avec un banc faisant corps avec elle, une crédence et une étagère complétaient le mobilier modeste.

Enlevant leurs mantels, Omblard et Martin s'installèrent devant la cheminée sur deux escabeaux de bois peint et Berthe sortit des gobelets pour y verser le contenu d'un pichet dont les voyageurs apprécièrent le goût fruité. Puis, elle s'affaira autour de la table.

— Je fais une bonne composte, le chanoine aime ça ! Ce

1. Frère de Saint Louis qui avait reçu l'Auvergne en apanage.
2. Chaise à dossier haut et accoudoirs.

sera le souper avec une soupe de fèves. Si le chanoine veut, vous pourrez en profiter! Oh, c'est un homme bon le chanoine! Toi, Martin, veille à ce que les tisons ardents ne touchent pas le cul du pot! ajouta-t-elle en le posant sur un trépied dans l'âtre, voilà la cuillère pour que ça ne prenne pas!

Martin rougit, se leva, un peu emprunté et désarçonné par les manières familières de Berthe.

— Tu parles toute seule, Berthe?

Une voix venait de l'escalier et un pas pesant faisait grincer les marches de bois.

— Mais non, chanoine! répondit Berthe qui depuis longtemps avait réduit ses civilités à « chanoine », voici messire Omblard. Il arrive de Poitiers et vous apporte des nouvelles du chanoine Jean de Parthenay.

De la petite porte surmontée d'un linteau timbré d'une croix, émergea Gauthier. Petit, trapu, bien en chair, il cligna des yeux face à la lumière du feu.

— De quoi parles-tu, ma pauvre Berthe?

— Ma pauvre Berthe! répéta la servante en haussant les épaules. Mon pauvre chanoine, ajouta-t-elle sans respect, chaque fois que je vous parle, vous me croyez bonne pour aller chez les fous à Saint-Barthélemy! Un envoyé de votre ami le chanoine Jean, là devant vous, messire Omblard, et son aide Martin.

Berthe esquissa une révérence avec un certain respect cette fois mais sans grâce étant donné sa corpulence.

— C'est que je ne suis pas bien réveillé, j'ai beaucoup rêvé.

Gauthier reprenait ses esprits.

— C'est encore la cuisine de cette diablesse de Marthe, maugréa Berthe en faisant allusion au dîner [1] pris par Gauthier chez Monseigneur qui avait convié ses chanoines après la grand'messe de la Saint-Austremoine.

— Quand tu feras aussi bien qu'elle le potage de pois et le lapin rôti tu pourras parler, Berthe. Alors messire Omblard, vous arrivez de Poitiers? Comment va Jean? Je ne l'ai plus vu depuis les funérailles de monseigneur Alphonse [2]. Un an après son pauvre frère, cela fait plus de vingt ans.

— Il va bien. Voilà un message.

Gauthier lut le parchemin. L'eau bouillait dans la mar-

---

1. Le dîner était le repas du milieu de la journée.
2. 1271.

mite et un léger chuintement accompagnait le crépitement des flammes. Berthe surveillait avec attention sa composte.

— Vous êtes peintre, messire Omblard ? Il y a du travail pour vous ici dans notre cathédrale neuve. Charles le Verrier se moque des peintres qui ne peuvent plus œuvrer alors que les grandes fenêtres sont surtout du travail pour sa confrérie. Mais Matteo l'Italien a fait une belle Crucifixion dans notre chapelle privée au septentrion de l'église et les chapelles ont des murs bien tristes dans cette pierre que vous avez vue. Mais il faut souper avant que je coure à vêpres. Berthe, tu installeras Omblard et Martin dans la chambre à côté de la mienne.

Après le souper, Gauthier, fébrile, descendit les marches vers la cour et disparut sous la porche.

Dans leur chambre éclairée par un minuscule œil-de-bœuf ménageant une parcimonieuse lueur, Omblard et Martin se réveillèrent frais et dispos ; dans le lit clos, sous les couettes épaisses confectionnées par Berthe, ils avaient retrouvé leurs aises comme à Poitiers. Au cours de leur pénible voyage, ils avaient surtout connu la paille de granges plus ou moins accueillantes et le voisinage d'outils et de charrettes. Omblard avait évoqué souvent leur petit confort pictave auquel Martin associait surtout Radegonde dont le souvenir l'obsédait.

— Ce petit bout de parchemin avec ta Radegonde, tu devrais le tendre dans un petit châssis de bois et le laisser ici au lieu de le garder sur ton cœur où il va s'abîmer.

Martin sursauta ; c'était la première fois qu'Omblard parlait de Radegonde depuis leur départ.

— Il me tient chaud.

— Fais comme tu veux, admit Omblard, amusé et vaguement inquiet de la farouche détermination de Martin.

— Le potage vous attend ! cria Gauthier juste rentré de la première messe du matin.

Rassasiés et lavés, Omblard et Martin suivirent Gauthier pour la visite de la cathédrale. L'animation était grande dans la rue à cette heure encore matinale où les commères allaient au Mazet, le marché d'à côté où les commerçants ambulants déballaient leurs marchandises plus ou moins alléchantes. Gauthier guida ses compagnons vers les degrés qui conduisaient à la vieille cathédrale ou à ce qu'il en restait : deux travées et une façade triste avec deux modestes tours carrées. Passant par l'ancienne porte d'accès, où trônait un Christ entouré par les apôtres, il pénétra dans l'édifice qui paraissait tenir debout comme par miracle; la voûte s'était écroulée et seuls les murs des bas-côtés avec les arcs des tribunes pouvaient donner une idée de ce qu'avait été l'église.

– Elle était comme Sainte-Marie-Principale, dit Gauthier, monseigneur l'évêque Hugues a décidé qu'elle était trop vieille! Ça l'a pris quand il est rentré de Paris où le bon roi Louis, dont il était l'ami, l'avait convié à la consécration de sa chapelle [1] destinée à recevoir la sainte épine. Il avait ramené un architecte, un Picard nommé Jean Deschamps, qui s'est mis tout de suite à l'ouvrage; j'avais dix ans, j'étais déjà à l'école épiscopale et je me souviens de tous ces ouvriers qui ont afflué ici sur le chantier; j'habitais alors chez le chanoine Pierre de Beaumont, en haut de la rue Ferreterie. Il me racontait volontiers les démêlés de l'évêque avec ses chanoines qui n'étaient pas d'accord pour reconstruire la cathédrale. Monseigneur Hugues les convoquait à de longues assemblées où il tentait de les convaincre et ce pauvre chanoine – que Dieu ait son âme – en rentrait tout excité. Devant la maigre soupe préparée par sa vieille Hortense, il me contait pendant des heures les discussions... mais les chanoines ont dû céder!

Ils étaient maintenant dans la cathédrale neuve. Intarissable, Gauthier parlait toujours, interrompu par les exclamations spontanées de Martin :

– Que c'est beau! La pierre éclairée par les vitraux n'est plus du tout triste!

En effet, un rayon de soleil avait enfin percé les nuages et illuminait le chœur, jouant aussi avec les ouvriers qui, montés sur les échafaudages du transept, en bâtissaient les voûtes en jointoyant soigneusement des pierres au-dessus des cintres provisoires de bois.

– Le chœur est presque fini, poursuivait Gauthier, il manque quelques verrières; maître Charles y travaille, venez voir!

Beaucoup plus leste que ne le laissait prévoir sa corpulence, le chanoine s'élança sur les marches du sanctuaire, avança de quelques pas, puis s'immobilisa soudain.

1. La Sainte-Chapelle consacrée en 1248.

— Regardez, messire Omblard, tenez-vous là et regardez. De là vous voyez toutes les verrières des chapelles sans que les hautes colonnes du pourtour en bouchent le moindre pouce. Quel maître, ce Jean! Je le vois encore avec son compas.

— Il ne dirige plus le chantier?

— Non, il est à Narbonne auprès de monseigneur l'archevêque Gilles Aycelin. Quelle pitié de l'avoir laissé partir! Depuis son départ, le chantier va à vau-l'eau; il nous a légué son fils, Pierre, mais il ne vaut pas le père. Et puis le trésor de la fabrique [1] est au plus bas; les dons de notre bon roi Louis, au moment du mariage de son fils [2] ici, sont épuisés depuis longtemps. Monseigneur l'évêque a envoyé des chanoines pour quêter jusqu'à Avignon et Narbonne où l'archevêque a promis de les aider.

Ils circulaient le long des chapelles.

— Vous voyez, il y a bien de la place pour des peintures ici ou là.

Un gros rire retentit dans la chapelle voisine.

— Ah, vous êtes là, maître Charles?

Gauthier s'adressait à un solide gaillard perché sur un établi et occupé à faire entrer un morceau de verre dans des rainures de plomb avec une spatule en bois; derrière lui, un petit brasero chauffait de l'étain pour consolider le plomb.

— De la place pour la peinture. Il vaut mieux être verrier aujourd'hui, dit-il en plaisantant.

— Ne dites-pas cela, voici maître Omblard, peintre de Tours.

Charles, qui n'était pas homme à se laisser démonter, regarda effrontément Omblard dans les yeux; une antipathie réciproque venait de naître. Ils se toisaient maintenant, même si le peintre prenait sur lui pour saluer le verrier avec sa bonhomie coutumière, rassurant le chanoine conscient de la tension née entre les deux artistes concurrents.

Coupant court, Gauthier précipita ses amis vers un petit escalier étroit dont les marches hautes eurent raison de son souffle dès le premier palier du triforium [3] d'où ils découvrirent le chœur en une vue plongeante qui donnait le vertige.

1. Gestion de la construction et de l'entretien d'une église.
2. Mariage en 1263 du futur Philippe III le Hardi et de la princesse Isabelle d'Aragon.
3. Passage haut dans les cathédrales gothiques.

— Que c'est beau! répétait sans se lasser Martin.

Reprenant leur ascension, ils débouchèrent sur une terrasse où Martin courut vers la balustrade ajourée : en bas, sur la place devant Clermont, l'animation était grande pour des gens tout petits; au loin vers l'occident, le puy de Dôme avec son chapeau blanc de neige, le plus haut de ces monts aux rondeurs étranges.

— Nos premières montagnes, dit Omblard en riant.

— Ah les Dômes! Tous ceux qui en ont vu d'autres leur trouvent une drôle de forme, confirma Gauthier.

La vue était superbe, pure, transcendée par le soleil; le froid n'en était pas moins vif et l'air glaçait les oreilles. Le bleu du ciel, si profond, évoquait pour Omblard ces fonds dont il entourait ses personnages pour suggérer les cieux, en forçant un peu la note pour rivaliser avec les verriers. Son front se plissa au souvenir de sa rencontre avec Charles mais il l'effaça bien vite pour écouter Gauthier toujours aussi bavard.

— Les étrangers disent que nous avons beaucoup d'églises.

— C'est vrai : tous ces clochers, observa Omblard accoudé à la balustrade.

— Voilà Saint-Pierre, juste derrière chez moi. Plus loin Saint-Adjutor et Saint-André et Notre-Dame du chapitre de Chamalières au-delà du bois du Cros. Là-bas, l'abbaye de Saint-Alyre, nos frères bénédictins, ici l'hôtel de Boulogne du comte Robert, Sainte-Marie-Principale, Saint-Laurent, Saint-Genès, au loin Merdogne, le plateau où Vercingétorix a battu le Romain César! Au midi si vous vous penchez, vous verrez le palais de monseigneur Aimar, bâti par l'évêque Guy, notre précédent Monseigneur.

Constatant encore une fois et non sans amusement la révérence avec laquelle Gauthier parlait de ses « monseigneurs », Omblard courba sa haute taille au-dessus de la balustrade.

Un jardin agrémenté d'une fontaine desservait des bâtiments assez rigoureusement symétriques, détonnant avec l'implantation tortueuse des habitations autour; un chemin menait directement du porche d'entrée d'une construction qui lui parut assez modeste pour un palais à la porte méridionale de la cathédrale juste en dessous.

Martin interrompit sa méditation.

— Qu'est-ce que c'est? demanda-t-il en montrant des

dessins gravés dans la pierre de la terrasse; on dirait des images de fenêtres.

– Tu as raison, commenta aussitôt Gauthier, maître Jean Deschamps a d'abord construit cette terrasse. Il nous disait que dans les grandes bâtisses du nord où il avait appris son art, cela n'existait pas. Les chanoines plutôt vaniteux étaient satisfaits de cette nouveauté dans leur cathédrale.

– C'est vrai, je n'en ai vu ni à Tours ni à Poitiers, convint Omblard.

– Quand la terrasse fut bâtie, il montait là pour être tranquille, loin du bruit du chantier; l'échafaudage qui permettait d'établir la voûte lui servait d'escalier. Et là, il dessinait avec sa règle, son grand compas et son équerre; ces objets ne le quittaient jamais, toujours pendus à sa ceinture. Le charpentier montait ensuite recopier le dessin avec un grand modèle de bois descendu enfin morceau par morceau avec le bélier. Ah, nous en avons vu du bois au-dessus de nos têtes!

– Et après?

– Les tailleurs de pierre sous la direction de maître Aubert créaient les éléments des grandes fenêtres que vous voyez en place maintenant. Quel travail! Mais maître Deschamps les menait tous avec sa règle.

Ils redescendirent péniblement dans l'obscurité de l'escalier très étroit et retrouvèrent le chantier où Étienne, le maître de la fabrique, était en grande discussion avec Pierre Deschamps. Gauthier s'approcha et présenta Omblard.

– Maître Géraud Brillat souhaitait un peintre pour un décor en l'honneur de saint Georges dans la chapelle du septentrion à côté de celle des chanoines, dit aussitôt Étienne avec un grand sourire et une affabilité qui allèrent droit au cœur d'Omblard. L'architecte Pierre, plus timide, le salua et s'éclipsa vers la loge d'un tailleur de pierre.

Gauthier semblait pressé maintenant, hâtant leurs pas vers les degrés de la rue des Gras.

– Berthe doit nous attendre.

– Il nous faudrait trouver une petite maison, dit Omblard pendant le repas.

– J'ai ce qu'il vous faut, intervint Berthe, la maison de mon pauvre frère mort l'an passé, dans la rue.

— Merci Berthe. Que votre poulet est bon!

Reconnaissant et détendu, Omblard était bien comme il ne l'avait pas été depuis longtemps.

Avant vêpres, ils emménagèrent dans la petite maison à pignon étroit à deux niveaux, avec une petite cour et une échoppe dont l'enseigne rappelait l'activité de mercier du défunt.

— Mon pauvre Georges serait heureux de voir revivre sa maison, disait Berthe la larme à l'œil. Que ne vendait-il pas dans cette boutique.

— Je vais en faire mon atelier.

Ses doigts commençaient à démanger Omblard qui prit un réel plaisir à ranger ses pinceaux et godets; sur une étagère, ses carnets bourrés de croquis prirent la place des étoffes italiennes du mercier.

Gauthier qui avait même renoncé à sa sieste, le regardait, installé sur un inconfortable escabeau.

— Comme Jean, je me ferais bien peindre une Vierge que je prierais à genoux. Histoire de me ménager les bonnes grâces d'un ciel que je ne tarderai pas à rejoindre!

— Mais non! protesta Omblard en riant, vous êtes bâti comme la cathédrale neuve. Pour durer.

Une fois le chanoine parti à vêpres, Martin, tout en alignant les godets de couleurs, saisit l'occasion :

— Maître, vous lui ferez le visage de Radegonde à la Vierge du chanoine Gauthier?

— Si tu veux, répondit Omblard avec son bon sourire.

Martin, reconnaissant, se dit qu'il l'aimait bien, et que, désormais, il remplaçait sa famille. Il eut pourtant une pensée pour ses parents enterrés si loin et dont il ne retrouvait plus depuis longtemps les traits. Ce cheminement sentimental le ramena naturellement à Radegonde :

« Que fait-elle à cet instant? peut-être coud-elle une jolie robe pour le mariage de sa cousine et je ne la verrai pas! »

— Martin, à quoi rêves-tu?

Martin sursauta. Omblard, inquiet de le voir mélancolique et soucieux, le secoua :

— Accommode quelques couleurs. Mets le feu en train. Chauffe le vinaigre pour faire macérer quelques feuilles de plomb. Je vais préparer de la céruse [1]. N'oublie pas qu'il faut presque un mois pour un résultat. Demain, nous achèterons des terres, du cuivre pour le vert et de l'argent

1. Dite aussi blanc d'argent.

pour fabriquer le bleu d'azur. J'ai encore du soufre et du mercure pour le cinabre.

Martin retrouva un peu d'allant dans ces menus travaux sous la surveillance incessante d'un Omblard déjà revenu à ses propres soucis.

— Je dois réussir les premières commandes si je veux me faire une clientèle. Je vais montrer au maître verrier de quoi je suis capable.

3

Le lendemain, Omblard et Martin se présentèrent chez Géraud Brillat dont la maison était située, non loin de Sainte-Marie-Principale, dans le quartier des grands marchands et banquiers. Le père de Géraud avait fondé une banque en misant sur la voie menant de Paris au Languedoc et les échanges en résultant. Stratégique, la voie Regordane, les rois l'empruntaient souvent. Louis VIII était même mort à vingt lieues d'ici au château de Montpensier et le bon roi Louis en était un habitué. Cette voie entretenait donc un certain passage et charroi et des marchés appréciables sur le Champ Herm à l'entrée de la cité et autour de Sainte-Marie-Principale.

Depuis l'époque du vieux Géraud, auquel on opposait encore parfois Géraud le jeune, le développement commercial de Montferrand, aux portes mêmes de Clermont, avait nui au négoce clermontois. Géraud Brillat n'en avait cure. Sa banque avait pris une dimension nationale, voire internationale, avec des comptoirs dans toutes les grandes cités marchandes. Il entretenait des relations avec des banquiers étrangers comme ces Cepperello ou ces Cocci qui avaient pignon sur rue à Clermont et y tenaient le haut du pavé de la petite colonie italienne. Il avait encore accru sa puissance en dirigeant les services financiers des terres royales en Auvergne, nouant un réseau ténu grâce à de multiples relais dans la province.

Le profit était mince mais quel pouvoir même s'il n'y gagnait pas que des amis! Il avait ainsi liquidé la difficile succession de l'évêque Guy de La Tour, davantage seigneur qu'ecclésiastique. Son principal ami et rival était

Géraud Gayte, l'autre Géraud disait-on en ville, dont le père avait fait fortune dans la pelleterie. Les deux familles alliées par des mariages rivalisaient de luxe dans leurs hôtels respectifs.

Omblard et Martin découvrirent l'ambiance cossue de l'hôtel Brillat dès le porche dont les portes à grosses pentures, faites d'un chêne massif ouvragé avec habileté, étaient ouvertes. Autour de la cour s'organisaient les logis hauts de trois niveaux où les percements étaient irréguliers : au rez-de-chaussée trois arcs simplement moulurés et reposant sur de petites consoles ornées d'une tête, au premier des arcs plus travaillés géminés avec alternance de colonnettes et de pilastres, au troisième un entablement droit avec courtes colonnettes autour de baies étroites. A gauche de l'entrée, le niveau intermédiaire constituait une sorte de loggia ouverte que trois petites voûtes d'ogives couvraient avec, à la clé, les armes du maître de maison : trois besants de gueules et une merlette de sable en champ d'azur.

L'ordonnance était belle. Une fontaine agrémentée de lions majestueux avec crinières ornementales crachait l'eau par une gargouille-poisson commandée à un imagier de la cathédrale. Jean Deschamps avait aussi « prêté » à Géraud Brillat un tailleur de chapiteaux dont les crochets [1] étaient les mêmes que ceux du triforium [2] de la cathédrale, pour la plus grande fierté du banquier.

Attenant à la demeure se trouvait le comptoir où Géraud traitait ses affaires, un important bâtiment plus austère où régnait toujours animation, voire fébrilité. Géraud ne souffrait pas d'attendre !

Le jardinier, le vieux Grégoire, qui ratissait autour de la fontaine, héla les visiteurs et les renvoya au comptoir où Géraud recevait dans son cabinet particulier deux émissaires du roi Philippe le Bel.

Le banquier était installé dans une vaste cathèdre de bois sombre et sculpté, avec à sa gauche un coffre ouvert rempli de parchemins roulés et à sa droite, Pierre Tonnelier, son âme damnée, un vigneron de Chanturgue, la colline voisine, rencoverti dans les affaires. Géraud Brillat en imposait avec sa cotte et son surcot [3] taillés dans les meilleurs draps, d'un bleu vif qui mettait en valeur son

1. Feuillages stéréotypés des chapiteaux gothiques.
2. Passage haut dans les églises gothiques.
3. Robe de dessus à porter sur la cotte, longue tunique.

teint mat et ses cheveux noirs. Autour du visage rasé de près, ses cheveux, soigneusement roulés au fer chaque matin par son barbier-coiffeur, adoucissaient les traits, la frange ondulante ombrant le front. Il avait posé son chapeau de feutre, garni de fourrure, mis à la hâte pour accueillir ses hôtes dans le froid du matin.

Nerveux, il agitait ses estivaux noirs avec des gestes saccadés sous la table où reposaient ses coudes ; les messagers du roi réclamaient de l'argent, toujours de l'argent et il estimait que « sa » terre avait déjà beaucoup donné pour une cour aux besoins trop dispendieux. Monseigneur Alphonse [1] s'était assez employé à drainer vers Paris les subsides nécessaires aux croisades ou aux entreprises que Géraud jugeait sévèrement en homme de bon sens. Une fois encore, il s'interrogeait sur l'intérêt de se lancer dans une entreprise aussi périlleuse que la collecte des impôts royaux. Était-ce bien raisonnable ? Certes il avait imaginé que, du monde des affaires où il réussissait à merveille, il pourrait glisser sans dommage vers cette nouvelle activité. Sa motivation profonde n'avait-elle pas été de passer de la pratique qui lui rapportait de l'argent à celle qui donnait le pouvoir ? Mais en retirerait-il bien les bénéfices escomptés ? Certains jours, il se le demandait en dépit du développement spectaculaire de sa « clientèle ». Et ce matin particulièrement, face à ces deux émissaires qui l'agaçaient au plus haut point, ces interrogations se faisaient lancinantes !

Omblard et Martin entrèrent dans la salle où étaient conservés les registres auxquels travaillaient des copistes.

— Que voulez-vous ? demanda l'un d'eux, la plume en suspens.

— Voir messire Géraud Brillat de la part du chanoine Étienne, maître de la fabrique de la cathédrale ; je suis Omblard, peintre.

Son interlocuteur sortit un instant.

— Si vous voulez bien attendre, dit-il en reprenant sa place et sa plume.

Dans le cabinet voisin, tendu de lourdes draperies pour une atmosphère feutrée, le banquier s'impatientait, visiblement pressé de voir les talons de ceux qui l'importunaient avec leur insistance lourde et maladroite à lui dicter sa conduite.

— Nous ferons diligence, finit-il par trancher d'un ton

1. Alphonse de Poitiers.

sec, presque cassant, assurez-en le roi et l'administration de Paris. Les bourgeois de Clermont et toute l'Auvergne montreront l'exemple.

Les autres, comprenant leur congé, se levèrent pour partir. Le salut de Géraud Brillat fut aussi froid que bref. Et de sa cathèdre d'où il n'avait pas jugé nécessaire de se lever, il cria pendant que Pierre Tonnelier sortait à son tour :

– Qu'on fasse entrer ce peintre!

Géraud accueillit Omblard avec beaucoup d'amabilité, lui posant mille questions sur son art.

– J'ai déjà fait beaucoup travailler les peintres dans ma maison. Il n'y a plus guère de surfaces à colorer aujourd'hui! Si! Avez-vous déjà peint des éléphants?

Sans attendre la réponse d'Omblard quelque peu perplexe, le banquier poursuivit :

– Mon ami Henri Moreau dans la cité voisine et concurrente de Montferrand a fait décorer la grande salle de sa maison de quelques animaux du plus bel effet, surtout un chameau et un éléphant comme il en avait vu lors de ses expéditions avec notre bon roi Louis. J'en ferais bien peindre dans la loggia de ma maison où seuls les imagiers [1] ont travaillé la pierre. Seriez-vous capable de le faire, maître Omblard?

Les yeux des deux hommes se croisèrent avec une certaine acuité et Omblard fut frappé de la bienveillance de cet homme.

– Je crois que je pourrais réaliser ces animaux, surtout si votre ami acceptait de me montrer des modèles, répondit Omblard avec sa placidité habituelle.

– Henri sera trop heureux de vous recevoir, j'en réponds. Quant aux modèles, je vous en dévoilerai bien d'autres... suivez-moi dans ma librairie [2].

Géraud avait oublié les envoyés du roi; détendu, appréciant la bonne volonté du peintre, il l'emmena dans une petite salle où travaillait à la lueur d'une chandelle un copiste qui calligraphiait soigneusement des feuilles de parchemin de petite taille.

– Voici Béranger, le copiste, dit le plumier par ses amis! Il prépare un livre d'heures pour ma fille Isabelle. Je l'enverrai à Paris, rue Boutebrie, pour que maître Honoré y fasse faire quelques images par son atelier. Il

1. Ce terme est en principe réservé aux sculpteurs.
2. Bibliothèque.

33

vient de décorer un bréviaire pour le roi, une splendeur paraît-il; mon ami Pierre Flotte l'a vu et m'en a vanté les couleurs!

Tout en parlant, il avait ouvert un manuscrit d'assez grandes dimensions sur une petite table à tréteaux. Béranger approcha une chandelle. Illustrant le texte calligraphié en rouge et noir, de curieuses images ornaient une demi-page ou une pleine page.

— Voilà un éléphant, un chameau, une baleine... J'ai rapporté cette merveille d'un séjour à Londres. Les Anglais aiment beaucoup ces images!

— Avec de tels modèles, je ferai bien tout ce que vous voudrez, dit Omblard impressionné.

— J'ai un autre travail à vous faire faire dans la chapelle dédiée à saint Georges à la cathédrale neuve. Maître Charles... peut-être l'avez-vous déjà rencontré?

— Oui, fit sobrement Omblard sans que Géraud ne remarque un léger cillement.

— Maître Charles, répéta Géraud, a réalisé de très beaux vitraux mais je souhaiterais aussi une peinture. J'ai promis à mon ami Georges Labataille, prisonnier des Sarrasins de longues années après la dernière croisade de notre bon roi Louis et mort quelques jours après son retour ici dans mes bras, une grande image du combat de son saint patron contre ces infidèles responsables de sa mort. Est-ce faisable?

— C'est tout à fait réalisable, messire. J'ai déjà peint un saint Georges terrassant le dragon, je le peindrai bien avec les Sarrasins!

— Marché conclu. Et commencez dès que possible, dit aussitôt Géraud, habitué à mener rondement ses affaires. Pour fêter l'événement, vous allez rester avec nous. C'est bientôt l'heure du souper, je vous présenterai à ma famille.

Géraud donna quelques ordres. Par un étroit passage voûté, il les conduisit dans une grande salle où flambait un gros fagot dans une belle cheminée de pierre timbrée des armes du banquier. Les murs étaient tendus de tapisseries achetées dans les Flandres où Géraud se rendait souvent, notamment à Bruges et des cathèdres finement sculptées accueillirent les visiteurs sur de moelleux coussins de velours assortis à la tenue de Géraud.

— Que fais-tu? demanda Géraud en s'adressant à Martin.

Intimidé, le jeune homme qui avait assisté à l'entretien sans mot dire, ne manifestant pas même devant le magnifique manuscrit de la librairie, répondit en rougissant :

– Je suis l'aide de maître Omblard.

– C'est le fils d'un peintre de mes amis de ma bonne ville de Tours, qui est mort de la lèpre avec sa femme. Martin était seul, il voulait voir du pays en apprenant le métier de son père. Mais les couleurs ne lui sont pas d'un très grand attrait !

– Quel âge as-tu ?

– Seize ans.

– L'âge de mes fils Agricol et Vital, des jumeaux. Agricol, Vital, venez ici !

Deux garçons apparurent, légèrement dépenaillés.

– Oui notre père, dirent-ils ensemble, presque dans le même souffle.

L'un était la réplique de l'autre.

– Voilà Martin. Emmenez-le partager vos jeux !

Les jumeaux obtempérèrent, entraînant Martin à l'étage dans leur chambre.

– D'où viens-tu ?

– De Tours et de Poitiers.

– Sais-tu jouer aux échecs ? questionnèrent en même temps les deux frères.

– Non.

Il lui montrèrent un damier posé sur un escabeau et se lancèrent dans des explications si compliquées et embrouillées que Martin n'y comprenait rien. Il avait l'impression de voir double.

– Qui est Agricol ? Qui est Vital ?

– Agricol c'est moi, dit l'un.

– Vital, c'est moi, dit l'autre.

Leur cotte était la même, en drap vert, et le surcot gris souris. Martin repéra cependant les estivaux rouges d'Agricol ; ceux de Vital étaient noirs.

– Sais-tu lire ? demanda Agricol en montrant un petit livre à la reliure usagée.

– Oui, j'ai appris dans l'école du chapitre de la cathédrale de Tours. Mon père travaillait pour les chanoines.

– Joues-tu de la musique ?

– Non, répondit Martin, un peu déconcerté par cet interrogatoire.

Agricol s'était saisi d'une flûte tandis que Vital hésitait entre une viole et une trompette.

– Prends la viole, notre père ne veut pas de trompe dans la maison! conseilla Agricol.

– Qu'est-ce que c'est? demanda Martin en avisant deux petits tambours réunis par une large sangle de cuir.

– Des nacaires à placer sur un cheval. C'est l'oncle Georges qui nous les a rapportées d'Orient.

– Es-tu bon à la coursée? interrogea encore Agricol insatiable qui ne laissait pas respirer ce pauvre Martin, nous aimons bien courir sur les remparts avant le dîner ou après le souper... Viendras-tu avec nous?

– Oui, peut-être, fit Martin l'air dubitatif.

Vital ouvrit la main et la referma vivement.

– Non Vital, dit Agricol, notre père ne veut pas et si notre oncle le chanoine savait que nous jouons aux dés...

– Ils ne le sauront pas. L'oncle Benoît est tellement dans ses prières!

– Tu joues un sol, Martin?

– Je n'ai pas un sol, répondit placidement Martin au moment où entra une créature de rêve.

– Que faites-vous, mes frères?

Ce n'était pas une apparition, elle parlait. Martin, pétrifié, revint sur terre quand Agricol lui assena un grand coup de poing sur l'épaule.

– Ma sœur, Isabelle, belle Isa ma sœur qui traîne tous les cœurs... Thomas le poète, Matthieu le changeur, Pierre le tonnelier, Martial le chaussetier, Cyprien le musicien, Enguerrand le maréchal-ferrant...

– Suffit, Agricol! Qui est-ce? dit Isabelle d'une voix chantante en désignant Martin d'une moue boudeuse.

– Martin! Il vient de Tours et de Poitiers, ne joue pas aux dés, ni aux échecs, mais sait lire, et Martin sera notre ami, belle Isabelle, à moins qu'il ne tombe amoureux de tes charmes, belle Isabelle!

Isabelle était brune comme son père et ses yeux noirs brillaient étonnamment dans ce visage aux traits fins sans mièvrerie. La bouche était grande, le nez admirablement dessiné comme l'arcade sourcilière dans un ovale presque parfait; le teint mat et velouté complétait le tableau enchanteur.

– Isabelle est notre aînée d'une année, dit Agricol, et nous aussi, nous sommes amoureux.

– Oh! la belle cotte, quel jaune d'or! Coupons pour faire des sols, enchaînait Vital qui sautillait autour de la jeune fille.

— Cessez!

Isabelle agacée sourit pourtant à Martin.

« Quelle madone elle ferait ! »

Transporté, ébloui, le jeune homme rêvait.

Quelques instants plus tard, rompant un charme inexprimable, une servante appela pour le souper dans la salle illuminée par des chandeliers abondamment distribués le long des tentures. La nuit était presque là tant les nuages étaient bas.

— Il va neiger, souffla Agricol.

Vital acquiesça en riant bruyamment.

Les trois garçons s'installèrent à une table à part avec les plus jeunes enfants, Anne et Pierre. Isabelle s'assit à l'autre table avec ses parents et Omblard. Elle ressemblait trait pour trait à sa mère, Jeanne, à l'exception de la blondeur qui trahissait chez cette dernière ses origines du Hainaut. La petite Anne était elle aussi toute brune, alors que le petit Pierre offrait une chevelure drue d'un très léger roux.

« Une belle famille », pensa Omblard, content de voir Martin adopté si vite par les jumeaux.

Dame Jeanne, élégante dans sa cotte de velours vert pâle, se montra simple et aimable à l'égard de son hôte, l'interrogeant sur son art. Comme son époux, elle s'intéressait aux réalisations des artistes contemporains. Elle aimait aussi les livres et savait un peu dessiner.

Sur les nappes blanches défilèrent quelques mets qui semblèrent aux invités le comble du délice. Pâtés de poussins et de lapereaux précédèrent un aloyau de bœuf et une salade assaisonnée aux herbes ; des entremets, massepains et choux conclurent le repas avec quelques « dessertes » de poires cuites et de noix pelées. Fin gourmet, Géraud Brillat était aussi exigeant pour les vins.

— N'en déplaise à Pierre Tonnelier, ce Saint-Pourçain est bien gouleyant, n'est-ce pas maître Omblard ? C'est mon ami le prieur de Sainte-Croix qui me l'a envoyé !

Omblard baignait dans une douce euphorie comme le banquier à mille lieues des émissaires royaux du matin et des soucis.

— Alors, pour cette peinture de saint Georges ? Que pensez-vous faire ? J'aimerais un prix-fait [1] avec quelques détails. Je voudrais une belle peinture très colorée qui ne souffre pas de la verrière de maître Charles au-dessus.

1. Contrat entre le commanditaire et l'artiste.

Géraud Brillat ne se doutait pas que l'ambition secrète d'Omblard depuis sa rencontre avec le verrier était de rivaliser avec lui, voire de surpasser son art. Le peintre abonda ainsi, sans se forcer, dans le sens de Géraud avant de prendre congé. Vital et Agricol invitèrent Martin à revenir dès le lendemain :

— On t'emmènera faire une coursée vers Saint-Alyre !

— Qu'elle est belle ! furent les premiers mots de Martin quand ils se retrouvèrent dans l'obscurité de la rue.

— Qui ? répondit Omblard, vaguement perdu dans une méditation sur saint Georges.

— Isabelle, la fille aînée de messire Géraud Brillat.

— Je croyais que tu n'aimais que les blondes, ironisa Omblard, décidément d'humeur gaie.

Martin soupira. L'espace d'une soirée, il avait oublié Radegonde.

Omblard tint à frapper chez le chanoine Gauthier pour lui conter son entrevue avec Géraud.

— Je suis content, opina le chanoine qui sommeillait devant son âtre. Quant à saint Georges, je vous dirai demain, ajouta-t-il en bâillant, l'histoire en détail.

Omblard ne put s'empêcher d'esquisser sur un long rouleau de parchemin quelques ébauches, puis alla se coucher en pleine surexcitation. Martin dormait depuis longtemps.

« A quoi rêve-t-il ? » s'interrogea Omblard en passant devant sa porte.

Le lendemain, après la messe du matin, Gauthier fit irruption dans l'atelier d'Omblard où il travaillait depuis bon matin.

— Alors ?

— Je l'ai déjà dessiné à la cathédrale de Tours mais à pied, dit aussitôt Omblard, le front soucieux. Et si le panneau est long cela ne suffira pas, même si j'allonge le corps du dragon...

Tout en feuilletant ses carnets de croquis, il écouta le récit de Gauthier, puis commenta l'air concentré :

— Je pourrais faire défiler les supplices du pauvre Georges comme une longue broderie...

— Ce serait beau ! opina Gauthier, et pour le combat

des croisés contre les Sarrasins, vous pourriez interroger un ancien croisé du bon roi Louis... Il en a vu de près si on en juge par la balafre qui le défigure! Je vous emmènerai dans sa forge devant la porte épiscopale.

– Merci.

Gauthier, comprenant à son ton distrait que l'artiste souhaitait être seul, prétexta une visite à l'hôpital Saint-Barthélemy pour s'éclipser. Omblard reprit alors son rouleau de parchemin et peina sur la déroute des Sarrasins symbolisée par un cavalier désarçonné. Ce n'est qu'après quelques essais infructueux qu'il commença à être satisfait.

Travaillant sans relâche sur sa table à tréteaux les jours suivants, il ne sortait de son atelier que pour aller sur les lieux d'exécution, la chapelle de la cathédrale. Ce n'était jamais sans appréhension qu'il franchissait le seuil du chantier. Si les artisans le saluaient déjà comme un des leurs, il redoutait toujours la rencontre du verrier, agacé de voir Omblard œuvrer déjà sur une commande. Et de plus une commande de Géraud Brillat qui avait été son client.

Martin avait été chargé de préparer les couleurs, d'entretenir les pinceaux, de récupérer du charbon de bois pour le dessin préparatoire à esquisser directement sur la muraille. Mais dès qu'Omblard avait le dos tourné, il courait retrouver ses amis Vital et Agricol avec toujours le fol espoir d'apercevoir Isabelle. Il avait fait la connaissance des enfants de l'autre Géraud, Guillaume, Laurent, Marie et Cécile Gayte qui se suivaient tous à un an d'intervalle de dix-huit à quatorze ans.

Le jour où Omblard, enfin satisfait de son projet, le présenta au banquier, accompagné d'un prix. Fait en bonne et due forme, l'homme d'affaires lui dit :

– Martin a l'air peu intéressé par vos travaux. Ne pourrait-il se joindre à mes fils pour travailler et jouer ? Ils ont rejoint l'école des Frères prêcheurs; chaque jour, ils passent la porte Champet et vont écouter leurs cours. Parfois le frère Jacques vient jusqu'ici; il sait tout. Les frères de cet ordre me surprennent par leur curiosité! Qu'en pensez-vous?

Omblard, un peu désarçonné par cette offre, ne savait que dire. Géraud sentit ses hésitations.

– Il va de soi que je pourvoirai à l'entretien de ce garçon! Il me paraît intelligent et je pense que ce sera stimulant pour mes garçons, trop souvent indolents... Vous voyez, ce n'est pas seulement une bonne action !

Martin sauta de joie quand Omblard lui annonça la nouvelle devant le banquier heureux de l'effet produit. L'adolescent cacha seulement son désappointement lorsqu'il apprit que seuls les jumeaux profitaient des leçons des moines et non Isabelle ; il ne pouvait tout avoir ! Et la fête fut complète quand, après son mari, dame Jeanne apprécia le projet d'Omblard, le récompensant même en lui montrant l'un de ses trésors.

— C'est un cadeau de mon père pour mon mariage ; il a été peint rue Boutebrie par le peintre du bon roi Louis.

Omblard fut ébloui par les images aux couleurs chatoyantes du petit livre d'heures relié de cuir renforcé aux angles par de l'argent finement ciselé ; dans des tonalités qui rivalisaient avec celles des vitraux, des personnages vivants et gracieux semblaient y danser dans des tableaux charmants.

— J'aimerais que saint Georges ressemble à cet ange, dit Géraud, est-ce possible ?

Omblard hocha la tête :

— Mais les couleurs, il me faut de l'or, du bleu de lapis-lazuli. C'est une grosse dépense.

Géraud balaya le problème d'un geste large :

— Allez, revenez étudier ce livre et faites-nous une belle peinture.

Quelques jours plus tard, Omblard étala son premier enduit sur le mur de la chapelle où il dessina une esquisse au charbon de bois qu'il quadrilla ensuite soigneusement pour délimiter les surfaces à peindre chaque jour sur un enduit frais. Les personnages étaient nombreux, le travail serait minutieux avec des couleurs précieuses qu'il n'avait guère l'habitude de manier, il prévit des carrés de petites dimensions. Il ne tenait pas à bousculer l'exécution.

Même s'il n'était pas très efficace, Martin lui manquait pour les menus travaux. Il engagea comme homme à tout faire un certain Guillaume qui avait travaillé chez un maître-teinturier de la rue Saint-Genès ; gentil, l'homme n'était pas maladroit et avait le sens des couleurs. Ainsi bien organisé, Omblard s'imposait chaque jour un peu plus sur le chantier où l'activité était soutenue, les ouvriers l'ayant adopté comme les chanoines. Étienne, le maître de la fabrique, ne manquait pas de le saluer et même Charles le Verrier ne ricanait plus quand il le croisait.

40

Le chanoine Gauthier venait souvent lui rendre visite. Assis sur un escabeau, bien emmitouflé dans son camail – malgré l'arrivée du printemps il faisait encore frais –, il lui racontait sa vie. Une vie de chanoine né à l'ombre de Sainte-Marie-Principale dont les seules aventures extérieures à la cité, outre des études au chapitre de Chamalières, avaient été d'être chapelain de l'abbaye de Beaumont, et surtout à la cour de « monseigneur Alphonse ».

Le soir, exténué, Omblard tournait sur un bâton le rouleau de parchemin où il avait esquissé sa composition. Malgré le dessin ébauché sur le mur, il l'apportait chaque matin pour y consulter certains détails reprécisés chaque soir à l'atelier. Il donnait alors des ordres concis à Guillaume pour la préparation des ingrédients pour le petit carré qu'il enduirait de frais le lendemain.

Les deux hommes s'activaient alors dans l'atelier qu'Omblard avait installé avec beaucoup de soin dans l'ancienne échoppe. Comme tous les peintres, il était un maniaque de la propreté et chaque jour, il rapportait sa boîte à pinceaux qu'il nettoyait minutieusement dans un pincelier renfermant une solution d'huile. Ils trempaient ensuite dans un cruchon d'huile propre, brosses larges en sanglier côtoyant fins pinceaux de soie. Pendant ce temps, Guillaume bricolait autour d'une table pour broyer les pigments sur un marbre de forme carrée ou dans un mortier de pierre réalisé par Marc, apprenti tailleur de pierre, dans le matériau gris de la cathédrale. Alternant pilon et maillet, le broyeur de couleurs, avec son large tablier pour protéger sa cotte de drap, préparait méticuleusement le travail de son maître et remplissait des petits godets de terre.

Godets et cruchons, flacons de verre étaient alignés sur une ancienne étagère de l'échoppe le long du mur. Une grande table permettait de dérouler le long parchemin d'ouvrage préalable ; un chevalet complétait le mobilier avec un tabouret en x dont les pieds inégaux assuraient une inclinaison favorable au travail.

Deux autres rouleaux étaient posés dans un coin. Ils rappelaient les commandes à exécuter après la peinture de saint Georges. Omblard n'avait guère le temps de songer aux animaux de la loggia des Brillat. Pierre l'Imagier, qui travaillait au grand portail, lui avait montré un carnet de dessins utilisé pour les médaillons de sa balustrade et les gargouilles. Un singe, un éléphant, des chimères, des centaures, des dragons, de curieux monstres marins, des lions, un ours y faisaient un répertoire sur lequel il espérait broder le moment venu.

Lorsque Martin rentrait le soir, Guillaume était parti, le charroi de la rue s'était estompé et, à la lueur chancelante d'une chandelle rabougrie, Omblard faisait et refaisait des dessins ou numérotait les couleurs du lendemain.

Cependant, depuis les fêtes de la Saint-Jean, Martin avait remarqué l'absence fréquente d'Omblard. Intrigué, il interrogea Guillaume qui rit sous cape mais ne souffla mot. Après enquête, Martin découvrit le secret du peintre : Marguerite, la sœur de Pierre Deschamps, la fille de l'architecte Jean.

Agricol et Vital questionnés l'entraînèrent aussitôt chez leur informatrice, dame Pétronille. Sa petite maison rue des Aises retentissait souvent des rires des jumeaux, restés très attachés à celle qui avait bercé leur enfance avant de se retirer dans cette maison offerte par leur père. Dame Pétronille, restée célibataire, occupait ses journées à faire de l'astrologie et des commérages. Elle connaissait tous les potins du chantier.

— Ah! Marguerite, si je la connais la pauvre!

— Pourquoi la pauvre ? dirent en chœur les trois garçons.

— Elle a épousé un des charpentiers de la cathédrale. Son père les a obligés à attendre que Hugues soit maître! Quelques jours après les noces, il est tombé d'un échafaudage. Un médecin est venu de Saint-Barthélemy mais le malheureux avait tous les membres rompus et la tête qui divaguait. Ses compagnons l'ont emmené dans la maison qu'il avait bâtie dans la ville-neuve de Jaude, rue des Tanneries. Il a déliré pendant des jours et des jours...

— Et puis ? dirent encore les garçons tenus en haleine.

— Pierre, son beau-frère, a amené un médecin rencontré à Montferrand, qui disait-on, faisait des miracles! Mais il n'a rien pu faire. Hugues a fini par mourir le matin de la Saint-Jean après deux mois d'agonie. Depuis, Marguerite vit dans sa maison avec son jardin où les roses embaument, parce que Hugues aimait ces fleurs. On la voit souvent errer sur le chantier de la cathédrale. Elle passe des heures à fixer la dalle où son pauvre Hugues s'est écrasé. Elle est si triste!

— Ah bon, je comprends comment Omblard l'a rencontrée, commenta Martin.

— Eh, sorcière, tu ne peux pas nous dire ce que tu vois pour nous dans les astres ? demanda Agricol peu impressionné par la triste histoire de Marguerite.

– Mais tu le sais bien. Toi, Agricol, tu deviendras un gros banquier comme ton père. Toi, Vital, tu partiras très loin, tu rencontreras une princesse merveilleuse.

Vital haussa les épaules.

– Tu dis n'importe quoi, ma pauvre Pétronille. Et Martin ?

La vieille dame lui prit la main :

– Oh, tu vivras vieux... les femmes...

– Quoi les femmes ? interrompit avec impatience Martin pour qui le sujet était brûlant.

– Ah, les femmes ! Il y en a plein ta main. Des bonnes, des mauvaises. Fais attention, Martin, tu ne seras pas le maître. Elles te mèneront où elles voudront, quand elles voudront. Mais ton étoile est bonne, tu iras loin, pas comme Vital, mais tu iras loin.

– Pétronille, précise, c'est trop vague.

L'ancienne nourrice s'amusait à voir l'excitation des trois garçons. Elle coupa court cependant à ses prédictions :

– Nous verrons une autre fois, faites plutôt honneur à mes poires cuites, vous m'en direz des nouvelles.

Contrairement aux jumeaux très gourmands, Martin n'y fit guère honneur. Il était songeur. Les femmes... Le parchemin avec le visage de Radegonde, aujourd'hui tendu dans un petit châssis de bois dans sa chambre, lui rappelait chaque jour les premiers émois de son cœur. Mais aussi, il apercevait Isabelle, malheureusement de loin car elle ne se mêlait pas à leurs jeux. Elle était plutôt distante et n'avait guère réitéré le sourire enchanteur du premier jour. Et tous ces hommes, si nombreux dans l'entourage de Géraud Brillat, Martin en avait fait l'inventaire, le désespéraient. Avait-il la moindre chance d'être remarqué par « sa princesse brune » ? Il en doutait.

Le soir même, il trouva Omblard dans la plus extrême agitation. Le chanoine Gauthier avait eu une fatigue alors qu'il lui rendait visite dans la chapelle Saint-Georges. Pourtant la journée avait bien commencé avec la venue de Géraud Brillat pour constater les progrès de la réalisation et ses compliments :

– C'est très beau, avait-il dit en reconnaissant les personnages du manuscrit de dame Jeanne, alertes, vêtus à la mode de Paris et qui, un peu maniérés, vivaient les supplices du pauvre Georges avec moult raffinements.

Omblard avait fort bien réussi les couleurs : des rouges

vermillon, des verts olive, des bleus profonds qui prendraient toutes leurs valeurs lorsque le fond aurait été bleuté dans une tonalité soutenue.

– Voici la poudre d'or.

Géraud avait remis au peintre le précieux contenu d'une bourse de cuir pour rehausser les nimbes du saint ou quelques détails vestimentaires.

Sous l'œil envieux des autres artisans, Omblard l'avait aussitôt suspendue à sa ceinture. Le peintre avait été flatté de voir le petit aréopage réuni autour de son prestigieux commanditaire : le chanoine Étienne qui espérait toujours grappiller un don pour sa fabrique ne manquait jamais une visite du banquier ; Pierre Deschamps, Pierre l'Imagier et Charles le Verrier s'étaient aussi rapprochés et répandus en éloges, apparemment sincères de la part du dernier.

– Que les couleurs sont brillantes, maître Omblard! Vous rivalisez avec nous à présent que vous avez abandonné vos terres mates et pauvres. C'est un beau résultat.

Gauthier s'était joint au petit groupe. Essoufflé par une marche depuis la porte épiscopale en bas de la rue des Gras, il s'installa une fois le « conseil » dispersé sur son escabeau et bavarda dans le dos du peintre, égrenant dans un long monologue quelques souvenirs, toujours les mêmes, Omblard n'y prêtait plus attention :

– Monseigneur l'évêque Hugues était encore si jeune lorsqu'il maria le prince Philippe [1]. Jean Deschamps avait fait nettoyer le chantier. Les voûtes n'étaient pas bâties et les mariés et leur suite se tenaient sous les cintres de bois provisoires. Les bourgeois de Clermont avaient fait tendre des pans d'étoffe rouge et bleue pour dissimuler les loges des artisans, orner et réchauffer. La princesse était si belle! La pauvre est morte si jeune [2].

Omblard avait été surpris du silence soudain ; avec un fin pinceau, il peinait sur un visage en tirant la langue. Il s'était retourné et avait vu Gauthier la tête sur la poitrine et l'expression vague. Appelant à l'aide, il avait allongé le chanoine que les ouvriers avaient ramené chez lui sur une planche du charpentier.

– Je suis revenu finir mon visage, le carré de la journée était presque fini. Je le reprendrai demain, dit Omblard en ramassant sa boîte à pinceaux.

1. Le futur Philippe III Le Hardi, fils de saint Louis.
2. Mariée en 1262 et morte en 1271, la princesse ne régna qu'une année.

Martin ne se fit pas prier pour l'accompagner chez Gauthier. Berthe les accueillit. Le malade était installé à l'étage où les ouvriers avaient eu bien du mal à le hisser par le petit escalier. Le médecin de Saint-Barthélemy appelé en hâte, maître Georges Baufort, avait diagnostiqué une affection de poitrine et prescrit une saignée.

— La saignée est faite. Je suis allée quérir chez l'apothicaire de la rue de La-Tour-Monnaie la thériaque ordonnée par maître Georges que je dois mélanger avec de la réglisse et de l'opopanax.

Berthe omit de dire qu'elle n'avait guère confiance en maître Georges « bien qu'instruit à la faculté de Montpellier » et qu'elle était passée aussi chez l'herbier de la rue des Petits-Gras pour y obtenir un mélange de sa composition.

Gauthier, heureux de voir Omblard et Martin, s'exprimait avec difficulté. Il souhaita s'entretenir en tête à tête avec le peintre.

— Je te rappelle ma commande, dit-il lentement. Si je meurs, elle doit être faite : une Vierge à l'enfant Jésus, un ange beau comme ceux que tu peins dans les supplices de saint Georges et mon portrait. Te souviendras-tu de moi ? De mon visage rubicond et rebondi ? Fais-moi mes yeux verdâtres, c'est ce que j'avais de mieux ! Je les tenais de ma pauvre mère !

— Allons, chanoine Gauthier, vous n'allez pas nous quitter. Sûr que je me souviendrai de votre visage avec ses quelques cheveux blancs, tout clairsemés, vos yeux un peu ronds qui pétillent, le nez assez fort, la bouche charnue et gourmande, la fossette du menton dont les chairs montrent que vous aimez la bonne cuisine !

Omblard détaillant ainsi les traits du chanoine pensa qu'il les fixerait le soir même dans sa mémoire en les dessinant sur un parchemin.

— Omblard, poursuivit le chanoine d'une voix un peu haletante, pour te payer, j'ai décidé de te laisser ma maison. Il y a quelques sols dans une cruche que Berthe connaît bien. Une vigne à Chanturgue m'en rapporte quelques-uns chaque année. C'est l'héritage de mon oncle le chanoine... C'est pour toi, à une condition, que ma bonne Berthe puisse vivre là sans souci jusqu'à la fin de ses jours. Je sais que je peux compter sur toi, tu es un homme droit, Omblard. Demain, je ferai venir maître Pierre Tabel, notaire rue du Cheval-Blanc, pour lui signifier mes volontés.

4

Quelques jours plus tard, Gauthier était ressuscité. Il faisait à nouveau honneur aux petits plats de Berthe et avait repris ses visites à Omblard. Un matin, il trouva grande animation sur le chantier : monseigneur Gilles Aycelin, l'archevêque de Narbonne, avait débarqué chez son frère Guillaume à Montaigut hier à l'heure des vêpres. Il avait aussitôt dépêché un messager à son frère Jean, chanoine de la cathédrale, pour annoncer son arrivée dans la journée avec la dépouille de Jean Deschamps.

La nouvelle de la mort de l'architecte se répandit comme une traînée de poudre. Pierre, son fils, très frappé, pria Omblard dont il connaissait les sentiments pour sa sœur Marguerite de l'accompagner chez elle afin d'atténuer le triste message. Rejoignant la rue des Gras par celle de La-Tour-Monnaie, Pierre, les yeux embués de larmes, laissait errer un regard affligé sur ce quartier qu'il aimait.

– Je ne croyais pas être capable de tant de peine. Il y avait si longtemps que je ne l'avais vu! s'ouvrit-il à Omblard qui tenta de le réconforter avec son bon sourire.

Il ne répondit pas au maréchal-ferrant l'interpellant de l'autre côté de la rue, le balafré de la croisade qui étonné se renfrogna dans son échoppe. Il ne prêtait pas plus attention aux encombrements matinaux. Après le rempart et la porte épiscopale, les rues devenaient moins tortueuses. La topographie moins mouvementée et une urbanisation plus récente en étaient la cause. Ils s'engagèrent dans la rue Saint-Dominique où selliers, corroyeurs et baudroyers [1] s'étaient installés non loin de la rue des Tanneries. Un gantier et un marchand de peaux occupaient les premières échoppes de la rue de Marguerite.

Omblard n'osait parler. Il revoyait sa première rencontre avec Marguerite. Intrigué par cette jeune femme à la chevelure blond vénitien assise toujours au même endroit non loin de sa chapelle, prostrée, étrangère à l'agitation bruyante du chantier, il avait interrogé Pierre l'Imagier.

Le récit de son drame l'avait touché. Il avait pris l'habitude de la saluer en passant près d'elle bien qu'elle ne répondît jamais, les yeux inexorablement fixés sur cette pierre maudite. Pierre Deschamps s'était ouvert un jour de ses inquiétudes quant à l'état de sa sœur :

— Je n'ose pas lui parler tant elle paraît appartenir à un autre monde. Que faire ? Je lui ai suggéré de partir pour Narbonne retrouver notre père, mais elle ne veut pas s'éloigner des lieux qui ont pourtant ruiné sa vie.

Omblard dut s'avouer très vite que la jeune femme lui plaisait. Il ne savait comment l'aborder tant sa contemplation était impressionnante. Pierre qui s'en réjouissait finit par l'inviter à souper. Si Marguerite, présente à ce repas, ne lui avait guère prêté attention, jouant surtout avec ses neveux seuls capables de lui redonner un peu de vie, elle avait esquissé un léger sourire pour saluer son arrivée et son départ. Pour la première fois, il avait vu ses yeux. Plus amoureux encore, il lançait chaque jour un « bonjour » plus appuyé à « la prostrée de la pierre maudite », comme l'appelaient, non sans respect pour sa peine, les ouvriers du chantier.

Et puis un jour qu'il travaillait à ébaucher le cadre de sa peinture, il entendit une voix féminine :

— Qu'allez-vous peindre dans ces petits carrés ?

Ému à tel point qu'il faillit laisser tomber sa palette, il balbutia, interloqué :

— Des animaux, je crois, comme ceux de maître Pierre sur la balustrade du septentrion.

Omblard avait, en effet, l'idée de « répéter » le bestiaire dans ces petites images avant de se lancer chez messire Géraud Brillat.

— Des animaux que je peindrai en céruse sur un fond

---

1. Fabriquants de baudriers, bandes de cuir portées en écharpe.

noir autour d'une grecque, ce vieux motif utilisé depuis si longtemps par nos ancêtres.

– Des animaux ? Quels animaux ? reprit la voix douce.

– Des lions, des singes, des éléphants, des oiseaux et ceux que vous voudrez, madame.

– Pourquoi pas un coq, un chien ou un cheval ?

– Eh bien oui, si vous le voulez, je ferai un coq, un chien et un cheval !

Marguerite sourit :

– Et vous les ferez quand ?

– Demain si vous voulez !

– Alors à demain, maître Omblard, fit Marguerite qui partit d'un pas léger sans regarder sa maudite pierre.

Omblard avait emprunté le carnet de Pierre l'Imagier et travaillé une partie de la nuit à reproduire les animaux sur un petit rouleau de parchemin. Tôt le matin, dans la chapelle, il esquissa d'abord un singe dont le côté anthropoïde le rassurait, le colora avec de la céruse, puis passa au dessin d'un lion sur lequel il peina davantage. Trop fébrile sa main tremblait et il sursautait au moindre bruit. Pierre l'Imagier, venu juger des effets de son carnet, le félicita pourtant :

– Tes premiers essais sont bons. Tu devrais...

Les conseils du sculpteur ne parvenaient au cerveau d'Omblard qu'à travers un certain brouillard.

– Tu devrais aller voir les chapiteaux de Sainte-Marie-Principale. Tu y verrais de bons modèles sculptés par mon aïeul Robert. C'était d'une autre veine que mes petites images. Quel talent ! finit par conclure le sculpteur avant de retourner à sa balustrade.

Fixant à nouveau son attention sur des dessins miniaturisés qui le déconcertaient lui-même, Omblard trouvait la matinée interminable. Les crinières du cheval et du lion l'exaspérèrent un instant. Enfin, absorbé par la réalisation du coq, il prit conscience d'une présence en entendant :

– Ah, maître Omblard, vous avez bien travaillé. Je copierai votre singe dans mes broderies. Si vous le voulez bien.

Omblard lui sourit et elle répondit par une pâle rougeur sur les joues.

– Vous savez, je dessine un peu moi aussi quand je fais mes broderies mais je ne suis pas très adroite. Je me sers surtout des modèles de ma pauvre mère.

Chaque jour, Marguerite venait admirer les progrès de

48

la peinture de saint Georges. Les ouvriers constataient qu'elle passait beaucoup moins de temps devant sa pierre. Pierre, soulagé, en conçut une grande amitié pour Omblard dont il facilitait à chaque instant le travail.

Et le temps passa... Lorsque le chantier s'arrêtait les jours de grandes fêtes religieuses, Omblard allait chercher Marguerite chez elle. Elle lui avait fait découvrir son travail dans le petit atelier installé par Hugues; dans des paniers, des laines et des fils de toutes les couleurs et, tendue sur un châssis de bois, une longue toile claire brodée d'un quadrillage géométrique où s'inscrivaient de petits personnages maladroits. Omblard reconnut aussi des animaux de sa frise.

— Vous voyez, je vous ai copié, reconnut Marguerite en rougissant.

Elle lui montra son jardin et ses roses. Après leurs promenades, elle lui offrait à boire sous la treille qu'elle soignait avec amour.

Perdus dans leurs pensées, les deux hommes arrivèrent chez Marguerite. Elle travaillait à sa broderie.

— Que se passe-t-il? dit-elle aussitôt en venant à leur rencontre, étonnée de les voir à cette heure.

— Notre père est mort, répondit sans tergiverser Pierre.

Marguerite pleura doucement, assise entre les deux hommes et Omblard se risqua à lui prendre la main.

Le chapitre cathédral sur la suggestion de maître Étienne, patron de la fabrique, avait décidé de célébrer des funérailles solennelles dans la cathédrale où serait enterré selon ses dernières volontés maître Jean, auprès de son épouse Marie. Pierre l'Imagier sélectionna une belle pierre et commença à la graver : il y dessina les outils de l'architecte, équerre, compas et règle et son premier aide y inscrivit avec soin le nom et la date en grands caractères.

Le travail était terminé quand monseigneur l'archevêque de Narbonne arriva le soir. Gilles Aycelin fit une entrée bruyante dans Clermont avec une suite bigarrée dont l'accent chantait. Habitué à mener grand train, l'archevêque avait eu du mal à discipliner son cortège qui, après tout, ramenait une dépouille mortelle. Le cortège s'arrêta à la cathédrale où Gilles Aycelin remit aux enfants Deschamps le corps de leur père enfermé dans un cercueil de plomb.

— Il est mort à la Saint-Bernard. Il était fatigué depuis longtemps. Il m'a fait appeler un soir et m'a fait promettre de le ramener à Clermont auprès de sa femme. Il m'a dit aussi qu'il vous aimait. Je vous rapporte le bien recueilli dans sa maison de Narbonne; le chanoine Hugues de Saint-Pé a fait le nécessaire pour arranger ses affaires. Je vous bénis, mes enfants, ajouta l'archevêque dans un geste superbe, plus théâtral que sacerdotal.

Gilles Aycelin se retourna vers Aimar, l'évêque de Clermont, puis salua les chanoines du chapitre venus au grand complet pour l'accueillir. Parmi eux, ses deux frères, Jean et Herbert, lui donnèrent l'accolade. Tous étaient fascinés par ce personnage dont la réussite suscitait des sentiments ambigus de méfiance, de jalousie et d'admiration.

Beaucoup avaient fréquenté l'école du chapitre avec lui et ses nombreux frères, Hugues, Jean, Herbert, Guillaume et Étienne. Issus d'une vieille famille auvergnate récompensée par le roi Philippe le Bel avec les terres de Montaigut près de Billom sur le territoire de l'évêque de Clermont, ils connaissaient des destinées plus ou moins brillantes. Hugues, frère prêcheur aux jacobins de Clermont, faisait une carrière presque mythique en Italie où nommé d'abord évêque d'Ostie, il était aujourd'hui cardinal. Gilles, prévôt[1] des chanoines de Clermont et en même temps chanoine de Narbonne, s'était vu confier en 1288 par le roi Philippe le Bel une mission à Avignon auprès du pape. Bien que seulement diacre, il avait été choisi deux ans plus tard pour devenir le titulaire de l'archevêché de Narbonne, à moins de quarante ans! On murmurait que Jean serait à Clermont le successeur de l'évêque Aimar de Cros. Et si Herbert, plus effacé, semblait voué à un destin modeste, Étienne amassait une jolie fortune dans le commerce en profitant des relations de ses frères. Enfin Guillaume avait préféré gérer les terres offertes à la famille pour services rendus; installé sur la butte de Montaigut, il dominait la plaine alentour et apercevait au loin le puy de Dôme. Cet horizon lui suffisait! Il serait juste de parler encore de leur sœur moniale qui n'avait pu moins faire que d'être élue abbesse de son couvent de bénédictines à Beaumont, au sud de Clermont.

Gilles Aycelin logeait chez son frère Étienne. Le

1. Fonction administrative.

confort y était meilleur que dans les maisons des deux chanoines. Son vicaire général, Gaucelin, en principe doyen [1] de Saint-Julien-Brioude, où ses apparitions étaient de plus en plus rares, le suivait comme son ombre.

– Dis-moi les nouvelles de Clermont, interrogea-t-il dès son arrivée son frère Étienne, les bourgeois agacent-ils toujours l'évêque à propos des remparts ? j'ai vu des murs et une porte bien mal entretenus [2] !

Des clochettes et une agitation bruyante l'interrompirent. Un crieur public couvrit peu à peu l'effervescence de la rue :

– Savoir faisons aux bourgeois, manants et habitants de notre ville que demain, à la Sainte-Catherine, les funérailles de maître Jean Deschamps, notre bien-aimé architecte, seront célébrées dans notre cathédrale en présence de monseigneur l'archevêque de Narbonne.

Gilles avait installé sa grande carrure dans une cathèdre et attendait la réponse d'Étienne, en triturant dans ses doigts la timbale où une servante avait versé du vin de Chauriat, une terre très féconde de la famille.

Étienne prit la parole de son ton docte coutumier, agaçant fortement ses frères :

– Géraud Brillat a fait venir de Riom un juriste pour préparer une charte de coutumes [3] au sujet des fortifications. Mais le travail est long et je crois qu'il passe plus de temps avec la belle Isabelle, la fille aînée de Géraud, que sur ses parchemins !

Gilles hocha la tête. Il écouta ensuite, en fixant sur la crédence la belle aiguière émaillée qui lui renvoyait les derniers rayons du soleil, les doléances de ses frères chanoines sur la pénurie de subsides pour achever la cathédrale.

– Votre évêque s'y prend mal, ironisa Gilles arguant des solutions trouvées à Narbonne.

– Le roi a l'œil sur ton chantier, alléguèrent ses frères, ta cathédrale n'est-elle pas le lieu de sépulture de son pauvre père [4] ?

– Certes, mais j'ai aussi obtenu du pape beaucoup

---

1. Premier dignitaire d'un chapitre.
2. Clermont est alors ville épiscopale où l'évêque détient tous les pouvoirs tant administratifs que judiciaires, d'où des conflits avec les bourgeois.
3. Acte fixant les droits et les devoirs de chaque partie.
4. Philippe III, mort du typhus au cours d'une expédition contre l'Aragon, fut ramené à Narbonne.

d'indulgences [1] pour mes fidèles. Et cela a rapporté beaucoup de dons! Ce pauvre Aimar n'a qu'à en faire autant. La générosité se stimule.

La soirée s'acheva paisiblement, ses frères clermontois écoutant béatement leur frère parler d'impôts ou du conseil royal où il siégeait maintenant régulièrement.

Le cercueil de Jean Deschamps avait été installé dans le chœur. La messe battait son plein quand Martin et ses amis entrèrent, bien en retard, après avoir musardé, livrés à eux-mêmes, en l'absence de frère Jacques, réquisitionné pour l'office.

Les chanoines au grand complet occupaient leurs stalles en bois sombre, récemment sculptées, autour des deux prélats. Gilles Aycelin dominait Aimar de l'estrade que Gaucelin avait fait rajouter à la hâte tôt le matin par un charpentier. Il savait son maître attaché à la hiérarchie, surtout quand elle le mettait au premier rang! Et c'était bien le cas aujourd'hui! Tous deux trônaient dans des cathèdres monumentales provenant de l'ancienne cathédrale et conservées tant leur travail était incomparable. Aimar, très droit, ne perdait pas un pouce de sa taille très moyenne. Gilles, naturellement de belle prestance, profitait davantage des coussins de velours pourpre.

Au premier rang de l'assistance, Pierre et Marguerite Deschamps et leur famille voisinaient avec Géraud Brillat et son épouse, Étienne Aycelin et tous les bourgeois qui comptaient dans la cité. Venaient ensuite les artisans du chantier regroupés par affinités. Omblard était parmi eux. La foule était nombreuse dans la grande nef inachevée. Pour cette assistance anonyme, il s'agissait moins de rendre hommage à un homme que peu avaient connu personnellement que d'assister à un spectacle inhabituel : dans une église en chantier mais tout illuminée, le chanoine du luminaire avait bien fait les choses, une cérémonie solennelle avec tout le clergé de la cité sous la présidence de deux prélats, ce n'était pas si fréquent à Clermont.

L'atmosphère était d'ailleurs moins au recueillement, voire à la tristesse qu'à la curiosité comme en témoignaient tous ces cous allongés pour mieux voir le spectacle. Martin et ses amis n'étaient pas les derniers à tendre

1. Rémission accordée par le pape de la peine due aux péchés pardonnés.

leurs visages d'adolescents pour saisir chaque détail. Martin, plus petit que les jumeaux, dressé sur la pointe des pieds, aperçut frère Jacques dont la voix grave se mêlait au chœur de ses frères dominicains et cordeliers; il vit aussi la large carrure d'Omblard, puis la frêle silhouette de Marguerite. Elle lui était presque familière tant le peintre lui en avait parlé.

La cérémonie s'acheva tandis que le gros bourdon de la cathédrale vieille mêlait sa note grave au glas des paroisses voisines. Le cercueil fut transporté par de solides gaillards jusque dans le transept décoré pour la circonstance de longues bandes de bougrain noir, masquant les échafaudages de la nef. Les deux prélats le bénirent une dernière fois avant que la lente procession des assistants ne s'ébranle jusqu'à la tombe creusée devant le portail. Marguerite supportait avec courage l'épreuve, laissant errer son regard sur ceux qui jetaient une poignée de terre sur le cercueil. Derrière elle, Omblard ne la quittait pas des yeux.

Quand tout fut fini, l'évêque Aimar entraîna Gilles Aycelin vers la porte sud et le jardin privé du palais épiscopal. L'automne était doux. Ils goûtèrent ce havre de paix où quelques roses tardives exhalaient de douces senteurs. Jean-Baptiste, le jardinier, qui ne mettait guère les pieds à l'église malgré les remontrances de l'évêque, n'avait pas quitté son potager où Marthe s'approvisionnait toujours avant de courir compléter son marché au carrefour de l'Échaudé.

Un agréable dîner attendait précisément les deux hommes et quelques privilégiés. Des appartements privés du palais, bénéficiant d'une situation inégalable en surplomb au-dessus de la ville-neuve de Jaude tapie dans le creux de la cuvette, Gilles Aycelin aperçut la chaîne des Dômes; le souvenir de quelques escapades du temps où il était écolier le fit sourire.

Ne manquant jamais une occasion de coup d'éclat, Géraud Brillat avait convié le conseiller du roi et le tout-Clermont des bourgeois pour un grand souper. Omblard avait aussi été prié par l'intermédiaire des jumeaux.

— Merci! avait répondu le peintre aux jeunes gens.

Il aurait aimé les retenir avec Martin qu'il apercevait brièvement le soir, mais le trio avait hâte de profiter de cette journée de congé fortuite.

Martin avait un lieu de promenade favori au-delà des remparts vers le nord, près des murs de l'abbaye de Saint-Alyre où coulait la Tiretaine, une petite rivière dont le nom facétieux venu de traîne et d'ennui, reflétait bien le cours paisible. Né au bord de la Loire, le jeune homme se languissait de cette eau courante qui avait bercé son enfance. Il rêvait d'aller jusqu'à Pont-du-Château où passait l'Allier.

— Elle va se jeter dans la Loire, lui avait expliqué frère Jacques, éveillant en lui une douce nostalgie.

Martin avait une autre raison maintenant d'être attiré par ce quartier situé en contrebas de la cité. Une raison qu'il gardait secrète. Il n'était pas près de l'avouer aux jumeaux et pourtant il leur disait tout.

Assis au bord de l'eau, guettant les roues des moulins plus ou moins actives, ils laissèrent filer le temps en devisant gaiement à leur habitude, en émaillant leurs discours de quelques astuces attestant entre eux une subtile complicité. Puis, Vital sortit de son aumônière ses dés et la partie sans enjeu pour ne pas gêner Martin fut si acharnée qu'ils en oublièrent l'heure du souper.

Essoufflés, ils pénétrèrent dans la cour de l'hôtel Brillat où l'animation était grande. Dame Jeanne les regarda d'un œil soupçonneux :

— D'où sortez-vous ? Allez changer de cotte. Hâtez-vous sinon votre père sera furieux.

Géraud Brillat était enfermé depuis quelques instants dans son cabinet particulier avec Gilles Aycelin et quelques rares élus dont Pierre Tonnelier et l'autre Géraud, le cousin Gayte. Installé dans la propre cathèdre du banquier, le conseiller du roi y pérorait avec autorité sur sa dernière ambassade romaine, sur l'état d'esprit du roi, obsédé par sa méfiance à l'égard des fiers templiers au point de leur retirer son trésor pour le conserver au Louvre.

Les deux Géraud souhaitaient l'amener à des préoccupations plus proches des leurs :

— Que pensez-vous de la décision royale de laisser circuler librement les marchands italiens dans notre pays ?

— L'idée du roi est de faire de l'émulation. Ne soyez pas frileux, je l'ai dit hier à mon frère. Vous, Géraud, vous êtes sur la bonne voie, ajouta l'archevêque en se tournant vers son hôte, dont la satisfaction lui faisait monter le rouge aux joues.

– Alors, il faut aller jusqu'en Asie et à Constantinople, commenta sobrement Géraud Gayte dont les affaires restaient nationales.

– Mais oui. Et n'oubliez pas que les banquiers italiens vous sont supérieurs, renchérit Gilles, peu enclin aux éloges.

– Oh, je les vois bien aux foires de Reims et de Champagne, soupira Géraud Brillat, il nous faut reprendre leurs méthodes. Quand je vois les Guidi tenir le commerce des laines françaises.

– Et l'interdiction des exportations de laine par le roi d'Angleterre ? intervint Géraud Gayte soucieux de ne pas laisser son cousin accaparer l'attention.

– Le roi Édouard [1] veut ainsi obliger la Flandre à traiter avec lui. Nous nous en soucions au conseil, admit Gilles.

– Nous devons favoriser la production de laine dans notre pays pour ne plus être dépendants.

Géraud Brillat était toujours prêt à s'adapter. Un serviteur frappa à la lourde porte. Le banquier précéda ses hôtes vers la grande salle d'apparat ouverte pour l'occasion et réchauffée par le feu de deux grandes cheminées en vis-à-vis. Autour de la table d'honneur, les invités étaient installés sur des bancs de bois. Omblard voisinait avec les représentants de diverses confréries. Entre deux têtes, il apercevait Martin assis avec les jumeaux et leurs cousins Gayte. Il s'étonna de le voir immobile, étranger aux conversations pourtant joyeuses autour de lui. Cherchant son regard, il le vit rivé sur la belle Isabelle.

Celle-ci minaudait. A sa droite, se penchait vers elle le poète Thomas. Il faisait les belles soirées de la cour littéraire que l'évêque Aimar se piquait de favoriser et dont Isabelle était la reine. Les beaux esprits de la cité venaient y composer et y réciter des lais. Thomas y brûlait d'amour pour elle dans des poèmes enflammés.

Mais Martin savait maintenant qu'il ne brûlait pas d'amour seulement en public et platoniquement! Obsédé par la jeune fille et faussant parfois compagnie aux jumeaux, il s'était fait un jeu de la suivre et avait vite découvert son secret. Officiellement en visite chez sa tante Monique, religieuse au monastère Sainte-Marguerite, déjouant toute surveillance grâce à ce pieux prétexte, elle ne faisait qu'une brève halte dans le cloître. Martin,

---

1. Édouard Ier (1272-1307).

installé derrière un poteau cornier sur la place voisine pour guetter sa sortie, avait eu la surprise de la voir réapparaître très vite.

En se dissimulant, il avait alors suivi, fasciné, son pas léger et sa démarche ondulante, ses cheveux noirs cachés sous un voile. Tout à coup, la jeune fille s'était arrêtée devant une petite maison de la rue Saint-Ferréol. A peine toquée, la porte s'était ouverte. La visiteuse s'était engouffrée à l'intérieur sans jeter un regard alentour. Intrigué, Martin avait attendu. Le temps lui avait paru bien long. Puis les pentures de la porte avaient enfin bougé et quel n'avait pas été son ébahissement de voir apparaître dans l'embrasure non seulement Isabelle mais Thomas le poète à qui elle adressait un dernier salut d'une tendresse manifeste.

Le ciel était tombé sur la tête de Martin abasourdi. Et depuis, il avait assisté plusieurs fois à ce manège. Déçu, il regardait maintenant Isabelle autrement, mais il ne pouvait empêcher son cœur de battre dès qu'elle apparaissait. Ce soir, il était encore plus amer, se demandant si l'âme d'Isabelle n'était pas décidément aussi noire que ses cheveux !

Ne la quittant pas des yeux, il la voyait tendre avec Thomas, trop tendre, puis se détourner volontiers pour regarder droit dans les yeux d'un autre : Philippe de Mozac, le juriste de Riom, engagé par Géraud Brillat pour rédiger une charte à propos des remparts de la cité.

A l'opposé du papillonnant et brillant Thomas, véritable feu-follet d'une extrême séduction, Philippe parlait posément, avec détachement mais lorsque ses yeux, d'un bleu si profond, rencontraient les braises du regard d'Isabelle, il y passait un éclair fugitif mais si vif qu'un étrange courant transportait la jeune fille. Philippe ne disait pas de lai, ne chantait pas, ne grattait pas de viole. Il usait du bleu de ses yeux. Et Isabelle vibrait. Elle qui semblait avoir le monde à ses pieds, pliait sous ce regard qui l'emportait vers d'autres horizons.

Sûre de la flamme de Thomas qu'il lui prouvait, oh combien ! dans la petite maison de Saint-Ferréol, elle aurait tout donné pour connaître les sentiments du glacial Philippe. Et ce n'était pas faute de le provoquer ! Combien de fois était-elle allée le voir dans la librairie de son père, l'aguichant de sa cotte déboutonnée, de ses estivaux délacés ou de sa chevelure dénouée. Philippe posait son œil bleu sur le cou ou la cheville provocateurs sans broncher et continuait à discourir sans se départir le moins du monde de son calme naturel. Isabelle, furieuse, dépitée, courait alors à ses rendez-vous avec Thomas qui la recevait tout ardente dans ses bras. Il ne se doutait pas que ce feu brûlait pour un autre.

Entre les deux jeunes gens, aussi beaux l'un que l'autre, Isabelle rayonnait. Martin la regardait. Leurs yeux se croisèrent un instant. Martin sentit une onde de plaisir l'envahir pendant qu'Isabelle s'alanguissait sur le bras de Thomas, tout en fixant Philippe impassible.

Le repas paraissait long maintenant à Martin dont les nerfs à vif ne furent guère calmés par les quelques ménestrels envoyés par les confréries de Saint-Julien et de Saint-Genès. Les mots d'amour des poèmes ou des lais interprétés au son de violes et de tambourins, à la lueur des torches, ne firent qu'aviver sa peine.

Il ne revint sur terre qu'au moment où les bancs grinçant sur la pierre sombre indiquèrent un mouvement général de l'assistance heureuse de se dégourdir les jambes.

— Viens, fit Vital en lui tirant la manche de sa cotte, mon père nous fait signe d'approcher.

Gilles Aycelin avait manifesté le vœu de se faire présenter les jeunes de la table de Martin :

— Messires, dit-il aux deux Géraud, ces jeunes gens mériteraient d'étudier à Paris. Je serais heureux de les accueillir au collège que je viens de fonder avec mon frère le cardinal. Ils pourraient suivre les cours de l'université. Si vous voulez en faire des marchands ou des banquiers capables de rivaliser avec les Italiens, des juristes pour interpréter les lois que le roi et ses conseillers préparent ou pour mener des ambassades! A Paris, la société est cosmopolite. C'est un bon creuset. Pensez-y, messires, j'aurais beaucoup de plaisir à guider les pas de ces jeunes gens. L'air de Paris rend libre, ajouta enfin l'archevêque d'un air à la fois entendu et mystérieux.

Les deux Géraud acquiescèrent, trop conscients que les gens de robe prenaient le pas intangiblement sur les marchands et que la fréquentation des écoles de droit par leurs fils leur permettrait de continuer dignement et efficacement leurs affaires. Géraud Brillat présenta encore Philippe de Mozac à qui l'archevêque s'intéressa beaucoup, tout en glissant un œil pénétrant vers Isabelle. Il se souvenait des propos de son frère. Géraud oublia au contraire Thomas. C'était sciemment car l'intimité trop grande du poète avec sa fille l'indisposait même si elle l'attribuait à l'amour de la poésie.

Après le départ de Gilles Aycelin à qui Gaucelin, son frère Étienne, sa belle-sœur Marie et un serviteur muni d'une torche emboîtèrent le pas, Omblard entraîna Martin. Le vin de Chanturgue bu sans y prêter attention brouillait les idées du jeune homme qui s'accrochait au bras du peintre. Dans la pénombre de la rue Ferreterie, ils croisèrent Gros-Moulu qui avait aussi bien arrosé l'enterrement de l'architecte :

— Oh messires... Gros-Moulu pour vous servir, débita-t-il d'une voix pâteuse avant de s'écrouler devant une porte cochère.

Deux ribaudes qui avaient profité de l'effervescence générale pour quitter leur rue des Commanderesses et offrir leurs services dans d'autres quartiers les interpellèrent encore juste devant leur porte.

Quand Martin s'endormit enfin, le cœur chaviré, l'image de Radegonde se superposait à celle d'Isabelle. Les cheveux blonds se mêlaient aux noirs; les yeux bleus dansaient avec ceux de braise.

— Radegonde est-elle aussi traîtresse qu'Isabelle?

Martin n'eut que le temps de se poser la question avant de sombrer dans un sommeil comateux. Et comme il ne possédait pas les éléments de la réponse...

5

Gilles Aycelin quitta Clermont le lendemain. Il avait convoqué le matin Pierre Deschamps pour l'entretenir d'un projet qui lui tenait à cœur :

— Il est temps de songer à une chapelle pour abriter ma sépulture et celles des miens qui ne s'en soucient guère ! Je souhaite en édifier une à Billom, près de l'église Saint-Cerneuf. Mon oncle Herbert, le chanoine, fera les démarches nécessaires pour acquérir un terrain. Son chapitre est à court d'argent depuis la reconstruction de la collégiale et sera sûrement heureux de m'en céder un ! Je paierai bien. Tu me fais un projet. Il faudra aussi un peintre. Et n'oublie pas que près de Billom et non loin de notre terre de Montaigut, il y a le château de Ravel et son illustre habitant, mon collègue au conseil du roi, Pierre Flotte. Il a la tête bourrée de projets pour son château ! Il y aura du travail pour toi.

Clermont retrouva son calme et la vie reprit son cours. Martin, Vital et Agricol suivaient avec assiduité l'enseignement des frères et des chanoines, qui se partageaient non sans rivalité l'éducation des jeunes Clermontois. Les premiers enseignaient grammaire, logique et rhétorique, les seconds arithmétique et astronomie, en se réservant aussi la théologie. Une rivalité d'autant plus marquée que l'école sur le plateau central en bordure du jardin épiscopal devenue trop petite, les chanoines avaient ouvert une annexe tout près du couvent des cent frères.

Chaque matin, Martin et les jumeaux franchissaient donc la porte Champet pour suivre leurs cours, allant alternativement d'un bâtiment à l'autre. Martin réussissait en arithmétique et géométrie. Il dessinait sur des parchemins des figures avec un art de la triangulation qui étonnait son maître, le chanoine Raoul de Pol, paré d'une aura toute particulière par ses études à l'université de Montpellier. Le maître et l'élève rivalisaient en calculs savants et Martin appliquait même parfois son savoir en travaillant avec les comptables de Géraud Brillat. Certains marchands clermontois faisaient aussi appel à lui pour mettre de l'ordre dans leurs comptes. Le jeune homme s'acquittait de ces besognes plus par amour du calcul que pour quelques sols. Pierre Deschamps utilisait aussi ses dons pour chiffrer certains éléments de construction.

Martin, esprit rigoureux, était aussi un as de la grammaire et à l'école « près des Frères prêcheurs », comme on disait à Clermont, il tirait grand bénéfice des leçons de frère Jacques. Le moine apportait parfois de la librairie du couvent des manuscrits d'auteurs antiques. L'ouvrage préféré de Martin, que frère Paul, le maître de rhétorique, montrait en récompense, était la copie de l'encyclopédie de Raban Maur. C'est avec avidité que l'étudiant écoutait le moine lire des passages du *De universo* qui le ravissait. Sa curiosité naturelle le portait aussi vers les « sommes » de Thomas d'Aquin.

Vital et Agricol étaient plus dilettantes mais brillaient en dialectique et rhétorique. Vital, très bavard, entraînait les deux autres dans des discussions sans fin vers des querelles verbales étonnantes auxquelles Isabelle prenait parfois part, à la plus grande joie de Martin. Ces joutes oratoires en présence de sa belle l'obligeaient à sortir de sa réserve habituelle et il prenait alors goût à ces disciplines vers lesquelles son penchant naturel ne le portait pas.

Les trois adolescents étaient de plus en plus soudés par une amitié solide. Vital et Agricol avaient deviné les sentiments de Martin pour leur sœur mais avec beaucoup de délicatesse n'en touchaient mot. Pour les jumeaux, Isabelle était si lointaine, si distante, un peu hautaine, appartenant presque à un autre monde. Ils connaissaient son manège avec ces deux hommes qui l'entouraient sans cesse mais n'en réalisaient pas vraiment l'enjeu. Contrairement à Martin, les jumeaux étaient peu éveillés aux émois du cœur et de l'amour.

— Vous devez lire ces auteurs anciens, rabâchait frère Paul un matin, après leur avoir raconté, goguenard,

60

qu'autrefois, les moines devaient se gratter l'oreille avec un doigt quand ils lisaient ces manuscrits, comme un chien se gratte avec sa patte.

— C'est-à-dire comme un infidèle puisque l'infidèle est communément comparé à un chien.

Si Martin était béat d'admiration devant le savoir des frères, Vital et Agricol avouaient leur perplexité et n'avaient souvent de cesse que le cours se termine pour entraîner leur ami vers des activités plus divertissantes.

— Vite, courons à l'Échaudé pour voir fouetter le blasphémateur condamné hier.

— Et mettre au pilori [1] Jehan Leloup, l'écorcheur, l'assassin des dames « monstrans testins et mal notées », ajoutait Vital, que cette expression entendue un jour au tribunal ravissait.

Les jumeaux adoraient ces spectacles qui n'intéressaient guère Martin. Depuis l'Échaudé, où était dressé le pilori, il traversait le jardin de l'évêque avec la rare permission de Jean-Baptiste auquel il avait rendu de menus services. Respectant les allées toujours fraîchement ratissées, il en profitait alors pour rendre visite à Omblard.

L'artiste avait achevé la peinture de saint Georges, impressionnante avec son fond bleu de lapis-lazuli, sa bordure animalière et ses acteurs gracieux et colorés. Les rehauts d'or contribuaient encore à la qualité de l'ensemble qui chatoyait lorsque le soleil entrait dans l'église à l'orient et au midi. La réussite était totale. Géraud Brillat n'avait pas ménagé ses compliments lorsqu'il avait vu l'œuvre finie et dame Jeanne s'était réjouie qu'Omblard ait su si bien s'inspirer de son précieux manuscrit.

— Quel bonheur de trouver un artiste qui comprend si bien nos désirs! confia-t-elle, en regardant gracieusement son époux.

Celui-ci était ravi d'offrir ainsi un nouveau témoignage de sa richesse aux yeux de tous. Il était aussi satisfait d'avoir pu sacrifier au vœu de son ami pour lequel il eut une pensée. Le chanoine Gauthier célébra une messe dans la chapelle pour consacrer sa décoration. Toute la famille Brillat y assista au grand complet, avec Martin qui eut, dans cet espace réduit, la joie indicible d'être placé à côté d'Isabelle. Ses pensées n'avaient guère été pieuses

1. Poteau avec une roue où on attachait un condamné à l'exposition publique.

pendant l'office. Il humait le doux parfum de rose qu'il aurait reconnu au bout du monde et dont il savait que maître Guillaume, herbier-parfumeur, était le spécialiste. Il avait vu plusieurs fois Isabelle entrer dans l'échoppe, signalée à l'extérieur par une enseigne brillante ornée d'un joli bouquet d'herbes et de fleurs.

Martin écoutait le bruit de l'étoffe de sa cotte chaque fois qu'ils se levaient ou s'asseyaient. Le tissu, acheté à un marchand de Palerme par Géraud lors d'un voyage à Gênes pour y rencontrer quelque banquier de la péninsule, offrait pourtant des motifs bien français : la fleur de lys royale. Le marchand en avait donné l'explication à Géraud intrigué : il faisait travailler des artistes français venus en Sicile avec Charles d'Anjou. Géraud avait acheté la pièce dont le marchand avait aussi vanté le savoir-faire italien. Martin détailla mille fois pendant l'office ce tissu sur lequel reposaient les jolies mains d'Isabelle. Depuis qu'il l'avait vue et revue courir à ses rendez-vous avec Thomas, elle était certes descendue de son piédestal, mais aussi devenue plus accessible. Le jeune homme pria seulement pour demander à saint Georges de posséder au moins une fois Isabelle.

A la fin de l'office, Géraud Brillat matérialisa son contentement par une bourse bien gonflée, posée dans la main d'un Omblard ébloui. Il lui rappela qu'il l'attendait dans sa maison pour la décoration de sa loggia.

— J'ai commencé la madone du chanoine Gauthier. Il a trop peur de mourir avant que j'aie fini.

Gauthier s'était approché :

— Oh oui, messire Géraud, souffrez que maître Omblard achève ce travail avant de venir chez vous.

Géraud promit. Il avait une certaine tendresse pour ces chanoines, simples, sans ambition, ce qui lui paraissait incroyable.

— Oui, chanoine Gauthier, mais n'augmentez pas votre commande car je compte sur maître Omblard le plus tôt possible.

La peinture de saint Georges avait été pour l'artiste un coup de maître. Tous les bourgeois de Clermont souhaitaient maintenant le faire travailler. Omblard voyait affluer les commandes, du travail pour plusieurs années. Géraud Gayte voulait une peinture de sainte Catherine, la patronne de son épouse, encadrée des images de saint Géraud et de saint Benoît pour qui il avait une dévotion particulière. Étienne Aycelin rêvait de trois tableaux de la vie de saint Étienne. Toutes les chapelles allaient être peintes autour du chœur de la cathédrale pour les bourgeois ou les confréries. Celle des orfèvres avait un grand projet d'une vie de saint Éloi, sans oublier les pèlerins revenus de Saint-Jacques-de-Compostelle qui souhaitaient une grande effigie de l'apôtre et leurs portraits en costume de jacquets [1].

Le jour de l'inauguration de la peinture de saint Georges, Marguerite était là aussi, modeste dans sa cotte de tissu léger. Omblard l'avait présentée à Géraud et à sa famille. Martin l'avait déjà rencontrée plusieurs fois car Marguerite tenait de plus en plus souvent compagnie au peintre et il l'avait même trouvée un pinceau à la main. C'est elle qui avait brossé le bleu de lapis-lazuli dans la peinture. Martin l'appréciait. Il aimait son regard si doux où brillait encore une petite lueur de sa peine secrète.

Abandonnant ses amis à l'Échaudé, Martin trouva Omblard très occupé. Il travaillait au portrait du chanoine Gauthier posant assis sur un escabeau et paraissant en pénitence; le peintre lui avait expliqué qu'il ne pourrait le croquer s'il parlait sans cesse. Immobile, le gros homme semblait encore plus replet, les chairs du menton posées sur son camail encore plus flasques. Martin trouva l'esquisse assez ressemblante et félicita Omblard.

— Tu trouves que c'est bien moi? s'inquiéta Gauthier, profitant de l'arrivée de Martin pour dégourdir et sa langue et ses jambes.

— Mais oui, c'est bien vous.

— Martin, la madone, je la fais blonde ou brune? questionna tout à coup Omblard qui travaillait à la céruse les quelques poils de la chevelure du chanoine. Si tu la veux blonde, tu me prêteras ton parchemin, si tu la veux brune, je travaillerai de mémoire.

Martin se renfrogna.

— Tu hésites? ajouta Omblard, le sourire aux lèvres.

— Et pourquoi elle ne ressemblerait pas à Marguerite, votre madone? finit par dire Martin, un peu effronté.

— Marguerite, je la garde pour moi. Elle n'est pas pour les chanoines! Car, tu sais Martin, ils veulent tous se faire peindre autour de la Vierge du chanoine Gauthier.

1. Pèlerins de Saint-Jacques-de-Compostelle.

Martin se détendit :

— Faites-la blonde, maître Omblard, Radegonde peut être l'image de la madone, pas Isabelle.

Omblard sourcilla devant le ton à la fois péremptoire et agacé de Martin. Il pressentait une grande souffrance chez Martin et cela le peinait.

— Et si on demandait l'avis du chanoine ? ajouta Martin.

— Oh, moi les femmes...

Le ton de Gauthier était si embarrassé que tous s'esclaffèrent, y compris le chanoine.

Quelques jours plus tard, Martin découvrit une nouvelle Radegonde que priait le chanoine peint amplement drapé dans une grande aube blanche. Un ange au fin minois l'éclairait d'un cierge. Omblard avait repris pour l'ange les traits du saint Georges de Géraud et Gauthier avait exigé le même fond bleu qui donnait grande allure à ses cheveux blancs et à ses yeux verts.

— Alors, elle te plaît ? demanda Omblard.

— Quelle pureté, quelle clarté ! Oh, maître, si je savais ce qu'elle fait aujourd'hui, Radegonde ! Son père l'a peut-être promise à un godelureau. Je le tuerai.

— A propos de mariage, dit Omblard, je t'annonce que j'épouse Marguerite. Nous avons fixé la fête pour la Saint-Jean.

Martin s'attendait à la nouvelle et sauta au cou d'Omblard avec une pointe d'anxiété :

— Je serai tout de même toujours votre fils ?

— Mais oui ! affirma Omblard, plus ému qu'il ne voulait le paraître.

Le soir même, Martin répandit la nouvelle chez les Brillat. Géraud lui remit un beau tissu diapré acheté à un marchand de Lucques pour la robe de mariée.

— Ce décor opaque et tissé serré sur fond brillant donne des reflets nacrés à cette étoffe qui iront très bien à Marguerite, commenta dame Jeanne. N'est-ce pas, Isabelle ?

Celle-ci eut une moue indifférente qui exaspéra Martin.

« Décidément, elle n'a pas une tête de madone », pensa-t-il en serrant contre lui la pièce d'étoffe qu'il rapporta aussitôt chez Omblard.

Le peintre s'était peu à peu imposé à l'esprit de Marguerite. Sa gentillesse, sa tendresse, son amour du travail bien fait et aussi son enthousiasme parfois avaient eu raison de ses réticences. Marguerite avait d'abord été torturée par l'idée du parjure. Elle trahissait Hugues qu'elle avait juré d'aimer toujours lors de son mariage et sur son lit de mort. Pierre avait beau lui répéter que Hugues était mort et qu'elle était délivrée de sa promesse, leurs discussions s'envenimaient :

— Tu n'as qu'à rentrer au couvent! finissait par dire, épuisé, le pauvre Pierre à bout d'arguments.

— Ah non, pas chez les sœurs, répondait Marguerite, moi je n'ai pas l'esprit à prier tout le jour et la nuit. Je veux me promener, cultiver mon jardin, mes roses, mes herbes. Avoir une maison propre et nette et puis peut-être des enfants.

— Eh bien alors, marie-toi. Omblard t'aime, il est bon, travailleur. Que peux-tu demander de plus?

— Oui, mais Hugues...

— Quoi, Hugues?

Quelques jours plus tard, la conversation reprenait. La même! Marguerite passait pourtant de plus en plus de temps auprès d'Omblard et devait s'avouer en être bien heureuse. Un jour enfin, elle quitta la cathédrale en compagnie du chanoine Gauthier à qui elle confia son angoisse. L'ecclésiastique lui rit au nez :

— Ma chère enfant, pour faire le bonheur d'un homme mort, Dieu ait son âme, vous n'allez pas faire le malheur d'un homme bien vivant. Quelle infamie! Qu'attendez-vous pour épouser Omblard et pour lui faire de beaux enfants? Tenez, je vous marierai si vous le voulez bien.

Marguerite fondit en larmes, embrassa le chanoine qui rentra la joue humide chez lui, ce que ne manqua pas de remarquer l'œil soupçonneux de Berthe. La jeune femme de son côté courut se réfugier dans son jardin où un printemps précoce avait déjà fait éclore quelques fleurs. Elle pria la madone et Hugues de lui pardonner son infidélité : elle épouserait Omblard.

Ce premier dimanche de carême, Omblard emmena Marguerite suivre la messe de Sainte-Marie-Principale. Arrivés en avance, ils se trouvaient au premier rang. Dans le chœur si petit à côté de celui de la cathédrale, les stalles d'un beau bois patiné et travaillé accueillaient les chanoines. Celui qui célébrait la messe dominait l'autel de sa haute stature. Il était réputé pour ses sermons, préparés avec soin. Partant toujours d'une historiette pittoresque de la vie quotidienne de ses ouailles, l'orateur illustrait un passage des Écritures avec beaucoup de brio et rivalisait ainsi avec le verbe de ses voisins, pourtant si renommés en la matière, du couvent des dominicains. Les chanoines de Sainte-Marie s'en réjouissaient car les quêtes s'en ressentaient et la fabrique était prospère, subvenant largement aux besoins de l'église et des chanoines.

A l'issue de la cérémonie, Omblard salua le maître de la fabrique, le chanoine Roger, déjà rencontré à la cathédrale, puis observa les sculptures de Robert, l'aïeul de Pierre l'Imagier.

— Regarde, dit-il à Marguerite, les vertus avec leur cotte de mailles. Aujourd'hui les imagiers préfèrent les habiller avec de longues cottes plus à la mode.

Ils s'arrêtèrent aussi devant l'avare placé entre deux démons horribles.

— Mon père m'avait dit un jour que cet avare lui rappelait le procureur de la fabrique de la cathédrale quand il est arrivé à Clermont, un certain Bonaventure. Il trouvait toujours que l'évêque Hugues était trop dépensier et refusait toute avance, ne payait les ouvriers du chantier que lorsqu'il ne pouvait vraiment plus faire autrement...

Ils partirent en direction de Chanturgue, descendant vers la Tiretaine, puis longeant les moulins dont les ailes se reposaient pour respecter la trêve dominicale des meuniers et de leurs ouvriers. L'évêque Aimar avait dû récemment rappeler à l'ordre cette confrérie qui aurait volontiers oublié d'arrêter ses activités les dimanches et jours de fête. Il faut dire que la cinquantaine de jours chômés chaque année pesait lourd sur l'économie des cités.

Omblard et Marguerite s'engagèrent ensuite dans un chemin étroit au milieu des vignes. Quelques vignerons les saluèrent. Une charrette brinquebalant dans les ornières descendait vers la cité, emmenant l'un d'eux et sa famille nombreuse et piaillante. La montée devenait plus rude. Un peu essoufflés, ils s'installèrent au pied d'un noyer face au midi et à la ville dont ils apercevaient les clochers et les remparts.

— Sainte-Marie-Principale et ses deux clochers, Saint-Ferréol, Saint-Alyre, les Frères prêcheurs, Saint-Genès, Sainte-Madeleine. La cathédrale aurait bien besoin d'un grand clocher, observait Marguerite, je ne sais si c'est dans les projets de la fabrique.

Puis elle ajouta très vite :
— Omblard, je voudrais te parler...

Omblard la regarda avec une infinie tendresse :

– Que veux-tu me dire ?

– Voilà, Omblard, je veux bien t'épouser, dit précipitamment la jeune femme.

Omblard, ému, sourit et railla :

– Mais je ne te l'ai jamais demandé.

Marguerite rougit mais n'eut pas le temps de protester. Omblard la serrait déjà dans ses bras :

– Marguerite, c'est vrai ce que tu me dis ?

Le lendemain, Omblard rendit visite à Cyprien Delaure, orfèvre dans la rue Saint-Barthélemy. C'est lui qui, au nom de sa confrérie, avait signé le contrat pour une peinture dans leur chapelle de la cathédrale.

– Je me marie ! dit simplement Omblard, faites-moi de belles alliances en or brillant... Et si vous aviez une petite pierre de couleur, vous pourriez la sertir sur la bague de ma fiancée.

Cyprien Delaure promit de faire du bel ouvrage pour Omblard qu'il tenait en grande estime.

Marguerite devait se marier dans sa paroisse Sainte-Madeleine, une église modeste. D'autant plus modeste qu'elle se trouvait à l'ombre de la grande abbatiale Saint-André où les dauphins d'Auvergne avaient leur sépulture et où le cœur et les entrailles du roi Louis VIII avaient été déposés après sa mort au château de Montpensier alors qu'il rentrait à Paris d'une expédition dans le Languedoc. Les prémontrés avaient bâti leur église en bordure de la forêt du Bois du Cros sur des terres vendues par les seigneurs du même nom.

Marguerite allait parfois se promener dans cette forêt. A l'automne l'animation y était grande. Les paysans y conduisaient leurs porcs pour la glandée. Les seigneurs du Bois du Cros y chassaient aussi le faisan, la bécasse ou le sanglier. Marguerite y avait entraîné Hugues et ils avaient bien ri de voir opérer les chasseurs de bécasses dont le volailler de la rue des Vieilles-Boucheries disait que c'étaient « les plus sots oiseaux du monde » ! Les chasseurs, enveloppés d'une ample cotte couleur feuille morte leur couvrant même la tête, guettaient les bécasses par deux petits trous ménagés à hauteur des yeux. Ils jouaient aux arbres, figés dans une immobilité totale, les bras coincés sur des bâtons. Une fois les oiseaux posés à proximité, ils s'avançaient en tapant l'un contre l'autre des pieux avec des chiffons rouges pour distraire l'animal et enfin l'attrapaient au lacet. Les deux jeunes gens avaient ri à en perdre haleine en voyant cet étrange manège où l'homme n'avait guère l'air plus malin que l'animal! C'était un des rares souvenirs de leur brève vie commune.

Le curé de Sainte-Madeleine accepta sans peine que le chanoine Gauthier vienne célébrer la messe d'épousailles. Il savait que les mariés seraient généreux pour sa paroisse et tenait en grande estime Marguerite et sa famille. Pierre Deschamps n'avait pas ménagé son aide à la fabrique lorsque les murs de l'église offrirent en quelques mois un dangereux dévers. Il calcula de bons gros contreforts pour étayer la lourde voûte, bâtie trop sommairement.

Marguerite et Omblard délibérèrent pour savoir où ils habiteraient. Le peintre hésitait à s'installer dans la maison construite par Hugues mais ne voulait pas brusquer Marguerite. La petite maison louée à Berthe serait trop petite et Omblard avait un vieux rêve : construire une belle maison. Il avait, semble-t-il, trouvé le port où il souhaitait rester avec une femme et du travail jusqu'à la fin de sa vie. S'étant ouvert de ce projet à Géraud Brillat, celui-ci lui conseilla d'acquérir un terrain dans le quartier Saint-Genès au-delà de l'Échaudé, au sud de la cité.

– La population augmente et la cité va sortir de ses limites actuelles. Vers le sud, les terrains y sont salubres.

Géraud Brillat avança même quelques deniers à Omblard pour cet achat de cent arpents de terre. Bien exposé, ce terrain deviendrait un beau jardin pour Marguerite, le moment venu.

Omblard travaillait maintenant à la galerie des Brillat. Le chanoine Gauthier déplorait son absence à la cathédrale mais savourait quotidiennement la joie de se voir sur le mur du déambulatoire, jalousé par ses collègues qui piaffaient d'impatience à l'idée d'admirer bientôt, à leur tour, leur effigie. Omblard avait tracé une esquisse au charbon noir et discuté avec Géraud et Jeanne des animaux à représenter. Outre l'éléphant auquel Géraud tenait, il laissa Jeanne établir le programme. Les récits de voyage qu'elle aimait lire avaient suscité en elle un certain goût pour l'exotisme. Les plus jeunes enfants, Anne et Pierre, ne juraient que par les singes depuis qu'ils avaient vu l'an passé un bateleur devant la porte Champet :

– Maître Omblard, vous auriez vu ça! Les singes étaient habillés comme nous, faisaient la quête et des cabrioles. L'un allait même à dos de mulet, l'autre jouait du triangle et le dernier du tambourin.

Les yeux noirs de l'adorable enfant brillaient en évoquant ces souvenirs et émouvaient presque le peintre.

Vital et Agricol parlaient de sirènes. Ils avaient découvert les formes pleines de celles-ci sur des chapiteaux de l'église Saint-Pierre et pensaient qu'elles seraient du meilleur effet. Isabelle vantait les mérites des oiseaux. Thomas lui avait raconté mille choses sur les volatiles et son père lui avait rapporté de Gênes un perroquet qu'elle avait mis à la filière; il était attaché par une patte dans la journée et mis dans une cage pendant la nuit dans la cour. Malheureusement, le perroquet baragouinait italien et son apprentissage du français n'était guère satisfaisant, car les jumeaux ruinaient les efforts de leur sœur en perturbant les leçons par toutes sortes de mots grivois, voire grossiers, ce qui faisait hurler leur mère.

– Faites des oiseaux, maître Omblard, disait Isabelle, des aigles, des faucons, des cailles, des perdrix, des mésanges... et pourquoi pas un coq, un canard ou un paon?

– Mais non Isabelle, ce n'est pas de l'art, le coq ou le canard de la basse-cour du père Grégoire, rétorquait dame Jeanne, moi, je ne rêve pas devant un coq ou un canard.

Omblard s'amusait de ces discussions sans fin. Cependant, au bout de quelques jours et de quelques esquisses, on se mit d'accord pour un semis de fleurs et de feuilles où apparaîtraient tous les animaux suggérés par les membres de la famille.

– Il y en aura pour tous les goûts, conclut Géraud, à vous de jouer maintenant, maître Omblard.

De la galerie, Omblard profitait des discussions et des jeux des garçons. Anne se réfugiait parfois dans la galerie quand les grands voulaient bien jouer à cache-cache avec elle et Omblard l'aidait à se dissimuler. Les parties de colin-maillard étaient aussi fort animées dans la grande cour avec amis et cousins. Les grands y participaient à la plus grande joie ou au plus grand désespoir des petits. Un jour, Martin et Agricol guidèrent le pauvre Pierre jusqu'au bassin central où il tomba. Très dépité, il vint s'ébrouer auprès d'Isabelle qui le rabroua à cause de sa cotte irrémédiablement tachée par l'eau.

Ces scènes familières ravissaient Omblard dont le cœur s'allégeait de jour en jour avec l'approche du mariage. Le curé de Sainte-Madeleine avait publié les bans trois dimanches consécutifs et il n'avait reçu aucune opposition. Marguerite venait seulement chercher Omblard le soir car elle travaillait avec sa belle-sœur, Élisabeth, à sa cotte taillée avec soin dans le beau tissu de messire Géraud. Des escoletés [1] avaient été commandés chez le chaussetier d'Isabelle ainsi qu'un couvre-chef et un touret [2] chez la mercière de la rue Saint-Genès. Celle-ci avait préconisé la plus fine toile blanche que son mari achetait aux foires de Reims. Marguerite ramènerait ses cheveux en tresse et les emprisonnerait dans cette coiffe. Dame Barbe avait insisté pour y ajouter une touaille, pièce de lingerie prise dans l'encolure de la cotte et épinglée aux tampons latéraux de la coiffe. Le mercier, Jacques Lefils, avait rapporté des dessins de Paris où on lui avait assuré que la reine et les dames de la cour portaient cet artifice.

Omblard aussi serait habillé de neuf. Le fripier y avait pourvu : chemise en toile fine et braies en toile de Reims, braiel [3] et chausses de soie bariolée, doublet [4] sans manche, cotte et surcot. Ce dernier avait des manches courtes et une large fente avec des boutons d'argent. Des estivaux noirs complèteraient la tenue ainsi qu'un chapel de fil et de soie.

Enfin le jour vint. Les fiancés, superbes, entrèrent dans l'église où avait pris place une nombreuse assistance, la clientèle d'Omblard avec au premier rang la famille Brillat. Martin était lui aussi habillé de neuf. Puis les amis du chantier de la cathédrale : Pierre l'Imagier, Charles le Verrier, les charpentiers, les couvreurs, les maçons et les tailleurs, Guillaume, l'aide d'Omblard. Les confréries étaient aussi représentées, avec au premier rang maître Delaure.

Gauthier accueillit les fiancés devant la porte de l'église dont le linteau en bâtière présentait une Vierge à l'enfant entourée des mages. Pierre Deschamps mena sa sœur jusqu'à l'autel, précédée d'enfants desservants porteurs de cierges. Omblard suivait avec sa nouvelle belle-sœur, Élisabeth et les neveux de Marguerite fermaient le cortège.

---

1. Soulier le plus courant retenu par une lanière et une boucle.
2. Coiffe faite d'une bande de toile plissée et empesée.
3. Ceinture pour retenir les braies ou pantalon.
4. Sorte de gilet.

Gauthier bénit les anneaux. En passant l'anneau orné d'un petit saphir au quatrième doigt de Marguerite, Omblard prononça d'une voix légèrement émue la phrase rituelle que le chanoine lui avait apprise :

— De cet anneau, je t'épouse et de mon corps je t'honore.

— De cet anneau, je t'épouse et de mon corps je t'honore, répéta Marguerite, les larmes aux yeux.

Au-dessus de leurs têtes, les témoins, Pierre Deschamps et Géraud Brillat, tendirent un voile de toile pourpre pendant la bénédiction récitée d'une voix ferme par Gauthier. Ce voile tendu en signe de protection était une sorte d'engagement de la part des témoins.

Isabelle n'écoutait pas. Elle rêvait à Thomas, à Philippe... Thomas lui avait lu la veille un passage d'un *Traité de l'amour,* rédigé un siècle plus tôt par un clerc de la suite de la comtesse Marie de Champagne, une fille d'Aliénor d'Aquitaine, un certain André Le Chapelain :

— *Je tiens pour certain que tous les biens de cette vie sont donnés par Dieu pour faire votre volonté et celle des autres femmes...*

— La mienne, oui! avait soupiré Isabelle, voluptueusement lovée contre son amant.

Thomas avait souri et Isabelle n'avait pas aimé ce sourire. Puis, boudeuse, elle avait pensé à Philippe : « Fait-il la volonté des autres femmes ? »

Thomas, après un long regard appuyé, voire interrogateur, avait repris doucement sa lecture avec la Charte d'amour :

— *Qui n'est pas jaloux ne peut aimer... Personne ne peut être lié par deux amours...*

Thomas avait encore une fois fixé Isabelle avec un drôle de regard, puis continué :

— *L'amour croît ou diminue sans cesse. Ce qu'un amant prend de l'autre contre sa volonté n'a pas de saveur.*

Thomas, jetant son manuscrit, s'était alors jeté sur Isabelle.

— Non, criait-elle, ce qu'un amant prend de l'autre contre sa volonté n'a pas de saveur!

Voulait-elle lui rappeler qu'il avait obtenu ses visites dans la petite maison un peu contre son gré, même si elle y trouvait un plaisir toujours renouvelé ? Ce que Thomas ne manqua pas de lui prouver sur-le-champ.

Isabelle, lasse de sa rêverie, fixait maintenant Omblard et le trouvait bel homme. Bien bâti et fort, il rassurait. Mais savait-il parler d'amour ? Comment pouvait-il bien faire l'amour ?

Isabelle rougit d'avoir de telles pensées à l'église et baissa la tête, un peu contrite, ce qui ne l'empêcha pas de laisser son esprit vagabonder à nouveau vers les maximes d'André Le Chapelain apprises par cœur : « Qu'est-ce qui rend un amant plus heureux : l'espérance de jouir ou la jouissance elle-même ? »

Récitant mentalement ce texte, elle pensa à Philippe, puis planta son regard effronté dans celui d'Omblard qui descendait du chœur au bras de Marguerite.

Les mariés accueillirent leurs invités dans la maison de Pierre Deschamps dont la construction remontait pour une partie à l'époque de l'installation de son père à Clermont. Cette première campagne modeste avait ensuite été complétée par une belle bâtisse qui ouvrait sur une vaste cour agrémentée d'une galerie et d'une fontaine.

Élisabeth et Marguerite avaient préparé un abondant dîner que servaient des matrones affairées autour des tables dressées sur des tréteaux prêtés par maître Julien, chef de la confrérie des menuisiers. Des chaircuitiers [1] avaient livré le matin même des volailles en confit et des viandes farcies. Les matrones avaient déjà mis au four des lasagnes parsemées de fromage râpé en abondance ainsi que des raviolis faits de viande de porc, d'herbes et d'épices. Des rissoles grillaient dans la friture. Quant au vin de Chanturgue offert par le chanoine Gauthier, il était prêt à couler à flots.

Les jumeaux et Martin mangèrent avec appétit en dépit de préoccupations évidentes :

— Tu crois qu'ils viendront bien à temps ? interrogea Vital.

— Mais oui, ils ont l'habitude.

— J'ai peur qu'Omblard soit furieux, observa Martin, songeur et visiblement inquiet du mystérieux projet des jumeaux qui lui gâchait un peu sa journée.

— C'est la coutume. Omblard doit la connaître. Tu ne l'as jamais vue à Tours ou à Poitiers ?

— Non, mais Omblard la connaît peut-être, admit Martin mal à l'aise.

---

1. De « chair cuite ». Ancêtres des charcutiers.

La matrone qui les servait leur fit un clin d'œil entendu. En effet, c'était son fils qui devait opérer le soir.

– Alors les enfants, tout va bien ? demanda Omblard dans son tour de tables des invités.

Vital et Agricol plongèrent le nez dans leurs raviolis.

– Maître, je suis heureux pour vous, dit Martin avec sa sincérité coutumière.

Touché, Omblard lui mit la main sur l'épaule :

– J'espère que tu ne m'en veux pas. Je t'abandonne un peu.

– Je vais m'installer chez messire Géraud avec mes amis et dans quelques mois nous partirons tous à Paris au collège de monseigneur l'archevêque. Nous irons à l'université. Je n'aurais sûrement pas eu ces occasions inespérées si j'étais resté à Tours. Alors je vous dis merci, maître.

– Il n'y a plus de maître. Tu vas me dire Omblard et me tutoyer, conclut Omblard.

Martin lui sauta au cou.

Le repas tirait à sa fin.

Peu à peu les invités se retirèrent. Isabelle partit avec ses parents, ses frères et sœur. La petite Anne était un peu grise, Pierre ne se sentait pas très bien, il avait abusé des rissoles. Martin suivait sa nouvelle famille.

Omblard et Marguerite gagnèrent la maison de la rue des Tanneries où ils goûtèrent le calme retrouvé dans le jardin. Omblard puisa de l'eau fraîche au puits et ils s'assirent au milieu des rosiers aux senteurs inexprimables. Quel bonheur d'être seuls ! Puis, traversant la cuisine où dormaient écuelles, pots, poêles et plateaux autour de l'âtre qui n'avait pas connu de flambée aujourd'hui, ils montèrent dans la chambre.

Au coin de Sainte-Marie-Principale, faussant compagnie à leur famille, Martin, Vital et Agricol avaient couru rejoindre Justin, le fils de la matrone du dîner. Justin et ses amis, Michel, Austremoine, Pierre et Paul, avaient passé leur journée à courir les bouchers de la cité. Leur concentration rue des Vieilles-Boucheries et aux marchés de l'Échaudé et du Mazet avait facilité leur tâche. Dans une grande charrette prêtée par un bourrelier ami de Justin, ils avaient entassé carcasses et têtes de chevaux auxquelles s'ajoutait tout un lot de cornes de bovidés. Ils avaient aussi ramassé chez les maréchaux-ferrants et rue des Métalliers, des déchets de métaux. Enfin le fripier de la rue des Petits-Gras avait prêté de grandes houppelandes pour les déguisements et Justin avait confectionné des masques comme le lui avait appris l'aide vénitien du peintre Matteo, quelques années plus tôt. Il avait reproduit des têtes d'animaux assez grotesques avec une maladresse aboutissant à un résultat plutôt caricatural.

— Oh le beau charivari ! Faites voir les déguisements.

Les passants saluaient ainsi l'étrange cortège qui s'enfla peu à peu au fil des rues. Gros-Moulu, revenu depuis quelques jours d'Avignon où il avait suivi des manants de ses amis, faisait partie du lot avec d'autres individus peu recommandables : Trottemenu, sorti de la prison de l'évêque le matin même, trop content de se dégourdir les jambes ; Voirien, un aveugle trébuchant dans les ornières des rues où la charrette avait bien du mal à se frayer un chemin ; Gertrude, la ribaude, déjà complètement éméchée, un sein hors de sa cotte. Des enfants couraient bruyamment et les riverains sortaient sur le pas de leur porte pour invectiver les faiseurs de chahut.

Cahotante, la charrette parvint enfin rue des Tanneries. Justin ordonna le silence pour ne pas donner l'éveil. Devant la maison de Marguerite, tout se déroula comme prévu : au moment où les amis de Justin renversaient le contenu de la charrette dans un grand fracas, Justin grimpa avec une échelle à hauteur de la fenêtre de la chambre tandis que Vital et Agricol embouchaient leur trompette, Martin tapait sur un tambourin et les autres secouaient des clochettes.

Affolé, Omblard sauta du lit, enfilant précipitamment braies et chemise avant de courir dans l'escalier. En ouvrant la porte, il découvrit le désastre : un monceau de carcasses et de têtes chevalines sur lesquelles trônaient les cornes. Il se boucha les oreilles tant le vacarme était assourdissant et devina dans la pénombre avec stupeur ces grands gaillards masqués qui continuaient sans broncher leur concert discordant. Autour, la foule criait. Gros-Moulu s'avança :

— Quel beau charivari, maître Omblard, pour vous servir !

Omblard ne savait trop que faire. Il aurait donné cher pour savoir qui se cachait sous les masques.

— Mais oui, maître Omblard, quel beau charivari ! surenchérit d'une voix pointue Voirien. A Clermont quand un veuf épouse une veuve, voilà ce qui arrive, un beau charivari !

Omblard fixa les cornes.

— Allez, tout le monde se replie, cria enfin Justin, jugeant que la plaisanterie avait assez duré.

— Bonsoir, maître Omblard, et faites mes civilités à dame Marguerite.

— Oui, reprit en chœur l'assistance, saluez dame Marguerite.

Un gros rire éclata. Martin était gêné. Ce ne fut que bien plus tard qu'il avoua à Omblard que Vital et Agricol avaient commandé ce charivari à Justin et que cela leur avait coûté fort cher.

6

Omblard et Marguerite furent réveillés par le glas de l'église Sainte-Madeleine et, en prêtant attention, ils perçurent aussi celui de l'abbatiale Saint-André et, encore au loin, des bruits sourds de cloches lugubres. Omblard se leva, laissant Marguerite, maintenant fatiguée par sa grossesse, paresser dans leur lit douillet comme elle en avait pris l'habitude au cours des dernières semaines.

Omblard sortit dans la rue au moment où le crieur, précédé d'un sonneur de clochettes au geste énergique, déroulait son parchemin :

– Nous, Jean, prévôt du chapitre de la cathédrale, savoir faisons aux bourgeois, manants et habitants de Clermont, que monseigneur l'évêque Aimar de Cros est mort hier, jour de la Saint-Romain. Nous, Jean, prévôt du chapitre de la cathédrale, faisons savoir que les funérailles solennelles de monseigneur l'évêque seront célébrées demain en l'église cathédrale.

A l'autre bout de la cité, le père Grégoire, occupé à soigner sa basse-cour, avait écouté sonner les glas de la cathédrale et de Sainte-Marie-Principale, puis les clochettes du crieur. Rentré dans la cour, il aperçut Géraud Brillat penchant sa haute stature au-dessus de la balustrade de la galerie peinte par Omblard avec des animaux qui sidéraient Grégoire.

– Grégoire, que se passe-t-il ?

– Monseigneur l'évêque est mort hier après les vêpres, on l'enterre demain.

Géraud rentra précipitamment dans sa chambre où

dame Jeanne s'étirait langoureusement sous la grosse couette d'hiver.

— Ma mie, Monseigneur est mort!

Géraud s'habilla rapidement, enfilant ses braies qu'il retenait d'un fin braiel de cuir rapporté de Florence, sa chemise si fine rehaussée de broderies, sa cotte et son surcot à manches. La mort de l'évêque était toujours pour la cité un événement puisqu'il en était le seigneur. Chaque fois, les bourgeois éprouvaient un certain soulagement à l'extinction du maître de la cité qui bridait leurs libertés et avec qui ils « guerroyaient » sans cesse pour des raisons financières le plus souvent.

Depuis ces derniers mois, la crise était ouverte, voire aiguë. L'évêque Aimar restait sourd aux projets des bourgeois quant aux fortifications de la cité dont l'état de ruines était patent, quant à son expansion rendue nécessaire par l'augmentation régulière de la population, quant à la sécurité comme au développement économique. L'immobilisme de l'évêque ruinait toutes les espérances de bourgeois dynamiques comme les deux Géraud ou Étienne Aycelin. Philippe de Mozac n'avait pas trouvé d'argument dans la coutume pour assurer la cause des Clermontois. Géraud lui en voulait un peu, raillant sans aménité les gens de robe « bien moins efficaces que les banquiers ou les marchands ». Il en profitait pour régler de vieux comptes avec les bourgeois de Riom, la cité voisine et rivale.

Quelques jours auparavant, deux émissaires de Gilles Aycelin, l'archevêque de Narbonne, s'étaient entretenus avec les deux Géraud au domicile d'Étienne et en présence de Jean Aycelin, le chanoine. En partance vers le sud pour y régler quelques affaires de l'archevêque, ils avaient exposé les vues de Gilles sur la succession d'Aimar :

— Monseigneur a appris par des élèves auvergnats la santé chancelante de votre évêque.

Les bourgeois hochèrent la tête en un mouvement dubitatif parfaitement symétrique. Géraud Brillat exprima leur sentiment commun :

— C'est un malade imaginaire. Il n'a pas encore un pied dans l'au-delà.

Imperturbables, les émissaires délivraient leur message :

— Monseigneur souhaite qu'en cas de malheur, tout

soit mis en œuvre pour que son frère Jean, prévôt, succède à Aimar de Cros.

L'émissaire avait appuyé sur le mot « monseigneur » en regardant au fond des yeux les Clermontois. Jean Aycelin s'était rengorgé devant une perspective qui comblait ses vœux.

— Il compte sur votre aide, renchérit l'autre.

— Un évêque que vous aurez fait vous le rendra. Le futur évêque pourrait prendre des engagements sur vos droits et obtenir du roi des privilèges pour la cité, conclut l'émissaire de Gilles en fixant Jean qui se frottait les mains avec componction.

Un geste qui n'échappa pas aux deux Géraud, la méfiance en éveil.

— C'est trop beau pour être honnête, avait commenté Géraud Brillat à son cousin, en rentrant chez lui.

Néanmoins, le lendemain, il accepta des envoyés de Gilles moyennant reçu, une cassette de ces « royals » d'or pur qui valaient chacun cent deniers et que Philippe le Bel faisait frapper depuis quelques années. Cette forte somme devait aider à faire la conviction de certains chanoines.

Le jour de l'enterrement d'Aimar de Cros, le chantier de la cathédrale chôma encore une fois. Il fallut redonner très vite un peu de lustre à cette église dont le transept s'achevait enfin. Charles le Verrier réalisait les dessins des roses [1] qui fermeraient les façades. Il avait voyagé au printemps précédent et avait découvert à Paris, outre la Sainte-Chapelle, « un extraordinaire miracle de verres et de couleurs », les roses du transept de Notre-Dame.

— Si tu voyais ça, avait-il dit à Omblard en rentrant, il n'y a plus de pierre, tout est en verre et en plomb. Un miracle que ça tienne! Le maître de l'œuvre m'a montré les dessins de Jean de Chelles et Pierre de Montreuil, les maîtres qui ont fait ces travaux. Je suis monté dans le triforium pour voir le travail de près. J'ai fait tout un carnet de dessins. Mais saurai-je exécuter? ajouta Charles.

La cérémonie passée, chacun s'employa à faire surgir un candidat. Les deux Géraud et Étienne œuvraient dans l'ombre activement et avaient acquis très vite l'accord d'un petit nombre de chanoines en faveur de la candidature de Jean Aycelin. Les autres étaient plus difficiles à

1. Grande fenêtre ronde située en général en façade.

convaincre. Le souvenir de la dîme de 1295 [1] était trop cuisant pour se jeter dans les rets du roi aussi facilement.

– Jean Aycelin, poussé par son frère, est aussi le candidat du roi, commentait amèrement le chanoine Guillaume de Geu.

– Les bourgeois pensent échapper ainsi à l'autorité de l'évêque, reprenait Pierre de Saint-Bonnet qui n'aimait guère les Aycelin.

Chaque camp rusait en fait, n'osant dévoiler vraiment son candidat. En face du clan Aycelin, se révéla bientôt le clan pontifical pour un soutien actif à un parent de l'évêque Aimar, Pierre de Cros. Des marchands romains qui avaient fait halte à Clermont, avec dans leurs bagages un émissaire de Boniface VIII, le firent savoir. Malgré la trêve instaurée péniblement entre le pape et le roi à propos de l'imposition du clergé en cet hiver 1297, Boniface VIII n'était pas mécontent d'entraver les vœux du roi de France.

Les bourgeois de Clermont auraient pu d'ailleurs concevoir une certaine vanité de voir ainsi leur cité devenir un enjeu, cristallisant les antagonismes marquant la fin du siècle en France.

Les chanoines indécis ne se prononçaient pas et le trône épiscopal de Clermont restait vacant, d'où une paralysie de l'administration et des ingérences de plus en plus nombreuses du bailli [2] royal installé à Riom.

Marguerite accoucha le jeudi après Pâques. Omblard travaillait à la peinture de saint Éloi pour la confrérie des orfèvres. Guillaume, son aide, ne se contentait plus de broyer des couleurs ou de nettoyer les pinceaux. Il brossait maintenant les fonds et se révélait très adroit dans la réalisation de ces cadres d'architecture qu'il copiait dans les remplages [3] mêmes de la cathédrale. Tous deux travaillaient ensemble, en général en silence, car Guillaume était peu bavard. Le chanoine Gauthier parlait pour trois lorsqu'il passait mais les affaires épiscopales l'occupaient beaucoup. On le voyait plus souvent pérorer dans le jardin du palais épiscopal avec l'un ou l'autre de ses collègues.

1. La dîme est en principe une redevance due au clergé. A court d'argent, le trésor royal annexa en partie ces revenus, d'où un conflit avec le pape.
2. Officier royal à prérogatives administratives, judiciaires et financières.
3. Armatures de pierres des baies.

– Omblard, viens vite. (C'était Jérôme, le fils aîné de Pierre Deschamps.) Marguerite est en train d'accoucher.

Omblard courut à la suite de Jérôme par la rue des Chaussetiers, dévala les degrés de la rue des Gras, marcha à grands pas dans la rue Saint-Dominique et arriva enfin à sa maison.

Par la porte ouverte, il perçut aussitôt des cris d'enfant et se précipita à l'étage. Marguerite était pâle mais souriante sous sa coiffe blanche dans le grand lit à baldaquin dont les rideaux avaient été levés. Élisabeth lui présenta l'enfant :

– Un garçon!

Tout près, l'eau du bassin, où il venait d'être lavé, fumait encore. La ventrière ou sage-femme sourit devant ce père dont les doigts maculés de peinture bleue et rouge se posaient sur le linge blanc emmaillotant l'enfant. Omblard s'approcha ensuite de Marguerite qu'il étreignit tendrement.

– Jérôme! Il faudrait prévenir le curé de Sainte-Madeleine pour qu'il prépare le baptême et essayer de trouver Martin et le chanoine Gauthier qui seront avec Pierre ses parrains. Préviens aussi dame Jeanne qui a bien voulu accepter d'être la marraine avec toi, Élisabeth.

Omblard, obsédé par le souvenir de son enfant mort à peine né lors de son premier mariage, pressait la cérémonie du baptême. Il retrouva son calme en regardant le bébé endormi paisiblement dans le berceau confectionné depuis trois mois par le menuisier de la rue Traverse. Placé au bout du lit à baldaquin, Omblard et Marguerite, grâce à un astucieux système, pourraient le balancer depuis leur lit lorsque le bébé pleurerait.

Jérôme était parti comme une flèche. Le chanoine Gauthier sommeillait chez lui. Berthe le secoua et ils se mirent en route tous les deux car la servante voulait aussi voir le bébé. Dame Jeanne, prévenue, partit avec les petits, Pierre et Anne, pour la rue des Tanneries. Ils s'arrêtèrent en route chez la mercière pour acheter un lange de laine qui s'ajouterait au gobelet d'argent prélevé sur des marchandises précieuses en transit chez Géraud Brillat.

Quant à Martin, Jérôme courut jusqu'à l'école près des Frères prêcheurs, mais il ne trouva personne. Remontant dans la cité, il finit par apprendre par le père Grégoire juste rentré de chez sa sœur à Montferrand qu'il l'avait aperçu jouant aux barres avec Vital et Agricol et quelques-uns de leurs amis dans un pré au-delà de la porte Champet à la limite du quartier de la Vacherie. Jérôme ne comprit pas bien ce que marmonnait dans sa barbe le vieux jardinier à propos de ces jeux mais accepta l'offre du muletier de partir en charrette pour récupérer les garçons.

Les jumeaux et Martin avaient, en effet, depuis le fameux charivari, lié connaissance avec Justin et ses amis. Dès qu'ils quittaient l'école, ils s'engageaient avec eux dans des jeux sans fin. Les barres leur plaisaient beaucoup avec ces deux lignes de joueurs qui couraient à la rencontre l'une de l'autre pour constituer des prisonniers condamnés à attendre la suite des événements dans un camp dessiné au sol par des barres.

— Vas-y! criaient-ils alors à pleins poumons à ceux qui étaient encore en jeu.

D'autres jours, les joueurs acharnés, trop heureux de se dégourdir les jambes après les cours, se disputaient âprement la soule, boule de bois que l'on tapait avec le pied ou avec un bâton. Non sans péril pour les passants et pour les vitres. Géraud Brillat avait dû ouvrir sa bourse à plusieurs reprises : pour remplacer des vitraux de la chapelle des Prêcheurs, de la maison du boucher de la rue Sainte-Anne. Il avait eu bien du mal à calmer une pauvre femme dont l'œil noir trahissait un impact malheureux de la soule.

Géraud, bon père, réparait les bêtises des jumeaux et de Martin, sans doute aussi sans le savoir celles de Justin et de sa troupe. Il en concluait volontiers qu'un changement d'air s'imposait aux garçons :

— Monseigneur l'archevêque a raison, il est grand temps de les envoyer respirer l'air libre de Paris, confiait-il à dame Jeanne en lui contant les frasques de ses fils.

— Vous les regretterez, mon ami, disait alors la mère indulgente et vaguement inquiète du départ de ses enfants.

Enfin retrouvé, Martin fut embarqué dans la charrette de Jacques où sautèrent aussi Vital et Agricol; sales, boueux, rouges et hirsutes, ils fascinaient quand même Jérôme, ces grands!

— Si votre père vous voyait ! commenta Jacques en hochant la tête.

Derrière eux couraient en criant Justin et ses amis que Jacques faisait mine de fouetter. Le convoi n'avançait guère et quand ils arrivèrent rue des Tanneries, la servante embauchée pour quelques jours annonça que tout le monde était parti à l'église où ils se précipitèrent.

Le bébé porté par dame Jeanne était enveloppé dans le chrémeau, un voile spécial pour le baptême dont le curé prononça avec cérémonie les phrases rituelles : « Matthieu, je te baptise au nom du Père et du Fils et du Saint-Esprit », pendant que sa marraine plongeait l'enfant dans la cuve baptismale, provoquant ses cris stridents. Enveloppé dans un linge sec, Matthieu reçut encore une triple aspersion mais il s'était rendormi, serein. Le curé inscrivit sur son registre : « Matthieu Detours, baptisé le jour de la Saint-Marc de l'an 1297. »

Omblard le ramena à sa mère qui s'était endormie elle aussi et soupa avec Martin, tout heureux de son bonheur, de quelques carottes, d'un reste de chapon et d'un brouet d'amandes que Marguerite faisait si bon à base d'amandes pilées, de miel, de beurre, d'œufs et de pain.

— Tu pars bientôt au collège de l'archevêque ?

— Nous en déciderons avec lui. Il vient pour mettre de l'ordre dans l'élection de notre évêque. Les deux Géraud...

— Tu n'es pas très respectueux avec ton protecteur.

— Messire Géraud Brillat et messire Géraud Gayte, reprit Martin en insistant sur les « messire », ont tout fait pour faire élire le chanoine Jean mais il paraît que l'archevêque Gilles est furieux de cette affaire qui traîne.

Quelques semaines plus tard, au moment des relevailles de Marguerite, la cité avait un nouvel évêque. Gilles avait débarqué un soir, avec un équipage discret, et avait convoqué chez son frère bourgeois et chanoines favorables à son frère. Une liste avait été dressée de ceux que l'on pouvait encore gagner à sa cause. Ils furent invités à un grand souper où nourritures fines et vins abondants devaient endormir leurs derniers scrupules. Les plus influents avaient été installés à côté de l'archevêque qui les inondait d'amabilités :

— Goûtez-moi cette fromentée, un délicieux potage à base de froment et d'œufs. Reprenez donc de cette viande-bruse. Et cette croustade lombarde, du veau aromatisé de sauge, sarriette, girofle et poivre...

Au moment des entremets, les chanoines étaient vaincus et lorsqu'on entama le deuxième service, l'archevêque savait que son frère serait évêque. Et lui, excellent joueur d'échecs et de dames, était conscient de disposer ainsi d'un pion nouveau dans sa stratégie.

Gilles avait aussi ébloui ses voisins en leur parlant du roi, de la cour ou de son ambassade à Londres.

– Les Anglais sont-ils aussi gloutons et violents qu'on le dit ? demandait un chanoine.

– Pas plus que nous, répondait Gilles en pouffant face à ce chanoine qui s'empiffrait. Diable, pourquoi n'aimons-nous pas les Anglais ? Je les ai trouvés bien civils. La cour du roi Édouard est plus simple que celle du roi Philippe. On y mange moins bien. Les Anglais rêvent de la « doulce France », ils ne parlent que de nos belles prairies, de nos vins courtois, j'allais dire de nos femmes ! Nous préparons le mariage de la petite princesse Isabelle, celle qui suit mon filleul d'un an [1], avec le prince Édouard qui deviendra roi, le deuxième du nom. Ainsi Édouard sera le beau-frère de notre futur roi pour la paix des Anglais et des Français.

– Dieu vous entende, monseigneur, acquiesçait le chanoine la bouche pleine de croustade.

Gilles resta à Clermont quelques jours pour que la pression ainsi mise en œuvre ne se relâchât point. Il fit simplement une escapade à Montaigut dans sa maison natale où habitait son frère aîné, Guillaume, avec son épouse Aélise du Breuil. Il avait emmené avec lui Pierre Deschamps et Omblard pour leur montrer ses projets à Billom. Son oncle, Herbert, le chanoine de Saint-Cerneuf, avait presque mené à bien la transaction avec le chapitre pour un terrain près de leur cloître au midi de la collégiale. Gilles était impatient de mettre à exécution le projet. La nouvelle de la mort de son frère le cardinal, Hugues, lui montrait qu'il fallait maintenant réaliser cette grande chapelle funéraire pour sa famille.

Jusqu'à la petite cité de Billom, les conduisit une longue chevauchée avec la découverte de paysages inédits pour Omblard mais largement commentés par Gilles Aycelin :

– Après la plaine et l'Allier, le paysage n'est plus le

1. Le futur Charles IV le Bel, né en 1291.

même! A droite Vertaizon sur son mamelon avec une église perchée tout en haut, dans le creux Bouzel et Vassel. Si vous prenez ce chemin, vous allez à Beauregard où les évêques passent les mois d'été. Voici la croix qui marque le carrefour! Je commence à être chez moi. Voyez ce paysage avec ces collines. A droite, le puy de Pileyre et le petit Turluron avec au pied Chas où résident mes cousins Saint-Hérem.

Gilles retenait son cheval d'une main, dessinant le paysage de l'autre.

— Voilà Montaigut sur la première colline; derrière Billom, le chemin monte et serpente jusqu'à Mauzun, un château de l'évêque, puis Saint-Dié, un prieuré de l'abbé de La Chaise-Dieu. Oh, maître Omblard, dans la grande salle du prieur, il y a une bien belle peinture sur fond bleu comme vous les aimez maintenant, une grande majesté divine avec les évangélistes et leurs symboles.

Le cheval de Gilles s'impatientait, creusant la terre de ses sabots.

— C'est de la bonne terre, dit Gilles Aycelin, je la connais bien. Ma terre d'origine est la même. N'y allez pas avec vos estivaux les jours de pluie! Elle colle et fait de vrais sabots. Ma mère disait : « La terre est amoureuse. »

Le cavalier surexcité reprenait sa course, suivi par ses compagnons. Billom enfin se montra au pied du grand Turluron couronné d'un château-fort.

— C'est une cité très active, fleuron des terres de notre évêque qui y fait rendre la justice par son bailli et y entretient dix sergents. Le bailli étudie les causes d'alentour de Mauzun, Vertaizon, Beauregard.

Le long de la petite rivière, le Merdanson, traversée grâce à un pont de bois, l'animation était grande chez les tanneurs et les corroyeurs.

— C'est jour de marché. Voilà l'hôpital fondé par mon frère Hugues, le cardinal. Il y entretenait deux chirurgiens-barbiers; l'un d'eux est très habile, il a réduit une hernie l'année passée à ce pauvre Gaucelin, n'est-ce pas?

Gaucelin pour une fois sourit béatement à ce souvenir.

Chemin faisant, ils parvinrent à Saint-Cerneuf et pénétrèrent dans l'église par la porte nord. Les chanoines, une trentaine, achevaient la messe. L'oncle Herbert vint les saluer. C'était le portrait de Gilles avec des cheveux blancs mais sans sa superbe. Il les entraîna au sud de la collégiale en passant par le beau portail de la grande façade.

— Voilà le marché que propose le chapitre, dit Herbert, tu vois, les chapelles de notre pauvre église s'écroulent et nous n'avons pas les moyens de les faire réparer.

— Ah les pauvres chanoines! interrompit Gilles, le travail paysan ne vous rapporte plus, il faut chercher d'autres sources, transformez-vous en marchands ou en banquiers, faites travailler des artisans pour fabriquer des objets à vendre.

Herbert avait l'air un peu affolé. Il ne comprenait pas grand-chose à ce cours d'économie improvisé par un neveu dont la réussite l'inquiétait et le fascinait à la fois. Il poursuivit :

— La plus en péril est la méridionale. Nous allons l'abattre. Alors si le terrain dégagé à l'est du cloître contre le chœur au midi t'intéresse... tu peux l'avoir si tu sais te montrer généreux!

— Mais oui, l'oncle, je serai généreux et grâce à moi, vous pourrez entretenir votre bâtisse! Si vos prédécesseurs n'avaient pas vu si grand! Mon grand-oncle, le chanoine Gilles dont je porte le nom, avait voix au chapitre quand ils essayaient de finir ce projet trop ambitieux. C'est lui qui a décidé d'habiller le chœur de nos ancêtres comme il est aujourd'hui. C'est un peu maigre mais les dépenses étaient arrêtées et c'est ce qui comptait. Maître Pierre, venez voir ce terrain et dessinez-moi avec ce bâton ce que vous pourriez me construire.

Pierre jaugea le terrain en le parcourant de long en large :

— Ici pourrait aller le chevet avec ses côtés à grands angles comme les chapelles de mon père à la cathédrale. Il pourrait avoir cette largeur, environ trois toises, puis une travée à peu près barlongue ou carrée avec quatre toises... La porte pourrait être là.

— C'est suffisant pour une chapelle funéraire?

— Vous pourrez en mettre, des sarcophages!

— Ma famille est nombreuse, dit Gilles en regardant Herbert qui ne paraissait pas pressé d'étrenner la chapelle. Nous y mettrons en premier le cardinal. En attendant, je demanderai aux Frères prêcheurs de Clermont d'accueillir son corps. Il a été assez magnanime avec eux. Allez, Gaucelin, va m'arranger ça avec le procureur de la fabrique et rapporte-moi dans un sac une motte de terre pour conclure le marché. Montre-toi généreux avec cette bourse de deniers. Fais un don aussi pour le luminaire. Cette église m'a paru bien triste. Et vous maître Omblard, que nous peindrez-vous ?

— Monseigneur doit me dire ce qu'il souhaite.

— J'ai quelques idées, oui, mais mon oncle, très versé dans les Écritures, bien plus que moi, vous aidera. Il faut y réfléchir. Je veux de grandes images qui marquent notre passage de la terre au ciel, des images très gaies avec du bleu et du rouge. Des anges pourraient jouer de la musique sur la voûte. J'aimerais une Ascension comme dans les manuscrits de Paris ou de Londres avec seulement les pieds du Christ.

— C'est un peu irrévérencieux, mon neveu.

— Mais mon oncle Herbert, c'est la mode aujourd'hui. Et puis je veux saint Christophe. Je lui ai déjà dédié un autel à Narbonne.

Gilles entraîna Omblard vers l'emplacement présumé du chevet où Pierre étudiait le terrain.

— Je voudrais aussi mon portrait. Je ne le dis pas devant Herbert, il me vouerait à l'enfer. Ah ces chanoines !

Gaucelin revint avec le procureur de la fabrique. Le prix était fait. L'affaire était arrangée : Gilles paierait la démolition de la vieille chapelle et réparerait les dégâts occasionnés au bâtiment principal.

Gilles repartit très joyeux à Montaigut après avoir repéré le site de Reignat où la famille envisageait de fonder un chapitre de chanoines.

— Eh, Guillaume, tu seras bien dans ma chapelle à côté de Saint-Cerneuf. Tu verras, nous nous tiendrons chaud.

— Rien ne presse, répondit Guillaume en éclatant de rire.

Pierre dessina un plan plus précis sur un parchemin et Gilles réclama une maquette « pour mieux voir le projet ». Omblard esquissa une Ascension sur ses indications et aussi un portrait.

— Tu me feras coiffé de ma mitre et tu peindras notre écu partout avec nos trois têtes de lion. Et demain nous irons voir Pierre Flotte, mon cousin. Tu vois son château de Ravel en face ? Il pourrait bien être un sérieux client pour toi.

7

Au même moment, Martin et les jumeaux se préparaient pour une soirée très particulière. Avant l'heure du souper, Gros-Moulu qui les avait vus entrer à l'étuve de la rue Saint-Nicolas, s'était moqué d'eux :

— Oh messires, les bains de cette étuve vous seront bien agréables! Vous y serez reçus aimablement par le maître étuveur et ses jeunes filles.

Agacé, le trio avait haussé les épaules. Ils venaient de faire une partie de paume au pied du rempart derrière la maison de messire Géraud et avaient grand besoin de se laver. L'étuveur leur réclama à chacun deux deniers et leur promit, après l'étuve, un bain et un rasage, leur proposant aussi un peu de savon d'outremer acheté à un marchand napolitain.

Gros-Moulu les attendait à leur sortie et les compliments sur leur allure fusèrent.

— Et beaux et odorants, nobles galants, de qui êtes-vous les amants?

Martin et ses amis faussèrent compagnie au mendiant en marchant d'un bon pas jusqu'à leur logis où Isabelle faisait ses adieux à Philippe de Mozac dont les venues à Clermont s'étaient raréfiées maintenant que la charte était terminée. Géraud l'appelait cependant encore pour des consultations ou des rédactions trop complexes pour ses secrétaires. Si Martin avait continué son espionnage des allées et venues d'Isabelle, il aurait constaté qu'elle se rendait moins souvent dans la petite maison de Saint-Ferréol. S'il avait relâché sa surveillance, c'était qu'Isabelle avait bien perdu son auréole du premier jour.

Depuis qu'il la côtoyait chaque jour sans peine dès lors qu'il habitait chez Géraud Brillat, il s'était fait une promesse : avoir Isabelle à lui, au moins une fois! Puisqu'elle s'offrait à beaucoup, pourquoi pas à lui?

Isabelle tenait le bras de Philippe et plongeait ses yeux noirs dans ce regard bleu qu'elle n'arrivait pas à sonder. Quoi qu'elle fasse, Philippe était toujours de marbre.

Très déroutée par ce comportement étrangement différent de celui que les hommes avaient habituellement à son égard, elle n'osait prendre aucune initiative et Philippe, trop heureux, profita de l'arrivée des garçons pour monter à cheval et disparaître. Isabelle n'était pas d'humeur à plaisanter.

Philippe ne répondait pas à ses avances, Thomas était curieusement lointain même s'il lui prouvait sa flamme dans des élans qu'elle aimait tant. Elle considéra cependant les garçons d'un œil amusé, réalisant que, depuis quelque temps, ce n'étaient plus « les petits ». Ils étaient grands et beaux. Elle dévisagea Martin rougissant sous ce regard appuyé. Lui aussi avait changé depuis son arrivée. Elle le trouvait même plutôt joli garçon avec son nez si droit que les gouttes de pluie devaient y tomber.

– Comme vous êtes beaux! Où allez-vous ce soir? leur demanda-t-elle, soudain intéressée.

– Nous promener, ma sœur, répondit Agricol, le sourire aux lèvres.

– Vous promener? D'habitude, vous n'êtes pas si soignés pour vous promener.

Agricol entoura les épaules de sa sœur de ses bras musclés et l'entraîna vers la salle pour le souper. A côté, Martin était chaviré par le regard d'Isabelle; pour la première fois, il avait eu l'impression d'exister pour elle.

Après le souper, le trio quitta la maison non sans une certaine discrétion et chemina dans les rues qui recouvraient le calme après l'agitation de la journée tandis que les boutiquiers mettaient en place les panneaux de bois pour fermer leurs échoppes. A grandes enjambées, les garçons avancèrent jusqu'à une maison de la rue Saint-Claude. Un coup discret à la porte la fit ouvrir presque instantanément et Nicolette parut sur le seuil.

– Nicolette, je te présente Agricol et Vital, dit Martin.

Ils entrèrent dans une grande salle tendue de chauds tissus aux murs où des gobelets et des cruchons de vin attendaient sur une table. Nicolette fit installer les jeunes gens sur des banquettes à coussins confortables.

– Voici mes sœurs : Guillemette et Juliette, nous avons toutes les trois des noms en « ette ».

Martin avait rencontré Nicolette un jour de guet près de Saint-Ferréol. Elle revenait de chez son oncle meunier au bord de la Tiretaine et avait engagé la conversation avec aplomb :

– Que guettes-tu ici, beau garçon ?

– Oh ! rien, avait fait Martin surpris et gêné.

– Mais si. Que peut bien faire un beau garçon ici à attendre embusqué dans ce coin ? Ce poteau cornier n'a rien de passionnant. Tu attends une fille, une femme ?

– Mais non, je vous répète !

Martin était franchement agacé, mais Nicolette lui avait mis son panier dans les mains et, prenant son bras, l'avait entraîné. Il n'avait pas osé résister tant elle semblait sûre d'elle et l'avait raccompagnée rue Saint-Claude. Devant la petite porte peinte en vert, elle l'avait invité à entrer. Martin, une nouvelle fois, n'avait pas osé refuser.

A l'intérieur, il faisait chaud et douillet. Nicolette lui avait servi un peu de vin doux mêlé de miel et offert quelques cerises et Martin s'était senti divinement bien quand Nicolette s'était assise près de lui sur la banquette à coussins rouges. Elle fleurait bon la nature et la propreté.

Dans une douce béatitude, le jeune homme avait bien du mal à rassembler ses esprits.

– Tu vis toute seule ? finit-il par demander, subitement inspiré.

– Non, avec mes sœurs.

– Elles ne sont pas là ?

– Juliette travaille chez le mercier de la rue des Gras et Guillemette chez le regrattier de la rue Saint-Laurent.

– Et toi ?

– Je change souvent de travaux. J'aide mon oncle meunier, je jardine chez dame Élisabeth, la veuve de messire Jean Oudart, tanneur rue des Corroyers, je brode des aumônières, j'aide les sœurs de l'hôpital Saint-Barthélemy... Quelques deniers par-ci, quelques deniers par-là ! Un autre verre de vin ?

Médusé, incapable de résister, Martin se laissait faire. Envahi par une douce torpeur, à son tour il raconta sa vie. Nicolette avait posé sa tête sur ses genoux. Paralysé, puis muet, il se demandait comment il pourrait s'en aller, ne réalisant pas combien Nicolette s'amusait follement de son embarras. Il ne sut jamais comment il s'était retrouvé

nu sur la couche de Nicolette à l'étage de la maison...
Mais quel éblouissement !

— Tu es doué mon garçon, commenta Nicolette dont il
suçotait les tétons, tu vas en rendre des femmes heureuses !

Martin se rengorgea, reprenant peu à peu ses esprits et
retrouvant ses tourments.

« Des femmes ! » répéta-t-il en son for intérieur, Isabelle... Radegonde...

— Te voilà tout penseur, constata Nicolette, si vive que
rien ne lui échappait, à qui songes-tu ?

La porte d'en bas claqua.

— Guillemette, viens voir mon galant !

— Ce n'est pas Guillemette, c'est Juliette. Mais je veux
bien voir ton galant, dit une voix légère dans l'escalier.

Enfoncé dans les coussins de plumes, Martin vit surgir
la réplique de Nicolette, en plus potelée.

— C'est vrai qu'il est beau ton galant ! dit l'arrivante en
se jetant sur les coussins.

— Et il est bon, précisa Nicolette.

— Ah, il est bon.

Martin ne savait plus ce qui lui arrivait mais ces diablesses, qu'elles avaient la main douce ! La couche était
un peu étroite à trois, alors pour quatre, quand Guillemette arriva, n'en parlons pas, mais on s'arrangea.

Lorsque Martin rentra à l'hôtel Brillat, il ne fut guère
bavard. Intrigués par son mutisme et son air las, les
jumeaux s'étonnèrent encore davantage quand il déclara
vouloir se coucher tôt et refusa la partie de cartes proposée. Ils étaient pourtant habitués à ces crises de solitude
où leur ami semblait parfois se réfugier. Martin s'endormit très vite en dépit du vacarme des frères qui disputaient à l'étage en dessous une partie de dames acharnée.

— Ah les dames, s'ils savaient !

Les jours qui suivirent, Martin retrouva plusieurs fois
Nicolette, ou Juliette, ou Guillemette. Dans son esprit,
ces « exercices » étaient nécessaires pour ses desseins avec
Isabelle. Le plus difficile était de mentir aux jumeaux à
qui il faussait compagnie lors de parties de barres ou de
soule sous des prétextes fallacieux comme un genou douloureux. Nicolette qui flairait des relations intéressantes
le poussa cependant à révéler son secret. Agricol et Vital
furent évidemment très excités et brûlèrent de rencontrer
les diablesses.

C'était maintenant chose faite. Devant l'âtre où se consumaient quelques bûches dont les flammes éclairaient faiblement la salle, les timidités fondaient. Vital et Agricol se trouvaient bien avec ces filles virevoltant autour d'eux.

— Guillemette, prends ta viole. J'ai envie de danser, Agricol, donne-moi la main.

Juliette se levait à son tour en prenant la main de Vital et de Martin.

— Faisons une ronde.

Martin éprouvait des sentiments mêlés; le bonheur de faire partager son plaisir à ses amis, le regret de n'être plus le seul roi de la fête. Sa gentillesse naturelle triompha vite cependant de cette ombre mélancolique et il succomba à la gaieté communicative. Tout le monde se retrouva à l'étage. Déjà trois couples qui s'étaient choisis sans qu'on sache comment. Quelle nuit!

Le père Grégoire, le plus matinal de la maison, ne fit pas de commentaires quand il vit à l'aube les trois garçons rentrer sur la pointe de leurs estivaux. Frère Jacques s'étonna de leur peu d'application :

— *Titirae tu patulae recubans...*, ânonnait Agricol.

— Qu'avez-vous ce matin? Allons Martin, d'habitude Virgile te plaît.

Le soir, les garçons prirent discrètement l'habitude de se glisser hors de l'hôtel Brillat. Seul Gros-Moulu était dans le secret, un secret qu'il monnayait de temps à autre contre quelques sols immédiatement dépensés chez l'aubergiste voisin.

Les trois sœurs les attendaient et les couples se faisaient et se défaisaient au gré de leur fantaisie. De temps en temps, on jouait à la cour d'amour pour singer les grandes dames. Les « diablesses » s'érigeaient en juges et instruisaient le procès de leurs amants et les condamnations pleuvaient.

— Martin, ce soir pas de Nicolette.

— Agricol, baise Juliette de la tête aux pieds, une fleur à la bouche.

— Vital, invente un conte d'amour.

Chacun s'exécutait et ces jeux puérils en introduisaient d'autres plus pervers où les « diablesses » se révélaient de merveilleuses maîtresses pour ces jeunes gens aux ardeurs dévorantes.

Le premier initié, Martin fut aussi le premier à aspirer à d'autres plaisirs. Il entendait recueillir les fruits de cette expérience. Isabelle serait à lui avant leur départ pour Paris à la fin de l'été. Espaçant ses visites aux diablesses qu'il abandonna aux jumeaux, il se lança dans l'aventure : conquérir Isabelle.

Les soirées à l'hôtel Brillat étaient paisibles sauf lorsqu'il y avait réception. Isabelle brodait sagement avec sa mère, jouait aux échecs avec son père ou aux cartes avec ses frères et sœur, berçant parfois les lectures de sa mère d'un air de viole ou déclamant de sa voix claire des poèmes. Qui aurait reconnu dans cette jeune fille modèle l'amante qui courait chez Thomas?

Dame Jeanne était une grande adepte du *Roman de la Rose* dont messire Géraud lui avait rapporté de Paris une copie. Le texte de Guillaume de Lorris [1] la ravissait en dépit des railleries de son époux trop heureux d'animer ces soirées un peu douceâtres à son goût :

– Ma mie, quel plaisir trouvez-vous à ces mièvreries? disait-il en étirant ses longues jambes vers l'âtre plus ou moins ravivé selon les saisons.

– Écoutez cette phrase mon ami! répliquait son épouse piquée. *Le Roman de la Rose où l'art d'amour est toute enclose.*

– Qu'Isabelle rêve de ces choses, passe, ma mie, mais vous, jetait Géraud avec une dérision affectueuse.

Isabelle ne bronchait pas lors de ces discussions. Craignait-elle d'avoir l'air plus avertie que sa mère?

– Mon ami, au lieu de railler, je vous rappelle que vous devez me rapporter de votre prochain voyage à Paris la suite que ce poète de Meung-sur-Loire, un certain Jean, a entrepris d'écrire. Le ménestrel de la fête de Nicolas et Aélise Gros me l'a vanté bien qu'il dise que le nouveau livre est plus sérieux, moins poétique.

– Soit, ma mie, vous savez bien que je vous rapporterai tout ce que voudrez, concluait Géraud toujours conciliant.

– Mais si c'est plus sérieux, cela vous plaira-t-il? observait, critique, Isabelle.

– C'est en tous cas moins extravagant que ce Roman de la Poire qui m'a tout de même bien plu. Quelle histoire cette nonne enlevée par un galant! Quelle folle!

1. Poète français du début du XIIIᵉ siècle.

– Mais, maman, si vous aviez été au couvent et que Papa soit arrivé, qu'auriez-vous fait ?

Dame Jeanne riait, Géraud souriait, heureux de ce calme bonheur dans une maison qu'il retrouvait toujours avec joie après ses lointaines pérégrinations. Il y oubliait la concurrence de plus en plus âpre avec les banquiers italiens, les prélèvements toujours plus lourds du roi, ses relations délicates avec le bailli de Riom, ou les démêlés des bourgeois avec l'évêque.

Géraud et Jeanne passaient quelques soirées par semaine au dehors. Un souper chez Géraud Gayte ou le banquier Cocci, amoureux des banquets fastueux pour y étaler sa récente réussite. Une partie de cartes ou d'échecs chez Étienne Aycelin ou leur beau-frère Nicolas Gros, une veillée amicale où les hommes refaisaient le monde ou échangeaient des projets ; leurs épouses parlaient des tissus rapportés par l'un des maris, des aumônières brodées du mercier de la rue des Petits-Gras ou des tourets du chapelier de la rue des Chaussetiers. Ils accompagnaient aussi parfois leur fille aînée à la cour littéraire installée certains soirs dans les salles voûtées de l'école du chapitre. Si Thomas en était le prince, d'autres poètes y rimaient quelques lais au son des violes et des cithares et l'imprévu naissait souvent du passage impromptu de ménestrels étrangers.

Isabelle et sa mère vibraient aux histoires d'Alexandre ou d'Hélène de Troie, de la conquête du Graal, d'Aucassin et de Nicolette. Perceval le Gallois apparaissait à dame Jeanne comme le modèle du chevalier courtois, un peu désuet pour Isabelle qui lui préférait Lancelot, plus vulnérable au charme féminin. Certains voyageurs racontaient leurs périples et installaient le rêve dans la tête de leurs auditeurs dont beaucoup n'avaient guère dépassé les remparts de la cité. Les Clermontois entendirent ainsi parler de Marco Polo ou de la cour du Grand Khan... Et ce n'étaient plus les femmes qui rêvaient mais aussi leurs époux !

La vie des Brillat était ainsi très occupée, sans compter les absences fréquentes du banquier que ses affaires menaient de Bologne à Londres ou de Gênes à Bruges. Dame Jeanne, peu encline à sortir sans son époux, vivait alors au ralenti, rejoignant sa couette tôt le soir et abandonnant à ses enfants la grande salle et ses jeux.

Martin s'était peu à peu intégré au groupe familial en

préférant certains soirs à la compagnie exclusive des jumeaux celle du banquier et de son épouse toujours si bienveillante à son égard. Il aurait sans doute été honteux si elle avait compris que sa présence devant l'âtre dans la quiétude familiale et la sage lecture d'un manuscrit prêté par frère Jacques entraient dans une stratégie bien précise : assiéger Isabelle.

Les occasions de se trouver seul avec elle étaient limitées. Là au moins, en toute impunité, il pouvait l'observer discrètement en levant les yeux de temps à autre de son manuscrit sur sa tendre nuque penchée sur le châssis de la broderie. Il méditait alors sur ses allées et venues toujours régulières vers la petite maison de Saint-Ferréol ou sur l'incertitude qui le tenaillait depuis le souper de l'archevêque : était-elle parvenue à ses fins si évidentes avec Philippe de Mozac ?

S'il espérait une réponse négative à cette pénible interrogation, la duplicité de la jeune fille lui faisait craindre ce qu'il appelait le pire. Stoïque et bien décidé à arriver à ses fins malgré le dédain d'Isabelle, Martin ne faiblit point.

Ainsi, pendant que les jumeaux couraient chez les diablesses, il prit l'habitude d'accompagner Isabelle et ses parents à la cour littéraire. Si la poésie ne le passionnait pas, les récits exotiques ne le laissaient pas indifférent. Le plus difficile était de supporter la présence de Thomas, si brillant en ces lieux mais le jeu en valait la chandelle surtout quand les parents d'Isabelle, retenus par des obligations, les laissaient partir tous les deux. Les soirées étaient alors merveilleuses et horribles. Horribles parce qu'Isabelle, en l'absence de ses parents, s'affichait plus ouvertement avec Thomas et Martin voyait leurs mains se joindre dans la pénombre de la salle mal éclairée par des torches vacillantes. Horribles parce que Thomas la raccompagnait, excluant délibérément de leurs rires et de leurs conversations le pauvre Martin. Merveilleuses pour le trajet de l'aller où Martin se parait des vertus du chevalier protégeant sa belle. Il avait presque béni le clochard aviné qui s'était approché un jour d'Isabelle, lui permettant de s'interposer dans un élan chevaleresque au prix d'un œil poché. La trop mince commisération manifestée par la jeune fille l'avait pourtant déçu !

Un soir cependant, où les adieux de Thomas avaient été particulièrement longs pendant que Martin faisait innocemment le pied de grue sous le porche de l'hôtel, Isabelle lui parut moins lointaine. Les maîtres de maison, partis chez leurs amis du Bois du Cros, rentreraient tard. Isabelle et Martin étaient seuls, les jumeaux prolongeant leur soirée chez les diablesses. Ils montèrent l'escalier lentement, traversèrent la galerie aux animaux éclairée par un clair de lune particulièrement suggestif.

— Regarde, le perroquet brille ce soir, la lune détache ses plumes, il est plus vivant que Coco!

— Il dort, le soir, Coco?

— Mais oui, je couvre sa cage et il dort. Tu veux le voir?

Martin suivit la jeune fille dans sa chambre. C'était la première fois qu'il y pénétrait. Il avait aperçu le lit à baldaquin, la tenture à oiseaux par la porte ouverte mais n'en savait pas davantage. Isabelle souleva le drap couvrant la cage. Coco dormait. La chambre respirait la fraîcheur et le doux parfum de chèvrefeuille dont Isabelle s'enduisait le corps après son bain du matin. Martin suffoquait. Isabelle se retourna et lui fit face, si près. Ses yeux brillaient dans la pénombre, sa bouche s'offrait comme le fruit le plus désirable. Martin fit un pas. Isabelle, entre la cage et lui, ne bougea pas. Il avança la main vers son visage, inconscient de ses gestes extraordinairement lents, comme tétanisés, et en dessina le délicat contour comme Omblard esquissait ses madones. Puis tout à coup, il prit ce fruit qui ne se dérobait pas et trouva à ces lèvres un goût inédit, sublime. Isabelle avait mis ses mains autour de son cou et leur étreinte se resserra. Martin s'affolait et la jeune fille répondait. Tous deux basculèrent sous le baldaquin et sur la fine couette. Martin connut enfin l'extase. Nicolette, Guillemette, Juliette appartenaient à un autre monde.

— Isabelle, Isabelle, Isabelle... Je t'...

Isabelle lui mit la main sur la bouche.

— Tais-toi, tu ne sais pas de quoi tu parles.

Martin, vexé, se tut. Puis rajustant ses braies et son braiel, il sortit sans bruit, rêva quelques instants dans la galerie où le perroquet qui n'était plus éclairé lui sembla terne, puis monta dans sa chambre d'où il entendit peu après le retour des jumeaux puis de leurs parents. Arrivé à ses fins, il avait le triomphe inquiet et le sommeil le fuyait.

Omblard trouva petite mine à Martin quand celui-ci vint le voir à la cathédrale où il mettait la dernière main aux « décors » pour le sacre de l'évêque Jean. Beaucoup de tergiversations et d'intrigues avaient encore marqué les jours qui avaient suivi le retour de l'archevêque après sa visite à Billom. Agacé, ne tenant plus en place, il avait abandonné Gaucelin et était rentré à Paris pour préparer avec le roi et le conseil une ambassade à Tournai où il devait rencontrer les Anglais. Omblard était rentré très satisfait de son périple avec l'archevêque. Outre l'importante commande de la chapelle funéraire, il réaliserait des travaux pour Pierre Flotte à qui Gilles l'avait présenté.

Le château de Ravel lui était apparu superbement planté dans un site exceptionnel et l'énorme donjon circulaire l'avait impressionné. Tout autant que son propriétaire, froid, énergique et déterminé. Peut-être plus imbu de sa réussite que Gilles Aycelin. Il avait des raisons... Depuis cinq ans, conseiller le plus écouté du roi, il occupait une position en vue qui lui valait amis plus ou moins sincères mais aussi et surtout ennemis. Mais quelle jouissance, quelle puissance ! Le roi connaissait son dévouement et appréciait ses qualités de légiste. C'est ainsi qu'il s'était vu confier la délicate tâche de représenter le roi au procès de canonisation de son grand-père [1]. Commissaire du roi de France auprès de la commission pontificale, il avait été le rapporteur des miracles. Le toucher de la litière où le roi Philippe [2] avait fait installer les ossements de son père qu'il était allé chercher à Tunis avait opéré de nombreux miracles. Un aboutissement positif du procès mettrait du liant dans les relations entre ce pape difficile et le roi.

Le conseiller avait été fort affable avec le peintre à qui il avait promis de grands travaux :

– Ma grande salle au septentrion est presque finie. Venez voir. Quarante-six pieds sur trente-six, près de vingt-quatre de haut. La cheminée est en place. Les menuisiers travaillent au plafond, c'est vrai maître Omblard, j'y verrais bien de la couleur. En attendant, vous pourriez bien peindre quelques saints et autres images dans la chapelle que je trouve bien triste.

Omblard gardait aussi un souvenir délicieux du dîner

1. Saint Louis.
2. Philippe III le Hardi.

servi dans une salle réchauffée par des tapisseries guerrières où Gilles et Pierre Flotte avaient devisé nonchalamment des affaires du royaume :

— Avec le pape, rien ne s'arrange vraiment. Il nous défie en Flandre ; et la Guyenne [1], nous l'avons reprise mais le roi Édouard ne cédera pas.

— Quel souci ! Enfin, nous n'allons pas nous plaindre. Quand je vois ce château et ces terres, je crois que le service du roi est tout de même fort payant.

— Mais oui, acquiesçait Pierre, ajoutant : alors maître Omblard, que me peindrez-vous dans ma chapelle ?

— Oh, Omblard, tu vas devenir difficile, avait dit Marguerite au récit des agapes de son mari.

— Tu sais bien que j'aime ta cuisine autant que toi, avait répondu Omblard dont le bonheur tranquille s'installait jour après jour.

Matthieu devenait un beau bébé. Allaité par sa mère, il pleurait encore la nuit et son père aimait à lui faire téter le petit pot à goulot muni d'un linge fin, toujours en attente. C'était alors un moment d'intimité avec l'enfant qu'Omblard n'aurait pas voulu manquer. Il prenait aussi plaisir à le baigner dans le petit auget qui lui était réservé.

Un de ses grands bonheurs était de voir arriver Marguerite et le bébé à la cathédrale le soir. La jeune femme venait du jardin de l'évêque où elle s'asseyait un moment l'après-midi avant l'heure du souper, souvent rejointe par le chanoine Gauthier. Il était fort attaché à l'enfant et la vieille Berthe passait aussi pour obtenir quelque risette. Marguerite en profitait pour bavarder avec le vieux Jean-Baptiste ou le regarder travailler.

Le jardinier de l'évêque entretenait avec beaucoup d'amour des plates-bandes méticuleusement alignées. Roses et violettes, lis et iris, pivoines et marjolaines mêlaient couleurs et odeurs. Le dernier évêque, Aimar, était un maniaque des lis et des iris et Jean-Baptiste avait progressé dans leur culture. Marguerite suivait aussi parfois le jardinier dans le potager où calebasses, fèves, radis, choux, courges et épinards dessinaient des rangs bien sages. D'un ton bonhomme, Baptiste donnait des conseils :

— Madame Marguerite, surtout ne coupez pas vos

---

1. Ancienne province qui désignait les possessions françaises du roi d'Angleterre (Limousin, Périgord, Quercy, Agenois, Gascogne). Philippe le Bel en prononça la saisie le 19 mai 1294.

choux en pleine chaleur, ça les cuit. Pour la sauge et la lavande, il est trop tard maintenant. J'ai pu me procurer de la semence de laitues d'Avignon qui ont l'avantage d'être plus croquantes. En voulez-vous ?

Depuis Guy de La Tour, il y avait un bon coin de plantes médicinales, car l'évêque ne craignait pas de s'administrer quelque stimulant. Son apothicaire préféré lui préparait des mélanges à base de gingembre, safran ou garingal. Et à la cuisine, les titulaires successives, aujourd'hui Marthe, faisaient grand usage de toutes les herbes possibles pour donner du goût à leurs mets. Jean-Baptiste avait donc un grand carré de persil, de cerfeuil, d'estragon, de thym, d'oseille, d'échalote et d'ail.

Jean-Baptiste et Marguerite n'en finissaient pas de parler de plants, d'entes et d'arrosage et Omblard qui les rejoignait parfois aimait voir son épouse aux joues rouges de plaisir.

— Heureusement que le père Baptiste a l'âge canonique, sinon je serais jaloux, plaisantait alors le peintre.

Ce matin-là, Martin venait voir le grand ordonnateur des fêtes du sacre épiscopal. Gaucelin avait laissé de la part de l'archevêque une grosse bourse pour une fête « digne mais sans ostentation ». Les bourgeois n'auraient rien à débourser mais la fête donnerait un certain lustre à leur cité. Ils ne pourraient que se réjouir de cette élection. Quant aux chanoines, ils tireraient aussi orgueil de cet évêque dont les relations ne pourraient être que bénéfiques pour le diocèse. Le matin même, le crieur épiscopal avait parcouru les rues avec ses clochettes :

— Savoir faisons aux bourgeois et manants de Clermont que le pape accorde indulgences à tout généreux donateur pour le chantier de la cathédrale.

C'était une première bonne nouvelle pour les chanoines excédés du chantier qui n'en finissait pas.

Étienne Aycelin avait procuré de grandes quantités d'étoffes rouges et bleues à déployer dans la cathédrale. A sa demande, Omblard avait peint, avec son aide Guillaume, des écus sur des panneaux de bois avec les armes Aycelin.

— Vous les répartirez sans trop forcer la quantité... Un grand écu sera placé au-dessus du trône épiscopal.

Omblard et Guillaume s'affairaient justement à installer cet écu quand Martin arriva. De bonne grâce, il les aida.

– Il faut finir aujourd'hui. Demain Marguerite disposera les fleurs de Jean-Baptiste et celles que tous les jardiniers de la cité voudront bien offrir.

– Ah oui, j'ai entendu le crieur réclamer des fleurs, répliqua Martin d'ailleurs peu passionné par le sujet.

– Alors Martin, je ne t'ai pas beaucoup vu ces temps-ci. Il paraît que tu es de plus en plus fort en géométrie, m'a dit messire Géraud. Je sais aussi que tu vas parfois à la cour littéraire. Tu as petite mine, mon garçon !

– Je vais très bien.

Martin n'allait pas admettre publiquement que, depuis le soir mémorable où Isabelle l'avait accueilli sur sa couette, il avait un sommeil agité et qu'il ne pouvait plus supporter de la voir courir à ses rendez-vous chez Thomas. Torturé, il allait alors se jeter dans les bras de Nicolette, même lorsqu'elle travaillait dans le jardin de dame Oudart.

Miné, il cherchait toute occasion pour croiser le regard de la traîtresse, mais les yeux de braise semblaient alors se vider d'expression. Subissant cour littéraire et manège de Thomas, il multipliait les prétextes pour la rencontrer mais chaque fois elle se dérobait. Comment avouer son désarroi à Omblard ?

– Martin, sors de ton rêve, va dans le transept nous dire ce que tu en penses.

Martin descendit les marches du chœur, suivi d'Omblard, plus confiant en son propre jugement. Les tentures produisaient le meilleur effet et l'écu au-dessus de la grande cathèdre épiscopale avec ses têtes de lion sur fond de sable était suffisamment discret.

– Je crois que je ne peux plus rien faire ici. J'ai même préparé une cathèdre pour l'archevêque mais à deux jours de la cérémonie, personne ne sait s'il sera là. Je vais maintenant à la porte des Gras installer les panneaux que j'ai peints et voir si les riverains ont fait un petit effort de décoration pour accueillir le cortège.

La cathédrale était pleine et Gilles était là. Il avait débarqué tard la veille, profitant d'un voyage absolument nécessaire à Narbonne où il n'était pas retourné depuis le synode [1] de l'hiver. Ensuite, il irait à Tournai. L'évêque Jean entra dans la cité par la porte des Gras.

1. Réunion du clergé d'un diocèse présidée par l'évêque.

Accueilli par les chanoines, il remonta la rue des Gras en saluant les habitants massés là puisque tout le monde n'entrerait pas dans la cathédrale. Le cortège allait lentement autour du nouvel évêque vêtu d'une dalmatique [1] à manches courtes et ornée de franges de soie. La lumière changeante modulait le taffetas tramé sur chaîne rouge qui rappelait les couleurs de la ville. A cette heure tardive de la matinée, le soleil déjà haut dardait de ses rayons les façades à gauche de l'évêque; la lourde chape posée sur ses épaules et retenue par une grosse broche que lui avait offerte Gilles devait lui tenir très chaud... Autour, les chanoines portaient l'aumusse [2] qui ombrageait leur visage. Ils avaient endossé aussi sur leurs surplis clairs des chapes de couleurs différentes, créant un cortège chatoyant. En avant du cortège, le plus jeune diacre de la cité portait la mitre et la crosse, les attributs de l'évêque.

Depuis le sanctuaire de la cathédrale, Gilles Aycelin vit arriver le cortège qui, après la rue des Gras, avait emprunté la rue de la Monnaie, puis la place devant Clermont et enfin la porte sud de la cathédrale. Superbe dans une chape à fond vert et fleurs de lys, Gilles trônait entre l'archevêque de Bourges venu sacrer Jean et l'évêque du Puy qui devait l'assister. Toute l'assistance se leva lorsque le cortège pénétra dans la cathédrale. Simon, l'archevêque de Bourges, alla à sa rencontre et, après avoir béni l'impétrant, l'accompagna dans le chœur. Moines et moniales entonnèrent alors un chant sous la direction du chantre du chapitre et les voix retentirent jusqu'aux voûtes, transportant les fidèles dans une chaude béatitude.

Dans l'assemblée, Marguerite qui avait confié le petit Matthieu à Berthe paraissait menue aux côtés d'Omblard. Isabelle voisinait avec ses parents et ses cousins Gayte. Juste derrière, avec les jumeaux, Martin rivait ses yeux sur cette nuque adorée. Pierre et Élisabeth Deschamps avaient auprès d'eux Jérôme manifestement impressionné. L'architecte reconnut Herbert, l'oncle de Jean et Gilles, venu avec une délégation de chanoines de Billom. Étienne Aycelin était au premier rang avec sa famille. Son frère Guillaume et sa belle-sœur Aélise étaient accompagnés de leurs trois fils : Gilles, le préféré de l'archevêque, Aubert et Robert. Aubert était déjà cha-

1. Longue tunique.
2. Coiffure plate des chanoines.

noine et son père espérait pour lui une carrière comparable à celle de ses frères.

Charles le Verrier appréciait les résultats de son travail qui s'illuminait au grand soleil de la mi-journée tandis que Pierre Deschamps songeait à tout ce qu'il fallait encore faire pour achever l'œuvre de son père. Les deux Géraud laissaient vagabonder leurs pensées. Jean Aycelin ne décevrait-il pas leur attente ? Géraud Brillat était préoccupé par l'hôtel qu'il envisageait de faire construire à Paris et imaginait que dame Jeanne devrait s'y installer de temps à autre pour qu'il puisse y tenir son rang. « Et Isabelle, il faut la marier... Philippe de Mozac ? Il est gentil, civil, bon légiste... fin légiste ? Je ne crois pas. Habile ? Pas suffisamment... Et l'ambition ? Quant au poète, non ! Il faut que je parle à Jeanne. Les jumeaux vont partir à Paris dans le sillage de l'archevêque, je ne peux espérer mieux pour ces garçons un peu indisciplinés, intelligents certes mais sont-ils travailleurs ? Je ne veille pas assez à leur éducation. Chanoines et prêcheurs y pourvoient certes, mais est-ce suffisant ? Il faut des ambitions. Ils sont plus insouciants qu'ambitieux. L'air de Paris devrait les faire évoluer. »

Géraud était bien loin de la cérémonie quand l'archevêque de Bourges prononça les paroles rituelles intronisant Jean Aycelin comme le soixante-sixième successeur de saint Austremoine[1]. Clochettes, orgue portatif, cithares et violes accompagnaient maintenant le chœur dirigé avec beaucoup d'autorité par le chantre à la silhouette filiforme.

– Nous avons un nouvel évêque que nous avons fait, nous les gens qui comptons à Clermont. Saura-t-il s'en souvenir ? car, après tout, ceux qui l'ont précédé se sont toujours illustrés par des démêlés avec les bourgeois. Il faudra tenir.

C'est dans cet état d'esprit que Géraud, entouré de Jeanne et d'Isabelle, se retrouva dehors au midi devant le portail qu'il n'empruntait qu'exceptionnellement, puisque réservé à l'évêque et aux chanoines. Au soleil, les sculptures récemment mises en place par Pierre l'Imagier étaient encore meilleures que la maquette présentée quelques années plus tôt.

– Vous avez bien réussi votre portail, maître Pierre.

Avec l'Imagier, la famille Brillat suivit le cortège à tra-

1. Le premier évêque du diocèse de Clermont au IVe siècle.

vers le jardin, sous l'œil vigilant de Jean-Baptiste qui protégeait ses plates-bandes, et entra dans la grande salle épiscopale où des tables dressées sur des tréteaux attendaient pour le dîner de fête. Les archevêques précédaient les évêques et les chanoines, puis les invités : bourgeois, clercs du diocèse, maîtres du chantier de la cathédrale.

Gilles Aycelin repartit dans la soirée avec son fidèle Gaucelin pour faire étape à Brioude sur la route de Narbonne. Il était satisfait : son frère était bien en place. A l'issue du banquet, il s'était entretenu avec Géraud Brillat dont les responsabilités financières devenaient de plus en plus délicates dans un climat pesant. Et le dernier conseil auquel il avait assisté montrait que le roi avait d'immenses besoins d'argent pour toutes ses ambitions.

— Géraud, vous devriez venir à Paris plus souvent. Il faut que le conseil du roi entende des hommes de terrain comme vous. Je crois que le roi doit aussi penser à voir ses sujets de plus près. Pierre Flotte travaille beaucoup dans ce sens.

— Bien, Monseigneur, la cité est prête à recevoir le roi, vous pouvez l'en assurer.

Géraud en avait profité pour rappeler à Gilles que ses fils prendraient le chemin de son collège à la fin de l'été.

— Je dois songer à marier ma fille Isabelle. Si vous voyez un parti qui flatte notre famille, un garçon ambitieux, de bonne race, je serai généreux pour soutenir son ambition.

— J'y réfléchirai, Géraud, avait répondu l'archevêque qui avait déjà abandonné ses vêtements officiels pour une tenue plus appropriée au cheval.

Un valet l'attendait, retenant des chevaux nerveux. L'archevêque enfourcha sa monture avant de disparaître très vite par le marché de l'Échaudé, suivi de Gaucelin.

8

Martin et les jumeaux n'étaient pas conviés aux agapes épiscopales. Vital et Agricol en profitèrent pour rejoindre les diablesses. Martin, après une flânerie sur les remparts, promenade de plus en plus périlleuse tant ils étaient en mauvais état, préféra rentrer se coucher. A l'hôtel Brillat, Isabelle lisait paisiblement tandis qu'Anne et Pierre disputaient une partie de cartes acharnée. Le jeune homme leur fit un petit signe en passant auquel Isabelle répondit par un léger hochement de tête.

Dans sa chambre sous les toits, le mobilier était modeste. Le lit à paillasse comportait une couette de plumes car dame Jeanne avait veillé à ce que Martin ait un confort comparable à celui des jumeaux. Dans un coffre, il rangeait ses vêtements peu nombreux. Un petit escabeau et une étagère sur deux tréteaux étroits complétaient le mobilier. Le portrait de Radegonde trônait sur l'étagère au milieu de quelques manuscrits et parchemins sur lesquels Martin dessinait des figures géométriques ou recopiait des citations entendues aux cours des Frères prêcheurs ou relevées dans ses lectures.

La soirée était douce et le jeune homme, qui rêvassait à sa fenêtre en observant les étoiles nombreuses en cette nuit claire, entendit la porte s'ouvrir, puis se refermer très vite. Étonné, il se retourna pour se trouver face à Isabelle. La jeune fille s'avança si doucement, si lentement que les trois pas qui les séparaient parurent une éternité à Martin, médusé. Enfin contre lui, elle l'enlaça avec une infinie tendresse et lui offrit à nouveau le fruit de ses lèvres. Comment résister à tant de douceur, à tant de promesses !

Si Martin avait revu la scène de l'autre soir mille fois dans sa tête, il ne se souvenait plus de cette béatitude extrême qui l'envahissait à nouveau.

Lorsqu'Isabelle, rompant l'extase, voulut se lever, il la retint étroitement serrée dans ses bras mais elle se débattit :

– Lâche-moi, Martin.

– Non, je ne veux pas que tu partes, tu es à moi, c'est moi qui commande.

– C'est moi qui suis venue. Tu es mon valet, je te prends quand je veux.

La voix méprisante blessa Martin qui n'en pouvait plus de rage et d'amour mais ne desserrait pas son étreinte.

– Et elle, c'est qui ? demanda soudain Isabelle en montrant le portrait de Radegonde.

– C'est la madone.

– La madone ?

– Oui, la madone, répéta Martin d'un ton si sec qu'Isabelle n'osa insister.

– Et Nicolette, et Juliette et Guillemette, ce sont des madones ?

Interloqué, Martin se tut.

– Ce sont des madones ? insista Isabelle en lui pinçant le bras pour le sortir de sa rêverie.

– Puisque tu me prends quand tu veux, moi je prends qui je veux ! hurla Martin dont la voix résonna curieusement sous le toit mansardé.

– Je te déteste.

Isabelle se leva sans que Martin ne fasse aucun geste pour la retenir.

– Tu préfères Thomas ?

– Eh oui, je préfère Thomas.

– Fait-il mieux l'amour que moi ?

Isabelle ne cilla pas.

– Dis-moi, fait-il l'amour mieux que moi ? répéta Martin en détachant les mots un par un.

– Comment veux-tu que je le sache ? murmura Isabelle, en plantant ses yeux noirs avec insolence dans ceux de Martin.

– Parce que dans la petite maison de Saint-Ferréol, il te lit des sonnets, te chante des lais, te joue de la cithare ?

– Comment connais-tu la maison de Saint-Ferréol ?

– Je la connais, Isabelle, je t'y ai vue souvent entrer.

– Sale espion, *spione, spione* ! cria la jeune fille, se remémorant tout à coup ce mot italien qui la faisait tant rire avec ses frères lorsque le banquier Cocci, obsédé par les espions partout, ponctuait toutes ses phrases de « *spione* » quand il dînait chez Géraud.

— Je te déteste, répéta Isabelle en quittant la chambre.

Martin se jeta sur sa paillasse, furieux et malheureux. La lune entrait par l'oculus étroit et donnait des formes étranges aux objets de l'étagère. En les fixant désespérément, il recouvrit peu à peu une sérénité précaire. Le sommeil ne vint qu'à la pensée de son départ prochain : le supplice prendrait fin avec l'été. Mais le collège Aycelin le guérirait-il tout à fait ?

Avec l'été, les leçons des chanoines et des Frères prêcheurs s'étaient espacées et les garçons avaient retrouvé une certaine liberté. Géraud avait souhaité que ce quasi-désœuvrement soit occupé par quelques activités. Vital travaillait avec les secrétaires du banquier pendant qu'Agricol jouait au messager ou au coursier de son père et qu'Omblard et Pierre l'Imagier utilisaient les talents de Martin en géométrie.

Omblard passait le plus clair de son temps à la cathédrale où le peintre réalisait alors pour Étienne Aycelin une grande fresque sur la vie du premier martyr chrétien. Martin l'avança beaucoup en reportant avec précision sur le mur les cotes du dessin préparatoire pendant que Guillaume s'occupait des couleurs. Quant à Pierre l'Imagier, il lui fit calculer avec équerre et compas la mise au point du décor des chapiteaux qui orneraient les colonnes de la nef. Le tailleur de pierre fournissait des blocs sommairement épannelés à Martin qui y établissait les points de repère nécessaires à la réalisation des crochets végétaux constituant l'ornement de base des corbeilles avec quelques feuillages naturalistes. Il reporta aussi avec précision les cotes des dessins préparatoires de Pierre pour les statues destinées à la grande façade dont il rêvait de plus en plus. Les moins habiles de ses ouvriers épannelaient[1] seulement les gros blocs venus du Puy de la Nugeyre, d'autres réalisaient les feuillages selon les schémas préétablis, les plus expérimentés modelant les corps des statues. Pierre se réservait les visages. Martin aimait le regarder travailler de son ciseau sûr qui dessinait avec une rare

1. Dégrossir un bloc de pierre pour lui donner une première forme.

finesse des pommettes saillantes, des arcades sourcilières délicates, des paupières finement ourlées, des bouches pulpeuses et ces nez droits, légèrement pointus aux narines frémissantes qui étaient sa spécialité.

Martin collabora encore avec Pierre Deschamps et Charles le Verrier pour les roses du transept dont le programme du décor était établi, non figuratif car la fragmentation extrême du verre rendait difficile la création de scènes narratives.

— Je vais jouer sur les couleurs, vous verrez, ce sera très beau, ne cessait de répéter Charles.

Omblard, heureux de voir régulièrement Martin, lui disait parfois :

— Tu pourrais bien gagner ta vie ici, tu sais.

— J'ai la chance de pouvoir aller à Paris écouter les meilleurs maîtres de l'université, j'irai à Paris, répondait invariablement le jeune homme.

Omblard, déçu, n'en concevait pas moins une certaine fierté. Trois ans plus tôt, comme un oiseau tombé du nid, ce garçon avait quitté Tours alors bien incapable de voler de ses propres ailes, aujourd'hui, l'oiseau allait prendre son essor et Omblard en était satisfait.

La veille du départ, Martin soupa chez Marguerite qui avait dressé la table dans le jardin où la soirée était douce. Un lapin rôti, une salade bien verte aromatisée d'herbes odorantes, un flan sucré et le premier raisin de la treille régalèrent Martin pendant que Matthieu babillait dans son berceau. En faisant ses adieux, Martin dut s'avouer qu'il avait le cœur gros. Quand Isabelle, un peu plus tard, se glissa dans sa chambre, il commença à regretter le travail offert sur le chantier de la cathédrale. La tigresse de leurs derniers ébats avait fait place à une jeune femme d'une tendresse insoupçonnable. Martin était son jouet qu'elle traitait avec une infinie douceur, annihilant chez lui tout jugement et toute volonté. Après mille câlins qui le laissaient pantois, Isabelle le regarda tout à coup avec une intensité fabuleuse :

— Martin...

Martin mit ses yeux interrogatifs dans les siens.

— Martin... si je t'aimais...

— Je croyais que tu me détestais.

Martin reprenait ses esprits tout en se pinçant pour être sûr de ne pas rêver.

— Martin, si je t'aimais...

– Oui, si tu m'aimais...

Il était étrangement calme.

– Si je t'aimais, tu n'irais pas à Paris?

– Je partirais quand même.

– Si je t'aimais, tu partirais? fit Isabelle incrédule. Je n'aurais jamais cru cela de toi. Ne m'es-tu pas si attaché?

– Mais oui, je partirais, répéta Martin esquivant la dernière question. Où veux-tu en venir?

– Je voulais te dire que je t'aime.

Isabelle plantait ses yeux dans ceux de Martin avec tant d'effronterie!

– Et Thomas, et le beau Philippe? répliqua Martin d'un ton sourd comme s'il voulait se persuader intensément de garder son calme tout en soutenant le regard adoré en un ultime défi.

– Le beau Philippe, c'est un jouet sans intérêt, une poupée. C'est de la neige froide, gelée, moi je suis du feu.

Étroitement enlacés dans le petit lit douillet, Martin et Isabelle se taisaient maintenant.

– Quand tu reviendras, je serai mariée. Mon père veut me marier; il a dressé une liste des prétendants qui me conviendraient et surtout qui lui conviendraient. Domenico Cocci, le fils aîné du banquier, brun comme un pruneau avec un œil qui louche, Gilles Aycelin de Montaigut, pas mal mais pas aussi beau que l'archevêque, Philippe de Mozac, « celui qui a le moins de chances », dit Père, « pas assez ambitieux », c'est bien vrai, Matthieu Grandmont, le fils d'un banquier de Reims qui est passé à Clermont il y a quelque temps, un blondassou à l'œil pâle. Thomas ne figure pas sur le parchemin maudit et toi non plus, je dois te dire.

Le ton d'Isabelle avait changé. Ses derniers mots n'étaient plus prononcés comme un affront délibéré; le jeune homme les reçut comme un simple constat.

– Que veux-tu que ton père fasse de moi? Martin, fils de Jehan, peintre de Tours, sans un denier, appuya-t-il d'un air las.

– Père dit tout de même que tu es intelligent et que tu pourrais aller loin. Martin, tu m'épouserais, si Père l'acceptait?

Isabelle, une fois encore, torturait Martin complètement décontenancé par ce supplice infligé avec une cruauté presque délectable.

– Martin, c'est qui la madone?

— Une madone qui s'appelle Radegonde et qui vit à Poitiers.

— C'est elle que tu aimes ?

— Peut-être, je ne sais pas, je ne sais plus, avoua Martin, las, vaincu.

Isabelle se tourna vers lui avec une étrange douceur.

— Martin, prends-moi, pour la dernière fois.

Géraud partit pour Paris avec les garçons. Robert Aycelin, le dernier fils de Guillaume de Montaigut, était aussi du voyage. Timide, vaguement maladif, il était peu bavard et dormait vite le soir aux haltes pendant que Vital et Agricol racontaient leurs états d'âme de plus en plus mélancoliques avec les lieues toujours plus nombreuses qui les séparaient des diablesses. Martin tentait de balayer leurs regrets avec des paroles fanfaronnes :

— Des diablesses, nous en aurons autant que nous voudrons à Paris, claironnait-il.

Pourtant, lui aussi, sa diablesse lui travaillait drôlement la tête et il ne pouvait le confier aux deux frères.

Arrivés à Paris par le faubourg Saint-Marcel qui s'étendait au sud-est d'un petit affluent de la Seine, la Bièvre, ils découvrirent un paysage familier avec vignes sur les coteaux et tanneurs au bord de l'eau en passant sans encombre le rempart de Philippe Auguste. En ces temps de paix, Paris était ville ouverte, le roi concédant peu à peu à des institutions diverses l'usage des murs et des tours bâtis par son ancêtre au début du siècle. La porte Saint-Marcel était ainsi depuis cinq ans la « propriété » des évêques de Tournai dont l'hôtel était tout proche.

Géraud faisait le guide, montrant d'abord au loin sur leur droite le quadrilatère des domaines de la puissante abbaye Saint-Victor qui, comme Saint-Marcel, était restée hors du rempart de Philippe Auguste. Géraud connaissait bien Paris où il avait suivi autrefois des cours de l'université et où il continuait à venir régulièrement pour ses affaires.

— Nous ne sommes plus loin maintenant. Voici l'abbaye Sainte-Geneviève. Au bout de la rue, il y a Saint-Étienne-du-Mont, la paroisse du bourg.

Ils arrêtèrent les chevaux sur le carré de l'abbaye où l'animation était grande en ce milieu de journée.

— Si vous prenez cette rue, vous arrivez entre Saint-

Étienne-des-Grés et Saint-Jacques. Ensuite par la rue Saint-Jacques, toujours tout droit, c'est la Seine et le Petit-Pont. Nous irons après avoir visité le collège car, près de Saint-Séverin, je dois acheter un manuscrit pour votre mère.

– Regardez! dit Martin qui avait tourné son cheval vers le côté dégagé de la place, c'est Paris!

– Eh oui, mes enfants, là-bas c'est Paris, à droite de la Seine. Ici nous sommes sur sa rive gauche. Au loin, au milieu des champs, c'est le monastère Saint-Martin. Tous ces jardins sont des anciens marais que les Frères templiers ont asséchés. C'est là que les regrattiers de la cité s'approvisionnent beaucoup. Ces grandes maisons ont été bâties il y a plus d'un siècle par le roi Philippe Auguste pour que les marchands s'y mettent à l'abri de la pluie. Vous voyez aussi le mur de ce roi comme celui que nous venons de passer.

Après s'être restaurés à l'auberge de l'abbaye, ils eurent bien des difficultés à se frayer un chemin parmi les piétons fort nombreux, dont beaucoup d'étudiants pérorant sans se soucier des chevaux. Au coin de la rue Saint-Jacques, à côté de l'église, un groupe de pèlerins éclopés se pressaient devant l'entrée d'une lourde bâtisse.

– L'hospice des moines voisins qui ont beaucoup à faire avec les pèlerins en détresse, commenta Géraud inlassable.

Ils arrivèrent enfin au collège Montaigut, installé dans une large impasse donnant dans la rue Saint-Jacques, la rue des Sept-Voies au bout de laquelle on apercevait des vignes. La façade du collège se développait sur une trentaine de mètres et une inscription en lettres d'or brillait au-dessus de la porte cochère : COLLÈGE DE MONTAIGUT. Un gardien amène les accueillit dans la vaste cour entourée de bâtiments de qualité. Le cardinal Hugues avait richement doté le chantier, d'où un certain luxe.

Le maître du collège, Anselme dit le Petit par ses étudiants, fit visiter les lieux. Très droit pour ne pas perdre un pouce de sa taille, il pérorait avec une autorité un peu agaçante. On commença par la chapelle dédiée à la Vierge, d'où on passa à la bibliothèque dont les étagères étaient bien pourvues en manuscrits et où des tables sur tréteaux et des escabeaux attendaient les élèves; la salle voisine, destinée à certaines leçons peu fréquentées ou la grande salle pour des cours plus populaires, alignaient aussi tables et bancs. De là, on se rendit au réfectoire, un large espace divisé en deux par une colonnade et qui voisinait avec la cuisine où s'affairaient deux matrones devant une vaste cheminée.

Deux escaliers desservaient les dortoirs conçus en chambres pour quatre.

– Le cardinal estimait ce système plus favorable à de bonnes études, expliqua Anselme, et messire, si vous voulez loger ici, voici votre chambre, ajouta-t-il en s'adressant à Géraud.

Il ouvrit une porte vers une pièce beaucoup plus petite que les dortoirs et après une brève inspection repartit vers la troisième porte et l'ouvrit :

– Voilà le dortoir de ces garçons. Monseigneur m'a dit de les installer ici puisque votre souhait est de les voir tous logés au collège.

Géraud Brillat et Guillaume Aycelin avaient opté pour cette solution qui mettait les quatre garçons sur un pied d'égalité et leur permettait de rester ensemble car bien peu de logeurs disposaient de la surface nécessaire à quatre « écoliers ». Les garçons prirent possession de leur dortoir où les quatre lits à paillasse occupaient la plus grande place avec quatre coffres destinés aux effets personnels. Des escabeaux et une planche à disposer sur des tréteaux étaient posés contre le mur.

– Des retraits sont dans la cour et pour vous laver, vous trouverez au bout du couloir pots et cuvier. Des bains publics sont en haut de la rue des Sept-Voies, rajouta, de sa voix de roquet, Anselme toujours dressé sur ses ergots.

Enfin, il déroula d'un air appliqué un parchemin où le règlement avait été recopié par un écolier de l'année précédente et prit congé :

– Lisez cela attentivement. Je vous salue, messire. J'espère que vous serez satisfait de nos services. Monseigneur l'archevêque venu l'autre dimanche m'a chargé de vous transmettre une invitation à souper le soir de votre arrivée avec les quatre garçons. Si vous acceptez, je vais lui mander un messager pour lui annoncer votre venue.

– Oui maître, ce sera avec plaisir.

Dès qu'ils eurent vu les talons des estivaux du maître, les garçons se précipitèrent sur le règlement :

– Un sonneur de cloches sera élu chaque semaine pour réveiller tous les écoliers, déchiffra Vital.

110

– L'assistance à la messe du père Henri est obligatoire ; dîner et souper seront pris en commun, continua Agricol.

– Les écoliers balaieront salles et dortoirs ; un biblio-thécaire sera chargé des exemplars [1] qu'il remettra à ses camarades pour qu'ils les recopient, poursuivit Martin, l'écolier doit écrire un résumé de tout ce qu'il lit et dis-cuter de son travail avec maîtres et camarades ; des leçons seront entendues au collège et hors du collège ; un soir par semaine sera réservé au théâtre...

– Du théâtre !

Une fois encore, les jumeaux avaient exprimé leur sen-timent ensemble et avec la même mimique. Géraud, vaguement ému, sourit en les regardant.

« Que la maison va être vide à Clermont sans ces deux-là ! » se dit-il en les observant ranger hâtivement leurs affaires dans les coffres.

Géraud et les garçons prirent la direction de la Seine au-delà de laquelle l'archevêque habitait. La circulation était dense dans ces rues au tracé relativement rectiligne traversant un quartier au développement spectaculaire depuis que Guillaume de Champeaux [2] avait amené ses élèves sur la rive gauche du fleuve. Là avait commencé une extraordinaire geste que les étudiants se racontaient aujourd'hui comme des faits de guerre, montrant avec admiration le lieu où Abélard, élève de Champeaux, dispensait son enseignement sur la montagne Sainte-Geneviève à l'époque du roi Louis VI. Les écoliers de plus en plus nombreux avaient fait basculer le quartier de vignes et de courtils dans une urbanisation à laquelle les rois avaient été attentifs tout en surveillant ce creu-set vivant, bruyant et indiscipliné que formait l'univer-sité.

Le chahut était grand avec une population très jeune, s'apostrophant joyeusement d'un estaminet à l'autre. Les cours n'étaient pas encore commencés et les activités des étudiants consistaient surtout en la recherche de loge-ments. La location de chambres plus ou moins misérables était devenue dans le quartier une véritable industrie. Commerçants, artisans, veuves disposaient toujours de quelque « retrait » pour un étudiant et plus le début des

1. Modèle de texte défini par l'université. Sorte de programme.
2. 1070-1121. Maître de l'école épiscopale de Paris.

cours approchait, plus la chasse devenait intense, plus les prix grimpaient.

— Matthieu, peux-tu me prêter une cotte ? Je dois rencontrer Élisabeth sur le Petit-Pont. La mienne est toute crottée.

Matthieu passa la tête par l'œil-de-bœuf de sa chambre et fit signe à Herbert, qui l'avait interpellé du pignon d'en face, qu'il pouvait venir. Au-dessous dans l'échoppe du savetier, un étudiant discutait hargneusement le prix d'estivaux et le ton montait alors que ses amis tentaient de le calmer. Plus loin, un groupe commentait un des rares cours dispensés le matin au Clos Garlande. Les garçons, pourtant habitués au charroi souvent très animé des rues clermontoises, étaient éberlués par ce bruit, cette agitation nerveuse même si le ton était bon enfant. La grand'rue leur parut large avec ses dix-huit pieds.

— Cette rue joint les deux Saint-Jacques, celui au midi près de la porte Saint-Jacques et celui du quartier des boucheries de l'autre côté de la Seine, commenta Géraud.

Le groupe circulait un peu mieux que dans les petites rues adjacentes dont le réseau était d'une densité extrême, un peu allégé par les échappées vers des vignes ou des courtils. Ils passèrent devant Saint-Mathurin, puis Saint-Séverin où Géraud les entraîna vers la rue Boutebrie afin d'y prendre le manuscrit commandé pour dame Jeanne.

La rue était calme avec ses échoppes de parcheminiers, de copistes et d'enlumineurs. Géraud pénétra dans l'atelier de la maison de la Petite Autruche, ouvrant sur l'extérieur par une arcade aussi large que le pignon marqué au-dessus de colombages. Un copiste se leva, abandonnant son parchemin et sa plume. Reconnaissant Géraud, il prit sur une étagère un manuscrit qu'il lui tendit. Le banquier feuilleta attentivement les bi-folios [1] et, visiblement satisfait, sortit sa bourse.

— Je vous présente mes fils et deux amis, je vous remercie de les accueillir pour des commandes éventuelles. Ils vont suivre les cours de l'université et je crois que vous disposez des exemplars.

— Mais oui, dit le copiste, maître Jean a l'agrément du collège de Sorbon, des Clos Bruneau et Garlande [2] et cela nous demande tant de travail qu'il a dû embaucher une

---

1. Feuille de parchemin pliée en deux pour former deux feuillets.
2. Les principaux collèges de l'université de Paris.

nouvelle équipe de copistes qui est installée dans l'échoppe voisine. Vous y trouverez des traités d'arithmétique, de théologie, d'astronomie. Avec le retour des étudiants, les plumes sont très actives!

A proximité de Saint-Julien-le-Pauvre, ils longèrent le Clos Garlande dont ils aperçurent les jardins si réputés pour leurs cours et leurs maîtres que frère Jacques leur avait vantés; puis par la rue Fouarre, ils arrivèrent à la Seine et au Petit-Pont derrière lequel se dressait la cathédrale Notre-Dame. Après le calme relatif du quartier Saint-Séverin, c'était de nouveau la grande animation du secteur épiscopal qui était aussi celui des marchands. Géraud s'engagea sous le châtelet d'où des sergents exerçaient une surveillance sur la Seine et le pont dont ils limitaient parfois l'accès en cas d'excès de charroi. Les garçons laissèrent passer un coche chargé de voyageurs qui avait du mal à se frayer un chemin. L'intense activité sur le fleuve retint surtout leur attention.

– Rien à voir avec la Loire, souffla Martin. Que l'eau est boueuse!

De multiples barques voguaient, menées par des bateliers adroits dont les cris rauques pour alerter les voisins résonnaient entre les maisons alignant leurs pignons sur la rive, en une ligne continue simplement entrecoupée de temps à autre par une courte traverse.

Les jumeaux s'esclaffèrent de voir paisiblement installé dans une barque chargée de tonneaux un client en train de goûter le vin. Dodelinait encore sur l'eau un curieux attelage de quatre barques lestées de tonneaux, dont le batelier semblait conclure avec un chaland la vente de la cargaison avec force gestes et salive. D'une embarcation voisine montait un grand chahut provoqué par des étudiants qui y avaient entraîné des prostituées et des cavaliers s'arrêtèrent pour juger du spectacle pendant qu'un montreur de singe interpellait Martin :

– Regarde ce que je peux lui faire faire.

Le chimpanzé se mit à trépigner au bout de sa corde, puis sauta avec des cabrioles spectaculaires. Martin rit beaucoup pendant que Géraud mettait un denier dans la main du bateleur. Un peu plus loin, une barque déposait sa cargaison de grains chez le meunier dont les grandes roues du moulin tournaient sans relâche et dont on apercevait les meules en action.

Géraud s'acquitta du péage [1] et entraîna les garçons sur le pont où échoppes et maisons étaient étroitement entassées, taverniers et boulangers voisinant avec des bouchers, des barbiers et un oiseleur.

— Une vraie petite cité, constata Martin quand ils en débouchèrent pour bifurquer sur la droite vers la rue Neuve-Notre-Dame, le long de Sainte-Geneviève-la-Petite.

Tout à coup, la rue s'élargit vers le parvis de Notre-Dame qui cloua les garçons, fascinés par cette énorme façade dont ils n'arrivaient pas à mesurer la hauteur, faute de recul.

— Que c'est beau! finit par dire Martin.

— Que c'est beau! répétèrent en écho les jumeaux.

Autour d'eux, l'animation régnait sur la place où était ouvert comme chaque jour le marché au gibier et aux volailles.

— C'est la sauvagine, dit Géraud, et si vous venez le dimanche, vous verrez le marché au pain. Mais ne comptez pas trop dessus pour vous nourrir car on n'y voit que les pains ratés, brûlés ou mal cuits, ou non conformes aux prescriptions de la puissante confrérie des boulangers de Paris! Là c'est Saint-Jean-le-Rond, le baptistère de la cathédrale, et en face au septentrion, l'Hôtel-Dieu.

— Je n'ai jamais vu autant de sculptures ensemble, dit Vital en s'approchant du triple portail.

— Si Pierre l'Imagier voyait ça! ajouta Martin, et ces couleurs. Omblard pourrait prendre exemple pour les portails de la cathédrale qu'il doit peindre. Le bleu de la robe de Marie, c'est du lapis-lazuli et ce rouge vermillon et tout cet or. Il doit être riche l'archevêque de Paris!

— Il faudrait avancer un peu, sinon nous arriverons bien tard chez l'archevêque, se soucia Géraud, rentrons tout de même et je vous montrerai la porte du midi.

L'intérieur de la cathédrale arracha encore aux visiteurs des exclamations admiratives. Les colonnes de calcaire blanc, les chapiteaux, les vitraux étaient un enchantement pour ces garçons qui n'avaient rien vu et un chanoine s'amusa de leur air béat.

— Vous aurez tout le temps de revenir, dit Géraud pressant le mouvement et ressortant déjà par le transept du midi où un grand portail offrait encore une belle page de sculpture.

---

1. Droit perçu sur les usagers des voies publiques et de certains ouvrages.

114

– C'est l'histoire de saint Étienne, le patron de ton oncle, commenta Géraud en se tournant vers Robert Aycelin, ce sont les mêmes scènes qu'Omblard a peintes dans votre chapelle de la cathédrale. Mais je veux surtout vous montrer ça. En bas, ces petits reliefs, c'est votre vie future, celle des étudiants décrite ici dans cette façade dont la première pierre a été posée sous notre bon roi Louis. On y travaillait encore quand j'étais étudiant. Les voici qui discutent ou qui écoutent leur maître ; là ils se battent, là une femme vient les trouver et on la retrouve au pilori.

Pensif, Martin hocha la tête.

Par la rue de la Juiverie, puis celle de la Vieille-Draperie où merciers et drapiers se succédaient presque sans interruption, ils rejoignirent la rue de la Cour-du-Roi d'où ils aperçurent la Sainte-Chapelle. Ils s'engagèrent sur le Grand-Pont ou Pont-au-Change depuis que le roi Louis VII y avait installé les changeurs.

– Le pont est neuf, le précédent a été détruit il y a deux années par une grande crue qui a tout emporté sur son passage, nota Géraud. Là commence le quartier des halles. Les financiers royaux m'ont dit que le livre de la taille [1] d'il y a six ans avait dénombré à Paris quinze mille taillables [2], ce qui fait une population de soixante-dix mille personnes.

– C'est énorme! fit Vital de son ton un peu traînant.

– Heureusement que Philippe Auguste a amélioré l'approvisionnement de la cité avec la création des halles.

Géraud, tout en commentant le paysage, ce qui au fond l'amusait beaucoup, les entraînait maintenant vers la rue Saint-Thomas.

– Nous sommes à deux pas de la forteresse du Louvre où le roi Philippe le Bel tient aussi quelques conseils. Les réunions y sont plus tranquilles qu'au palais de la cité et plus secrètes.

Ils s'arrêtèrent enfin devant un porche dans une large façade austère avec ses deux ordres de percements très simples, l'étage supérieur étant en encorbellement. Dans la cour carrée marquée au centre d'une fontaine s'organisaient des bâtiments aussi sévères que la façade extérieure. Du logis en face sortit Gaucelin qui fit entrer les visiteurs dans une vaste salle réchauffée par de grandes tentures

1. Registre où étaient inscrits ceux qui devaient payer la taille (impôt).
2. Habitants soumis au paiement de la taille.

très colorées alors que dans la cheminée brûlait un feu timide pour atténuer la fraîcheur du soir automnal.

– Nous rentrons du palais où monseigneur Gilles a assisté au conseil. Il part demain pour Tournai.

Gaucelin, de son ton doucereux qui indisposait souvent ses interlocuteurs, s'enquit du voyage et de l'installation des garçons.

Gilles Aycelin se montra de fort bonne humeur. Il avait obtenu les pleins pouvoirs pour son ambassade à Tournai où il devait rencontrer des envoyés anglais. Martin était fasciné par le luxe des objets sur la table : aiguière émaillée pour l'eau, aiguière en cristal sur piètement d'argent pour le vin, gobelets aux armes Aycelin... et aussi par le faste de la salle : riches tentures pourpres quadrillées de dessins rehaussés d'or, carreaux de pavage brillamment vernissés, crédences et cathèdres en bois finement sculpté avec coussins de velours moelleux.

A l'issue du repas, où avaient fait merveille bécasses et cailles achetées au marché de Notre-Dame et rôties par Pétronille, Gaucelin présenta les garçons à la cuisinière :

– Ils viendront de temps en temps faire un bon souper ici. Vous leur donnerez aussi quelques victuailles à emporter.

La mine réjouie de Pétronille et les bonnes odeurs de sa cuisine lui valurent aussitôt la sympathie des étudiants.

– Robert est le neveu de Monseigneur, ajouta Gaucelin.

Gilles avait entraîné Géraud pour un aparté dans son cabinet particulier où le banquier admira la tapisserie rapportée de son dernier voyage à Tournai.

– Je ne sais comment les affaires vont tourner avec les Anglais et le comte de Flandre [1]. Le conseil était sombre aujourd'hui. Seule bonne nouvelle, l'heureuse issue du procès de canonisation du roi Louis qui mettra un peu de liant dans nos relations avec le pape. Notre roi sera moins virulent à son égard! Mais le reste! Nous sommes aux abois pour l'argent frais. La maltôte [2] ne rapporte rien, la dîme, je n'en parle pas. Le roi pense même à vendre leur affranchissement à certains serfs ainsi que la terre qu'ils cultivent à Toulouse ou Carcassonne. Nous avons quelques mauvaises affaires d'abus de nos commissaires char-

1. Turbulent vassal du roi de France.
2. Taxe levée à partir de 1291 sur les marchandises. Sorte de TVA.

gés de recouvrer les droits des serfs ; Guillaume de Nogaret [1], originaire de la région et de plus en plus influent au conseil, pense arranger l'affaire en les affranchissant, ce qui renflouera aussi le trésor.

Gilles s'interrompit pour vider son gobelet d'hypocras [2] et reprit aussitôt sans prendre le temps de le savourer :

– Quelle époque nous vivons ! A voir Guillaume de Nogaret, il y a de l'avenir pour les légistes. Ces jeunes gens devraient bien étudier le droit, il y a de beaux jours devant eux. Si vous voyiez le nombre d'arrêts prononcés par le Parlement au palais de la cité ! Le clerc des archives ne sait plus où donner de la tête. Il a fallu multiplier scribes et secrétaires. J'ai deux neveux qui passent leurs journées à analyser des enquêtes et tenir des registres que les juristes consultent pour prendre leurs décisions. La justice de votre évêque est dépassée.

Le retour de Gaucelin qui avait laissé les garçons dans la bibliothèque de Gilles n'interrompit pas le long monologue de l'archevêque :

– Et Paris qui s'organise avec son prévôt [3] nommé par le roi installé dans le nouveau châtelet au bord de la Seine près du Pont-au-Change. Autour de lui, des lieutenants, des notaires et des examinateurs. Il y a aujourd'hui à Paris plus de trente notaires pour rédiger les actes privés que le prévôt authentifie de son sceau ! Et le dessein du roi, c'est d'étendre ses lois et son réseau d'agents à ses provinces. Tout va évoluer très vite, Géraud, mais des banquiers avisés qui ont su tisser des liens avec des étrangers, le roi en aura aussi toujours besoin. Vos fonctions financières indiquent bien le lien nécessaire entre l'État et les affaires.

Tout en servant au banquier un nouveau gobelet d'hypocras, Gilles poursuivit :

– A propos de votre fille Isabelle, j'ai peut-être l'oiseau rare, le fils d'un conseiller au Parlement ; il me paraît justement doué comme légiste. Une bonne assise financière et des relations dans la banque lui apporteraient le luxe qui lui manque. Votre fille est belle et riche. Thibault Perrault est bien de sa personne. Qu'en pensez-vous ?

1. Homme politique français (1260-70-1313), professeur de droit à Montpellier, qui entre au service de Philippe le Bel en 1296.
2. Fabriqué avec des vins de liqueur souvent étrangers.
3. Le prévôt de Paris est le représentant du roi à Paris.

— Merci de vous en être soucié. Je suis tout à fait favorable à ce projet.

— Quand rentrez-vous de Champagne, Géraud ?

— Je vais d'abord à Provins pour la foire de la Saint-Ayoul, puis à Troyes pour la Saint-Remi. Dans quinze jours, je repasserai à Paris pour un gros marché de laine si les affaires avec les Anglais ne l'annulent pas.

— Bien, je vous présenterai alors le jeune Thibault. Il serait aussi nécessaire que le roi reconnaisse vos services par une charge, peut-être panetier, j'en parlerai avec Pierre Flotte.

Quand Géraud repartit avec les garçons, ravi de sa soirée et des perspectives qui s'ouvraient pour lui et sa famille, il faisait nuit et les rues avaient perdu de leur animation. Quelques torches et quinquets éclairaient d'un halo évanescent façades et pavés.

— Toutes les rues de Paris sont-elles pavées ? demanda Agricol.

— Pas toutes, mais beaucoup depuis le temps de Philippe Auguste au début du siècle. Cela évite les cloaques que nous connaissons à Clermont. Les efforts des prévôts portent maintenant sur les égouts et les sergents royaux veillent comme ils peuvent à la propreté. Dans le quartier Saint-Honoré, celui des bouchers, il faut laver la rue très souvent.

Plus ils avançaient, plus les quinquets se faisaient rares et ils allumèrent les flambeaux que Pétronille leur avait donnés.

— Le prévôt Étienne Boileau [1] qui avait voulu obliger tous les Parisiens à avoir un pot à feu n'a pas été suivi ! observa Géraud.

— Il y a beaucoup de monts-joie ! rétorqua Robert, peu bavard mais attiré par ces statuettes de madones ou de saints dans des niches au coin des maisons, éclairées par de petits lumignons qui brillaient sans interruption nuit et jour, entretenus pieusement par les voisins. Si le lumignon s'éteignait c'était mauvais signe !

Un aubergiste qui n'avait pas encore fermé, espérant d'hypothétiques clients les héla au passage :

— Céans fait bon dîner, ci pain chaud et fin hareng et vin d'Auxerre à plein tonnel.

Si sa maison à poutres apparentes était avenante, l'échoppe mal éclairée était peu engageante. Ils étaient

----

1. Prévôt de Paris de 1261 à 1270.

118

déjà au Pont-au-Change qu'ils l'entendaient encore au loin débiter son boniment. Dans la rue Saint-Jacques s'attardaient des étudiants. Ils discutaient joyeusement sans se soucier du crieur proclamant sur une petite placette un message du prévôt à propos du calme de la nuit à respecter. Les paroles du crieur qui s'époumonait tombaient dans l'indifférence la plus totale. Une bande d'étudiants, accompagnés de femmes aux tenues tapageuses avec des chapels rouge vif et des ceintures cloutées d'argent, sortit au même instant de la « maison du Dieu d'amour » dans un tohu-bohu général auquel répondirent aussitôt les invectives d'un riverain.

– Attention aux femmes folieuses, les garçons, en profita pour dire Géraud, elles déferlent le soir depuis leurs rues habituelles, les rues Pute, Muce, ou des Commanderesses et envahissent le quartier des écoles. Beaucoup viennent aussi du grand cul-de-sac de Saint-Nicolas-des-Champs... Un lieu que je vous invite à éviter ; mendiants et vauriens vous y attendent.

Si Robert semblait indifférent à ce spectacle, les jumeaux et Martin n'en perdaient pas une miette et se laissaient envahir par une douce mélancolie. Les pensées de Vital et d'Agricol s'envolèrent vers les diablesses, pendant que Martin songeait à Isabelle pour se poser toujours les mêmes questions : combien de fois était-elle retournée à Saint-Ferréol depuis son départ ? Que signifiait cette étrange déclaration d'amour la veille de son départ ? Alors que ces questions le tenaillaient, il était au fond soulagé d'être parti.

Martin fut interrompu dans ses pensées par des injures que deux groupes d'étudiants face à face se lançaient à la figure :

– Traître, bâtard, paillard, putainier, cogul, ribaud...

Au bord du pugilat, quand deux sergents parurent au bout de la rue les antagonistes se volatilisèrent comme par enchantement.

Géraud s'arrêta dans une auberge cossue où il avait ses habitudes près de l'abbaye Sainte-Geneviève et où il rêva une nouvelle fois à cet hôtel qu'il songeait à construire sur un terrain déjà acquis dans le quartier Saint-Paul pour asseoir sa situation de banquier davantage que le simple comptoir dont il disposait déjà. Pendant ce temps, les garçons étaient accueillis fraîchement par le gardien maugréant sur l'heure tardive :

– Foi de Firmin, moi qui suis natif d'Amiens, je ne supporterai pas cela longtemps.

La lourde porte cochère claqua derrière eux. La cour était calme avec un petit lumignon dans un coin et un quinquet éclairait l'escalier des dortoirs.

9

Géraud quitta Paris tôt le matin au moment où Firmin actionnait énergiquement sa clochette dans les couloirs du collège puisqu'en raison de l'absence de certains écoliers, un tour n'était pas encore attribué. Les garçons écoutèrent distraitement la messe du père Henri avec les autres étudiants présents, puis rejoignirent dans la bibliothèque maître Anselme qui leur présenta ses assistants, Thomas et Remi, deux anciens.

Le premier prit la parole pour leur exposer avec application l'université parisienne et son dédale de collèges et de cours.

– La bulle *Parens Scientiarum* du pape Grégoire IX a fondé l'université dont les règlements ont été édictés au début du siècle, un an après la victoire de Bouvines[1], par le cardinal-légat Robert de Courson au nom du pape Innocent, le troisième du nom. Grâce à eux, nous disposons comme nos maîtres du droit d'association. Vous verrez, c'est important.

Remi hochait la tête d'un air entendu.

– Nos professeurs appartiennent à l'Église, reprit Thomas après un temps de réflexion, vous rencontrerez des chanoines comme des moines; je vous recommande les frères franciscains et dominicains, dignes successeurs de Thomas d'Aquin et Bonaventure; beaucoup de nos maîtres ont été leurs élèves dans notre université! ajouta Thomas en se tournant avec déférence vers Anselme qui acquiesça d'un léger signe de tête.

1. 1214.

– Nous sommes répartis en quatre nations : Français, Picards, Allemands et Anglais, ces derniers un peu moins nombreux aujourd'hui ; sans doute à cause des affaires de Guyenne et de Flandre[1] préfèrent-ils aller à Oxford ! Nous nous comprenons tous grâce au latin d'église dans lequel sont dispensés les cours. A toi, Remi !

Le blond Remi, arrivé de Reims quatre ans plus tôt, prit aussitôt le relais d'une voix un peu nasillarde :

– Il existe trois facultés : théologie, décret pour le droit, médecine, auxquelles s'ajoute la faculté des arts d'un niveau inférieur pour couronner les études des collèges où vous pourrez étudier trivium[2] et quadrivium[3].

– N'oubliez pas que pour envisager un doctorat dans les trois facultés, il faut être maître ès arts ! continuait Remi. Vous vous inscrirez dans la faculté qui vous intéresse et aussi dans les collèges que vous voudrez. Ici maître Anselme vous enseignera la philosophie. Voilà le programme.

Vital n'était guère attentif, lorgnant plutôt ses futurs compagnons pour découvrir un éventuel joueur de dés.

– ... Nous vous aiderons à passer votre maîtrise.

Il saisit les derniers mots de Remi qui s'appesantit encore sur des détails de l'enseignement.

Soûls de ses paroles, ses auditeurs se retrouvèrent enfin dans la cour, quelque peu déconcertés par cette abondance d'informations et les commentaires allèrent bon train pendant le dîner dont le côté spartiate n'échappa pas à Vital.

– Je crois que j'irai souvent rendre visite à la cuisinière de l'archevêque, déclara-t-il au-dessus d'une soupe trop claire et sans goût.

Robert partit s'inscrire à la faculté de théologie, installée depuis l'année de la mort du bon roi Louis dans le collège fondé par Robert de Sorbon[4], l'ancien chapelain du roi, vingt ans plus tôt. Les autres prirent le chemin de la faculté du décret au collège Jean-de-Beauvais, entraînant Vital qui hésitait pourtant avec la médecine.

Dans une cour comparable à celle du collège Montaigut, les futurs étudiants s'interpellaient joyeusement en attendant que le copiste du registre prenne leur inscrip-

1. En Flandre, le roi anglais intrigue avec le comte, pourtant vassal du roi de France.
2. Arts libéraux : grammaire, réthorique et logique.
3. Sciences : arithmétique, géométrie, astronomie et musique.
4. Ancêtre de la Sorbonne fondé en 1270.

tion dans un grand manuscrit après leur avoir fait décliner leur identité :

– Vital Brillat, Agricol Brillat, Martin Detours.
– Et d'où venez-vous ?
– De Clermont, en Auvergne.
– Et moi Honoré, de Rouen. Vous arrivez ?

Un grand garçon jovial, blond comme les blés, d'où un contraste étonnant avec les jumeaux, donnait une grande bourrade dans le dos d'Agricol.

– Oui, et toi ?
– Oh moi, je commence ma seconde année mais je vais aller passer ma licence à Orléans...
– À Orléans ?
– C'est plus facile à Orléans mais il ne faut pas le dire ici ! dit Honoré en mettant un doigt sur ses lèvres. Pour le droit canon, les maîtres de Paris et d'Orléans se disputent les étudiants. Les pauvres goliards ont bien du mal...
– Les quoi ?
– Les goliards, vous ne savez pas ce que c'est ? Les étudiants pauvres qui font tous les métiers pour subsister. Quand ils sont copistes ou relieurs chez les libraires de la rue Saint-Jacques ou de la Parcheminerie, ce n'est rien, mais quand ils doivent prêter la main aux marchands autour des halles, cela les éloigne du droit canon ou de l'arithmétique !... Vous... vous n'êtes pas des goliards, ça se voit... belles cottes, chapes neuves d'un beau noir non délavé, estivaux propres... Vous êtes pris en charge par un collège ou vous habitez chez de riches protecteurs... Pas vrai les amis ?

Honoré riait, satisfait de l'ascendant que lui procurait sur ces nouveaux une expérience dont il était fier.

– Et toi, tu es goliard ?
– Oh moi, j'étais goliard mais dans la nation anglaise – je suis un peu Anglais par mon père – on est habile à s'en sortir. Un peu de copie, des livraisons de marchandises, de belles dames ensorcelées, une partie de dés ou de cartes gagnée.

Promptement, il sortit de son aumônière usagée des dés qu'il mit sous le nez des garçons d'un geste vif. Les yeux de Vital brillèrent d'un éclat fugitif saisi avec inquiétude par son jumeau.

– Vous jouez aux dés ? demanda alors Honoré à qui l'intérêt de Vital n'avait pas échappé.
– Non, répondit précipitamment Martin qui détestait

les jeux de hasard pendant qu'Agricol enjoignait le silence à son frère d'un regard sans réplique. Honoré, pas dupe, s'esclaffa :

— Oh, n'ayez pas peur, les nouveaux, lança-t-il avant de s'éclipser, ses cheveux filasse permettant aux « nouveaux » de suivre sa marche au loin dans la rue en dépit de la densité du charroi.

Robert arriva sur ces entrefaites et leur conta avec beaucoup d'excitation, lui d'habitude si calme, les difficultés rencontrées pour s'inscrire rue Coupe-Gueule « chez Sorbon » au cours de maître Pierre dont la réputation tenait essentiellement au fait qu'il avait été élève, quarante ans plus tôt, de Thomas d'Aquin! Tous se dirigèrent alors vers le Clos Bruneau où les cours de droit canon étaient renommés. Les maîtres Jean d'Amiens et Alain de Strasbourg y attiraient les foules.

— Que Marguerite serait heureuse ici, pensa Martin en découvrant un peu plus tard le Clos Garlande, autre collège réputé comme havre de paix dans des jardins embaumés par les roses d'automne; des massifs encore fleuris dessinaient des allées et des espaces ronds où étaient disposés des bancs.

— Ici, dit le clerc à l'accueil, les maîtres font leurs cours dehors sauf quand le temps ne le permet pas; alors on a des salles qui ont de grandes arcades donnant sur les jardins et dispensant un bon éclairage.

Martin voulait y suivre les cours de maître Julien, l'ancien assistant de Roger Bacon[1] lors de son séjour à l'université parisienne où il avait apporté les théories de Robert Grosseteste[2], dont frère Jacques lui avait parlé; ses conceptions astrologiques avaient fait des ravages à l'université.

Vital et Agricol suivaient Martin dont ils subissaient depuis longtemps l'ascendant intellectuel et s'en remettaient à ses choix sans discuter. Après le Clos Garlande en contournant Saint-Julien-le-Pauvre, Martin entraîna Vital à la faculté de médecine non loin de Saint-Germain-des-Prés. A peine entré dans la cour, il fut interpellé :

— Martin, toi? Que fais-tu ici?

— Jean! Et toi? répondit le jeune homme en tombant dans les bras d'un solide garçon très blond et dont les yeux

1. Théologien et philosophe anglais (1214-1274).
2. Religieux et érudit anglais, adepte de Platon (1170-1253).

124

bleus firent instantanément battre le cœur de Martin plus qu'il ne l'aurait voulu : Jean, le frère de Radegonde.

– Comment va ta famille ? interrogea Martin sans oser prononcer le nom de Radegonde tant il avait peur de se trahir.

– Père et Mère vont bien. Père est de plus en plus marchand avec des entrepôts qui n'en finissent pas de grandir, comme mes sœurs... Valérie devrait se marier bientôt avec Christophe Herbert, le fils aîné de Jean, le chef de la confrérie des tanneurs.

– Et Radegonde ? ne put s'empêcher de demander Martin, en rougissant, ce qui passa heureusement inaperçu des autres.

– Elle va bien, elle peint et brode. Et toi ? Tu ne peins plus ? Comment va maître Omblard ?

Martin décrivit à Jean les deux dernières années, sa vie à Clermont, celle d'Omblard et présenta les jumeaux à qui Jean donna une bonne bourrade d'où naquit une mutuelle sympathie.

– Tu veux faire de la médecine ? demanda Jean à Vital lorsqu'il revint finalement inscrit à un cours.

– Je ne sais pas, mais cela me tente.

– Tu as raison. C'est ma deuxième année et je ne regrette pas. Et toi Martin, que veux-tu faire ? La faculté du Décret ? Tu dois bien gloser, je suis sûr.

– Et toi tu veux être médecin, Jean ? répondit Martin soudain songeur.

– Oui, je voudrais guérir mes contemporains. J'ai vu mourir mon meilleur ami Gauthier Leferrand et depuis, je veux soigner et surtout guérir.

– Pourquoi n'es-tu pas allé à Montpellier où on dit que la faculté de médecine est la meilleure ?

– Parce que nous n'y connaissions personne. Ici je vis chez la sœur de ma mère dont le mari est orfèvre sur le Pont-au-Change. Et puis je voulais avoir l'enseignement des disciples de Roger Bacon. Ensuite je partirai à Bologne où on m'a raconté qu'on avait enfin autorisé la dissection sur cadavre.

– Pouah ! fit Agricol, tandis que Robert se détournait et que Vital avait au contraire l'air subitement intéressé.

– Et comment voulez-vous qu'on vous guérisse si on ne sait pas ce que vous avez dans le ventre ? rétorqua Jean avec la brusquerie des gens convaincus. Ici, à Paris, les autorités commencent à assouplir un peu leur point de vue sur la dissection... Mais la confrérie de Saint-Côme ne pense pas qu'elle y sera autorisée de si tôt.

— La confrérie de Saint-Côme ?

— Oui la confrérie des médecins qui existe depuis trente ans à Paris. Je travaille parfois avec un de ses chirurgiens-jurés, maître Paul Renard. Ils sont quarante et maître Paul va parfois soigner la reine Jeanne.

— Et tu l'as accompagné au palais du roi ?

— Eh oui, mes bons amis. Je travaille aussi chez un apothicaire à côté du collège de Beauvais. J'y apprends à faire des onguents avec des cornes de cerf, du venin de crapaud, des rognures d'ongles ou des yeux de chouette.

Robert joua à nouveau les dégoûtés pendant qu'Agricol disparaissait visiblement écœuré. Vital et Martin buvaient au contraire les paroles de cet aîné qui avait pour Martin l'avantage de renouer le lien avec Radegonde.

— J'assiste encore un barbier-chirurgien du Petit-Pont, continuait Jean intarissable.

— Tu n'arrêtes pas ! l'interrompit Martin admiratif.

— Nous pansons les blessés, examinons les pouls et les urines, ouvrons des abcès. J'ai fait ma première saignée hier. Mon ami Matteo m'a emmené chez un cousin italien, Leonardo, qui vient d'arriver à Paris ; c'est un guérisseur extraordinaire pour opérer les hernies et les pierres dans la vessie. Je crois que nous apprendrons beaucoup avec lui mais il ne faut pas en parler car si la confrérie de Saint-Côme savait, ils le feraient arrêter.

Robert ne les suivit pas à la taverne où Jean proposait de se restaurer à côté du collège Hubant dont il suivait les cours de logique. Ils bavardèrent fort tard avant de se séparer, l'un pour reprendre le chemin du logis près du Pont-au-Change, les autres pour rentrer au collège.

Le lendemain, Martin émergea avec difficulté de rêves où Radegonde tenait le premier rôle. Il ne sut si la réalité rejoignait le songe quand il lui sembla voir Vital se glisser sous sa couette alors qu'un rai de lumière s'infiltrait à peine sous le lourd volet de bois qui occultait la petite fenêtre donnant sur la cour. Lorsque la cloche du père Firmin intima fermement l'ordre de se lever, Martin se souvenait à peine de ce détail et n'en fit part à personne.

Robert partit au Clos Bruneau pendant que les jumeaux et Martin retrouvaient Jean au Clos Garlande, d'où Vital s'éclipsa discrètement sans que les autres y prêtent attention. La nuit précédente, il avait, en fait, cherché Honoré qui l'avait entraîné dans son collège d'Harcourt. Il y cohabitait avec les « pauvres écoliers » de Rouen, Bayeux ou Évreux selon le vœu du chanoine du même nom, réalisé quelque quinze ans plus tôt. Dans un dortoir un peu sordide, Honoré avait organisé une partie de dés impromptue où Vital avait connu quelques sensations fortes avant de gagner un joli pécule sous l'œil admiratif des autres.

— On recommencera demain, avait lancé Honoré en signifiant à Vital qu'il lui fallait rentrer à son collège avant qu'il ne fasse tout à fait jour.

— Rendez-vous à Maubert, demain.

Quartier Maubert, Honoré connaissait tout le monde, du regrattier du coin de la rue de Fouarre au barbier de la rue Saint-Séverin en passant par le boulanger de la rue de Beauvais.

— Maubert, je parie bien que tu ne sais pas ce que cela veut dire, observa Honoré quand Vital le rejoignit, légèrement en retard. Il y avait un maître dominicain, Albert, qui donnait des cours de philosophie ici autrefois, alors maître Albert est devenu Maubert! expliqua le Rouennais d'un ton appliqué, mesurant l'ascendant pris en quelques heures sur le nouveau et dont il comptait bien profiter.

— Honoré! Où vas-tu?

Vital eut un mouvement de recul face à la loque humaine qui venait d'interpeller son ami. Honoré le retint :

— N'aie pas peur, Joseph la pustule n'est pas contagieux.

— Oui mais ces plaies, insistait Vital sûr de n'avoir jamais rien vu d'aussi répugnant.

— Ce soir, il sera guéri, répondit Honoré d'un ton péremptoire et Joseph mêla ses éclats de rire aux siens, en s'éloignant pendant qu'Honoré affranchissait le pauvre Vital :

— Joseph vient de la rue des Tournelles où se tient le grand couesre, chef de la confrérie des ergotiers; dans la journée, il a la lèpre pour apitoyer les passants, le soir, il s'embusque derrière les poteaux corniers des maisons pour les détrousser.

— Où m'emmènes-tu? interrogea Vital subitement inquiet dans ces rues étroites et sans fin, dominées par ces pignons si hauts que l'air y circulait mal et que la lumière n'y pénétrait guère.

— Nous allons du côté du Pré-aux-Clercs là où les étudiants ont donné aux hommes de l'abbaye de Saint-Germain-des-Prés une bonne leçon, il y a beau temps. Maintenant les étudiants y sont rois, expliqua Honoré, cherchant visiblement à rassurer Vital alors qu'ils longeaient maintenant le canal de la Noue, un petit bras de la Seine qui alimentait les fossés de l'abbaye de Saint-Germain.

— Si on va au carrefour de Bucci, on verra les faux-monnayeurs pendus ce matin au pilori de l'abbaye, ajouta-t-il, en y renonçant aussitôt devant le peu d'enthousiasme de Vital, de plus en plus inquiet.

Ils s'engagèrent dans une petite ruelle sombre, un cul-de-sac au fond duquel un tavernier crasseux tenait boutique dont le nom aurait semblé honteux pour l'endroit : Au Bon Coing, s'il ne s'était agi du fruit ; un spécimen juteux apparaissait encore sur l'enseigne rouillée.

— Voilà Vital de Clermont ! lança Honoré à la cantonade, en le poussant vers un banc près d'une table où trois hommes à mine patibulaire, l'œil éteint, jetaient et rejetaient des dés dans un geste devenu si machinal qu'ils ne semblaient plus y prêter attention. Quelques deniers traînaient sur la table près d'une cruche vide.

— Le nouveau, tu offres du vin, dit cependant l'un des joueurs dont l'œil s'était visiblement allumé à la vue d'une « victime » fraîche et qui sortait de son aumônière râpée des dés d'ivoire manifestement neufs.

Vital s'exécuta en posant quelques deniers sur la table, aussitôt ramassés par le tavernier. Le vin était si râpeux que le jeune homme eut bien du mal à vider son godet, alors que le joueur tendait à nouveau la cruche déjà vide avec un « Encore » qui ne souffrait pas de réplique. Après avoir aligné de nouvelles pièces, Vital fut considéré comme digne d'une partie.

Bénéficiant de chance au début, l'esprit quelque peu embrumé par ce vin qu'il n'osait pas refuser de peur de perdre la face, le novice connut vite la déroute et c'est assez désabusé qu'Honoré le ramena au collège à la tombée de la nuit, lui évitant sans doute une autre aventure avec l'un de ces tire-laine des Tournelles ou du Bac, toujours à l'affût de ces jeunots peu informés des dangers encourus.

Agricol tança Vital. Penaud, il jura qu'on ne l'y reprendrait plus. Mais c'était sans compter la persévérance d'Honoré qui avait ferré sa proie, ni la passion de Vital pour le jeu qu'il n'avait guère eu le loisir d'exprimer jusqu'ici.

Un soir, après une calme soirée occupée à deviser sur les cours entendus dans la journée, Vital faussa compagnie aux autres dès qu'ils eurent sombré dans de doux rêves. Courant au Pré-aux-Clercs, il retrouva Au Bon Coing, Honoré et ses amis. La partie tourna vite au cauchemar avec des cartes préparées et des dés plombés. Promptement démuni des deniers serrés dans l'aumônière brodée offerte par Nicolette, il dut céder son beau manteau noir d'étudiant tout neuf, son chapel et même ses estivaux pendant qu'Honoré, conscient de l'inéluctable, s'éclipsait discrètement. De partie en partie, les affaires de Vital périclitèrent et tard dans la nuit, ou plutôt tôt le matin, ses compagnons de jeux aidés du tavernier le jetèrent dans la rue après l'avoir roué de coups.

Géraud Brillat retrouva son fils chez Gilles Aycelin où il bénéficiait des bons soins de Pétronille et de la petite servante, Clotilde. Vital ne se souvenait de rien. Il avait été découvert le matin enroulé autour du poteau cornier de la première maison de la ruelle par un sergent qui l'avait d'abord cru mort. L'apothicaire voisin lui avait prodigué quelques soins mais, jugeant son état trop grave, l'avait dirigé vers l'hôpital Saint-Jacques où un médecin réputé avoir étudié Hippocrate et Galien établit un diagnostic en fonction du jour pair que l'on était et qui selon lui devait être favorable !

— Encore que, murmura-t-il à la sœur qui l'accompagnait, je me demande si nous n'allons pas entrer dans ce troisième âge prédit par Joachim de Flore. C'est-à-dire qu'aujourd'hui c'est la fin du monde.

L'illuminé, devant le peu d'écho de ses prophéties chez la nonne habituée à ses divagations, réexamina alors son malade :

— Faites une saignée, ma sœur, l'espace de dire une miserelle, finit-il par dire, l'air inspiré, à la sœur Cunégonde qui savait bien le temps exact d'un « miserere ». Vous lui examinerez aussi le pouls, le temps de deux patenôtres [1], ajouta-t-il en prescrivant une tisane et un onguent.

1. Prières.

A leur réveil, fous d'inquiétude, Martin et Agricol s'étaient aussitôt ouverts de la disparition de Vital à maître Anselme.

— Oh, le damoiseau a couru la donzelle. Il doit être au chaud sous la couette de la demoiselle, fit Anselme rassurant, il rentrera quand il en sera lassé; l'amour fatigue, beaux écoliers! Elle a un chef blondet, yeux verts, bouche sadette, corps pour embrasser, une gorge blanchette... dites-moi plutôt qui a écrit ça.

Devant le mutisme des garçons tenaillés par leur inquiétude, Anselme éclata de sa voix tonitruante si surprenante dans ce corps de petite taille :

— Honte sur vous, damoiseaux de Clermont, vos chanoines ou vos moines ne vous l'ont pas appris? Chrétien de Troyes [1], notre poète enchanté du *Chevalier au lion*! Allez, en classe, les écoliers!

Agricol, perspicace, avait une idée fixe : retrouver cet Honoré aux dés.

Du Clos Garlande au collège Sorbon, en passant par le Clos Bruneau et le collège Beauvais, Honoré se révéla introuvable, mystérieusement envolé comme Vital. Épuisés et dépités, ils arrivèrent découragés au Petit-Pont à leur rendez-vous avec Jean qui y travaillait chez son barbier. Tout leur semblait indifférent, étranger. Agricol, désemparé sans son jumeau, ne prêtait plus attention à ce fond sonore extraordinaire qui les avait tant abasourdis, voire amusés le premier jour. Ni la scie du charpentier dans l'atelier à droite, ni le marteau du forgeron de la « Belle enclume », ni le boniment du tisserand au flâneur ne l'atteignaient, pas plus que les cris pourtant sonores des mariniers croisant sur la Seine à bord de leurs barges.

Jean, dans l'arrière-boutique du barbier, procédait à une saignée, pendant que son patron fourrageait dans la bouche d'un patient avec un instrument grossier et qu'un autre malade attendait pour l'incision d'une fistule. Martin et Agricol, vite incommodés par les odeurs nauséabondes de l'officine, préférèrent attendre sur le pont au milieu du charroi. Une légère brise automnale faisait se balancer l'enseigne de l'auberge d'en face avec un bruit de fer forgé grinçant. Un huissier priseur vendait à coup de gueule la marchandise d'un bateau accosté tout près.

Efficace, Jean établit un plan pour tenter de retrouver Vital : Agricol repartirait sur les différents lieux de cours,

1. Poète français (1135-1183).

toujours à l'affût d'Honoré pendant que lui-même visiterait les hôpitaux et que Martin irait voir les sergents du châtelet.

Au bout de deux jours, Jean découvrit enfin Vital gisant sur une pauvre couche de l'hôpital Saint-Jacques où le jeune homme amena au plus vite maître Paul Renard qui ordonna onguents et pansements et surtout une tisane forte pour sortir le malade de sa torpeur.

Très vite, ses amis l'avaient transporté chez l'archevêque où Pétronille avait levé les bras au ciel mais finalement joué la garde-malade attentive. Gilles Aycelin, parti reconnaître au sud de Paris un domaine à Rungis pour y faire construire une maison-forte, rentra quelques jours plus tard, le jour même où Géraud Brillat arrivait. Celui-ci, agacé par les malheurs de son fils, tout en étant soulagé de le voir presque guéri, s'inquiéta du tour que prenaient les études parisiennes de Vital. Le fils contrit jura qu'on ne l'y reprendrait plus et remit solennellement à son père, en présence de l'archevêque, ses dés immédiatement jetés dans le feu.

Géraud rentrait de Champagne. Il avait brassé quelques affaires intéressantes avec banquiers et marchands de diverses origines. La tête pleine d'idées, il s'ouvrit de ses projets à l'archevêque et aux garçons qu'il souhaitait associer le plus vite possible à ses affaires.

— Tout n'est pas rose, certes, la laine qui n'arrive plus d'Angleterre pose de gros problèmes.

— Nous nous en occupons, répondit l'archevêque de cet air entendu qu'il adoptait si bien lorsqu'il voulait prendre un certain ascendant sur son interlocuteur.

— Et sur la hausse des prix, que dit-on au conseil ? L'or et l'argent deviennent hors de prix.

— Mon oncle s'en plaint beaucoup, intervint Jean dont le visage ouvert et le regard franc lui avaient valu aussitôt la sympathie de Gilles et de Géraud.

— Mon ami le banquier florentin Cocci se réjouit, lui, des changements constants de la valeur des monnaies mais banquiers et marchands du royaume sont bien désavantagés. Et je ne parle pas des nefs génoises qui vont directement à Southampton et Bruges pour éviter la France.

— C'est beaucoup de manque à gagner pour le royaume. Par la route du Saint-Gothard, le trafic avec Venise et l'Orient est pourtant facilité.

— Certes, mais notre cité reste tout de même loin des grands axes même si la voie Regordane emmène les convois importants vers le sud. Regardez comme le duc de Bourgogne a pu développer la foire de Chalon-sur-Saône. Nous devons plus que jamais être présents dans les foires. J'ai établi maintenant un comptoir permanent à Provins, je pense à un autre à Chalon et à Gênes. Il faut cependant que les conseillers du roi ne viennent pas alourdir les tarifs des péages ou les taxes urbaines. Je crois que nous autres, marchands ou banquiers, nous avons beaucoup à gagner dans le commerce des productions agricoles. Le vin...

— Le nôtre est le meilleur, interrompit Gilles.

— Oui, convint Géraud qui reprit sa démonstration, le vin doit être exporté comme le grain et pour contrer l'Angleterre, développons nos cheptels pour la laine. Je viens d'acquérir de grands domaines et de signer des contrats avec plusieurs monastères pour la laine. J'en vendrai à Ypres comme à Bruges, à Paris ou Pontoise, en Normandie et Languedoc.

— Que de projets, Géraud! constata Gilles qui nourrissait une certaine affection pour l'homme d'affaires, vieil ami d'enfance et dont la réussite lui semblait comparable à la sienne dans un autre domaine.

— Et je ne vous parle pas de la soie que j'importerai directement de Lucques. Quelle bonne invention que le change par lettres [1]! Les Génois ont été géniaux dans leur trouvaille.

— Allons Géraud, ne vous plaignez pas. Vous êtes prospère, conclut l'archevêque, pressé tout à coup d'aller retrouver sa couette. Demain, nous reparlerons de notre projet de mariage.

En fin d'une journée déjà fraîche pour la saison, Gilles emmena Géraud au palais. Le roi recevait conseillers et membres du Parlement dans la grande salle construite par le bon roi Louis. Après avoir longé la Sainte-Chapelle, ils avaient gagné le palais par la galerie des merciers, débouchant dans la grande salle par l'escalier majestueux. Les fenêtres donnaient sur un verger dont les arbres avaient déjà des feuilles bien rousses; toutes les pommes étaient loin d'être ramassées alors qu'on s'affairait autour des

1. Sorte de billet à ordre par lequel une personne s'engage à payer une certaine somme à une autre personne soit à vue, soit à une échéance déterminée.

noyers avec de grandes gaules. Le pâle soleil de la vêprée avait bien du mal à réchauffer les murs d'une pièce à peine terminée et caractérisée par un parti pris d'austérité.

En accord avec ce climat, un roi simplement mis avec sa cotte bleue fleurdelisée trônait dans une cathèdre modestement sculptée dans un bois rude, près d'une reine sans apprêt dont les atours n'étaient guère plus flamboyants que ceux des invités. Une fête sans éclat. La seule fantaisie vestimentaire consistait en ces poulaines aux pointes démesurées mais qui n'étaient pas taxées.

— C'est ainsi que nous vivons sur un grand pied, murmura Gilles qui en arborait lui aussi de toutes neuves quéries le matin même chez un cordonnier de la rue de la Mégisserie.

— La mode est triste, constata Géraud, depuis que la loi édicte que nul bourgeois ne pourra porter ni hermine, ni pierre précieuse, ni or.

— Je n'ai plus que deux cottes dans mes bagages, observa Gilles, je me rattrape avec mes habits d'archevêque.

— Il paraît que les dames portent des cottes de la même couleur toute l'année! C'est très mauvais pour le commerce.

Pierre Flotte et l'archevêque présentèrent Géraud au roi en vantant son rôle dans la perception des impôts royaux en Auvergne; le regard autoritaire du monarque devint subitement intéressé, voire bienveillant. Géraud était impressionné, plus qu'il ne l'aurait pensé.

Puis Gilles l'entraîna vers un homme trapu, à l'air affable, messire Perrault, qui avait accueilli avec beaucoup d'intérêt le projet de mariage de son fils avec la fille aînée du banquier auvergnat. Il l'invita à souper pour le lendemain afin de mieux lier connaissance. Le jeune Thibault fit une assez bonne impression à Géraud qui le trouva cependant un peu austère.

« Il est très légiste, se dit-il en rentrant à son auberge tard le soir. Plaira-t-il à Isabelle? Elle sera sensible à ses poulaines de couleur plutôt voyante! Ses traits fins et ses yeux clairs lui plairont. »

Deux jours plus tard, Géraud reprenait la route de Clermont avec la promesse d'une visite de Thibault. Chargé d'une mission à Toulouse par le roi, il en profiterait pour faire la connaissance de sa fiancée.

Le banquier laissait Vital convalescent et repentant, toujours chez l'archevêque où il goûtait de plus en plus les soins de Pétronille et de son acolyte Clotilde. Celle-ci passait beaucoup plus de temps chez le malade que son état ne semblait le nécessiter, sous l'œil réprobateur de la vieille servante. Vital n'eut guère de mal à convaincre la jeune fille du rôle essentiel qu'elle avait à jouer dans sa guérison définitive. Très avenante, la petite blonde aux yeux noisette était d'une grande gaieté et s'esclaffait aux mots d'esprit de Vital. Il lui apprenait à jouer aux dames et s'était même mis en tête de lui enseigner la lecture. Un soir, Clotilde resta. Vital retrouva les joies qu'il avait connues avec les diablesses, tout en apprenant à la jeune fille toutes sortes de jeux qui l'enchantèrent.

Au petit matin, devant l'âtre de la cuisine où elle redonnait vigueur aux tisons de la veille, Pétronille, dont le sommeil léger lui permettait d'être sans cesse aux aguets, manifesta sa désapprobation :

— Ma pauvre fille, ma pauvre fille, répéta-t-elle en actionnant de plus en plus vigoureusement un soufflet peu habitué à un tel entrain.

Clotilde baissa la tête, l'air contrit, bien décidée cependant à goûter à nouveau le fruit défendu.

Pendant ce temps, les autres organisaient leurs vies. Jean avait convié plusieurs fois Martin et Agricol à souper chez son oncle et sa tante. La première fois, ils étaient passés par le Pont-au-Change à l'heure où cessait peu à peu le bruit des marteaux des batteurs d'or et où les huis descendaient pour protéger les échoppes et leurs précieux contenus : bijoux, chaînes de ceinture, vaisselle, hanaps. L'oncle Martial, jovial, avait aussitôt mis les garçons à l'aise et la maison de la rue Saint-Honoré devint pour eux le lieu d'agréables moments.

Très parisienne, elle détachait ses colombages sur le plâtre clair d'un pignon effilé autour d'une porte sous arcade de pierres taillées et refouillées avec un soin qui donnait un air cossu à l'ensemble. De là, les invités pénétraient dans la grande salle aux dimensions raisonnables et donc intimes où était toujours dressée une table conviviale.

La première visite fut cependant éprouvante pour Martin. Radegonde était partout. En effet, la tante et les cousins de Jean avaient tous hérité des yeux de l'ancêtre anglais. Fasciné, éberlué, Martin en fut si ému qu'il dut admettre que ses aventures clermontoises n'avaient pas vraiment émoussé ses sentiments pour Radegonde.

Dame Béatrice, la tante de Jean, était charmante et, si son œil bleu n'avait pas la candeur de celui de la jeune fille, sa malice audacieuse plut aussitôt à Martin. Agricol s'intéressait à Catherine, la fille aînée, dont les quinze ans intimidaient cependant le jeune étudiant que Romain, Philippe et Grégoire observaient avec curiosité de leurs yeux bleus, si bleus. Dame Béatrice les incita à revenir. Martin et Agricol devinrent vite des habitués des soupers de la rue Saint-Honoré pendant que Vital s'abandonnait sur les courtepointes de l'archevêque.

Très vite, Martin dut s'avouer que Béatrice le troublait, pensée qu'il repoussait pour se consacrer avec assiduité à ses études et être à l'affût de tous les événements de la vie universitaire.

Agricol, méfiant, moins travailleur aussi, suivait de loin les enthousiasmes de Martin, préférant concentrer ses efforts sur sa maîtrise ès arts. Vital, revenu au collège, tentait de rattraper le temps perdu, tout en passant quelques heures avec Jean pour découvrir si vraiment la médecine était sa vocation ou non. Il se ménageait aussi de délicieux moments avec Clotilde qui l'accueillait dans sa soupente rayonnante de soleil le soir à la vêprée.

L'archevêque était, en général, absent, ses missions le conduisant à un rythme effréné de l'Italie et Rome à Tournai pour y rencontrer des émissaires anglais. Un jour cependant, il arrêta Vital à son arrivée, depuis l'embrasure de la fenêtre de son cabinet :

— Regarde cette chape, Vital! dit-il en montrant le riche vêtement qu'il arborait fièrement, mon frère le cardinal me l'a léguée; il l'avait reçue en cadeau du roi d'Angleterre; regarde cet arbre de Jessé! ajouta-t-il en montrant cette succession de personnages finement brodés qui symbolisaient l'arbre généalogique du Christ.

— C'est beau! dit Vital, surtout préoccupé de justifier sa présence à l'hôtel Aycelin face à Gilles dont le retour impromptu n'était manifestement pas attendu si tôt.

— Que fais-tu ici à cette heure? ne manqua pas de questionner Gilles dont l'œil mêlait subtilement interrogation et perspicacité.

— Je passais par là et me suis arrêté pour saluer Pétronille qui m'a si bien soigné! répondit Vital, piquant du nez et rougissant. Trouble qui n'échappa pas à Gilles.

— Pétronille ou Clotilde?

— Les deux, Monseigneur.

— Tu avoueras tout de même que les yeux noisette, les cheveux blonds et le corps menu de Clotilde sont plus agréables à regarder que les paupières ridées, la perruque grise et les rondeurs de Pétronille.

— Oui, fit Vital de plus en plus mal à l'aise.

— Avoue, gredin, gronda Gilles en riant. Ah, garçon, c'est dur parfois d'être un archevêque digne et au-dessus de tout soupçon. N'est-ce pas, Gaucelin? poursuivit Gilles en se retournant vers son secrétaire assis sur une cathèdre dans la pénombre du cabinet. Allez, va mon garçon, mais attention quand même, ton père doit espérer pour toi un autre mariage, je suppose.

Ce jour-là, la visite de Vital fut notablement écourtée. En dépit de la bénédiction archiépiscopale, le plaisir était gâché. Clotilde déçue reprit son service à la cuisine sous l'œil sarcastique de Pétronille qui riait sous cape quand elle confia au pauvre Vital, comme pour le dédommager, les restes d'une poularde grillée pour améliorer son souper.

10

Dame Jeanne, très affairée et énervée, houspillait ses servantes.

– Lucie, as-tu balayé l'entrée sous le porche? Agathe, va voir si Grégoire a ratissé les allées de la cour. Madeleine, as-tu bien dépoudré les marchepieds, les coffres et les crédences? Étiennette a-t-elle préparé les housses neuves? Et les tapis que messire Géraud a apportés hier, quand les déplierez-vous? Et les tables, le menuisier a-t-il livré les tréteaux?

La fébrilité de la maîtresse de maison culmina au moment où on commença à mettre la vaisselle sur les tables : étains, argent et or se mariaient sur les nappes damassées rapportées d'Italie par Géraud l'année précédente.

– Isabelle, tu pourrais aider! cria dame Jeanne à la jeune fille qui revenait on ne savait d'où d'un pas nonchalant et semblait tout à fait indifférente au remue-ménage de la maison.

Quelques semaines plus tôt, Géraud s'était ouvert de ses projets à sa fille : la marier à Thibault Perrault, fils d'un conseiller au Parlement, légiste lui-même. Isabelle n'avait pas été surprise; elle s'attendait à ce que son père la marie avec un prétendant à son goût à lui. Sa réaction très neutre, voire passive, étonna Géraud.

– Qu'en penses-tu? insista-t-il.

– Je ne sais pas... Comment est-il, ce Thibault?

– Il m'a paru bien de sa personne, à la mode parisienne. Tu habiteras Paris, tu iras à la cour, cela ne te plaît pas? plaida Géraud rassemblant tous les arguments favorables à son dessein.

Manifestement, Isabelle n'était guère enthousiaste, mais elle connaissait les usages laissant peu de place aux désirs intimes des jeunes filles de son époque. Son mariage décidé par son père, c'était dans les us et coutumes. Les belles histoires d'amour lues à la cour littéraire ou ailleurs n'étaient que romans, elle le savait!

Ses propres affaires amoureuses n'étaient guère florissantes. Thomas le poète l'accueillait toujours dans la petite maison de Saint-Ferréol mais elle savait que son père ne l'accepterait jamais comme gendre. Il était d'ailleurs bizarre, parlait de plus en plus de partir pour « nourrir son art qui s'étiolait ». Que c'était bon pourtant ces moments de folie avec Thomas! Comment pourrait-elle s'en passer? Des instants délicieux, certes, mais depuis quelque temps l'incertitude la tenaillait. Sournoise, elle lui gâchait ses rencontres de Saint-Ferréol.

Peu habituée à cet état d'infériorité, Isabelle cherchait à tester maladroitement son amant, en lui parlant de son mariage.

— C'est inévitable. Je serai à un autre que je n'aurai pas choisi, confia-t-elle au poète.

Thomas ne réagissait pas, lui rappelant trop le froid comportement de Philippe de Mozac.

— Tu ne protestes pas, cela ne te gêne pas que j'appartienne à un autre? avait-elle jeté, blessée dans son amour-propre. Ses yeux étincelants de colère lançaient des flammes.

— Que tu appartiennes à un autre? Ce ne sera pas la première fois!

— Que veux-tu dire?

— Tu le sais, Isabelle.

— Non, je ne le sais pas! avait-elle crié hors d'elle, avec une mauvaise foi totale.

— Martin, tu ne lui as pas appartenu peut-être?

— Comment le sais-tu? avoua Isabelle soudain vaincue.

— Un poète sait tout de sa belle. Un jour ton regard a changé; j'ai compris un soir... n'est-ce pas un soir que nous étions dans la cour tous les trois? Il t'a eue. Il te voulait, il t'a eue, sale putain!

Isabelle l'avait regardé froidement, l'œil noir sans éclat, terriblement affectée par l'insulte, puis s'était rhabillée sans un mot et avait claqué la porte.

Au cours d'un souper de jeunes gens chez les Gayte, Thomas avait fait des excuses et s'était montré si pressant

138

qu'Isabelle l'avait suivi dans la chambre de sa cousine. Ils avaient renoué cette relation amoureuse qui n'en finissait pas de vivre, ni de mourir.

— Jamais l'un sans l'autre, avait soufflé Thomas.

— Mais non, Thomas, maintenant, ce sera toujours l'un sans l'autre, toi je ne sais où, moi à Paris.

— Je viendrai à Paris, avait alors soupiré Thomas d'une voix sourde, en la serrant dans ses bras très fort et en répétant : ma mie, ma mie...

« Voilà pour Thomas », pensait, ce jour-là, Isabelle qui avait échappé à sa mère et à son excitation pour se réfugier dans la chaleur du cuvier. Agnès la chambrière avait tendu le molleton sur le fond de bois et rempli la « baignoire » d'eau chaude puisée à grands seaux dans les cuves entreposées dans l'âtre aux dimensions impressionnantes. Quelques sels odorants embaumaient l'atmosphère. Mijotant dans l'eau dont la chaleur était savamment entretenue par Agnès, Isabelle laissait vagabonder son esprit :

« Martin ? Que fait-il ? » Un frisson de plaisir la parcourut en songeant à leurs folles nuits, qu'Agnès prenant pour un frisson de froid s'efforça de juguler aussitôt avec un grand seau d'eau bouillante.

« Quand le reverrai-je ? Que puis-je attendre de lui ? Père le tient en grande estime, il dit que c'est lui qui réussira le mieux, mais si je disais à Père que je veux l'épouser... »

Puis Philippe entra dans ses pensées et elle se mordit les lèvres de ce dépit qui l'envahissait chaque fois que son esprit abordait le jeune homme dont elle ne comprendrait jamais la froideur. Elle voyait son regard, ce bleu intense et si indifférent. Que faire ? Il aurait pu faire un mari acceptable, encore que Géraud n'ait pas été toujours très indulgent à son égard, le jugeant « un peu mou et sans ambition ».

Envahie par une douce torpeur, Isabelle, fataliste, savait bien qu'on ne pouvait peser sur certains événements et commençait même à se piquer d'une certaine curiosité pour cet homme dont elle partagerait bientôt la vie. Anne, sa petite sœur, surgissant tout à coup, la ramena aux réalités :

— Mère t'appelle !

Au-dessous, les bruits de la cuisine se firent plus présents. Dame Jeanne rappelait aux servantes la recette idéale des « eaux à laver les mains sur table » :

— Faites bouillir de la sauge, Grégoire en a apporté du jardin, un peu de romarin et quelques feuilles de laurier.

La grosse Célestine suait devant l'âtre où bouillaient plusieurs marmites et rôtissaient poulardes et lapereaux dûment lardés de graisse de porc, piqués de clous de girofle et saupoudrés de safran.

Sur une desserte, dans une pièce fraîche à côté, attendaient crèmes et plats sucrés et, sur les tables dans la salle, étaient déjà disposés des pâtés appétissants, voisinant avec des pains de fantaisie que l'apprenti-boulanger de la rue de la Ferreterie venait d'apporter, encore chauds tout juste sortis du four.

Grégoire, qui faisait volontiers office de sommelier, posait des pichets de vin sur chaque table au moment où Isabelle apparut, superbe dans sa cotte vert pâle légèrement déboutonnée et finement ceinturée d'or avec un fermail de joaillerie sur le petit surcot vert plus soutenu en velours damassé. Le buste ainsi ajusté mettait en valeur ses formes délicates comme l'ample jupe ses courbes gracieuses. Ses cheveux avaient été tressés par Agnès et marqués par un petit bijou offert le matin même par Géraud.

Pendant que dame Jeanne s'ébrouait à son tour dans le cuvier et que Géraud, qui sortait des étuves où il éprouvait un réel plaisir, cherchait ses braies les plus fines et endossait une cotte neuve du plus beau drap de Reims, Isabelle courut au jardin. Du fond clos de murs, elle pouvait apercevoir le clocher de Saint-Ferréol et au-delà la colline de Chanturgue.

« Que fait Thomas ? » pensa-t-elle.

Toute sa vie, se demanderait-elle ce que faisaient les hommes qu'elle aurait aimés ? Elle se promena, rêveuse, rabrouant Anne qui lui avait emboîté le pas au sortir d'une allée, au milieu des plates-bandes en repos dans cet hiver peu rigoureux. Sous le vieux poirier, elle s'arrêta quelques instants avant de se diriger vers la volière au bout d'une allée, où deux paons déployaient avec application leur queue étincelante sous les pâles rayons du soleil hivernal.

Thibault arriva enfin, accueilli par Géraud et Jeanne avec moult amabilités et Isabelle fut même très souriante quand le jeune homme se tourna vers elle. Ses vêtements assez voyants, voire rutilants, mettaient en valeur un visage qui parut aimable à la jeune fille et sa main était douce. Pour flatter son hôte, Géraud avait convié, outre sa parentèle proche dont les Gayte, quelques autorités de la cité pour qui la venue d'un légiste proche du conseil du roi était un événement.

Le souper fut animé ; quelques ménestrels y jouèrent de la musique, un poète récita des vers de sa composition où amour rimait avec toujours. Attentive et tendue, à la table d'honneur et à la droite de Thibault, Isabelle soupira. Puis, peu à peu distraite, légèrement grise, la jeune fille, s'il ne s'était agi de son futur mari, aurait volontiers joué avec Thibault de ces pressions de pieds et de genoux dont elle excellait au cours des banquets.

Thibault revint le lendemain. En petit comité, dans son cabinet particulier, bien installé dans sa cathèdre à coussins confortables, Géraud régla avec lui les détails du mariage qui aurait lieu au début de l'été. La dot était belle : les jeunes époux pourraient faire construire un bel hôtel à Paris et y mener bon train. Géraud proposait encore une association pour certaines affaires, espérant retirer quelques profits des relations parisiennes de son gendre. Tout s'annonçait donc pour le mieux.

Le fiancé fit le tour du jardin avec une Isabelle qui ne s'était jamais sentie aussi maladroite face à un homme ; s'il lui plaisait finalement assez, elle n'osait ni les œillades assassines ni les frôlements d'épaules sensuels dont elle était coutumière. Thibault passa au doigt d'Isabelle une jolie bague achetée chez un orfèvre du Pont-au-Change et se contenta de lui baiser la main avec beaucoup de déférence.

Tout était dit pour lui ; il partit pour Toulouse. Quelques minutes plus tard, Isabelle s'engouffrait dans la maison de Thomas et réclamait son dû de plaisir.

— Alors, comment est-il ce Thibault ? interrogea Thomas après avoir satisfait les appétits de sa maîtresse. Te voilà bien excitée. Je suis sûr qu'il te plaît !

— Gentil, répondit Isabelle l'air détaché.

— Gentil, cela veut dire quoi ? insista Thomas.

— Cela veut dire gentil ! hurla Isabelle, entamant ainsi avec Thomas sa énième querelle.

« S'il me disait qu'il souffre au moins, je serais aimable avec lui », pensait Isabelle en claquant la petite porte verte pour rentrer chez elle.

— D'où viens-tu ?

Anne et Pierre, toujours habillés de leurs plus belles cottes, jouaient aux devinettes dans la loggia.

– Oui, devinons d'où tu viens! renchérit la petite Anne en battant joyeusement des mains.

Isabelle s'enfuit dans sa chambre conter ses peines à son perroquet.

La nouvelle de son mariage fit grand bruit dans la cité où on savait que ce serait une fête d'envergure et que beaucoup d'artisans auraient à travailler pour le grand jour. Géraud avait la réputation d'être généreux et ferait les choses en grand seigneur. Il appela Omblard qui, outre ses talents de peintre, était de plus en plus considéré comme le grand ordonnateur des fêtes dans la cité. Il avait même, à l'occasion du mariage de la fille du comte d'Auvergne, créé un véritable atelier où plusieurs compagnons peignaient des panneaux d'apparat sur ses indications; il n'avait pas son pareil pour imaginer les grands drapés d'étoffe dans une salle ou dans une église, sans compter son sens extrême des harmonies de couleurs. Marguerite le secondait aussi en complétant ses décors par d'immenses bouquets variant selon les saisons.

– Le mariage aura lieu à Sainte-Marie-Principale; le parcours du cortège devra être décoré sans trop d'éclat, juste ce qu'il faut, de mes couleurs, le vert et le jaune, à l'église, à la maison, dans la cour, dans le jardin. C'est à vous de jouer, maître Omblard, faites des projets, montrez-les-moi. Mais je vous fais confiance.

Omblard fit un signe de tête pour remercier le banquier.

– Ma femme compte beaucoup sur Marguerite pour les fleurs, poursuivit le banquier, peut-être pourrait-elle s'entendre avec Grégoire? Il est encore temps de faire pousser bien des choses.

En homme pressé, en quelques phrases il avait tout dit. Omblard mit son atelier au travail. Il achevait la peinture pour la confrérie de Saint-Éloi à la cathédrale, tout en décorant une petite chapelle de l'église Saint-Ferréol pour une veuve souhaitant y perpétuer le souvenir de son mari et de deux enfants. Cela lui avait donné l'occasion de croiser plusieurs fois Isabelle allant chez Thomas. Il la saluait toujours un peu cérémonieusement, gêné de se sentir déshabillé par le regard noir et perçant de la jeune fille. Géraud avait parlé autrefois d'un portrait de sa fille mais Omblard, il ne savait trop pourquoi, n'avait pas été très prompt à réaliser cette commande. Au fond de lui, il craignait les tête-à-tête nécessaires à une telle entreprise. L'air effronté de la jeune fille le mettait mal à l'aise. Le souvenir des peines de Martin n'était pas étranger à ses sentiments mêlés.

L'atelier d'Omblard avait été installé sur le terrain du quartier Saint-Genès acquis avant son mariage. Il y avait la place nécessaire aux décors, aux grands panneaux de bois et au matériel peu à peu accumulé. Tous les ingrédients pour sa peinture y étaient maintenant entreposés. Omblard était devenu lui aussi, poussé par les événements, une sorte d'entrepreneur, donneur d'ouvrage, qui faisait travailler des apprentis logés et nourris. Guillaume, de plus en plus adroit, le secondait parfaitement en dirigeant les travaux de l'atelier quand il peignait ses chapelles.

Le travail ne manquait pas; peu à peu, les métiers s'organisaient. Ainsi, le jour où Géraud convoquait Omblard, Guillaume faisait achever les panneaux nécessaires à la fête de saint Crépin, le patron des cordonniers, chaussetiers, savetiers et autres saboriers. Après avoir fait leurs comptes et élu leurs délégués annuels, ils processionneraient dans la ville avec l'effigie de leur saint et l'emblème de leurs métiers. Après la messe, ce serait le banquet dans une salle décorée de quelques panneaux peints par les apprentis d'Omblard. Les commandes pleuvaient : les boulangers pour la Saint-Honoré, les orfèvres pour la Saint-Éloi, les charpentiers pour la Saint-Joseph, les pelletiers et corroyers pour la Saint-Jean, sans oublier les vignerons bien décidés à fêter dignement la Saint-Vincent !

Omblard était un homme heureux. Marguerite lui apparaissait comme une femme parfaite. Tenant sa maison avec amour, elle s'occupait de Matthieu avec un dévouement qui faisait son admiration, alternant les jeux avec l'enfant, la broderie ou l'entretien du jardin et des fleurs.

— Le paradis doit ressembler à cela ! aimait-il à dire les soirs où il prenait le temps de se reposer sous la treille.

Et quand il vantait les charmes de sa femme, il n'oubliait jamais sa cuisine succulente.

— Tu me nourris si bien que j'aurai bientôt la bedaine

du chanoine Gauthier, plaisantait-il, je ne pourrai plus monter sur mon échafaudage.

Et comme il aimait les jours où elle venait l'aider dans ses chapelles, le petit Matthieu gazouillant près d'eux!

– Je fais le fond si tu veux.

Elle dessinait aussi une fleur par-ci, un chien par-là. Il l'aimait chaque jour davantage, priant le ciel pour que ce bonheur dure, dure éternellement.

Sa vie à Clermont lui apportait mille satisfactions. Il avait sa place sur le chantier de la cathédrale qui avançait lentement faute de crédits. Artisans et chanoines avaient une réelle sympathie pour lui et même Charles le Verrier était devenu un ami. Les bourgeois de la cité le pressaient de commandes; Pierre Flotte, qui avait rendu visite à son cousin, l'évêque Jean, lui avait rappelé son projet pour la chapelle de son château de Ravel, sans oublier la grande entreprise de Gilles Aycelin. Pierre Deschamps avait établi une maquette à présenter à l'archevêque lors d'un prochain passage et Omblard avait envoyé quelques notes et dessins sur un parchemin au chanoine Herbert.

La venue de l'archevêque était annoncée; il devait voir son frère aux prises avec la délicate gestion de la cité. Le modeste chanoine s'était métamorphosé en évêque arrogant et cupide, et les deux Géraud étaient bien déçus; les relations, une fois de plus, entre bourgeois et autorité épiscopale s'étaient bien dégradées. L'évêque n'entendait pas consacrer un denier aux fortifications de la cité, ni à la sécurité. Les sergents faisaient cruellement défaut, d'où un climat peu sûr dans la cité alors que la justice s'était engagée, elle aussi faute de moyens, dans des voies laxistes. Bref, la cité n'était pas gérée et si Étienne Aycelin mettait en garde son frère, celui-ci répliquait en édictant des règlements mécontentant tout le monde. Derrière les pignons des hôtels bourgeois, comme dans les échoppes, les commentaires sur l'évêque étaient peu amènes.

Si la situation de l'évêque n'était guère enviable à Clermont, elle ne l'était guère non plus dans le diocèse. Un envoyé du pape reparla de la partition déjà envisagée au début du siècle mais évitée par l'évêque Robert d'Auvergne, soutenu par le roi Philippe Auguste.

– Mille paroisses! Mille paroisses! avait répété l'envoyé. Comment administrer mille paroisses?

144

Il arrivait de Conques et d'Aurillac et avait bien mesuré ce que l'autorité d'un évêque pouvait avoir de théorique quand il fallait tant de journées pour traverser le massif du Sancy! Les habitants de Saint-Flour lui avaient d'ailleurs, au passage, adressé une nouvelle supplique pour obtenir un siège épiscopal dans leur ville [1].

Furieux, Jean Aycelin avait montré sa mauvaise humeur à l'envoyé pontifical dont il s'était plutôt fait un ennemi qu'un ami; décidément, il n'avait pas les talents de diplomate de Gilles.

— Voilà Thibault Perrault, votre futur beau-frère... Thibault rentre de Toulouse; au passage, il a vu à Clermont vos parents et votre sœur qu'il épousera le jour de la Sainte-Anne. Votre père souhaitait votre présence, d'où cette date au milieu de la vacance de l'université.

Gilles Aycelin apprit aux jumeaux, en ces termes simples et directs, le proche mariage de leur sœur au cours d'un souper où il avait réuni quelques jeunes gens qu'il estimait « d'avenir ». Vital et Agricol, un peu interloqués par cette nouvelle, trouvèrent le fiancé plutôt aimable, peut-être un peu « légiste de la cour avec ses poulaines ». Martin conversait avec fougue, à son habitude, avec un étudiant d'Oxford ramené par Gilles pour lui servir à l'occasion de secrétaire. Une sentence de Pierre Lombard était l'objet de cette empoignade amicale au moment où Vital tapa légèrement sur l'épaule de son ami pour attirer son attention :

— J'ai une nouvelle à t'annoncer...

— Laquelle ? fit Martin distraitement, encore tout à sa discussion avec John Canter.

— Isabelle se marie, souffla Vital, inconscient du coup qu'il portait à son ami.

Martin blêmit, serrant si fort sa timbale de vin de cerises qu'elle en fut cabossée.

— Et son fiancé est là, ajouta Vital spontanément sans remarquer le frisson qui secouait Martin dans tout son être. Lui, là, avec la cotte bleu sombre et les poulaines vert et gris. Thibault, je ne sais quoi...

1. Le diocèse de Clermont, calqué sur le territoire des Arvernes, beaucoup trop grand, sera effectivement divisé en deux en 1314 avec un nouvel évêque à Saint-Flour.

Abasourdi, Martin surprit enfin son interlocuteur par son silence.

— C'est tout ce que ça te fait, toi le rhéteur ? Tu ne dis rien ! Toi qui discours sur n'importe quoi !

Martin avala d'un trait le vin de cerises.

— C'est une grande nouvelle, finit-il par dire la gorge serrée, oui, une grande nouvelle.

— Viens, je vais te présenter à ce Thibault, enchaîna le cruel Vital.

— Non, résistait Martin que Vital entraînait sans plus de manières en le tirant par la manche de sa cotte.

— Agricol ! fit Thibault en les voyant arriver.

— Non, je suis Vital, répondit le jumeau trop content d'avoir encore trompé quelqu'un. Agricol est là-bas et là c'est notre ami Martin, un protégé de mon père, le plus intelligent d'entre nous, le plus fort en dialectique, en géométrie et arithmétique, le plus habile des rhéteurs...

— Suffit, Vital, fit Martin qui ne put s'empêcher de haïr sur-le-champ Thibault.

Une haine froide, aussi sèche que la terre au mois d'août. Un sentiment si fort qu'il surprit même son auteur : « Qu'est-ce que j'ai ? Je n'ai plus pensé à Isabelle depuis des jours et des jours. »

En effet, Martin avait eu bien d'autres soucis amoureux ces dernières semaines. La rencontre avec Jean avait ravivé son sentiment pour Radegonde. Comme il regrettait de ne pas avoir apporté à Paris le bout de parchemin si précieux avec son portrait ! Cependant, s'il était franc avec lui-même, il devait aussi s'avouer son attachement grandissant pour Béatrice, la tante de Jean.

Des pensées, des soucis qu'il refoulait au profit de ses études de plus en plus prenantes et passionnantes. Chaque jour, il se révélait le plus brillant des élèves de maître Anselme, bénéficiant des petits soins de Thomas et de Remi tout à sa dévotion pour le faire répéter ou l'aider. Au Clos Garlande, sa réputation de bon étudiant était aussi bien établie et tous, professeurs et écoliers, savaient que les « *questiones disputate* » pour sa maîtrise ès arts seraient passionnantes. Honoré, réapparu comme par enchantement quelques semaines après la guérison de Vital, envisageait de vendre les places.

Martin soutiendrait une thèse sur Aristote.

La théorie du syllogisme d'Aristote fascinait Martin et les jumeaux gardaient le souvenir d'un souper chez l'archevêque où leur ami avait littéralement soufflé **Gilles** par ses développements sur la *Politique* du Grec. En partance pour Tournai le lendemain, il avait même décidé d'emmener avec lui au pied levé l'étudiant afin qu'il continue son exposé.

Cet intermède d'une semaine avait, d'ailleurs, été un moment très heureux pour Martin qui avait découvert à Tournai l'atmosphère de ces grandes rencontres diplomatiques orchestrées avec brio par les représentants des rois français et anglais.

Martin avait retrouvé Paris avec tout de même un certain plaisir car, depuis la fête des fous, une réjouissance estudiantine qui avait agité pendant l'hiver le monde des écoliers, dame Béatrice était sa maîtresse. Pendant deux jours, déguisés, masqués, les étudiants, selon la tradition avaient parcouru les rues de la cité en déclamant des vers, jouant de la musique ou « prêchant » au coin des rues avec le sérieux d'un vieux chanoine. Les riverains se trouvaient ainsi entraînés dans une ronde échevelée, comme si la fête des fous était un véritable coup de délire sur la cité. Les sergents avaient alors beaucoup à faire pour endiguer les débordements car tous les tire-laine du Grand Couesre déployaient eux aussi une activité intense dans cette atmosphère désordonnée et la prison For l'Évêque se remplissait en une journée. Certains marchands préféraient fermer leurs échoppes pour éviter qu'elles ne soient envahies et dévastées. Les rues étaient ainsi livrées non seulement aux étudiants mais aussi à ces chômeurs devenus volontiers badauds pour assister à des spectacles montés plus ou moins spontanément au coin d'une rue ou sous une galerie entre deux poteaux corniers.

Jean avait convaincu sa tante d'amener ses garçons au coin de la rue Fouarre où Martin, décidément doué pour tout, se livrait à un numéro d'imitation de barbier-chirurgien avec les jumeaux figurant les malades, Jean faisant ensuite la quête dans son chapel.

L'oncle Martial n'avait pu se joindre à eux car c'était son tour de travail pour le dîner des pauvres de l'Hôtel-Dieu. En effet, un dimanche par an, les orfèvres étaient autorisés à travailler, le produit servant à offrir le jour de Pâques un dîner aux pauvres.

Les facéties de Martin emballèrent dame Béatrice et ses

enfants ; tout y était, du gros marteau prêté par le forgeron voisin pour casser les cailloux de la vessie aux cris apeurés des jumeaux devant les tenailles qui allaient pénétrer dans leur bouche ! Le spectacle terminé, tous partirent pour le Pré-aux-Clercs où étaient concentrées de nombreuses attractions. Martin, encore tout excité de sa prestation, menait une petite troupe bruyante parmi des rues qu'il connaissait maintenant par cœur. On y circulait assez bien, le charroi des bêtes et des charrettes étant presque nul en ce dimanche. Le groupe déambulait bras dessus, bras dessous jusqu'au moment où, arrêtés par le passage d'une farandole, Martin et Béatrice se retrouvèrent isolés des autres poursuivant leur chemin sans se retourner, Jean et les jumeaux prenant en charge les enfants.

Martin fut à peine surpris de sentir la main de Béatrice prendre la sienne et d'entendre un « Viens » autoritaire auquel il répondit « Où ? », ne sachant si l'emportait chez lui l'émotion ou l'étonnement. Éperdu, il se laissa entraîner sous une porte cochère. Béatrice se serra contre lui avec tant de vigueur qu'il ne put que répondre en joignant ses lèvres aux siennes dans un baiser fougueux.

— Viens ! répéta Béatrice la douce, transformée en maîtresse femme.

Très vite remis de sa surprise, prêt à saisir l'instant, Martin ne trouva plus du tout extravagant de la suivre à nouveau pour s'arrêter, dix maisons plus loin, sous une autre porte cochère, pour un nouveau baiser.

— Viens !

Le ton de Béatrice se faisait chaque fois plus impérieux. Martin suivait, il ne savait où. Hors d'haleine, ils arrivèrent sur le Petit-Pont où Béatrice s'engouffra dans une maison dont elle avait la clé.

— Où sommes-nous ? interrogea le jeune homme un peu décontenancé.

— C'est l'ancienne échoppe de Martial. Il n'y a personne maintenant. Elle lui sert de dépôt de marchandises, répondit Béatrice, le souffle rendu court autant sans doute par la course échevelée que par l'excitation.

Martin aperçut, en effet, quelques objets brillant sur une table à tréteaux, vite cachés par Béatrice qui se collait de nouveau à lui et l'entraînait maintenant dans un tourbillon dont il ne se sentait plus maître. Basculant sur une vieille paillasse qui avait servi de couche à un apprenti de Martial, Béatrice se donna à lui avec tant de fougue qu'il en fut bouleversé.

– Tu crois que je suis folle ? furent les premiers mots de la jeune femme apaisée. Je t'ai aimé le premier jour.

– Mais Martial ? répondit timidement Martin.

– Martial, quoi Martial ?

Béatrice mit un terme ainsi sans appel à cette ébauche de dialogue que Martin n'osa jamais reprendre par la suite. Car depuis la fête des fous, il retrouvait régulièrement Béatrice sur le Petit-Pont, aux heures les plus extravagantes de tierce, none ou vêprée.

Embarqué malgré lui dans une aventure que sa franchise naturelle condamnait, il s'était enfoncé dans le mensonge, en regrettant de feindre devant Jean, cet ami tenu en si grande estime. Il refusait désormais les invitations de Jean qui en était souvent vexé mais ne pouvait comprendre la gêne éprouvée par Martin face au jovial Martial. Une gêne d'autant plus grande que Béatrice simulait un naturel fort troublant.

Cependant pour rien au monde il n'aurait manqué ses rendez-vous avec Béatrice. Quand il tentait de reprendre ses esprits et d'analyser avec sa méthode raisonnée de travail ce qui l'avait poussé dans les bras de Béatrice, il ne trouvait guère de réponse. La comparaison de ses relations avec la dame aux yeux bleus et de celles qu'il avait connues avec Isabelle ne l'avançait guère. Dans les deux cas, il était bien obligé de constater qu'il avait été le jouet des deux femmes : Isabelle s'était donnée à lui quand elle avait voulu, Béatrice l'avait pris aussi quand elle avait voulu. Autre sujet de réflexion pour le pauvre Martin : n'avait-il pas succombé au charme de Béatrice parce qu'elle lui rappelait si intensément Radegonde ? Il croyait aussi que cette aventure avait au moins le mérite de l'éloigner d'Isabelle.

Le dîner chez l'archevêque où il apprit la nouvelle du mariage d'Isabelle lui parut interminable. Contrairement à ses espérances, il découvrait tout à coup que Béatrice était loin de l'avoir guéri de la belle brune. Une chape de mélancolie tomba sur lui et ses voisins ne parvenaient guère à le tirer de ce mutisme engendré par ce qu'il appelait déjà « la terrible nouvelle ».

« Que faire ? aller dire à messire Géraud que je veux épouser Isabelle ? Je ne sais même pas si elle voudrait de moi. Je ne suis même pas sûr de l'aimer. »

Complètement étranger aux conversations, il ressassait toujours les mêmes idées, jusqu'à épuisement.

– Quelle tête tu fais ce soir ! lui souffla Vital qui s'était éclipsé après le souper le temps d'un hommage à Clotilde au grand désespoir de Pétronille, furieuse de voir disparaître sa meilleure aide et le faisant savoir avec un regard désapprobateur.

– Une tête, moi ? dit Martin hypocritement. Moi, je n'ai pas de quoi assouvir mes instincts chez l'archevêque comme toi...

– Et où les assouvis-tu, tes instincts ?

– Où je veux, quand je veux ! répliqua Martin d'un ton à décourager le chef de l'Inquisition et suffisant à dissuader Vital de continuer l'interrogatoire.

Un peu déconcerté par la mauvaise humeur de son ami, le jumeau préféra rejoindre Agricol en grande conversation avec Thibault sous l'œil amusé de Gilles.

– J'ai acheté un terrain non loin de Saint-Germain-l'Auxerrois, au bord de la Seine. L'architecte fait les plans d'un hôtel. C'est là qu'habitera votre sœur.

Les jumeaux hochèrent la tête, admiratifs, sans savoir que les deniers de leur père financeraient en grande partie le chantier.

Martin était déjà reparti suivre le cours d'un ancien élève de Thomas d'Aquin, Gilles de Rome, défenseur passionné du pouvoir pontifical.

– Il y a deux pouvoirs et l'un doit obligatoirement dépendre de l'autre, affirmait avec emphase le professeur à la longue barbe grise quand Martin vint se glisser à côté de Jean sur le gradin de bois grinçant. Le pouvoir pontifical me paraît être le premier. (La barbe grise amplifiait le mouvement de tête accompagnant cette sentence.)

– C'est indiscutable, opinait un étudiant au premier rang.

– Quelle audace a cet homme ! souffla Jean. En ces temps d'épreuve de force entre le roi et le pape, il sent le soufre ! Cela plaît. As-tu vu toute cette assistance ? Il faut dire que Gilles de Rome sait séduire son auditoire ! Pas comme Jacques de Viterbe, bavard mais ennuyeux.

– Oui, fit Martin d'un ton si las que Jean le regarda avec intensité.

– Tu ne vas pas bien, observa le futur médecin perspicace.

– Mais si ! dit Martin précipitamment.

Balançant un instant vers une confidence salvatrice, il réfréna cette envie pour garder son secret. Un secret qu'il estimait ne pas pouvoir partager. Fût-ce avec Jean pour qui son amitié était pourtant sans limite. Que pourrait-il lui dire ? « J'aime ta sœur, mais j'aime aussi la sœur des jumeaux et je suis l'amant de ta tante. »

Martin sourit à cette confession impossible. Puis il s'efforça de reprendre le fil du discours de Gilles de Rome, dans la pénombre d'une salle comble, éclairée de maigres torches.

11

Les quatre Auvergnats se couvrirent de lauriers. Martin fit la démonstration la plus brillante du groupe, enlevant l'adhésion unanime du jury siégeant sous les fraîches frondaisons du Clos Garlande. Et si les questions d'arithmétique et de géométrie parurent très faciles au postulant, sa démonstration de logique fut tellement probante que seul maître Alain tenta une objection immédiatement ravalée devant la réprobation générale. Les jumeaux, plus accrochés dans leurs exposés qui prêtaient davantage le flanc à la critique, finirent par s'en sortir avec les honneurs. Et Robert Aycelin, pourtant peu communicatif, sauta de joie en apprenant l'heureuse issue de sa prestation en droit canon.

Tous fêteraient la Saint-Jean, l'esprit en paix, récompensés du travail fourni. Messire Géraud serait satisfait.

— Je bois à vos succès, n'est-ce pas Gaucelin ? les félicita chaudement Gilles Aycelin en levant un vin de mûres de l'automne précédent. Je pars pour Rome après-demain, ajouta-t-il, mais je serai à Clermont pour la Sainte-Anne.

— Notre père sera flatté de votre présence au mariage d'Isabelle, intervint Agricol.

— J'en suis un peu le parrain, fit remarquer Gilles. Tu ne veux pas venir avec moi ? proposa-t-il en regardant Martin. Gaucelin est un compagnon de voyage de plus en plus grognon !

Gaucelin, interpellé, sourit.

— Mon pauvre Martin, voyager avec Monseigneur est

une épreuve, finit-il par dire un peu las. Toujours pressé, ne regardant jamais un paysage, sautant d'un cheval à l'autre. Oui, je l'avoue, je peste parfois.

Gilles sourit avec indulgence.

— Alors Martin ? Ne te laisse pas impressionner par ce vieux chanoine avant l'âge. Que diable, Gaucelin, tu n'as que trois ans de plus que moi !

— Monseigneur m'honore de cette proposition, finit par dire Martin avec diplomatie, cependant...

— Cependant... ?

— Je crois que je vais rentrer à Clermont avec mes amis.

— Comme tu veux, fit Gilles sans insister. Gaucelin, tu auras sur la conscience la décision de ce jeune homme, je ne te montrerai pas Rome et ses merveilles.

Martin eut tout à coup conscience de refuser une chance. Il avait répondu avec le cœur sans réfléchir. Une impulsion jaillie des profondeurs de son être. Revoir Isabelle avant son mariage lui paraissait tellement important. « Les femmes te perdront, Martin », se dit-il sévèrement en courant rejoindre Béatrice dans leur nid du Petit-Pont.

— M'aimeras-tu encore en septembre ? interrogea la jeune femme, maussade devant la perspective de la longue absence de son amant.

— Mais oui !

La réponse distraite de Martin ne la satisfit guère.

— En attendant, je te retrouve demain au Pré-aux-Clercs pour la Saint-Jean, ajouta précipitamment Martin pour effacer ce oui dont il mesurait trop la cruauté.

De grands feux flambaient déjà quand Béatrice arriva, flanquée de Martial avec qui elle se mêla aux rondes endiablées où se fondaient étudiants et Parisiens. Les nerfs à vif depuis que la perspective de retrouver Isabelle à Clermont se rapprochait, Martin, exaspéré par la présence de ce mari qu'il n'arrivait pas à détester, se jeta alors dans une farandole infernale dans l'espoir fou de rencontrer sa maîtresse. Ses yeux ne quittaient guère les longues tresses blondes.

Lassé de cette quête impossible, il préféra regarder les jeux sportifs mettant aux prises des étudiants heureux de s'affronter sur d'autres terrains que les gloses ou les démonstrations. Vital venait de participer à la course :

— Je n'ai plus de souffle. Paolo m'a coiffé d'une poulaine, dit-il en présentant un jeune Florentin dont le teint mat rehaussé par l'effort renforçait la blancheur étonnante des dents.

— Tu ne veux pas faire le concours de saut ? demanda Agricol.

— Je préfère le tir à l'arc, répondit Vital. Et toi, Martin ?

— Je me bats.

Sans réfléchir, il venait de relever le défi jeté à la foule par un Allemand géant. A défaut de Béatrice, il aurait au moins ce corps-à-corps.

— Allez Martin ! hurlèrent les jumeaux sans réaliser l'inégalité de ce combat à la David.

La lutte fut rude pour le plus grand plaisir des spectateurs avides de drame. Agile, Martin s'agrippait aux muscles du Germanique avec l'énergie du désespoir. Sans doute aurait-il lâché prise s'il n'avait soudain eu conscience d'une paire d'yeux bleus fixés sur lui. Décuplant son énergie, le regard insistant le galvanisa. Dans un suprême effort, il parvint à rétablir une situation pourtant bien compromise. Les spectateurs applaudirent et les jumeaux, un moment inquiets, soupirèrent, soulagés.

A ce moment de tension succéda la détente. Chacun en profita pour changer d'occupation. Un instant de flottement que saisit Martin pour entraîner Béatrice.

Au bout d'une rue, dans un courtil, ils s'aimèrent sous un pêcher en fleur.

— La première fois de l'été, observa Béatrice.

« Et la dernière... » pensa Martin qui ne reviendrait pas avant l'automne.

Béatrice le savait. Elle avait le cœur gros. Martin ne l'avait guère léger, trop inquiet de ses retrouvailles avec Isabelle. Il ne pouvait confier ce souci inavouable. Mais Béatrice n'avait-elle pas saisi ce désespoir en le voyant se battre avec une telle rage ? Elle était trop fine pour en parler, comme elle avait toujours éludé le problème Martial.

Après un voyage sans histoire, malgré l'anxiété grandissante de Martin qui regrettait amèrement à chaque lieue de ne pas avoir accepté l'offre de l'archevêque, les garçons arrivèrent un soir d'orage à Clermont.

— Les voilà ! cria le vieux Grégoire, occupé à remplir un arrosoir à la fontaine.

— Mais mon pauvre Grégoire, il va pleuvoir, dit Vital en riant.

– Les voilà! répondit en écho Célestine la cuisinière avant de courir prestement à son âtre pour mettre la dernière main à un mets de sa composition.

– Les voilà! crièrent ensemble depuis la loggia Anne et Pierre, ravis de retrouver leurs compagnons de jeux favoris.

Autant d'exclamations qui firent chaud au cœur des garçons.

– Que c'est bon de rentrer chez soi!

Par ces mots simples, Agricol exprima le sentiment général.

Une satisfaction qui grandit encore quand ils furent fêtés par Géraud Brillat, comblé par l'heureuse issue de leur année d'études et par dame Jeanne contente de retrouver ses fils.

Le premier repas fut une joie. Seule Isabelle y semblait étrangère. Elle n'avait salué les arrivants qu'en paraissant au souper et encore du bout des lèvres. Martin avait même eu le sentiment qu'elle ne l'avait pas vu, pas reconnu. Habitué pourtant à ses glaciales froideurs, il trouvait un climat encore pire que ce qu'il avait imaginé dans ses prévisions les plus pessimistes.

« Est-ce l'approche de son mariage qui la rend si taciturne? » se demandait-il pendant que Géraud, à table, faisait un tableau des relations dégradées avec l'évêque Jean.

– Ses appétits d'argent nous scandalisent. Mais que faire?

– Que ce pâté de pimperneaux est bon, Célestine n'a pas perdu la main, observa prosaïquement Vital.

– Et tu n'as pas goûté celui de lapins, répondit Agricol. Martin, tu rêves? Tu n'aimes plus les pâtés de Célestine?

Une grande bourrade dans le dos ramena Martin aux réalités terrestres.

– Enfin, l'évêque est parti dans sa maison de Beauregard pour l'été. Je ne compte pas sur lui pour le mariage. Et je ne regrette pas vraiment.

– L'archevêque devrait être là, dit Martin surmontant le trouble créé par le mot « mariage ».

– Reprenez du chapon rôti, dit dame Jeanne, béate de bien-être au milieu de sa famille réunie.

Le souper finit avec les crèmes savoureuses de Célestine que les jumeaux allèrent féliciter à la cuisine.

– Mon secret c'est le sucre, leur dit-elle ravie d'avoir retrouvé ses meilleurs clients. Comme disait ma mère: sucre n'a jamais gâté sauce.

La soirée fut courte. Les émotions avaient rompu les cœurs et les corps. Géraud bâilla vite devant l'âtre. Il était surmené avec la collecte de l'impôt et surtout la mise en œuvre de plusieurs projets. Si les moutons se multipliaient dans son domaine autour de Fayet et d'Estandeuil et laissaient présager d'importantes tontes, les bergers étaient difficiles à recruter; il fallait leur construire des maisons et deux d'entre eux, jeunes mariés, exigeaient un minimum de confort. En même temps, le banquier bolognais, Cosimo Gandoro, de passage à Clermont le mois précédent, l'avait amené ainsi que son ami Cocci à mettre en place un important dispositif d'échanges par la voie du Saint-Gothard. Il fallait que ça marche. Si Cocci avait poussé à la conclusion d'un accord dont il bénéficierait aussi, il devait se rendre à l'évidence : Géraud prenait une dimension nouvelle avec bien d'autres soucis que la clientèle locale devenue un epsilon dans ses affaires. Il en résultait une saine concurrence entre les hommes et leurs comptoirs. Géraud brassait d'ailleurs ses affaires avec un naturel étonnant, presque déconcertant, pour ses adversaires comme ses amis.

Quant à Jeanne, elle regrettait ses paisibles soirées d'antan. A peine assise dans sa confortable cathèdre aux coussins vert jade, son esprit vagabondait vers les soucis occasionnés par le mariage. Ses énervements et impatiences faisaient sourire son époux, beaucoup plus placide sur ce problème. Quand le soir, elle lui confiait ses tracas, il lui répondait en plissant les yeux :

– Calmez-vous, ma chère, tout ira bien.

– Tout ira bien! Tout ira bien! répétait alors Jeanne, encore plus exaspérée.

Et pourtant, elle devait reconnaître qu'il payait de sa personne dans tous les sens du mot. Il avait rapporté de Lucques, au mois d'avril, de merveilleuses soieries pour les toilettes. Trois femmes travaillaient au trousseau : couettes, draps, courtepointes s'entassaient dans un petit atelier, plus des nappes, des torchons... Heureusement, pour meubler le jeune ménage, on aurait des délais puisque leur hôtel parisien ne serait pas achevé avant l'année prochaine et qu'en attendant, Thibault et Isabelle logeraient dans une aile du petit hôtel familial des Perrault.

Le lendemain, après une nuit agitée dans sa petite chambre mansardée, la première visite de Martin fut pour Omblard qui l'accueillit avec joie.

– Tu as grandi.

– Et forci, confirma Marguerite en lui sautant au cou. Tu es un homme, maintenant. Fini le galapiat de l'école des Frères.

Le jeune homme, tout surpris de découvrir que Matthieu marchait, sortit de son aumônière une petite toupie rouge achetée chez un marchand du Petit-Pont. L'enfant s'en saisit aussitôt avec joie pour la mâchonner sans complexe. Installés dans leur jardin odorant, au milieu des roses qui s'épanouissaient à vue d'œil et sur fond de massifs où se mêlaient mille espèces, bleuets, coquelicots, pivoines, œillets, iris, Omblard et Marguerite respiraient le bonheur de vivre.

– C'est beau, observa Martin que sa formation et son hérédité rendaient d'une extrême sensibilité aux couleurs mais qui, à travers les fleurs, cherchait surtout à exprimer la qualité de la quiétude ressentie auprès du couple.

– Je les soigne, répondit Marguerite. Je ferai les bouquets pour le mariage d'Isabelle; Grégoire est très soucieux et Jean-Baptiste mignote ses plates-bandes pour la fête. Comme Monseigneur ne sera pas là, il pourra disposer des fleurs.

Si Marguerite avait su la peine qu'elle faisait à Martin en parlant de « fête », elle se serait sans doute tue aussitôt.

– Marguerite, je pensais à vous au Clos Garlande, répondit Martin malheureux mais stoïque. Le grand jardin y est divisé en espaces carrés entourés de berceaux de feuillages où s'entremêlent rosiers, treilles, chèvrefeuilles; autour, les arbres y sont taillés en tonnelles et les allées s'y déroulent entre des plates-bandes où, selon les saisons, fleurissent violettes, primevères, crocus, muguet, bleuets, colchiques, pivoines, ou roses... Un enchantement! et je ne parle pas des bosquets, ni des fontaines ou du verger. Étudier sous un arbre en fleur, quel bonheur!

– Je te croyais savant, mais tu es aussi poète, Martin. Maintenant, tu es savant, dit en raillant Omblard qui mêlait à l'ironie une pointe d'envie.

– Je suis maître ès arts, répondit modestement Martin, je pourrai continuer à l'automne et passer le doctorat à la faculté du décret [1]. Omblard, comment te remercier de

---

1. Faculté de droit.

m'avoir emmené ? Quelle chance pour moi ! Je voudrais être juriste comme ce Thibault que va épouser Isabelle. Monseigneur Aycelin m'a emmené à Tournai où il rencontrait des envoyés du roi anglais. Peut-être, un jour, conduirai-je moi aussi une délégation du roi ?

Omblard, amusé, le regardait, médusé par la transformation du garçon mûri, si posé. Où était l'amoureux de Radegonde ?

Croisant les pensées du peintre, l'étudiant, tout en prenant sur ses genoux le petit Matthieu qui se laissait facilement apprivoiser, raconta :

— Sais-tu, qui j'ai retrouvé à Paris ? Jean, le fils de maître Valereau de Poitiers.

— Le frère de Radegonde ? ne put s'empêcher de dire Omblard malicieusement.

— Oui, le frère de Radegonde. Il fait des études de médecine et vit chez un oncle et une tante qui est la sœur de sa mère. Si tu la voyais, elle et ses enfants, ils ont tous les yeux de Radegonde.

— Et Radegonde ? Comment va-t-elle ? Elle est mariée ?

— Valérie va se marier mais Radegonde, non. Il ne manquerait plus que cela, ajouta Martin malgré lui.

Omblard, trop délicat pour mettre en difficulté Martin, ne releva pas cette phrase pourtant si significative de l'état d'esprit du jeune homme.

— Et ton travail, Omblard ? reprit-il.

— Je ne sais plus où donner de la tête. A peine ai-je fini une commande que d'autres arrivent. Et comme je suis de plus en plus sollicité pour des panneaux de confréries, j'ai ouvert un atelier avec des apprentis.

— Plus doués que moi ? observa en riant Martin.

— Guillaume est un aide efficace ; il est responsable de la réalisation de la décoration du mariage d'Isabelle.

Cette dernière phrase fit se lever Martin, qui ne goûtait plus tout à coup la quiétude de la rue des Tanneries et prétexta un rendez-vous avec les jumeaux pour prendre congé.

Et en remontant vers la porte épiscopale, son énervement contenu jusque-là éclata :

— Ils ne vont tout de même pas me parler tout le temps de ce mariage... J'aurais mieux fait de partir avec l'archevêque. A Rome, au moins, j'aurais eu la paix.

Le rendez-vous avec les jumeaux était cependant bien

réel. Vital et Agricol l'attendaient chez les diablesses et lorsqu'il tapa à la porte de la petite maison, les bras de Nicolette s'ouvrirent pour lui apporter enfin un peu de répit.

La nuit lui donna quelque apaisement. Au petit matin, revenu à de meilleurs sentiments, avec la conscience de l'inéluctable, il vint proposer ses services à l'atelier d'Omblard, entraînant dans son sillage les jumeaux. Tous participeraient ainsi aux décorations du grand jour et permettraient à Omblard d'achever le portrait d'un chanoine impatient de s'admirer avant de partir prendre ses quartiers d'été avec Monseigneur. De plus, le peintre, aussitôt le mariage célébré, irait s'installer à Ravel pour réaliser la commande de Pierre Flotte [1]; il logerait avec sa famille à proximité du château. Marguerite se réjouissait à l'avance de cette escapade campagnarde.

Agricol et Vital, assez adroits de leurs mains, réussissaient bien les fonds sur lesquels on dessinait fleurs et oiseaux; avec des pochoirs, ils peignirent même des fleurettes pendant que Martin s'essayait à styliser des oiseaux largement retouchés par Guillaume.

Les garçons renouèrent aussi avec leurs anciens professeurs; frère Jacques, qui avait été malade pendant l'hiver, les reçut au couvent avec joie et aurait volontiers prolongé les discussions avec Martin si ses forces ne l'avaient abandonné très vite. De même, ils retrouvèrent Justin et sa troupe pour de nouveaux jeux malgré la chaleur qui s'abattait sur la cité.

Marguerite, très inquiète pour ses fleurs, guettait le moindre nuage, redoutant l'orage menaçant souvent au-dessus du puy de Dôme, mais épargnant avec régularité Clermont, pour aller craquer plus au midi.

– Je respire, disait-elle le soir à Omblard en scrutant le ciel dégagé.

Pourtant, les fleurs manquaient d'eau et la jardinière puisait abondamment dans son puits, en priant que les réserves ne soient pas épuisées avant la Sainte-Anne.

Après des journées bien remplies, les garçons rejoignaient les diablesses. C'était pour Martin une façon d'échapper à Isabelle dont l'indifférence le soulageait et

1. Légiste, originaire d'Auvergne, chancelier en 1295, envoyé à Rome en 1297 pour traiter de la canonisation de Saint Louis.

l'excitait à la fois. Pour l'avoir suivie, il savait qu'elle allait toujours dans la petite maison de Saint-Ferréol.

Thomas, un soir de souper chez les cousins Gayte, avait récité sans équivoque des vers qui lui étaient dédiés :

– *Plus jolie fille de la cité, qui va nous quitter, s'en vont malheureux ses amoureux...*

Appuyant son regard sur Martin crucifié, Thomas s'était ensuite lancé dans une tirade de *Tristan et Iseut* :

– *Je suis Fantris qui tant l'aimait...*

Avec les rimailleurs de la cour littéraire, Martin n'avait pas pu moins faire que de reprendre en chœur quelques vers avant de lancer, comme pour conjurer le sort, une de ces discussions à coups d'allégories dont tous étaient friands : Doux-Penser dialoguait avec Faux-Semblant, Doutance et Trahison étaient mises au pilori, Espoir se profilait à l'horizon. Martin, un peu gris, ne savait plus s'il incarnait Espoir ou Doux-Penser ; en revanche, il était sûr qu'Isabelle figurait Trahison.

Il avait pourtant été subjugué par cette amante adorée et honnie, quand, sachant qu'elle trônait au milieu de cette cour une des dernières fois, elle se leva pour remercier et à son tour offrit ses vers préférés :

> *En avril au temps pascour*
> *Que sur l'herbe naît la flour*
> *L'alouette au point du jour*
> *Chante par moult grand baudour*
> *Pour la douceur du temps nouvel.*
> *Si je me levai par un matin*
> *J'ouis chanter sur l'arbrissel*
> *un oiselet en son latin...*

A la vêprée du lendemain, elle demanda cependant à Thomas ce qu'il avait voulu dire quand il avait conclu la soirée avec ce vers : *Quand dame pers, dame me soit aidant.*

– Isabelle, crois-tu que je ne te remplacerai jamais ?

– Oui, Thomas, je le crois. J'espérais que tu serais le poète errant toute sa vie à ma recherche.

– *Surpris suis d'une amourette dont tout mon cœur volette.*

– Quoi, Thomas, tu m'as déjà remplacée ? je le savais, cria la jeune fille en enfonçant ses ongles dans le bras du poète.

160

– Ni vous sans moi, ni moi sans vous, c'est fini! insista-t-il imperturbable, enfermant dans ses bras une Isabelle furieuse.

Puis la rudesse fit place au charme inéluctable. Il la consola, la dorlota et, encore une fois, leurs corps s'unirent dans une communion qui effaçait tout ou presque.

En effet, ce soir-là, au moment où Martin allait s'éclipser pour rejoindre les diablesses, il se vit barrer le chemin dans la petite tour d'escalier par une Isabelle déterminée.

– On ne passe pas, murmura la jeune fille en écartant les bras.

– Je dois retrouver Vital et Agricol.

– Oublie-les. Ils consoleront bien la sœur laissée pour compte. Ta préférée, c'est bien Nicolette, n'est-ce pas? Martin, je te veux ce soir!

– Non Isabelle, tu te maries dans dix jours. Je souffre assez de préparer les décorations de ton mariage.

L'arrivée intempestive de la petite Anne, qui avait fort grandi pendant l'hiver et ressemblait prodigieusement à sa sœur aînée avec une candeur indéfinissable et charmante, les interrompit, provoquant la fuite d'Isabelle dans sa chambre pendant que Martin, pour qui Anne avait une vraie dévotion, écoutait les récits de la petite fille tout excitée par les contes d'un bateleur installé devant Sainte-Marie-Principale :

– *La baleine, la reine et la sirène*. Si tu savais, c'est une histoire fantastique. Et le cheval magique de Cléomadès. Je te raconterai cela demain. Mère dit que je dois dormir maintenant, mais quels beaux rêves je vais faire!

Le ton enjoué de cette presque petite sœur, sa gaieté naturelle avaient apaisé le jeune homme qui vint s'accouder à la balustrade de la fameuse galerie décorée par Omblard. Isabelle passa :

– Je viendrai chez toi plus tard, murmura-t-elle entre ses dents.

– Non, Isabelle, dit à mi-voix Martin en s'élançant dans l'escalier qu'il dévala à se rompre le cou pour arriver chez les diablesses au comble d'une excitation qu'elles s'employèrent à apaiser.

Cependant, Martin savait combien Isabelle était têtue et il ne fut guère étonné de la voir venir dans sa chambre la nuit suivante. La soirée avait été paisible, au jardin avec les jumeaux occupés à suivre quelques étoiles filantes, tout en rêvassant ou en cherchant des devinettes ou charades pour s'occuper l'esprit. Doux et tiède, le corps à la saveur inoubliable se lova contre lui sous la légère courtepointe qui avait remplacé la couette d'hiver.

— Non, suppliait Martin, non, Isabelle. Je ne peux pas. Tu es à un autre, maintenant.

— L'année dernière, j'étais bien à Thomas et cela ne te gênait pas, répondait l'implacable dont les caresses se faisaient plus précises. Martin, viens, prends-moi pour la dernière fois, il le faut, prends-moi pour la dernière fois.

Martin céda pour son plus grand bonheur.

« Et pour ma plus grande misère », se dit-il lucide. En pleine extase, balançant entre enfer et paradis, il chuchota très vite :

— Isabelle, ne te marie pas, attends-moi. Dans deux ou trois ans, je serai un gendre acceptable pour ton père.

— Mais Martin, que dis-tu ? Ne t'ai-je pas dit : pour la dernière fois ?

— Garce ! murmura Martin si bas qu'Isabelle ne l'entendit pas.

Le mot calma le pauvre Martin qui, retrouvant ses talents de comédien, prit alors le parti de simuler le détachement :

— Et Thomas, tu le vois toujours ?

— Tu le sais bien, espion. Mais je vais t'apprendre une chose que tu ne sais pas, espion.

— Laquelle ?

Isabelle minauda, trop heureuse d'exciter la curiosité de son amant.

— Laquelle ? répéta Martin hors de lui.

— Philippe de Mozac...

— Quoi, Philippe de Mozac ?

— Il est mon amant !

Martin, stupéfait, ne cessait de se répéter mentalement : « Garce, quelle garce ! », déchargeant ainsi sa colère. Non sans maîtrise, il l'exprima durement mais sans hurler, en détachant sèchement chaque syllabe :

— Tu mens !

— Non je ne mens pas, répliqua implacable Isabelle, en articulant à son tour comme si elle parlait à un sourd.

— Et quand ? Et où ?

— Mon petit espion est bien curieux, dit Isabelle en se serrant contre lui. Je ne vais tout de même pas tout raconter à mon petit espion. J'ai de la décence, moi !

– Si, raconte! cria Martin qui n'en pouvait plus de murmurer dans la pénombre de la chambre à peine éclairée par la lune croissante.

Le silence s'installa.

– Ta décence, je la connais. Raconte, je te dis! insista-t-il en mettant ses mains autour du cou de la jeune fille.

Les mains se resserrèrent. Isabelle céda ; elle était trop perfide pour se priver de la jouissance de faire souffrir son amant.

– Cela s'est passé dans le cabinet de mon père qui était à Lucques. Je suis allée rendre visite à Philippe venu travailler à je ne sais quelle charte. Il m'a interrogée sur mon mariage ; je n'avais jamais vu ses yeux aussi bleus et j'étais morte de passion, assise sur un escabeau à côté de lui qui occupait la cathèdre de mon père. J'ai posé ma main près de la sienne qui tenait quelques feuillets de parchemin. Il m'a regardée, regardée... « Oh, Philippe, vous n'auriez pas voulu m'épouser ? » n'ai-je pu m'empêcher de lui dire. Il a souri et fait « non » de la tête : « Je ne peux épouser une femme flétrie par un autre », a-t-il laissé tomber. Je suffoquai et soupirai : « Que voulez-vous dire ? » « Vous le savez bien, Isabelle ! » « Mais non, Philippe ! » « Mais si! », A ces mots, il s'empara de ma main et je l'entendis murmurer : « Je ne vais pas mourir de soif auprès de la fontaine. » Il se leva alors de la cathèdre, me serra contre lui comme un fou, courut à la porte mettre la serrure et...

Isabelle avait distillé le récit avec une lenteur provocante.

– Suffit! cria Martin suffoquant. J'en ai assez de tes turpitudes. La belle affaire que fait ce pauvre Thibault. Cocu d'avance et cocu d'après, sans doute.

– Suffit! cria à son tour Isabelle. Prends-moi, une dernière fois.

Annihilé, vaincu, écœuré, Martin s'exécuta.

Un léger bruissement d'étoffe lui apprit le départ de sa maîtresse. Seul, désemparé, rompu, il s'endormit à la dérive dans les plus grandes souffrances. La perversité d'Isabelle lui ouvrait les yeux : sa venue à Paris signifiait pour lui l'enfer.

Mais comment échapper à son destin ?

Les cloches de l'église Sainte-Madeleine sonnaient prime quand Omblard et Martin aidaient Marguerite à cueillir les fleurs par grandes brassées. Avec des allées et venues incessantes entre le jardin et la rue, ils les installaient ensuite précautionneusement dans la charrette à mulet qui servait maintenant au transport des panneaux et décors confectionnés par l'atelier d'Omblard. La veille, tout avait été mis en place. On avait eu très peur le matin quand un orage s'était profilé encore une fois à l'occident et quelques gouttes étaient même tombées sur la cité clermontoise. Guillaume et ses aides avaient fixé les panneaux à l'église et sur le parcours qu'emprunterait le cortège entre l'hôtel Brillat et Sainte-Marie-Principale; quelques tentures jaune et vert, aux couleurs de Géraud, complétaient le décor non sans faste.

Thibault était arrivé deux jours plus tôt avec ses parents et ses frères. Installés dans l'aile nord de l'hôtel Brillat entre l'habitation et la banque, ils avaient découvert la cité. Dame Jeanne avait aussitôt reconnu en dame Agnès, la mère de Thibault, une alliée compréhensive pour les affres des préparatifs de dernière heure. Tout était pourtant fin prêt. La cuisine pour le dîner se ferait au-dehors. Les confréries de bouchers, chaircuitiers et poissonniers avaient des commandes substantielles à honorer. Une vraie manne en ces temps difficiles. La générosité de Géraud était connue et chacun aurait à cœur de ne pas le décevoir.

Si le mulet, un peu rétif à cette heure matinale, mit au gré de Marguerite très nerveuse beaucoup de temps pour monter la rue des Gras, la mine réjouie du bon Jean-Baptiste et les grands bouquets déjà cueillis dans le jardin de l'évêque ramenèrent le sourire sur le visage tendu. Les fleurs, chargées, dévalèrent beaucoup plus vite vers Sainte-Marie-Principale où de grands vases les attendaient. Avec habileté, les mains de Marguerite y installèrent les brassées de fleurs fraîches et odorantes, conjuguant talent et goût pour nuer les couleurs.

— Que c'est beau! cette féérie de tons, ne put s'empêcher de dire Omblard admiratif.

— Mon peintre préféré n'est pas rassasié de couleurs? interrogea Marguerite tout en s'affairant sans perdre un instant.

La dernière fleur piquée dans le dernier bouquet, tous deux prirent du recul dans la nef étroite pour juger de l'effet produit.

— C'est magnifique!

La voix de Géraud les surprit. Venu en émissaire sur les pressantes instances de son épouse, dont l'angoisse frisait la crise nerveuse, il pourrait la rassurer.

— Merci Marguerite, merci Omblard.

Pendant que Marguerite courait maintenant rejoindre le vieux Grégoire pour la décoration de la maison, Géraud se présenta avec déférence au prévôt des chanoines :

— Vous pouvez sortir la cathèdre d'apparat, monseigneur l'archevêque est arrivé hier et nous fera l'honneur de participer à la messe.

Le prévôt obtempéra aussitôt en donnant des ordres aux deux jeunes diacres de service pour que la cathèdre soit époussetée, puis installée dans le chœur sous le chapiteau de la Vierge. En réalité, la présence de l'archevêque était plutôt une source d'embarras pour les chanoines qui devraient modifier le rituel de la messe.

— Monseigneur fera le mariage, annonça non sans fierté Géraud, ainsi amplement dédommagé de l'absence de l'évêque Jean. Mon Dieu, que de chemin parcouru! murmura-t-il en se recueillant quelques instants devant la Vierge benoîtement assise avec son enfant Jésus sur les genoux, celle à qui il avait toujours adressé ses suppliques dans les moments délicats de son existence. Que de chemin parcouru depuis mon aïeul Géraud, descendu de La Tour d'Auvergne pour s'installer à Clermont comme chaussetier! Quelle tête doit-il faire dans son paradis, de voir son arrière-petite-fille mariée par un prélat aussi proche du pape que du roi.

Marguerite, toujours accompagnée de Martin et d'Omblard, arriva à l'hôtel Brillat, accueillie par Grégoire qui semblait avoir dormi près de ses plates-bandes, aussi impeccables que les bosquets et la tonnelle taillés à un pouce près.

— Vous voilà! cria dame Jeanne depuis la cuisine. Voilà les vases. Cela suffit? Aide donc un peu. Va chercher de l'eau à la fontaine.

Anne, dont les sautillements nerveux agaçaient sa mère, se précipita dans la cour avec de grandes cruches, suivie des servantes toutes mobilisées pour aider Marguerite dont le calme, revenu après les nervosités du matin, n'apaisait pas vraiment dame Jeanne, au grand dam de son entourage!

— Anne, va voir où est Isabelle.

— Dans le cuvier.

— Bon, et les jumeaux où sont-ils ? Je ne les ai pas vus depuis longtemps. Et Pierre ?

— Il joue aux dames avec Vincent, le frère de Thibault.

— Géraud ! Géraud !

— Ma mie ? Que se passe-t-il ?

Géraud rentrait de Sainte-Marie-Principale où il s'était attardé avec les chanoines pour régler les détails de la dotation qu'il mettrait à la disposition de la fabrique pour des réparations urgentes à effectuer dans les clochers.

— Je ne sais plus, je ne sais plus... Si, n'oubliez pas votre braiel neuf.

Géraud sourit :

— Mais oui, ma mie, détendez-vous, tout ira bien. L'église est superbe, Monseigneur est là, sa cathèdre en place, les chanoines ont astiqué leur église.

Miraculeusement, tout le monde fut prêt et Marguerite eut même le loisir de courir rue des Tanneries pour enfiler la cotte réalisée dans une soie offerte par Géraud pendant qu'Omblard réendossait ses habits de mariage.

Arrivés à temps pour voir entrer le cortège dans l'église, tous deux furent frappés par l'extrême pâleur de la mariée que Géraud paraissait soutenir. La jeune fille altière, effrontée, qui gênait Omblard, lui sembla soudain frêle et modeste. En réalité, Isabelle venait d'affronter un incident pendant le court trajet entre l'hôtel Brillat et l'église. Superbe dans sa cotte de soie sous un surcot de brocart damassé, la mariée, aux cheveux tressés dans un voile de fine guipure retenu par un cercle d'or, avait franchi le porche au bras de son père, suivie de Thibault au bras de dame Agnès et de dame Jeanne à celui de Jean Perrault. Les jumeaux que l'on avait « mariés » à des cousines suivaient avec Martin au bras d'une petite boulotte souriante, Catherine, Anne avec Vincent Perrault qu'elle dépassait d'une tête, Pierre boudeur avec une petite Gayte, Alix, qu'il n'aimait pas du tout. Enfin, les escortait toute la parentèle un peu en désordre se hélant, se retrouvant, s'embrassant.

Les derniers n'avaient pas encore quitté l'hôtel Brillat que le cortège, pourtant déjà très lent, stoppa brusquement sous l'œil des nombreux badauds parmi lesquels Nicolette, Guillemette et Juliette avaient pris place au premier rang, des spectateurs d'autant plus nombreux que les échoppes avoisinantes avaient cessé pour un moment leur activité. A l'arrière, on ne vit pas la raison de l'arrêt momentané du cortège : Gros-Moulu.

En effet, surgi comme un diable de derrière le poteau cornier d'une boulangerie, il s'était planté devant Géraud et, pointant un doigt vengeur vers Isabelle, avait débité son « compliment » :

— Celle-là, elle est indigne de se présenter à l'église en cheveux... Gros-Moulu pour vous servir.

Géraud, d'abord déconcerté, avait retrouvé son autorité pour faire déguerpir l'intrus pendant qu'Isabelle défaillait à l'annonce de ses turpitudes et qu'un frisson de scandale parcourait le cortège. Heureusement, les paroles de Gros-Moulu n'avaient pas été perçues par beaucoup et tous ne connaissaient pas l'exacte signification de cette insulte. Et si le marié, qui la savait sans doute, pâlit, Géraud sauva la face comme il put :

— C'est un ivrogne qui ne sait plus ce qu'il dit dès matines.

Puis, serrant fort le bras d'une Isabelle vacillante, il reprit sa marche en murmurant :

— Il faut faire front, Isabelle. Tu as beaucoup de chance, lorsque tu sortiras de l'église, ce ne sera plus à moi que tu devras fournir des explications.

Isabelle sourit à son père. Elle faisait front mais quelle pâleur !

« Son teint mat hérité de je ne sais qui, pensa Géraud, n'arrive pas à cacher sa frayeur. »

Non loin, un chanoine bedonnant qui avait assisté à la scène, ricana dans son camail ; la veille, il avait confessé la jeune fille et l'avait prise pour une petite folle.

Monseigneur Gilles Aycelin accueillit les mariés dans le chœur où la décoration d'Omblard s'accordait parfaitement avec les colonnes merveilleuses d'élégance. Isabelle, qui avait recouvré son calme, ne cilla pas et esquissa même un sourire quand Thibault la regarda à deux reprises, l'œil interrogateur.

« Après tout, si cet ivrogne dit vrai, est-ce si grave ? » se disait le jeune homme un peu détendu pendant le prêche de l'archevêque qui allait au fond des choses sans ambages :

— Ce n'est pas la volonté d'habiter ensemble, ni d'avoir des relations charnelles qui est cause efficiente du mariage, c'est la volonté plus générale d'établir l'association conjugale et cette association comprend bien des aspects : cohabitation, relations charnelles, services mutuels et pouvoir de chaque époux sur le corps de l'autre...

C'est comme endormis et coupés du monde extérieur que les mariés se levèrent pour le rituel qu'ils avaient répété au fond du jardin où Thibault avait osé embrasser sa fiancée. Si lui avait été décontenancé par sa froideur, Isabelle avait dû s'avouer que ce premier contact avait été des plus agréables. Nul doute que ses sens aiguisés auraient tôt fait de s'habituer à ce nouvel homme.

– De cet anneau, je vous épouse, Isabelle, et de mon corps je vous honore, dit Thibault, à haute et intelligible voix, en glissant l'anneau au doigt de sa fiancée.

– De cet anneau, je vous épouse, Thibault, et de mon corps je vous honore, répéta-t-elle d'une voix beaucoup moins assurée.

Gilles Aycelin donna alors sa bénédiction puis entama la messe, assisté de quatre chanoines, sous l'œil du doyen du chapitre dont l'environnement étrange n'était pas sans surprendre : outre le heaume sur sa tête et l'épervier au poing, il était entouré d'une petite meute de chiens et perpétuait ainsi le souvenir d'un parent du comte dont l'église dépendait et qui avait occupé cette fonction. Habitués aux cérémonies, les chiens installés sous les stalles étaient sages.

Marguerite avait eu sa minute d'émotion en pensant à son mariage qui n'était pas si loin; deux ans à la Saint-Jean, deux ans de bonheur, et elle se serra contre Omblard qui la regarda avec tendresse.

« Je lui annoncerai ce soir que Matthieu aura bientôt un petit frère ou une petite sœur », se dit Marguerite qui en était presque sûre maintenant.

Les mariés quittèrent l'église après que le prévôt du chapitre eut inscrit leurs noms sur son registre paroissial. Isabelle étreignait le bras de Thibault qui ne pouvait se départir d'une certaine émotion. Il avait passé la deuxième partie de la messe à envisager l'avenir plutôt rose désormais ouvert devant lui. Certes, la veille, Géraud avait fait rappeler au futur mari certains principes par son juriste habituel Philippe de Mozac. Celui-ci avait répondu sans hésitation à l'invitation de Géraud pour servir de conseil en vue du mariage de cette fille qu'il avait possédée et qui le troublait plus que son tempérament froid ne voulait l'avouer.

168

– Lisez, je vous prie, le texte que nous avons étudié ensemble! avait commandé Géraud, bien installé dans sa cathèdre face aux deux jeunes gens assis sur de simples escabeaux.

– La femme demeure propriétaire de ses biens propres, avait commencé sentencieusement le juriste; le mari en a l'administration, la jouissance, la saisine mais ne peut en disposer; les biens de la femme sont inaliénables; la femme mariée participe de droit à tout ce que le ménage peut acquérir et, en cas de décès de l'époux, elle a la jouissance de la moitié des biens propres du mari.

Géraud avait cru bon de rappeler ces principes à ce Parisien dont il se défiait malgré tout un peu. Puis, il avait fait lire les contrats très circonstanciés par lesquels il s'associait dans certaines affaires avec son gendre, contrats revus et corrigés par Philippe venu justement les mettre au point le jour du fameux épisode conté par Isabelle à Martin.

Philippe avait une légère sueur qui lui perlait au front quand il avait reposé le parchemin des contrats sur lequel Géraud avait apposé son sceau : trois besants qui suggéraient des deniers pour la banque et une merlette choisie pour rappeler la couleur si noire des cheveux de sa famille. Thibault avait appliqué le sien : trois rangs de crénelures droites jugés prétentieux par Géraud. Enfin, le notaire de l'évêque, convoqué comme témoin, y ajouta le sien sous l'œil amusé de Pierre Tonnelier, l'inévitable ami du banquier qui y avait fait figurer aussi ses tonneaux finement dessinés, associés à une feuille de vigne pour lui rappeler son état d'origine : vigneron à Chanturgue.

Isabelle avait complètement repris ses esprits lorsqu'elle arriva dans le jardin. Les tables, dressées sur une forêt de tréteaux, attendaient les convives qui pourraient aussi dîner à l'intérieur dans les salles du rez-de-chaussée. Les conversations allaient bon train et les tonneaux étaient déjà bien entamés quand on passa à table.

La jeune mariée, en bonne calculatrice, jugea bon d'entamer la phase de séduction nécessaire à l'asservissement de ce garçon avec qui elle devait maintenant passer sa vie. Thibault fut vite sous le charme et les maléfices du matin s'estompèrent peu à peu.

Si autour d'eux la gaieté régnait, à la table « officielle » Pierre Flotte conversait avec Gilles Aycelin, la mine sombre : les relations entre le pape Boniface et le roi se dégradaient de jour en jour et la dernière entrevue de Gilles à Rome avec le pontife et ses conseillers n'était guère pour les rassurer :

— Le pape est têtu, un vieillard orgueilleux et entêté. Après tout, faut-il lui donner tort ? Il a hérité d'une autorité qu'il ne veut pas céder. C'est légitime !

— Ah, Gilles, que dis-tu là ? Attention, les murs ont des oreilles. Guillaume de Nogaret t'en voudrait de parler ainsi.

— Je ne sais si l'emprise des juristes sur notre roi est un atout pour le royaume. Guillaume de Nogaret met dans la tête du roi que, selon la loi romaine, le prince est le seul maître de ses sujets. Voire ! l'empereur Charles [1] est allé à Rome se faire couronner et se mettre dans la dépendance du pape sans hésiter et les empereurs germaniques aussi. Je sais bien qu'il y a eu querelle avant Canossa [2] mais...

— Tu conviendras que le roi doit asseoir son autorité sur un royaume qui lui échappe en partie : ici c'est le pape, ici c'est le roi d'Angleterre, ici c'est un vassal insoumis, là les templiers, là un évêque... Guillaume de Nogaret a raison de vouloir réduire ces foyers rebelles permanents. Mais peut-être n'a-t-il pas la manière ? Et le roi est si impatient, si intolérant parfois ! Je l'ai vu prendre une colère épouvantable contre les juifs. A le croire, ils devaient tous quitter le royaume. Il a tout de même réalisé à temps qu'ils étaient un des principaux rouages financiers du royaume.

— Certes ! Ne trouves-tu pas piquant, cependant, que, tout en parlant de pouvoir absolu comme celui des empereurs romains, nos légistes du midi n'aient qu'une idée : obtenir pour eux-mêmes un petit, voire un grand morceau d'autorité. Nous n'aurons plus de vassaux comme au temps des rois Louis VI ou Louis VII mais des hommes sans foi mais avec loi, près à tout pour une once de pouvoir. Regarde Guillaume de Nogaret, et derrière lui Enguerrand de Marigny qui se profile comme un oiseau de proie.

— Ne sommes-nous pas tous un peu ainsi ? Messire Géraud n'est-il pas heureux d'exercer le pouvoir par la collecte des finances même s'il maugrée contre le sys-

---

1. Charlemagne.
2. Village d'Émilie où l'empereur Henri IV vint demander pardon au pape en 1077.

tème ? Ça lui rapporte plus que cela ne lui coûte. Regarde autour de toi tout ce luxe. Mieux qu'au palais royal.

Géraud, justement, conversait de son côté avec Jean Perrault, confrontant ses vues de riche banquier provincial dont les affaires se développaient largement hors du royaume avec celles d'un conseiller au Parlement, Parisien d'origine, habitué à se frotter à la cour et aux conseillers royaux, habile débatteur sur le plan du droit, mais ignorant tout des affaires économiques. Une mutuelle sympathie naissait cependant entre les deux hommes pendant que dame Jeanne écoutait, fascinée, les histoires de la cour distillée avec art par Agnès :

– La reine Jeanne porte des surcots, le plus souvent rouges ou roses, bordés de vair ou d'hermine les grands jours... Le roi a beau réduire notre train, il ne va pas voir si nous portons un bel estanfort d'Angleterre ou un blanchet en laine grossière. Connaissez-vous les brunettes de Saint-Lô ? Ce sont de très intéressantes étoffes pour les mantels. Messire Géraud, dans vos comptoirs avez-vous des écarlates rosées de Bruxelles ?

– Monseigneur, où en sont les négociations avec les Anglais ? Comment vont tourner les affaires de Guyenne ? demandait Géraud, plus soucieux de ces grands problèmes dont dépendait sa prospérité que des chiffons ou futilités dont parlait Agnès.

– Vous demanderez à Martin de vous raconter notre équipée à Tournai. Vous savez que ce garçon promet. Je le ferai volontiers entrer dans notre sillage quand il aura terminé ses études. C'est un garçon trop brillant pour l'oublier.

Gilles apercevait Martin à la table des jumeaux. S'il l'avait trouvé un peu pâle le matin, l'animation du repas lui avait redonné des couleurs.

– Tu es étudiant à Paris, Martin, minaudait à côté Catherine.

« Un peu boulotte mais gentille », se dit Martin.

– Nous sommes tous étudiants à Paris.

– Si tu savais la vie qu'on mène ! intervint Vital en enfournant une grosse bouchée de brochet.

Martin laissa en suspens la suite...

– Allez, Martin, raconte notre vie à notre cousine Catherine, répéta Agricol.

Martin, peu disert, cherchait désespérément un sujet neutre. La pauvre Catherine eut droit à un cours de logique, puis à un cours de géométrie.

— Et Paris, c'est beau ? finit-elle par demander.

— Très beau, répondit Martin laconiquement.

— Et si tu voyais les femmes ! ajouta Agricol narquois.

— Les femmes ! répéta Vital qui eut tout à coup une pensée pour Clotilde pendant que Martin songeait à Béatrice, faisant montrer à son cœur une bouffée salvatrice : « Elle saura me consoler, elle. »

— Et comment sont-elles habillées ? reprenait, insatiable, la petite Catherine.

— Ah ! l'hiver, les fourrures, les surcots et les mantels qui brillent, les cottes parfumées.

— Et les hommes ?

— Pas mieux que nous. Regarde comme on est beaux : chemise fine, doublet de coton, cotte qui dénude le genou sous un surcot tacheté. Je ne te parle pas des braies.

Catherine rougit.

— Et la bourse, ajouta Martin, soudain pris au jeu, regarde cette bourse de cuir blanc, achetée au bord de la Seine, quai de la Mégisserie. Il n'y a pas beaucoup de deniers mais un jour elle sera bien remplie, tu sais. Tiens, voilà un petit parisis, un maille parisis et un tournoi.

Catherine était manifestement sous le charme. Lorsque les danses commencèrent, Martin eut bien du mal à ne pas être son cavalier. Dans les farandoles endiablées, au son d'une musique bien orchestrée par une troupe de ménestrels, il oublia un peu son chagrin, passant à côté d'Omblard et de Marguerite dont il envia le paisible bonheur.

— Martin, tu danses avec moi ?

Anne s'accrochait au bras de Martin qui s'exécuta, soudain frappé par la ressemblance de la petite fille avec Isabelle. Pris de vertige, il l'entraîna dans la ronde avec frénésie. Puis, peu à peu les invités se retirèrent, quelques couples profitant encore de la musique plus douce des ménestrels, dont Martin et Catherine. La jeune fille ne le lâchait pas d'un pouce.

Avant de partir, Pierre Flotte rappela à Omblard la décoration de sa chapelle :

— La grande salle est presque achevée. Nous parlerons aussi de son décor. Je reste encore quelques jours à Ravel avant de rentrer à Paris où l'exhumation du roi Louis pour sa canonisation est prévue à la fin du mois d'août. Je dois y être évidemment !

Gilles Aycelin s'en alla aussi après avoir eu bien du mal

à se défaire d'un chanoine de la cathédrale qui avait assisté à la mort du bon roi Louis à Tunis et racontait ses souvenirs avec force détails. Les deux petits Pierre, Perrault et Brillat, devenus les meilleurs amis du monde, jouant aux serviteurs, repassaient les restes :

— Quelques cerises, des fèves fraîches cuites au lait...

— Des outardes... et ces paons avec leur plume...

— Et ces anguilles frites dans leur belle sauce verte, surenchérissait l'autre.

— Et les légumes... encore un peu de riz aux amandes et à la cannelle.

Célestine leur courait derrière. Agricol et Vital se déguisaient avec les plumes de paon. Tout le monde était très gai. Martin alla se coucher curieusement heureux de cette journée pourtant éprouvante.

12

C'est avec un pincement très vif au cœur que Martin vit partir les jeunes époux. Son côté raisonnable lui disait devoir reprendre le dessus, tourner le folio mais, après l'activité intense déployée pour les préparatifs du mariage, il se sentait un peu désœuvré d'autant plus qu'Omblard était parti pour Ravel avec femme et enfant.

Les jumeaux organisaient leur temps en promenades joyeuses sur les coteaux de Chanturgue où le raisin mûrissait déjà avec la forte chaleur installée depuis le début de l'été. Le mariage avait resserré quelques liens de cousinage et Agricol et Vital ne dédaignaient pas de conter fleurette à leurs cousines ou aux amies de leurs cousines. Martin se joignait à eux en dépit de l'attachement de plus en plus visible que lui portait Catherine. Certains jours, oubliant tout, Martin retrouvait son allant des grandes heures parisiennes. Tout ce petit monde crut mourir de rire quand il refit sa parodie du chirurgien exerçant ses talents épouvantables sur les jumeaux. Catherine voulut même faire la patiente.

Parfois, la joyeuse bande recherchait la fraîcheur de la forêt du Bois du Cros où, dans une clairière étonnamment aménagée en cercle, les filles déballaient des paniers portés par les garçons pâtés, fromages ou fruits. On jouait à des devinettes ou à des charades :

– Mon premier est une lettre
Mon deuxième est une couleur
Mon troisième est de la glu
Mon tout est un garçon que je connais bien, récitait la

petite Claude Aycelin pour laquelle Agricol avait visiblement un faible.

– J'ai trouvé, faisait celui-ci en riant.

Martin, qui avait emprunté à dame Jeanne l'ouvrage de
Jean de Meung [1] rapporté l'année précédente par Géraud
à son épouse, déclamait certains jours quelques vers :

– Écoutez ces vers, mes amis... moi qui suis « Raison »...
C'est sérieux la raison, disait-il en sortant de sa bourse un
chaperon noir, posé de travers sur ses cheveux châtains.

> *Amour ce n'est que paix haineuse*
> *Amour est haine amoureuse*
> *C'est ris plein de pleurs et de larmes.*

L'auditoire intéressé et charmé écoutait en silence.

– Ah, le poète génial ! Écoutez, mes amis, poursuivait
le jeune homme exalté.

> *Et si ne fut la bonne garde*
> *de l'université, qui garde*
> *la clé de la chrétienté*
> *tout en eut été tourmenté.*

– Nous les étudiants, nous avons la clé, renchérissaient
les jumeaux.

– Et la clé de l'amour, l'as-tu ? risquait Catherine sur le
chemin du retour.

– Oh non, je ne l'ai pas, ma petite Catherine, je ne l'ai
pas, mais alors pas du tout.

Martin la regardait tristement ; Catherine le dévisageait
alors de ses yeux pâles, se contentant du bonheur qu'il
l'ait appelée « ma petite Catherine », mais n'osait prolon-
ger la conversation, remarquant seulement que les autres
se tenaient par la main ou disparaissaient derrière les bosquets. Martin lui parlait, lui souriait mais n'avait jamais
pris sa main, jamais ne l'avait embrassée.

Martin quitta ces jeux innocents pour rejoindre
Omblard et Marguerite à Ravel. Parti seul à cheval, il
découvrit une campagne inconnue, passa l'Allier à Pont-
du-Château, puis devina dans la brume de chaleur les collines hissant vers le ciel château ou chapelle. Marguerite
et Omblard l'accueillirent avec joie et lui communi-

___

1. Poète français (1250-1305), auteur de la deuxième partie du *Roman de
la Rose*.

quèrent un peu de leur paix dans une chaleur familiale si douce. Le petit Matthieu, qui ne le quittait pas d'un estivau, l'amusait beaucoup. Martin reprit même le pilon pour aider le peintre :

— Tu as peut-être raison de travailler avec tes mains, Omblard. C'est merveilleux. Le matin, tu entres ici, il n'y a rien, le soir est né un ange ou un apôtre. Moi, je vais travailler avec ma tête, alors le résultat, ça ne se voit pas vraiment.

— Oui, mais toi, tu deviendras comme messire Géraud ou peut-être même messire Flotte. Et tu feras des commandes à de pauvres peintres comme moi.

— Tu n'es pas si pauvre, Omblard.

— Si je compare avec l'artiste arrivé à Clermont traînant sa mule, ses pinceaux, sa pierre à broyer et quelques fonds de couleurs, sans oublier un apprenti pas bon à grand-chose, je n'ai pas à me plaindre. J'ai des commandes pour des années. On peut lire « *Omblardus pinxit* » dans toutes les chapelles de la cathédrale. Je travaille pour Pierre Flotte, conseiller du roi, et je ne parle pas de l'archevêque. Toute une grande chapelle avec des images que je n'ai jamais peintes comme l'Ascension de notre Seigneur ou l'Assomption de Notre-Dame...

— Pendant ce temps, moi je gloserai, je discuterai de textes. Être envoyé par le roi à Rome ou à Londres, cela ne me déplairait pas.

— Pourquoi pas, Martin ? Je suis sûr que tu y arriveras.

Martin semait de fleurettes au pochoir un sol pendant que le peintre, esquissant le visage de sainte Catherine, s'appliquait en silence.

— Hé, je fais une Radegonde ? Tu la vois blonde ou brune sainte Catherine ?

— Je ne la vois pas soupira Martin, je ne sais pas.

Omblard le regarda, le pinceau en suspens au bout des doigts :

— Oh mon garçon, tu as du chagrin... Le mariage d'Isabelle ?

Martin s'assit sur le petit escabeau et pendant qu'Omblard dessinait un doux visage pour la sainte, mais sans individualité, il débonda son cœur, y trouvant un énorme soulagement.

— Quelle garce, cette fille ! commenta Omblard après le long silence qui suivit la confession de Martin.

— Oui, mais si belle !

Et, parti sur sa lancée, Martin parla ensuite de Béatrice.

— ... si bonne, si gentille mais je ne l'aime pas.

— Et Radegonde ?

— Je ne sais rien d'elle. Elle brode et elle peint, m'a dit Jean, et elle n'est pas mariée. Quand la reverrai-je ? Me reconnaîtra-t-elle seulement ? Et moi l'aimais-je vraiment ?

Martin rentra à Clermont en passant par Montaigut où l'archevêque, qui y avait pris ses quartiers pour quelques jours, le retint pour « disputer d'Aristote ».

Devant rentrer à Paris pour les cérémonies en l'honneur de la canonisation du bon roi Louis, il avait convoqué, deux jours plus tôt, son frère Jean venu de sa résidence de Beauregard et l'avait tancé sur ses procédés lui mettant à dos toute la cité.

— Mon frère, j'ai beaucoup fait pour votre élection... mais si vous gâchez tout, je ne lèverai plus le petit doigt. Modérez votre cupidité, modérez votre tribunal ! Notre roi se bat pour avoir le pouvoir dans son royaume et vous, vous voudriez vous comporter en despote dans votre cité.

Gilles emmena Martin voir le chantier à peine commencé de sa chapelle funéraire de Billom où l'oncle Herbert les accueillit avec un dîner fin préparé par sa bonne Clémence. Devant les fondations déjà visibles sur le sol, l'archevêque décrivit avec emphase le projet à partir de la maquette réalisée par Pierre Deschamps. Ensuite, discutant des Anglais, d'Aristote, du pouvoir pontifical et du pouvoir royal, ils chevauchèrent vers Châtel Odon où Jean avait fait l'acquisition du bourg et du château. Si Gilles vanta à Martin la sauvagerie fascinante des Bois Noirs traversés, les sapins finirent par sembler étouffants au jeune homme qui respira mieux en retrouvant les châtaigniers, puis les vignes aux rangs espacés avant l'arrivé au bourg.

— Avec les eaux du Vauziron que nous venons de suivre et qui va aller se jeter dans la Dore, les habitants d'ici affinent armes et couteaux, commenta Gilles en arrêtant son cheval sur un petit pont de bois devant une modeste porte fortifiée.

Quand les deux hommes se séparèrent en fin de journée à la croisée de chemins devant une croix ornée d'une madone tenant dans ses bras le corps du Christ mort,

Gilles Aycelin avait encore une fois mesuré et apprécié le solide bon sens du jeune homme et l'intelligence de ses reparties.

– J'en ferai quelqu'un, murmura-t-il en lançant son cheval au galop dans la forêt.

L'été finissait. Si Martin songeait avec joie à une vie plus active, les jumeaux quitteraient à regret les bonheurs des vacances. Agricol avait déclaré sa flamme à Claude et ils avaient été sacrés « couple de l'été » le soir de la Saint-Matthieu au milieu de joyeuses réjouissances. Martin préparait sa rentrée en disputant régulièrement de longues heures avec ses anciens maîtres, les Frères prêcheurs. Frère Jacques, un formidable débatteur, bien qu'encore affaibli par la maladie, poussait l'étudiant dans ses retranchements.

Dame Jeanne vit à nouveau partir ses fils avec mélancolie.

Ils arrivèrent à Paris le jour de la Saint-Michel. Au collège, rien n'avait changé. Le vieux Firmin veillait toujours sur la porte cochère en bougonnant et maître Anselme semblait encore plus petit à ses étudiants, grandis encore de quelques pouces pendant la belle saison.

Jean était déjà rentré de Poitiers où il avait exercé ses talents naissants à l'Hôtel-Dieu après avoir marié Valérie.

– Quel effet cela t'a fait de marier ta sœur ? lui demanda Vital.

– Rien. Elle a l'air si heureux ! Et toi ?

– Je ne sais si Isabelle est si contente, observa Agricol.

– Tu sais qu'Agricol a trouvé estivau à son pied.

– Tais-toi ! Et viens donc rendre visite à notre sœur. Que fais-tu, Martin ?

Sous les ombrages du Clos Garlande, celui-ci n'appréciait guère ces discussions sur les sœurs de ses amis. La plaie était encore trop vive et pendant plusieurs semaines, il refusa obstinément d'accompagner les jumeaux chez leur beau-frère.

Isabelle, après une période d'euphorie marquée notamment par les fêtes splendides de la canonisation du roi Louis, souffrait de nostalgie.

– Pourquoi Martin ne vous a-t-il pas accompagnés ? demanda-t-elle à ses frères lors de leur première visite.

– Il travaillait. Maître Anselme l'a embauché pour

remplacer Thomas au collège. Il prépare les leçons et veille aux devoirs des élèves à la bibliothèque.

Isabelle cacha sa déception, mais réitéra chaque fois la question, en faisant promettre à ses frères de le lui amener au prochain souper.

— Vous lui direz que je l'attends, disait-elle d'un air suffisamment détaché pour ne pas éveiller les soupçons.

Et même Thibault, quand il était là, abondait innocemment dans son sens :

— Cela nous ferait très plaisir.

Fidèlement, les jumeaux transmettaient l'invitation à laquelle Martin se dérobait par tous les prétextes.

« Je suis lâche, se disait-il, il faudra bien que je la rencontre. »

Il gagnait seulement du temps et sauvait la face en ayant l'air de s'intéresser à la vie nouvelle de la sœur des jumeaux :

— Est-elle contente de Paris ?

Isabelle était trop orgueilleuse pour avouer à ses frères une certaine déception. Thibault était souvent absent, en mission notamment en Champagne où Guillaume de Nogaret avait entrepris une réforme de l'administration que ses fonctions à la cour de plus en plus absorbantes ne lui permettaient pas de mener à terme. Le jeune marié en profitait pour y régler des affaires pour Géraud aux différentes foires.

Avec l'automne, celle de Saint-Ayoul à Provins avait ravivé une activité intense et le gendre avait conclu un accord juteux pour le transport de draps sur la Seine et l'Aube. A la Saint-Remi, il était à Troyes pour rencontrer dans une auberge de la rue Corne-de-Fer le banquier Cocci à propos d'arrivages du Proche-Orient. Tomaso Cocci avait été séduit par le jeune homme qui s'exprimait en termes précis et savait aller à l'essentiel avec des contrats sans équivoque.

— Il n'y a rien à redire. Messire Géraud sera satisfait, avait-il observé en scrutant le nouvel associé du banquier clermontois tout en apposant son sceau démesuré.

L'affaire avait été plus délicate avec le « capitaine » Albert de Médicis, représentant des marchands milanais aux foires de Champagne. Thibault eut bien des difficultés à circonvenir son côté retors.

— C'est un bon accord, avait conclu après une discussion ardue l'homme au profil d'aigle.

— Je le crois.

— N'y trouvons-nous pas tous les deux notre compte ? avait-il ajouté en plissant ses yeux noirs à peine fendus à l'asiatique.

L'atmosphère énigmatique dont il aimait s'entourer avait laissé Thibault mal à l'aise.

En son absence, Isabelle était sous la coupe de sa belle-mère, dame Agnès. Douce et volubile, elle n'exerçait pas une tutelle trop sévère, préférant souvent pérorer entre dîner et souper avec ses bonnes amies. Isabelle s'échappait parfois en compagnie de ses jeunes beaux-frères pour visiter la cité ou surtout, plus que les monuments, découvrir les échoppes si bien achalandées des marchands parisiens.

Son père lui en avait souvent vanté les mérites, en lui racontant une de ses activités importantes : l'approvisionnement de ces lieux de tentations grâce à ses accords avec des comptoirs étrangers. Il lui décrivait volontiers des mécanismes financiers qui la dépassaient, crédit ou change tiré de sa compagnie bancaire, sans lui donner une idée véritable des trésors à vendre. Elle les découvrait à Paris dans des rues où les échoppes déroulaient des rubans interminables d'étals regorgeant de marchandises.

Sa préférence allait à celle du Pont-au-Change en dépit du bruit assourdissant des marteaux des batteurs d'or. Elle aimait y regarder les orfèvres ciseler, sous l'œil des passants intéressés, un hanap d'or, une chaîne de ceinture ou sertir des pierres précieuses dans un fermail. Le quai de la Mégisserie avait aussi sa faveur ainsi que les rues avoisinantes. C'était le royaume des tanneurs et des pelletiers qui traitaient la matière première livrée par les écorcheurs. Corroyeurs et mégissiers apprêtaient les cuirs avant de les fournir à leur tour aux « finisseurs » : les cordonniers de plus en plus sollicités par la commande de ces souliers exagérément effilés, les poulaines, les boursiers créateurs d'aumônières, authentiques bijoux devenus accessoires indispensables du vêtement tant masculin que féminin.

Isabelle ne savait résister à une bourse de cuir chatoyante et en avait inauguré une véritable collection à laquelle Thibault contribuait également avec gentillesse et générosité. Elle était aussi une bonne cliente des parcheminiers car, pour tromper l'ennui qui souvent l'accablait, elle exerçait son petit talent de rimailleuse et cela en dépit de l'absence de son maître et âme damnée Thomas.

Elle passait ainsi la Seine régulièrement pour se rendre

rue de l'Escrivenerie ou de la Parcheminerie. Elle se fournissait encore à la maison de la Fleur-de-Lys à l'angle de la rue Saint-Séverin et de la rue des Écrivains; en face, à la maison de la Couronne, elle achetait plumes et tige de plomb ou d'argent pour l'écriture. Tout près, à la maison du Héron, elle avait même pris livraison un jour du précieux livre d'heures commandé à son intention par son beau-père; quelques jolies images sur fonds quadrillés y ponctuaient le choix de prières fait par sa belle-mère.

Celle-ci la chaperonnait dans ses promenades jusqu'à la rue des Poirées où l'enseigne de son chaussetier préféré se balançait à côté de celle d'un chaperonnier à qui la commande de plusieurs tourets chauds avait été passée dès le mois d'août tant il était sollicité. Près du châtelet, rue de la Bricherie, le marchand de ceintures précieuses avait promis à dame Perrault du bel ouvrage pour cette belle-fille « si jolie », alors que son voisin le mercier avait accepté de transformer les riches pièces de draps offertes par Géraud en cottes et surcots à la mode de Paris. Dame Agnès avait donné un renard à mettre sur les épaules et suffisamment de vair pour border tous les surcots d'hiver. Isabelle en aurait de toutes les couleurs et autant que de jours de la semaine. Les prescriptions royales sur le costume se relâchaient heureusement.

A chacun de ses retours, Thibault rapportait un présent. Mari attentionné, il avait vite compris l'expérience de sa jeune épouse et avait pris le parti d'en profiter sans se poser de questions, ni en poser à l'intéressée. Et comme il se révélait un amant habile, Isabelle se laissait faire, sans renoncer à ses rêveries au bord de l'âtre. Elles l'emportaient vers les bras de Thomas, Martin ou Philippe, ou encore d'un autre repéré dans l'entourage de la famille Perrault.

Un des passe-temps favoris de Thibault lorsqu'il se trouvait à Paris était la visite du chantier de leur futur hôtel; il y entraînait Isabelle et commentait pour elle les travaux qui n'avançaient pas assez vite à son gré. Le juriste n'avait guère d'idées sur la technique du bâtiment. Lorsque le maître d'œuvre lui décrivait les multiples opérations nécessaires au gros-œuvre, il levait les bras au ciel.

Thibault avait présenté Isabelle à la cour dont elle avait entrevu les principaux acteurs lors du défilé royal solennel pour la canonisation du roi Louis le 22 août[1].

1. 1298.

Elle avait, en effet, pu assister à la chevauchée royale vers Saint-Denis depuis une fenêtre de la rue Saint-Martin, chez un riche pelletier-teinturier, ami de messire Perrault. Le roi lui était apparu superbe dans sa cotte bleu fleurdelisée qui se confondait avec la housse également fleurdelisée de son cheval bai; la couronne d'or posée sur le chapel ajoutait à sa prestance et à cette dignité froide, un peu dure, dans laquelle le souverain aimait se réfugier; son profil, avec un nez fort, était très olympien et sa haute stature imposante.

— Après le roi, la reine en amazone, soufflait Thibault à l'oreille d'Isabelle, son cheval porte la housse avec l'écu de Navarre. Jeanne de Navarre, regarde ce profil délicat, cet air altier sous la fine couronne d'or. Et les petits princes Louis, Philippe, Charles tenu par un page. Il est si petit! C'est le filleul de l'archevêque de Narbonne. Ils ressemblent à leur père mais paraissent si fragiles! La princesse Isabelle, le portrait de sa mère.

— Celle que l'archevêque voudrait bien marier au prince Édouard d'Angleterre?

— Oui. Voici Marguerite d'Anjou, l'épouse du roi de Naples, la sœur de notre roi. Et Charles, son frère de Valois, dont la cotte fleurdelisée est bordée de rouge et son épouse Catherine, fille de Philippe, empereur de Constantinople, avec leur fils Philippe [1].

— Et à côté, avec cette belle cotte rose?

— Marguerite, demi-sœur du roi, la fille de la reine Marie et le comte de Clermont, Robert, avec son épouse Béatrice de Bourgogne et Agnès, avec son mari Robert le duc de Bourgogne, ce sont les derniers enfants du bon roi Louis.

— Et ce fier cavalier à la moustache rousse? interrogeait encore Isabelle, à la fois naïve et ravie.

— Robert d'Artois! répondait Thibault pris au jeu de cette initiation, le tout récent vainqueur de Furnes [2], il y a neuf jours, et sa fille Mathilde et son neveu Robert; enfin Guillaume, comte de Hainaut et de Hollande, le gendre de Charles de Valois avec sa femme Jeanne, si laide mais si bonne.

— C'est vrai, d'où sort-elle ce nez? commentait la jeune femme en riant.

Housses aux couleurs des cavaliers pour les chevaux,

1. Le futur Philippe VI de Valois, roi de France (1328-1350).
2. 13 août 1298. Victoire contre les Flamands, alliés des Anglais.

cottes décorées d'écus à rehauts d'or chatoyaient étonnamment sous un soleil encore chaud et s'accordaient avec les ornements tendus le long des rues pour lesquels boutiquiers et riverains s'étaient surpassés. Le défilé se poursuivit avec les hauts dignitaires de la cour que Thibault identifia encore avec sa précision habituelle :

– Pierre Flotte, que tu reconnais, le chancelier Guillaume de Crépy, Guillaume de Nogaret, Enguerrand de Marigny de la maison de la reine mais qui ne perd pas une occasion pour se montrer et occuper le premier rang, Geoffroi Cocatrix, des Comptes, Guy de Chatillon qui vient de remplacer le vieux Jean de Brienne, bouteiller de France [1] pendant quarante ans.

– Et voilà l'archevêque. Qu'il est beau ! s'écria joyeusement Isabelle en reconnaissant Gilles Aycelin qui avait revêtu la chape du cardinal et pris son air conquérant des grands jours.

Une grande cérémonie avait accompagné l'exhumation des restes de celui que l'on appellerait désormais Saint Louis ; ils furent déposés dans une châsse précieuse et un chef pour la tête, œuvres de l'orfèvre Guillaume Julien mais auxquelles avait participé toute la confrérie des orfèvres de Paris.

Martial y avait travaillé comme la plupart de ses confrères du Pont-au-Change. L'entreprise avait été la grande affaire des derniers mois et depuis la cérémonie, la confrérie était inquiète : serait-elle payée ? Certes, quelle renommée pour elle ! Mais aussi quel investissement ! Le roi, qui avait une réputation de si mauvais payeur, avait déjà fait dire que l'abbé de Saint-Denis avancerait les deniers ; or celui-ci avait reçu une délégation de la confrérie, mais n'avait pas été très enclin à ouvrir sa bourse.

Et pourtant que de dépenses ! Dans Paris, on murmurait des sommes folles : mille cinq cents livres parisis pour les seules nappes du banquet, autant pour l'achat de poulets et de poissons, deux mille pour le luminaire de la fête.

A la cour, quelques semaines plus tard, Isabelle avait été fort bien reçue. Le roi s'était enquis de l'identité de cette jolie brune et Guillaume de Nogaret avait glosé sur l'intérêt d'avoir une jolie femme riche, indisposant Thibault qui ne pouvait cependant le montrer, trop tributaire qu'il était de ce conseiller tout-puissant.

1. Grand officier responsable de la cave du roi devenu conseiller financier pour la gestion du domaine royal.

Après la brillante cavalcade où la cour avait jeté tous ses feux, Isabelle avait été déçue par un décorum à peine plus voyant que dans un hôtel de riche banquier. Géraud, en séjour à Paris pour « rendre ses comptes », avait accompagné le jeune ménage à cette réception offerte « aux gens des métiers de Paris ». Il fulminait parce qu'il n'avait pu terminer son travail :

— Ah, ces gens du conseil qui empêchent ceux des comptes de faire leur besogne ! s'était-il plaint à Michel de Bourdenay.

— Le roi pense à interdire à ses conseillers l'accès avant none de la salle où travaillent les gens des comptes, avait répondu ce clerc administrateur débonnaire, mais lui aussi excédé par le sans-gêne des princes et prélats.

Le roi était rentré le matin même de Vincennes, le seul bois giboyeux aux portes de Paris où il avait chassé durant trois jours, abandonnant ses soucis dans les fourrés aux teintes automnales. Il y avait laissé sa vénerie devenue très nombreuse ces dernières années : six fauconniers, trois veneurs, un furetier, des valets, un louvetier et un oiseleur.

Isabelle fut surtout surprise de l'état du palais où débutaient les grands travaux d'agrandissement entrepris afin de mieux loger ceux qui travaillaient pour le roi dans des conditions jusqu'ici fort exiguës et précaires. Thibault et son père parlaient souvent des tractations menées par le roi avec ses voisins. Du duc de Bretagne à de simples boutiquiers, il avait entrepris depuis deux ans de les exproprier.

La réception du jour avait lieu dans la « grande salle sur l'eau », le seul point avec la tour Bonbec où le palais atteignait la Seine ; coupée du vieux palais et de la Sainte-Chapelle, elle dominait un verger où les pommiers étaient encore chargés de fruits.

— Le projet du roi est très vaste, expliqua Thibault à sa jeune épouse, il y aura trois tours face à la Seine, un grand bâtiment près de la chapelle pour les comptes...

— On y sera mieux reçu, marmonna Géraud, encore tout à sa colère du matin.

— Et le roi aura un logis neuf au-dessus des jardins. Les travaux finiront par là car, il faut bien le reconnaître, le roi pense d'abord à son administration.

Geoffroi Cocatrix vint saluer Géraud qu'il connaissait depuis longtemps. Responsable de la levée des impôts et contrôlant le commerce des cuirs, il avait souvent été en affaires avec lui. Aujourd'hui, il dirigeait les expropriations pour le chantier du palais :

— C'est un long travail et surtout que de contestations, mais nous y arriverons, conclut-il confiant.

— Il vous faudra encore collecter beaucoup d'impôts pour mener à bien ce projet, dit Géraud en souriant.

— Cela va coûter cher mais le roi n'a-t-il pas besoin d'un palais à la hauteur de son pouvoir ? Ce sera une construction hors de l'ordinaire. Nous faisons venir des matériaux de Frise, du Danemark, d'Allemagne. Les escaliers seront en marbre comme le grand perron qui donnera accès à la galerie du bon roi Louis.

— Un petit remuement de monnaie y pourvoira, commenta encore Géraud à qui Geoffroi fit signe de se taire :

— Il vaut mieux ne pas trop dire cela ici, lui murmura-t-il à l'oreille.

La réception tirait à sa fin. Les huissiers commençaient à « crier au queux », signifiant que l'heure du souper était arrivée. Ceux qui n'y étaient pas officiellement conviés devaient quitter la salle pendant que le « roi des ribauds », un valet, veillait à la bonne ordonnance des tables et aux listes des invités. Déjà le roi se retirait dans sa chambre pour y souper en petite compagnie.

La vie d'Isabelle allait ainsi, un peu désœuvrée, certes plaisante, mais sans l'once de passion qui l'avait fait vivre, ni passion ni perversité. Le temps passant, elle arriva à la conclusion que seuls ses frères pourraient lui faire reprendre goût à la vie. C'était le maillon nécessaire entre elle et Martin.

— Venez me chercher demain, leur dit-elle, une fois de plus dépitée par l'absence de Martin, un soir au moment où les jumeaux allaient rentrer au collège. Emmenez-moi dans le quartier des étudiants. Je suis allée chez les libraires de la rue Saint-Jacques mais dame Agnès m'a mise en garde contre les aventures que je pourrais courir si je me risquais plus avant dans le quartier.

Les jumeaux n'étaient pas enthousiastes :

— Nos activités sont très absorbantes, protestèrent-ils d'abord avant de céder devant l'insistance de leur sœur.

Habitude fut prise de l'emmener avec eux, parfois

même assister à une leçon que la jeune femme écoutait attentivement. L'atmosphère estudiantine lui semblait tellement plus passionnante que les babillages de sa belle-mère, même si Martin n'apparaissait nulle part.

Celui-ci, qui avait senti le danger, se renseignait toujours avec précision sur les activités des jumeaux et lorsqu'Isabelle se profilait à l'horizon, il déguerpissait, prenant prétexte de copies à prendre chez le libraire ou de cours indispensables. Il se réfugiait aussi dans les bras de Béatrice lui apportant la douceur d'un certain apaisement, éphémère certes mais si consolant.

Jean avait repris ses cours pour la dernière année à Paris avant de partir pour Bologne. Ses activités étaient toujours aussi nombreuses avec sa pratique à l'Hôtel-Dieu et aux Quinze-Vingts rue Saint-Honoré. Il racontait parfois les malheurs côtoyés. Martin, qui allait souvent l'attendre à l'Hôtel-Dieu, était effaré par ces salles immenses où geignaient des centaines de malades autour desquels s'affairaient avec un dévouement étonnant religieuses et religieux. Jean était particulièrement affecté à la salle des femmes enceintes.

— Donner la vie, quelle merveille! disait-il à son ami l'œil illuminé.

— Oui, répondait Martin sans mesurer l'enjeu dont lui parlait le futur médecin.

— Mais voir mourir des enfants tout petits, ajoutait Jean d'un air pénétré, ou ces mères qui ont à peine le temps de voir cette petite boule de chair dont on ne sait si elle pourra leur survivre, quelle cruauté!

Ses envolées lyriques mais si sensées, si sensibles forçaient l'admiration de Martin.

— Quel garçon solide! disait-il parfois à Béatrice. Je l'envie.

— N'es-tu pas solide, toi aussi? demandait sa maîtresse.

— Oui, certes, mais j'ai mes faiblesses. Trop de faiblesses!

— Lesquelles?

Mystérieux, Martin se taisait, puis finissait par dire :
— Tu les découvriras assez tôt.

Une conversation qui s'achevait ainsi par une pirouette de bateleur.

Martin redoutait sans cesse que Jean ne découvre ses relations très particulières avec sa tante. Son amitié lui était trop précieuse; il n'aurait pu se passer de leurs longues et enrichissantes discussions.

Martin devenait de plus en plus fort en droit. Rue de Beauvais, ses maîtres estimaient à leur juste valeur ses connaissances déjà fort approfondies, comme la fermeté et la clarté de son raisonnement.

13

Tout naturellement, Gilles Aycelin fit appel à Martin lorsque des ambassadeurs anglais débarquèrent à Paris au cours de l'hiver. Le roi et son conseil avaient opté pour une réception sans apparat mais digne.

— Point trop ne faut en faire, répétait Guillaume de Nogaret qui venait d'être fait chevalier, mais pas assez ne suffirait pas non plus.

L'affaire de Guyenne [1] pesait de plus en plus sur la vie du pays. Fallait-il se préparer à un affrontement avec l'armée anglaise ? Quant aux relations avec la papauté, en dépit d'un léger coup de chaleur apporté par la canonisation du roi Louis, elles n'étaient guère améliorées sur le fond.

— Que de soucis! répétait Gilles Aycelin à Martin venu à la vêprée pour étudier quelques parchemins. Nous venons de fêter le roi Louis. S'il revenait parmi nous, il serait bien marri de voir le gâchis. Il y a quarante ans, il recevait le roi anglais et des vieux parlent encore de ce fameux festin offert.

— Comme il n'y en eut jamais ni du temps de Charlemagne ni du temps d'Arthur, selon un chroniqueur anglais, intervint Martin.

— Oui, seize services. Herbes potagères, c'est-à-dire nos légumes, poissons rôtis ou bouillis, farcis ou frits, plats avec des œufs, aromates, épices, et des vins, des doux, des bruts, des spiritueux et même de la bière anglaise, dit-on,

1. La Guyenne appartenant au roi d'Angleterre est un lieu de conflit permanent; le roi anglais y a envoyé des troupes en 1294 et dénonce l'hommage à son suzerain, le roi de France. Philippe le Bel en décide la confiscation.

enchaîna Gilles Aycelin tout en feuilletant fébrilement les parchemins de négociations. Le roi Henri répétait à qui voulait l'entendre qu'il aimerait emporter la Sainte-Chapelle sur une charrette. Il arpentait les rues de Paris avec son cousin Louis, appréciant les hauts pignons de couleur claire où les Parisiens avaient exhibé tentures et guirlandes. Allez, Martin, ne rêvons pas au bon vieux temps que je n'ai pas connu, d'ailleurs, soupirait Gilles qui enchaînait songeur : Comment régler plutôt la question de l'hommage du roi d'Angleterre pour cette Guyenne arrachée avec trop de brutalité par notre roi ? Il y a plus de dix ans pourtant, la deuxième année du règne de notre roi, avant ma première mission à Avignon, le roi Édouard et la reine Éléonore ont fait hommage avec bonne volonté de toutes leurs possessions au roi Philippe. Fêtes et tournois avaient été organisés dans l'atmosphère la plus cordiale ! Depuis, Éléonore est morte, Édouard s'est débattu contre les Écossais comme son père.

— Monseigneur, que pensez-vous de la Grande Charte anglaise ? Je l'ai étudiée au collège des Anglais, place Maubert... N'y a-t-il pas là une garantie contre un roi sans foi ni loi ?

— Comme tu y vas ! Tu voudrais limiter le pouvoir de notre roi ?

— Non, mais nous, nous n'avons pas de texte. Il faut des règlements écrits auxquels se référer.

— Ah ! voilà le juriste qui pointe le nez, plaisanta l'archevêque.

L'ambassade anglaise fut enfin annoncée et Gilles, qui en connaissait déjà les participants, fut chargé de les accueillir à Creil à l'Auberge du Plat d'Étain.

Une grande réception au palais royal permit à Martin de découvrir pour la première fois la cour dans le sillage de son archevêque. Impressionné par les voûtes de la grande salle dont les nervures étaient peintes en ocre, jaune et rouge alors qu'un faux appareil avait été tracé en rouge sur les voûtains, il ne vit pas venir à lui celle qu'il fuyait depuis des mois.

— Martin, bonjour.

Éberlué, rouge, Martin balbutia :

— Bonjour, Isabelle... quelle bonne surprise !

— Vraiment une bonne surprise ? railla celle-ci. Depuis le temps que tu me fuis.

Martin sentait son cœur s'emballer :

– Et ton mari? parvint-il à dire d'une voix neutre.

– Thibault pérore avec messire Guillaume de Nogaret. Que fais-tu là?

– Je suis venu avec monseigneur Gilles Aycelin à qui je sers parfois de secrétaire.

– Mais c'est Martin! dit Thibault en les rejoignant. Le rhéteur Martin. De quoi débats-tu avec ma chère épouse?

Affreusement gêné, Martin cherchait désespérément une réponse quand Gaucelin, pour une fois le bienvenu, vint le chercher:

– Martin, Monseigneur te réclame.

– Adieu Martin, viens souper avec mes frères, nous serons contents de te voir, dit précipitamment Isabelle d'une voix si indifférente que Martin ne put refuser l'invitation chaleureusement approuvée par Thibault.

La traversée de la grande salle avec Gaucelin sur les talons lui permit de retrouver son calme. Rasséréné, il écouta l'archevêque trop occupé à disserter pour remarquer sa carnation rosie par l'émotion.

– Faisons un mariage, disait-il à Pierre Flotte et Guillaume de Nogaret, à la fois placides et sceptiques.

– Un mariage entre les deux familles, insista-t-il, et le roi Philippe abandonnera la Guyenne pour laquelle le roi Édouard lui fera tout naturellement hommage. Édouard a quinze ans, la princesse Isabelle sept. Marions-les!

– Voire! Croyez-vous que le roi laissera partir sa petite préférée chez le barbare anglais? répliqua Guillaume de Nogaret qui se vantait d'être dans l'intimité du roi et de bien connaître ses sentiments les plus secrets.

– N'exagérons rien, chevalier, riposta Gilles d'un ton agacé, tout en donnant à Guillaume de son titre neuf avec une ostentation un peu vexante comme pour lui rappeler ses modestes origines.

– Et le roi lui-même, ne pourrait-on le remarier avant de penser aux enfants? suggérait Pierre Flotte avec son solide bon sens auvergnat.

– Remarier le roi Édouard? Autant vouloir ramener à la mer un saumon qui aurait hiverné pendant des années au fin fond de l'Allier. Souvenez-vous de la douleur du roi abandonnant son expédition en Écosse pour rentrer à Londres recevoir le corps de son épouse bien-aimée. Et toutes les croix qu'il a fait ériger à la mémoire de la reine avec son image peinte, « croix de la chère reine », « *charing cross* » comme on dit en Angleterre.

— Marguerite, la plus jeune sœur du roi, serait toute désignée, renchérit Guillaume, trop heureux de contredire l'archevêque. Vingt ans, certes un nez un peu long mais c'est de famille, un beau regard, une longue silhouette harmonieuse...

— Continuez chevalier, dites-nous aussi qu'elle est callipyge. L'avez-vous vue d'aussi près ?

— Suffit Gilles! modéra Pierre Flotte. Voilà un mariage qui règle l'hommage et le fief, un bon accord sur la laine...

— Soyons peut-être plus circonspects, observa Thibault Perrault.

Laissant Isabelle avec deux femmes de conseillers ennuyeuses, il avait rejoint le groupe animé et entendu les derniers mots.

— Et pourquoi, jeune homme ? Vous intéressez-vous à la laine ou au mariage ? Les deux sans doute avec votre jolie femme! ricana Guillaume de Nogaret.

— Laissez-le parler, intervint Gilles Aycelin.

— Certes, permettre un meilleur approvisionnement de nos drapiers est important mais il restera que nous devons aussi nous organiser pour être moins dépendants des Anglais, ou d'étrangers en général.

Appuyant de la main son propos, Thibault avait capté l'attention.

— Cela est sagement parlé, juriste et gendre de banquier, constata avec aménité Guillaume, vous voyez où sont les intérêts de votre beau-père.

— Certes! (Thibault sourit en prononçant ce mot qu'on lui reprochait parfois comme un tic mais auquel il s'accrochait pour se concentrer sur une idée.) Il y va surtout de la prospérité du royaume.

— Le problème de la laine, c'est encore celui de la Flandre qu'il faut régler aussi maintenant. Les villes de Flandre [1] nous narguent trop pour laisser impunément ces arcs tendus vers nous!

— Vous observerez que nous débattons de questions où bourgeois, artisans et hommes de toutes sortes se trouvent autant embarqués. Le roi ne peut décider de tout.

Tous se tournèrent vers cette voix nouvelle, un peu sourde mais très posée. Martin, observateur muet du débat depuis un moment, n'avait pu s'empêcher d'intervenir.

1. Le comte de Flandre, allié du roi d'Angleterre, ne se reconnaissait plus vassal du roi de France.

— Bien parlé! Qui est ce jeune écolier?

— Chevalier, c'est mon secrétaire, Martin Detours... Qu'en pensez-vous?

— Il s'exprime bien. Je me trouve tout à fait en conformité d'idées avec lui. Nous devons préparer des états où tout le monde pourra s'exprimer, les nobles, le clergé et les bourgeois.

Guillaume de Nogaret avait saisi l'occasion pour reprendre la vieille idée qui lui trottait dans la tête et qu'il insinuait petit à petit, en dose ponctuelle, au conseil du roi.

— Jeune homme, vous me plaisez, nous nous reverrons.

Les délégués anglais repartirent le surlendemain avec ces projets matrimoniaux dont le roi leur avait mis le marché en main. La princesse Marguerite avait une idylle bien connue de tous depuis plusieurs années avec Eudes, comte de Foix, dont l'épouse malade n'en finissait pas de mourir au fond de son château. Elle ne fut guère enchantée par ce projet de mariage avec un homme qui venait de fêter ses soixante ans! Fût-il le roi d'Angleterre! Son demi-frère, très persuasif comme à l'accoutumée, était surtout trop autoritaire pour lui laisser la moindre once de choix. Si Édouard acceptait, elle serait avant l'été reine d'Angleterre.

Le roi savait être persuasif. Il avait aussi accepté l'éventualité de marier sa petite princesse Isabelle avec l'héritier d'Angleterre. Gilles Aycelin était satisfait.

Quelques jours plus tard, Martin se rendit à l'invitation d'Isabelle, accompagné heureusement de Vital et d'Agricol qui avaient aussi entraîné Jean à la sortie de l'Hôtel-Dieu. Il avait fait le vide dans sa tête pour ne pas se laisser envahir par l'anxiété, grâce à des journées trop pleines pour donner prise au rêve ou au cauchemar. Il arriva cependant très tendu à l'hôtel Perrault où Isabelle les accueillit dans la cour.

Il faisait doux ce soir-là. Le printemps naissant avait ramené à Paris ce ciel marqué de quelques nuages pommelés comme Martin les aimait. La brise du soir les faisait avancer en dessinant quelques figures excitant son imagination :

— Regarde, on dirait un mouton!

— Et là, un lion avec sa crinière!

Agricol entrait volontiers dans ce petit jeu.

Des cathèdres avaient été sorties dans la cour pour deviser avant le souper. Isabelle y attendait sagement ses invités et se leva dès qu'elle les aperçut sous le porche. Vital présenta Jean à Isabelle :

— Notre ami Jean qui étudie la médecine, nous l'amenons de l'Hôtel-Dieu.

La sensibilité exacerbée, Martin sentit l'onde courir du regard bleu au regard noir et du regard noir au regard bleu. Comme un témoin privilégié, capable de capter ce que nul autre ne soupçonnerait, il eut immédiatement conscience du coup de foudre qui s'opérait sous ses yeux et il fut impuissant à ruiner cette onde de chaleur réunissant tout à coup Isabelle et Jean.

La jeune femme très maîtresse d'elle-même enchaîna aussitôt, avenante et sérieuse à la fois :

— Bienvenue Jean. Dites-moi, aujourd'hui, rue Saint-Jacques où je suis allée chercher deux manuscrits, j'ai vu trois pauvres hères. De quoi souffraient-ils ? Ils se contorsionnaient et bavaient des bulles, des bulles...

Les garçons se mirent à rire.

— Hé quoi, ce n'est pas drôle !

Isabelle était vexée de l'hilarité provoquée par ses paroles.

— Si, c'est drôle, c'étaient sans doute de faux épileptiques, quelques truands venus de la rue des Tournelles ou du Bac, de la confrérie des argotiers, ceux qu'on appelle les sabouleux, qui mâchent du savon pour simuler l'écume du mal de saint Guy.

Jean avait parlé avec naturel, certes, mais Martin qui le connaissait bien sentit son trouble et en éprouva des sentiments mêlés :

« Jalousie ? Non, je ne l'aime plus. Tristesse de voir un ami tomber sous son emprise ? Que dire, que faire ? » méditait-il avec lassitude.

Très gai fut le souper auquel Thibault, rentré à temps du conseil où il faisait une communication sur la réforme menée en Champagne, put participer et se montrer affable. Martin ressentait maintenant pour lui beaucoup moins d'aversion. Il en concluait commencer à guérir de ce mal infernal qui l'avait miné. En même temps, il éprouvait de la commisération pour ce mari dont l'épouse lui semblait si diabolique !

Isabelle le laissait en paix. Trop peut-être puisque la

jalousie le taraudait une fois encore. Elle minaudait avec ses frères et surtout regardait droit dans les yeux Jean, avec cette candeur si bien feinte. Martin se souvint soudain des yeux bleus de Philippe de Mozac qu'elle lui avait décrits avec tant d'insistance lors du récit de ses turpitudes.

« La malédiction des yeux bleus! Cela vaudrait bien le *Roman de la Rose!* »

Il en était là de ses réflexions moroses quand on se leva de table, abandonnant les reliefs d'un souper copieux.

— Je vais rentrer, dit-il à Vital.

— Nous aussi. Anselme commence tôt ses cours demain.

Les protestations d'Isabelle ne les retinrent pas. Le regard bleu croisa les yeux noirs. Innocemment.

Les garçons raccompagnèrent Jean chez Béatrice, puis reprirent le chemin de la montagne Sainte-Geneviève en devisant gaiement. Quelques mendiants ou vagabonds traînaient dans les rues; les étudiants en connaissaient certains :

— Tiens, c'est le sabouleux d'Isabelle, dit Martin, il est bien guéri ce soir.

— Et toi, Gros-Tonneau, où as-tu jeté tes béquilles? Boutonneux, tu n'as plus la lèpre, un miracle mes amis! Tes plaies du jour ont disparu.

Tous rentrèrent sagement au collège. Vital s'était beaucoup rangé depuis qu'à son retour en septembre, il avait appris de Pétronille qu'il avait fallu marier Clotilde :

— Monseigneur y a pourvu. Il a même donné le choix à Clotilde entre un paysan de Rungis et un petit boursier. Elle a choisi le boursier mais je ne te dirai pas où elle est, tu dois la laisser tranquille, Vital.

Celui-ci était reparti penaud et, de temps en temps, il disait à Agricol qui haussait les épaules :

— Dire que j'ai un fils ou une fille, je ne sais où!

Depuis il se contentait de quelques brèves aventures comme avec cette Mathilde, mercière rue Fouarre, qui l'honorait de ses charmes en même temps qu'elle raccommodait ses cottes et son manteau d'étudiant, maintenant quelque peu usagé. Il y trouvait du plaisir même si ses pensées, il devait bien se l'avouer, allaient parfois non sans nostalgie vers cette petite Clotilde qui avait enchanté l'hiver précédent. Il avait totalement renoncé à la médecine :

– C'est trop dur, je n'ai pas le courage de Jean. Mes visites à l'Hôtel-Dieu me donnent trop d'émotions, je ne ferai jamais un bon médecin.

Et comme le droit canon l'intéressait de plus en plus, il avait fait du Clos Bruneau son quartier général. Agricol suivait à peu près les mêmes cours que lui, le Clos Bruneau ayant l'avantage pour lui d'être tout près de la boutique du regrattier dont la fille l'accueillait volontiers. Avec le printemps, elle l'emmenait dans une cabane au fond d'un des courtils cultivés par son père. Et c'était la fête comme avec les diablesses.

– Et toi, Martin? Les femmes, tu ne nous en parles jamais. Quel est ton secret?

– Tu ne nous feras pas croire qu'il n'y a pas de femme dans ta vie, insistaient les jumeaux, un peu déconfits devant le mutisme de leur ami qui finissait par lâcher, l'air hautement énigmatique :

– Il y a des femmes.

Les autres croyaient alors qu'il se vantait. « S'ils savaient! » soupirait Martin, excédé des railleries de ses amis.

Les rares heures passées par Martin dans l'échoppe du Petit-Pont étaient heureuses car Béatrice savait l'apaiser par sa douce tranquillité; elle n'était d'ailleurs guère exigeante, ayant seulement trouvé avec l'étudiant un dérivatif à une vie qu'elle jugeait trop monotone. Martin venait, elle était heureuse, il ne venait pas, elle ne lui faisait aucun reproche. Si elle pressentait un tourment dans le cœur du jeune homme, pour rien au monde elle n'aurait voulu lui en demander la cause.

Martin était à nouveau très occupé en ce début du printemps. Il menait de front ses études, les répétitions pour maître Anselme, rapportant quelques deniers aussitôt investis dans des manuscrits rue Saint-Jacques, enfin le travail de secrétariat auprès de Gilles Aycelin, lui aussi débordé. Martin voulait être docteur le plus tôt possible. Ses maîtres de la faculté du décret étaient persuadés qu'il décrocherait son diplôme très vite, tant étaient grandes son application, ses capacités et surtout sa faculté de raisonnement. Il aurait voulu préparer un doctorat de droit romain, mais ce n'était pas encore possible à Paris, au grand dam de Guillaume de Nogaret, formé dans la France du droit écrit.

— Tu me feras une glose [1] précise sur le Livre de Justice et de Plaid! lui dit un matin Gilles Aycelin dans le cabinet duquel il venait travailler chaque jour aux alentours de none, ce qui lui permettait d'être nourri par Pétronille.

Gilles lui confia une copie de cet important traité écrit quarante ans plus tôt :

— Elle est pour toi, elle vient de chez maître Pierre, le libraire de la Maison de l'Autruche, rue des Pierres. Tu me compareras ce texte avec celui de Guillaume Durand, de dix ans plus jeune. Les idées sont les mêmes avec des nuances. En ce moment, il faut faire avec les nuances, Martin. La crise va éclater de nouveau avec le pape; Boniface est un vieillard de plus en plus coléreux et cassant, le roi est entêté. Il a besoin d'argent et il veut être maître chez lui. Deux points de vue incompatibles. Et qu'il nous faudra pourtant rapprocher.

— Le roi ne peut plier devant cet homme autoritaire. Le roi doit tout de même être souverain chez lui. Les empereurs romains n'avaient pas de telles entraves. Leur autorité politique était absolue et indivisible, « ce qui plaît au prince vaut loi ». Charlemagne l'avait bien compris avec ses « *missi dominici* [2] ».

— Hé, le juriste, le pouvoir absolu du roi peut-être, mais le clergé? Crois-tu qu'il y gagnera à dépendre du roi au lieu du pape? L'autorité pontificale vaut ce qu'elle vaut mais celle du roi?

— Attention, Monseigneur, les murs ont des oreilles, dit Martin en souriant pour rappeler à l'archevêque que l'époque se prêtait aux conspirations et que l'on s'élevait aussi vite que l'on était cloué au pilori.

— Hum! fit Gilles en riant cette fois. Je te prends d'ailleurs en flagrant délit de contradiction! Ne plaidais-tu pas il y a peu de temps pour la Charte anglaise, qui ne paraît pas vraiment s'accorder avec la notion de pouvoir absolu du roi?

— Je cherche, Monseigneur, je cherche, j'aimerais tout concilier mais cela me dépasse un peu.

— Boniface VIII est habile homme, tu en conviendras. La bulle [3] « *Ineffabilis Amor* » en est un exemple étonnant. Il exalte l'amitié qu'il a pour notre roi, tout en criti-

1. Commentaire ou annotation d'un texte difficile.
2. Envoyés dépêchés par les carolingiens en inspection.
3. Décret du pape généralement désigné par les premiers mots du texte.

quant âprement ses conseillers, c'est-à-dire moi, c'est-à-dire Pierre Flotte. Nul n'est ange ni démon, ni le roi ni le pape ! Quant au pouvoir absolu, ne plaidais-tu pas l'autre soir à la cour l'idée d'un Parlement où tous seront représentés : chevaliers, clercs et bourgeois ?

Parfois Thibault venait se mêler aux discussions, apportant la pratique du Parlement, et Pétronille avait bien du souci avec son dîner quand elle ne pouvait les arracher au cabinet de son maître tant ils étaient passionnés. Elle trouvait alors consolation auprès de Gaucelin, de plus en plus bougon, de plus en plus dépité de se voir évincé par Martin mais, lui, toujours à l'heure pour manger.

— Tu devrais aller dans le Languedoc, conseillait Thibault, les sénéchaux du Midi sont obligés de tenir compte des maîtres de lois qui enseignent le droit romain. Leurs méthodes et leur procédure sont celles des juristes romains. C'est autre chose que la coutume.

— Oui, mais ici il y a le roi, la cour, le pouvoir, rétorquait Martin qui en avait saisi les avantages et ne souhaitait pas s'exiler.

Gilles, riait, lui qui passait si peu de temps à Narbonne parce qu'il savait qu'à Paris, autour du roi, se faisait la politique du royaume et non ailleurs.

Martin discutait, étudiait, comparait et Gilles n'en finissait pas de lui ouvrir des crédits chez les libraires :

— As-tu acheté les *Coutumes de Clermont en Beauvaisis* chez maître Pierre ? Très intéressant, très intéressant...

Mais Martin dépassait souvent Gilles en connaissances théoriques.

— Le chevalier m'a parlé de toi ce matin, disait parfois Gilles s'obstinant à parler du « chevalier » pour désigner Nogaret. Écris plus large ! J'ai du mal à te lire, Martin, plaisantait-il en le découvrant entouré de ses parchemins, de ses tiges de plomb ou d'argent, prenant des notes d'une écriture serrée, habitué qu'il était à économiser les feuillets.

— Que s'est-il passé au conseil ? était la seule réponse de l'étudiant toujours avide de nouvelles.

— J'ai bon espoir d'un traité avec les Anglais. Le roi Édouard semble souscrire aux projets matrimoniaux. Il reviendrait donc à Paris pour un mariage et un nouvel hommage qui lui redonnerait de fait la Guyenne. On célébrerait aussi les fiançailles des petits princes. Il a déjà donné quelques signes de bonne volonté à propos de la laine : plusieurs bateaux avec des cargaisons importantes ont déjà abordé à Bruges et à Calais. Les soucis viendront sans doute maintenant justement des Flandres.

L'archevêque préparait aussi un synode [1] pour l'automne dans son diocèse à Béziers. Certaines affaires de Narbonne où il passait décidément bien peu de temps ne pouvaient plus attendre :

— Ce sera un concile provincial car l'opinion des évêques de la province me paraît bonne à saisir au moment où les relations entre le roi et le pape franchissent encore un cap !

Martin rédigeait des textes à faire étudier ou entériner par ce synode et connaissait maintenant par cœur tous les textes pontificaux récents. Il montrait à l'archevêque comment tirer parti des derniers textes adressés par le pape.

— Une véritable pluie de textes, Monseigneur. Et plus ou moins contradictoires, un vrai labyrinthe.

— Je compte sur toi, Martin, pour ne pas m'y perdre.

— C'est tout de même une victoire des théories monarchiques sur les droits administratifs et financiers de la couronne à l'égard du clergé de la France, confirmait l'étudiant, baignant dans ces textes comme en pleine félicité. Et l'affaire Saisset ? Que comptez-vous faire ? ajoutait-il en rangeant ses folios et sans craindre de passer d'un sujet à l'autre.

Gilles avait sur les bras l'affaire de cet évêque pour qui le pape avait créé le diocèse de Pamiers, deux ans plus tôt. Un intrigant que le roi avait fait arrêter pour trahison avec l'Aragon, ce que contestait le pape.

— Je sais que Boniface envisage de convoquer tous les évêques de France à Rome pour débattre sur leur pair. Encore une fois, nous devons préparer une parade sur tous les fronts.

« Sur tous les fronts. » L'archevêque avait raison. Pour Martin, « sur tous les fronts » voulait dire : préparation du doctorat, oubli d'Isabelle et mise en œuvre d'une fête théâtrale offerte pour les malades de l'Hôtel-Dieu par une troupe créée à son initiative. C'était Jean qui avait manigancé cette affaire et Martin, dont les talents de bateleur étaient reconnus de tout le monde, en était le pilier.

1. Réunion du clergé d'un diocèse présidée par l'évêque.

198

L'archevêque avait ouvert généreusement sa bourse :

– C'est une bonne idée, joue la comédie, Martin, cela te servira dans la vie. Si tu savais comme on joue la comédie au conseil ! Et tu as vu ces simagrées avec les ambassadeurs, n'est-ce pas de la comédie ?

En partant rencontrer une ultime fois les Anglais avant le traité qui serait signé sans doute à Montreuil-sur-Mer, Gilles eut une dernière discussion avec Martin :

– Martin, spécialise-toi dans les droits monarchiques et tu seras accueilli au conseil comme un dieu, recommanda-t-il.

– Ne faudrait-il pas trouver un juste équilibre entre les pouvoirs du roi et les droits de son peuple ? suggérait encore une fois l'étudiant.

– Bonne question, éternelle question même ! Si tu peux y répondre !...

L'autre pilier de la fête serait Nicolas, un nouvel étudiant du collège. Arrivé d'Arras en début d'année, il avait insufflé à ses nouveaux amis le goût du théâtre, ayant appartenu dans sa ville natale à la confrérie du Puy, une association religieuse et littéraire réunissant bourgeois et jongleurs :

– Nous sommes baptisés les « rats » par jeu de mots avec notre ville, avait-il confié à Martin pour qui il avait aussitôt nourri une grande sympathie, il y a même des rats maintenant sur le sceau de notre cité !

– Alors que faites-vous ?

– Des concours, des chansons, des pièces de théâtre, des poèmes, ce que nous appelons des « jeux-parties » avec des strophes sur les thèmes les plus divers : la religion, l'amour, la rue... Un jury assiste aux spectacles sous la présidence du « roi du Puy ».

– Tu crois qu'on pourrait monter une telle association ici ? interrogea Martin toujours intéressé par la nouveauté.

– Oui, même si nous n'inventons rien, nous pourrons toujours jouer des textes anciens. Je te ferai connaître le *Jeu de saint Nicolas* écrit par le plus grand de nos trouvères, Jean Bodel, il y a un siècle. Il pourrait être monté pour une fête, je l'ai déjà joué, tu verras, il y a le palais du roi sarrasin, les joueurs de dés, un champ de bataille où les chevaliers qui meurent sont accueillis par des anges. Il faut monter plusieurs scènes ensemble.

Nicolas se laissait emporter par son sujet, les yeux brillants, le ton déclamatoire, le geste spectaculaire. Il agaçait les jumeaux, jaloux de l'intérêt que lui portait Martin, passionné. Toujours enthousiaste, celui-ci écoutait les récits de son nouvel ami et ne manquait jamais ses récitations improvisées le matin après la messe du père Henri ou pendant un repas. Les commères de la cuisine, abandonnant alors leur âtre, pour apprécier fascinées le spectacle, avaient laissé plus d'une fois brûler leur maigre pitance!

– Que c'est beau! criaient unanimement les collégiens.

Et maître Anselme avait même dû tancer Nicolas, responsable de trop de chahut et exerçant un trop grand ascendant sur ses camarades. Comment résister à sa déclaration à une princesse mythique! Les imaginations s'enflammaient. Martin se voyait en face de Radegonde, Agricol s'était fait dicter certains passages qu'il avait adressés à sa chère Claude.

– C'est de Moniot, un moine défroqué qui connaissait l'amour, commenta simplement Nicolas en regardant Anselme d'un air contrit, quand le triomphe débordait jusque dans le cabinet de travail du maître.

– Tiens Martin, tu devrais lire le *Jeu de Robin et de Marion*! Avec de la musique, c'est une merveille. Le chevalier rencontre sa bergère. Il y a des passages burlesques pour détendre le public, des passages féériques pour l'enchanter!

– N'as-tu pas mieux à faire, Martin?

Anselme s'en allait, furieux de voir son meilleur élève sous le charme de ce jongleur qui savait tout faire : jouer de la musique, déclamer des vers, chanter...

L'idée d'une grande fête fit rapidement son chemin, saisie par Jean pour son spectacle de bienfaisance.

Le *Jeu de Robin et Marion* se révéla trop difficile à monter au grand regret de Martin qui adorait ce texte.

– Qui serait Marion? demanda Nicolas. Bien peu savent danser.

« J'y verrais bien Isabelle », songeait Martin, ajoutant tout haut :

– Oui, mais pour la musique, tu peux compter sur Vital et Agricol.

Meneurs de cette affaire, ils portèrent leur choix vers le *Roman de Renart* [1], une étonnante compilation d'aventures animales. Martin hérita du rôle de Renart, Nicolas fut Chanteclair, Vital Brun l'ours, Agricol Isengrin le

1. Œuvre héroï-comique de 27 récits du début du XIIIᵉ siècle, véritable satire des mœurs du temps.

loup, Jean Noble le lion qui règle les différends entre les autres! Sans oublier Ticcalin le cochon joué par un élève de deuxième année, Hugues, et Tybert le chat qui convenait à merveille à Robert Aycelin.

Parmi les bonnes volontés sollicitées, apparut Isabelle trop contente qui prit en charge avec Béatrice les vêtements financés par leurs maris. Pétronille offrit aussi ses services. Chacun se mit à vivre à l'heure des répétitions.

En dépit de ce bouillonnement d'activités, Martin était malheureux.

— Martin, tu es triste, finit par lui dire un soir Béatrice au cours de l'un de leurs rares moments d'intimité.

— Mais non!

— Si Martin, tu es triste, insista pour une fois Béatrice. Puis-je te demander?

— Quoi?

Martin s'étonnait d'une curiosité inhabituelle chez sa maîtresse.

— Tu aimes Isabelle Perrault, n'est-ce pas?

— Je l'ai aimée mais je ne l'aime plus.

— Peut-être mais elle te trouble. Tu n'es plus le même dès qu'elle apparaît.

— C'est une ensorceleuse qui m'a entortillé dans ses rets. Ah, le renart, le Goupil, il est beau avec les femmes!

Il préférait la dérision, voulant à tout prix éviter la pitié de cette femme qu'il tenait en si grande estime.

Béatrice, pourtant si fine, n'avait cependant pas remarqué qu'Isabelle n'avait d'yeux que pour Jean et que celui-ci était encore beaucoup plus troublé que Martin.

— Jean, essaie ton costume! demandait Isabelle de cette voix si suave qui chantait aux oreilles du pauvre lion.

Elle virevoltait autour de lui et l'affolait complètement.

— Cette crinière, comment la faire tenir? J'ai acheté de la laine chez la mercière. Il faut que j'en fasse un gros écheveau. Montre-moi la longueur, attends, tu as combien plus de moi? Une bonne tête.

Isabelle se collait contre son épaule et Jean était gêné mais tellement ému. Le supplice diminuait si, par hasard, ils se retrouvaient seuls, il redevenait plus naturel, sans la crainte d'être observé et démasqué par les autres. Lui si droit se trouvait mauvais comédien. Martin savait que la volubilité d'Isabelle ne cachait rien de bon et que si elle voulait Jean, elle l'aurait par tous les moyens. Et cela lui crevait le cœur de savoir à l'avance les souffrances encourues par son ami.

Les jours passèrent cependant sans incident. Quand le grand jour arriva, Nicolas était satisfait de sa troupe.

Plusieurs représentations devaient être données : une le matin avant none pour les étudiants et les maîtres, et deux entre none et la vêprée. Un crieur avait, lui aussi bénévolement, annoncé l'événement. L'absence de l'archevêque pour une ultime rencontre avec les Anglais fut la seule contrariété pour Martin, même s'il avait ordonné à Pétronille de préparer un grand souper pour toute la troupe.

Celle-ci achevait sa dernière représentation quand l'orage menaçant depuis la troisième scène s'abattit violemment sur Paris, dispersant les spectateurs.

Géraud Brillat avait débarqué la veille, revenant de Bruges où il avait conclu d'importants marchés. Il leur avait fait la surprise d'arriver au collège au cours de la deuxième représentation. Il annonça à Martin l'arrivée d'une petite fille chez Omblard :

— Mathilde. C'est la joie. Elle est née juste après le retour de son père de Ravel. Omblard travaille maintenant chez Nicolas Gros, le beau-frère de Gilles Aycelin. Il a aussi commencé les peintures des portails de la cathédrale que Pierre l'Imagier considère comme terminés ; ce bleu, ce rouge des vêtements, c'est très joli comme à Notre-Dame ici.

Géraud était heureux de retrouver ses enfants :

— Je ne vous connaissais pas ces talents, les jumeaux. Serez-vous aussi brillants à vos examens ?

— Espérons-le, dirent-ils en chœur, fatalistes.

— Et toi Isabelle ? Comment vas-tu ?

— Très bien, Père. Donnez-moi des nouvelles de Mère.

— Pierre est-il aussi grand que nous ? demandèrent les jumeaux subitement inquiets.

— Voilà, Jean. Pour vos malades ! ajouta Géraud en lui mettant dans la main une bourse bien pleine qui arrondirait la recette.

— Merci messire, dit Jean, alias Lion, en retirant sa chaude crinière.

L'orage sévissait toujours et la cour se transformait peu à peu en cloaque devant les yeux de Pétronille impatiente pour son dîner. Heureusement Cunégonde, la jeune fille qui avait succédé à Clotilde mais qui était laide comme les sept péchés capitaux – mais pourquoi ce choix de Pétronille? –, Cunégonde donc y veillait.

Songeuse un instant en regardant les énormes gouttes clapoter sur le sol pavé de la cour, Isabelle interpella soudain Jean :

– N'avez-vous pas besoin d'aide à l'Hôtel-Dieu?

– Toujours! Les religieux sont trop peu nombreux. Pourquoi, connais-tu quelqu'un qui voudrait nous aider? demanda Jean candide.

– Oui. Moi.

Thibault la regarda, étonné :

– Isabelle, tu n'y penses pas.

– Thibault, je m'ennuie ici. Cela m'occuperait.

– Mais c'est dangereux, c'est sale, c'est affreux.

– Je m'y ferai.

Jean ne dit rien, visiblement embarrassé, comme Martin qui l'était encore deux fois plus car il avait aussitôt compris la manœuvre d'Isabelle dont le seul but était de se ménager des possibilités de voir Jean en dehors de leur cercle restreint.

– Qu'en pensez-vous, Père?

– Je ne sais pas. Tu ne nous as pas habitués à te soucier des autres. Tu préférais les poètes aux médecins, me semble-t-il, à Clermont.

Géraud, visiblement, ne tenait pas à donner une caution hâtive.

– Arrange-toi avec ton mari, ajouta-t-il.

Jean délivré, Martin soulagé, toute la troupe redevenue volubile se précipita dans la cour. Martin prit la tête au bras de Pétronille qu'il guidait pour éviter les flaques d'eau :

– Merci Martin, tu es gentil. Grâce au spectacle, j'aurai revu mon quartier d'origine, je n'y viens jamais, le service de Monseigneur m'occupe trop.

– Ah, tu l'aimes ton Monseigneur! plaisanta l'étudiant.

Tout excitée, Pétronille lui fit faire un détour pour voir la maison où elle était née :

– Là! Tu vois l'enseigne Les Trois Coquilles, mon père avait une petite taverne où s'arrêtaient beaucoup de pèlerins à cause du nom; malheureusement, mon père est mort dans une rixe et nous avons dû travailler avec ma mère.

– Allez Pétronille, viens, ne sois pas triste, elle est belle ta maison!

— Et à côté, il y avait déjà La Rose Rouge et en face la maison de La Tête Noire.

Glissant un peu sur les pavés qui heureusement séchaient vite, le groupe déambula jusqu'à la Seine; Béatrice et Martial fermaient la marche avec les enfants qui rejouaient les scènes de Renart.

Chez l'archevêque, le souper fut très gai; les jumeaux obligèrent Pétronille à s'asseoir avec eux et aidèrent Cunégonde à faire le service après que la cuisinière eut attiré Vital dans un coin :

— Tu ne touches pas à Cunégonde.

— Hé, vous l'avez vue, Pétronille, rit Vital, et puis il y a Pauline qui me surveille.

Géraud qui logeait chez Isabelle et Thibault alla visiter le lendemain le chantier de leur hôtel où les couvreurs s'affairaient maintenant que le gros-œuvre était achevé. La façade sur la rue avait belle allure avec trois larges baies à l'étage au-dessus d'un porche donnant dans une cour approximativement carrée.

— J'ai commandé des carreaux à motif pour le pavement de la grande salle du rez-de-chaussée, expliqua Thibault. Voilà maître Jean qui sculpte la grosse cheminée dans de la pierre venue de Vincennes. Regardez cette belle pierre blanche déjà utilisée pour les fenêtres. Il y aura des cheminées plus petites dans toutes les salles; pour la cuisine, c'est de la pierre de Montmartre, moins fragile pour l'âtre domestique. J'ai aussi commandé à maître Jean une fontaine avec des animaux. C'est Isabelle qui choisira.

— Un lion, dit Isabelle posément. (Il était peu probable que Géraud et Thibault fassent le rapprochement avec le lion du *Roman de Renart*.) Un poisson, un bélier, nos signes du zodiaque.

— Savez-vous, Père que nous aurons l'un des hôtels les plus salubres de Paris ? continuait Thibault.

— Je n'en doute pas, répondait Géraud amusé par les enthousiasmes de ce gendre qu'il commençait à apprécier.

— Maître Denis Lebègue, notre maître d'œuvre, a appris son métier chez les cisterciens de Clairvaux en Bourgogne et parle toujours d'un certain Achard, maître des novices dans ce monastère et surtout génial architecte.

Les moines blancs construisent encore selon ses méthodes. Et grâce à son apprentissage, maître Denis connaît tous les secrets des *necessaria*. C'est le roi de la canalisation. Sous nos pieds passent des tuyaux de plomb enrobés dans le mortier avec des conduits de drainage qui vont dans une grande cuve sous la cour. Isabelle pourra prendre des bains comme il lui plaira, sans restriction aucune.

Thibault regarda amoureusement Isabelle qui baissa les yeux. Un soupçon de gêne parcourut les interlocuteurs.

– Maintenant, Père, continua Thibault, je vous emmène chez mon forgeron à côté du couvent des billettes, celui qu'on appelle le « couvent du dieu bouilli ».

– Du dieu bouilli ? répéta Isabelle dont la curiosité était si rarement éveillée par les propos de Thibault que celui-ci se transforma tout à coup en pédagogue :

– C'est une drôle d'histoire. On raconte qu'habitait là un juif qui aurait jeté une hostie consacrée dans une chaudière d'eau bouillante.

Par la place de Grève, en s'abritant sous la galerie couverte d'une bruine légère, résidu de l'orage de la veille, ils se dirigèrent vers le couvent des Hospitaliers par la rue du Temple, puis longèrent l'enclos du même nom par la rue de la Corderie pour arriver à la forge rue des Quatre-Fils-Aimon. Le forgeron abandonna aussitôt son soufflet pour venir saluer un client aussi important que Thibault. Il lui avait commandé, outre des devants de fenêtres, une grille à deux vantaux pour clore le porche.

– Bonjour messire Perrault. J'ai dessiné vos portes.

Sur un parchemin de grande taille apparaissait un beau lacis de branches que terminaient des feuillages déliés au milieu desquels Isabelle découvrit le I et le T, leurs initiales.

– C'est une heureuse idée, observa Géraud, décidément ravi de ce moment passé avec ses enfants.

En rentrant par le quartier des marchands orientaux et juifs, entre le Petit-Pont, le quartier épiscopal et le châtelet, il s'ouvrit du projet qu'il avait, lui aussi, de construire un hôtel à Paris pour « asseoir dignement son état ».

– Que je suis contente ! dit Isabelle, semblant enfin vibrer à quelque chose. Vous viendrez habiter Paris ?

– Je ne sais pas. Ta mère ne quittera pas Clermont si facilement.

Géraud s'arrêta aussi dans un comptoir de fourrures pour y traiter de la redistribution à Paris de marchandises achetées la semaine précédente à Bruges. Le contrat déjà prêt fut rapidement scellé sous l'œil avisé de Thibault et Isabelle ressortit avec un ravissant renard gris sur les épaules.

— Merci papa! dit Isabelle en lui sautant au cou comme elle l'avait rarement fait, attendrissant Géraud, peu habitué à ces démonstrations.

Dès le lendemain du départ de son père, alors que Thibault retournait en Champagne, Isabelle se présenta à l'Hôtel-Dieu. Elle erra dans le vaste îlot de bâtiments depuis la porte du marché Palu donnant dans la salle Saint-Thomas, bâtie autrefois grâce aux largesses de la reine Blanche de Castille et réservée aux convalescentes, jusqu'à l'infirmerie destinée aux malades les plus graves, dont beaucoup geignaient au milieu d'odeurs nauséabondes. Le nez pincé, le regard évitant le spectacle désolant, Isabelle avançait sans se laisser rebuter, comme portée par un but inéluctable : la salle des femmes, la salle neuve faite comme la précédente de deux vaisseaux le long de la Seine.

Enfin arrivée, une religieuse l'accueillit l'air bougon :

— Vous êtes sûre de pouvoir supporter ? Ce n'est pas un amusement! dit-elle en la toisant. Vous êtes jeune, élégante, que diable venez-vous faire ici ?

— Je suis décidée, répliqua timidement la jeune femme, peut-être pourrais-je commencer dans la salle des femmes enceintes ?

La religieuse finit par acquiescer au grand soulagement d'Isabelle qui traversa derrière elle cette immense salle où Martin avait parfois attendu Jean et médité sur la misère humaine.

— Sœur Marie, voilà une aide. Voyez ce que vous pouvez lui faire faire.

Sœur Marie, très boulotte, la mine réjouie un peu rougeaude, dévisagea Isabelle sans mot dire, puis l'enveloppa dans une grande cotte blanche avant de lui intimer quelques ordres précis :

— Vide le pot ici, donne à boire là, non, là ce n'est pas la peine, elle va mourir.

Isabelle la regarda interloquée.

— Eh oui, elle va mourir. Tu n'as pas fini d'en voir.

Isabelle découvrait un monde inconnu, très vaguement entrevu de loin quand elle accompagnait à regret sa mère visiter quelques malades à l'hôpital Saint-Barthélemy.

Maintenant prête à tout, elle travailla sans rechigner, s'acquittant de toutes les tâches données par sœur Marie et enfin récompensée trois heures plus tard quand Jean apparut dans l'embrasure de la porte. L'œil bleu s'éclaira :

– Tu es venue, je ne le pensais pas.

– Pourquoi ? Tu ne me connais pas, répondit Isabelle nerveuse.

– Jean, venez vite, appela soudain la sœur Ursule mettant fin brusquement à l'entretien.

– Ma petite, tu peux partir maintenant, tu as bien travaillé, vint lui dire sœur Marie. Viendras-tu demain ?

– À demain, ma sœur, répondit Isabelle presque effrontément, en la regardant droit dans les yeux et en lui rendant la cotte.

– A demain, Jean, lança-t-elle encore en passant près du jeune homme penché sur une malade dans un état pitoyable.

Pendant qu'Isabelle prenait peu à peu ses habitudes à l'Hôtel-Dieu en faisant toujours plus coïncider ses heures de présence avec celles de Jean, Martin et les jumeaux travaillaient avec ardeur. Le premier répétait chaque jour au collège de Beauvais ses démonstrations pour obtenir la première partie de son doctorat du Grand Décret [1].

Ses projets pour l'été étaient maintenant arrêtés. Il partirait avec Jean pour le sud-ouest par Tours et Poitiers et, comme les pèlerins de Saint-Jacques-de-Compostelle dont il emprunterait le chemin, il ferait un retour aux sources. La perspective de revoir Radegonde provoquait en lui une onde à la fois de bonheur et d'angoisse : « Ne serai-je pas déçu en la revoyant ? Et si je ne le suis pas, que faire ? Il est hors de question de lui proposer un mariage à l'évidence refusé par son père. Quel avenir pour une jeune fille, un étudiant sans un denier et pas encore docteur ?

Après Poitiers, les deux amis continueraient vers le sud, l'un s'arrêtant à Montpellier pour y suivre des cours de médecine, l'autre poursuivant jusqu'à Béziers pour y assister, en tant que secrétaire de l'archevêque, au synode avant de revenir à Montpellier écouter quelques leçons de droit romain.

Gilles Aycelin, généreux, avait ouvert sa bourse pour l'achat de deux bons chevaux et les frais de route :

1. Droit.

— Allez les acheter à la foire du Lendit sur la route de Saint-Denis, avait-il conseillé avant de partir pour Montreuil-sur-Mer où il devait signer la paix avec les Anglais.

On commençait les préparatifs pour le mariage de la princesse Marguerite avec le roi Édouard mais les réjouissances seraient modestes, surtout des tournois auxquels Isabelle espérait bien assister.

Gilles rentra de Montreuil le jour où Martin soutint sa première démonstration de doctorat et put assister à la discussion passionnée entre l'élève et ses maîtres. Les jumeaux suivirent, moins brillants mais plus conformes aux idées des maîtres qui leur accordèrent leur degré dans la liesse générale.

Jean, retenu à l'Hôtel-Dieu par une parturiente en situation très délicate, n'avait pu participer à l'événement ; avec la pleine lune, les accouchements s'étaient multipliés et Isabelle, rentrée chez elle bien après none, avait dû reprendre du service, à la grande satisfaction de dame Agnès qui voyait d'un bon œil l'activité de sa belle-fille. Pour une fois, comble de joie, sœur Marie l'avait laissée seconder Jean. Quand l'enfant cria enfin, il le regarda avec une infinie tendresse :

— Toi mon gaillard, tu pourras te vanter d'avoir fait souffrir ta mère.

Celle-ci s'était évanouie et sœur Marie baptisa aussitôt l'enfant :

— Je t'appelle Jean, comme ton sauveur. Allez vous reposer, Jean, à demain.

Pour la première fois, Jean et Isabelle quittèrent ensemble l'Hôtel-Dieu, retrouvant avec joie l'air pur ; ils se dirigèrent vers la Seine où les marchands d'eau se raréfiaient avec la vêprée bien avancée. Un prêtre passa accompagné d'un diacre qui agitait une clochette annonçant le Saint-Sacrement apporté à un malade et une certaine quiétude tombait sur l'Île de la Cité où le soleil descendait dans l'alignement de la galerie des rois et de la rose de Notre-Dame.

— Tu veux bien me raccompagner, Jean ? demanda Isabelle.

— Mais oui, Isabelle. Ne trouves-tu pas cela trop dur ?

— Il n'est jamais trop dur de faire ce que l'on veut.

— Pourquoi fais-tu cela ?

— Tu le sais, Jean.

— Non, je ne le sais pas.

Ils remontaient maintenant silencieusement vers des rues plus sombres où le soleil ne pénètre guère, vers la rue de la Juiverie.

— Jean, je t'aime.

Isabelle avait laissé tomber ces mots avec un calme qui la surprit elle-même. Alors qu'elle s'était littéralement jetée sur Martin ou Philippe, elle était immobile, comme paralysée.

— Jean, je t'aime, répéta-t-elle comme si elle y trouvait le bonheur. « Voilà mon plaisir maintenant. Si Thomas me voyait me griser de mots », songea-t-elle fugitivement.

Au deuxième « Je t'aime », Jean s'était arrêté, à son tour aussi pétrifié que la statue de la fontaine à l'angle de la rue Saint-Denis et de la rue aux Fers.

— Que dis-tu ?

— Je t'aime.

De l'autre côté du pignon, dans une cour intérieure, caquetaient des poules au ton haut et peu mélodieux.

— Je ne comprends pas, fit Jean, incrédule mais tellement ému.

— L'Hôtel-Dieu pour moi ne vaut que parce que c'est le seul lieu où je peux te voir seul.

— Seul au milieu des malades, des religieux.

Même abasourdi, Jean conservait sa logique simple. Et pourtant comme son cœur battait ! Il en prenait peu à peu conscience, mesurant sans doute pour la première fois ce pouls si souvent compté aux malades.

Leurs pas inconscients les avaient conduits dans le quartier de l'écorcherie, à deux pas de ces halles que Philippe Auguste avait fait construire pour abriter les « marchands de terre ». Quelques meuglements de vaches se mêlaient aux grognements des porcs, des cris rauques d'animaux pressentant leur mort prochaine.

— Mais enfin Isabelle, s'écria soudain Jean revenu sur terre et plus calme, tu es mariée ! Tu es la femme de Thibault !

— Je suis la femme de Thibault parce que mon père m'a mariée avec lui. Jean, je sais que tu m'aimes.

— Tu ne sais rien.

— Si fait, je sais.

— Je ne t'aime pas, Isabelle, non.

Jean avait presque crié, réveillant un chien endormi devant l'échoppe d'un menuisier, qui vint leur renifler les pieds.

— Si Jean, tu m'aimes.

Jean se démenait comme un beau diable. Pressant le pas, sans crainte de trébucher sur les pavés inégaux, il la précédait sans oser se retourner. Elle ne devait pas savoir combien il avait envie de la serrer contre lui. Il la raccompagna sans un mot jusqu'à l'hôtel Perrault, puis se hâta jusqu'à la maison de son oncle. Harassé tout à coup par la fatigue de la journée, il se jeta sur sa couette. Il aurait dû se sentir léger de savoir son amour partagé, il était accablé. Et pour sa maladie, il n'entrevoyait pas de médecine.

Trois jours plus tard, ou plutôt trois nuits agitées plus tard, il n'osa protester quand il vit arriver, escortés d'Isabelle, les jumeaux. Comme convenu, tous se rendaient à la foire du Lendit en vue d'acquérir de bons chevaux pour leurs voyages respectifs.

Sur la route reliant Paris à l'abbaye de Saint-Denis, ils se mêlèrent à cette foule énorme venue vénérer les reliques exposées une fois par an. Cette année, elle était d'autant plus dense que pour la première fois étaient exposés les restes de Saint Louis.

— Mathilde m'a vanté le spectacle étonnant de cette foire, commentait Vital en déambulant à côté d'une charrette chargée d'enfants bruyants.

— Elle n'est pas venue ?

— Non, son échoppe la retient. Elle ne peut la fermer pour un oui, pour un non.

Pauline, la fille du regrattier, avait au contraire obtenu un congé, prétextant auprès de son père de la nécessité d'aller voir ses confrères de la foire et leurs marchandises.

— Vous verrez, vous trouverez tout au Lendit, annonçait-elle, fière de son expérience. Sa voix pointue agaçait les autres.

Une fois dépassés les murs de Paris, c'était la zone des moulins et des courtils où des paysans astucieux faisaient pousser moult légumes destinés à nourrir les Parisiens toujours plus nombreux, puis la plaine de France.

— Gaucelin, le secrétaire de Monseigneur...

— Le secrétaire de Monseigneur, répétait Agricol en chinant Martin qui en avait toujours plein la bouche quand il parlait de « Monseigneur ».

— Gaucelin m'a dit lorsque nous sommes allés à Tournai qu'il y avait là la plus grande fertilité de tout l'Occident.

En réalité, Martin ne s'en souciait guère. Il tentait uniquement de calmer son trouble. En cette fin de juin, les paysans étaient nombreux dans des champs immenses pour y récolter toutes les céréales possibles : blé, seigle, avoine, froment. Quelques grands bâtiments, construits sans recherche, servant de granges, ponctuaient l'horizon.

Martin, en arrivant le matin au rendez-vous, avait immédiatement perçu entre Isabelle et Jean un climat nouveau. Ils ne s'adressaient pas la parole, comme s'ils s'évitaient soigneusement. Martin avait tout de suite compris à leur gêne une évolution de leur situation.

« Calme-toi », ne cessait-il de se répéter en se forçant à prendre intérêt à des conversations étrangères à ses préoccupations personnelles.

– Père dit que les paysans ont du mal à écouler leurs récoltes. Les remuements monétaires de notre roi ont aussi des conséquences ici, observait Vital d'un air docte et inhabituel, avant de revenir à des soucis plus prosaïques :

– Si nous nous arrêtions là ? Isabelle, qu'as-tu dans ce grand panier que je n'arrive plus à porter ?

Progressant de plus en plus difficilement dans une foule toujours plus dense, ils arrivèrent enfin au Lendit, prodigieux rassemblement de toutes les activités imaginables. Ils firent une halte chez un cervoisier qui leur servit une bonne cervoise [1] bien fraîche, non loin des regrattiers hélant sans cesse les chalands. Puis ils commencèrent leurs achats d'accessoires. Déambulant au milieu des étalages de cuirs crus, de laine, puis de la batterie où l'on vendait métal battu et travaillé, puis de la cordouanerie, le groupe s'arrêta enfin chez un sellier à proximité d'un frenier [2].

Une fois conclus ces premiers achats, il fallut traverser les allées des cordiers et chanvriers où un marchand de Cordoue les interpella :

– Eh bourgeois, mon chanvre cordouan ne vous plaît pas ?

Ils rejoignirent la zone du bétail où vaches, bœufs, brebis, pourceaux faisaient un vacarme assourdissant.

– Voilà ce que nous cherchons, dit Agricol soulagé en

1. Bière en usage au Moyen Age.
2. Marchand de freins pour chevaux.

découvrant sur une immense superficie tout ce que l'on pouvait trouver dans le royaume comme montures : ronsins, palefrois, destriers, juments, poulains...

Les intéressés firent soigneusement leur choix : Agricol et Vital jetèrent leur dévolu sur deux chevaux bais et allongèrent leurs livres parisis après avoir âprement discuté avec le marchand, pendant que Martin s'emballait pour une jument grise et que Jean, sur les conseils d'Isabelle, achetait un cheval noir.

« Ils se parlent enfin ! » nota Martin. Leur réserve paraissait s'estomper au fil des heures et de leur longue marche.

Chacun installa les accessoires : collier, selle, étriers et sauta sur sa monture.

— Et nous ? s'écrièrent en chœur Isabelle et Pauline.

Martin sentit son cœur s'arrêter de battre quand il vit Jean tendre la main vers Isabelle pendant que Pauline était emportée par Agricol.

— Je passe chez les parcheminiers qui sont là-bas derrière les merciers, cria Martin, ils sont tellement moins chers qu'à Paris!

Ce prétexte lui permettrait de se calmer.

— Nous nous retrouvons à l'abbaye, lança Jean dont le cheval semblait aussi nerveux que lui.

— Écuyer, en route, au galop ! répondit Isabelle avec une excitation que Martin eut le temps de percevoir.

Fébrilement, il serra ses étriers et lança à son tour son cheval dans une course désespérée et dangereuse pour la foule qui reflua dans un mouvement presque instinctif.

Le groupe se retrouva devant l'abbatiale largement ouverte au public pendant le Lendit, une des ressources principales de l'abbaye. Des moines noirs y accueillaient les fidèles à l'entrée pour les conduire par le grand portail où trônait, menaçant, le Christ juge :

— Le portail de monseigneur l'abbé Suger, dit le moine qui avait pris en charge le petit groupe.

— C'est beau! les portails de la cathédrale de Clermont seront peints aussi. Ton père m'a dit qu'Omblard y travaillait, dit Martin tout en ne quittant pas de l'œil Jean et Isabelle.

L'église était claire, le soleil encore haut y pénétrant largement par les grandes baies sud et la rose de l'ouest.

— Maître Pierre de Montreuil a fait du beau travail, dit tout bas le moine. Suivez-moi, ajouta-t-il en entraînant les visiteurs jusqu'au chœur où une foule impressionnante se pressait devant la châsse sainte rutilante de tous ses ors.

— Monseigneur Saint Louis, dit le moine en se signant. Puis après les avoir laissés observer le recueillement qu'il estimait séant, il les fit descendre dans la crypte.

— Les tombeaux des rois Louis le sixième et le septième, des amis de monseigneur l'abbé Suger, Philippe Auguste le deuxième, Louis le huitième, Philippe, le père de notre roi, n'est pas là, il a été enterré à Narbonne.

— J'irai le voir, chuchota Martin.

— Et tu le salueras de notre part, répliqua Vital très rigolard, choquant le moine qui prit un air réprobateur.

Sur la route du retour, les chevaux se frayaient péniblement un chemin au milieu de la circulation intense et en dépit de la largeur de la voie royale [1]. Les cavaliers se trouvaient ainsi souvent séparés.

— Si on se perd, on se retrouve à Paris, cria Agricol, trop content de s'isoler quelques instants avec Pauline alors que Vital et Martin souhaitaient rentrer au plus vite, l'un pour retrouver Mathilde, l'autre pour ranger ses affaires au collège qu'il quitterait le lendemain.

A l'heure du souper, où Béatrice avait convié Martin pour sa dernière soirée parisienne, une invitation exceptionnellement acceptée par l'étudiant, Jean n'était pas rentré.

— Que fait-il ?

— J'espère qu'il ne lui est rien arrivé avec son cheval, les chevaux du Lendit n'ont pas toujours très bonne réputation, observa Martial. Vous avez vu notre châsse ?

— Superbe ! répondit Martin laconique et faisant peu honneur au repas que Béatrice avait fini par servir.

— Alors Martin, ce Lendit t'a coupé l'appétit.

— Non, c'est la chaleur ; la cervoise peut-être ?

Dès la fin du souper, il prétexta la nécessité de boucler ses affaires, s'éclipsa en laissant Béatrice triste mais ses soucis étaient ailleurs. Il se précipita à l'hôtel Perrault où il trouva Isabelle :

— Je viens d'arriver.

Son ton neutre ne rassura pas Martin dont le regard interrogatif amena la jeune femme à se lancer dans des explications confuses de charroi impossible, de charrette de paille renversée que Jean avait voulu aider à remettre sur ses roues, d'un pauvre hère souffrant d'une cheville

1. Cette voie faisait soixante-quatre pieds de large (20 mètres environ).

encore soignée par Jean. Elle n'avait que « Jean » à la bouche et avait réponse à tout. Las, poussé à bout par les événements, Martin lui fit ses adieux :

– A je ne sais quand, Isabelle, je vais sans doute passer l'hiver dans le Languedoc et j'ignore quand je reviendrai. Adieu, Isabelle.

– Adieu.

Il la regarda rentrer dans la grande salle avec un sentiment indéfinissable. En passant la porte cochère, tout se bousculait dans sa tête. Il rentra au collège sans se presser. Sa jument allait lentement, ajustant ses sabots aux pavés mal jointoyés.

– Je t'appellerai Zara, dit tout à coup son cavalier en lui caressant le cou. Zara ! Avec le « za » d'Isabelle et le « ra » de Radegonde.

Il éclata de rire nerveusement, faisant retourner les passants attardés.

Ni Agricol ni Vital n'étaient là. Le gardien déambulait avec sa clochette, son « *tintinnabulum* », comme il disait. Il faisait doux dans la cour. Martin s'y attarda quelques instants, puis monta ranger ses affaires.

Épuisé, il s'endormit enfin en pensant qu'il reverrait bientôt Radegonde.

Le lendemain, Martin et les jumeaux attendirent en vain Jean au collège. Ils devaient s'y regrouper pour leur départ afin de faire route ensemble jusqu'à la Loire. Les chevaux qui avaient passé la nuit chez l'aubergiste voisin piaffaient maintenant dans la cour.

– Mais que fait-il ? soupirait Vital.

– Cela ne lui ressemble pas, répondait Agricol dont la nuit passée avec Pauline avait cerné les yeux.

– Je vais aux nouvelles chez Béatrice, finit par dire Martin qui n'y tenait plus.

Il enfourcha sa belle jument pour se mêler au charroi intense du quartier et le découvrir ainsi perché avec un autre regard. La Maison du Croissant au-dessus de ses gros poteaux corniers paraissait plus petite mais avait bien belle allure comme celle de l'Étoile d'Or dont le pignon venait d'être repeint ; dans la rue Saint-Séverin si étroite, il découvrait les couettes à l'étage des maisons de la Petite Autruche ou de la Corne du Cerf et pouvait même toucher de la main les enseignes de fer forgé qui égayaient tant de maisons : les Trois Coquilles, la Rose d'Or, le Fer à Cheval.

Débouchant sur la Seine, il y retrouva la chaleur étouffante de la veille ; paysans et paysannes s'essuyaient déjà le front en fauchant les blés. Sur le Pont-au-Change, il vit Martial devant son échoppe :

— Elle est belle, ta jument. Mais que se passe-t-il ? Vous n'êtes pas encore partis ?

— Rien, répondit Martin pour ne pas inquiéter l'oncle de Jean, nous sommes seulement un peu en retard, ajouta-t-il le plus tranquillement possible.

Rasséréné, Martial lui fit un signe et rentra dans sa boutique.

Béatrice fut encore beaucoup plus étonnée de voir Martin.

— Jean est parti depuis au moins deux heures ! Guère après prime.

— Il est parti ? Mais où ?

— Vous rejoindre au collège. A moins qu'il ne soit repassé à l'Hôtel-Dieu.

— Non, il avait fait ses adieux, j'en suis sûr.

Martin rentra au collège dépité, en passant par l'Hôtel-Dieu où les religieuses lui confirmèrent qu'elles ne devaient pas le revoir avant longtemps.

— C'est dommage, un si bon médecin, si dévoué ! ajouta sœur Marie.

— Isabelle Perrault n'est pas là, ce matin ? demanda soudain Martin, inspiré par une appréhension subite, et, sa question à peine posée, redoutant la réponse.

— Nous ne l'avons pas vue, ni hier d'ailleurs, répondit la sœur qui n'imaginait pas le coup assené à son jeune interlocuteur.

Au doute succédait une certitude inexorable. Accablé, réalisant le malheur qui s'abattait sans doute sur sa famille adoptive comme sur son ami, il voulait encore croire qu'il se trompait. Il rentra au collège où les jumeaux refusèrent de se mettre en route avant d'avoir des nouvelles de Jean. Cependant quand les frères, qui s'étaient rendus chez Isabelle pour passer le temps, revinrent en disant qu'ils ne l'avaient pas trouvée car elle était à l'Hôtel-Dieu, Martin dut se rendre à l'évidence :

— Est-ce possible ?

Ses pensées oscillaient entre la fureur la plus totale contre Isabelle et la pitié pour Jean, avec une pointe de jalousie prouvant une guérison bien incertaine.

« Et dire que je veux aller revoir Radegonde ! Je suis fou ! Retrouver ses yeux bleus en ne rêvant que d'yeux noirs ! »

Agricol et Vital regardaient leur ami assis sur un banc de pierre dans la cour du collège et perdu dans des méditations dont ils ne parvenaient pas à l'extraire :

— Martin, Jean a disparu, et toi, tu sombres dans tes pensées. Que se passe-t-il ?

Martin se leva comme un somnambule. Après avoir bu une gorgée à la fontaine surmontée d'un beau dauphin, il les entraîna vers la petite taverne voisine dont ils appréciaient les tables dressées à la fraîcheur de sa galerie. Le patron de l'Ane Docte à la mine réjouie leur servit des cervoises, tout en s'enquérant de leurs airs compassés :

— Cela ne va pas, les garçons ?

Devant leur mutisme, il n'insista pas.

Dès qu'il fut rentré dans sa boutique, Agricol et Vital, conscients que leur ami avait un aveu à leur faire, dirent en chœur :

— Alors ?

— J'ai la conviction que Jean et Isabelle sont partis ensemble.

— Que dis-tu ?

— Jean est parti avec Isabelle, répéta-t-il en détachant chaque mot comme pour se convaincre aussi lui-même d'une vérité dure à avaler.

— Isabelle est mariée avec Thibault. Que ferait-elle avec un pauvre étudiant en médecine, la belle Isabelle ?

— Justement, vous ne connaissez pas votre sœur.

— Tu la connais mieux que nous, peut-être ? réagirent en chœur les jumeaux.

— Je la connais mieux.

Le « comment » encore une fois unanime des jumeaux poussa Martin à une longue confession abondamment arrosée de cervoise, qui laissa les jumeaux ébahis.

— Et le jour où vous avez présenté Jean à votre sœur, vous n'avez rien vu, ânes que vous êtes.

— Anes mais doctes, n'est-ce pas tavernier ? éprouva le besoin de plaisanter Agricol après le formidable aveu de Martin.

— Je vous sers un dîner ? vint s'enquérir alors le tavernier pour rentabiliser l'occupation de sa table, la plus belle sous la galerie, bloquée depuis si longtemps pour quelques cervoises.

– Oui, fit Vital distraitement.

– J'ai des pois au lard, un peu de pâté et des oublies, ça ira ?

– Oui, avec une pinte de vin de Montmartre.

– Vous n'avez rien vu, répéta Martin, mais moi, la victime précédente, j'ai compris aussitôt l'intérêt soulevé par Jean. Pourquoi vouliez-vous qu'elle se soit découvert une vocation pour l'Hôtel-Dieu ?

– Certes ! convint Agricol pendant que Vital creusé par les émotions se jetait sur les pois cuits à point, mais un peu pâteux.

– Tu as beau dire, on n'est sûr de rien, finit-il par dire la bouche pleine.

– J'aimerais tellement me tromper ! Je vous propose de rester à Paris deux ou trois jours pour y voir, je l'espère, plus clair.

Le pauvre sourire de Martin toucha les jumeaux.

– Mangez vos pois, ils vont être froids, voilà le pâté ! dit paternellement le tavernier encore plus rouge que deux heures auparavant. Il est bon mon petit Montmartre... hein !

– Oui, il se laisse boire.

Mais les garçons n'étaient décidément pas très bavards.

Bien après none, ils arpentaient encore les rues, interrogeant toutes les personnes connaissant Jean. Personne ne l'avait vu, ni le barbier du Petit-Pont, ni le marchand de grains de la place de Grève pour qui Jean faisait parfois des livraisons. A Béatrice, folle d'inquiétude, Martin n'osa faire part de ses craintes.

A Vital et Agricol qui se présentèrent à l'hôtel Perrault, avec un prétexte pour expliquer leur présence à Paris, la servante d'Isabelle répondit qu'elle devait rentrer tard de l'Hôtel-Dieu. Dame Agnès, qui avait un souper chez le prévôt, ne semblait guère se faire de souci pour cette belle-fille de plus en plus indépendante dont elle souhaitait une prompte installation chez elle. Par acquit de conscience, ils passèrent encore à l'Hôtel-Dieu où sœur Marie leur confirma ne pas avoir vu Isabelle de la journée.

Le lendemain à l'hôtel Perrault, c'était l'effervescence. La servante ne voyant pas rentrer sa maîtresse avait couru sans succès à l'Hôtel-Dieu et prévenu Jean et Agnès Perrault dès leur retour de souper. Le conseiller au Parlement avait aussitôt alerté des sergents du châtelet. Au petit matin, le prévôt les avait envoyés au Grand Couesre :

– Sergents, que me voulez-vous ? Une jeune femme ? Quelle jeune femme ? Eh, amis, avez-vous une jeune femme ici ? Sergent, si je t'apporte un renseignement que me donneras-tu ? Tu diras à ton maître que nous allons chercher sa jeune femme mais qu'il se prépare à libérer de For l'Évêque Boutonneux, Petit Fol, Bouche Tordue, Malingre, Saugrenu. Tous nos larrons en un mot !

Les sergents avaient obtenu de visiter coins et recoins des truands rue des Tournelles et rue du Bac, mais sans résultat, et avaient dû déguerpir sous les huées des coquillards[1], sabouleux ou lépreux d'occasion.

Désemparés, les jumeaux et Martin avaient aussi repris leurs recherches mais davantage pour donner le change aux beaux-parents d'Isabelle que par conviction.

– Ils doivent être loin.

Interrogée, la servante d'Isabelle finit par reconnaître que des effets de sa maîtresse avaient disparu. Dame Agnès soupira :

– Elle est partie d'elle-même, la catin.

– Oh, Agnès, taisez-vous, maugréait Jean Perrault, fort désappointé et énervé.

– Et Thibault qui n'est pas là !

– Ah, celui-là ! Il n'avait qu'à tenir sa femme. Ces nouvelles idées avec cette littérature des poètes sur la femme, voilà où cela nous mène !

Le surlendemain, un homme demanda à être reçu. Messire Perrault était au Parlement.

– Faites-le entrer, dit dame Agnès de méchante humeur.

– Samuel Lombard, fourreur rue de la Juiverie, se présenta un petit homme aux yeux plissés, je vous apporte un message de la part de dame Isabelle Perrault.

– Quoi ?

Dame Agnès avait pâli mais reprenant ses esprits très vite, elle arracha des mains du petit bonhomme obséquieux un rouleau de parchemin scellé avec la bague d'Isabelle.

– C'est le vôtre. Il y en a un aussi pour messire Thibault Perrault ajouta-t-il en en retirant un autre de sa ceinture.

« Je pars, j'ai rencontré l'amour de ma vie ; je ne peux plus mentir ; consolez Thibault. Merci. »

---

1. Voleur porteur, pour tromper, de la coquille des pèlerins.

Le petit fourreur raconta la venue de la jeune femme trois jours plus tôt :

— Elle m'a emprunté une forte somme à valoir sur des affaires à traiter avec messire Géraud Brillat, justement passé il y a quelque temps avec sa fille. Je l'ai bien reconnue.

— Était-elle seule ?

— Non, un jeune homme aux yeux très bleus l'accompagnait.

— Aux yeux très bleus, mais qui est-ce ?

— Voilà, nous savons tout ou presque, conclut dame Agnès après son récit aux jumeaux de la visite du fourreur. Avez-vous une idée du propriétaire des yeux bleus ?

— Oui, madame, il s'agit de notre ami Jean.

— Quel scandale ! Pauvre Thibault ! gémit dame Agnès plus soucieuse en fait du qu'en-dira-t-on que du malheur de son fils. Je dirai merci à monseigneur Aycelin pour ses talents d'entremetteur. Il aurait pu se renseigner davantage sur la vertu de son oiselle. Je vous charge de prévenir vos parents de l'événement, acheva dame Agnès en congédiant les jumeaux.

Pendant ce temps, Martin, au Petit-Pont où Béatrice lui avait arraché un rendez-vous, s'ouvrait aussi de ses craintes à la jeune femme pour la « rassurer » sur le sort de son neveu :

— Je crois savoir où est Jean. Il est parti avec Isabelle !

— Avec Isabelle ?

— Oui, tu ne me crois pas ?

— Pauvre Martin ! Tu as perdu et l'amante et l'ami.

— Ce n'était plus une amante, tu le sais, mais je suis désespéré pour Jean. Quel gâchis ! Quelle garce cette fille, c'est elle qui a tout manigancé, j'en suis sûr !

Martin étreignait avec force Béatrice dont les sens n'avaient guère besoin d'être sollicités pour s'éveiller.

— C'est l'étreinte du désespoir, soupira-t-elle quand même tant elle avait le sentiment que Martin allait au bout de son plaisir pour exorciser sa peine. Quand te reverrai-je, Martin ?

— Je ne sais pas. Je n'ai pas goût à grand-chose. Certains jours, j'ai envie de rentrer à Clermont et de peindre avec Omblard pour oublier Paris, le droit et les femmes.

— Et parmi ces femmes, il y a moi !

— Mais non Béatrice, toi tu es à part. Tu es ma mère, ma sœur, mon amie, mon amante, tu es beaucoup pour moi.

— Je ne suis pas la femme avec un grand F, comme Isabelle!

— Isabelle est maintenant pour moi une garce avec un grand G, dis-le-toi bien, Béatrice et n'en sois pas jalouse.

Après une dernière étreinte, ils se séparèrent. Le soleil descendait sur la Seine et ses rayons jouaient dans leur petite retraite.

— Martial parle de vendre cette échoppe, dit Béatrice songeuse, il vendra aussi mes souvenirs!

Rentré au collège, Martin apprit des jumeaux qu'il avait malheureusement vu juste. Comme ils n'avaient plus rien à faire à Paris, ils quittèrent tôt le collège le lendemain, au moment où le gardien agitait pour la dernière fois son « tintinnabulum » en guise d'adieu. Les plus heureux étaient les chevaux qui piaffaient depuis trois jours dans l'écurie de l'aubergiste voisin.

Par la rue Saint-Jacques, ils se dirigèrent vers le sud et sortirent de la ville par la porte du même nom où ils dépassèrent un groupe important de pèlerins, paroissiens de Saint-Étienne-des-Grés quittant leur ville en procession derrière un prêtre qui leur donnerait sa dernière bénédiction hors des remparts. On les reconnaissait de loin avec leur grand chapeau et leur besace marquée d'une coquille; la calebasse [1] pendait à leur ceinture et le curé de Saint-Étienne avait déjà béni dans l'église le bourdon [2] qui assurerait leur marche.

— Bonne route, Dieu soit avec vous! dirent nos trois cavaliers en les dépassant.

— Priez pour nous! répondirent les jacquets en levant la main.

— Vous aussi!

— Je partirais bien avec eux, dit Martin à ses compagnons, cela me purifierait!

Arrivés dans la campagne, les cavaliers firent galoper leurs chevaux à vive allure comme s'ils reprenaient goût à la vie après ces journées entre parenthèses aussi pesantes pour les frères d'Isabelle que pour Martin, dont le teint rosissait dans cette chevauchée un peu folle. Ils avaient décidé de passer à Chartres et de rester le plus longtemps

1. Récipient pour la réserve de boisson.
2. Bâton de pèlerin.

possible ensemble. Martin proposa aux jumeaux de leur faire découvrir Tours, sa ville natale, et si Agricol éprouvait maintenant l'envie de rentrer à Clermont pour y retrouver Claude Aycelin, il sacrifia volontiers au plaisir d'accompagner leur ami avec qui les événements récents avaient encore resserré les liens. Comme autour de Saint-Denis, de larges champs s'étendaient à perte de vue où des paysans fauchaient blé ou avoine avant de les battre devant de grands celliers largement ouverts sur de vastes aires. Les femmes ramassaient alors le grain dans de grandes corbeilles pour le verser ensuite dans des sacs, poules et poussins picorant avec entrain les restes.

14

Les cavaliers firent une première halte auprès d'une de ces grandes fermes où les ouvriers leur offrirent de partager leur souper ; il était tard, l'atmosphère était joyeuse et la lune était belle.

« Où sont Isabelle et Jean ? » ne put s'empêcher de penser Martin en s'endormant.

— Tu crois qu'ils sont partis à Montpellier ? répondit en écho Vital.

— Je ne sais pas.

— Peut-être les retrouveras-tu à Poitiers ?

Martin, en réalité, ne savait s'il se présenterait chez les parents de Jean. Revoir Radegonde lui semblait un but merveilleux mais en l'absence de Jean, tout paraissait beaucoup plus difficile.

De loin, ils aperçurent les flèches de la cathédrale de Chartres dont l'une portait encore des échafaudages. De près, ils furent impressionnés par les trois portails de façade qui constituaient ce qu'on appelait dans la cité « le portail royal ».

— On dit que ce sont les mêmes imagiers qui ont travaillé à Saint-Denis et à Chartres. Tu te souviens, Martin, à l'abbaye, il y avait aussi ces statues si raides. Regarde ce livre, ces nattes, ces mains...

A l'intérieur, ils descendirent dans la crypte pour se recueillir devant la madone qui drainait chaque année des milliers de pèlerins.

— Si maître Charles était là, il en baverait d'envie, observa Martin en regardant le vitrail de la madone. Que c'est beau !

222

Ils logèrent rue de la Corroirie entre la cathédrale et l'Eure et son quartier de tanneurs et de tisserands. Et en partant le lendemain, ils longèrent la rivière où alternaient constructions serrées et « clairières » nécessaires au séchage des peaux et à l'exposition des draps. Puis, ils empruntèrent le pont Saint-Hilaire, tout près de l'abbatiale Saint-Père dont les échafaudages témoignaient de travaux encore en cours au niveau du chœur. Des ouvriers montaient des pierres dans des paniers, aussitôt assemblées par un maçon. Le soleil était déjà chaud.

Alternant chemins larges et fréquentés, charrières [1] plus étroites où ils croisaient des paysans allant aux champs ou poussant devant eux un troupeau et, enfin, sentiers exigus dans les bois où les rencontres étaient plus rares, les cavaliers traversaient maintenant les terres autrefois accordées par Saint Louis à son frère Charles. Les châteaux semblaient y avoir poussé comme des champignons. Les églises aussi nombreuses copiaient toutes, avec modestie, le prestigieux prototype de Chartres. Ils traversèrent ainsi Bonneval, Châteaudun avec son donjon circulaire, Fréteval dont le comte de Blois venait de faire l'acquisition.

A Vendôme, ils purent bénéficier de l'hospitalité offerte généreusement par les bénédictins de la Trinité et à Lavardin, le tavernier fort éméché chez qui ils logèrent leur vanta, une partie de la nuit, les fortifications responsables de l'échec du roi Richard [2] un siècle plus tôt.

— Tours enfin ! s'écria Martin ravi. Voilà le pont du comte Eudes, de l'autre côté la tour du comte Hugues, venez !

Impatient, suivi des jumeaux trop heureux d'oublier la disparition de leur sœur quasi obsessionnelle, il engouffra son cheval dans un dédale de rues :

— C'est le quartier des pêcheurs et des bateliers... Saint-Julien... Voilà, nous arrivons, la Grande Rue, le carroi aux Chapeaux, la rue des Trois-Pucelles et la rue du Poirier... Voilà ma maison ! En bas, l'atelier de mon père. Eh l'ami, je suis Martin, le fils du peintre qui habitait là avant vous ! cria Martin au cordonnier sorti de l'échoppe, intrigué par ces cavaliers.

1. Chaussée suffisamment large pour le trafic des charretiers.
2. Richard Cœur de Lion, roi d'Angleterre (1189-1199).

— Bonjour Martin. Bienvenue. Moi je suis Cyprien. Tu me reconnais ?

Tirant nerveusement sur la bride de son cheval, Martin cachait son émotion sous une trop grande excitation :

— Venez voir Saint-Martin. Non, là, c'est Notre-Dame l'Acrignole ; voilà Saint-Martin, à côté Saint-Denis et Sainte-Croix et là-bas la place du Grand Marché. C'était là, près du petit Saint-Martin, qu'habitait Omblard.

Martin les ramena vers la Loire et la rue des Tanneurs.

— Cela sent mauvais, dit Agricol en se bouchant le nez.

— A Tours, il n'y a pas de chambres aysées, alors on va sur des « chaalans percés » au-dessus de la Loire.

Après une nuit passée à l'Ange Gardien, rue de la Sellerie, les garçons reprirent leur chevauchée ensemble ; les jumeaux avaient décidé d'accompagner Martin jusqu'à Poitiers, autant par amitié que par curiosité depuis qu'il leur avait enfin parlé de Radegonde. De plus, ils espéraient avoir des nouvelles de leur sœur par les parents de Jean.

A son arrivée à Poitiers, Martin se présenta chez le chanoine Jean de Parthenay, l'ancien client d'Omblard, dont il se rappelait l'extraordinaire bonté.

— Mais c'est Martin ! fit celui-ci. Que fais-tu à Poitiers ? Tu es avec maître Omblard ?

— Non, avec des amis de Clermont.

Comme prévu, le chanoine offrit son hospitalité et la servante, Blanche, fut priée de mettre un gros chapon à rôtir.

— Ce n'est pas si souvent que nous avons de la visite et de la jeunesse, des étudiants de Paris, Blanche.

En attendant le souper et pendant qu'il allait à vêpres, Martin fit une nouvelle fois le guide. De la cathédrale où ils avaient accompagné le chanoine, ils refirent le chemin que Martin avait parcouru le dernier matin de son séjour pictave :

— L'église Sainte-Radegonde, la maison des Piliers, une très bonne auberge, la maison de Mère-Dieu Grosse, la Grande Rue et Notre-Dame.

Tout naturellement il retourna se poster sous le clocheton sud :

— Là, le haut pignon ocre : c'est la maison de Radegonde.

Martin avait le cœur battant, avec une émotion qu'il n'aurait jamais imaginée.

— Monsieur le chanoine, savez-vous ce que devient la famille Valereau pour laquelle Omblard avait travaillé ?

— Maître Pierre a marié sa fille Valérie, Jean est à Paris où il étudie la médecine.

— Oui, je l'ai vu souvent au cours de mes études.

— Et Radegonde...

— Radegonde ? ne put s'empêcher d'interrompre Martin avec une impatience presque irrespectueuse pour le vieux chanoine.

— Radegonde s'apprête à entrer chez les moniales de Montmorillon.

La terre se serait entrouverte sous les pieds de Martin qu'il n'aurait pas eu l'air plus abasourdi. Un ange plana un instant au-dessus de la table. Le chanoine, inconscient des ravages provoqués par ses propos, suçait un os du chapon. Les jumeaux piquaient du nez dans leur écuelle, ne sachant que dire.

— Voilà les gaufres.

Blanche, les joues rougies par l'âtre, apporta la diversion, réveillant Martin d'un nouveau cauchemar.

« Je suis maudit. »

Le soir, les jumeaux l'entendirent pleurer sous sa couette. Désemparés, ils ne savaient comment consoler leur ami.

Le lendemain, avant l'heure du dîner, Martin se présenta chez messire Valereau. Une servante inconnue l'accueillit et l'annonça à dame Agathe.

— Martin ! Quel beau garçon tu es maintenant ! Jean nous avait parlé de toi l'été dernier. Tu vas dîner avec nous. Messire Pierre va rentrer et Radegonde ne tardera pas non plus. Elle est à l'Hôtel-Dieu où elle aide les religieuses. As-tu vu Jean ? Nous l'attendions ces jours. Il avait écrit qu'il passerait en partant à Montpellier pour suivre de nouvelles études. Il est si savant mon Jean. Nous n'avons plus de nouvelles.

Doucement alanguie dans sa cathèdre à proximité de la fenêtre entrouverte pour profiter d'un léger courant d'air, dame Agathe, volubile, faisait les questions et les réponses. Bouleversé par l'annonce de l'arrivée imminente de Radegonde, Martin, en l'écoutant, tentait de recouvrer son calme. Son couplet sur Jean raviva l'émotion. En effet, en dépit d'une longue discussion avec les jumeaux, il ne s'était pas déterminé sur les nouvelles à donner aux parents de l'étudiant en médecine.

— Oui, il devait aller à Montpellier, confirma-t-il prudemment, ajoutant précipitamment : mais à l'Hôtel-Dieu, à Paris, il a tant de travail.

Il gagnait du temps sans trahir son ami.

— Il va faire un bon médecin. Je voudrais tellement qu'il revienne ici. Il ne t'a pas fait part de ses projets ?

— Il est hésitant encore, je crois, répondit Martin avec précaution, regrettant finalement d'être venu.

— Et toi, que fais-tu ? Et maître Omblard, où est-il ?

Cramponné au récit de sa vie et de celle d'Omblard, Martin était rasséréné quand son attention fut attirée par un bruissement d'étoffe : Radegonde arrivait, toute mince dans sa cotte bleue assortie à ses yeux, Radegonde était là.

— Martin ! dit-elle joyeusement

— Bonjour Radegonde !

Rouge, des perles de sueur au front, affreusement gauche, il bredouillait encore quand messire Valereau entra à son tour et salua chaleureusement le visiteur :

— Et Jean ? Il n'est pas avec toi ?

Le sourire de Pierre Valereau, déçu, se figea sur son visage si aimable. Quelques rides l'avaient creusé depuis le premier séjour de Martin, sans atténuer sa bonté.

— Non, il avait encore du travail à Paris.

Redoutant la peine qu'éprouverait cet homme, Martin préférait mentir.

— Alors tu fais du droit. Tu as raison, lui dit messire Valereau, une fois passés à table.

— Oui, j'ai choisi cette voie.

Martin était maintenant plus à l'aise entre Pierre Valereau et Radegonde dont il humait le doux parfum de chèvrefeuille.

— La vie est devenue si compliquée, reprit Pierre Valereau. Les gens plaident pour un oui, pour un non, vous traînent devant le tribunal. Et le roi avec sa pression fiscale, ses remuements monétaires !

Martin, enfin détendu, souriait d'entendre de la bouche du pelletier de Poitiers les propos de Géraud Brillat. Mis en confiance, il enfourcha ses théories :

— Vous devez faire entendre vos doléances, messire. A Paris, les légistes du roi envisagent de réunir les états tous ensemble. Qu'en pensez-vous ?

— Toi, mon garçon, tu me plais. Dis-moi, tu as fait des

progrès depuis l'époque où tu pilais les couleurs de maître Omblard.

Martin sourit à ce souvenir toujours cher :

– C'est vrai, j'ai eu de la chance.

– Hein, Radegonde ? Qu'en penses-tu du Martin qui nous revient ? Il est vrai que notre future bonne sœur ne peut avoir d'opinion sur un homme, ajouta en riant Pierre en dévisageant sa fille, assise de l'autre côté de l'étudiant.

– Père, tout ce que vient de dire Martin est très intéressant. Peut-être qu'avec des idées semblables, les gens seraient plus heureux.

La voix était douce et posée, une vraie mélodie pour Martin qui regarda la jeune fille tendrement.

– Tu vois, notre bonne sœur est angélique, reprit Pierre Valereau sans interrompre le cours des pensées du jeune homme :

« Qu'elle est belle ! Comment laisser un tel trésor à Dieu ? »

Pendant que Martin oscillait entre bonheur et désespoir, les jumeaux avaient visité la ville avec le chanoine Jean, dont le pèlerinage obligatoire pour tous ses visiteurs se faisait à son portrait peint par Omblard à la cathédrale. De retour, Martin les entraîna en direction du vieux baptistère au milieu des courtils de la cité basse :

– Que faire, mes amis ?

– Tu dois te déclarer, Martin, fit Agricol catégorique.

– Et si elle avait décidé de rentrer au couvent parce qu'elle ne te reverrait jamais ?

– Oui. Peut-être t'aimait-elle en secret ?

– Vous rêvez !

Les jumeaux touchaient Martin par leur gentillesse et leur volonté farouche de l'aider.

– Messire Valereau a été très aimable avec moi, constata-t-il.

– Justement, parle-lui.

– Je vais prendre le risque de me faire éconduire. J'irai le voir et lui demanderai sa fille, finit-il par conclure.

Convaincu d'une bonne décision, il dormit sous sa couette sentant bon la lavande, comme il n'avait pas dormi depuis longtemps.

Reposé, sûr de lui, il se présenta le lendemain à la pelleterie de Pierre Valereau. Un ouvrier occupé à battre le cuir abandonna son travail pour prévenir son maître :

— Dites-lui que c'est Martin.

Pierre apparut à la porte du réduit qui lui servait de cabinet où il faisait ses comptes et tenait à jour ses commandes :

— Tu viens me parler des états! fit-il en plissant les yeux moqueusement.

— Non, messire. Je viens vous parler d'une affaire qui me met dans tous mes états à moi, répondit Martin n'ayant pourtant pas le cœur à faire de l'humour.

— Que puis-je faire pour toi?

— Voilà messire... c'est difficile à expliquer... mais voilà...

— Parle! Je ne suis pas si impressionnant.

— Je voudrais épouser Radegonde. Me la donneriez-vous?

Martin regarda Pierre dans les yeux comme un noyé qui vient de se jeter à l'eau et espère un secours.

— Tu veux épouser Radegonde?

— Oui, messire. Vous me trouvez sans doute bien ambitieux, moi le petit apprenti-peintre aujourd'hui étudiant en droit avec je ne sais quel avenir devant moi, brillant ou obscur. Je n'ai pas un denier en dehors des quelques livres que monseigneur Aycelin me donne pour son secrétariat.

— Martin, tu me plais, je serais heureux de te dire oui, mais cette sotte de Radegonde veut entrer au couvent et ne veut que cela. On me l'a souvent demandée, mignonne comme elle est. Quand je pense que bientôt, on ne verra plus que ses yeux au-dessus d'une triste guimpe. Quel gâchis!

Messire Pierre avait les larmes aux yeux.

— Ah! ma petite préférée, la voir s'enfermer pour toujours, j'ai beaucoup de mal à le supporter. J'ai essayé au moins d'obtenir qu'elle reste à l'Hôtel-Dieu où les religieuses ont une vie dure, mais plus libre. Elle ne veut pas. Et le pape qui resserre la clôture pour les moniales, il ne manquait plus que cela. Jean est parti, on ne le voit presque plus. Heureusement Valérie habite Poitiers, elle aura bientôt un enfant, une consolation pour nous.

— A propos de Jean, dit soudain Martin, je ne sais où il est mais je peux vous donner quelques nouvelles.

Messire Pierre fut atterré par la fugue de son fils avec une femme mariée.

— Quelle folie! Si tu le vois, dis-lui que je l'attends en dépit de tout. Pour Radegonde, je vais lui parler.

228

— Lui parler ?

— Oui ! confirma Pierre déterminé.

— Messire Pierre, je ne sais comment vous remercier de ne pas me repousser.

— Ne me remercie pas, c'est la Providence qui t'envoie.

Devant l'air étonné de Martin, il poursuivit, plus détendu après ces moments d'émotion :

— Martin, tu es un garçon honnête et si tu épousais Radegonde, je serais trop heureux de t'aider. J'aimerais mieux que l'argent amassé par le travail constant de toute une vie aille à Radegonde et à toi plutôt qu'à un couvent de bonnes sœurs. Certes, leurs patenôtres me gagneront peut-être le paradis mais je voudrais surtout être heureux ici-bas.

— Merci, messire Pierre.

— Viens me voir demain et ce soir viens souper avec tes amis, les frères donc de cette Isabelle !

Vital et Agricol sautèrent de joie à l'annonce de l'invitation :

— Mon premier est un petit animal,
Mon deuxième est un chiffre,
Mon troisième ouvre la porte,
Mon quatrième est un chiffre,
Mon tout est le nom d'une jolie jeune fille !

— Rat, deux, gond, deux !

— Vous me faites rire... mais dois-je être gai ? soupirait Martin, tout en tirant de son sac comme ses amis sa meilleure cotte et sa plus jolie aumônière achetée quai de la Mégisserie.

— Qu'ils sont beaux ! ne put s'empêcher de s'écrier Blanche en leur rendant leurs estivaux nettoyés avec effort, presque neufs. Vous allez à une noce ?

— Peut-être, Blanche.

Agricol fit un clin d'œil à la servante, déjà tout acquise à ces trois garçons.

— Et polis, et beaux, commenta-t-elle au chanoine en lui servant sa soupe aux pois.

Radegonde accueillit les trois jeunes gens :

— Comme ils se ressemblent !

— Vital et Agricol, mes amis.

— Entrez, Père et Mère sont dans la salle. Valérie est venue avec son mari.

Radegonde leur adressa un sourire radieux.

Au cours du repas très gai, présidé par dame Agathe

avenante, Radegonde, placée entre Martin et Agricol, souriait à l'un, répondait à l'autre, déjà sous le charme, et un étrange climat entourait la soirée qui se poursuivit au jardin.

– *Le beau temps est juin et violette,*
Et rossignol et mésange chantent,
Ma dame a une tête blondette,
Yeux bleus, regard charmant...

Vital se sentait une âme de poète, Valérie et Radegonde riaient et les garçons racontèrent leurs spectacles.

– Faites-nous le barbier, demanda Valérie.

Vital et Agricol s'exécutèrent et souffrirent avec moult grimaces sous les soins attentifs de Martin plus désopilant que jamais.

– Tu la fais rire. C'est le début de la séduction, murmurait Agricol sur sa cathèdre de douleur à Martin qui souriait tristement.

Et au moment des adieux, Radegonde dit doucement à Martin :

– Demain, viens me chercher après le dîner, je te parlerai.

La nuit de Martin fut agitée, la couette à la lavande ne produisait plus aucun effet lénifiant. La matinée lui paraissait tellement longue que les jumeaux l'entraînèrent dans une grande chevauchée le long du Clain.

– *Messeigneurs, des pays est douce France la fleur...*

Agricol qui caracolait en avant avait fait demi-tour et, baissant son chapel dans un geste très révérencieux, saluait ses compagnons. Au loin sonnaient à tout volée les cloches de Saint-Jean-Montierneuf auxquelles répondirent un peu plus haut dans la cité celles de Saint-Hilaire. La ville paraissait toute petite sur sa colline, ramassée dans ses remparts et simplement haussée de ses clochers multiples. Autour, dans les courtils et les champs, des paysans s'activaient. Tout près, quelques maisons s'étageaient avec une maladrerie et sa chapelle. Les cavaliers attachèrent leurs montures à un noyer dont les fruits étaient bien cachés dans leur enveloppe d'été.

– Les moissons sont faites, quand nous arriverons à Clermont, ce seront presque les vendanges, observa Agricol.

– Vous n'auriez pas dû m'accompagner, votre famille doit être inquiète.

– Les jumeaux perdus on ne sait où, Isabelle envolée.

Pauvre messire Géraud! J'entends notre mère qui se noie dans un godet d'eau, plaisanta Vital.

– Moi je ne regrette pas d'être venu à Poitiers et d'avoir vu Radegonde.

– Tais-toi, Agricol.

– On se fait une petite partie de dés? Si tu gagnes, Martin, c'est que tu épouseras Radegonde.

Ils eurent beau jouer jusqu'au dîner, Martin ne gagna jamais. Ils rentrèrent en longeant le cimetière entourant le baptistère, puis la façade de l'église Saint-Martin et par une rue tortueuse les ramenant à la cathédrale. Le chanoine Jean habitait une maison coquette au pignon entrelacé de bois, non loin du palais épiscopal. Blanche avait soigné son dîner mais Martin ne profita guère du lapin acheté le matin même dans la rue des Boucheries et pourtant si bien aromatisé au poivre et à la sarriette. Sa gourmandise se réveilla juste légèrement pour la crème d'amandes et les prunes.

Les jumeaux accompagnèrent ensuite à pied leur ami triste comme un condamné.

– Souris, Martin, disait Agricol en faisant mille grimaces.

C'est tel un somnambule qu'il se présenta place Notre-Dame. Postés sous le clocheton sud, les jumeaux le virent ressortir aussitôt avec Radegonde et prendre la direction du Clain.

– Ton travail n'est pas trop dur à l'Hôtel-Dieu?

– Non, aider les autres qui souffrent est un tel bonheur.

– Tu es bien la sœur de Jean. Si tu le voyais soigner ses malades. Quel amour pour les autres!

– Tu te souviens du courtil où nous allions jouer pendant que maître Omblard travaillait? Quand tu rentrais, il te disait en bougonnant : « Martin, je n'ai plus de bleu, Martin où est mon petit pinceau? Martin tu n'as pas nettoyé les brosses. »

Radegonde s'animait et sa peau si fine se colorait sur les joues d'un léger incarnat.

– Si nous y allions? C'était par là, si mes souvenirs sont bons!

Ils cheminèrent dans d'étroites ruelles caillouteuses au milieu des courtils en ne croisant que quelques journaliers, la binette ou la houe sur l'épaule, ou portant un panier plein de fruits ou légumes récemment récoltés.

– C'est là, dit Radegonde en poussant une porte peinte en vert.

Au fond, une cabane ouverte montrait ses entrailles : des outils divers, râteaux, serpes, bêches, houes, corbeilles et hottes. Ils s'installèrent près de la petite vigne dont messire Valereau faisait un vin qui le remplissait de fierté.

— Martin, mon père m'a fait part de ta demande, commença aussitôt Radegonde, très sûre d'elle-même. Je ne peux l'accepter.

« Au moins, elle ne ménage pas la surprise, l'affaire est claire et perdue », se dit Martin avant de questionner tout haut :

— Pourquoi ?

— Je ne peux, je suis engagée ailleurs.

— Oui, je sais, mais tu n'es pas encore liée, ce n'est qu'un projet, pas des vœux.

— Si, un vœu avec moi-même ; je suis engagée vis-à-vis de moi et de Dieu ; j'ai hésité à entrer au couvent Sainte-Croix fondé par ma sainte patronne. En connais-tu l'histoire ?

— Non.

— Radegonde avait été emmenée comme esclave à la cour du roi Clotaire Iᵉʳ ; très belle, le roi l'aima et l'épousa mais il fit assassiner son frère et la jeune femme s'enfuit pour se réfugier à Poitiers dans le monastère qu'elle avait fondé ; une fois veuve, elle prit le voile. Finalement, j'irai à Montmorillon plutôt que de rester dans ma cité !

— Comment peux-tu disparaître du monde ?

— Je prierai pour toi, Martin.

— Mais je ne veux pas que tu pries pour moi, je te veux à moi. Alors tu pourras prier pour moi si tu veux. Sais-tu ce que sera ta vie ?

— Mais oui, mieux que toi. Que connais-tu de la vie des moniales ?

Radegonde sourit, transportant Martin au ciel.

— Je serai novice, reprit-elle avec application, je ne sais combien de temps, c'est l'abbesse qui décidera. Je n'aurai ni argent, ni vêtement personnel, ni salle particulière. Je porterai la même cotte que mes sœurs et nul ne saura si j'étais la fille d'un riche marchand ou d'un humble laboureur. Je travaillerai la laine en silence, en priant, je lirai aussi. Père m'a offert un petit livre copié à Paris, *Jardin des délices*, je l'emporterai et le donnerai à la bibliothécaire du couvent. Comme l'abbesse qui l'a composé il y a un siècle, je pourrai dire : « Semblable à une vive petite abeille, j'ai extrait le suc des fleurs de la littérature divine et philosophique et en ai formé un plein rayon ruisselant de miel. » Je le sais par cœur, c'est si beau!

Martin buvait ses paroles, telle une source bientôt tarie.

— Quelle tristesse, tes yeux ne verront plus rien hors du couvent. Ce courtil, ces vignes, ta maison, tes parents... et moi.

Martin, désespéré, réunissait à la hâte tous les arguments favorables à sa cause :

— Ta vie sera menée à la clochette. Quelle vie, Radegonde!

— La vie que j'ai choisie, Martin. A minuit, ce sera l'office des matines, avec la clochette pour marquer le moment où toutes les sœurs se retrouvent dans le chœur, un temps de silence, puis quatre ou cinq heures de sommeil selon les saisons et la cloche pour les laudes de l'office de prime et la confession...

— Que peux-tu avoir à confesser?

— Tout, Martin. Peut-être, ce soir, que je t'épouserais bien si je ne résistais pas au démon de la tentation.

— Alors tu vois. Tu rentres au couvent sur une promesse, comme ça, sans réfléchir! cria Martin qui tentait sa chance à la moindre brèche et retrouvait ses talents de débatteur.

— Écoute ce que sera ma vie, continuait, imperturbable, Radegonde, la vie que je choisis, si tu m'aimes, écoute-moi. Après laudes, je pourrai lire, puis nous retournerons à la chapelle pour chanter tierce et entendre la messe...

— Quelle vie, Radegonde! Alors tu ne légueras jamais tes yeux bleus, tes cheveux à des enfants, à mes enfants?

— Martin, tais-toi, ne me parle pas d'enfants.

— Pardon. Alors, la suite de ta journée?

Martin jouait le jeu, mais le ton était amer.

— Quand je serai désignée, je quitterai la chapelle avant les autres avec la cellerière pour préparer un repas léger : pain et boisson. Ensuite, c'est la réunion au chapitre avec lecture d'un passage de la règle et la coulpe.

— La coulpe?

— Oui tu t'accuses en public de tes fautes. Ensuite temps libre avant sexte et deuxième messe et repas en silence avec seulement la voix de la lectrice, puis none et le travail des mains. A Sainte-Croix on file la laine; à Montmorillon on tisse, puis souper, vêpres et complies.

— Toi, enfermée dans un couvent. Saint Martin, venez à mon secours. Radegonde, je t'en supplie...

— Non Martin, ma décision est irrévocable.

— Radegonde, donne-toi un délai, donne-moi un espoir.

— Il n'y a pas d'espoir pour toi. Je penserai à toi chaque jour dans mes prières.

— Je n'ai rien à faire de tes prières, Radegonde. J'ai quitté Poitiers avec ton portrait sur le cœur; je l'ai toujours, le voilà, dit-il en arrachant le parchemin de sa cotte où il l'avait rangé soigneusement le matin.

— C'est moi?

— Oui, c'est toi. Omblard t'a peinte sur tous les murs pour me faire plaisir.

— Comme tu m'aimes.

— Oui Radegonde, je t'aime.

Radegonde marchait maintenant dans les allées du jardin, ombragées par quelques arbres fruitiers. Martin admira cette démarche légère, presque dansante, puis la rejoignit :

— Alors, tu ne reviendras pas.

— Non, Martin. Raccompagne-moi. Mais avant, regarde.

La jeune fille sortit de la bourse accrochée à sa ceinture, roulé avec soin, le petit morceau de parchemin que lui avait donné Martin avant son départ.

— J'ai mis longtemps à comprendre que ce visage, c'était le tien. Un jour, en regardant cette image au mur de ma chambre, j'ai compris; ce jour-là, j'ai su aussi que tu m'aimais et que jamais sans doute tu ne me le dirais; je pensais ne jamais te revoir. Et puis, Jean est revenu l'autre été, il nous a parlé de toi et je dois t'avouer que mon cœur a battu un peu plus fort. Je ne te dis pas cela pour te donner des regrets mais pour te dire que ma décision de devenir nonne était prise et irrévocable, plus forte que moi. Sinon, c'est sûrement toi que j'aurais épousé.

15

– Nous partons pour Rome, lança Gilles Aycelin, de retour du palais royal, à Martin et Gaucelin.

Depuis le matin, ceux-ci travaillaient ensemble dans son cabinet, sur des textes destinés au roi d'Angleterre. Il s'agissait une fois de plus préciser les relations entre les deux souverains.

Martin, au grand dam de Gaucelin qui n'y avait jamais assisté, avait participé la veille au conseil du roi où l'on avait longuement débattu sur la conduite à tenir face à Édouard d'Angleterre. Le mariage de la princesse Marguerite avait certes permis de renouer des relations normales avec l'Anglais mais on était bien loin de la lune de miel, même si les fiançailles de la petite Isabelle avec le futur Édouard II étaient un gage de paix. Et la situation en Flandre n'était pas claire en dépit du parti puissant qui y soutenait le roi Philippe. Un an déjà que le traité de Montreuil-sur-Mer était signé et le conseil devait garder toute sa vigilance au moment où le pape revenait aussi au premier plan des soucis royaux!

– A mon avis, Guillaume de Nogaret exagère les méfaits du pontife et excite notre roi contre lui, dit Gilles.

– N'a-t-il pas raison lorsqu'il dit que le pape Boniface n'est plus qu'un terrible vieillard prêt à maudire la terre entière ou au moins à excommunier sans aucun discernement tous ceux qu'il considère comme ses ennemis? répondit Martin passionné par les discours de Guillaume de Nogaret, transformant souvent les conseils en joutes oratoires.

— Certes, oui. C'est vrai que l'épisode Colonna[1] a décuplé sa fureur d'abattre toute opposition ou toute entrave à ses desseins. Quand on pense à ce qu'il a fait à Palestrina, on ne peut qu'être terrifié par les conséquences possibles de la volonté d'un vieillard sénile. Et les Colonna qui se sont réfugiés dans mon diocèse, je frémis. Évidemment, je ne redoute pas que, comme Palestrina, Narbonne soit rasée et salée pour une infertilité éternelle, mais tout de même !

— Et le roi qui en rajoute ! Il ne manque pas une occasion de témoigner sa sympathie aux Colonna, reprit Martin, agaçant Gaucelin.

« On croirait qu'il passe ses journées avec le roi Philippe », observa en silence le secrétaire de plus en plus jaloux de l'importance prise par Martin auprès de Gilles.

— Alors nous partons pour Rome, dit-il tout haut pour se mêler à la conversation.

— Oui, je crois que Guillaume de Nogaret a tout de même raison quand il fulmine contre les agissements du pape pour ce grand jubilé[2] ; ce n'est plus possible. Il est entouré d'une coterie qui lui répète, nos derniers émissaires sont formels là-dessus...

Gaucelin hochant la tête dubitativement, Gilles Aycelin s'interrompit, le fixa, visiblement contrarié et reprit :

— ... Qui lui répète, dis-je, que, lui, l'héritier des droits du Christ, a le pouvoir de faire détrôner à son gré les rois. Ce n'est plus supportable ! Passe encore de convoquer nos évêques pour rendre compte de leur administration...

— Le roi a sans doute bien réagi sur les conseils de Guillaume de Nogaret en confisquant les revenus des évêchés et en les déclarant vacants.

— Est-il vrai que le pape se pare aussi bien des habits pontificaux que des insignes impériaux ? demanda Gaucelin qui voulait à tout prix rester dans la discussion.

— Guillaume de Nogaret est formel : il l'a vu de ses yeux, vu. Il fait porter l'épée et le sceptre devant lui tandis qu'un héraut crie : « Il y a deux glaives, Pierre, tu vois ton successeur ! » Les deux glaives figurent le pouvoir spirituel et le pouvoir temporel.

— C'est pour défendre la cause de notre ami Albert d'Autriche que nous allons à Rome, Monseigneur ?

1. Famille romaine opposée à Boniface VIII.
2. Année sainte durant laquelle le pape accorde des indulgences plénières aux pèlerins venant à Rome. Il s'agit ici du premier jubilé en 1300.

– Oui, et pour tout le reste. Boniface ne peut admettre qu'Albert d'Autriche ait détrôné Adolphe de Nassau [1], le seul roi qu'il reconnaissait.

– Quand partons-nous ?

– Le plus tôt possible.

Martin était ravi de cette perspective. Depuis son retour de Béziers, il n'avait pas quitté Paris et si cette année avait été passionnante, elle n'avait pas eu la chaleur des précédentes. Il ne fréquentait plus qu'occasionnellement les cours de l'université où il apercevait de temps à autre les jumeaux, eux aussi de plus en plus absorbés par les tâches que leur confiait leur père. Celui-ci les chargeait régulièrement de missions dans les grandes foires du nord et, apparemment fantasques, ils se révélaient des émissaires très avisés. Ainsi, Agricol rentrait de Londres où il avait conclu des achats de laine fort satisfaisants.

Martin et les jumeaux comme toute la famille Brillat étaient toujours sous le coup de la disparition d'Isabelle dont aucune nouvelle n'était parvenue.

« Bientôt un an », s'était encore dit Martin en se levant dans la petite chambre du premier étage de l'hôtel Aycelin.

En allant à Béziers, Martin avait fait une longue halte à Montpellier où il savait que Jean envisageait de continuer ses études. Inlassablement il avait sillonné les rues de la cité, parcouru l'hôpital principal où œuvraient maîtres et étudiants, interrogé des dizaines de personnes, loueurs de chambres notamment, nul n'avait vu l'étudiant aux yeux bleus, ni la brune ébouissante qui devait l'accompagner.

Il n'était pas brillant alors et se reprocha souvent d'avoir manqué d'allant. En effet, depuis son départ de Poitiers, transformé en véritable somnambule par le refus définitif de Radegonde, son cheval guidait ses pas plus que lui. Les jumeaux l'avaient accompagné jusqu'à Limoges. Inquiets, ils avaient fait leurs adieux à leur ami pour rallier enfin Clermont. La veille, tout près de Saint-Martial, où le trio s'était longuement recueilli au milieu d'une foule de pèlerins, ils avaient fait la connaissance d'un jacquet à l'auberge du Temps-qui-Passe, rue de la Corderie. Paul

---

1. Albert de Habsbourg, empereur germanique (1298-1308), vainquit et tua en 1298 son rival Adolphe de Nassau, allié du roi d'Angleterre contre la France.

le croisé s'était pris d'amitié pour eux, proposant à Martin de faire route ensemble jusqu'à Montpellier où il rendait visite à sa sœur. Simplement, il souhaitait faire étape à Saint-Léonard et à Conques, car ancien prisonnier des Arabes lors de la dernière croisade du bon roi Louis, il voulait remercier ses sauveurs, les bons saints protecteurs des prisonniers.

A Saint-Léonard, Martin fut impressionné par ces milliers de chaînes de fer suspendues tout autour de la basilique, à l'intérieur comme à l'extérieur, au sommet de grands mâts. Tout ce qui avait pu retenir un captif était présent : menottes, carcans, entraves, pièges, cadenas, jougs. Paul resta une journée en prière au bas de l'autel face aux reliques du bienheureux Léonard. Il ressortit de l'église si exalté que Martin eut bien du mal à le convaincre de repartir. Seule la perspective des reliques de sainte Foy à Conques le remit en selle.

— Tu verras, là-bas tu guériras tes souffrances, lui dit Paul, une fois repris ses esprits, il y a une source devant les portes de la basilique, elle apporte toutes les grâces possibles...

— Ce serait bien si j'avais mal à la jambe ou au bras mais mon cœur... Je ne pourrai le tremper dans la source pour le laver de son amour, soupira Martin.

Paul, à qui les jumeaux avaient raconté ses déboires, le regarda avec compassion.

De Saint-Léonard, ils suivirent la Vienne jusqu'à Eymoutiers, puis, piquant vers le sud par des chemins accidentés après avoir traversé la Dordogne, ils parvinrent à Aurillac. Ils avaient abandonné les routes les plus fréquentées par les jacquets pour cette nouvelle étape sur des reliques saintes, celles du « bon comte Géraud ». Si les sempiternelles références de Paul à tous les saints de la terre étaient très pesantes pour Martin, il n'avait ni la force, ni l'envie de reprendre sa liberté tant il était las de tout. Aussi écouta-t-il avec patience le récit des miracles de Géraud, se recueillit-il dans la basilique dédiée au bon saint avant de passer la nuit dans le monastère voisin où un moine dévoué en rajouta encore sur l'histoire de son saint patron.

Et comme le passeur pour la traversée de la Cère n'était guère aimable ni honnête, les deux voyageurs furent très méfiants avec celui qui s'apprêtait à franchir le Lot juste au nord de Conques. Leur proposant même, après leur visite au monastère Sainte-Foy, de leur faire descendre la rivière jusqu'à Cahors, il provoqua une vive discussion entre les deux hommes :

– Es-tu sûr qu'on ne peut aller jusqu'à Cahors ? disait Paul.

– Non, je dois aller à Montpellier, s'entêtait Martin avec son idée fixe de retrouver Jean et Isabelle.

– Moi aussi, hurlait Paul, finissant par dire avec lassitude devant la mine butée de son compagnon : Bien, bien !

L'arrivée sur Conques bouleversa néanmoins Martin dont la sensibilité était trop à fleur de peau pour ne pas être émue par la découverte au creux de sa vallée de l'abbaye au bord du Dourdou, et cela en dépit de la foule dense se pressant depuis Espalion dans les gorges impressionnantes de la petite rivière.

Devant le grand portail, un moine récitait, psalmodiant presque la vie de sainte Foy :

– Vierge et martyre dont l'âme très sainte, après que les bourreaux lui eurent tranché la tête sur la montagne de la ville d'Agen, fut emportée au ciel par le chœur des anges sous la forme d'une colombe et couronnée des lauriers de l'éternité.

Recueilli un instant, les yeux clos, il paraissait s'éveiller à nouveau au monde extérieur avec l'arrivée de nouveaux visiteurs à qui il désignait, du bout d'un long bâton, la petite silhouette sculptée sur le tympan :

– Elle est là, dans le paradis...

Martin fut fasciné par cette grande page sculptée dominée par un Christ Juge étonnamment sévère avec à sa droite toute la sérénité du paradis, à sa gauche l'horreur de l'enfer.

– Cela fait réfléchir ! dit le moine, la mine gourmande en guettant l'air ébahi du pèlerin. Regarde l'orgueil jeté au bas de son cheval, l'avare pendu, la luxure...

Ses mots se perdirent dans le brouhaha d'un nouveau groupe de jacquets et Paul entraîna Martin dans la basilique.

La fin du voyage parut moins pénible à Martin, plus près du but chaque jour. Il écouta avec amusement l'aubergiste de Saint-Geniez-sur-le-Lot raconter l'incendie ravageur de la cité. Un récit ponctué par des invocations à sainte Foy. Il prit même un certain plaisir à découvrir La Couvertoirade, Saint-Guilhem-le-Désert ou encore Aniane, comme si la beauté des sites le guérissait de ses maux.

Enfin, en rentrant par la « charrière des Français », il retrouva à Montpellier, grande cité aux rues étroites, les encombrements de Paris. Des passages sinueux entre deux voies plus importantes apparaissaient même comme de véritables coupe-gorge. Paul qui connaissait un peu la ville le guida jusque chez sa sœur en attirant son attention sur les gazilhans où s'écoulait l'eau des rues curieusement pavées de petits galets ronds :

— Prends garde. Tiens bien ton cheval pour éviter qu'il ne glisse sur les galets.

Progressant lentement, ils parvinrent enfin à la rue du Bois chez dame Marie dont l'auberge était à l'enseigne de La Pomme de Pin. La matrone solidement campée sur des jambes courtes soutenant un corps épaissi par les années, les poings sur les hanches, apostropha le pauvre Paul affreusement gêné :

— Eh Paul, quelle surprise ! et alors le croisé, tu reviens ! Il était temps au bout de trente ans.

— Marie, tais-toi. Mêle-toi de ton auberge et sers-nous à boire.

Après cet accueil mitigé, Marie avait adopté Martin et l'avait aidé dans ses recherches mais sans succès ; elle lui avait ménagé ses entrées à l'hôpital Saint-Esprit, sans résultat hélas. Trois semaines plus tard, découragé, Martin avait repris la route de Béziers avec comme seule perspective réjouissante, celle de retrouver l'archevêque dont la solidité de roc lui apporterait peut-être la sérénité.

Gilles Aycelin venait justement d'arriver à Béziers avec Gaucelin après un court séjour à Narbonne pour y régler quelques affaires pressantes, notamment sur le chantier de la cathédrale allant à vau-l'eau depuis la mort de Jean Deschamps. A l'entrée de la petite cité, Martin, d'abord frappé par l'odeur obsédante des tanneries, chemina dans des rues étroites, jusqu'au palais épiscopal près de la cathédrale Saint-Nazaire. Annoncé par le gardien, un certain Bonaventure, qui, faisant aussi office de jardinier, coupait des roses fanées, Martin fut accueilli par Gilles avec chaleur :

— Te voilà, enfin ! Je pensais que je ne te reverrais plus. Où étais-tu ? Il y a du travail à faire pour ce synode. Tu n'as pas très bonne mine, mon garçon. Béranger, je te présente Martin, qui va devenir un des plus habiles juristes du royaume, je te l'assure.

— Monseigneur, fit Martin en s'inclinant devant l'évêque de Béziers, un géant brun.

— Madeleine! cria Gilles. Apporte de quoi restaurer ce garçon! Il lui faut reprendre des couleurs avant le synode!

Une fois rassasié, Martin raconta à Gilles les raisons de son retard, la disparition d'Isabelle, ses vaines recherches à Montpellier.

— Cette petite à qui on aurait donné le bon Dieu sans pénitence, commenta sans aménité Gilles. Tu étais bien un peu amoureux d'elle, Martin?

— Comme tout le monde, avoua Martin d'un ton neutre, le plus neutre possible, mais surpris par la perspicacité de l'archevêque.

— Allez, va te coucher, repose-toi.

Le lendemain Gilles et Béranger avaient entraîné Martin sur le chantier de la cathédrale rouvert deux ans plus tôt pour reconstruire le chœur et mettre au goût du jour l'édifice. Le roi Philippe avait autorisé Béranger à utiliser le cimetière voisin pour agrandir le chœur.

— Ce ne sera pas fini mais on va faire une consécration solennelle pour inaugurer le synode. J'ai commandé de grands vitraux avec l'histoire de saint Nazaire et de saint Étienne mais ils ne seront pas achevés, en dépit de la venue du meilleur verrier dépêché de la cathédrale de Carcassonne.

Martin, toujours curieux, était allé regarder travailler le verrier en question, un certain Pierre :

— Son art ressemble à celui de maître Charles surtout dans ses vitraux de la chapelle Saint-Georges à Clermont.

— Ce même atelier a travaillé aussi à Narbonne, observa Gilles. J'adore ces médaillons. Regarde ce vitrail avec ces petits bouquets, que c'est beau!

— Les fleurs sont presque vraies.

— A Narbonne, dans la chapelle de la Trinité, tu verras les mêmes. Omblard serait heureux ici, voûtains et murs vont être peints. Que de couleurs!

Le séjour à Béziers avait apporté une certaine sérénité à Martin. Principal secrétaire des séances du synode, il conférait chaque soir avec Gilles sur les problèmes du diocèse. Les foyers d'albigéisme y étaient encore très nombreux et le pape Boniface avait même dénoncé récemment les habitants de Béziers, en menaçant de faire intervenir le grand inquisiteur de Carcassonne. Béranger de Frédol dut, en termes diplomatiques préparés par

241

Gilles et Martin, tancer le clergé réuni pour le synode et l'appeler à la plus grande vigilance. D'autre part, dans le diocèse comme ailleurs, le climat n'était pas toujours bon entre les clergés régulier et séculier. Gilles monta sur ses grands chevaux un soir pour fustiger des propos malheureusement courants dans la bouche des curés :

– Je veux dénoncer un sermon entendu dans une église. Je ne citerai pas mais écoutez ces paroles inadmissibles : « Prions Dieu que les jacobins puissent manger les augustins et les carmes soient pendus. »

Il s'étranglait de fureur en roulant le parchemin sur lequel il avait noté ces mots funestes.

Une journée fut aussi consacrée aux tribunaux et à la justice ecclésiastique. Martin eut beau jeu de mettre en valeur des notions lui tenant à cœur par la bouche de Béranger, trop content de trouver un discours tout fait. Il prêcha des notions d'égalité spirituelle, développa des idées sur le régime du travail, sur les successions. Les discussions furent passionnées avant d'en venir enfin aux problèmes financiers. Comme dans les diocèses voisins, le financement de la cathédrale était une source de conflits entre l'évêque et les clercs. Béranger et son prédécesseur, Raymond de Colombiers, avaient su stimuler la générosité des fidèles par la concession d'indulgences aux bienfaiteurs de l'œuvre de la cathédrale. Certes, des troncs fixes, disposés en permanence dans certains endroits, ajoutaient leurs recettes aux produits des quêtes itinérantes et de divers legs.

– Les fondations de chapelles ou de sépultures, de bénéfices ou de messes ont été nombreuses en faveur de l'œuvre de la cathédrale, rappelait Béranger dans son préambule, mais vous le savez, beaucoup de nos fidèles préfèrent doter les frères mineurs, les jacobins ou les cordeliers.

Gilles, assis à côté, pensait justement à l'ombre que faisaient à sa cathédrale les frères mineurs de Narbonne.

– Nous n'avons pas la chance à Béziers d'avoir une relique royale, n'est-ce pas Monseigneur ? poursuivait l'évêque, faisant allusion à la fondation par Philippe le Bel à Saint-Just de Narbonne d'un anniversaire de la mort du roi Philippe son père.

– Cinquante livres de revenu annuel, admit entre ses dents Gilles au regret d'étaler ses affaires sur le parvis des églises.

Béranger arrivait au point crucial de l'exposé, la participation des clercs qui tenait d'une part à la réglementation canonique, d'autre part à des dons volontaires. Lourdement, l'évêque insista sur sa propre générosité puisqu'il avait financé une partie du chantier avec sa fortune personnelle, comme ses prédécesseurs d'ailleurs :

– Cela doit vous inciter, insistait-il en martelant le pupitre de ses longues mains.

– A la mesure de vos moyens, commentait Gilles toujours diplomate.

– Monseigneur va fonder et meubler deux chapelles à Narbonne, reprenait Béranger en se retournant cérémonieusement vers le prélat mais avec surtout le souci d'indiquer qu'il n'était pas le seul dépensier.

Martin n'oublierait sans doute pas la discussion qui s'ensuivit quand Béranger évoqua la possibilité de verser à la fabrique de la cathédrale une partie des redevances perçues sur les prêtres desservants pour cause de non-résidence.

– Vous n'habitez pas, je ferme les yeux, mais vous payez, disait Béranger, l'index menaçant.

– Mais que dites-vous des pratiques usurières à taxer ou encore sur les confiscations d'hérésie que le roi s'adjuge à tort ? répondaient les clercs habiles à faire dévier le sujet.

– Monseigneur Aycelin pourrait faire part de vos récriminations à la cour, conclut Béranger pour détendre l'atmosphère. Et puis, Monseigneur, obtiendrons-nous, comme vous l'avez à Narbonne, que la moitié des ressources annuelles des bénéfices vacants, à la collation [1] de l'évêque ou du chapitre, soit affectée à la fabrique ?

– Je crois que c'est envisageable, répondit Gilles en hochant la tête, cela est de plus en plus courant aujourd'hui.

Au fond de lui-même si ce n'était les arguments juridiques qu'il apportait aux deux évêques, Martin, déçu des discussions mesquines de la docte assemblée, fut finalement content de quitter Béziers pour accompagner Gilles à Narbonne. Il devait y repasser afin de définir avec le maître de la fabrique les travaux à venir sur le double chantier de la cathédrale et du palais épiscopal.

1. Acte consistant à conférer un bénéfice ecclésiastique, c'est-à-dire un revenu.

— Mais vous construisez une forteresse, Monseigneur, observa Martin en découvrant un édifice à l'aspect sévère dont les chapelles formaient seulement un espace dilaté autour de l'abside beaucoup plus élancée.

— Tu ne crois pas si bien dire, Martin. Des chambres fortes sont ménagées à l'intérieur des contreforts et ne s'ouvrent sur l'extérieur que par des meurtrières. Mes successeurs, car tu le sais, je ne souhaite pas faire de vieux os ici, trop loin de Paris, auront de quoi se cacher et se protéger en cas d'événements fâcheux. Dans cette région, il faut être prêt à tout. Maître Deschamps a bien travaillé. C'est lui qui a fait le plan et les chapelles rappellent celles de Clermont; transept et nef déborderont sur la vieille muraille.

Très volubile, Gilles voulait tout montrer :

— Mon nouvel architecte Dominique de Fauran a respecté les plans primitifs et l'esprit du vieux maître avec cet allongement du chœur. Il travaille aussi au palais. Je veux une forteresse pour ce palais-neuf comme la Barbu à Albi. Regarde la Turris Magna qui va être réunie à la petite tour là-bas grâce à un mur renforcé d'arcs. Il me coûte cher. Je néglige maintenant un peu le chantier de la cathédrale, après tout c'est l'affaire des clercs. Heureusement, j'ai les revenus les plus élevés avec l'évêque de Toulouse. Près de quarante mille livres tournois. Seulement voilà, le vicomte n'est guère content de ce dispositif. Sa tour est maintenant plus basse que la mienne. Et pas aussi bien construite. Regarde !

Gilles fit entrer Martin.

— Carrée dehors, circulaire à l'intérieur. Et que de pierres et pour démolir cela, le vicomte peut se lever tôt. Il ne me fera pas le coup des trompettes de Jéricho. Je peux défendre et la cité et le port. Admire ces quatre échauguettes.

Martin, qui n'avait pas trois deniers, était sidéré de ces confidences, expliquant le faste du palais.

Le séjour à Narbonne fut bref. Martin s'offrit seulement une escapade au bord de cette mer dont il avait souvent entendu parler, la *mare nostrum* des Romains. Il ne fut pas déçu par sa couleur extraordinaire :

— Ce bleu intense, c'est le lapis-lazuli d'Omblard.

Puis ils reprirent la route de Paris avec une halte prévue en Auvergne, réjouissant Martin. Capestang et sa toute neuve église avec une tour carrée d'allure guerrière furent leur première étape, puis Béziers où les activités normales avaient repris après l'agitation du synode. A Servian, l'aubergiste des Herbes Vertes leur servit une cominée de poulaille.

— C'est délicieux, aubergiste! commenta Gilles mis en joie par un petit vin de Cahors.

— Elle est bonne ma poule au cumin, Monseigneur, j'ai bien broyé les herbes.

— Pour que tu connaisses aussi bien les herbes, ton grand-père était sûrement hérétique, ironisa Gilles.

— Monseigneur, ne plaisantez pas avec ces choses-là! dit l'aubergiste en se signant en direction de l'église-forteresse de l'autre côté de la place.

— Bon, il y a beau temps que tout cela est fini, n'est-ce pas aubergiste! Tu sais, Martin, il y a un siècle, Servian était un repaire d'hérétiques. Dominique [1] est passé par là et y a ramené le bon ordre mais huit jours de discussion.

A Lamalou, Martin aurait bien fait une halte plus longue car la réception chez un bourgeois, ami de Gilles, fut fort aimable. Les deux filles de la maison, Clarette, blonde au teint clair et Gentiane, brunette plus piquante, l'enchantèrent. L'accueil de l'évêque de Lodève, lui aussi aux prises avec le chantier de sa cathédrale, fut plus austère, alors que son collègue de Mende ne semblait guère se soucier de reconstruire un édifice vieux de près de trois siècles, où l'eau s'engouffrait partout et où les voûtes menaçaient ruine!

Martin aperçut enfin le puy de Dôme après le péage du Breuil-sur-Couze. Au palais épiscopal de Clermont, ce fut le branle-bas de combat quand la nouvelle de l'arrivée de l'archevêque se répandit, l'évêque Jean faisant mettre les petits plats dans les grands par sa cuisinière, la fidèle Marthe.

Dès le lendemain, Martin se présenta chez Géraud Brillat, qu'il trouva vieilli et las de tout. Dame Jeanne brodait mélancoliquement devant la cheminée de la grande salle.

— D'où arrives-tu? demanda Géraud, abandonnant le parchemin posé sur ses genoux.

Attentivement, ils écoutèrent le jeune homme leur raconter ses recherches infructueuses à Montpellier.

— Tu as été gentil, Martin! Cela va faire six mois que

1. Saint Dominique (1170-1221), fondateur de l'ordre des prêcheurs, en 1215.

nous n'avons pas de nouvelles. Par mes relations italiennes je fais faire des investigations à Bologne et en attends des nouvelles incessamment. Ce pauvre Thibault que j'ai vu aux foires de Provins et de Reims erre comme une âme en peine.

— Donnez-moi des nouvelles d'Agricol et de Vital, interrompit Martin comme pour secouer l'atmosphère pesante qui s'était abattue sur cette maison où il avait été si heureux. Une chape de tristesse semblait y flotter, à peine perceptible sans doute pour les étrangers.

— Ils sont à Paris depuis deux mois. (Géraud se redressa dans sa cathèdre, comme ranimé.) Ils ont repris leurs études et je vais maintenant leur confier quelques missions. Tu sais que je t'emploierai quand tu voudras mais l'archevêque te réserve peut-être pour d'autres destinées.

Une tête brune apparut à la porte :

— Père, Mère, qui est là ? Martin !

Anne se précipita dans ses bras.

— Que tu as grandi ! Je ne t'aurais pas reconnue.

— Si, je ressemble tout de même à Isabelle.

— Oui et non, fit Martin dubitatif mais vaguement ému. Et Pierre ?

— Il est au cours de frère Jacques.

Avec Anne, la vie avait fait sa réapparition dans cette salle sinistre quelques instants auparavant.

Levant les yeux de sa broderie, Jeanne sortit enfin de son mutisme :

— D'où viens-tu ? Tu es rouge.

— Je suis montée à Chanturgue avec mes cousins. Martin, tu m'accompagnes, je vais chez eux, viens Martin !

— Vas-y Martin, cela lui fait tellement plaisir et reviens quand tu veux. Où loges-tu ? Ta chambre est toujours là, ne l'oublie pas.

— Merci.

— Ne me remercie pas. La présence des uns adoucit l'absence des autres.

Jeanne sourit presque. Géraud passa la main dans ses cheveux devenus gris si vite :

— Martin, quand tu veux. Je suppose que tu voudras voir Omblard, il est à Montfermy chez les moines bénédictins pour la réalisation d'un vaste projet.

— Je vais y aller pendant que Monseigneur se rendra à Montaigut.

Le lendemain soir, Martin arrivait à Montfermy, blotti au détour d'un méandre de la Sioule, où il trouva sans peine la petite maison prêtée à Omblard pour la durée du chantier. Le peintre, un peu grossi, ce qui lui allait bien, avait une mine resplendissante et Marguerite était superbe avec ses deux enfants, Matthieu et Mathilde, poussant sans histoires. L'air vif de la campagne leur donnait des joues rouges qui faisaient plaisir à voir. Le petit Matthieu reprit ses habitudes avec Martin tandis que le bébé se laissa plus difficilement apprivoiser. Comme toujours, sous le charme de la douce vie familiale de ses amis, Martin épancha son cœur en leur racontant tout jusqu'à la fuite d'Isabelle et de Jean.

– Nous l'avons su. Messire Géraud et dame Jeanne faisaient peine à voir.

Puis Martin parla de Radegonde. Pour la première fois, depuis ces événements douloureux, il raconta tout par le menu à Omblard et Marguerite qui surent compatir avec affection :

– Mon pauvre Martin, tu as dû souffrir mais chaque jour allège la peine, dit Marguerite, se souvenant comment peu à peu elle avait surmonté son chagrin d'avoir perdu son cher Hugues. Un jour, la peine est si légère qu'elle s'envole.

– Je veux bien te croire, Marguerite.

Omblard, plus maladroit dans sa compassion, ne savait trop que dire :

– Tu oublieras ta madone blonde ; allons dormir, demain j'ai une bonne journée devant moi.

– Que peins-tu ? questionna Martin en se rendant à la petite église avec le peintre.

– Le prieur Michel m'a demandé de raconter des événements de la vie du monastère. Ici, j'ai peint une scène d'enterrement collectif à la suite d'un tremblement de terre provoquant la mort de nombreux habitants de ce lieu et de l'autre côté, je raconte la reconstruction de l'église avec les pierres d'un château voisin. Les registres du prieur rapportent que son seigneur avait eu si peur lors du tremblement de terre qu'il offrit les pierres de son château en échange d'un mariage pour le sauver du péché où il vivait depuis plusieurs années avec une femme du village qui lui avait déjà donné plusieurs enfants. Le prieur m'a donc suggéré de raconter l'histoire de ce mariage qui se fit sous le poêle comme de coutume en cas de mariage tardif et en présence des enfants.

— C'est amusant, dit Martin qui s'était saisi d'un pinceau. Que puis-je faire?

— Tu pourrais orner les colonnes et les chapiteaux à ta fantaisie. Dans les arcs, je vais mettre les apôtres et sur la voûte peut-être un Christ mais je ne sais encore si je passerai tout l'hiver ici; il est très rude, m'a dit le prieur.

Martin frissonna :

— C'est vrai qu'il ne fait déjà pas chaud.

Pour le dîner Marguerite leur apporta du pain acheté au boulanger voisin et quelques fruits. Le soir, les deux hommes dont le travail en commun avait renoué l'intimité, retrouvèrent avec bonheur le feu amoureusement entretenu dans le foyer de terre battue. Sur le trépied de fer, la soupe chauffait dans un gros chaudron à côté de la petite casserole de bronze réservée à la bouillie de Mathilde. Sur la table, la cruche à eau voisinait avec les écuelles. Marguerite avait fait le plein d'eau avant la tombée de la nuit au puits commun avec la ferme voisine.

Après le souper, une fois les enfants couchés au fond de la salle dans un lit clos, Marguerite se mit à broder tout en participant à la conversation des deux hommes.

— Marguerite aspire à retrouver sa maison, dit Omblard.

— Les enfants sont mieux installés, nous aussi. Demain, vous me ferez une corvée de bois.

— Quelle sera notre route, Monseigneur?

— Je voudrais passer par Clermont, j'ai des affaires à voir à Châtel-Odon où rien n'est vraiment réglé. Mon frère est si négligent! Je suppose que tu retrouveras avec plaisir Omblard et Marguerite, mais nous ne nous attarderons pas.

Martin rosit de bonheur comme si ses pensées secrètes rencontraient la réalité.

Jusqu'à Clermont, le voyage fut rapide, avec un seul incident de parcours sur un raccourci que Gilles connaissait près d'Orléans et où un ermite apostropha assez injurieusement l'archevêque et ses compagnons. Assis devant sa cabane, pieds nus, sale et hirsute, avec une cotte en loques, il se dressa sur le passage des cavaliers, faisant

faire un tel écart aux chevaux que Gilles fut jeté à terre.
Furieux, il invectiva l'ermite qui, plutôt que de chercher à
se faire pardonner, se lança dans une grande diatribe
contre les riches cavaliers qui foulaient sa terre.

— Sais-tu à qui tu parles?

— Je ne veux pas le savoir, moi pauvre comme le Christ
crucifié, humble comme l'aveugle, moi qui ai vendu tout
ce que je possédais pour un trésor aux cieux.

— Suffit! cria Gilles hors de lui en remontant à cheval.
Tu veux vivre seul, eh bien laisse les autres tranquilles.

— Je ne sais si je prierai pour toi, sale monseigneur,
avait conlu l'autre en se retirant dans sa cabane.

Le séjour clermontois fut très bref. A peine le temps
d'embrasser Omblard, enfin rentré de Montfermy, et Marguerite, retrouvant avec délices son jardin sur lequel sa
belle-sœur Élisabeth avait bien veillé. Matthieu avait
beaucoup grandi. Il lui fit faire l'inventaire du coffre,
peint de scènes naïves, que son père avait fait réaliser dans
son atelier.

— Maman va m'apprendre à lire.

— Quand tu ne déchireras plus ta cotte, dit Marguerite
en train justement d'en ravauder une en toile bleue.

L'air buté, le petit garçon avait rapporté une tablette de
plâtre sur laquelle étaient écrites des lettres.

— Je crois que Marguerite rêve. Elle s'y prend un peu
tôt, tu ne crois pas, Martin? observa Omblard en plissant
ses yeux de ce bon sourire qui attendrissait Martin.

— Il n'est jamais trop tôt pour bien faire. Il apprendra à
lire très vite, je le dis, s'entêtait la jeune femme.

— Où travailles-tu Omblard en ce moment?

— A l'abbaye Saint-Alyre. Les moines m'ont demandé
d'orner leur salle capitulaire d'un cycle de la Résurrection. Je peins maintenant un *Noli me tangere*; Marie-
Madeleine est plutôt brune avec une silhouette longue.
Dame Jeanne m'a prêté un livre d'heures rapporté par
messire Géraud de Paris cet hiver. La vie de Jésus est
illustrée en douze folios. J'y trouve des idées.

Avant de quitter Clermont, Martin rendit visite à
Géraud Brillat et à dame Jeanne tout à la jubilation
d'avoir enfin eu des nouvelles d'Isabelle:

— Au bout d'un an, quelle joie! Ils sont à Bologne, c'est
un de mes correspondants qui les a trouvés dans la misère.
Quelle pitié! Lui, ce Jean, travaille à l'université et Isabelle les fait vivre comme elle peut. Ils avaient fait jurer à

Paolo Comerci de ne rien nous dire. Je vais essayer de les faire aider discrètement.

— J'irai les voir en rentrant de Rome, décida aussitôt Martin.

Géraud sortit d'un petit coffre une bourse gonflée de livres et la remit à Martin :

— Utilise le contenu pour toi, pour ton voyage et le reste donne-le à Isabelle et dis-lui que nous voudrions tant la revoir !

— Oui, Martin, dis-lui, insista dame Jeanne émue mais qui ajouta aussitôt pour ne pas céder au trouble, d'un ton plus guilleret : Nous attendons les jumeaux ; peut-être fiancerons-nous Agricol avec la petite Claude Aycelin qui l'attend avec tant d'impatience, elle est si mignonne !

Martin les embrassa affectueusement avant de partir pour Montaigut où Gilles avait réglé ses affaires.

— Enfin, ma chapelle va commencer. Ces maudits chanoines se sont décidés à être arrangeants. J'ai vu mon oncle Herbert, il ne rajeunit pas et si je veux l'enterrer là, il est temps. Et mon frère Jean n'est pas en très bonne santé non plus. C'était bien la peine de se donner tout ce mal pour qu'un Aycelin ait ce trône épiscopal, il abuse trop de la table. Allez, en route. Gaucelin, es-tu prêt ?

— Oui, Monseigneur, répondit celui-ci agacé par l'agitation de son maître.

— J'ai vu Pierre Flotte, reprit Gilles sans avoir entendu la réponse de son secrétaire et s'adressant, au grand dam du doyen, directement à Martin.

— Il ne va pas à Rome ?

— Il y serait bien venu mais le roi est de plus en plus pressé de réunir les états généraux. Il lui faut travailler sur ce projet.

Gilles avait décidé de suivre la vallée du Rhône pour faire halte chez l'évêque d'Avignon. Ils traversèrent donc le Forez avec une étape chez les moines de Sainte-Croix-en-Jarez dont le prieur, amateur de bonne chère, était un ami de Gaucelin, puis à Viviers chez un évêque bougon, un fanatique de Boniface.

— On aurait mieux fait de s'arrêter à l'auberge du Cygne Blanc, commenta Gilles agacé en se couchant.

Arrivé à Villeneuve en vue du pont d'Avignon, Gilles arrêta son cheval :

– Il y a ici un ordre des frères du pont d'Avignon. C'est un petit berger du nom de Bénezet qui s'est mis à leur tête pour construire l'ouvrage, en transportant pierre après pierre, lui-même.

– Comme disent les bateliers, ajouta Gaucelin d'un air entendu, de ce côté du fleuve le royaume, de l'autre l'empire.

– C'est bien, ce grand fleuve pour séparer deux états, observa Martin fasciné par le paysage mais ramené à la réalité par Gilles :

– Tout est en ordre, dit celui-ci en s'élançant sur le pont, voilà deux moines, puis deux putains, enfin deux ânes. Le dicton est respecté : on ne peut traverser le pont d'Avignon sans rencontrer deux moines, deux putains et deux ânes.

Les deux religieux fraîchement tonsurés éclatèrent de rire et se sauvèrent.

Pénétrant dans la ville accablée de chaleur sous le soleil de none par la porte Boquier et la Grande Rue, ils laissèrent à droite la rue Paraphernerie réputée pour sa saleté et croisèrent justement un crieur public rappelant des dispositions municipales sur la propreté, rendues urgentes par la canicule :

– Personne ne doit jeter dans la rue de liquide bouillant, ni de brins de paille, ni de détritus de raisin, ni d'excréments humains, ni d'eau de lavage...

Ils contournèrent à gauche la paroisse Saint-Étienne et la rue de la Grande-Fusterie où auberges et hôtelleries se succédaient sans interruption.

– Serre ta bourse, Martin, Avignon n'est pas une ville très sûre, il y a beaucoup de passage, vagabonds et ribauds sont malins.

Justement des cris parvenaient à leurs oreilles, une rixe opposant sans doute des Catalans si on en jugeait par un parler très rocailleux auquel Martin ne comprenait rien.

– Je lui viderai les tripes à celui-là, cria une commère près d'eux, hier c'était les bateliers qui se battaient, aujourd'hui les Catalans.

En arrivant à Notre-Dame-des-Doms, ils en virent sortir une longue procession hérissée de croix, de cierges et d'oriflammes et se terminant par une châsse précieuse encadrée d'images peintes et sculptées.

– La procession de la Saint-Pierre, fit un badaud aux voyageurs qui eurent bien du mal à se frayer un chemin au milieu d'une foule dense et bigarrée jusqu'à la place du Change, où Gilles s'éclipsa pour s'entretenir discrètement avec un changeur italien de ses amis.

Embarqués à Marseille dès le lendemain soir, ils arrivèrent à Ostie après une traversée sans histoire.

– Voilà un voyage promptement mené, commenta Gilles Aycelin en enfourchant un petit cheval nerveux.

Il dut vite déchanter sur l'issue rapide de son ambassade. Le cardinal chargé d'organiser l'emploi du temps pontifical n'avait d'autres mots à la bouche que :

– *Piano, piano! Domani!*

Gilles enrageait. Martin, lui, ne se plaignait pas de ces retards qui lui accordaient des journées libres pour visiter la cité. Les monuments antiques le fascinaient et pour calmer Gilles, il l'entraînait au Panthéon si impressionnant :

– Quelle puissance, Monseigneur! Nos cathédrales sont bien dépassées.

Lorsqu'enfin Gilles obtint son audience auprès du pape, il y emmena ses deux fidèles compagnons :

– Je souhaite, Martin, que tu voies le vieillard afin de t'en faire une idée personnelle.

Trois cardinaux les accueillirent solennellement dans la grande salle du rez-de-chaussée :

– Sa Sainteté se recueille dans son retrait, vous devez patienter.

– C'est ce que nous faisons depuis trois semaines, alors nous n'en sommes plus à un instant près, maugréa Gilles dévisageant sans complaisance les trois cardinaux « gros comme des cochons ».

Martin était un peu impressionné par l'atmosphère pompeuse autour de lui. La salle gigantesque qui n'était plus à échelle humaine était ornée d'une immense fresque où trônait le Christ avec les apôtres, à laquelle Martin s'intéressa au point que l'un des cardinaux s'approcha :

– C'est maître Cavallini qui a peint cette scène, il y a quelques années.

– C'est beau. Quelle finesse dans ces visages et en même temps quelle force!

– Si tu veux voir d'autres peintures de notre grand Cavallini, va à Santa Maria di Trastevere, il y a illustré la vie de la Vierge. T'intéresses-tu à la peinture?

252

– Oui, j'ai été apprenti auprès d'un ami peintre mais je n'étais pas très adroit.

– Moi, j'aime beaucoup aussi, reprit le cardinal Stephaneschi, et je viens de commander à Giotto di Bondone, qui vient d'Assise, un grand polyptyque.

Cette brève conversation mit un peu de liant entre les cardinaux et les visiteurs. Gilles dut reconnaître qu'encore une fois, Martin jouait un rôle bénéfique :

– Tu te fais des amis partout.

Stephaneschi s'offrit à aller consulter Sa Sainteté en dépit de ses deux collègues, manifestement offusqués de cette initiative, le cardinal Acquasparta cherchant même à l'en dissuader carrément.

– Eux aussi sont sous la coupe de ce vieillard et le craignent, murmura Gaucelin.

– Le pape est très occupé avec le jubilé. Une année sainte c'est beaucoup de soucis, voulut expliquer le plus gros des cardinaux, Brunelli.

– Je sais, cela fait trois semaines qu'on me le dit, répliqua Gilles avec l'envie de hurler quand Stephaneschi revint enfin accompagné de deux prêtres :

– Sa Sainteté va vous recevoir.

Ils montèrent un escalier qui tournait et arrivèrent sur un palier que gardaient quatre soldats en armes.

– Il n'est pas tranquille, le bougre, chuchota Gilles excédé, au bord de l'esclandre.

Enfin, ils furent introduits dans la salle où Gilles avait déjà été reçu l'année précédente : au fond, sous un dais, trônait un homme sur une haute cathèdre rehaussée d'or. Quelques cheveux blancs s'échappaient de la tiare au-dessus d'un visage de parchemin ridé et les vêtements en riches tissus brodés d'or dissimulaient mal un bon embonpoint.

Les trois visiteurs s'arrêtèrent et s'inclinèrent au pied des trois marches qui rehaussaient le trône. Gilles, très raide, eut bien du mal à baisser son regard, enrageant d'autant plus qu'il eut le temps d'apercevoir les fameux insignes impériaux.

– Je vous apporte, Saint-Père, l'humble salut de mon roi, Philippe de France.

– S'il est humble, je l'accepte. Mais quel tapage à ma porte depuis trois semaines ! Ton roi Philippe ne sait-il pas que le Pontife romain, vicaire du Tout-Puissant, commande aux rois et aux royaumes ?

— Si certes, mais...

— Il n'y a pas de mais. Je le répète : le Pontife romain exerce le principal sur tous les royaumes.

— Oui, Votre Sainteté.

— Stephaneschi, lis à nos visiteurs la fin du message que je viens d'adresser aux Florentins.

Stephaneschi s'exécuta d'une voix pompeuse :

— « A ce suprême hiérarque de l'église militante tous les fidèles, de quelque condition qu'ils soient, doivent tendre le cou. Ce sont des fous, des hérétiques, ceux qui pensent autrement. »

— Votre roi doit tendre le cou, dites-le-lui. Maintenant, répondez à mes questions. Le roi a-t-il toujours l'intention de soutirer de l'argent à mon clergé pour subvenir à ses caprices de guerre ?

— Oui, Votre Sainteté. Le trésor du roi de France a toujours été alimenté par l'Église.

La voix de Gilles était nette, respirant la simple franchise.

— On me rapporte qu'il songe à ruiner les templiers en mettant la main sur leurs biens.

— Non. Votre Sainteté aura été mal renseignée.

— Savoir ! Où sont les Colonna ?

— Je ne sais pas, Votre Sainteté.

— Fourbe, ils sont dans ton archevêché d'où ils me narguent. Le roi Philippe cessera-t-il enfin de battre l'autorité de l'évêque de Pamiers, Bernard Saisset, que je tiens en grande estime ? Je ne le supporterai pas plus longtemps.

— Votre protégé ne conspire-t-il pas contre mon roi pour lui arracher le comté de Toulouse ?

— Calomnie !

— Une enquête est en cours, Votre Sainteté, elle fera la lumière mais mon roi peut-il supporter qu'un de ses évêques...

— Un de mes évêques !

— Qu'un de vos évêques l'accuse publiquement d'être un bâtard et un faux-monnayeur ?

— Provocation ! Que voulez-vous aujourd'hui ?

— Je viens apporter une offre de conciliation. La situation n'est plus tenable ; il faut nous entendre sur les affaires en suspens.

— Il n'y a pas d'entente possible avec votre roi, c'est mon dernier mot.

254

Les visiteurs furent reconduits à l'extérieur par le cardinal Stephaneschi qui semblait un peu marri de l'entrevue, pressentant les difficultés fatalement engendrées par une situation bloquée.

— Peste soit de ce vieillard, dit Gilles dès qu'ils furent seuls, c'est un échec sur toute la ligne. Je rentre à Paris pour en informer le roi au plus tôt.

Une heure plus tard, l'archevêque et ses compagnons étaient à cheval et prenaient la route du nord, Martin abandonnant avec regret la cité qui l'avait fasciné.

— Tu reviendras. Les ambassades auprès du pape ne sont pas finies, à moins que nous ne venions avec la troupe ! lui dit Gilles en longeant le mausolée d'Auguste par l'ancienne voie Flaminia.

Martin n'était pourtant pas au bout de ses émotions artistiques. Quel enchantement à Sienne étonnamment découpée sur l'horizon toscan avec son architecture rouge montant à l'assaut des collines ! Le Duomo dont la façade venait juste d'être terminée sur les dessins de Giovanni Pisano le stupéfia avec ses marbres blancs, noirs et rouges.

— Les tours de Notre-Dame sont bien lourdes, à côté de ce campanile. Où trouvent-ils tout ce marbre ?

Ils parcoururent les rues tracées avec régularité, tels des rayons, autour de la Piazza del Campo curieusement incurvée, où un palais commençait à peine à sortir de terre.

La Toscane adoucissait l'humeur de Gilles. Grâce à ses vins, à la délicatesse de la chère et à l'aménité de l'accueil de ses habitants, il oubliait presque son idée fixe : « Rentrer à Paris au plus vite. » Les voyageurs percevaient cependant d'une cité à l'autre une certaine agitation dans les esprits. Ainsi à Sienne, la mainmise sur la ville par Charles d'Anjou trente ans plus tôt avait laissé des séquelles.

Ils prirent vraiment conscience des luttes qui secouaient le pays à San Gemignano où ils rencontrèrent le poète Dante, venu en qualité d'ambassadeur de la ligue des gibelins [1] de la Toscane.

---

1. Gibelins et guelfes sont les deux factions qui divisèrent l'Italie du XIIᵉ au XVᵉ siècle. Les gibelins soutenaient les empereurs germaniques et les guelfes le pape.

Martin avait obtenu de passer la nuit à San Gemignano, fièrement dressée sur sa colline ; la chevauchée avait été pénible dans la vallée d'Elsa sous une chaleur accablante. Soudain les murailles de la cité s'étaient offertes à leur regard sur le ciel immuablement bleu, ponctuées par de multiples tours.

— Chaque maison à sa tour ici, s'étonna Martin, saisi par ce spectacle étonnant, en arrêtant sa monture.

— Oui ! répondit le cavalier italien qui les suivait depuis quelques lieues et s'était aussi arrêté, subjugué par la vision inoubliable. Chacun construit sa tour. Voilà le résultat de nos luttes imbéciles et fratricides. Dante Alighieri, poète de Florence, ajouta l'homme en surcot rose sur une longue cotte noire.

— Gilles Aycelin, archevêque de Narbonne en France, et mes deux secrétaires Gaucelin et Martin.

— Très heureux. Voulez-vous être mes hôtes ? Je loge chez les Pasciolini. Que faites-vous en Italie ?

— Nous rentrons de Rome où nous avons eu une audience du pape pour notre roi.

— Je crois que votre roi Philippe n'est guère accommodant avec le pape.

— A moins que ce ne soit le pape qui ne soit guère accommodant avec notre roi.

Les deux hommes se mirent à rire avec complicité et Gilles conçut une grande sympathie pour cet homme au visage osseux, au nez long mais à l'œil si vif. Les Pasciolini accueillirent aimablement les voyageurs français et la soirée fut gaie, copieusement arrosée de Vernaccia, le vin de la colline. Martin trouvait les femmes belles avec leurs longs cheveux châtains tressés de rubans, leurs yeux clairs, leurs robes de lourdes et riches étoffes, comme en portait dame Jeanne. Margherita, la plus jeune fille du maître de maison, lui plaisait bien ; son sourire d'une grande pureté lui faisait penser à Radegonde et sa nuit fut pleine de rêves merveilleux où Radegonde acceptait de devenir sa femme.

Le réveil fut douloureux ; Radegonde n'était plus là et il fallait quitter la douce quiétude de cette cité où il était difficile d'imaginer que sourdaient des luttes intestines. Dante revenait à Florence après avoir accompli sa mission de faire entrer San Gemignano chez les gibelins. Les Ardinghelli, Tortoli et autres Treccani avaient consenti à ce rattachement en réalisant qu'on ne pouvait plus rester isolé dans cette Italie des factions.

Dante proposa aux voyageurs de faire route ensemble jusqu'à Florence où il serait heureux de les héberger. La maison de la via Santa Margherita était plus modeste que le palais des Pasciolini mais dominée par une tour. Elle avait le charme des demeures où il fait bon vivre. Dès leur arrivée, Dante emmena ses hôtes sur le chantier de Santa Maria del Fiore qu'Arnolfo di Cambio, l'architecte, leur fit visiter avec affabilité ; puis ils se rendirent sur l'autre grand projet florentin, la construction d'un nouveau palais dont Arnolfo était aussi le maître d'œuvre.

— Ce sera une forteresse ; les temps ne sont pas sûrs. A tout moment, il faut être prêt ici car les factions sont toutes-puissantes ; demain ce sera peut-être l'exil.

Plus loin l'Arno développait son cours avec une infinie douceur.

— Là-haut, San Miniato. La paix sur terre. Je vais y méditer au milieu des cyprès, commenta Dante en désignant une colline verdoyante.

Ils empruntèrent le pont dont les boutiques étaient surtout tenues par des bouchers, d'où de nombreuses remarques de Dante, un peu dégoûté, sur l'insalubrité du lieu, les commerçants jetant allègrement leurs déchets dans le fleuve.

Deux jours passèrent vite. Le soir, Martin lut quelques poèmes dédiés à Béatrice dans le recueil de la *Vita Nuova* et fut enthousiasmé par cet amour devenu mystique quand la « *gentilissima* », « dame bienheureuse et belle », eut disparu.

« Puisse mon amour prendre ces hauteurs, oui, mais moi je ne suis pas poète », soupira Martin qui rougit lorsque Dante lui dit le matin :

— Aimez-vous, mon garçon ? Ceci n'est rien. Plus tard, j'écrirai d'elle ce qui n'a encore jamais été dit d'aucune autre femme.

Gilles invita Dante à Paris, invitation d'autant plus acceptée que le poète projetait depuis longtemps de visiter la cité « où l'université et l'enluminure sont reines ».

Aux portes de Bologne, Gilles fit ses adieux à Martin :

— Je ne peux m'attarder mais je t'attends à Paris dès que possible. Les affaires vont y devenir passionnantes. Bonne chance.

Leurs chevaux partirent chacun dans une direction opposée, Martin pénétrant dans une cité moins brillante sans doute que Florence mais à qui ses tours et ses galeries couvertes donnaient aussi une personnalité à laquelle le jeune homme n'était pas insensible.

Depuis qu'ils avaient quitté Florence, Martin avait vu resurgir ses sentiments personnels. Si l'équipée romaine avait apporté un extraordinaire dérivatif à son chagrin en effaçant Isabelle et Radegonde dans un commun oubli, la lecture des poèmes de Dante, puis l'approche de la cité où se trouvait Isabelle avaient ranimé en lui une sensibilité à fleur de peau.

Bologne était encore une de ces cités caractérisées par des tours fièrement dressées par leurs habitants en quête d'avertissements voyants aux éventuels ennemis. Ces tours étaient aussi l'affirmation sociale de leurs bâtisseurs et Martin ne fut guère étonné que le riche marchand dont Géraud Brillat lui avait donné l'adresse, réside dans une maison dominée par une tour très étroite certes, mais fort élevée.

« Sur le plan défensif, en dehors de la possibilité de guet, ce ne doit pas être très fameux », se dit Martin avant de frapper à la porte de Paolo Comerci.

— Je voudrais voir Paolo Comerci, dit Martin au jeune homme qui lui ouvrit la lourde porte cochère, de la part de Géraud Brillat de Clermont dans le royaume de France.

— Entrez, je vais voir s'il peut vous recevoir.

Quelques instants plus tard, Paolo Comerci l'accueillait dans son cabinet tendu de drap épais comme on en fabriquait à Bologne.

— Ah, jeune homme, comment va mon ami Géraud ? Je suppose que vous voulez des nouvelles de sa fille ? ajouta-t-il en déroulant le message apporté par Martin.

— Oui, acquiesça doucement Martin, cachant son émotion.

— Elle va bien. Son ami aussi.

Pendant que le marchand lisait, Martin regardait attentivement autour de lui le cabinet à l'atmosphère un peu confinée. Deux petits panneaux avec des paysages étaient tendus au mur et un fin parchemin présentait un texte qui devait bien définir Paolo Comerci : « Triste est la maison qui ne fait pas de commerce. » Tous les objets et le mobilier respiraient l'opulence comme le marchand dans sa cotte de drap vert, ceinturée d'un riche brocart.

— J'allais sortir, Martin. Je vous emmène pour vous faire découvrir un peu la ville ; je suis attendu au palais del Podesta et même si je suis bien sûr que moins je me mêle des affaires de la cité, mieux je me porte, je sais que si je n'y vais pas ou les autres prendront mes affaires, ou ils diront du mal de moi. Et dans notre Italie, ce sont deux dangers majeurs.

Ils se retrouvèrent dans l'étroite via Santa Maria pour déboucher très vite sur les arcades à colonnes corinthiennes du palais.

— Vous voyez les traces noires ? Il y a dix ans, les bonnetiers de la cité ont mis le feu au palais del Podesta qui avait refusé la liberté à l'un d'eux accusé de crime. Ah, les Italiens ont la tête vive ! Nous voici dans la partie construite récemment par Accursio ; et là-bas, c'est le palais du roi Enzio, fils de l'empereur Frédéric, que nous avons gardé prisonnier pendant vingt-trois ans.

Paolo Comerci intervint quelques fois dans le débat que le podestat avait organisé sur la libre concurrence dans le commerce des textiles dans le cadre de la rivalité entre Bologne et Florence, mais la séance ne s'éternisa pas et Paolo reprit son rôle de guide :

— La rivalité avec Florence est grande ; les « douze arts » [1] y sont si bien organisés qu'il est difficile de relever le défi. Les affaires sont de plus en plus dures, Géraud le disait aussi la dernière fois que je l'ai vu, il y a trois ans à la foire du Lendit. Nous travaillons beaucoup ensemble, les Italiens sont surtout des intermédiaires, il passe tant de marchandises chez nous. Des armes, des draps, des épices, des soies. Que sais-je ? Ma première rencontre avec Géraud s'est déroulée, je m'en souviens très bien, chez un changeur de Gênes avec qui il avait des démêlés à propos d'un échange contre du numéraire de joyaux et de vaisselle.

Tout en parlant, Paolo avait entraîné Martin jusqu'à la maison des drapiers et le « touriste » s'était tordu le cou pour tenter d'apercevoir le sommet de la « Torre degli Asinelli » :

— La plus haute, trente pieds [2] environ, elle a deux siècles et n'est plus tout à fait droite, elle s'écroulera un de ces jours. En face, la Torre Garisenda, non achevée, deux fois moins haute. Que voulez-vous faire ? Aller voir vos amis ? demanda Paolo après avoir réglé quelques problèmes avec ses confrères. Jean, je le sais par mes indica-

1. Corporations. Pour être citoyen de Florence, il fallait depuis 1293 faire partie d'une corporation ou art, comme l'*Arte della lana*.
2. Un pied = 32,4 cm.

teurs, travaille avec Taddeo Alderotti. Ce maître est en train de rédiger un ouvrage qu'il appellera *De la façon de conserver la santé*. Son secrétaire, un certain Benedetto, travaille parfois pour moi, c'est comme ça que je le sais. Par lui, j'ai des nouvelles. Par son intermédiaire, j'ai pu loger Isabelle et Jean dans une petite maison dont le loyer sera en réalité payé par Géraud ! Jean travaille encore avec Bartolomeo de Varignana qui fait des dissections à l'université. Vous savez que nous sommes les premiers à en avoir fait une, il y a vingt ans, et que le pape Boniface a excommunié les « découpeurs de cadavres » et...

— Où puis-je les voir ? interrompit Martin au comble de l'impatience.

— La maison est près de San Stefano dans la via San Stefano.

— Et Jean, où travaille-t-il ? demanda Martin qui souhaitait d'abord le rencontrer.

Ce vœu, après réflexion, lui semblait raisonnable. Il avait tellement songé au cours des derniers jours à ces retrouvailles !

— A l'université. Je vais vous faire conduire.

Leonardo, le jeune homme qui avait accueilli plus tôt Martin, le guida sous les arcades où la fraîcheur contrastait avec la chaleur du soleil automnal jusqu'à un vaste et austère bâtiment. Il l'abandonna à l'entrée d'une grande salle d'hôpital. Il y régnait un bruit de fond soutenu : gémissements de malades, tintamarre d'ustensiles. Au fond évoluait un petit groupe de gens au milieu desquels pérorait un homme très gesticulant dont l'autorité semblait inversement proportionnelle à sa taille des plus réduites. A côté, Martin reconnut Jean et l'observa. Il parla longuement avec le petit homme dans une discussion manifestement vive, puis le groupe se déplaça et Jean saisit la main d'un malade autour duquel il se reforma. Le maître se remit à discourir avec force gestes, puis tout le monde se décala d'une travée, Jean prit la main d'un nouveau patient dont l'autre regarda les yeux attentivement.

— Que fais-tu là ?

Une femme interpella Martin, toujours planté à la porte, comme paralysé.

— J'attends un ami.

— Qui ?

— Jean.

– Jean le Français ?

Martin fit un signe de tête.

– Tu veux que je l'appelle ?

– Ne le dérange pas. Je reviendrai.

– Il n'a pas fini de si tôt. Tu peux revenir à la vêprée, si tu veux.

Martin retrouva avec soulagement la rue et son animation, et surtout l'air car l'odeur et l'émotion lui avaient soulevé le cœur. Nauséeux, il réalisa alors qu'il avait le ventre vide. Il erra un peu avant de s'attabler à l'Auberge de la Forge. Dans la cuisine, une femme aguichante chantait et le patron lui vanta les mérites de son oie rôtie et de son vin des coteaux de l'Arno qui transforma vite la vision triste de Martin en roses perspectives, gommant toute l'appréhension nourrie à l'idée de ces retrouvailles. Fort bien disposé, il marcha dans les rues bordées de galeries animées, trouva les femmes « vaillantes et belles » et la cité gaie avec ses bannières et ses écus colorés plantés aux baies des tours. A l'ombre, une poissonnière tentait de solder sa marchandise en face de la boutique d'un changeur qui rangeait avec application sa monnaie sur son « banc ». Dans l'échoppe voisine regorgeant de vaisselle d'or et d'argent sur un étal bien protégé, l'orfèvre suivait avec inquiétude les évolutions d'un ours que son montreur faisait travailler avec acharnement malgré un public des plus restreints, auquel se joignit Martin pour passer le temps. Un temps rythmé sans cesse par la cloche guillerette d'une église ou d'un monastère.

– Je parie que tu n'es pas allé sur la tombe de saint Dominique, dit un clerc à Martin qui comprit vite avoir affaire à un illuminé qu'il ne fallait pas contredire. Il suivit par désœuvrement.

– Regarde ce beau sarcophage. C'est maître Arnolfo di Cambio qui vient de le faire, dit l'autre dans la pénombre de l'église dédiée au saint fondateur des Frères prêcheurs et mort à Bologne au début du siècle.

Martin écarquilla les yeux pour en découvrir les détails sculptés.

– Sais-tu que saint Dominique a tenu le premier chapitre des prêcheurs dans notre cité ?

– Non je ne le savais pas, admit honnêtement Martin.

– Mécréant, tu ne sais rien ! cria le fou avec une telle violence que Martin s'enfuit et se retrouva perdu dans des rues toutes étrangement semblables.

Cherchant son chemin, il avait le sentiment d'un égarement total, doutant même du but de son voyage pourtant espéré depuis des semaines. A l'université, il repéra sans peine la salle dont les odeurs ne s'étaient guère estompées. Jean était seul auprès d'un malade et parlait avec une religieuse qui hochait la tête d'un air dubitatif. Se sentant peut-être observé, il leva son visage vers la porte. Martin vit ses yeux bleus se fixer sur lui avec incrédulité. Après un mot à la religieuse, il se dirigea vers la porte.

— Martin, que fais-tu là ?

— Je suis venu te voir, Jean ! répondit simplement Martin comme s'ils s'étaient quittés la veille.

Il avait recouvré tout son calme, au moins apparemment.

— Je suis heureux, ne bouge pas, je reviens !

Quelques instants plus tard, ils étaient dehors et le dialogue se renouant beaucoup plus facilement que ne l'avait imaginé Martin, Jean raconta, sans se faire prier, sa vie depuis cette fameuse foire du Lendit qui l'avait bouleversée.

— Si tu savais comme je suis heureux et en même temps malheureux d'avoir entraîné Isabelle dans cette aventure.

— Tu ne crois pas que c'est plutôt Isabelle qui t'a entraîné, Jean ?

— Comment peux-tu dire cela ?

Jean s'était arrêté et regardait son ami, l'air interrogateur.

— Je connais Isabelle. Avant toi, j'ai su qu'elle t'aimait et qu'elle ne lâcherait pas sa proie.

Jean pâlit et dit d'un ton sec que Martin ne lui connaissait pas :

— Tu dis cela par dépit, car tu l'aimais toi aussi ! Elle me l'a dit.

— Oui, je l'ai aimée à en être fou, puis je l'ai détestée. Mais bien avant qu'elle ne parte avec toi. C'est une tempête pour un destin, tu ne diras pas le contraire, Jean.

Jean s'était repris :

— Oui, dit-il posément, elle a dévasté ma petite vie bien arrangée mais je l'aime et elle m'aime.

— Jusqu'à quand ? Jean, fais attention. Isabelle serait-elle devenue constante dans ses amours ? Tu sais le nombre d'hommes qu'elle a eus avant de te connaître et encore, je ne prétends pas tout savoir.

— Oui, elle m'a tout confessé.

– Tout ?

– Tout ! hurla Jean d'un ton de nouveau sans réplique.

– Je suis désolé. Je ne suis pas venu pour te dire cela, je n'aime plus Isabelle et si tu es heureux avec elle, je suis heureux aussi.

– Alors, pourquoi es-tu venu ?

– Pour te voir, t'apporter des nouvelles, dire que vos parents sont très inquiets. Dame Jeanne et Géraud Brillat ne savent où est leur fille que depuis quelques semaines. Ils ont été fous d'inquiétude et tes parents, y penses-tu parfois ?

– Très souvent. Comme j'aimerais les voir, et mes sœurs. Valérie a dû avoir son enfant.

– Je les ai vus l'année dernière à Poitiers. Ils t'attendaient tous. Comment leur dire ton infamie ? Radegonde a dû rentrer depuis dans son couvent de Montmorillon. C'est elle que j'aimais mais je n'ai pu la ramener à moi. J'aurais été tellement heureux de t'avoir pour frère, moi qui suis sans famille !

Les deux garçons se sentirent tout à coup très proches. Toute animosité s'était estompée. Martin avait suivi Jean sans regarder autour de lui. Comme pour apaiser leur émotion, ils s'arrêtèrent et s'assirent devant San Stefano.

– C'est mon coin préféré à Bologne. Je viens rêver là dans le jardin avec Isabelle. Il y a sept églises ici dont une dédiée à saint Vital et saint Agricol ; Isabelle vient souvent y prier comme si cela la rapprochait de sa famille ; tu vois, elle n'est pas si mauvaise !

– Je n'ai pas dit cela, protesta Martin.

– Peu importe. Ici, c'est l'église du Saint-Sépulcre construite en rond comme celle de Jérusalem ; derrière, au fond de la cour, on vient de bâtir l'église de la Trinité. Ici, c'est le calme, la paix.

– Et ton travail ?

– Tu ne peux savoir tout ce que j'apprends ici ! Mes maîtres Taddeo et Bartolomeo se complètent à merveille : le premier écrit beaucoup et fait des cours où il nous donne des connaissances théoriques, le second est un merveilleux pédagogue à l'hôpital ; il sait tout, voit tout ; je fais des dissections avec lui.

– Alors tu es un « découpeur de cadavres » !

– Oui, mais cela me permet de mieux soigner les corps vivants et c'est l'essentiel. Sauver une femme qui vient d'accoucher, guérir un enfant, je ne connais pas de plus grandes joies. Grâce à ce que nous apprenons sur les cadavres, nous pouvons comprendre les maladies.

Jean rayonnait maintenant comme chaque fois qu'il parlait de son travail :

— Je voudrais rentrer en France et enseigner à mon tour à des étudiants ce que j'aurai étudié ici; mais j'ai encore beaucoup à apprendre, alors je vais rester à Bologne encore longtemps. La vie y est douce et tant qu'Isabelle veut bien y vivre, je ne vois pas pourquoi j'irais ailleurs.

— Mais Isabelle, ne s'ennuie-t-elle pas?

— Pas du tout. Au début, elle est venue aider à l'hôpital comme elle l'avait fait à Paris. Mais nous avions besoin d'argent pour vivre. Elle a cherché une autre activité et est entrée comme calligraphe dans l'atelier de Flandina de Tebaldino, aujourd'hui repris par son fils. Avec l'université, il y a beaucoup de travail, comme dans notre quartier Saint-Séverin; elle écrit et dessine un peu dans les marges. C'est mieux payé que la salle d'hôpital et voir Isabelle dans ces conditions aussi pénibles me faisait peine. Moi, je commence à me faire une petite clientèle mais ce n'est pas officiel car je n'ai pas mon diplôme de l'université de Bologne, je l'aurai sans doute l'année prochaine. Je t'emmène chez nous, Isabelle doit être rentrée.

Si Martin avait le cœur qui s'emballait légèrement à la perspective de revoir dans quelques instants Isabelle, il s'appliquait à une impassibilité totale face à son compagnon. Ils arrivèrent devant une petite maison.

— Nous avons eu de la chance de trouver cette maison et pas trop chère.

Martin sourit : « S'il savait! »

— Jean, c'est toi?

La voix un peu grave qui réveillait tant de souvenirs venait d'en haut.

— Oui. Je t'amène un visiteur.

— Qui? Umberto? Benedetto? Paolo?

— Non, ce n'est pas un Italien. Devine.

— Je ne sais pas, répondit la jeune femme en descendant le petit escalier étroit et, s'arrêtant incrédule : Martin! c'est toi?

— C'est bien moi.

Isabelle était dans ses bras et Martin l'embrassait sur les deux joues « comme un frère que je n'aurais jamais dû cesser d'être ».

– Comment nous as-tu trouvés ?

Martin raconta les recherches entreprises par Géraud Brillat qui connaissait maintenant leur retraite depuis quelques semaines.

– Comment vont mes parents ? Vital et Agricol ? Et les petits ? Ils doivent être grands ! Je ne sais pas si je les reconnaîtrais.

– Oh si, Anne te ressemble tellement.

Touché de l'intérêt manifesté par Isabelle, il répondit inlassablement à ses questions.

– Ils m'ont tant manqué ! Ils me manquent tant ! Tu ne l'aurais pas imaginé ?

– Mais si !

Martin était frappé par le changement de la jeune femme. Étrangement sereine, elle n'était plus l'Isabelle qu'il avait connue et il en fut heureux pour Jean.

Installé dans l'auberge voisine du Chat-qui-dort, il passa plusieurs jours à Bologne, retrouvant ses amis le soir après leur travail, et connut lui aussi une certaine sérénité comme si, après des moments de malaise face à Isabelle, sa peur au fil des jours s'exorcisait peu à peu. Cet équilibre, il le recouvrait aussi en suivant des cours à la faculté de droit, réputée pour son enseignement du droit romain dont la résurrection depuis plus d'un siècle était largement irradiée par Bologne et l'Italie d'une manière plus générale. Martin avait écouté avec passion un exposé de maître Arnolfo sur la bulle *Super Speculam* de 1219 qui avait interdit l'enseignement du droit romain à Paris.

– Ah, si le chevalier de Nogaret était là ! répétait-il à Jean, le soir, en rentrant tout émoustillé de discussions passionnées.

Un soir, il se décida à aller attendre Isabelle à la sortie du scriptorium [1] Tebaldino, près de l'église San Salvatore, pour rentrer ensemble en déambulant lentement dans les rues si animées de cette ville qu'Isabelle connaissait maintenant par cœur.

– C'est encore plus bruyant qu'à Paris, observa Martin affichant avec application l'air le plus détaché possible quand, près de San Stefano, Isabelle s'arrêta et le fit asseoir sur un banc de pierre au soleil couchant.

– Martin, puis-je te parler ?

1. Atelier religieux ou laïque de rédaction de manuscrits.

— Oui, Isabelle, fit Martin inquiet.

— J'ai changé.

— Oui, je sais.

— Cela se voit? dit Isabelle, non sans une certaine coquetterie qui ressuscitait son fantôme antérieur.

— Je l'ai compris à l'instant où je t'ai vue, répliqua Martin, sur ses gardes, mais imperturbable.

— J'ai tiré un grand trait sur ma vie passée; j'ai trouvé l'homme que je cherchais à travers Thomas, Philippe, toi et les autres.

— Il y en a eu beaucoup d'autres? ne put s'empêcher d'interrompre Martin.

— Pas tant que cela. Depuis que j'ai rencontré Jean, je ne regarde plus les hommes. Ma vie c'est lui. Martin, j'ai besoin de toi.

— Que puis-je faire?

Martin était intrigué.

— Jean ne va pas rester à Bologne éternellement; il a envie de retrouver son pays. Moi aussi, ma famille me manque, tu le sais. Mais que faire? Comment revoir les gens que j'aime? Toi qui connais le droit, quels sont les pouvoirs de Thibault? Puis-je délier nos liens?

— Le mariage depuis près d'un siècle est, en principe, indissoluble; l'Église l'a transformé en sacrement. Tu as avec Thibault un lien indestructible que nul ne peut rompre. Et si l'Église prononce dans des cas très limités la séparation de corps, les époux séparés n'ont pas le droit de se remarier.

— Quels sont les cas de séparation? dit Isabelle qui avait suivi avec avidité les explications de Martin.

— Autrefois les maris répudiaient leur femme quand elle ne pouvait avoir d'enfants; c'était une raison admise mais aujourd'hui, c'est plus délicat!

— Que faire?

— Je ne sais pas.

Martin le juriste était à bout d'arguments.

— Le pape peut-il faire quelque chose?

— Oh, le pape! C'est un vieillard qui trône sur ses principes. J'ignore ce qu'on peut attendre de lui. Il faut commencer par apporter l'affaire devant un tribunal ecclésiastique.

— De Clermont?

— Oui. Tu t'es mariée à Clermont.

— L'évêque Jean a été élu beaucoup grâce à mon père,

ton archevêque ne peut-il rien faire ? Tu vas partir. Tu vas aller donner des nouvelles à mes parents. Demain, je te donnerai deux rouleaux de parchemin que j'ai commencé à écrire, l'un pour mes parents, l'autre pour Thibault. Crois-tu qu'ils me pardonneront, crois-tu que je pourrai à nouveau vivre dans le royaume de France sans me cacher ? C'est dur, tu sais, cette vie que j'ai choisie !

Quelques jours plus tard, Martin quitta Bologne.

« Voilà encore une page de ma vie tournée », se dit-il en poussant son cheval vers la plaine du Pô.

Pacifié, il était soudain pressé de rentrer. Dans ses bagages, les deux rouleaux de parchemin voisinaient avec un manuscrit donné par maître Arnolfo qui lui avait décerné le titre de disciple et espérait beaucoup voir son enseignement diffusé en France grâce à Martin.

16

Martin fut heureux une fois encore d'apercevoir le puy de Dôme au terme d'un voyage que froid et neige avaient rendu particulièrement pénible, l'hiver étant très précoce cette année-là. Et toujours plus confortable et douce lui parut la maison de Marguerite qui voyait arriver avec mélancolie les rigueurs hivernales plongeant en léthargie son cher jardin. Elle consacrait alors le plus clair de son temps au dessin et à la broderie, la réussite d'Omblard lui permettant d'avoir maintenant une servante à plein temps, une certaine Perrine qui s'occupait fort bien des enfants. Elle pouvait aussi aider plus facilement Omblard. Il peignait depuis quelques jours une vie de saint François sur les murs de la chapelle du couvent des clarisses fondé par l'évêque Jean. Il avait, encore une fois, puisé son inspiration dans un manuscrit que Géraud Brillat avait fait venir de Gênes par l'intermédiaire de Capperello. Agent de la banque florentine en Auvergne, il avait eu vent, de passage à Gênes, de ce texte rédigé quelques années plus tôt par Jacques de Varazze, l'archevêque de la cité.

– Regardez, maître Omblard, la *Legenda Aurea*[1]! avait dit Géraud au peintre, convoqué quelques mois plus tôt, dès réception du précieux manuscrit. Vous allez trouver tout ce que vous voulez ici pour raconter la vie de nos saints. Je le mets dans ma librairie, mais il est à votre disposition.

Et le soir même de son arrivée à Clermont, Martin avait eu droit à la consultation du manuscrit emprunté au ban-

---

1. Sorte d'histoire des saints rédigée à la fin du XIIIe siècle, dont les artistes s'inspireront largement.

quier et à une description enflammée du programme réalisé pour les moniales :

— Tu vois, je commence avec la scène où il se dépouille de tout ; dans un grand geste, il jette son manteau que je peins en rouge pour rendre l'image plus compréhensible ; ensuite, il commande aux démons. Là, j'ai un peu copié les diables de Sainte-Marie-Principale. J'aimerais bien maintenant le peindre avec les oiseaux mais je ne suis pas très fort dans les paysages.

— Si tu voyais les Italiens, ils sont les rois pour créer des architectures, avec des espaces. J'ai vu des peintures d'un certain Giotto en passant à Assise, justement sur la vie de saint François.

— Raconte.

Les yeux d'Omblard brillaient et Marguerite avait posé sa broderie. Une fois de plus, le peintre et son ancien aide retrouvèrent avec joie leur complicité passée et parlèrent tard dans la nuit, si tard que Marguerite, lasse, dormait depuis longtemps quand son mari vint la rejoindre, tout excité d'avoir détaillé ses projets :

— Ensuite, j'irai peindre sainte Ursule et les onze mille vierges au couvent de Beaumont, chez la sœur de l'archevêque. Je passe ma vie chez les bonnes sœurs !

Très tôt le lendemain, Martin se présenta chez Géraud qui abandonna sa conférence avec Capperello pour l'entendre. Dame Jeanne buvait ses paroles.

— Merci Martin, dit-elle quand il eut fini de conter par le menu la vie d'Isabelle. Quel bonheur, notre Isabelle va bien, mon ami. Que pouvons-nous faire pour ce mariage ? ajouta-t-elle visiblement acquise à l'idée d'une annulation développée par Martin.

— Je ne sais, j'irai voir l'évêque Jean, dit Géraud, dubitatif face à cette situation imprévue. Si, de ton côté, tu peux en parler avec l'archevêque. Mais avant de faire quoi que ce soit, je dois voir Thibault et connaître ses intentions. Je le ferai lors de mon prochain séjour à Paris, bientôt d'ailleurs.

Géraud et Jeanne retinrent Martin pour le dîner où Anne et Pierre, encore une fois très grandis, l'impressionnèrent :

— Tu es le portrait d'Isabelle, dit-il sans émotion à la presque jeune fille. Et toi, Pierre, je ne sais si tu ressembles plus à Vital ou à Agricol, ajouta-t-il en riant au souvenir de ses deux amis si semblables.

— Mes enfants ne peuvent se renier, on les reconnaît de loin, concéda Géraud, en riant à son tour, le cœur allégé par le récit de Martin.

— Et le mariage d'Agricol ?

— Cet été, dit Jeanne, nous avons célébré les fiançailles qui ont été bénies par le chanoine Bernard de Sainte-Marie-Principale ; Agricol et Claude ont échangé les paroles du futur.

— J'ai établi les jumeaux dans une maison de la rue de la Pelleterie, tout près du prieuré de Saint-Denis-de-la-Chaire, à l'angle de la rue de la Lanterne ; tu peux t'y installer si cela te chante.

— Merci, en principe je loge chez l'archevêque mais quelle joie de retrouver Agricol et Vital !

— Ils voyagent de plus en plus pour mes affaires. Je les établirai ensuite dans l'hôtel que je fais construire dans le quartier Saint-Paul. Je passe beaucoup de temps à Paris. En trois ans, mes intérêts y ont décuplé et ma compagnie est florissante. Le prêt, le change, les fermes d'impôts, tout marche à merveille. Mon frère Jacques fait face maintenant seul aux activités de notre société aux foires de Champagne que Thibault a fatalement abandonnées et ma charge de receveur général du diocèse avec compte direct au roi m'oblige de plus en plus à séjourner à Paris. Qui sait si un jour nous n'y habiterons pas ?

Anne, toujours aussi spontanée, battait des mains :

— Papa, quand nous emmèneras-tu à Paris ? J'aimerais tant y aller.

— Un jour peut-être ; mais les petites filles ne partent pas en voyage comme cela.

— Je ne suis plus une petite fille.

— Je ne vais pas mettre sur des chemins peu sûrs mon bien le plus précieux.

— Oh, Géraud, cessez d'idolâtrer cette enfant.

— Vous devriez réaliser qu'Anne n'est plus une enfant.

Dame Jeanne sourit à Géraud, si fier de sa fille qu'il était prêt à accéder à tous ses désirs. Jeanne, elle, était très réservée sur une éventuelle installation à Paris, en mesurant plus les inconvénients que les avantages :

— Quitter ma maison, mes amis, mon jardin, ma cité, avait-elle coutume de répéter à son mari lorsqu'il tentait une question sur ce sujet.

Avant vêpres, Martin emmena Pierre et Anne voir Omblard à l'œuvre. Introduits par une moniale toute en componction, ils découvrirent, dans un coin de la chapelle, Guillaume en train de préparer des couleurs au milieu de pots où trempaient des pinceaux, autant de détails qui rappelaient à Martin tant de souvenirs. Omblard tirait la langue avec application.

– C'est très réussi, dit Martin.

– Voilà, je me lance, j'essaie un vrai paysage.

– Le Giotto dont je t'ai parlé hier fait beaucoup de rochers. Bruns avec des reflets roux pour l'épaisseur et la lumière. Il les dessine en biais et cela crée une profondeur.

– Facile à dire, Martin, mais j'y arriverai, répondit le peintre en essuyant une goutte de sueur qui perlait à la naissance de ses cheveux où étaient apparus récemment les premiers fils gris.

En rentrant, ils passèrent près de Saint-Ferréol et de la maison de Thomas, le poète, réveillant bien des sensations en Martin qui ne pouvait en souffler mot aux enfants. Où était Thomas ? Martin regardait Anne et la trouvait belle, très belle. Et comme c'était aussi près de Saint-Ferréol qu'il avait rencontré Nicolette, il décida de lui rendre visite le soir. Seule, elle l'accueillit avec joie.

– Guillemette et Juliette se sont mariées l'été dernier. Guillemette a épousé le boulanger de la rue Saint-Barthélemy et Juliette le regrattier de la rue Saint-Adjutor. Elles sont heureuses, ils ont du bien et sont travailleurs. Cyr le boulanger a deux mitrons avec lui, Paul le regrattier fait travailler deux jardiniers hors les murs près du couvent des prêcheurs et il a les plus beaux légumes et fruits de Clermont. On voit chez lui toutes les servantes des grandes maisons. Toutes deux attendent un enfant pour le printemps.

– Tu es toute seule, alors ?

– Oui, mais pas pour longtemps, moi aussi je vais me marier.

– Avec qui ?

– Un charpentier de la cathédrale, Gilbert.

– Ah bon ! fit Martin un peu dépité.

– Que dis-tu ?

– Rien.

– Si. Tu parlais de feuillets.

Martin réalisa qu'il avait exprimé tout haut ses pensées : « Encore un feuillet tourné. »

– Gilbert ne va plus tarder à arriver pour souper. Veux-tu manger avec nous ?

271

— Non, je vais rentrer chez Omblard, Marguerite m'attend. Nicolette, je te souhaite beaucoup de bonheur.

Elle lui sauta au cou, se pressant contre lui un peu plus qu'il ne seyait à une jeune fiancée.

— Adieu, Martin.

— Adieu, Nicolette.

— Embrasse Vital et Agricol quand tu les verras.

— Oui, adieu !

« S'il n'y avait Omblard et messire Géraud, je ne sais si je reviendrais ici », se dit le jeune homme en descendant mélancoliquement la rue des Gras.

Le lendemain, il reçut de Géraud des parchemins :

— Celui-ci est pour Rinieri Jacopi, le banquier que tu trouveras dans son hôtel de la paroisse Saint-Germain-l'Auxerrois à côté de celui de mon vieil ami, cette fripouille de Macé Piz d'Oie. Leurs affaires périclitent, je veux bien leur apporter un soutien mais limité. L'autre est pour Pierre Flotte à qui je fais part de mes difficultés grandissantes avec Guillaume Alamelle, le garde des sceaux et chancelier du bailliage. Chaque jour, un de mes émissaires va à Riom demander qu'il nous laisse faire notre travail. Le roi doit être informé de ce comportement. Le troisième est pour ton archevêque. A propos de son frère Jean. Insupportable ! Heureusement, il est, paraît-il, malade. Les indiscrétions de sa cuisinière révèlent de sérieux ennuis. Peut-être aurons-nous d'ici peu un nouvel évêque, plus respectueux de sa cité et de ses habitants. Je dis à Gilles Aycelin un mot d'Isabelle. Veux-tu toi aussi réfléchir aux possibilités pour la sortir de cette situation ?

Martin, qui avait écouté avec attention ce long monologue, eut juste le temps d'acquiescer.

— Merci pour tout, Martin ! Je te quitte, je suis attendu chez Capperello et je ne manquerais pour rien au monde un de ses brillants festins. Ce Florentin, si économe pour lui, a une telle manière de régaler ses invités que c'est inoubliable.

Martin croisa Gros-Moulu devant Sainte-Marie-Principale :

— Eh Martin, quel beau cheval ! Et la cotte ! Fais-tu fortune comme ton ancien maître ? Gros-moulu pour te servir, beau cavalier. N'oublie pas Gros-Moulu, Martin.

Le mendiant le suivit jusqu'à la porte Champet que Martin franchit avec soulagement avant de lancer son cheval au galop. Il rentra ainsi à bride abattue à Paris, battant tous les records de rapidité entre la cité royale et Clermont.

Paris bruissait de mille bruits dont Gilles Aycelin se fit immédiatement l'écho auprès de son jeune secrétaire retrouvé avec joie, sous l'œil chagrin de Gaucelin.

– Rien ne va plus sous le ciel de Paris. Le roi vient de faire chevaliers Musciato et Buccio Guidi ! la cour est toute bourdonnante de la nouvelle qui insulte les vieux chevaliers du royaume. Si tu les entendais : « Quand il aura besoin d'une armée, le roi n'aura qu'à appeler les Florentins », et encore : « Des étrangers, des marchands et en plus du pays où les épiciers sont rois. »

Martin, assis dans une profonde cathèdre, écoutait béat les nouvelles, tout heureux de retrouver l'amtosphère qu'il aimait tant. Gilles, volubile, ne se laissait interrompre sous aucun prétexte.

– Quel affront ! La cour est déserte et en ville, on n'entend que « chiens florentins » ou « chiens lombards ».

– Que leur reproche-t-on ? osa demander Martin.

– Il faut dire qu'ils s'occupent des finances et c'est plutôt douloureux. Les compagnies des Guidi ont été rebaptisées « Saute sur les biens » et les métiers de Paris sous la direction du prévôt des marchands sont au bord de la révolte ; le roi ne se rend pas compte.

– Que ne le lui dites-vous au conseil ?

– Guillaume de Nogaret, dont la joie d'être chevalier a tout de même été ternie par ce voisinage avec les Guidi, est aussi aveugle. On parle d'une nouvelle ambassade auprès de Boniface à laquelle participeraient non seulement Pierre Flotte, ce qui est normal, mais Mouchet le Lombard, alias Musciato Guidi ! Grand bien leur fasse, moi je ne retournerais pas même pour un cardinalat à Rome.

La première visite de Martin fut pour Agricol et Vital confortablement installés dans leur maison de la rue de la Pelleterie avec une servante fort accorte dont les jumeaux sous-entendirent les bons services « en tous genres ».

– Incorrigibles ! dit en riant Martin avant de raconter aux deux frères une nouvelle fois son voyage à Bologne et de terminer la soirée par une partie de dés très amicale dont le plaisir fut seulement terni par les nouvelles des diablesses.

— Nicolette se marie! s'écria Vital. Je le savais pour Juliette et Guillemette entrevues cet été mais Nicolette! Les diablesses, c'est fini, adieu. Il va vraiment falloir que je me marie.

Une pensée qui le fit tordre de rire.

— Et toi, Martin? Maintenant que tes plaies sont pansées, quand te maries-tu?

Le lendemain, la visite à Rinieri Jacopi fut moins gaie; l'hôtel près de Saint-Germain-l'Auxerrois qui avait été sans doute fort luxueux était déserté par la « valeterie » partie chercher des maîtres plus argentés et l'Italien expliqua à Martin qu'il venait de vendre ses derniers manuscrits et sa collection d'orfèvrerie en grande partie.

— Je vais quitter Paris et rentrer dans mon pays pour recommencer. Je passerai par Clermont pour voir Géraud.

« Tout le monde n'a pas la réussite des Guidi », se dit Martin en passant sur la rive gauche par le Pont-au-Change où il eut la surprise de découvrir Béatrice au travail dans l'échoppe de son mari.

— Eh oui, tu vois, les enfants grandissent, tous sont à l'école épiscopale maintenant, alors j'ai décidé de venir aider Martial. Cela me plaît de travailler ici, c'est très gai. Je ne suis pas encore très adroite mais je reçois la clientèle et j'aime conseiller ces beaux messires qui choisissent avec embarras un bijou pour leurs belles.

Martin comprit que là aussi le temps avait fait son œuvre. « Décidément, je vais rentrer au couvent comme Radegonde. Ou plutôt prêtre desservant à Montmorillon pour confesser Radegonde. »

Cette idée le mit tellement en joie qu'il avait encore le sourire aux lèvres en arrivant au Clos Bruneau où il écouta un cours dans ce petit amphithéâtre de verdure où il avait passé tant d'excellents moments de sa vie estudiantine. Il monta ensuite la rue des Sept-Voies et salua en passant la porte du collège le vieux portier de plus en plus sourd avant d'assister à une démonstration brillante de maître Anselme. Son esprit vagabondait pourtant, sans se fixer vraiment sur les paroles d'Anselme :

« Mon départ de Tours avec Omblard a été le premier tournant de ma vie. » Il revit Poitiers, Radegonde, l'arrivée à Clermont, le chanoine Gauthier, le premier dîner chez les Brillat... Nicolette, Isabelle, Béatrice, les mots définitifs de Radegonde. Le chemin parcouru auprès de Gilles Aycelin... « Et maintenant, quel avenir? »

L'archevêque répondit à cette interrogation le soir même :

— Tu ne peux plus te contenter d'être mon secrétaire. Il te faut un emploi fixe. Aujourd'hui, l'avenir, c'est l'État, le service du roi. Toi qui as étudié le droit romain comme le droit canonique, tu dois prendre cette voie. N'es-tu pas convaincu comme tous les légistes que toute justice émane du roi ? Guillaume de Nogaret t'a proposé ce matin comme notaire à la cour, un emploi officiel qui te donneras un rang et auquel, j'y veillerai, s'ajouteront des missions particulières. Le chevalier Guillaume songe à toi pour préparer les états généraux qu'il rêve de réunir à Paris et dont il sait que tu es un ardent défenseur ; Pierre Flotte supervisera ton travail à la chancellerie.

— Monseigneur, je ne sais comment vous remercier, dit Martin avec une émotion mal contenue, je m'interrogeais justement sur mon avenir et...

— Cette nomination n'a rien à voir avec moi. Elle repose sur tes mérites. Demain tu te présenteras à Guillaume de Nogaret pour les détails de ton installation.

L'entrevue avec le chevalier fut cordiale :

— Après tout, moi aussi je suis un élève de Gilles Aycelin et Pierre Flotte est aussi un de mes maîtres, nous sommes en pays de connaissance, Martin Detours. Te voilà un des deux cents serviteurs de l'administration centrale. Je ne compte pas l'hôtel du roi dont tu ne fais pas encore partie, mais cela viendra, j'en suis sûr.

Martin restait sur ses gardes car Guillaume de Nogaret l'avait toujours un peu inquiété par son fanatisme dans certaines affaires.

— Ta première mission, la voici : entretenir des relations suivies avec le prévôt des marchands, Renaud Barbon, pour connaître l'opinion de ses troupes et surtout calmer les inquiétudes nées des récentes promotions à la cour. Tu vois de qui je veux parler ?

En prononçant ces derniers mots, Guillaume regarda avec insistance les murs circulaires de son cabinet installé dans une des tours récemment construites au palais et dont la baie en tiers point était la seule ouverture avec la porte sous un arc agréablement mouluré. Les tentures épaisses étaient censées y feutrer les conversations.

— C'est une mission temporaire mais délicate, reprit Guillaume, j'espère que le mécontentement va s'estomper mais tu m'informeras donc au jour le jour de l'état d'esprit des métiers parisiens. Outre nos excès financiers, un autre motif de mécontentement pourrait se développer avec les mauvaises récoltes de l'été dernier et les difficultés d'approvisionnement grandissantes pour notre cité. Je compte beaucoup sur le départ de Mouchet le Lombard pour calmer les esprits. Vois aussi Pierre Flotte.

Le soir même, Martin soupait avec le chancelier qui semblait bien las :

— Je repars sans doute pour Rome mais je n'ai qu'une envie : me retirer dans mon château de Ravel et convoquer Omblard pour lui commander un grand dessein qui me travaille. Ces dernières années, je n'ai été que par monts et par vaux ; depuis ma mission en Languedoc il y a sept ans déjà, je n'ai pas arrêté. A Saint-Quentin, puis à Cambrai, à Tournai, à Rome, en Allemagne. Je rentre de Flandre. La décision a donc été prise au conseil réduit du roi ; nous convoquons des représentants des cités à une assemblée exceptionnelle car nous ne pouvons plus nous appuyer sur les seuls vassaux.

— C'est une heureuse nouvelle.

— Oui. Tous les sujets du roi de l'ensemble du royaume doivent y figurer : nobles, bourgeois, clercs. Nous avons aussi décidé du lieu : Notre-Dame, notre belle cathédrale, et au printemps de l'année prochaine, le 10 avril. Il nous faut aujourd'hui convoquer ensemble et non séparément comme l'ont toujours fait nos rois. Notre souverain a trop besoin du soutien de tous dans ce conflit qui s'éternise avec ce damné vieillard romain.

Tard dans la nuit, le chancelier parlait encore de ce projet qui lui tenait tant à cœur et dont Martin suivrait les modalités. L'hôtel Flotte était peu à peu devenu silencieux, vidé de sa nombreuse valeterie, à l'exception du vieux Vincent qui ne suivait plus son maître dans ses expéditions mais veillait sur lui à Paris comme un père. Il raccompagna Martin jusqu'à la porte cochère et lui offrit une torchère pour éclairer son chemin jusqu'à l'hôtel Aycelin dans une nuit sans lune. Un chien aboya dans une cour, un mendiant poursuivait une ribaude.

Les jours passèrent très vite pour Martin, absorbé dans ses multiples tâches. Les listes des convoqués aux états furent peu à peu établies à partir de diverses enquêtes diligentées par les services financiers locaux mais les baillis

276

faisaient inégalement leur travail et leurs renseignements étaient souvent difficiles à exploiter. Des scribes rédigeaient des centaines de convocations que des courriers ordinaires ou extraordinaires devaient ensuite véhiculer jusqu'à leurs destinataires. Ce n'est qu'à l'automne que collationneurs de listes et scribes achevèrent pratiquement leur travail. Martin avait déjà recensé les moyens de messagerie pour lesquels le roi dépensait beaucoup d'argent mais pourtant insuffisants. On embaucha des clercs et des crieurs sermentés ou jurés du roi. Martin avait le sentiment de tisser les fils d'une immense toile sur tout le royaume et cette tâche qui devait aboutir à un moment historique lui paraissait exaltante.

Il était ébloui malgré lui par le monde côtoyé quotidiennement dans ce palais dont les nouvelles formes voulues par le roi se dessinaient. L'enceinte le long de la Seine prenait corps avec des tours déjà baptisées d'Argent et de César et les travaux sur la rue de la Barillerie avançaient. De son petit cabinet de travail, Martin apercevait, par une minuscule ouverture, la tour de Nesle. Il quittait chaque soir à regret l'animation qui régnait sans cesse dans ce palais où grouillait tant de monde.

– C'est une cité en réduction! expliquait-il aux jumeaux. La maison du roi occupe tous les métiers possibles : la lavandière des nappes, par exemple, qui fait partie de la paneterie avec les sommeliers, responsables du linge de table, ou le pâtissier ou encore l'oublier [1]. Et la cuisine, sous la direction de maître Ysembart, quatre queux, quatre rôtissiers, autant de marmitons, deux souffleurs, un poulailler. Ils ont deux attelages pour les approvisionnements.

– On comprend que le roi ait besoin d'argent, ricanait Vital.

– Et je ne te parle pas de l'écurie, de la fruiterie, des trois valets pour les chandelles et de la fourrière, au moins dix personnes. Et nous sommes encore quinze notaires chargés des écritures.

Il avait quitté la chambre de l'hôtel Aycelin pour une petite maison de la rue de la Tixanderie, non loin de la place de Grève dont il aimait l'animation quand il la traversait en chemin vers le palais. Et si une vieille femme, Philomène, qui n'avait rien à voir avec l'accorte soubrette des jumeaux, tenait avec beaucoup de soin son ménage, il

1. Faiseur d'oublies (dessert).

souffrait de la solitude le soir lorsqu'il rentrait, lui qui aimait tant discourir. Il n'était pourtant pas rare qu'il soit invité car beaucoup voyaient en lui l'étoile montante. Le prévôt des marchands le conviait régulièrement à sa table et lui faisait rencontrer des membres influents des divers métiers de la cité. Assurant personnellement la convocation des Parisiens, il avait puisé beaucoup d'informations dans le Livre des Métiers. N'y avait-on pas dénombré cent et une spécialités ? Il ignorait d'ailleurs l'existence de beaucoup d'entre elles, dont il avait rencontré avec plaisir les représentants. Parfois, Renaud Barbon l'emmenait chez l'un ou l'autre :

– Maître Jean Desfers, fourbisseur d'épées depuis trois générations dans la famille. Maître Paul Rougeois, chandelier ou Robert Notrepère, patenotrier de coquille et de corail.

C'est au cours de ces promenades que Martin avait fait la connaissance de dame Sybille, « faiseuse de chapeaux d'or » dans la rue de l'Image près de l'église Saint-Landry, où sa boutique voisinait avec celles d'une tissutière de soie et d'une faiseuse d'aumônières sarrasinoises. Et quand il en avait le loisir, il venait passer la soirée avec Sybille, une jolie veuve sans enfant, dont les charmes discrets et les manières directes lui rappelaient Nicolette. La marchande était quant à elle flattée de cette liaison avec ce jeune homme « déjà notaire du roi » alors que sa situation et ses responsabilités de chef d'atelier, puisqu'elle dirigeait deux ouvrières, lui donnaient un certain poids. Son solide bon sens et son expérience servaient souvent de références à un Martin parfois dépassé par les problèmes de la vie quotidienne.

Elle le sauvait ainsi d'une solitude augmentée par le départ des jumeaux pour Clermont avec la perspective du mariage d'Agricol auquel il ne pourrait assister.

L'archevêque était parti précipitamment à la fin du mois de juin pour enterrer son frère, l'évêque Jean, dont on avait même dû différer les obsèques afin qu'il participe à une cérémonie célébrée dans une certaine allégresse par une cité débarrassée d'une sorte de tyran. C'est ainsi que les Clermontois firent comprendre à Gilles, tout archevêque qu'il était, qu'il n'était pas question de favoriser l'élection d'un autre Aycelin, à savoir son neveu Aubert. Il

278

dut se résigner à voir les chanoines élire Pierre de Cros de la famille d'Aimar, celui qui avait justement précédé Jean.

– C'est tout de même le candidat de Boniface ! eut beau clamer Gilles. Le roi ne sera guère satisfait. Quant à toi, mon neveu, tu seras évêque la prochaine fois ; les Clermontois auront oublié.

Le mariage d'Agricol et de Claude fut l'événement de l'été avec une cérémonie fastueuse dans une église décorée par Omblard qui, s'inspirant du jardin de Marguerite, avait dessiné des fleurs sur des fonds de couleurs alternées. Les agapes furent à la hauteur de la dot et du trousseau de Claude qui avait quelques jours plus tard pris la route sur d'énormes chariots chargés d'un mobilier de qualité, destiné à l'hôtel Brillat du quartier Saint-Paul, presque achevé. Le jeune ménage s'y installerait dès que possible.

Lors de la cérémonie à Sainte-Marie-Principale, dame Jeanne, à qui les préparatifs du mariage avaient redonné vitalité et entrain, avait eu un accès de mélancolie quand elle avait substitué à l'image de Claude celle d'Isabelle en mariée. Quelle ombre à la joie familiale que son absence ! Et des larmes avaient coulé sur les joues maintenant marquées de ces vilaines pattes d'oie soignées en vain par l'apothicaire avec ses potions magiques. Géraud, devinant les pensées de son épouse, lui avait pris la main avec cette tendresse qu'il cultivait si bien depuis leur malheur.

Pourtant, l'éclaircie était à l'horizon depuis que le banquier avait rencontré le mois précédent Thibault. Celui-ci lui avait fait part de son désir de refaire sa vie et accepterait une annulation de mariage pour cause de stérilité, moyennant quelques compensations dans ses affaires que son beau-père était prêt à lui accorder. Géraud comptait ensuite sur ses relations laïques et ecclésiastiques pour une bonne décision des tribunaux. Certes, la mort de Jean Aycelin avait perturbé ses plans mais il savait que Gilles Aycelin accorderait son appui contre des assurances pour un soutien de la candidature de son neveu lors de la prochaine vacance du trône épiscopal ; ce serait peu cher payer le bonheur retrouvé d'Isabelle !

Lors du dîner, il s'ouvrit de ce souci à Pierre Flotte qui lui promit son aide. Faisant d'une pierre deux coups, le chancelier avait convoqué au couvent des cent frères, le lendemain du mariage, par lettres closes, les grands « seigneurs ecclésiastiques et laïques », les « nobles » et « personnes sages » représentant leurs communautés. Il leur fit un beau discours pour leur annoncer la réunion des états au printemps, soulevant à la fois assentiment et perplexité.

— Cela servirait à quoi ? ne manquaient pas de s'interroger les sceptiques.

Son devoir accompli, le chancelier prit la route de Ravel avec Omblard à qui il décrivit dans l'immense salle enfin achevée ce projet lui tenant tant à cœur :

— Un grand décor de blasons avec autour des feuillages et des animaux. J'ai vu cela au château de Hesdin chez la comtesse Mahaut d'Artois.

Omblard fut un peu déconcerté. Pour lui, les blasons étaient avant tout des objets de décor mobilier pour les fêtes notamment. Il releva cependant le défi et promit une réalisation rapide.

— Je ne sais si on pensera encore à moi dans quelques années, dit Pierre Flotte ravi d'avoir trouvé un exécutant pour son cher projet, mais avec ces blasons, mes descendants sauront que l'Histoire n'est pas passée loin d'ici.

Son secrétaire particulier convoqué sur-le-champ remit à Omblard un manuscrit sur lequel les blasons à peindre étaient répertoriés :

— Tu en trouveras environ cinquante. Celui du roi de France et celui du roi d'Angleterre. Après tout, ne sommes-nous pas réconciliés ? Celui de Robert, le dernier fils vivant de notre bon roi Louis, celui de l'évêque de Clermont, c'est naturel, comme ceux de plusieurs familles d'Auvergne, les Mercœur, les Beaujeu, les La Tour d'Auvergne, les Aycelin ou plutôt ceux de Gilles qui ne l'oublions pas est mon neveu par sa mère, ma sœur. La réalisation sera-t-elle longue ? Je suis pressé de voir le résultat.

— Je vais faire une première esquisse, répondit calmement Omblard, puis je ferai venir mon atelier pour la réalisation des blasons, mon aide principal Guillaume y pourvoira. Moi, je me réserverai les feuillages et les animaux.

— J'aime beaucoup ceux de la galerie de Géraud Brillat.

— Je pourrai en reprendre quelques-uns. J'ai fait des progrès depuis. Si vous voyiez le cycle de saint François chez les clarisses !

Quelques jours plus tard, Pierre Flotte vint inspecter la

première ébauche tracée à l'ocre rouge et jaune, le tour des blasons étant hâtivement dessiné en noir.

— En haut, entre deux filets rouge et jaune et sur fond noir, je déroulerai un bandeau avec rinceaux et animaux, expliqua encore une fois posément le peintre, contrastant avec l'impatience de son commanditaire. J'y ajouterai un jeu de petits blasons et de quadrilobes. Les grands écus seront là, sur un fond clair qui mettra en valeur leurs tons plus diversifiés.

— Et pour le plafond? demanda Pierre Flotte visiblement satisfait du travail.

— On reprendra les mêmes motifs plus petits et on multipliera animaux et fleurs. Pour les murs, on devrait œuvrer rapidement pour le plafond, ce sera plus long, ce n'est pas ma spécialité.

— Fais vite en tout cas!

— J'ai des nouvelles d'Omblard. Il peint à Ravel pour moi avec une dizaine d'aides, annonça un beau matin de septembre non sans fierté Pierre Flotte, venu rendre visite à Martin pour savoir où en étaient les états. Même Marguerite travaille, ses enfants ont été confiés à mon intendante, dame Claire, pour lui laisser du temps libre. Elle me fait des fleurs comme sur ses broderies. C'est superbe!

Pierre Flotte était pressé comme toujours avant un départ pour Lille avec le roi.

— Tu connais l'événement?

— Non, je suis parfois si isolé ici!

— Bernard Saisset vient d'être arrêté. Les affaires de Flandre ne vont guère, j'y pars à l'instant.

Quelques jours plus tard, il était de retour mais déjà en partance pour Senlis où il emmena cette fois Martin. Dans la cité royale, c'était l'effervescence. La venue du roi était toujours un événement depuis le temps où Hugues Capet y avait été élu roi à la fin du premier millénaire et avait fait du comté une position stratégique dans le domaine royal. Ses successeurs, les rois Robert le Pieux et son fils Henri, avaient toujours favorisé la cité.

— Voici la porte de Paris baptisée depuis longtemps la porte du pain, expliqua Pierre Flotte en pénétrant dans la cité après une chevauchée rapide.

— Pourquoi? interrogea Martin toujours soucieux de s'instruire.

– La route du Parisis y amène le blé de la plaine de France, celui que les boulangers de Gonesse réservaient à la table royale.

Le chancelier aimait Senlis et par la rue des Vignes, il fit cheminer lentement son cheval fourbu vers le centre en passant non loin de l'abbaye Saint-Vincent.

– Derrière ces murs, le couvent fondé par Anne de Kiev, l'épouse du roi Henri, premier du nom, pour remercier Dieu de lui avoir enfin donné trois enfants au bout de huit ans de mariage.

Le roi arriva le même jour avec une certaine discrétion, soucieux de ne pas choquer les habitants qui venaient de lui faire parvenir quelques récriminations d'ordre financier contre le bailli conspué par les représentants des métiers :

– Sa principale mission est de ruiner la commune par procès et amende!

Le lendemain, au château dont l'élégante architecture avec ses arcatures marquées de bâtons brisés séduisait fort Martin, le roi reçut les représentants de l'artisanat senlisien : vignerons et agriculteurs, bouchers, métiers du cuir et de la fourrure, merciers, chapeliers, sans oublier les travailleurs de la pierre, le beau liais de Senlis qui avait fait la renommée de ses tombiers dans le nord du pays. Puis traversant les jardins, le roi prit la rue du Chat-Haut et parcourut le quartier périphérique par la rue des Coquilles et la rue du Heaume jusqu'à la Nonette pour y visiter les moulins à eau utilisés essentiellement par les foulons et les drapiers. Il s'entretint longuement avec les maîtres du moulin des Bonshommes et du petit Moulin à drap sis dans la tour de Billebaud sur le rempart. Inlassable, il termina sa visite après la fosse aux ânes par le moulin du roi.

Son escorte était harassée mais admirative devant ce souverain infatigable. C'est avec bonheur que Pierre Flotte, Gilles Aycelin et Martin rentrèrent à l'hôtel des Trois Pots à proximité du château, le chancelier se retirant tôt sous sa couette pour mettre la dernière main au texte qu'il devait lire le lendemain devant l'assemblée présidée par le roi.

On était le 24 octobre [1]; le brouillard enveloppait la cité

1. 1301.

et le froid d'un hiver précoce pénétrait dans la grande salle du château. Pierre Flotte lisait avec emphase mais sans passion les chefs d'accusation établis contre Bernard Saisset, le protégé de Boniface. Les doigts du chancelier, engourdis par le froid, étaient aussi crispés sur le parchemin que ceux des assistants sur les bras de leurs faudesteuils [1].

Martin, au fond de la salle, debout, ne perdait pas une miette du spectacle. Pierre Flotte avait les traits de plus en plus tendus. Gilles Aycelin s'agitait et frissonnait malgré une épaisse chape de laine. Tous semblèrent s'éveiller d'une certaine torpeur quand Bernard Saisset, prié de se défendre, tint un discours jugé si provocateur et outrageant pour le roi que sa mise à mort fut immédiatement réclamée.

— Je maintiens que je tiens de la bouche de notre bon roi Louis que vous, le roi Philippe, vous perdrez le royaume. Je maintiens que le roi est un descendant abâtardi de Charlemagne, bâtard lui-même. Regardez-le, ce n'est ni un homme, ni une bête c'est une statue.

— A mort! La mort pour l'évêque de Pamiers!

— Non, arrêtez. Nous ne pouvons laisser faire, s'écria Gilles Aycelin, en se dressant de son siège avec une vivacité telle qu'il se renversa. Un évêque ne peut être jugé ainsi!

Un geste de la main péremptoire venait appuyer ces mots. Il savait pertinemment que les conseillers royaux avaient forcé la dose sur les chefs d'accusation.

Martin regarda alors le roi. Il hochait la tête, approuvant l'archevêque. Insulté, certes, mais conscient des conséquences d'un jugement hâtif sur ses relations avec Boniface, il ramena à la raison ses conseillers pour qu'un mémoire soit expédié au pape afin de réclamer un châtiment canonique. Martin fut fier de l'intervention de Gilles qui avait sauvé le roi de ses conseillers trop expéditifs.

Des conseillers qui avaient à faire ailleurs. Les affaires de Flandre étaient de nouveau fort préoccupantes et le chancelier, de retour à Paris, ne cessait de pester contre le gouverneur Jacques de Châtillon-Saint-Pôl dont le zèle exagéré et maladroit provoquait la hargne des Flamands contre le roi de France. Et pourtant l'attitude raisonnable

1. Ancêtres du fauteuil.

de Senlis sembla bien désuète quand arriva la fameuse bulle *Ausculta Fili*, partie de Rome le 5 décembre.

Martin se souviendrait longtemps du tumulte qu'elle provoqua. Paris était sous la neige, ce 10 février, et les crieurs publics invitaient les habitants à dégager leur toit pour éviter les accidents. Les sergents passaient leur journée à ramasser des commères qui avaient glissé sur les mauvais pavés des rues.

Gilles Aycelin et Pierre Flotte sortirent du conseil réduit, le rouge aux joues, et jouèrent dans le cabinet de Martin, maintenant complètement vidé des convocations aux états, un extraordinaire numéro de duettistes :

— Il exige la libération immédiate de Saisset, il renouvelle l'interdiction d'impôts, disait l'un, en insistant sur le « il » peu respectueux pour désigner le pape, aussitôt repris par l'autre :

— Il convoque les prélats français et tous les maîtres de théologie, de droit civil et de droit canonique à un synode à Rome pour conférer avec eux, écoute cela Martin, « sur la sauvegarde des libertés ecclésiastiques, la réforme du roi et du royaume et la répression des excès commis ».

— Mais tu n'as pas encore entendu le plus beau, il convoque notre roi à ce concile pour y répondre personnellement « d'oppression du clergé et de tyrannie de gouvernement ».

— Que va faire le roi ? demanda Martin, relançant les deux hommes dans une vive discussion d'où le jeune homme finit par comprendre que la bulle avait été brûlée.

— Brûlée ! Comment, brûlée ?

— Oui Martin, garde le secret. Jacques de Normans, mon archidiacre de Narbonne, porteur de la bulle, avait à peine fini de la lire que le comte d'Artois la lui a arrachée des mains et l'a jetée au feu.

— Alors le roi fera comme s'il ne l'avait pas reçue ?

— Non, nous en avons fabriqué une autre, *Deum Time*, répondit Pierre Flotte à Martin sidéré.

— J'ai tout de même peur que nous ne soyons allés trop loin, concéda Gilles, notre roi se laisse emporter par la trop haute idée qu'il se fait de l'étendue de son pouvoir. L'austérité de sa vie personnelle ne peut tout excuser. Et quand on pense à son souci de moralité publique, je me demande s'il n'est pas dépassé par les événements.

– Mais non! intervint Pierre Flotte. Nous devons militer pour une totale autonomie et suprématie de l'État. Gilles, je te trouve mou; ce soir au conseil, sois plus convaincu.

Drapé dans son manteau de dix livres que le roi lui avait offert à la Toussaint, il sortit précipitamment du cabinet, laissant Gilles méditer sur un escabeau inconfortable. Dehors les trois chapelains du roi, suivis de trois clercs de la maison du roi, se rendaient à la Sainte-Chapelle.

– Priez pour nous! leur lança Pierre Flotte.

Au soleil couchant, la salle du conseil tendue de toiles bleues fleuldelisées d'or bénéficiait d'une étrange luminosité. Le pâle soleil de février blanchissait les visages et le roi semblait plus énigmatique que jamais. Gilles avait obtenu que Martin assiste comme secrétaire à la séance. Installé à une petite table devant une fenêtre, il tenait déjà sa plume et maintenait de l'autre main un rouleau de parchemin. Pierre Flotte était à la droite du roi, puis venaient Gilles, Guillaume de Nogaret, Jacques de Normans et les autres conseillers. Tous avaient l'air soucieux.

– Monsieur le chancelier, je vous prie de faire la lecture.

Pierre Flotte se leva cérémonieusement:

– *Bonifacius episcopus, servus servorum Dei, Philippo Francorum regi, Deum time et mandata ejus observa* [1].

D'un ton monocorde, il lut le texte apocryphe dont les mots semaient peu à peu l'indignation sur les mines et dans les regards de l'assistance qui, au fil de la lecture, eut de plus en plus de mal à contenir sa colère. Et avant même que le roi ait fait signe aux conseillers de s'exprimer quand Pierre Flotte eut enfin fini, des propos indignés fusèrent de toutes parts, à un tel rythme que Martin avait bien du mal à suivre, sa plume d'oie grattant de plus en plus désespérément sur le parchemin.

– Quelle arrogance!
– C'est insupportable!
– Quelle vilenie!
– Finissons-en avec ce vieillard sénile!
– Messires, ce n'est pas terminé.

Guillaume de Nogaret se levait à son tour, un parchemin à la main.

1. Boniface, évêque, esclave des esclaves de Dieu, à Philippe, roi de France, crains Dieu et respecte ses ordres.

– Écoutez cette autre bulle datée du 4 décembre.

D'un ton plus alerte que le chancelier, il déchiffra des mots signifiant au roi de France, pour le temps de guerre et la défense du royaume, la suppression de tous les privilèges qui lui avaient été accordés. Le roi coupa court, d'un geste impérieux, aux nouvelles protestations :

– Il nous faut répondre à ces lettres. Messire le chancelier, lisez-nous la réponse que vous avez préparée pour que nous en discutions.

Pierre Flotte reprit avec application, en butant sur certains mots qu'il avait manifestement du mal à exprimer, l'original sur lequel il avait travaillé, aidé de Jean Quidort, appelé en hâte pour ses idées formulées avec clarté à l'université sur le pouvoir temporel. Le maître n'avait cependant pas cautionné les formes sarcastiques auxquelles le chancelier avait tant tenu pour le meilleur effet sur un conseil surexcité. « *Sciat maxima tu fatuitas...* [1] » recueillit tous les suffrages et même Gilles, qui préférait cacher ses réticences, opina dans le sens du comte d'Artois saluant avec lyrisme la réponse au pape.

– Tout est dit! conclut le roi. Chancelier, dictez notre mandat : Nous Philippe, roi de France, ordonnons que les deux textes soient immédiatement lus dans tout notre royaume. Faisons savoir à tous les évêques que les dits écrits seront lus en chaire dès réception dans toutes les églises de notre royaume. Nous mandons aussi à tous ceux qui sont invités à se rendre à Rome pour la Toussaint de ne pas y aller sous peine de châtiment.

Pour la première fois, ce soir-là Martin prit un repas au palais. Le roi s'était retiré dans sa chambre après le conseil, Gilles Aycelin et Pierre Flotte faisant partie de ceux priés personnellement à souper avec lui. Martin se retrouva à table dans la grande salle avec les officiers habituellement nourris à la cour : panetiers, sommeliers, échansons, valets, sergents, pages. C'était vendredi et son voisin, Pierre Chaumont, sommelier, ironisa sur les harengs et les maquereaux :

– Le confesseur doit faire la tête ce soir, avec ce hareng dans son potage. Et pendant ce temps, le roi mange turbot et esturgeon. Tu demanderas à ton archevêque s'il n'a pas mangé d'esturgeon. On en a livré ce matin dans des barils pleins de neige. Je les ai vus.

---

1. Que ta très grande fatuité sache...

— Te plains pas, Pierre, répondit un valet de la maison de la reine Jeanne, il est très bon ce hareng.

— Moi, il me faut boire, il est trop poivré, répliqua Pierre en vidant un hanap de vin du Gâtinais.

En rentrant le soir, tout en pataugeant dans la neige plus ou moins fondue, Martin demanda à Gilles ce qu'il avait mangé.

— Ça t'intéresse ? De l'esturgeon et du brochet. Pourquoi ris-tu ?

Martin raconta les récriminations de Pierre Chaumont.

— Et arrosé d'un petit vin blanc de l'Auxerrois qui nous a fait oublier cette dure journée. J'ajouterai que le roi a encore trouvé de l'argent pour de nouveaux hanaps de vermeil. Et je n'avais jamais vu ces présentoirs rehaussés de perles et de pierres fines.

— Je sais que maître Martial, l'oncle de Jean, en a livré deux.

— J'ajouterai, Martin, que les nougats, les dragées et les anis étaient délicieux. J'ai apprécié aussi les oranges, conclut Gilles Aycelin en riant. Il faut bien quelques avantages! La vie de prélat n'est pas si gaie!

En dépit de ces agapes, Gilles Aycelin n'avait pas vraiment dissipé le malaise du conseil de la veille. Le lendemain, en réunion restreinte, en l'absence de Pierre Flotte parti en Flandre, et appuyé par Charles de Valois, le propre frère du roi, il prêcha la recherche de la paix. L'évêque d'Auxerre fut chargé d'entamer des pourparlers avec le nonce, le cardinal Lemoine, la réponse de Pierre Flotte n'étant pas adressée officiellement au pape qui n'en connaîtrait pas moins la teneur par ses informateurs. A la vêprée, soupant avec Martin, l'archevêque lui découvrit ainsi les arcanes de la diplomatie, tout en laissant entrevoir son esprit à la fois désemparé et désabusé :

— J'ai peur que nous ne nous soyons engagés sur une voie intenable. Monseigneur Charles de Valois voit les choses comme moi, mais le roi, les yeux fixés sur son grand-père, notre bon roi Louis, se croit investi de tous les droits. Il défend trop jalousement son indépendance politique et ses conseilleurs ne seront pas forcément les payeurs. Souviens-toi de cela, Martin.

A l'issue du souper, Martin fut ce soir-là particulièrement heureux de retrouver la blonde Sybille dans son logis qui, au-dessus de la boutique, respirait la simplicité et la chaleur d'un intérieur soigné. La salle avec sa cheminée sentait encore le civet de lapin mitonné par la servante le matin et réchauffé pour le souper.

— Hum, ça sent bon! dit Martin, en ôtant sa cape humide.

— Il neige encore?

— Non, le temps tourne à la pluie.

— Veux-tu une dragée? Ma voisine Juliane, la tissutière de soie, m'en a apporté.

— Merci Sybille. Que je suis fatigué!

— Qu'as-tu fait?

— Secret d'État.

— N'en parlons plus, dit Sybille en se blottissant dans les bras de Martin.

— Il fait bon chez toi.

— As-tu vu? J'ai fait repeindre mon enseigne.

— Non, il faisait trop noir.

— C'est le peintre de la rue de la Femme qui a fait le travail; j'espère que les détails dorés tiendront longtemps.

— Sybille, allons nous coucher et je passerai la nuit ici si tu veux.

Sur la couette de plumes qui lui semblait beaucoup plus confortable que la paillasse sommaire de son lit, Martin oublia et le pape et le roi et trouva même au bout de sa lassitude un plaisir immense. Quand il se réveilla, frais et dispos, Sybille s'affairait déjà dans la petite pièce voisine où elle aimait prendre des bains et où, sur une étagère, onguents et fioles suscitaient l'étonnement de Martin.

— Qu'est-ce qu'il y a là-dedans? Et ça c'est quoi? Et dans ce pot, ce mélange?

— Ce sont des histoires de femmes, Martin, pour que vous nous aimiez, nous devons soigner notre peau, notre corps, nos cheveux.

— Mais on vous aimera toujours.

Et Martin, joignant le geste à la parole, voulut entraîner Sybille vers la chambre.

— Non Martin, je dois descendre à la boutique, mes apprenties vont arriver. Et toi, tu ne dois pas aller travailler?

— Si, j'y vais.

— Je te revois quand?

— Je ne sais pas. Pas ce soir, je suis invité.

— Chez qui?

— Cela ne te regarde pas.

— Chez une femme ?

— Oui, justement !

— Tu as une autre femme dans ta vie ?

— Mais non. Je vais souper chez mon ami Agricol et sa jeune femme Claude ; il y aura aussi Vital, son jumeau.

La journée fut un peu morne. Il s'était remis à neiger. Même en multipliant les chandelles, il faisait bien sombre dans le cabinet de travail du notaire. L'agitation des jours précédents était retombée et les convocations pour les états expédiées, il fallait envisager l'organisation matérielle de cette réunion exceptionnelle. Aussi, Martin rencontra-t-il les chanoines du chapitre de Notre-Dame pour mettre au point certains détails. Comme l'évêque de Paris se considérait l'hôte principal, Martin lui fut présenté par les chanoines dans la grande salle bâtie au-delà de la chapelle du palais épiscopal par Maurice de Sully, l'initiateur de la cathédrale actuelle et d'où les prélats successifs appréciaient la vue sur la Seine.

— Les travaux de la clôture ne seront sans doute pas achevés. Au nord, les scènes de l'enfance du Christ sont presque terminées, au sud les apparitions du Christ sont bien avancées, mais l'histoire de Joseph ne sera jamais finie ; les sculpteurs videront les lieux, je m'y engage, bien qu'ils répugnent à déménager leurs outils.

— Oui, ce serait préférable, acquiesça Martin. Des sergents surveilleront les entrées. Chaque participant devra être muni de sa convocation.

L'évêque dominant ses chanoines d'une estrade légère approuvait à son tour ces précautions.

— Le roi faisant un don important, poursuivit Martin, pour la dépense de cire occasionnée, l'éclairage devra être particulièrement soigné, surtout dans le chœur où il se tiendra.

— Oui, nous ferons le nécessaire, répondit l'évêque en faisant signe au chanoine responsable du luminaire.

Ces questions réglées, Martin prit congé et se dirigea vers le quartier Saint-Paul à travers le chantier de l'agrandissement de l'Hôtel-Dieu où le chapitre voulait développer l'infirmerie des religieux, leur réfectoire et leur chapelle, un vaste projet qui sortait à peine de terre.

Agricol accueillit Martin avec chaleur, suivi de près de Vital. Claude leur servit du sirop d'orgeat pendant que les jumeaux faisaient part d'un message reçu de leur père, annonçant son arrivée pour les états avec dame Jeanne, Anne et Pierre.

— Anne est arrivée à ses fins. Elle rêvait de découvrir Paris.

— Ils logeront ici, dit Claude, quelle joie de les avoir tous!

— Alors, il y a eu du remue-ménage au conseil? J'ai lu la bulle du pape et la réponse. Tout le peuple de France va se soulever pour le roi. Ce même peuple qui grondait contre lui, il y a peu. Le roi est habile. Qu'en penses-tu Martin, toi qui vois ses conseillers?

— J'ai vu le roi au fameux conseil du 10 février; j'étais le secrétaire de la séance.

— Raconte.

— Non. Secret d'État.

— Raconte. On joue ton récit aux dés.

Vital sortit de son aumônière sarrasinoise deux jolis dés en ivoire avec lesquels il avait repris ses vieilles habitudes, mais avec beaucoup plus de prudence que lors de son arrivée à Paris et de sa fameuse partie avec les compères d'Honoré.

— Non, Vital, je ne peux pas.

— Et les états, vous êtes prêts?

— Nous le sommes, répondit Martin du ton assuré de celui qui pense avoir mené à bien la tâche qu'on lui a confiée.

— Et de qui vient cette jolie aumônière sarrasinoise?

Las de conversations sérieuses, Vital voulut entraîner sur un autre terrain Martin qui parla discrètement, à sa manière, trop réservée pour le jumeau, de Sybille.

— Elle est blonde, brune? son corps?

Et peu à peu au cours du repas, la connivence entre les trois garçons se réveilla, laissant parfois Claude sur les rives de leurs fous rires dans la douceur d'une chaude soirée familiale.

— On est bien chez vous, mais je dois rentrer maintenant. On y va, Vital, toi aussi tu rentres?

Martin jeta les dés sur la table et se leva.

— Nous te préviendrons de l'arrivée de la famille, lui souffla Claude à l'oreille en l'embrassant comme un frère.

Il faisait froid, un froid humide véhiculé par des bourrasques venues de l'ouest. Dans les rues sombres, mal éclairées par des quinquets que l'humidité ambiante rendait vacillants, les jeunes gens progressaient avec peine, trébuchant parfois sur un tas de neige. Ils croisèrent des sergents, puis quelques crocheteurs qui, heureusement, poursuivaient d'autres buts que leurs aumônières de modestes jeunes gens qui n'avaient vraiment rien à offrir à l'avidité de ces redoutables individus.

– Tu rentres vraiment chez toi ? interrogea tout à coup Vital.

– Oui, pourquoi ?

– Je voudrais faire un petit détour. Accompagne-moi !

Martin, bien que las, n'osa pas refuser et suivit Vital qui l'entraîna jusqu'à l'entrée de la ville-neuve du temple où les rues étaient dessinées avec une régularité surprenante. Un homme les aborda :

– Eh, jouvenceaux, le lupanar de la rue Pastourelle vous attend. Belles dames y montrent testins pour activités libidineuses. Suivez-moi.

Martin emboîta le pas des autres à contrecœur. Rien au-dehors ne trahissait les activités de la maison où ils pénétrèrent enfin, mais à l'intérieur quelle chaleur ! Une atmosphère enfumée par un âtre qui tirait mal, des hommes égrillards et passablement éméchés, des dames très déshabillées. Martin ne goûta guère les plaisirs qu'on lui offrait et partit vite, abandonnant Vital. Et quand à quelques pieds de chez lui, il se fit détrousser par des crocheteurs qui lui arrachèrent sa chère aumônière, il pensa qu'il avait bien gâché sa soirée.

Géraud et sa famille arrivèrent à Paris le jour de l'Annonciation. Le premier jour de l'année était baigné d'une douce torpeur printanière qui succédait enfin à un hiver si rigoureux. Le dimanche suivant, Martin vint partager le repas familial à l'hôtel Brillat dont dame Jeanne avait investi une aile, en ne parlant les premiers jours que de sa maison clermontoise, de ses servantes, de son jardinier, de ce voyage qu'elle ne referait pas de si tôt.

Cependant, bien vite le ton changea. Claude servant de guide à sa belle-mère sut lui faire découvrir les charmes de Paris. Les boutiquiers l'enchantèrent. Chaque jour, les deux femmes dépensaient à flots livres et deniers. Le soir, Géraud, retenu par ses affaires une grande partie du jour, s'amusait à faire l'inventaire des achats qu'Anne s'ingéniait à lui vanter avec beaucoup d'application :

— Papa, regardez ce tissu de soie avec ces fils d'or et ces patenôtres de coquilles et cette aumônière sarrasinoise achetée pour Pierre et ce chapeau d'or.

Martin sourit quand il reconnut un jour sur la tête de Jeanne un chapeau d'or vu dans l'échoppe de Sybille. Pour lui, les haltes à l'hôtel Brillat, c'était le retour au passé, à ces habitudes familiales dont il gardait un si merveilleux souvenir et la chaleur de nouveau dans sa vie.

— Alors Martin, comment vas-tu ? Tu m'as l'air bien prospère. Mais quand viendras-tu dans mes affaires ? questionnait paternellement Géraud avec cette bonté foncière qui gommait ses allures de grand homme d'affaires et lui valait avec ses interlocuteurs une grande liberté de ton.

— Avez-vous des nouvelles d'Isabelle ? demandait à son tour Martin.

— Nous en avons eu au moment de Noël ; elle allait bien et disait qu'ils restaient encore à Bologne quelque temps.

— Et le procès pour l'annulation de son mariage ?

— Il suit son cours mais Pierre de Cros, notre évêque, m'a dit que ce serait long. Notre roi veut réformer les choses, il pourrait s'attaquer à la justice !

Le dialogue se renouait tout naturellement entre les deux hommes qui s'estimaient mutuellement, comme s'ils ne s'étaient jamais quittés. Très vite cependant, Martin réalisa que ces moments passés à l'hôtel Brillat acquéraient une intensité inexprimable quand Anne survenait, illuminant tout à coup la salle, en en transfigurant les moindres recoins.

— Martin, que je suis contente de te voir !

La jeune fille se précipitait sur lui et l'embrassait sans manière.

— Anne, quel tourbillon ! faisait son père amusé. Nous étions là, tranquilles, tu arrives et bouleverses tout.

— Mais Père, ne puis-je dire bonjour à Martin et l'embrasser ?

— Si fait ! disait Géraud en riant. Mais n'oublie pas que tu es une jeune fille maintenant et que tu dois avoir un peu de retenue avec les hommes.

Martin avait été médusé par la métamorphose de la

petite Anne, devenue une superbe jeune fille, et n'avait pu taire ses compliments lors des retrouvailles :

– Tu es belle! Tu vas faire des ravages à Paris. Les jeunes gens n'ont qu'à bien se tenir.

– Anne, c'est mon trésor, mon joyau, avait dit aussitôt Géraud avec fierté et tendresse, je ne sais si je la donnerai un jour à un homme.

– Oh papa, je ne vais pas rester toute ma vie dans votre maison à me morfondre comme les trésors de votre coffre-fort.

– Non, Anne, bien sûr, avait rétorqué en riant Géraud. Sers-nous donc un peu de vin de Bourgogne.

Chaque fois qu'Anne paraissait, Géraud constatait avec amusement l'inattention soudaine de Martin qui parlait alors distraitement des derniers préparatifs des états ou des affaires de Flandre.

– Pierre Flotte est rentré. Il n'est guère optimiste; le gouverneur Châtillon-Saint-Pôl n'est pas adroit; les officiers royaux exécutent bêtement des ordres mal pensés.

– Le roi veut un grand royaume mais comment faire tenir tous ces morceaux ensemble?

Les repas étaient joyeux à l'hôtel Brillat où Anne, entre Martin et Vital, riait aux éclats sans motif et entraînait toute la tablée dans une gaieté communicative. C'est ainsi, que cédant facilement à sa supplique, les garçons l'emmenèrent un jour découvrir le quartier universitaire où le Clos Bruneau l'enchanta et où, au bout de la rue des Sept-Voies, le collège Montaigut avait grandes ouvertes ses portes pour une fête. Maître Anselme vint au-devant des garçons, salua leur jolie sœur et les convia à assister au spectacle qui leur remémora quelques bons souvenirs. Le vieux maître pria même Martin et les jumeaux de refaire leur fameux numéro du barbier pour un franc succès.

Quel bonheur au retour, quand Anne s'appuya sur le bras de Martin afin d'assurer ses pas sur des pavés inégaux qui malmenaient ses estivaux rouges, si fins et si longs, achetés la veille chez un chaussetier de la rue Saint-Honoré. Sur le Pont-au-Change, la boutique de Martial était ouverte. C'était son dimanche pour le repas des pauvres à l'Hôtel-Dieu. Tout le monde entra pour saluer les orfèvres en plein travail. Anne loucha sur un bijou qu'elle se promit de se faire offrir par son père. Ses yeux pétillaient de joie. Le noir y était constellé d'éclairs et Martin fondait.

Pour finir la fête, Claude et Anne supplièrent que l'on s'arrêtât au Grand Godet, place de Grève, dont la terrasse était ornée de branches de sapin et de lierre. La joyeuse bande s'attabla pour déguster gaufres et oublies, arrosées d'un vin de Bagneux délicieux.

Le soir, dans sa petite maison, étendu sur sa paillasse, Martin avait pris une décision : épouser Anne. Il passa une partie de la nuit à échafauder les moyens de devenir un gendre convenable pour Géraud Brillat.

17

Il faisait encore nuit lorsque Martin ouvrit un œil le matin du 10 avril 1302. Dans le froid de sa chambre que le printemps capricieux n'avait guère réchauffée, il fit une toilette minutieuse avant d'enfiler une cotte de fil blanche d'une grande finesse achetée par les soins de Sybille, plus au fait de la lingerie que lui. Ses chausses étaient retenues par un fin braiel brodé et par-dessus avait belle allure la cotte de drap pourpre ceinturée avec l'aumônière qui avait remplacé celle volée quelques semaines plus tôt. C'était encore Sybille qui avait aussitôt passé commande à sa voisine du tout dernier modèle en vogue. Martin sourit avec tendresse en pensant à celle qu'il aurait presque songé à épouser il y a quelque temps, tant il aspirait à la douceur d'un foyer. Aujourd'hui, il n'en était plus question.

Les derniers jours avaient été si occupés qu'il n'avait pas revu Anne depuis le Grand Godet et cela bien qu'il se soit surpris en rentrant chez lui après des journées très remplies à faire le détour par le quartier Saint-Paul, mais trop tard pour se présenter à l'hôtel Brillat. Il se retrouvait alors dans le même état d'esprit qu'à l'époque où il faisait le guet sous le clocheton de Notre-Dame-La-Grande de Poitiers pour apercevoir Radegonde. Une évocation qui lui faisait réaliser qu'il ne pensait plus à la jeune fille. Il était enfin guéri. Et cette attente portant ses pas vers Anne n'avait plus rien à voir avec la surveillance un peu enfantine qu'il effectuait près de Saint-Ferréol, en se rongeant les sangs de savoir Isabelle dans les bras de Thomas.

« Les ai-je aimées vraiment ? » se disait-il alors, tellement persuadé qu'il touchait enfin au but. Ses pensées s'envolaient cependant davantage vers Radegonde : « Aimais-je les blondes ? Que fait-elle dans son couvent ? C'est vêpres sans doute. »

En assurant sa cape sur ses épaules, il descendit précautionneusement le petit escalier de bois pour ne pas faire de bruit et ne pas réveiller Omblard qui dormait dans la petite salle voisine de sa chambre. Arrivé tard la veille, pour le plus grand bonheur de Martin, il avait préféré la modeste installation de son ancien apprenti au luxueux hôtel où Géraud Brillat l'avait invité avant son départ.

Le peintre faisant partie des personnalités de sa cité avait été lui aussi convoqué, c'était l'occasion unique pour lui de découvrir Paris et de retrouver Martin. Celui-ci tendit l'oreille et percevant un léger ronflement fut soulagé de ne pas avoir réveillé son vieil ami qui avait tout le temps de profiter d'une grasse matinée malgré les cloches du prieuré mitoyen. Son carillon tinta clair et cristallin justement au moment où il refermait la porte derrière lui. Rue de la Lanterne, il acheta au boulanger une petite miche de pain et un godet de lait dans l'échoppe voisine ; la journée promettait d'être longue.

Tout en mangeant son pain, il avança par la rue de la Juiverie vers le marché Palu où l'agitation était déjà grande. Au loin, les cloches de Notre-Dame sonnaient, les chanoines ayant proposé de multiplier les carillons pour attirer les représentants des états et souligner le caractère exceptionnel de ce jour. Les officiers royaux l'avaient aussi démontré aux Parisiens afin de les inciter à orner leurs maisons de tentures de couleurs. Martin nota que depuis hier ces décorations étaient apparues et rehaussaient avec bonheur des façades plus ou moins défraîchies.

Martin bifurqua dans la rue Neuve de Notre-Dame où un embouteillage s'était formé à cause du passage délicat d'un chariot très large et long, porteur de poutres pour le chantier de l'Hôtel-Dieu. Il s'était bloqué contre un échafaudage ; les bœufs de l'attelage refusaient maintenant d'avancer. En face un cheval fougueux, arrêté brusquement dans sa course sans doute exagérément rapide sur les pavés glissants, avait jeté à terre son cavalier et une brave commère avait reçu un cabas chargé de mortier, tombé de l'échafaudage ébranlé. Un sergent tentait de remettre de l'ordre pendant que la commère, choquée et muette d'abord, se mettait à vociférer, envoyant « aux mille diables ce maçon de malheur ! ».

En louvoyant entre les obstacles et en prenant garde de ne pas salir ses beaux habits, Martin finit par se frayer un chemin au milieu de la confusion générale. Il parvint à hauteur de la petite église Sainte-Geneviève dont il longea la façade rythmée de contreforts entre lesquels s'étaient nichées de petites échoppes, pour tomber dans la rue Saint-Christophe où des charrettes manœuvraient devant les boutiques afin de les approvisionner. Le tintamarre était grand, à peine couvert par les cloches pourtant toutes proches de Notre-Dame qui tintaient toujours avec une constance méritoire ; les sonneurs auraient bien mérité la gratification offerte par le roi !

Martin arriva enfin au parvis de la cathédrale où se pressait déjà grande foule, les premiers représentants étant là alors que les lourdes portes étaient toujours fermées. On avait prévu l'accès par les trois grands portails occidentaux où secrétaires et sergents étaient postés pour les accueillir. Ni l'évêque, ni les chanoines n'avaient consenti à autoriser, pour faciliter la circulation, le passage par leurs portes. Au nord, donc, seuls les chanoines utiliseraient la grande porte réalisée cinquante ans plus tôt, du temps du bon roi Louis ; au sud, l'évêque passerait sous le tympan dédié au premier martyr Étienne.

Martin s'assura que tous les « fonctionnaires » étaient en place et s'amusa à écouter les commentaires des arrivants sur cette façade colorée si fascinante. Des représentants amiénois et rémois qui semblaient se connaître, visiblement des marchands de draps, la comparaient avec leurs cathédrales, non sans un certain chauvinisme. Martin alla se poster devant le tympan où l'évêque Maurice de Sully prie Marie et l'enfant Jésus ; c'était son préféré, qui s'appelait d'ailleurs « porte Sainte-Anne », et il se surprit à invoquer la Vierge et à lui demander de veiller sur son mariage avec Anne.

Les portes s'ouvrirent enfin. En bon ordre, sous l'œil vigilant des sergents et des secrétaires, les participants entrèrent et s'installèrent peu à peu dans le grand vaisseau. Martin monta vers le chœur où des diacres chandeliers s'affairaient à mettre en place l'éclairage ; heureusement, le jour était clair et le soleil levant entrait par les baies du sanctuaire.

– Regardez comme c'est beau ! dit un chanoine déjà rubicond d'excitation.

Les vitraux scintillaient de mille tonalités étonnamment projetées sur la pierre si claire des colonnes, allégeant presque les lourds chapiteaux tandis que les fines colonnettes qui grimpaient hardiment jusqu'à la voûte égrenaient une pierre verte, une pierre rouge, une pierre jaune, une pierre bleue. Une féérie, qui n'empêcha pas un bourgeois de Rouen d'observer, au grand dam de Martin enthousiaste :

– Je me demande si je ne préfère pas notre cathédrale.

Dans la nef, des tentures rouges et bleues étaient suspendues depuis les baies des tribunes et donnaient de la chaleur à ce lieu solennel où, comme prévu, il fallut bien la matinée pour que tout le monde s'installât. Au moment où none sonnait, l'assemblée était à peu près au complet. Martin avait vu arriver Géraud Brillat, superbe dans sa cotte vert émeraude fleurant le riche drap acheté sans doute au cours de quelques pérégrinations, puis Omblard au-devant duquel il s'était précipité pour l'aider à prendre place et qui lui avait jeté pêle-mêle quelques impressions sur cette « cité bruyante et fatigante, mais si belle » et cette cathédrale « merveilleuse avec ses pierres blanches, ses vitraux et ses portails... ».

Au début de la nef, avaient pris place les prélats. Leurs mitres blanches à broderies d'or s'agitaient au gré des conversations plus ou moins animées qu'ils entretenaient avec leurs voisins tandis que les crosses dorées, ouvragées avec tant d'art, se dressaient entre eux. Archevêques et évêques donnaient le ton à une assistance chamarrée : cottes et surplis clairs sous des chasubles lourdement rehaussées d'orfrois.

Gilles Aycelin, au premier rang, l'un des derniers arrivés, avait sorti sa chasuble préférée, celle héritée de son frère le cardinal Hugues. À côté, l'évêque de Paris en inaugurait une dont le tissu avait été spécialement commandé à la confrérie des crespiniers de fil et de soie; une fois coupée, elle avait longuement séjourné dans le meilleur atelier de broderie de la cité. L'abbé de Cluny portait une chasuble dans une soie de Lucques dont il était très fier alors que son voisin l'abbé de Cîteaux tranchait par l'austérité de son vêtement de drap sec sans fioritures. Puis venait l'évêque de Toulouse, si riche selon les dires de Gilles Aycelin, mais à l'allure modeste, avec sa chasuble en taffetas changeant tramé bleu sur chaîne rouge héritée de son prédécesseur, le jeune et beau Louis d'Anjou.

Derrière l'éclat des prélats, les clercs formaient un groupe plus terne. Les chanoines avaient, sauf exception, de simples surplis de lin avec ou sans capuchon, car celui-ci tendait à disparaître ces dernières années; par-dessus, la chape ou le camail complétaient avec l'aumusse, cet étrange chapeau plat, leur habillement dont les tissus étaient souvent très modestes. Quant aux moines, ils formaient une vague encore plus uniforme où les noirs bénédictins ou dominicains l'emportaient sur les gris ou les bruns des franciscains ou autres augustins; quelques carmes portaient encore leurs vêtements zébrés de blanc et de brun, pourtant interdits depuis l'ordonnance du pape Honorius quinze ans plus tôt.

On avait ensuite réparti de chaque côté du vaisseau nobles et bourgeois. Une longue discussion avait enflammé le conseil à propos de l'ordre à respecter. Le roi avait indiqué son souci de ne pas établir de hiérarchie entre nobles et bourgeois. Il avait donc été décidé leur mise à égalité dans le vaisseau de Notre-Dame, en donnant seulement la préséance à l'Église dont le roi avait trop besoin pour ne pas la ménager.

Ainsi, derrière les clercs, l'assemblée redevenait incroyablement colorée, chacun exhibant sa plus belle tenue : braies de toile qui pouvaient avoir des parfilures de soie de couleur, chausses de fil, laine ou soie, échique-tées ou bariolées, cottes et surcots à manches courtes ou longues, enfilées ou flottantes, ou même sans manche pour laisser voir celles de la cotte étroitement boutonnées jusqu'aux coudes par de petits « noiaux »[1]. Beaucoup avaient une chape ou un mantel, peu de courtes pèlerines ou collets; broderies et armoiries rehaussaient encore les couleurs vives des différentes pièces de vêtements. Les visages, rasés de près, étaient presque tous encadrés de cheveux longs, plus ou moins roulés au fer à la hauteur des oreilles, avec une frange plus ou moins fournie sur le front. Les chapels, de fil, de soie ou de feutre, étaient posés sur les genoux; certains chaperons montraient que la mode de la casquette commençait à sérieusement se développer.

Soudain un frémissement parcourut l'assemblée. Le silence s'installa sous la haute voûte, simplement trahi par les cloches sonnant à toute volée, plus qu'elles ne l'avaient encore fait depuis le matin. Le roi arrivait. Il avait sou-

1. Boutons.

haité rentrer, comme tout le monde, par l'ouest. Passé le grand portail du Jugement Dernier, il remontait maintenant lentement l'allée centrale suivi de ses fils, de son frère Charles, du comte d'Artois, de Robert, duc de Bourgogne, Jean, duc de Bretagne, Henri, duc de Lorraine.

Très majestueux, le roi Philippe marchait tête levée, le regard fixé au loin. Manifestement, il voulait impressionner l'assistance dont la plupart découvrait pour la première fois leur souverain. Son profil au nez fort et à la bouche lippue en imposait. Sur une cotte claire qu'on apercevait à l'encolure, le roi portait un surcot bleu fleurdelisé d'or dont les manches larges laissaient voir un bord d'hermine. Une couronne finement ciselée était posée sur les cheveux châtains assez abondants. Du bras gauche, le roi tenait la main de justice. Derrière lui, les princes, ses fils, avec en tête Louis, l'aîné qui venait d'avoir treize ans, puis Philippe, onze ans, si mince, dégingandé, aux traits si fins, presque efféminés et Charles, huit ans, assez malingre, tous en surcots bleus et fleurdelisés mais bordés de gueules. Louis, comte d'Évreux, demi-frère du roi, avait la poitrine barrée d'une large bande diagonale rouge et blanc.

Le roi s'installa sous le dais fleurdelisé établi à l'entrée du chœur dont on avait effacé les traces de travaux en cours pour la clôture. Autour, les chanoines de Notre-Dame siégeaient dans leurs stalles habituelles qu'ils s'étaient obstinément refusé à quitter pour bien marquer leur différence avec les clercs venus de France et leur rôle d'hôtes auquel ils tenaient fermement ; ils seraient spectateurs, au premier rang, plus qu'acteurs !

Assis sur un trône surélevé de trois marches, dont les bras se terminaient par des têtes léonines, les pieds posés sur un tapis rouge fleurdelisé, avec autour les princes installés dans des cathèdres plus ou moins somptueuses, le roi déclara d'une voix forte que la séance était ouverte :

– Nous, Philippe, roi de France, nous déclarons ouverte cette réunion pour délibérer sur des questions qui intéressent au plus haut degré le roi, le royaume et tous ses sujets.

Pierre Flotte, en cotte bleue et surcot rouge, barré de son blason « fascé d'or et d'azur de VI pièces », parfaitement harmonisé aux tentures de la cathédrale, s'avança au bord des marches du chœur ; il avait grande allure mais Gilles Aycelin le trouva amaigri et les cheveux plus grisonnants que jamais. Chacun comprit très vite que la teneur du texte lu était une invite à un regroupement général derrière le roi. Le pays entier ne pouvait pas ne pas se sentir outragé dans la personne du roi ; les libertés du royaume et celles de l'Église de France étaient menacées par les prétentions du pape.

Pierre Flotte avait habilement pimenté son texte d'exemples de la conduite indigne de Boniface : exactions, népotisme, tyrannie, cupidité. Les mots d'hérésie et de simonie [1] furent même prononcés sans doute avec précaution, mais prononcés tout de même. Chacun retenait son souffle, les yeux parfois écarquillés, la mine dubitative ou compréhensive. Pierre Flotte tenait son auditoire et, une fois le réquisitoire achevé, murmures et frémissements d'indignation éclatèrent sans retenue, faisant naître un semblant de sourire sur le visage impassible du roi, qui avait confiné au masque mortuaire pendant la lecture ; un détail qui avait frappé Jacques de Molay, le grand maître des templiers.

— Ce sont des opinions inouïes dans ce royaume où tout le monde a toujours été convaincu que le roi ne tenait son pouvoir que de Dieu seul. Comment supporter un tel affront ? C'est indigne d'un pape, dit d'une voix forte un petit noble à l'accent rocailleux qui sentait la Guyenne.

— Prélats, j'espère que vous n'irez pas à Rome ! s'écria un bourgeois d'on ne savait où, la main sur le cœur.

— Désobéissance ! Désobéissance ! C'est le seul mot face à ces prétentions, clama avec un accent aussi très méridional Bertrand de Cuens de Comminges que Martin avait eu l'occasion de rencontrer deux jours plus tôt au palais où il tentait d'obtenir une audience pour un différend fiscal avec son sénéchal.

— Nous n'irons pas à Rome, j'en fais serment, jura avec emphase l'évêque de Toulouse.

Couvrant avec peine le brouhaha qu'il avait provoqué, Pierre Flotte reprit la parole avec difficulté :

— Le roi demande que vous réfléchissiez dans chacun de vos groupes sur l'action à suivre.

— Je propose que le clergé de France adresse une lettre au pape, dit en se levant, la crosse à la main, Pierre de Monnay, l'évêque d'Auxerre et chancelier. Tandis que les barons et bourgeois écriraient dans le même sens aux cardinaux.

1. Trafic des objets sacrés.

— Bonne idée. Mais au nom du clergé, je demande à Monseigneur notre roi le droit de délibérer entre nous.

— Nous délibérerons de notre côté.

La discussion des barons à laquelle prit part le prince Louis aboutit à un texte vigoureux qui combla le roi; celui du tiers état en était très proche. On se rangeait aux côtés du roi, on stigmatisait violemment la conduite du pape. Au contraire, le clergé réclama un délai de réflexion qui ne lui fut pas accordé.

— Nous pensons que le pape n'a pas voulu attenter à la liberté et à l'honneur du royaume.

— Quiconque est d'un autre sentiment que le roi doit être considéré comme un ennemi du royaume, répliqua d'un ton péremptoire Pierre Flotte.

— Oui, ennemi du royaume, opina Guillaume de Nogaret.

Le clergé dut donc se résoudre à rédiger une lettre, qui, beaucoup plus nuancée, n'en satisfit pas moins le roi et surtout ses conseillers. L'unanimité ne fut pas acquise, l'abbé de Cîteaux et l'évêque d'Autun refusant de la signer.

Très symboliquement, pour couronner ce moment historique, des messagers représentant chaque état partirent aussitôt pour Rome. Le roi, parvenu à ses fins mais méfiant, entretenu dans ce sentiment par Pierre Flotte, prit cependant des mesures pour dissuader les prélats qui voudraient quand même se rendre à l'invitation du pape pour la Toussaint :

— Beaucoup sont capables d'aller à Rome malgré mes interdictions. Faites surveiller chemins et ports et trafics de monnaie.

Paris se vida très vite. Omblard resta une journée pour découvrir la cité que Martin lui fit visiter. Le quartier Saint-Séverin avec ses enlumineurs au travail captiva particulièrement le peintre. Il fit de longues stations dans les ateliers pour regarder, fasciné, la minutie de ces artistes qui lui semblait à la fois si loin et si proche de son propre métier. Il ne put résister à l'acquisition d'un petit livre d'heures pour Marguerite que lui vendit avec beaucoup d'amitié le fameux maître Honoré [1].

1. Enlumineur parisien de la fin du XIIIᵉ siècle qui décora notamment le Bréviaire de Philippe le Bel.

Martin était d'autant plus heureux de vivre ces heures avec son ami qu'il avait appris la veille de la bouche même de Géraud Brillat que dame Jeanne et Anne séjourneraient encore quelque temps à Paris pendant que lui-même partirait traiter des affaires à Bruges.

Martin n'eut cependant guère le loisir de visiter les deux femmes. Il lui fallut d'abord assister, avec Pierre Flotte et les conseillers, à la réception organisée par le roi pour saluer les « organisateurs » des états. Le roi y félicita Martin, les scribes, les secrétaires et les messagers et exalta longuement le sentiment du devoir accompli, ce qui entrait dans sa stratégie de mise en place d'un service public de plus en plus efficace. Autour de lui, les légistes n'en développaient-ils pas la thèse intransigeante ?

— Toujours plus d'État, pour de meilleurs finances, une justice amendée et la paix dans le royaume, répétaient inlassablement Guillaume de Nogaret et, derrière lui, l'étoile montante du conseil, Enguerrand de Marigny.

Gilles Aycelin n'assista pas à cette réception.

— Je pars pour Narbonne, avait-il annoncé à Martin au lendemain des états, je n'y suis pas allé ces derniers mois. Les chantiers avancent mais l'archidiacre maître Jacques, présent aux états, m'a fait part des problèmes de tous genres qui se posent à la fabrique. Il est temps que je m'en mêle. Je rentrerai par Châtel-Odon et Billom. Dieu sait où en sont les travaux de ma chapelle ! Omblard n'a guère été loquace. Manifestement il n'est pas près d'y peindre.

Quelques jours plus tard, Pierre Flotte décida d'emmener Martin en Flandre où il retournait pour tenter de calmer une situation de plus en plus préoccupante. Le jeune homme vint faire ses adieux à dame Jeanne et surtout à Anne.

— Tu sais, Martin, je n'ai guère envie de rentrer à Clermont, lui dit la jeune fille rayonnante dans une cotte bleue comme le ciel.

— Tu aimerais vivre à Paris tout le temps ?

— Oh oui ! La vie est si agréable ici. Nous avons été invités partout. Les jeunes gens sont beaux, bien habillés avec de belles aumônières.

Anne ne remarqua pas le regard assombri des yeux noisette de Martin.

— Tiens, toi aussi tu as une aumônière sarrasinoise. C'est presque la même que celle de Matthieu Chauvigny.

Le cœur de Martin battait.

— Qui est Matthieu Chauvigny ? osa-t-il demander d'une voix aussi indifférente que possible.

— Je l'ai rencontré chez messire Renaud Béliard qui organisait une fête hier et il est venu à none pour m'apporter un manuscrit dont il m'avait un peu raconté l'histoire. Tu sais, la fête était merveilleuse avec un spectacle et nous avons dansé, dansé. Tu comprends que je n'aie pas envie de rentrer.

Éperdu, Martin se lança dans un grand plaidoyer pour Clermont où la vie était bien agréable, où elle avait ses amis. Puis il la quitta fou d'inquiétude. Une inquiétude qui s'amplifia encore dans une folle méditation sur « son infortune avec les femmes » et qui ne s'estompa que tard dans la nuit au creux de la couette de Sybille.

— Quand reviens-tu ? demanda celle-ci le lendemain. Tu as les yeux cernés.

— Je ne sais pas, répondit-il en refermant derrière lui la porte de la petite maison si douce.

Jacques de Châtillon, confortablement installé sur les coussins bleus d'une cathèdre dont le bois sombre finement ciselé se détachait sur une tapisserie colorée occupant toute la largeur du mur, faisait le point de la situation avec Pierre Flotte. Martin observait les deux hommes qui ne cachaient guère une antipathie naturelle simplement tempérée par une estime mutuelle.

— Les beaux jours de l'entrée solennelle de notre roi, il y a presque un an, sont bien oubliés. Souvenez-vous de ce faste et même du luxe déployé par les dames de Bruges qui avait provoqué la jalousie de la reine. Après une certaine fraternisation, chaque jour est émaillé d'incidents entre Français et bourgeois de Bruges.

Pierre Flotte, très droit dans sa cathèdre, écoutait avec attention le gouverneur de Bruges. Dans un geste machinal, il passait sa main droite dans son épaisse chevelure.

— Il y a une semaine, la procession pour le Saint-Sang s'est déroulée dans une tension presque insupportable, poursuivait d'un ton neutre Châtillon, j'ai redouté une provocation à chaque instant. Enfin le Saint-Sang a été ramené sans encombre dans sa chapelle.

— Messire le gouverneur, on rapporte à la cour que

vous n'êtes pas toujours adroit, surtout avec les représentants des métiers que nous devons ménager, vous le savez.

– Peut-être, peut-être, convint Châtillon, visiblement agacé par cette attaque pourtant franche du chancelier.

– Oui, les ménager, répéta Pierre Flotte.

– Que faire, face à des hommes comme Pierre de Coninck ou Jean Breydel qui ne veulent pas céder un pouce de leur autorité, qui discutent sur tout, qui excitent ceux qui n'auraient pas l'idée de disputer notre autorité ?

– Nous devons composer. Le roi m'envoie pour vous redire que nous devons composer. Bruges est une pièce maîtresse de l'échiquier de notre roi face à l'Angleterre. Quelle richesse ici ! Bruges, c'est l'entrepôt du monde. Tous ces comptoirs ! Tous ces tissus d'Italie ou d'Orient !

– Je sais. Ajoutez-y les fourrures de Russie, les métaux de Pologne ou de Bohême, le charbon d'Angleterre...

– Et vous oubliez les fruits de Grenade ou d'Égypte et les épices.

– Et le vin que je vous sers qui vient du Rhin.

– Le roi ne peut plus imaginer abandonner de tels trésors, vitaux pour les finances du royaume.

– Je sais. Mais que faire ? Comment faire ?

– Composez, c'est l'ordre du roi. Pensez-y. Nous en reparlerons demain. Maintenant que me proposez-vous ?

– Nous aurons un souper dans la grande salle où j'ai convié quelques bourgeois. Vous voyez que je fais ce que je peux pour lier nos deux communautés. L'arrivée de l'envoyé du roi, de plus chancelier, est un événement dans la ville.

– En attendant l'heure du souper, je vais aller prendre le pouls de la cité.

– Évitez de parler français trop fort. Je vous fais suivre par deux de mes gardes.

Le carillon jouait un air léger au beffroi qui n'était pas achevé. Martin, comme il l'avait été à Tournai, était sous le charme de ces villes du nord soigneusement quadrillées avec leurs canaux.

– La basilique du Saint-Sang, la halle au drap, c'est là que se traitent les plus grosses affaires du drap d'Europe, commentait Pierre Flotte plus détendu.

Venu plusieurs fois, il connaissait bien la cité.

– Géraud Brillat est venu récemment, répondit Martin prononçant toujours avec un bonheur indicible le nom de cette famille chérie.

– Tu vois, c'est par ce cours d'eau que les bateaux apportent les marchandises et remportent les draps de Flandre.

Ils marchèrent lentement dans des rues encombrées sur lesquelles donnaient des maisons à hauts pignons.

– Martin, tu dois rêver à l'amour, c'est de ton âge, dit tout à coup Pierre Flotte en plissant malicieusement ses yeux gris curieusement tombants sous des sourcils grisonnants fort broussailleux.

Martin rougit comme un enfant.

– Tu vois, continua le chancelier sans y prêter attention, là-bas dans cette petite mer intérieure, il y avait Minna qui se laissa mourir ici par amour pour son fiancé. Il ne plaisait pas à son pirate saxon de père, depuis c'est le lac d'amour.

– Et derrière ces murs qu'y a-t-il ?

– Un béguinage fondé il y a cinquante ans par la comtesse Marguerite. Il y a des religieuses qui y vivent du travail de leurs mains ou qui soignent des malades ; ce sont des nonnes particulières qui ne font pas le vœu de chasteté et il n'est pas rare de les voir reprendre une vie normale et se marier.

« Voilà ce qu'il aurait fallu pour Radegonde », pensa aussitôt Martin dont le cœur se serra avant de s'envoler vers Anne.

– Te voilà bien songeur, mon garçon. A cause des bonnes sœurs ou du lac d'amour ?

Rentrés au palais, ils assistèrent au souper qui se déroula dans une ambiance un peu tendue mais les vins du Rhin généreusement distribués réchauffèrent peu à peu les cœurs. Quand il alla se coucher, Pierre Flotte était persuadé que l'on arriverait à un *modus vivendi* avec ces sacrés Flamands, des bourgeois dont les femmes étaient diablement belles.

– N'est-ce pas, Martin ?

Ils avaient eu la bonne surprise de retrouver Géraud Brillat qui achevait son séjour brugeois et semblait satisfait des affaires traitées. Il partirait le lendemain pour Tournai et Douai avant de rentrer à Paris, puis à Clermont.

– Martin ! réveille-toi !

Martin rêvait. Installé entre Radegonde et Anne dans

un jardin merveilleux ressemblant au Clos Bruneau, il reposait, heureux.

— Que se passe-t-il ?

— Bruges se soulève, écoute toutes les cloches.

— Non, c'est matines.

— Non, écoute, le palais est assiégé.

Martin prit conscience, alors qu'il faisait nuit, une nuit noire sans lune, d'une agitation bruyante. Des cris fusaient de toutes parts dans la cour du palais et à la lueur d'une torche, il reconnut Châtillon à cheval qui lançait des ordres avec nervosité. Apercevant Pierre Flotte et Martin, habillés à la hâte, il leur cria :

— Sautez à cheval ! Le massacre des Français a commencé, les métiers se soulèvent sous la direction de Coninck et Breydel. Ils sont dans la ville. Nous allons tenter une sortie pour éviter de griller ici comme des porcs car des préparatifs de feu sont mis en place. Partez vers le sud et si vous êtes arrêtés, prononcez : « *Shild en vriend* », c'est le cri de ralliement des « clauwaerts » [1].

— Cela veut dire quoi ? demanda Martin toujours curieux mais qui avait bien du mal à tenir son cheval rendu nerveux par l'excitation ambiante.

— Bouclier et ami ! hurla Châtillon en lançant son cheval avec autorité vers la sortie.

Surpris par l'ouverture soudaine des portes et la ruée en masse de cavaliers décidés, les assaillants en laissèrent filer quelques-uns, s'acharnant sur les autres. Châtillon, Flotte et Martin galopèrent sur les pavés glissants, entourés de quelques gardes.

« Savaient-ils seulement où ils allaient ? » se demandait Martin non sans anxiété face à une situation pour lui totalement inédite.

Parvenus très vite au rempart, ils comprirent sans peine qu'ils ne sortiraient jamais. Partout, extraordinairement mobilisés, les bourgeois faisaient le guet sans laisser la moindre brèche pendant qu'à l'arrière, dans toute les rues, des bruits confus de lutte, des cris, des gémissements et des clapotis succédant aux « plouf » de corps dans les canaux leur parvenaient, coupant ainsi toute envie de retraite. Pris au piège, les fuyards réussirent à se réfugier dans une ruelle sombre où ils se défirent de tout ce qui pouvait trahir leur appartenance au groupe de Français.

1. Partisans des griffes du lion de Flandre.

— Chacun pour soi maintenant, dit Châtillon qui faisait preuve d'un certain sang-froid dans l'adversité.

« Peut-être davantage que dans la routine quotidienne! » eut le temps de se dire Pierre Flotte, en maîtrisant mal sa monture surexcitée, presque cabrée.

— Nous nous retrouverons hors des remparts si nous y parvenons, lança encore Châtillon. Sur la route de Courtrai, il y a une auberge avec un tenancier français, il nous aidera à moins qu'il ne soit déjà mort. Et n'oubliez pas « *Shild en vriend* »!

Abandonnant très vite leurs chevaux trop voyants, Pierre Flotte et Martin longèrent précautionneusement les maisons et débouchèrent sur une rue plus large. Au milieu des cadavres qui jonchaient le sol inégal, des combats acharnés mettaient aux prises Français et émeutiers. Profitant de l'affolement général, ils se faufilèrent, Martin soufflant à Pierre :

— Fuyons par le canal.

Pierre Flotte courait derrière le jeune homme qui se jeta à l'eau sous ses yeux ébahis et émergea après quelques instants au plus grand soulagement du chancelier hésitant à le suivre, puis découvrant enfin son objectif, une barque amarrée de l'autre côté. Avec inquiétude, il vit progresser Martin difficilement, puis se hisser avec infiniment de peine dans l'embarcation qui faillit chavirer et dont le bois craquait épouvantablement. Se saisissant des rames, Martin revint maladroitement vers lui. Derrière Pierre Flotte, au même instant, surgissaient deux hommes qui évitèrent au chancelier des états d'âme plus longs : il sauta à son tour dans le canal, crut suffoquer avant de retrouver la surface, tout près heureusement de Martin qui lui tendait la main.

— Merci Martin, je n'oublierai jamais.

— Nous ne sommes pas encore sauvés, je n'ai aucune idée de la direction à prendre.

Martin ramait avec application, en s'efforçant de faire le moins de clapotis possible pendant que sur les berges et les ponts, courses et combats se poursuivaient, acharnés, détournant ainsi l'attention du canal.

— Il faut faire vite, le jour va se lever; il faut retrouver la Reie, c'est le cours d'eau qui va vers la mer et nous sortira d'ici.

Pierre Flotte retrouvait ses esprits, sinon l'espoir.

— Quand je pense que je pourrais être bien tranquille

au coin du feu dans mon château à discuter avec Omblard de peinture! chuchota-t-il.

— Ne désespérons pas, messire Pierre, nous nous en sortirons, dit Martin avec un optimisme un peu forcé et une grimace provoquée par l'effort dont il n'avait guère l'habitude. Tout près, des cris précédèrent le bruit d'un corps qui tomba en les éclaboussant.

— Mais où sommes-nous? répétait Pierre Flotte en écarquillant les yeux pour tenter de discerner les lieux dans la lueur blafarde du jour naissant.

— Je ne sais, répétait Martin, rythmant enfin ses gestes.

— Les remparts! Regarde, Martin, nous sommes dehors, vite, accoste.

Au découragement de l'instant précédent avait succédé une joie indicible qui dopa les deux hommes épuisés, mais si heureux que les deux heures de marche pour parvenir à l'auberge leur semblèrent presque légères.

Châtillon n'y était pas et l'aubergiste d'abord méfiant se rasséréna en apercevant la bourse de Pierre Flotte, pleine de livres et de deniers. Retrouvant son autorité, le chancelier commanda sans ambages :

— Donne-nous à manger et trouve-nous des vêtements secs; il nous faut aussi des chevaux.

— Bien, Monseigneur. Vous êtes français? Vous pouvez me dire que vous êtes français, insista-t-il devant l'hésitation des hommes, moi, je le suis, du diocèse de Reims! Je me présente, Nicaise, natif d'Orbais. Il paraît qu'il y a eu du grabuge cette nuit à Bruges? On dit que des Français ont été massacrés. Vous avez pu vous sauver?

— Eh l'ami, tu n'aurais pas vu le gouverneur? demanda Pierre Flotte, mis en confiance.

— Non. Mais j'ai recueilli deux Français bien mal en point. Je ne sais ce que je vais en faire. Il faudrait un médecin pour les soigner. Il y en a un qui délire et l'autre ne vaut guère mieux. Ils sont au fond de la salle.

Pierre Flotte et Martin commençaient à se réchauffer dans des cottes et mantels cédés par l'aubergiste lorsque l'un des blessés réclama à boire avec insistance. Martin s'en approcha avec une cruche et un godet et se pencha vers lui :

— Messire Géraud! Messire Pierre, venez voir, c'est messire Géraud Brillat!

Pierre se leva d'un bond.

— Géraud? Que fais-tu ici?

Géraud ne les distinguait pas mais, à côté, son serviteur se souleva du sol et reconnut Martin :

— Je n'ai pu protéger messire Géraud. Deux Flamands se sont acharnés sur lui et l'ont laissé pour mort ; je l'ai porté jusqu'ici sur mon dos.

— Messire Pierre, que comptez-vous faire ? interrogea Martin.

— Rentrer au plut tôt à Paris. Le roi doit être informé de ce qu'il se passe ici.

— Je ne peux abandonner messire Géraud !

— Je comprends tes sentiments mais que faire ?

L'aubergiste très complaisamment proposa une charrette pour les blessés.

— Vous allez les déposer au béguinage de Courtrai. Ma fille Julie est béguine, vous lui confierez les blessés, elle s'en occupera très bien. Quant à la charrette, j'irai la reprendre un de ces jours.

Il attela la charrette à un bon gros cheval habitué à traîner les marchandises nécessaires à l'auberge et on y installa avec précautions les deux blessés. Géraud délirait :

— Oh Jeanne, je voudrais voir Isabelle, Isabelle, Bologne, Anne ma perle, Vital, les dés, Cocci, non, je ne... J'ai mal. Soif, soif...

Martin humectait, avec le précieux contenu d'une gourde prêtée par l'aubergiste, les lèvres de Géraud qui se calmait quelques instants avant de reprendre son délire.

Ce n'est que le lendemain qu'ils parvinrent enfin aux remparts de Courtrai. Passant la Lys au bord de laquelle les tisseurs étaient regroupés, ils virent enfin les murs du béguinage. Leur arrivée ne passa pas inaperçue aux religieuses accourant de leurs maisons respectives et qui prévinrent aussitôt Julie.

Les deux malades dirigés sur le petit hôpital du béguinage y furent examinés par le médecin qui ne cacha pas son inquiétude devant l'état de Géraud et appela en consultation un clerc chirurgien. Celui-ci, après avoir longuement observé le pouls et les urines du malade, prescrivit un emplâtre dont la formule très compliquée devait nécessiter plusieurs heures de préparation. L'apothicaire du béguinage se mit au travail avec d'autant plus d'enthousiasme que Martin sortit quelques livres de la bourse que Pierre Flotte mettait à la disposition du malade. En attendant, le chirurgien cautérisa les plaies légères, soulevant le cœur du pauvre Martin.

Pierre Flotte était impatient de repartir :

– Martin, tu dois rentrer à Paris. Ici, tu ne sers à rien, reprends ton service. Si Géraud doit guérir, tu n'y peux rien après avoir fait ton devoir, s'il meurt, tu n'y peux rien non plus.

– C'est vrai, reconnut Martin ému, mais messire Géraud, c'est un peu mon père.

– Tu vas rentrer prévenir dame Jeanne. C'est tout ce que tu peux faire, je crois.

Pierre laissa à Julie une partie des livres qui lui restaient encore :

– Messire Géraud est riche et s'il guérit, il saura se montrer généreux, s'il ne guérit pas, sa veuve saura se montrer reconnaissante pour les soins donnés à son époux.

Comme Gilles Aycelin, Pierre Flotte aimait les chevauchées rapides. Aussi entraîna-t-il Martin dans une course vive à laquelle collaborèrent les aubergistes qui, sans rechigner, lui fournirent les meilleurs chevaux dans les meilleurs délais. None sonnait aux tours de Notre-Dame quand le chancelier se présenta au palais où la nouvelle du désastre de Bruges était parvenue deux jours plus tôt. Son arrivée fut considérée comme un miracle ; on le croyait mort.

Le roi le reçut aussitôt et se fit raconter les événements :

– Il y aurait plus de mille morts chez les Français, lui apprit le roi.

– Mon Dieu !

– Un désastre que nous vengerons. Je lève une armée pour mater la rébellion ; nous mettrons au pas ces villes orgueilleuses.

Au même moment, Martin arrivait à l'hôtel Brillat et contait à dame Jeanne réconfortée par Anne et Pierre les malheurs du banquier en étant aussi rassurant que possible :

– Il est bien soigné, les béguines savent très bien s'y prendre et le chirurgien avait l'air de connaître son affaire.

– Il faut prévenir les jumeaux.

– J'y vais.

– Tu es fatigué, tu vas te reposer ici. Je vais envoyer mon serviteur Philippe pour qu'il me les ramène. Agricol

311

sera vite là, il travaille au comptoir de la rue Saint-Honoré mais Dieu sait où est Vital! Il attendait son père pour partir pour une nouvelle mission en Angleterre. Peut-être pourrait-il se rendre à son chevet?

— Peut-être.

— Oui, mais ces Flamands, peut-on avoir confiance en eux?

— Ils ne sont pas tous comme les habitants de Bruges!

Martin, ému par la famille éplorée, faisait taire ses sentiments pour Anne dont l'insouciance coutumière avait cédé la place à une anxiété touchante qu'elle lui découvrait naïvement, dans une sorte de douce intimité créée par l'angoisse commune et par sa place retrouvée au sein de la famille. La place d'un Martin qui semblait si fort à tous.

Très vite, on ne parla plus que de guerre contre la Flandre. La tension montait à chaque incident. Le roi avait fait rouer de coups à Saint-Omer un fidèle du comte de Flandre, Simon Hannebert, un Français était assassiné ailleurs. Les chevaliers français étaient prêts et montaient vers le nord pour se mettre sous les ordres de Robert d'Artois. Tous avaient des éperons d'or et fière allure sur leurs montures caparaçonnées à leurs armes. Bacheliers [1] ou bannerets [2], ils étaient superbes avec autour d'eux des sergents à cheval plus succinctement équipés. L'ost [3] était en route avec un attirail fantastique – lances, glaives, bassinets, heaumes, harnais de jambes – et sûr de sa victoire.

Hélas, il fallut déchanter. Le 11 juillet [4], le choc avec les soldats des cités flamandes à proximité de Courtrai fut terrible. La piétaille eut raison par sa mobilité et son acharnement de la chevalerie française empétrée dans ses accoutrements peu pratiques. Les chefs flamands Gui de Namur et Guillaume de Juliers avaient exalté leurs troupes le matin en donnant la chevalerie à quarante de leurs hommes dont les chefs de l'émeute de Bruges, Coninck et Breydel. En face, Jacques de Châtillon piaffait à l'idée de venger la nuit fatale. Autour de lui, Jean de Burlas avec ses archers gascons, navarrais et lombards qui

1. Apprentis-chevaliers.
2. Participants au contingent de l'ost.
3. Expédition militaire.
4. 1302.

se comprenaient surtout par gestes ou dans un charabia extraordinaire, le connétable Raoul de Nesle, Robert d'Artois et Pierre Flotte. On raconta que le cheval de Robert d'Artois eut si peur dans l'assaut qu'il se cabra trois fois, rageusement contenu par son cavalier. Dans un premier temps, les Flamands avaient pourtant semblé vaciller, Gui de Namur invoquant la bonne Vierge de Groeninghe avant de repartir à l'assaut décisif.

Un moine relata le spectacle insensé auquel il avait assisté du haut du clocher de son monastère avec la fuite éperdue des Français :

— Ils donnaient leurs armures pour avoir du pain mais la plupart étaient si tremblants que la terreur les empêchait de le porter à leur bouche.

Parmi les morts si nombreux, on releva Pierre Flotte pour qui un second miracle ne s'était pas produit. Désarçonné, il avait été traîné par son cheval et presque achevé par un soldat qui en plus l'avait détroussé. Une triste fin pour le brillant seigneur allongé sur un petit tertre, à l'abri d'un bosquet, veillé par son fidèle Julien à qui il eut juste la force de dire :

— Je ne reverrai pas Ravel et sa vue si belle. Dis à maître Omblard de finir le travail. Ça doit être si beau, ces couleurs comme l'arc-en-ciel. Julien, tu vois l'arc-en-ciel ?

Julien ouvrait grands ses yeux couleur d'huître qui ne décelaient aucune trace d'arc-en-ciel mais lorsqu'il regarda à nouveau son maître, il avait le regard fixe vers le ciel.

Parmi les morts, il fallut compter aussi Vital Brillat, venu voir son père et qui s'était imprudemment aventuré sur le champ de bataille et y avait été surpris par le choc. Convalescent mais toujours d'une extrême faiblesse, Géraud le réclama pendant des jours avec tant d'insistance que son serviteur, lui tout à fait guéri, se mit en quête de son jeune maître. Casimir se souviendrait longtemps de cette vision terrifiante de cadavres de chevaliers français avec autour une étonnante constellation d'éperons que les Flamands s'affairaient à ramasser. Le soir au béguinage, il entendit parler de sept cents éperons, un butin qui remplissait de fierté les Flamands.

A la nouvelle de la mort de Vital, Géraud se remit à délirer, provoquant le découragement de la pauvre Julie. Elle ne l'avait pratiquement pas quitté depuis deux mois, en négligeant même offices et prières que la règle du béguinage l'obligeait à dire en commun avec ses sœurs. Heureusement, la « grande dame » se montrait compréhensive, dispensant aussi Julie des travaux manuels, filage et blanchissage. La béguine ne pratiquait plus que la dentelle pour se délasser tout en surveillant son malade auquel s'ajoutèrent de nombreux blessés ramenés du champ de bataille. Unanimement, avec un dévouement extraordinaire, les béguines leur dispensèrent leurs meilleurs soins. Casimir suppléait alors Julie pour veiller avec dévouement son maître, tout en ressassant une indicible tristesse en pensant à ce pauvre Vital si joyeux, injustement enlevé à sa famille.

« Mon Dieu, que va dire dame Jeanne ? Si au moins, je pouvais lui ramener messire Géraud ! » ne cessait-il de penser entre les prières que Julie l'avait fortement incité à dire pour s'occuper.

18

Le désastre de Courtrai fut connu à Paris au moment où arrivaient les réponses des cardinaux aux barons et aux bourgeois. Aux premiers :

« Le contenu de votre lettre nous a grandement attristés. Tout ce que Pierre Flotte a dit en présence du roi, des prélats et de vous repose sur un mensonge... »

Aux seconds :

« Même les paroles d'une fille insensée ne sauraient changer l'amour d'une mère. Pierre Flotte, ce bélial à moitié aveugle et dont l'âme est dans les ténèbres pour entraîner dans une fausse voie notre cher fils Philippe, roi de France... »

Le roi, très affecté par la défaite de Courtrai qui compromettait ses efforts en Flandre, se sentait d'autant plus marqué par la mort de son fidèle chancelier que les lettres de Rome le mettaient en cause directement. Et si Guillaume de Nogaret s'employait à combler le vide de la disparition de Pierre Flotte, qui au fond de lui-même l'arrangeait plutôt, les barons décimés creusaient un abîme autour du roi comme si un rempart longuement érigé s'était écroulé tout à coup. La mort de Robert d'Artois, un fidèle entre tous dans la lutte avec Boniface, semblait irréparable.

– Où est la journée brillante des états réunis ? ne cessait de soupirer le roi, ressassant son triomphe d'alors avec ce royaume qui semblait se fondre dans une union sacrée.

Que tout cela lui semblait dérisoire en cet été aussi torride que l'hiver avait été rude ! Harassé par la chaleur qui s'abattait sur le palais, le roi ordonnait que des courants d'air soient ménagés partout et dans la Grande Salle où il n'était guère question de banquets, ni de réceptions, les statues des ancêtres du roi paraissaient revivre sous cette brise artificielle. Plus que dans la salle du conseil habituelle, assez confinée, où le soleil du soir dardait des rayons insupportables, c'est là que le roi recevait ses conseillers sur la « table de marbre » d'où il présidait habituellement les fêtes et d'où les hérauts d'armes proclamaient les nouvelles d'importance.

Tout cela conférait une atmosphère insolite à la vie du palais dont les fonctionnaires continuaient à assurer le travail de routine nécessaire aux rouages de l'État.

Martin, très affecté par la mort du chancelier, partageait son temps entre son cabinet, chapeautant quelques tâches administratives plus ou moins intéressantes, et l'hôtel Brillat où l'angoisse était à son comble, sans nouvelles ni de Géraud ni de Vital. Il ne savait si le partage de cette inquiétude créait des liens indéfectibles avec Anne mais ses fonctions de réconfort étaient menées comme un véritable sacerdoce. Sybille se plaignait de ne presque plus le voir, avec manifestement une prescience d'un abandon proche.

Martin, ballotté entre des sentiments contradictoires de joie et d'incertitude, retrouvait son véritable allant quand Gilles Aycelin passait l'étroite porte de son cabinet et venait s'asseoir quelques instants sur un des petits escabeaux inconfortables qui en constituaient le mobilier, pour lui conter les dernières décisions du conseil.

Si le roi avait tenu dans un premier temps une sorte de conseil de guerre en dehors de Paris, il avait préféré rentrer dans la grande cité pour y retrouver le garde des sceaux Étienne de Suisy qui présidait un autre « gouvernement » dont les décisions concernaient la fiscalité ou la monnaie, deux autres sujets aussi brûlants que l'été. Y avait participé sans répit un Gilles Aycelin rentré de Narbonne récemment et accablé par la situation du royaume. Auprès de Martin, il exhalait ses doutes, ses craintes et ses espoirs avec une sincérité qui n'était pas de mise au conseil. S'ensuivaient des discussions passionnées où Martin retrouvait enfin son goût de la rhétorique, avec le sentiment, grâce à Gilles, de ne pas être en marge des événements.

En effet, ce n'était plus le temps des nouvelles tonitruantes mais celui de la diplomatie feutrée, le roi voyant autour de lui se développer des agissements pour l'amener à composer avec le pape.

Ainsi, le duc Robert de Bourgogne, pourtant signataire de la lettre du 10 avril, avait envoyé un ambassadeur à Anagni avec des lettres pour les cardinaux afin de négocier une réconciliation. Heureusement, Boniface s'enferrait dans son attitude intransigeante qui seule pouvait consolider l'union du royaume autour du roi. Ne traitait-il pas de « satanique » Pierre Flotte ayant « falsifié » la lettre, accusation qui prenait d'autant plus de relief avec la mort de l'incriminé ? Ne renouvelait-il pas sa convocation des prélats à Rome pour la Toussaint ? Ne menaçait-il pas de déposer le roi ? Ne proclamait-il pas que la défaite de Courtrai était une juste punition et n'excitait-il pas les Flamands contre le roi Philippe ?

Au conseil, Guillaume de Nogaret et Enguerrand de Marigny reprenaient haut et fort le flambeau de Pierre Flotte :

– Aucun Français ne supportera de voir son roi déposé par ce vieillard. Nul ne supportera de voir son roi défié de la sorte.

Gilles Aycelin se rangeait parmi les modérés, cherchant des solutions davantage dans le droit que dans la passion. Cherchant aussi à « distraire » le roi de ce souci obsessionnel, il requérait son attention pour d'autres problèmes. Ainsi, obtint-il que le souverain en personne vînt, au cours d'une cérémonie sinon solennelle au moins officielle, mettre en place le service des archives royales auquel était attaché Martin. La série des registres du Trésor des chartes, amorcée un siècle plus tôt avec des compilations ordonnées par le roi Philippe Auguste, s'ouvrait, un travail maintenant facilité par la création de locaux appropriés.

Martin trouva le roi changé, visiblement à court de ressources pour faire face et peut-être par là même devenu le jouet de son entourage.

Martin n'avait d'ailleurs, ce jour-là, guère le cœur à l'optimisme. Il avait appris la veille la mort de Vital rapportée par un Français à qui le valet de Géraud, Casimir, avait confié la nouvelle.

Dame Jeanne, qui se languissait chaque jour un peu plus dans son hôtel du quartier Saint-Paul qu'elle se prenait à haïr, vit surgir un cavalier.

— Fais entrer! cria-t-elle à la servante qui s'enquérait de la requête du cavalier.

Celui-ci, poussiéreux, s'inclina devant dame Jeanne, en enlevant son chapel qui avait été rouge :

— Pierre Poinçon, madame. J'arrive de Courtrai et vous apporte un message.

— Dites, messire, quoi ? Des nouvelles de mon mari ? s'impatientait dame Jeanne, visiblement à bout de nerfs.

— Oui, madame, il va mieux mais il est encore très faible. Le chirurgien ne veut pas encore le laisser partir.

— Oh, Dieu soit loué! dit dame Jeanne, en croisant des mains nerveuses dont la fine blancheur était rehaussée par la cotte pourpre. Et mon fils Vital est avec lui ?

— Non, madame... il...

— Vital n'est pas auprès de son père ? Mais où est-il alors ?

— Madame, votre fils est mort.

Pierre Poinçon avait presque murmuré ces mots comme pour en atténuer l'effet.

— Mort, mais que dites-vous ? Vous êtes fou!

— Oui madame, je tiens la nouvelle de votre valet Casimir. Il est mort pendant la bataille de Courtrai. Oh madame, je suis si désolé d'être le messager d'une aussi terrible nouvelle; Casimir m'a demandé de vous remettre ceci.

D'une sacoche, il tira une aumônière et un braïel brodés. Dame Jeanne ne les voyait pas; sa tête dodelinait et elle pleurait sans bruit. Puis, elle finit par tendre la main vers l'aumônière et l'ouvrit : des cartes et de jolis dés d'ivoire étaient son contenu.

Pierre Poinçon, désemparé par la douleur de cette femme qu'il ne connaissait pas, regarda ces objets dérisoires et ajouta :

— Casimir m'a chargé de vous dire qu'il avait gardé l'argent. Il en aura besoin pour acheter une charrette et un cheval pour ramener votre époux.

Dame Jeanne approuva d'un cillement de ses yeux clairs. Elle serrait dans sa main les dés d'ivoire dont le contact semblait la ramener à la vie.

— Ses dés... oh, mon petit, quel malheur! chuchotat-elle dans un nouvel accès de larmes.

— Madame, je voudrais me retirer, j'ai une longue route pour rentrer dans mon Rouergue natal.

— Monsieur, je ne sais comment vous remercier, dit

318

dame Jeanne, prenant sur elle pour se lever et faire les civilités qui seyaient à son rang.

Mais le cavalier parti, elle se laissa aller à son chagrin et c'est recroquevillée dans sa cathèdre qu'Anne la découvrit un long moment plus tard.

– Maman, que se passe-t-il ? Papa ?

– Non, mon enfant, Vital...

– Vital ? Vital quoi ?

– Vital est mort !

Anne demanda incrédule :

– Que dites-vous ? Vital ?

– Un cavalier vient d'apporter la nouvelle.

– Et Père ?

– Il va mieux, il serait sauvé, mais si faible qu'il ne peut rentrer encore. Il faudrait envoyer chercher Agricol, dis à Philippe d'aller le quérir.

Dame Jeanne faisait visiblement des efforts surhumains pour parler.

Agricol qui venait de rentrer du comptoir arriva très vite :

– Que se passe-t-il, Mère ?

– Oh Agricol, c'est Vital, il est mort.

Agricol avait du mal à respirer. Ses épaules s'étaient tassées. Il finit par s'affaler sur le banc et posa sa tête dans ses mains et pleura, pleura. Au bout d'un long moment, il regarda sa mère et sa sœur, incrédule :

– Non, ce n'est pas vrai ! répétait-il, dites-moi que ce n'est pas vrai.

Le soir, Agricol alla au palais voir Martin et ce n'est qu'après plusieurs tentatives que, bouleversé, il parvint à annoncer la nouvelle qui le déchirait, laissant Martin à son tour sans voix. Leur retour à l'hôtel Brillat fut silencieux, chacun évitant de briser la méditation de l'autre, Martin prenant alors toute la mesure des liens qui l'unissaient aux Brillat et aux jumeaux en particulier. Pendant le souper, Martin avait égrené ses souvenirs avec Vital : leur première rencontre, la partie de dés, sa disparition, ses plaisanteries.

Dame Jeanne interdit à Agricol de partir pour Courtrai chercher son père :

– Casimir nous le ramènera, j'en suis sûre. On peut compter sur lui. Ne nous quitte pas, Agricol, et n'oublie pas que Claude accouchera bientôt, il faut la ménager, tu ne peux l'abandonner.

Malgré sa souffrance, Jeanne recouvrait son autorité. Le clan réduit se refermait sur lui-même et sur son chagrin. Martin, plus que jamais, apparut comme un soutien indispensable qui passait tous ses loisirs à l'hôtel Brillat, non sans se reprocher de profiter de la détresse de ses amis pour se rapprocher d'Anne. Celle-ci, murée dans sa douleur, devenait insaisissable. Seul, il savait la dérider arrivant avec un bouquet acheté au marché voisin ou avec un ruban pour ses cheveux, sans pour autant ramener dans ses yeux cet éclat, cette fraîcheur qui l'enchantaient et qu'il n'avait connus auparavant que dans les pupilles de Radegonde.

Gilles, qui ne tenait plus en place dans le climat de la cour si lourd, repartit en Auvergne pour y régler des affaires de Châtel-Odon. Il convoqua Martin dès son retour. Une table était dressée dans le jardin pour profiter de la fraîcheur du soir.

— Il fait toujours aussi chaud! A-t-on des nouvelles de Géraud Brillat? A Clermont, on s'inquiète du banquier.

— Il irait mieux mais Vital est mort.

La voix de Martin s'était brisée et ses yeux étaient brillants de larmes.

— Que me dis-tu là?

— Oui Monseigneur, Vital, mon presque frère, est mort à Courtrai, confirma Martin, retenant ses larmes d'un plissement d'yeux.

— Pauvre Géraud, pauvre Jeanne! Voici venu le temps des épreuves qui n'épargnent personne, ni les riches, ni les pauvres, ni les grands, ni les petits.

— Avez-vous vu Omblard? questionna Martin pour rompre le maléfice qu'entretenait autour de lui la mort de Vital.

— Oui, à Ravel. Il est bien marri d'apprendre que ce pauvre Pierre ne verra jamais achevé son grand projet. C'est très réussi. Quel gâchis! Mais sais-tu qui j'attends? demanda tout à coup Gilles Aycelin, las de ces tristes nouvelles et cherchant lui aussi à rompre cette grisaille si consternante et si peu accordée au ciel immuablement bleu depuis des semaines.

— Non. Qui?

— Dante Alighieri va arriver d'un jour à l'autre et loger ici.

– Je serai content de le revoir.

– Ce sera un rayon de soleil dans notre climat. Je pense parfois aux invectives de Bernard Saisset et à ses prédictions fâcheuses. Notre roi ne conduirait-il pas son royaume sur des voies inquiétantes ?

La conversation était lancée, à laquelle se mêla Gaucelin, désormais moins jaloux de Martin, qui ne se trouvait plus en concurrence avec lui auprès du prélat.

La nuit était douce. Ce soir-là, pour la première fois depuis bien longtemps, Martin retourna chez Sybille.

– Je te croyais mort, dit la jeune femme en ouvrant sa porte.

– Ne parle pas de mort.

Sybille le consola avec cette infinie douceur qu'il aimait chez elle et qui lui rappelait Béatrice.

L'arrivée de Dante allait être un extraordinaire dérivatif. Martin servit de guide au poète qui arpentait les quartiers universitaires, y déclamait des vers ou y discutait avec les enlumineurs dont les ouvrages le fascinaient. Il n'était pourtant plus le poète triomphant rencontré en Toscane ; depuis, il avait été banni de sa ville et avait commencé une longue errance pour échapper à ses ennemis, les guelfes « noirs ». Vérone, Rimini, Bologne où Isabelle avait calligraphié de ses poèmes et maintenant Paris, « la cité de l'enluminure ».

– Je retournerai à Bologne ; j'y étais bien. Le Reno ressemble à l'Arno, disait-il à ses interlocuteurs comme s'il voulait se persuader lui-même que l'on pouvait être aussi bien ailleurs qu'à Florence.

A la faculté des arts, un maître lui cédait parfois la parole devant un auditoire alors transporté par des leçons magistrales comme celle qui marqua le plus Martin, *De vulgari eloquentia*.

– A qui parmi les hommes fut donnée la parole première ? interrogeait de sa voix chantante le poète, en souriant à son auditoire médusé et muet. Quelle fut celle dite premièrement ? A qui et où et quand et encore en quelle langue jaillit dans l'air son premier dire ?

Quel brio dans l'exposé ! Quelle persuasion dans ce regard sombre qui scrutait les cœurs avec une infinie perspicacité ! Quelle douceur dans cette voix inoubliable !

– Messire Alighieri ! messire Alighieri !

Les étudiants s'agglutinaient autour de lui pour une parole, pour un échange de regards. Martin aimait l'accompagner, s'arrêter dans une auberge ou simplement déambuler, sans but, du Pré-aux-Clercs aux jardins de la montagne Sainte-Geneviève. Il l'avait emmené au collège Montaigut où maître Anselme l'avait prié de donner une leçon.

— Maître, comment vous remercier pour ce moment de bonheur exceptionnel ? avait balbutié le vieil Anselme ému jusqu'aux larmes.

Certains jours, Dante ne quittait pas son retrait de l'hôtel Montaigut pour écrire.

— Ce sera la divine comédie! avait-il expliqué à Gilles et à Martin, j'entrevois sa trame, Virgile me guidera à travers l'Enfer, je traverserai seul le Purgatoire et Béatrice me guidera jusqu'au Paradis.

Il allait se recueillir devant le grand portail de Notre-Dame où le Christ-Juge dominait Enfer et Paradis et Gilles Aycelin l'avait conduit jusqu'à Saint-Denis voir un autre Jugement Dernier sur la façade de l'abbatiale.

— Tu vois Martin, Adam là-haut sur la balustrade, il est trop calme, dit un jour Dante sur le parvis de Notre-Dame, il a crié de joie quand il a vu le créateur.

Martin hochait la tête, suivant non sans mal les brillantes démonstrations de son extraordinaire interlocuteur qui bousculait son bon sens un peu terre à terre. La culture du poète le dépassait. Avec lui, il avait vraiment découvert Virgile, entrevu avec le frère Jacques de Clermont, Denys l'Aréopagite et ses neuf degrés de la hiérarchie angélique.

— Les cercles du ciel et les planètes sont mus par un effet de la contemplation des anges, c'est pourquoi il n'y a jamais assez d'anges dans nos églises. Le ciel a la forme d'une rose.

Lorsqu'il ne pérorait pas, Dante lisait, lisait à tel point que les libraires de la rive gauche étaient habitués à le voir s'installer sur un banc dans leur boutique et dévorer des manuscrits, indifférent à l'agitation ambiante. Sa halte la plus courante était la boutique du célèbre libraire Geoffroy de Saint-Léger qui en concevait une certaine fierté.

Pour compléter un emploi du temps somme toute fort chargé, le poète était souvent invité à des soupers ou dîners en ville. Martin l'emmena un jour chez les Brillat où il séduisit tout le monde en mettant en vers la beauté d'Anne ou en saluant aussi poétiquement l'état de Claude. Adopté d'emblée par tous, Dante venait parfois finir l'après-midi auprès de Jeanne qui lisait mélancoliquement devant cette fenêtre par laquelle elle espérait toujours voir arriver Géraud.

Un mois après la mort de Vital, il avait enfin donné de ses nouvelles; il espérait avoir assez de forces pour rentrer bientôt.

Claude mit au monde un petit Vital juste une semaine avant le retour de son beau-père. De nouveau vie et joie semblaient renaître dans cette maison qu'elles avaient désertée. Dame Jeanne reprit des couleurs et Martin constata que la petite flamme s'était rallumée au fond des yeux d'Anne. C'était l'automne, les feuilles des arbres jaunissaient ou rougissaient à vue d'œil; la canicule estivale cédait le pas à une grande douceur en ce mois d'octobre 1302.

Au palais pourtant, le roi bouillait de fureur. Ses émissaires lui avaient annoncé le départ des archevêques de Tours, Bordeaux, Auch et Bourges pour Rome; des évêques s'étaient mis en route avec des abbés.

– Au moins six d'après les renseignements qui me parviennent, dit le roi à Gilles Aycelin. Vous ne partez pas?

Le ton se voulait ironique; il était pitoyable.

– Non. Je connais Rome et le pape, avait répondu le prélat avec une repartie qui avait même fait sourire le roi.

– Beaucoup de cours n'ont pas repris dans les facultés car ces benêts de maîtres sont partis aussi. J'ai donné des ordres pour surveiller les biens des gens désobéissants.

– Mettez-vous à leur place, Sire. De toute façon, ils sont désobéissants ou à vous ou au pape, faisait observer sagement Gilles.

Les « yeux » du roi rapportèrent cependant que les discussions au synode étaient difficiles; il fut rempli d'aise. Une euphorie qui ne dura pas car la bulle *Unam sanctam* publiée le 18 novembre énonçait la souveraineté de l'Église sur les États et frappait d'anathème et d'excommunication tous ceux qui empêchaient les fidèles de se rendre auprès du Saint-Siège.

Le roi entra dans une fureur qui fit trembler les murs de son cabinet alors que même Guillaume de Nogaret prêchait la modération, évidemment soutenu par Gilles

Aycelin. Pierre de Mornay, chancelier et évêque d'Auxerre, dépêché à Rome, en revint avec l'envoi d'un conciliateur, le cardinal Lemoine, ami personnel du roi, et une proposition de paix en douze points.

Dante suivait avec attention les développements de l'affaire mais n'avait guère d'attrait pour le capétien. Gilles lui contait par le menu les discussions du conseil dont Martin était devenu le secrétaire attitré. Le roi l'invita même à donner son avis sur la tournure des formules de la réponse aux douze articles dont il discuta longuement aussi en tête à tête avec l'archevêque de Narbonne.

— Croyez-vous à la sincérité du roi comme le prétend le garde des sceaux ?

— Nenni, nous avons nié des faits de notoriété publique, nous avons éludé les questions embarrassantes. Rien n'est réglé.

Le prélat était las de cette affaire qui n'avait que trop duré et dont personne n'apercevait l'issue.

Martin passait à nouveau beaucoup de temps avec l'archevêque, la famille Brillat ayant quitté Paris avec la fin de l'hiver qui avait enfin vu la consolidation de Géraud. Le départ d'Anne l'avait désespéré. Certes, il avait tenté à plusieurs reprises de lui ouvrir son cœur mais sans jamais y parvenir. Avant son départ, Dante, qui avait très bien perçu les sentiments de Martin, avait écrit un joli poème pour Anne et le lui avait remis.

— Cela lui ouvrira peut-être les yeux, Martin, dis-lui ce poème.

Anne était partie et le rouleau du poème était dans le coin de l'étagère dans la chambre de Martin qui le relisait parfois avant de s'endormir, provoquant inévitablement une insomnie. En se tournant et se retournant sur sa paillasse, il envisageait toutes les solutions pour conclure, dans une vague de pessimisme insurmontable, que lorsqu'il reverrait la jeune fille, elle serait mariée.

Géraud s'était montré très reconnaissant envers le jeune homme :

— Martin, tu m'as sauvé la vie. Je ne l'oublierai jamais et je voudrais te dire que tu peux me demander ce que tu voudras, je serai présent, avait-il dit lors de sa première visite au convalescent.

– Je n'ai fait que mon devoir, avait répondu Martin modestement, en songeant à l'unique désir qu'il aurait aimé exprimer au banquier.

– Sans Martin, je ne serais pas là, avait ajouté celui-ci, en prenant à témoin la famille réunie autour d'un hanap de grenat.

Martin protesta avec au fond de lui un poids qui s'y était peu à peu installé.

« Sans moi, Vital serait encore là... », une pensée qui avait surgi un jour, ou plutôt une nuit, à l'époque où le sommeil, qu'il avait si intense d'habitude, le fuyait. Il s'était épanché dans le giron de Sybille qui l'avait fait taire :

– Quelle idée! Tu n'es pas fou de te ronger les sangs! Quelle idée, mon pauvre Martin!

Mais si Sybille et ses mots apaisants l'avaient calmé, l'idée revenait de temps à autre, sournoise, au détour d'une conversation ou d'une pensée.

En un éclair, face à Géraud, il s'était imaginé le prenant au mot :

« Messire Géraud, voici ce que je veux... votre fille Anne, je l'aime à en être fou, donnez-la-moi. » Puis il s'était repris. « Je suis fou. Il ne va pas donner sa fille à un pauvre tabellion comme il en a dans ses comptoirs. »

– D'ailleurs Martin, poursuivait Géraud avec des mots qui lui parvenaient à peine, perdu dans sa rêverie, d'ailleurs Martin, tu m'écoutes, maintenant que Vital n'est plus là, je te propose de rentrer dans mes affaires. Le service royal, c'est bien, je sais ce que c'est, mais si tu veux vraiment réussir, il n'y a que les affaires. Quelle est ton ambition?

« Épouser votre fille », se répétait à nouveau Martin qui dit tout haut avec cérémonie :

– Messire Géraud, je suis sensible à votre offre et je vais y réfléchir. Peut-être puis-je davantage faire mes preuves où je suis?

– Gilles Aycelin m'a dit que tu étais le secrétaire ordinaire du conseil, les affaires de l'État t'intéressent-elles tellement?

– Peut-être aimerais-je aller jusqu'au bout de la lutte entre notre roi et le pape? Mes études de droit me prédisposent à ces discussions où se mêlent droit canon et droit des États. J'avoue y trouver du plaisir même si je ne suis en fait qu'un exécutant. Appartenir à l'hôtel du roi me semble un honneur mais peut-être déchanterai-je?

— Cela fait beaucoup de peut-être, railla Géraud qui ajouta aussitôt : Comme tu veux. Mais sache que ma proposition tiendra toujours et, si je venais à disparaître, Agricol la tiendrait pour moi. Je l'écrirai d'ailleurs pour que tout soit clair !

Agricol serra avec tendresse le bras de Martin :

— Tu sais bien que tu es mon frère maintenant.

L'émotion avait balayé la salle et les cœurs. Géraud n'était pas revenu sur sa proposition sauf le jour où Martin était venu faire ses adieux.

Le jour même du départ des Brillat, le 12 mars, une séance extraordinaire du conseil s'était tenue au Louvre où Guillaume de Nogaret, devenu garde des sceaux, adressa au roi un discours dur et pathétique en présence de quelques prélats et seigneurs :

— Je vous en supplie, défendez la sainte Église contre l'intrus et le faux pape Boniface, larron, spoliateur, hérétique, simoniaque. Réunissez prélats et barons pour la convocation d'un concile général qui le jugera et le remplacera.

— Le garde des sceaux ne perd-il pas son sang-froid ? lança Charles de Valois, le frère du roi.

— Vous allez encore envenimer l'affaire, observa Gilles Aycelin en regardant, installé à sa petite table avec sa pile de parchemins et sa plume d'oie, Martin qui en avait le souffle coupé.

— Je vous rappellerai la thèse de l'archevêque de Bourges, Gilles de Rome. Gilles tentait toujours de calmer le jeu.

— C'est un traître, il est parti pour Rome.

— C'est tout de même un ancien élève de Thomas d'Aquin, un ancien précepteur des princes royaux, qui a été maître à l'université de Paris avant de devenir archevêque. Martin Detours a suivi ses cours, n'est-ce pas ?

— Au fait, au fait ! s'impatientait Guillaume de Nogaret.

— Je voudrais rappeler sa thèse du *dominium* réel que détient l'Église, continua imperturbable Gilles Aycelin, avec cette sûreté qu'on lui tenait pour principale qualité. Les princes n'ayant que le *dominium* utile, c'est-à-dire l'usage...

— Monseigneur, ces subtilités n'ont plus cours, il nous faut agir, tranchait le roi avec impatience.

326

— Jacques de Viterbe professe aussi que le pouvoir que dirige l'État a été créé par Dieu, donc...

— Suffit, Monseigneur! Passons aux actes.

L'œil métallique du roi fustigeait le prélat qui se renfrogna dans son coin.

— Ce que vous dites est impossible. Un concile... juger le pape, le remplacer!

Robert de Boulogne haussait les épaules et semblait soutenu par Aymar de Poitiers qui opinait de la tête.

— Il y a des précédents que je sache. Clément III à la place de Grégoire VII [1], par exemple.

— Oui messire de Nogaret mais moi, je ne veux pas aller à Canossa.

— Certes, il n'est pas question d'aller à Canossa.

— Sait-on exactement ce que prépare le pape?

— Nos espions sont discrets, peu de nouvelles nous parviennent.

— Ne pourrions-nous nous emparer du cardinal-légat et faire saisir ses parchemins?

— Il serait à Troyes.

— Arrêtons-le. Nous nous déterminerons ensuite.

Le coup de main contre le légat ne réussit qu'à moitié puisque l'archidiacre de Coutances, Bénéfract, parvint à s'enfuir. La lettre pontificale saisie confirmait néanmoins l'excommunication « contre ceux qui empêcheraient la venue des prélats à Rome ».

C'est au cours d'un conseil plus ordinaire que Martin eut le bonheur d'enregistrer la nomination de Géraud Brillat comme panetier du roi, une charge à la fois honorifique et lucrative. Un conseil que Guillaume de Nogaret avait déserté pour une mission mystérieuse.

A la cour, un regain d'activités semblait reléguer au deuxième plan le conflit avec le pape ou les affaires de Flandre pour céder le pas aux légistes qui élaboraient avec acharnement des ordonnances fondant la souveraineté sur le « commun profit », c'est-à-dire le bien public.

Le 23 mars, Martin enregistrait au conseil l'annonce de l'ordonnance sur « la réformation du royaume »:

— Nous Philippe, roi par la grâce de Dieu, faisons savoir à tous que pour la réformation de notre royaume qui, dans des temps écoulés, a été atteint par les adversi-

---

1. Clément III fut un antipape que l'empereur Henri IV fit élire en 1080 pour l'opposer au pape Grégoire VII.

tés, avons délibéré et pris quelques dispositions que nous faisons connaître, ainsi que des règlements utiles et salutaires pour le gouvernement et le bon état du royaume...

Martin arrêta un instant sa lecture pour reprendre son souffle.

— Continuez ! dit le roi d'un ton impatient en fixant Gilles Aycelin, songeur, au premier rang des conseillers.

— Nous enverrons des personnes bonnes et efficaces dans les baillies et sénéchaussées de notre royaume pour prendre connaissance des anciennes coutumes de notre royaume et pour s'informer de la manière dont elles étaient observées au temps du bienheureux Saint Louis.

Le roi hocha la tête au nom de son grand-père et croisa le regard de son frère Charles de Valois.

— Nous voulons, poursuivait déjà Martin en détachant bien chaque mot, que s'ils découvrent que certaines coutumes bonnes et approuvées ont été abolies et qu'il s'est introduit des coutumes injustes, ils révoquent celles-ci.

Passionné par les discussions qui avaient abouti à cette ordonnance, Martin en avait presque oublié Anne. Il réalisait parfois le soir en se jetant sur sa paillasse après avoir mis au propre ses notes sur de longs parchemins que le travail était un excellent dérivatif. Le conseil se prolongeait souvent chez Gilles Aycelin. Martin lui disait son admiration pour le roi, un sentiment qu'il tentait de faire partager à l'archevêque :

— Il ne se laisse pas manœuvrer par ses conseillers, il a une mesure doublée d'une extraordinaire habileté.

— Ne te laisse pas impressionner, Martin, répondait le prélat assez désabusé en dépit d'une vieille connivence avec le souverain.

Et le lendemain, Martin retrouvait sa table, sa plume d'oie et son parchemin :

— Sire, toute justice émane du roi, disait Enguerrand de Marigny, toujours plus en vue, il convient donc que tous les juges deviennent des officiers royaux.

— Que faites-vous des justices seigneuriales, municipales ou ecclésiastiques?

— Nous devons multiplier les possibilités d'appels à la justice royale et peu à peu confisquer ces justices. Martin Detours, apportez-nous l'exemplaire des Coutumes du

Beauvaisis. Écoutez, Sire, Philippe du Beaumanoir[1] : « Toute juridiction laïque est tenue par le roi en fief ou en arrière-fief. Pour cette raison, on peut venir devant sa cour... » C'est clair.

Le roi rappelait le bienheureux Saint Louis qui symbolisait dans l'esprit du Français la justice et plaidait pour une enquête royale, une procédure dont justement Saint Louis était l'initiateur. Lorsqu'on rédigea l'ordonnance, il exigea la référence à son saint grand-père.

– Martin Detours, écrivez.

Le ton péremptoire laissait cois les conseillers qui reconnaissaient que s'ils avaient raison sur le fond, le roi était dans le vrai pour la manière.

Souvent, lorsque les conseillers avaient déserté la salle, le roi restait avec Maillard, le clerc du secret, chargé de rédiger sa correspondance privée qui échappait à la chancellerie. Un homme qui inquiétait Martin par l'atmosphère de mystère qu'il entretenait savamment autour de lui.

C'est en sortant d'un de ces conseils que Gilles prit à part Martin :

– Ne voudrais-tu pas être enquêteur ?

La discussion au conseil avait tourné autour de ces « personnes bonnes et efficaces ».

– Sire, vos envoyés doivent être protégés par la sauvegarde royale, avait soutenu Enguerrand de Marigny dont l'obsession était toujours plus d'État.

– L'officier doit avoir des droits spéciaux, avait appuyé Charles de Valois.

– Vous allez voir ce que vont vous rapporter vos enquêteurs, poursuivait Enguerrand, des histoires de tribunaux où on n'hésite pas à arracher la barbe du prévôt pour obtenir justice en sa faveur, où on déchire les parchemins du greffier, où on rosse les sergents, où on injurie vos représentants.

– Ne voudrais-tu pas être enquêteur ? répéta Gilles Aycelin au moment où ils passaient la porte Saint-Michel et débouchaient sur la Seine où le soleil se couchait, baignant d'une douce lumière la cité et ses monuments.

1. Juriste (vers 1226-1296), ardent destructeur de la féodalité au moyen de l'extension du pouvoir royal.

— Moi ? Je n'y ai pas pensé, dit Martin interloqué par cette proposition.

— Je pense pour toi, Martin. Ici, tu es secrétaire attaché à l'hôtel du roi, c'est bien mais tu ne peux te contenter d'écouter aux portes pour réussir. Le conseil est animé, certes, voire passionnant pour qui n'en connaît pas la routine, mais tu dois t'acquitter de missions particulières maintenant.

— Je suis un juriste plus habitué aux parchemins qu'aux hommes.

— Mais non, Martin, tout ce que tu as déjà vécu, tout ce que tu as entendu au conseil t'a préparé à un tel travail. Je vais proposer ton nom pour superviser l'enquête en Auvergne.

— Ah, en Auvergne !

— Tu vois, je suis sûr que ce projet te plaît déjà davantage.

— Oui, mais n'est-il pas question d'interdire des fonctions dans son pays d'origine ?

— D'où es-tu Martin Detours ?

— De Tours.

Ce soir-là, qui aurait suivi Martin jusqu'à sa petite maison de la rue de la Tixanderie aurait été déconcerté par le comportement étrange de ce jeune homme qui sautillait d'un pavé à l'autre, chantonnait ou souriait aux commères sur le pas de leurs portes. Toute la chape de tristesse pesant sur ses épaules depuis la mort de Vital s'était envolée par miracle.

« Martin Detours, tu rentres dans ton pays. Revoir Omblard et Marguerite et son jardin odorant et ses enfants... et Anne... avec ma fonction officielle, ne ferais-je pas un mari convenable ? »

Il courut chez Sybille après avoir acheté rue Notre-Dame un bon chapon bien rôti, des gaufres et quelques massepains.

— Mais je ne mangerai jamais tout cela. Que se passe-t-il ? Tu fêtes quoi ? Tu as retrouvé ta gaieté ?

— Je vais partir sans doute pour une enquête royale, clama Martin, réalisant en même temps qu'il proposait à Sybille de fêter son départ, signifiant sans doute pour elle la fin de leur liaison.

— Et tu es gai parce que tu vas partir ? Tu veux qu'on fête cela ? Mais moi, je suis triste, ne manqua pas de dire Sybille.

Martin la prit dans ses bras tendrement non sans penser qu'elle avait raison.

— Je sais, je ne compte pas pour toi, poursuivait la jeune femme, tout en se blottissant étroitement contre sa poitrine.

— Mais si, assurait Martin en toute mauvaise foi.

— Non, tu vas partir, peut-être reviendras-tu mais tu vas te marier un jour, joli garçon comme tu es et bien arrivé, et pas avec une vieille veuve comme moi.

— Que dis-tu, Sybille? Une vieille veuve? Une vieille veuve qui me fait bien envie.

Et passant aux actes, Martin la souleva pour la déposer sur la couette dans la chambre voisine. Ce n'est que bien longtemps après qu'ils s'attaquèrent au chapon après avoir grignoté quelques massepains sous la couette!

Gilles tint parole. Martin Detours fut nommé, pour l'Auvergne, enquêteur-réformateur de l'application de l'ordonnance de mars. Il était associé à Nicolas Leclerc car le roi avait effectivement souhaité des équipes doubles composées d'un clerc et d'un laïc.

— Tu mettras aussi en place à Clermont tout ce qu'il faut pour une réception du roi; je l'ai convaincu de venir en Auvergne l'année prochaine à l'occasion d'un voyage en Languedoc. Tu es tout indiqué pour préparer cette venue. J'ai écrit à Pierre de Cros pour l'informer du projet ainsi qu'à Géraud Brillat à qui son nouveau titre confère aussi un rôle dans cette affaire.

Heureux, Martin concevait cependant quelques regrets de quitter le conseil au moment où de nouvelles rumeurs plus ou moins incontrôlées sur les affaires pontificales se développaient alors que la disparition de Guillaume de Nogaret commençait à surprendre. On murmurait qu'il se trouvait précisément en Italie. Qu'y faisait-il?

Avant même que ne parvînt la nouvelle d'une bulle incitant les habitants des provinces ou des villes autrefois membres de l'empire d'Allemagne, Bourgogne, Provence, Dauphiné, Lyon, Arles, à briser les chaînes de vassalité vis-à-vis du roi de France, celui-ci réunit, le 13 juin, une trentaine de prélats et autant de barons et de juristes.

— Nous avons été choisis avec circonspection, observa Gilles, tous, nous sommes considérés à la dévotion du roi. Charles de Valois a fait observer qu'il aurait été judicieux de réunir à nouveau les trois états, mais le roi n'est pas suffisamment sûr du tiers.

Gilles faisait ainsi ses doléances à Martin, le soir de la première réunion au cours de laquelle le chevalier Guillaume de Plaisians [1] avait lu l'acte d'accusation contre Boniface et la demande d'un concile général pour le juger.

— Guillaume de Nogaret n'est pas là mais son ombre plane. Nous sollicitons un délai mais que veux-tu que nous disions ? La machine est en marche. Comment refuser même si les accusations sont iniques ? Entre pape et roi, il est bien difficile d'être prélat aujourd'hui. Martin, tu as raison d'être laïc.

Le lendemain, Guillaume de Plaisians reprit son réquisitoire encore plus violent avec vingt-neuf chefs d'accusation.

« Trop, c'est trop », pensait Gilles, en s'agitant sur sa cathèdre.

— J'ai les preuves de l'hérésie du pape, insistait le chevalier en brandissant des feuillets de parchemin.

— En conscience, je veux travailler la réunion du concile général auquel j'assisterai, déclara le roi, de sa voix sèche et nette, et je vous demande de m'y aider.

La cause était entendue et les barons firent une déclaration sans ambiguïté comme les prélats :

— Nous, archevêques de Reims, Sens, Narbonne et Tours, évêques de Laon, Beauvais, abbés de Saint-Denis, de Cluny, nous sommes prêts à coopérer à la convocation et réunion d'un concile général et si Boniface emploie contre nous ou les nôtres l'excommunication ou la suspense [2], nous en appelons d'avance au concile général et au futur pape légitime.

Martin mit immédiatement ses scribes au travail afin que les déclarations soient recopiées et envoyées dans tout le royaume et le 24 juin, le roi fit lire dans le jardin du Louvre où il allait maintenant s'installer les conclusions de l'assemblée. Tout était fait pour obtenir, après les états généraux de l'année précédente, à nouveau une union sacrée. L'université, les couvents, les villes et les provinces devaient soutenir le roi et quiconque n'y paraissait pas disposé était mis à la raison ; l'abbé de Cîteaux, Jean, fut même jeté en prison, ce qui fit grand bruit et impres-

---

1. Conseiller de Philippe le Bel, âme damnée de Guillaume de Nogaret.
2. Interdiction d'exercer des fonctions ecclésiastiques.

sionna le peuple. La détermination du roi était grande, pourquoi ne pas le suivre ?

C'est dans ce climat de surexcitation au palais et dans la cité que Martin partit pour l'Auvergne. Il était accompagné de Nicolas Leclerc, son adjoint.

19

Anne avait quitté Paris non sans mélancolie. Qu'elle aimait ces rues animées! Que de péchés d'envie elle commettait devant les échoppes qui regorgeaient de mille tentations! Son père avait ouvert large sa bourse à sa fille chérie afin qu'elle remplisse ses coffres de mille colifichets avec lesquels elle brillerait dans le petit monde clermontois. Ses derniers jours parisiens, Anne les avait utilisés à faire des achats auxquels dame Jeanne, retrouvant un peu d'allant avec la guérison de son mari, avait même participé. Géraud s'amusait, depuis la couche installée dans son retrait du rez-de-chaussée de l'hôtel du quartier Saint-Paul, à observer les allées et venues du valet, Philippe, auquel parfois même Casimir emboîtait le pas pour l'aider à rapporter mille paquets déposés avec soin dans la grande salle. Leur inventaire était fait ensuite à la vêprée avec des exclamations joyeuses résonnant dans toute la maison.

Anne, comme ses parents, avait pourtant éprouvé un certain bonheur à retrouver sa maison du quartier du Port après ces temps d'épreuves qui l'avaient mûrie. Dame Jeanne avait félicité le vieux Grégoire sur la tenue du jardin où se manifestaient déjà les premiers frémissements d'une nature sensible aux douceurs printanières. Un peu las, après un voyage où pourtant les deux valets Philippe et Casimir n'avaient pas ménagé leurs efforts pour lui éviter toute fatigue, Géraud Brillat se remit avec d'interminables stations dans le jardin, bientôt remplacées par de longues heures de travail dans son cabinet.

Autour de lui, on respirait. Le maître avait recouvré ses

forces d'antan et l'activité, quelque peu ensommeillée pendant sa longue absence, reprenait vigueur. Le père Grégoire voyait arriver avec plaisir Pierre Tonnelier qui renouait avec ses habitudes auprès de son vieil ami. Tous deux conféraient des heures entières dans le retrait feutré, entretenant autour d'eux, non sans complaisance, une atmosphère de secret. En réalité, Géraud avait pu constater avec satisfaction que sa longue défaillance n'avait pas mis ses affaires en péril; le comptoir de Paris avait fonctionné sans faiblesse sous la férule d'Agricol qui se révélait fort habile. Quant à Thibault Perrault, il se montrait à la fois compréhensif dans la procédure d'annulation de son mariage et efficace dans une collaboration à laquelle il n'y avait pas lieu de mettre fin, vu les circonstances; son rôle aux foires de Champagne à l'automne avait été plus que positif, le frère de Géraud, Jacques, qui était à Reims, en avait témoigné.

Géraud avait aussi retrouvé avec plaisir son vieil associé Cocci. Il avait offert une fête mémorable en l'honneur du retour de son ami et complice. Le tout-Clermont était là et même le bailli de Riom s'était déplacé pour s'entretenir avec Géraud des affaires parisiennes et du désastre de Courtrai qui, près d'un an après, marquait encore fortement les esprits. Il avait reçu la veille copie de l'ordonnance du 23 mars.

– Le roi engage une enquête sur les coutumes, dit-il d'un œil amusé à l'évêque. Monseigneur, votre tribunal officie-t-il comme au temps de notre bon roi Louis?

– Mon tribunal va très bien, monsieur le bailli! avait répondu Pierre de Cros, d'un ton sec signifiant clairement qu'il ne souhaitait pas qu'on se mêlât de ses affaires.

– Si fait, si fait, Monseigneur, mais l'enquêteur viendra bien mettre le nez dans votre tribunal et comme ce sera l'ordre du roi, vous n'aurez rien à dire, jubilait le bailli.

– Je l'attends, l'enquêteur. Et vous, monsieur le bailli, il s'occupera bien aussi de vos affaires, alors ne faites pas le fier. Ce que l'on rapporte n'est guère à votre avantage, ce me semble.

Géraud, qui avait saisi les derniers mots de Pierre de Cros, ne put s'empêcher d'observer :

– Décidément, les évêques se suivent et se ressemblent. Toujours à ferrailler avec le bailli du roi.

– Peut-être, messire Géraud, mais je crois que mes successeurs auront encore plus à faire. De Paris, ces messires veulent nous dicter notre conduite. Passe pour la terre d'Auverge ajoutée au royaume par le roi Philippe, deuxième du nom, il y a plus d'un siècle, mais depuis Alphonse de Poitiers, nous ne sommes plus chez nous. Ici on crée une bastide comme celle de Pleaux dans le bailliage des montagnes, là le roi achète une ville, Montferrand par exemple, et vient me narguer dans ma cité. Ah, Louis de Beaujeu ne nous a pas rendu service en vendant sa ville il y a dix ans.

Géraud opina de la tête. Il devait convenir que l'évêque raisonnait intelligemment.

— Avec ses foires, son marché hebdomadaire, quelle ombre pour Clermont! poursuivait l'évêque, décidément très bavard ce soir-là.

— Cela, je vous l'accorde, dit en souriant le banquier.

— Et j'ai tout lieu de croire que le roi va y installer un atelier monétaire avant peu alors que moi seul, évêque de Clermont, ai le droit de battre monnaie en Auvergne.

Pierre de Cros était lancé dans une grande diatribe qui ne lui ressemblait pas, lui homme plutôt paisible. Et pour une fois, Géraud se sentait en harmonie avec le fond de la pensée de celui qui présidait aux destinées de sa cité.

— Il devient de plus en plus dur de faire respecter ses droits face au droit royal qui écrase tout, continuait l'autre alors qu'un petit attroupement s'était créé autour d'eux, peste soit de ces légistes dont j'ai bien vu les manigances aux états l'année dernière.

— Et les « bonnes villes [1] », qu'en dites-vous? interrogea Pierre Tonnelier.

— Soit, le roi nous protège, mais c'est pour mieux nous dominer. Messire Géraud, comment regardez-vous le développement des foires de Montferrand? On y voit aujourd'hui des gens du Limousin, du Languedoc, la dernière de Carême a eu un grand succès, il n'y avait plus âme qui vive dans Clermont. Est-ce bon pour notre cité? Et la voie Regordane [2] qui conduit davantage à Montferrand qu'ici! Est-ce bon?

— Je me suis adapté, je commerce aussi à Montferrand. Mais je salue vos préoccupations économiques qui vous honorent, répondit placidement Géraud.

Ne profitait-il pas de l'accroissement du pouvoir des

1. Collectivités qui ont des représentants sur place et sont appelées à en avoir au niveau du royaume.
2. Voie menant de Paris en Languedoc.

descendants d'Hugues Capet ? Et puis, comme beaucoup de ses concitoyens, Géraud souffrait d'habiter dans une cité épiscopale. Il rêvait d'une mainmise royale définitive sur la ville quand il voyait l'allant que Montferrand avait pris. Louis II de Beaujeu, sans héritier, avait pris une bonne décision de vendre sa cité. La royauté lui semblait davantage l'avenir qu'un clergé plus ou moins sclérosé et mieux valaient les agents royaux que ceux d'un évêque caractériel, prisonnier de routines et jaloux du moindre pouce d'autorité.

Anne, invitée chez Cocci, débutait dans le monde clermontois. Tous les jeunes gens furent aussitôt impressionnés par le charme de la jolie brune vêtue et parée de colifichets parisiens. Le fils le plus jeune de Cocci, Bartolomeo, de passage à Clermont, ne l'avait pas quittée d'un estivau et s'était même disputé avec son cousin Romeo Corsi qui venait d'arriver de Florence ; Anne avait, en effet, échangé avec ce dernier de longues impressions sur Dante Alighieri que Romeo connaissait bien. Bartolomeo avait aussitôt conçu une si vive jalousie de cette intimité naissante qu'il apostropha son cousin de paroles si dures dans sa langue chantante que toute l'assemblée en profita.

« Cocci... ne voudrait pas dire coq ? » s'interrogea en plaisantant Geoffroi Rochat, un riche marchand de peaux du quartier Saint-Alyre. Ce pauvre Bartolomeo est dressé sur ses ergots, mais il faut dire que la poulette en vaut la peine, ajouta-t-il en se penchant vers son voisin, Aymar Bertaud, dont l'œil égrillard ne tenait pas seulement au vin de Saint-Pourçain que Cocci faisait couler abondamment de hanaps splendides. Le jeune Pierre Aycelin, subjugué, s'arrangea lui aussi pour être à la table d'Anne que désertèrent les autres demoiselles, flairant une concurrence trop rude.

De loin, Géraud surveillait le manège non sans un pincement au cœur.

« Ma petite Anne, je vais devoir songer à la marier, mais avec qui ? Pas à n'importe qui. J'y veillerai. Pas à ce Cocci prétentieux dont on dit qu'il serait un bâtard. C'est vrai que ce pauvre Cocci a passé moins de temps avec sa femme qu'à ses affaires. »

Le soir, en se glissant sous leur couette douillette, Géraud évoqua la question avec son épouse :

— Anne est devenue très belle, vous avez vu son succès ? Nous allons devoir la marier.

— Vous n'y pensez pas, elle est si jeune ! se contenta de répondre Jeanne.

Elle ne souhaitait guère une conversation sérieuse après cette fête qui l'avait rompue.

— Si jeune, peut-être, mais en âge de convoler, poursuivait Géraud, entêté. Après notre échec pour Isabelle, nous devons être prudents.

— Si vous n'aviez pas voulu un mariage parisien ! s'empressa de dire Jeanne, tout à coup bien réveillée.

— Oh ma chère, ne me mettez pas tout sur le dos ! Avez-vous bien éduqué votre fille ? D'où vient qu'elle avait le diable au corps ? Vous savez, je ne vous en ai rien dit, mais depuis nos aventures, les langues se délient. Monseigneur a eu connaissance de choses que vous n'aimeriez pas connaître. Il me l'a dit confidentiellement et je crois pouvoir compter sur sa discrétion... à coup de belles livres tournois !

— Vous en avez trop dit, mon ami, ou pas assez ! Qu'insinuez-vous ?

Jeanne s'était redressée et, couchée sur le côté, tenait sa tête dans sa main.

— Que votre fille avait des amants avant son mariage.

— Ah oui, et qui ? fit Jeanne, incrédule.

— Thomas le poète, l'efféminé...

— Et qui ?

— Philippe de Mozac, ce mollasson !

Cette nuit-là, dame Jeanne eut un sommeil agité.

L'été s'annonçait précoce en Auvergne et la grosse chaleur avait fait éclore très vite les roses du jardin de Marguerite qui embaumait quand dame Jeanne vint rendre visite à son filleul, accompagnée d'Anne.

— Bonjour Marguerite, que devenez-vous ?

Les enfants accoururent du fond du jardin où leur père leur avait installé une petite maison en bois et se jetèrent dans les bras d'Anne avec joie. Plus cérémonieusement, Matthieu embrassa sa marraine qui lui offrit un joli surcot acheté à Paris et une petite aumônière sarrasinoise.

— Comme les grands, apprécia aussitôt le petit garçon au visage espiègle dont le nez était moucheté de taches de rousseur.

– Et moi ? réclamait sans complexe Mathilde à qui sa mère faisait signe de se taire.

– Toi aussi, regarde, ce surcot et ce petit chapeau d'or. Ils te plaisent ? dit Anne en lui lissant ses cheveux dorés par le soleil.

– Oh oui ! dit la petite fille en sautant au cou de dame Jeanne, puis entraînant Anne vers sa maison : Viens voir !

Matthieu leur barra le chemin en tendant à la jolie brune un petit livre fait de quelques feuillets de parchemin, sommairement coupés.

– Je sais lire...

– Tu sais lire ? interrogea Anne, d'un air dubitatif.

– Oui, regarde !

Fièrement, Matthieu déchiffra quelques mots pendant que Mathilde piaffait devant ce retard à pénétrer dans sa petite maison.

– Et moi, regarde ! dit-elle en faisant tourner avec adresse la petite toupie que Martin avait autrefois apportée à son filleul.

– Elle est à moi, ne manqua pas de dire le petit garçon en la lui arrachant des mains.

Anne sourit en se rappelant quelques scènes semblables entre elle et Pierre.

De loin, Marguerite regardait la dispute avec tendresse tandis que dame Jeanne goûtait la quiétude du jardin.

– Il fait bon chez vous. Vos pivoines sont belles ! Grégoire a bien tenu le jardin dont mon époux n'a jamais autant profité avec sa convalescence. Vos lys viennent-ils bien ?

– Je crois qu'ils ont eu froid, constatait avec sa bonhomie habituelle la jeune femme, les iris et les sauges seront beaux au contraire.

Badine, la conversation s'orienta vers Martin dont Marguerite chanta les louanges.

– Nous aimerions le revoir. Omblard était si content de la réunion des états. Je ne sais s'il fut plus heureux de revoir Martin ou de découvrir Paris !

Anne avait entamé une partie de palets avec les enfants dans une des allées rectilignes, non loin des arceaux dont les treilles s'étoffaient. Les rires fusaient derrière le carré d'herbes aromatiques curieusement enfermé par une banquette de gazon comme si Marguerite voulait joindre l'utile à l'agréable. Jeanne, écoutant ces éclats joyeux auxquels se mêlait volontiers celui d'Anne, songea que vraiment rien ne pressait pour la marier.

Géraud Brillat avait aussi chanté les louanges de Martin quand Omblard était venu le saluer après son retour :

– J'estime Martin comme mon fils et Agricol l'aime comme un frère. Je lui ai proposé d'entrer dans mes affaires mais il est sous l'effet du mirage royal. Je ne désespère pas pourtant de le décider un jour. Ce garçon de valeur devrait devenir un bon homme d'affaires; il a voyagé, il a côtoyé les Grands de ce monde et il a un solide bagage intellectuel. Maintenant, Omblard, je voudrais te passer une commande. Avant de partir, l'année dernière, j'avais acquis une chapelle au nord de la nef de la cathédrale où je serai enterré un jour. Je ne pensais pas que j'aurais à y fonder une messe aussi tôt pour un défunt de ma famille!

Omblard esquissa un geste.

– Ne dis rien! La plaie est trop vive, le coupa Géraud. Le chanoine Gauthier a déjà inscrit Vital dans l'obituaire [1] du chapitre. La chapelle est finie, contrairement à la cathédrale. Faudra-t-il encore des siècles avant son achèvement? Bref, pour ma chapelle, tu feras les peintures sur les grands murs et Charles le Verrier les vitraux. Si nous y allions? Cela me dégourdira les jambes.

L'arrivée de Martin comme responsable de l'enquête royale fut un événement. C'est par un bel après-midi de juillet, un peu étouffant, que Gilles Aycelin et l'enquêteur passèrent les remparts de la cité.

– Ils menacent un peu plus ruine chaque fois que je viens, observa Gilles.

Auparavant, Martin s'était arrêté à Riom pour se présenter au bailli. Peu soucieux de laisser un intrus mettre le nez dans ses affaires, il n'avait guère été aimable, tout en convenant en lui-même que « l'œil royal » devait être ménagé.

Dès son arrivée, Martin se présenta chez l'évêque qui le reçut avec beaucoup d'aménité, lui aussi résigné à accueillir « l'œil de Paris » :

– Je vous laisserai faire votre travail dans ma cité et dans l'ensemble de mes possessions, déclara Pierre de Cros sans ambiguïté, sous-entendant cependant que sa

---

1. Liste des membres d'une communauté religieuse recommandés aux prières, donnant le jour de leur décès et leur condition sociale.

bonne volonté devait être récompensée par un peu de bienveillance.

Déjà agacé par son entrevue avec le bailli, Martin fit comprendre à l'évêque qu'il ne se laisserait pas acheter facilement. Persifleur, l'évêque reprit :

— Le roi est en lutte avec le pape et déploie lui-même un véritable réseau d'inquisiteurs. Quand on pense qu'il a envoyé à l'abbé d'Aurillac le bailli des montagnes pour vérifier si l'accident à la jambe, invoqué pour justifier son absence à Paris, n'avait pas été un faux prétexte! Où allons-nous? Moi, j'aime mieux dépendre du pape. Rome est plus loin que Paris.

En remontant la rue devant Sainte-Marie-Principale, il avait senti son cœur battre un peu plus fort. Anne était tout près et s'il n'avait eu ces hautes fonctions, il se serait précipité à l'hôtel Brillat.

Le soir, il logea chez Marguerite. Ce fut la fête. Omblard parlait, parlait, les enfants riaient, tiraient Martin par la manche pour qu'il joue aux palets et Marguerite savourait l'immense bonheur d'être entourée de ceux qu'elle aimait.

— Martin, quelle joie de te retrouver! disait Omblard, exprimant le sentiment général. Ce plaisir devient rare et je l'apprécie d'autant plus. Te voilà promu à des grandes fonctions, et messire Géraud qui veut te prendre dans ses affaires!

— Il t'en a parlé?

— Oui! Il t'apprécie tant. Il te considère comme son fils.

— Tu vois, Omblard, je n'ai plus de parents depuis longtemps mais l'extraordinaire, c'est que plusieurs hommes me considèrent comme leur fils. Toi d'abord que j'aime plus que je n'aurais jamais aimé sans doute mon vrai père. Messire Géraud et encore Monseigneur qui me traite comme son fils. Quel bonheur!

Omblard avait les larmes aux yeux, des larmes de félicité.

Le lendemain Martin rendit visite à Géraud.

— Alors, les nouvelles vont vite. C'est toi qui mènes l'enquête sur la justice en Auvergne. Attention, Martin, tu ne te feras pas que des amis, dans cette entreprise ou plutôt dans cette aventure.

— Oh, je sais messire Géraud, j'en ai longuement discuté avec monseigneur Aycelin pendant notre voyage. J'y suis prêt.

— Où vas-tu t'installer ? Je te donnerais volontiers l'hospitalité mais je crois que ce ne serait pas séant. L'enquêteur chez le collecteur d'impôts ! Il va falloir te trouver une maison.

— Oui. Avec une salle suffisamment grande pour y travailler.

— L'agent du roi doit être logé décemment. As-tu une idée ?

Martin aurait voulu dire qu'il souhaitait habiter près de l'hôtel Brillat, mais comment avouer ce qui l'étouffait encore plus depuis son arrivée à Clermont, depuis qu'il respirait à nouveau le même air qu'Anne ?

— Non, je vais chercher... Puis-je dire bonjour à dame Jeanne ?

— Mais oui, mon garçon ; je t'emmène. Elle doit être dans la salle, à broder ou à lire.

Martin arrêta sur ses lèvres une question sur Anne tant il avait l'impression qu'il se trahirait au moindre mot.

Grégoire travaillait dans la cour un parterre de fleurs odorantes qu'il avait arrosées tôt le matin et salua Martin d'un geste affectueux de la main. Ils pénétrèrent dans la salle où le jeune homme ne pouvait entrer sans se remémorer son premier dîner entre les jumeaux qui le taquinaient sans pitié sous l'œil de la petite Anne et de Pierre.

— Comme je suis heureuse de te voir ! dit aussitôt Jeanne en levant les yeux de sa broderie.

Martin répondit cependant distraitement à ces manifestations d'amitié en écho de celles de Géraud car, par la baie largement arquée, il voyait Anne descendre l'escalier qui menait à la loggia d'Omblard. D'un pas rapide et léger, elle émergea dans la cour :

— Grégoire sais-tu où est ma mère ?

Martin, cloué sur place, ému de la voir encore plus belle que son souvenir ne lui en avait laissé l'image, parvint à dire aimablement à dame Jeanne :

— Messire Géraud me dit que vous allez bien.

La réponse ne parvint pas à son cerveau car à l'instant, Anne entrait et avec sa spontanéité habituelle lui sautait au cou.

— Tu es là ? Depuis quand ? Et Paris, c'est toujours aussi beau ? Il y a toujours de belles choses dans les échoppes ? Regardez, maman, j'ai mis ces rubans achetés sur le Petit-Pont à la jeune boutiquière, vous souvenez-vous ?

Jeanne hocha la tête d'un air entendu mais la salle pai-

342

sible était une nouvelle fois transfigurée ; un tourbillon avait fait irruption, la gaieté faite femme.

– Tu es bien joyeuse ce matin, ma fille, et belle ! Où vas-tu ? questionna Géraud toujours aussi fondant face à sa fille.

– Je suis invitée chez mes cousins ; nous irons nous promener et dîner dans le bois de l'abbaye de Saint-André ; il fait si bon dans les bosquets du Cros. Nous serons au moins vingt... les Aycelin, les Gayte, les Rambon, les Verger.

– Pierre y va aussi ?

– Oui, il sera trop content de retrouver son ami Geoffroy Verger et surtout sa sœur Alix, répondit malicieusement Anne.

– Amusez-vous bien.

Anne sortit et Martin ne put s'empêcher de la suivre des yeux jusqu'à ce qu'elle ait irrémédiablement franchi la porte cochère en face.

– Elle est belle, commenta Géraud dont le regard était aussi fixé dans la même direction.

Martin acquiesça maladroitement.

– Quel souci une fille aussi jolie ! Enfin, ma chère, dit Géraud en se tournant vers sa femme, j'ai le plaisir de vous annoncer que Bartolomeo Cocci et son cousin Romeo sont partis.

– Dieu soit loué ! Je préfère cela, je n'en voudrais pas pour gendre de ces Italiens et je ne supportais plus de les voir tourner ici autour de ma petite Anne.

Martin suffoquait. Il prit congé non sans avoir accepté une invitation à souper pour le lendemain. Puis, il marcha lentement dans les rues de cette ville avec laquelle il renouait des liens qui avaient été si forts, puis s'étaient distendus. Devant Sainte-Marie-Principale, il s'arrêta quelques instants pour prier la madone, qui accueillait les mages au portail, qu'elle lui accordât ce qu'il désirait le plus au monde, tout en maudissant les Cocci et autres prétendants d'Anne. Il descendit ensuite mélancoliquement jusqu'à la porte Champet ouverte sur le Champ-Herm.

« C'est par là que le roi entrera dans la cité l'année prochaine ; il faudra que j'obtienne de l'évêque une rénovation de cette porte. Omblard pourvoira à la décoration », se dit Martin en revenant vers Saint-Laurent et le quartier des forgerons qui allait jusqu'au courtil.

Les rues lui semblaient plus paisibles qu'à Paris malgré le bruit des forges et le charroi inévitable aux alentours de none. Quelques rues tortueuses le ramenèrent jusqu'à la cathédrale, où après l'ombre des ruelles, il faisait chaud tout à coup au grand soleil du midi. Il contourna l'édifice par le nord, inspectant au passage le grand portail définitivement achevé, puis obliqua sans hâte vers la rue des Chaussetiers et la porte des Gras.

A l'extérieur du rempart, la ville-neuve de Jaude grandissait. Nonchalamment, Martin entra dans le quartier Sainte-Madeleine et se retrouva presque sans y prêter attention devant l'abbaye de Saint-André dont les bâtiments vétustes trahissaient les difficultés financières des moines qui ne recevaient plus guère de dons, réservés maintenant par les particuliers aux ordres prêcheurs. Il mourait d'envie d'entrer dans le Bois du Cros, il lui rappelait aussi de joyeux étés, mais rejoignit sans hâte la maison de Marguerite.

— Nous dînerons sans Omblard, trop occupé à finir sa peinture à Beaumont. L'abbesse est pressée.

— Comme son frère! dit en souriant Martin prenant place sur un petit escabeau tout en pensant aux impatiences de l'archevêque.

— Omblard ne la trouve d'ailleurs guère aimable. Il prétend avoir peint un Judas qui lui ressemble. A propos, le chanoine Gauthier a envoyé sa bonne Berthe; il te propose la maison que vous occupiez avec Omblard à votre arrivée à Clermont. Cela te conviendrait-il?

— Eh bien, me voilà logé. Cela me paraît tout à fait convenable. Je retrouverai ma petite chambre. Je n'y ai pas passé beaucoup de temps mais j'y ai des souvenirs. C'est là que j'avais exposé le portrait de Radegonde que je promène d'ailleurs toujours dans mes bagages.

— Et maintenant, es-tu guéri de ce premier amour?

— Oui, je crois mais je suis malade d'une autre.

— Et qui te fait souffrir, mon pauvre Martin?

— Elle ne me fait pas souffrir volontairement, contrairement à d'autres. Elle ne sait pas que je l'aime. Je n'ose lui dire. Elle ne peut être pour moi.

— C'est une princesse? demanda en riant Marguerite dont la curiosité était piquée.

— Oh non... ou plutôt si, pour moi c'est une princesse.

— Quel est l'obstacle insurmontable?

— Son père ne me la donnera pas, je ne suis pas assez bien pour elle.

– Ne veux-tu pas me dire qui c'est ? Je ne la connais sûrement pas. Alors tu peux bien me dire qui c'est.

– Je vais te dire mon secret ; peut-être pourras-tu me conseiller. C'est Anne Brillat.

– Quel bon choix ! Elle est si belle, si gentille, les enfants l'adorent. Autant sa sœur me glaçait, autant celle-là, on lui donnerait le bon Dieu sans pénitence. Mais pourquoi crois-tu qu'elle ne voudra pas de toi ? Messire Géraud qui t'aime tant ! Omblard me l'a encore dit, il y a peu. Et Agricol te considère comme son frère.

– Oui, peut-être, mais Anne est courtisée par des banquiers.

– Des banquiers ?

– Bartolomeo Cocci, son cousin, un certain Romeo. Alors moi...

– Ces Italiens, ils n'ont fait que des bêtises dans la cité, je connais au moins deux filles qu'ils ont séduites et qui s'en repentent, alors je doute que messire Géraud leur donne sa fille.

– Peut-être, mais il peut avoir des ambitions pour sa fille, belle comme elle est et riche. Un seigneur, un homme d'affaires. Que sais-je ? Un homme qui compte en tout cas.

– Mais tu reviens agent royal, avec des responsabilités. Tu crois que cela ne compte pas ? Et messire Géraud veut t'associer à ses affaires. Ne le ferait-il pas d'autant plus volontiers si tu étais son gendre ?

Martin mâchonnait silencieusement un massepain que Marguerite avait acheté chez le pâtissier de la rue Sainte-Madeleine spécialement pour lui car elle savait qu'il en était friand et l'écuelle était presque vide.

– Tu as tort. Je crois que tu devrais parler à messire Géraud. Demande aussi conseil à monseigneur l'archevêque ; je l'ai aperçu ce matin avec son frère Étienne près de l'Échaudé.

Martin qui répugnait en fait à mettre beaucoup de gens dans la confidence prit le parti de ne pas brusquer les événements, préférant, pour l'instant, commencer sa tâche auprès du tribunal épiscopal avant d'aller à Riom, Billom ou Issoire. Il s'était réservé le bailliage de Riom tandis que Nicolas Leclerc était déjà parti travailler dans le ressort du bailli des montagnes ; ils confronteraient ensuite leurs observations pour un rapport commun sur l'état de la justice en Auvergne.

Ainsi, chaque matin, Martin quittait sa petite maison de la rue des Gras pour monter jusqu'au tribunal qu'il rejoignait par le carrefour de l'Échaudé. Il se faisait communiquer quelques registres par le greffier qui s'exécutait de bonne grâce selon les instructions reçues de l'évêque. L'enquêteur assistait parfois de loin aux séances tout en sachant bien qu'en sa présence aucune anomalie ne se présenterait. Le soir, installé à une petite table dressée sur des tréteaux prêtés par Omblard, il collationnait les renseignements pris çà et là dans des liasses de parchemins réunies à cet effet.

Sa vie se déroulait paisiblement, émaillée de quelques invitations à souper, même chez l'évêque décidé à jouer les aimables. Il était régulièrement convié chez les Brillat et c'est bien étonné qu'un matin, Géraud apprit par son secrétaire Vincent Milane que Martin demandait à être reçu au comptoir.

— Pourquoi ces manières protocolaires ? dit le banquier en le faisant introduire aussitôt par ce Vincent un peu obséquieux que Martin n'appréciait pas beaucoup. Vincent m'a dit que tu voulais me rencontrer ici.

— Messire Géraud, j'ai deux raisons, une officielle, une privée. D'abord, il est temps pour moi, je viens d'en avoir la confirmation, de vous informer que notre roi viendra visiter la cité l'année prochaine. Je vais faire part de ce projet à monseigneur Pierre de Cros mais je souhaitais que vous sachiez la nouvelle d'abord. J'ai la charge d'organiser cette visite qui doit intervenir au cours de l'année et dont le bailli est lui aussi officiellement informé. J'ai attendu pour répandre la nouvelle qu'il le soit.

— Les bourgeois de Clermont sauront recevoir dignement leur roi et tu peux compter sur mon aide. Le plus dur, comme toujours, sera de travailler avec l'évêque. Et la deuxième raison ? demanda Géraud visiblement intrigué, en se calant dans sa cathèdre pour détendre cette jambe qui le faisait encore souffrir, surtout par temps humide.

— Messire Géraud, c'est plus délicat, dit Martin qui s'agitait dans le petit faudesteuil destiné aux visiteurs que Géraud voulait honorer.

— Tu te décides à travailler pour moi ?

— Non, je dois finir ma mission d'enquêteur.

— Alors de quoi s'agit-il ?

346

— Messire Géraud... voilà...

Martin hésitait dans un embarras qui ne lui était guère coutumier face au banquier.

— Mais dis, c'est si difficile ? Je vais te faire porter du cresson par Grégoire. Tu sais que cela délie la langue ! dit Géraud en riant, tout en tripotant son sceau posé sur la table.

— Je viens vous demander d'épouser Anne.

Martin, tout à coup, s'était jeté à l'eau et avait presque murmuré, sans les détacher les uns des autres, ces mots qui le brûlaient.

— Épouser Anne... répéta Géraud sans inflexion de voix pouvant trahir le moindre sentiment comme il savait si bien le faire quand il traitait de grosses affaires.

— Oui, j'ose vous la demander. Cela fait des mois que j'y pense. Mais je sais que je n'en suis pas digne.

— Pourquoi, pas digne ? Je suis prêt à t'accueillir dans ma famille, je pense que dame Jeanne sera de mon avis. Reste Anne. Tu le sais, le siècle qui vient de s'achever a vu le développement du roman dont nos femmes se sont délectées et je pense que pour se marier une fille doit avoir aujourd'hui le cœur qui bat. J'ai imposé à Isabelle un mari pour le résultat que tu connais, je ne veux pas recommencer pour Anne. Alors comme à la soule [1], je dirai que la soule est de ton côté. Moi, je te dis oui, mais à toi de conquérir Anne; elle t'aime comme un frère, arrange-toi pour qu'elle t'aime comme un mari. Gilles Aycelin et Pierre Flotte t'ont enseigné les rouages, voire les méandres de la diplomatie, voilà une autre mission pour toi. Quelle année en vue ! L'enquête, la venue du roi et la conquête d'Anne ! A toi de montrer que tu suffis à tout cela et je te donnerai Anne d'autant plus volontiers. Je n'en dirai rien à personne, même pas à dame Jeanne. Je me méfie toujours un peu des femmes. Fais à ta guise et pourquoi ne pas prévoir un mariage au printemps quand le roi sera là !

— Le mariage d'Anne Brillat avec Martin Detours en présence du roi ? Dites-moi que je suis en train de rêver, messire Géraud.

— Mais non, dit Géraud en riant. Vincent, apporte-nous du vin de Saint-Pourçain, cria-t-il à l'intention du secrétaire qui arriva aussitôt avec deux gobelets d'argent et un petit hanap.

1. Jeu de balle.

Martin quitta le comptoir, après avoir salué au passage les scribes occupés à des écritures appliquées; allégé d'un énorme poids, il sautillait. Qui aurait reconnu l'austère enquêteur qui faisait trembler la justice de l'évêque et errait l'autre jour si triste de Saint-Laurent à la cathédrale? Il sifflotait et chantonnait encore quand il se présenta au palais de l'évêque et se fit annoncer par Marthe, la vieille cuisinière, embusquée près de l'entrée dans un petit retrait; elle y remplaçait parfois le valet préposé à contrôler les visiteurs.

Pierre de Cros accueillit la nouvelle de la visite royale avec beaucoup de réserve :

— Qui paiera les frais? Moi? Les bourgeois? La fabrique [1] qui n'a déjà plus une livre dans son trésor et parle de vendre certains objets? Voilà encore de l'argent qui n'ira pas au chantier de notre cathédrale.

— Monseigneur aura la bonté de nommer un de ses chanoines avec qui j'envisagerai les modalités de cette visite, répondit avec diplomatie Martin en balayant ces interrogations.

— Un de mes chanoines? interrompit l'évêque en fronçant les sourcils.

— Oui, reprit patiemment l'enquêteur. Cette visite, les bourgeois de la cité y seront associés; j'en connais qui seront généreux.

— Oui, tu en connais peut-être de généreux mais moi, je ne vois pas beaucoup de livres dans mes caisses. Avec le rapport que tu vas faire sur ma justice, tous les justiciables vont faire appel à la justice du roi et les revenus décroîtront encore.

— Mais non, Monseigneur, ce que j'ai vu de votre justice montre un fonctionnement très honorable et je le dirai bien haut.

— Merci, tu es trop bon, mon cher Martin, dit Pierre de Cros qui se détendit imperceptiblement dans sa cathèdre rembourrée de gros coussins de velours pourpres. Ah, quand tu courais comme un galopin sur le chantier, je ne pensais pas qu'un jour tu serais un agent royal pour me faire souffrir!

— Moi non plus, admit en riant Martin qui avala une gorgée de vin de Chanturgue.

1. Gestion de la construction et de l'entretien d'une église.

– Après tout, la visite que tu m'annonces, c'est une façon pour le roi de prendre possession de ma ville, continua plus sérieusement Pierre de Cros. Sans compter que les Clermontois vont saisir l'occasion pour réclamer à nouveau une charte et tout le cortège de franchises [1] qui réduiront d'autant mon pouvoir. Mes prédécesseurs ont tenu bon mais au prix de quelles luttes! Je devrai aussi lever une taille [2] pour faire face aux frais, les Clermontois ne vont pas apprécier.

Du palais épiscopal dont l'atmosphère assez luxueuse, avec tapisseries et crédences porteuses d'objets de prix, montrait que l'évêque n'était pas aussi pauvre qu'il voulait bien le dire, Martin courut chez Omblard où, jusque tard dans la nuit, ils parlèrent de la visite du roi.

– Omblard, c'est toi qui seras responsable de la décoration depuis la porte Champet jusqu'au palais épiscopal. Le roi devrait loger à l'Hôtel de Boulogne; nous verrons si son état est décent.

– Quelle histoire! Quelle histoire! répétait Omblard un peu dépassé par les événements. Et mes commandes?

– On ne reçoit pas tous les jours le roi! plaisantait Marguerite. Je t'aiderai et nous prendrons de nouveaux aides à l'atelier.

– Mais oui, disait Omblard perplexe, et qui paiera?

– Je ne l'ai pas dit à l'évêque mais Monseigneur m'a parlé de fonds qui serviront si nous manquons d'argent. Messire Géraud et les bourgeois seront généreux, je le sais. Ils ont trop envie que leur ville devienne royale, leur accueil doit donc être fastueux!

Marguerite avait réussi à demander en douce à Martin s'il s'était enfin décidé à parler à Géraud Brillat.

– Je me doutais que la réponse était favorable, je te trouvais bien guilleret.

Une fois lancées toutes ses affaires à Clermont, Martin commença sa tournée à l'extérieur, découvrant la campagne presque automnale, les feuilles ayant jauni très tôt à cause des chaleur et sécheresse estivales.

Quand Martin rentra à Clermont en octobre après une tournée fructueuse où il avait pu observer le fonctionne-

1. Privilèges accordés par un seigneur réglementant, limitant ou supprimant les droits qu'il exerçait auparavant de façon arbitraire.
2. Aide pécuniaire exigée par une autorité.

ment de la justice dans le sud du bailliage du bas pays d'Auvergne, la cité bruissait de rumeurs parvenues de Paris ou rapportées par Bartolomeo Cocci revenu de Florence.

— Guillaume de Nogaret a participé à une attaque contre le pape dans sa résidence d'Anagni.

Le mot « Anagni », souvent écorché d'ailleurs, était sur toutes les lèvres.

Rentré à la hâte, Gilles Aycelin, qui passait l'été dans son domaine de Châtel-Odon, convoqua Martin dès son arrivée.

— Je pars pour le Languedoc où se trouve le roi. Je dois siéger au conseil. Les temps sont graves. Des versions contradictoires circulent et je ne sais qu'en penser sinon que le coup de main de Guillaume de Nogaret n'arrangera pas nos affaires.

— Mais que s'est-il passé ? interrogeait Martin qui tombait des nues.

— On ne sait trop. J'essaie de trouver la vérité entre le récit de Bartolomeo Cocci...

Martin apprit ainsi que le Florentin était de nouveau en ville et en conçut une grande inquiétude.

— ... Entre le récit de Cocci, tu m'écoutes, Martin ? s'impatientait Gilles Aycelin qui voyait son interlocuteur un peu rêveur, et celui de Jacques de Romans, l'archidiacre de Narbonne qui m'a donné la première version.

— Je vous écoute, dit Martin comme pour s'obliger à redescendre sur terre.

— Anagni, c'est donc la ville natale de Boniface où il passe ses étés dans un palais qu'il a fait construire. Il y était depuis le mois de mai avec quelques cardinaux dont son neveu François. Guillaume de Nogaret, tu t'en souviens, a disparu de Paris au printemps pour une mission mystérieuse dont on n'avait pas débattu au conseil.

— Oui...

— Il aurait séjourné tout ce temps au château de Siaggia, près de Sienne, qui appartient à un riche Florentin, Jean Muschiatto, et il y aurait tramé son attaque avec Sciarra Colonna trop content d'y participer.

— Alors qu'ont-ils fait ?

Martin, pris par le récit de l'archevêque, avait oublié Cocci et dévisageait maintenant son interlocuteur avec une évidente curiosité.

— Boniface préparait une grande bulle d'excommunication contre le roi; elle devait être rendue publique ce 8 septembre, lors de la solennité de la Vierge. Nogaret a voulu prendre le pape de vitesse en lui notifiant avant cette date que ses pouvoirs étaient suspendus et qu'il entrait sous la « protection » du roi. Tu vois ce que je veux dire par protection?

— Oui, je vois.

— Et cela jusqu'au concile selon la décision du conseil de mars dernier. Il paraît que Nogaret avait pris toutes ses précautions avec dans ses bagages une bannière et quatre panneaux à fleurs de lis pour que les couleurs du roi viennent garantir la protection royale.

Gilles Aycelin avait une façon de moduler ses intonations sur les mots « Nogaret » et « protection » qui amusait Martin, en animant un récit dont il ménageait étonnamment le suspense.

— J'ai soif! s'interrompit tout à coup le prélat. Gaucelin, va réclamer du sirop d'orgeat.

Gaucelin quitta son faudesteuil à regret; bien qu'il sache par cœur l'histoire que lui avait déjà exposée plusieurs fois Gilles, il en goûtait chaque fois les détails avec une saveur presque gourmande.

— Seulement, tu connais le chevalier...

— Oui, il était là pour des actes de droit et il a mené une action violente, intervint Martin, heureux de mettre son grain de sel.

— Oui, disons qu'il a été porté par les événements. Il est monté à Anagni avec une troupe de trois cents hommes qui auraient fait jonction avec des rebelles romains; enfin cela, on n'en est pas sûr!

— Nogaret savait bien qu'une violence faite au pontife vouait le coupable à une excommunication et que notre roi dans sa sagesse froide ne l'excuserait pas, intervint encore Martin qui retrouvait le plaisir de débattre avec son archevêque.

— Oui, mais les Colonna l'ont entraîné certainement. Les soldats prennent donc position autour du palais, la population a peur; on raconte que les marchands vont se réfugier dans la cathédrale et qu'on y aurait retrouvé un coutelier avec toute sa collection de couteaux. Merci, Gaucelin. Si Boniface est bien à l'abri dans son palais, les cardinaux, eux, sont vite jetés hors de leurs résidences.

Le récit s'animait, s'emballait.

« On croirait qu'il y était ! » pensait Gaucelin.

— Les esprits s'échauffent et le feu mis à la grosse porte du palais permet l'entrée des assaillants qui découvrent le pape dans son lit sous sa couette. Je passe sur le saccage et le pillage qui ne font pas honneur aux agresseurs et encore moins à ceux qui les dirigeaient. Nogaret aurait tout de même retenu Colonna qui parlait d'exécuter le pape et notre Guillaume, qui nous étonnera toujours, reprend son habit d'ambassadeur et cite le pape à comparaître au concile.

— J'ai pourtant entendu dire que Nogaret aurait giflé le pape, intervint Martin.

— Oui, mais j'en doute, c'est un homme de sang-froid.

— Voire ! dit Martin en hochant la tête avec une moue plus que dubitative.

— Martin, ce n'est pas à toi de colporter un fait grave dont nous ne sommes absolument pas sûrs. Un peu d'orgeat, Gaucelin ! Ensuite, tout le monde se serait retiré ou presque car, en fait, c'est une journée de conciliabules qui s'ouvre. On est dimanche mais le lendemain, les habitants d'Anagni se soulèvent, chassent les soldats et déchirent les bannières fleurdelisées.

— Et le pape ?

— Il décide de rentrer à Rome après avoir harangué les habitants ; il se serait comparé à Job pour sa pauvreté et aurait promis le pardon à ses ennemis !

— Et Nogaret ?

— On ne sait pas où il est, où il se cache. On n'a pas de nouvelles non plus du dernier envoyé du roi, Pierre de Paray.

Ce n'est pas sans mélancolie que Martin vit partir le lendemain de ce récit l'archevêque qui allait retrouver la grande Histoire. Clermont lui apparaissait bien étroit, à l'écart de cette vie intense et captivante qu'il avait connue à Paris. Cet accès de cafard fut cependant de courte durée quand il songea qu'à Clermont, il y avait Anne et que le roi viendrait aussi inscrire une page dans l'histoire de la cité qui se mêlerait alors à celle de France.

Cette idée le motiva pour reprendre avec courage ses activités. Depuis que les trompilles, ou les banniers, avaient divulgué la nouvelle, à chaque carrefour, aux quatre coins de la cité, de la porte Champet à la porte des

Gras et au-delà dans la ville-neuve de Jaude, Géraud Brillat avait considérablement fait avancer le projet de la visite royale. Il avait notamment participé à une grande assemblée de la confrérie des « villageois », héritière de celle de l'Hôpital-Juré autrefois dissoute par Guy de La Tour. La réunion avait eu lieu à l'hôpital Saint-Barthélemy où chacun avait exprimé librement critiques et propositions. Maintenant tout le monde était au travail.

Les drapiers réalisaient des tentures fleurdelisées, les chaircuitiers avaient déjà proposé des menus pour les banquets, des tableaux vivants seraient mis en scène par les métiers : Adam et Ève, la Vierge à l'enfant, des anges, un jugement dernier, auxquels s'ajouteraient des images romanesques : Tristan et Iseut, Renart médecin ou chantre d'église. Les chandeliers multipliaient leur production pour les illuminations des fêtes royales pendant que les forgerons façonnaient des torchères. Quant aux fripiers, passementiers ou fileresses, ils s'affairaient à préparer des vêtements et effets que les plus riches ne manqueraient pas d'acheter pour parader. On savait que la visite royale attirerait inévitablement les gens d'alentour. Anne avait déjà rencontré chez la mercière de la rue Las-Crotas Béatrix de Bulhon, l'épouse de Chatard de Revel, qui commandait une cotte verte rehaussée de galons d'or avec un surcot d'un ton plus tendre. Son amie très chère Dauphine de Bréon, mariée deux ans plus tôt à Bertrand de Saint-Nectaire, optait pour une cotte rose qui soulignerait son teint de lis et sur laquelle trancherait un surcot bleu de lapis-lazuli rappelant la couleur étonnante de ses yeux.

Martin, heureux de voir les choses prendre tournure, veillait cependant à ne pas s'absenter de Clermont plus d'une semaine afin de conserver une certaine autorité sur l'organisation de la fête que les bourgeois avaient tendance à s'approprier. Il n'en finissait d'ailleurs pas d'être déconcerté par les réunions auxquelles il assistait en compagnie d'un ou plusieurs chanoines représentant l'évêque ; elles étaient émaillées de propos souvent contradictoires.

« Paraître riche mais pas trop, faire les choses bien mais sans excès » semblait la devise des Clermontois.

— N'oublions pas, mes chers amis, qu'il s'agit de recevoir le roi toujours désargenté qui cherche partout à améliorer les revenus de son trésor, disait Geoffroi Rochat, un riche pelletier.

– Oui, renchérissait Michel Lechêne, un gros meunier de la Tiretaine, souvenez-vous de la maltôte que payaient les marchands avant de la récupérer ensuite sur leur clientèle. Le roi et ses légistes ne sont pas à court d'idées, ne faisons pas envie.

– Certes, convenait Bertand Ballot, l'élu de la confrérie des chandeliers, mais si nous voulons intéresser le roi à notre cité, il faut bien faire envie. Pensez à Montferrand.

– Bah, les affaires de Flandre coûtent cher, le roi n'est pas prêt d'acheter notre cité. Les juifs ont déjà été tondus. A qui le tour ?

Martin, en écoutant les bourgeois de Clermont, avait cependant le sentiment d'un extraordinaire bon sens tranchant avec les beaux parleurs du conseil qui n'avaient pas toujours le sens des réalités concrètes. Après quelques semaines, il était fort bien intégré à la société clermontoise qui voyait en lui davantage un des leurs que l'« œil » royal. Chacun appréciait son équilibre, la mesure de ses propos et même les baillis dont il suivait parfois les pérégrinations du tribunal ambulant, aimaient lui soumettre certains cas difficiles.

Ses relations notamment avec Pierre de Cros étaient devenues confiantes. L'enquêteur royal profitait de leurs tête-à-tête assez fréquents pour expliquer les rouages des dernières ordonnances royales.

– Les justiciables des tribunaux ecclésiastiques ou seigneuriaux pourront faire appel devant le roi, donc devant le Parlement.

– Comment le Parlement pourra-t-il répondre à tous ces appels ? demandait l'évêque perplexe.

– L'ordonnance prescrit des sessions continues de trois ou quatre mois avec un calendrier.

– Ce sera le mirage parisien, ironisait l'évêque, tout en convenant que Martin lui fournissait des informations qui ne lui seraient jamais parvenues aussi vite autrement.

Un autre soir, chez Étienne Aycelin, Martin commentait la volonté du roi de mettre en place une justice enfin efficace, en décrivant avec détail le Parlement comme une assemblée où tout le monde serait représenté et donc convenablement jugé.

– Et le roi peut-il désavouer le Parlement ? demandait Pierre Verger méfiant.

– Non, répondait Martin qui rassurait ainsi un auditoire à la fois intéressé par les dires de l'enquêteur et agacé par ce « Parisien » qui leur faisait la leçon.

Martin ne manquait pas une invitation à un souper dans l'espoir parfois déçu, parfois récompensé d'apercevoir Anne. Si la nouvelle du retour de Bartolomeo Cocci l'avait fortement inquiété, il n'avait guère aimé voir Anne souper à ses côtés chez Cocci qui avait profité de l'occasion pour donner une petite fête; Anne souriait trop, Bartolomeo ne la quittait pas des yeux avec une insolence exaspérante.

Ce retour l'avait cependant secoué et presque libéré de ses atermoiements. Alors que la conquête d'Anne ne lui semblait pas s'imposer tout de suite, il commença à élaborer une stratégie mais il devait bien admettre qu'il ne savait trop comment s'y prendre, la jeune fille l'intimidant.

Géraud Brillat, qui avait parfaitement respecté son engagement de secret, coopérait comme il pouvait en multipliant les invitations à Martin qui avait table ouverte chez le banquier. Il ne manquait pas une occasion, avec une rare diplomatie, de décourager le jeune Cocci qui se présentait à tous propos à l'hôtel Brillat avec un bouquet, une invitation ou un cadeau.

C'est précisément Bartolomeo qui, surgissant à l'heure du souper le soir de la Toussaint, annonça la mort du pape survenue trois semaines plus tôt.

— Juste un mois après Anagni, souligna Géraud à Martin qui soupait justement avec les Brillat.

— Qui va remplacer Boniface? s'interrogea tout haut Martin.

— Dieu seul le sait, mon pauvre Martin, dit Géraud en levant les bras au ciel avant de faire signe à regret au jeune Florentin de s'asseoir pour manger un dessert, mais en lui désignant une place à côté de Pierre, Anne étant entre son père et Martin.

Ce dernier, face à celui qu'il considérait comme son principal rival, saisit l'occasion de briller et captiva son auditoire avec un extraordinaire exposé sur la situation créée par la mort de Boniface. Jonglant avec les noms des cardinaux candidats possibles à la succession — il en avait connu certains à Rome —, il argua de tel ou tel point de vue, celui du roi, de Nogaret ou de Gilles Aycelin. Imaginant les menées plus ou moins clandestines qui devaient déjà sourdre autour de l'élection du prochain pontife, il retrouva soudain la veine théâtrale qui lui avait valu tant de succès pendant sa vie estudiantine. Très réussie fut son imitation du roi « l'œil froid », « les narines pincées » qui dirait à Nogaret d' « une voix un peu nasillarde » : « Chevalier de Nogaret, donnez-nous votre opinion... » « Sire, demandons leur avis aux Colonna... » « Bien chevalier, merci pour vos bonnes idées... »

Dame Jeanne s'amusait beaucoup et Anne regardait Martin avec un intérêt évident, Bartolomeo semblant tout à coup exclu de son champ de vision. Dépité, le Florentin prit rapidement congé, laissant la place libre à Martin qu'il ne pouvait imaginer en fait comme un concurrent. C'est assez rasséréné que Martin rentra chez lui, heureux d'avoir enfin réussi à sortir de ce personnage un peu austère que lui avait conféré sa fonction et qui ne pouvait séduire Anne. Il n'allait malheureusement guère avoir le loisir de répéter son numéro.

En effet, le lendemain, dans la cour de l'hôtel Brillat, le vieux Grégoire, occupé à travailler à un massif dont il fallait retourner la terre avant d'y semer pour le printemps prochain, vit entrer sous la porte cochère une pauvre femme dont la cotte était déchirée, les cheveux hirsutes autour d'un visage sale et qui tenait dans ses bras un bébé pleurant ou plutôt geignant, presque sans vie. Le jardinier, qui aiguisait alors ses outils, la héla :

– Que voulez-vous ?

Chancelante, elle s'avança de quelques pas, suffisamment pour qu'il la reconnût, ébahi :

– Mademoiselle Isabelle, mademoiselle Isabelle...

Se précipitant vers elle, il n'arriva pas à temps pour l'empêcher de s'écrouler sur le sol, le bébé roulant lourdement à côté d'elle et se mettant à hurler.

Attirée par les cris de Grégoire, toute la maisonnée accourut pour trouver le vieux jardinier tenant un bébé précautionneusement devant une jeune femme évanouie.

– Qui est-ce ? demanda Célestine, la vieille cuisinière.

– Isabelle ! mais Sainte Mère, elle est morte ! s'exclama Lucie, la servante de dame Jeanne, entrée au service des Brillat juste au moment des fiançailles d'Isabelle.

– Non, elle respire, dit Casimir qui se penchait sur elle avec attention. Vite, appelez dame Jeanne !

A cet instant, celle-ci, accompagnée d'Anne, apparaissait dans la loggia et se penchait :

– Que se passe-t-il ? Quelle est cette agitation ? Qui est cet enfant qui pleure ?

— Madame, madame, c'est mademoiselle Isabelle avec un bébé.

— Quoi ?

Anne descendit l'escalier plus vite que sa mère et déboucha dans la cour comme un éclair. Casimir avait pris dans ses bras le corps inerte d'Isabelle pour le poser délicatement dans la salle sur la table devant la cheminée.

— Vite, allez chercher un médecin ! cria Anne mesurant la gravité de l'état de sa sœur d'un seul coup d'œil.

— Isabelle, parle-nous, soufflait dame Jeanne penchée sur elle. Mettez-lui des coussins sous la tête.

Mais elle avait beau lui tapoter les joues, celles-ci demeuraient d'une pâleur impressionnante quand maître Clément, arraché à ses malades de l'hôpital Saint-Barthélemy, arriva.

— Morbleu qu'elle est blanche ! Ventrebleu qu'elle est chaude !

Maître Clément avait la réputation de ne pouvoir dire une phrase sans un juron, scandalisant les nonnes de l'hôpital et s'il n'avait été bon médecin, elles l'auraient dénoncé mille fois. Il s'appliquait simplement pour leur faire plaisir à ne plus prononcer « Dieu » mais « dié » ou « bleu ».

— Poussez-vous, faites-lui de l'air, dit-il avec autorité en repoussant sans ménagement dame Jeanne qui se cramponnait à la main de sa fille. Ne pourrait-on pas la transporter sur une paillasse dans une chambre bien ouverte sur l'extérieur ?

Casimir s'exécuta aussitôt, prenant à nouveau le corps sans vie qui lui paraissait si léger et le montant précautionneusement jusqu'à l'ancienne chambre de la jeune femme. Au contact d'une couche confortable avec une couette chaude, Isabelle bougea et marmonna des mots inintelligibles parmi lesquels dame Jeanne saisit seulement « Jean ».

— Isabelle, tu es chez toi, dans ta maison. Qu'est-ce qui est arrivé ?

Maître Clément avait l'air dubitatif.

— Elle a la fièvre, beaucoup de fièvre. Elle a eu froid, très froid.

— Que faut-il faire ? demanda dame Jeanne dont le visage était bouleversé par l'émotion.

— Nous verrons, je vais y penser, répondit placidement le médecin, laissez-moi seul.

Dame Jeanne sortit à regret, un peu excédée par le comportement du médecin qui ne se montrait guère aimable. En bas, le bébé pleurait.

— Venez voir comme il est beau, maman!

Anne berçait l'enfant dans la cuisine où Célestine faisait chauffer du lait; rouge de colère, le bébé hurlait maintenant.

— Quelle vigueur! Regardez-le, madame, tendu sur ses petites jambes. Et ces yeux bleus! Mais d'où sort-il ces yeux bleus? disait Lucie, se rendant compte immédiatement qu'elle avait gaffé.

— Taisez-vous, Lucie, votre babillage me fatigue, ne manqua pas de dire dame Jeanne, en se saisissant du bébé. Quel chérubin! C'est vrai, ces yeux bleus et ces cheveux de jais comme sa mère. Quel curieux mélange, je n'ai jamais vu ça ailleurs, même dans des images de manuscrits.

— Il faudrait le changer, dit Anne, je vais aller chercher un lange et des linges.

Rassasié et propre, le bébé commençait à faire des risettes à tout le monde quand le médecin, une heure plus tard, descendit enfin, au moment même où Géraud Brillat qui travaillait chez les Cocci, prévenu par Casimir, arrivait. D'un air très doctoral, le médecin débita un discours qu'il avait visiblement bien préparé :

— Elle est très faible. Il faudrait aller chez l'apothicaire de la rue du Terrail pour qu'il prépare une tisane; j'ai écrit ici les herbes à y mettre, vous lui demanderez du basilic pour la fièvre et le flux de ventre et un sinapisme à la moutarde noire; prévoyez aussi du cerfeuil pour éclaircir les urines que vous m'apporterez tout à l'heure à l'hôpital; vous demanderez encore un onguent pour les pieds qui sont tout écorchés. Mais je ne sais si elle vivra, faites venir le prêtre avec l'extrême-onction.

— L'extrême-onction, que dites-vous là? soupira Géraud, atterré. Où est-elle?

Isabelle délira pendant des jours et des jours sans que personne ne pût comprendre le moindre mot en dehors de « Jean » qui revenait sans cesse et de « non » crié presque sauvagement. La maison vivait à l'heure d'Isabelle, chacun se relayant pour la veiller, maître Clément passant chaque jour et faisant évoluer ses tisanes au gré des « progrès ». Découragé au bout de quelques jours, il interrogea même les astres et appela en consultation un médecin arabe de passage ; rien n'y faisait, Isabelle divaguait dans la moiteur d'une couette que Lucie et Anne changeaient chaque matin avec amour.

Lorsque Marguerite avait appris à Martin qui rentrait de Riom, l'arrivée d'Isabelle, d'abord incrédule, il s'était laissé emporter par l'émotion, puis s'était précipité à l'hôtel Brillat où Anne pouponnait le bébé dont il était le seul à pouvoir reconnaître la ressemblance trait pour trait avec Jean. Et si elle était tout attendrie devant l'enfant, la jeune fille avait perdu sa gaieté charmeuse au profit d'une anxiété latente qui la métamorphosait.

Décidément, après la mort de Vital, le destin semblait s'acharner sur les Brillat. Martin aurait aimé voir Isabelle, mais cela n'aurait pas été séant de le demander et si les Brillat étaient fous d'inquiétude pour elle, Martin était tourmenté par le sort de Jean. Qu'était-il devenu ? Il lui paraissait inconcevable qu'il eût abandonné Isabelle avec son enfant. Mais comment savoir ? Cette question le tenaillait le soir lorsqu'il se retrouvait seul dans sa chambre de la rue des Gras et Géraud Brillat lui semblait un peu inhumain de ne pas s'en soucier. Mais après tout, pour le banquier, Jean était le responsable du malheur de sa fille.

20

Pourtant la vie continuait. Benoît XI avait été élu et Gilles Aycelin était revenu en Auvergne, après son séjour en Languedoc, confiant en un règlement rapide de la crise. L'ancien maître de l'ordre des prêcheurs, Niccolo Boccasini, dont l'austérité était aussi connue que la probité, avait délié le roi de toute sentence d'excommunication et absous tout le monde sauf Nogaret.

— Après tout, c'est le moins qu'il puisse faire, commenta Gilles Aycelin qui apportait aussi des précisions quant à la visite royale : Ce sera en mars, serez-vous prêts ?

Martin n'était pas trop soucieux, les Clermontois feraient face. Il avait rencontré récemment les représentants des monastères qui se joindraient à la grande cérémonie prévue à la cathédrale. Jean Bel, qui avait pris en main le couvent deux ans plus tôt, serait trop content de montrer qu'il avait remis de l'ordre dans sa maison au bord de la ruine. L'abbé de Saint-André-de-Prémontré avait fait repeindre son église de fond en comble avec un faux appareil sur les murs et les voûtes, ce qui masquait fissures et lézardes ; il s'attendait, en effet, à la visite du roi qui ne manquerait pas de vouloir se recueillir devant la châsse où étaient conservés le cœur et les entrailles de son arrière-grand-père Louis [1], mort à Aigueperse, en rentrant d'une croisade contre l'Albigeois.

Autour de l'hôtel de Boulogne où logeraient le roi et sa suite, les rues avaient été « toilettées », notamment celles

1. Louis VIII, mort en 1226 au château de Montpensier.

des Notaires et des Libraires; des enseignes repeintes tintaient maintenant devant des façades souvent recrépies ou rafraîchies. A l'intérieur de la sévère demeure seigneuriale, cour et jardin avaient été nettoyés et dans la vaste salle du rez-de-chaussée où le roi Philippe recevrait, des tentures fleurdelisées couvraient largement les murs lépreux. Des réserves de bois avaient été entreposées pour entretenir l'âtre gigantesque et les appartements de l'étage avaient été rénovés. Personne ne savait si la reine serait là, mais on faisait comme si.

Et si, au début, les Clermontois avaient été réticents, ils avaient de jour en jour mieux perçu cette visite comme une source d'activités incroyable. Tous les corps de métiers se trouvaient concernés, certaines confréries se lançaient dans des travaux qui n'auraient jamais été entrepris sans ces circonstances spéciales.

L'hiver était heureusement clément, la neige n'entravant pas les travaux extérieurs. Dans l'atelier d'Omblard plus le temps passait, plus l'activité était intense; les panneaux bleus fleurdelisés s'entassaient sous l'œil satisfait de Guillaume alors que les bannières destinées à décorer notamment la cathédrale avaient été livrées par les teinturiers; elles seraient mises en alternance avec les oriflammes ornées aux couleurs de l'évêque et de la cité; elles étaient conservées pieusement dans les caves du palais où Jean-Baptiste allait parfois chasser les rats.

Martin rendait souvent visite à l'atelier d'Omblard où régnait une atmosphère de ruche entretenue par Guillaume qui veillait sur des apprentis plus ou moins efficaces. Il avait espacé ses missions à l'extérieur pour concentrer son attention sur la visite royale. Colin, son aide-secrétaire, devenu de jour en jour plus précieux, courait porter un message, en rapportait un autre, puis repartait aussi vite ailleurs.

Un matin où Martin remontait la rue des Gras pour se rendre au palais épiscopal, il aperçut de loin Anne qui tenait dans ses bras le bébé auquel on n'avait pas donné de nom; toujours spontanée, elle lui sauta au cou.

— Où vas-tu, Martin?

— Où vas-tu, Anne?

— Chez Marguerite, il fait si bon chez elle, et chez nous c'est si triste!

— Isabelle?

— Aucun changement, maître Clément dit qu'il lit des

traités pour trouver une solution. Elle délire, elle crie la nuit, c'est affreux. Martin, peux-tu me dire quelque chose ? Cet enfant, à qui ressemble-t-il ?

— Tu voudrais savoir qui est son père. C'est le portrait de Jean, je l'ai tout de suite vu. Jean a des yeux bleus extraordinaires ; toute sa famille a ces yeux, ajouta Martin, un instant songeur mais de façon très fugitive. Si Jean était là, il saurait la guérir mais où est-il ? Si je le savais, j'irais le chercher.

— Papa a eu des nouvelles de Bologne ; Paolo Comerci lui a écrit que Jean et Isabelle avaient quitté Bologne il y a quelques mois, juste après la naissance du bébé mais il ne sait pas où ils sont allés. Comment savoir ce qu'est devenu ce Jean ?

— J'ai peur qu'il ne soit mort. Jamais il n'aurait abandonné Isabelle. Il n'y a que la mort qui ait pu les séparer ; ils s'aimaient tant !

Pris d'une inspiration soudaine et oubliant que Pierre de Cros l'attendait, Martin proposa à Anne de l'accompagner, sautant ainsi sur l'occasion rarissime de se trouver seul avec elle. Ravie, elle accepta tandis que l'enfant souriait d'aise dans ses bras. Martin n'osait pas le regarder tant son regard bleu lui pinçait le cœur. Au moment où ils allaient franchir la porte des Gras, Martin s'entendit demander presque comme dans un rêve :

— Anne, tu n'as pas envie de te marier ?

— En ce moment, on a d'autres soucis à la maison.

— Tu n'as pas de projet ?

— Non.

Anne avait répondu sans réfléchir, avec cette franchise spontanée qui plaisait tant à Martin.

— Bartolomeo a l'air de bien t'aimer.

— Oui, mais moi je ne l'aime pas, il m'énerve avec ses manières et je suis bien aise qu'il soit reparti en Flandre.

Martin respira, tout à coup soulagé. Bartolomeo était parti, ce qu'il ignorait, occupé qu'il était à ses propres affaires. Et surtout, satisfaction indicible, Anne ne l'aimait pas. Le jeune homme regarda le ciel entre les pignons ; il lui parut sans nuage.

— Et toi Martin, tu ne te maries pas ? demandait à son tour la jeune fille.

Le ton était malicieux. La petite Anne tourbillonnante de Paris n'était pas loin.

— Oh moi, j'ai trop à faire !

– Papa disait que tu ferais un bon mari...

– Ah bon, et toi qu'en penses-tu ?

– Oui, peut-être, je sais qu'Aude Aycelin t'aime bien.

Ils étaient maintenant dans la rue des Corroyers et allaient aborder la rue Sainte-Madeleine quand Martin devenu muet constatait avec amertume qu'il n'arriverait jamais à rien.

« Elle m'aime comme un frère, un point c'est tout. Elle trouve normal qu'une autre " m'aime bien ". »

Tout en parlant, ils étaient arrivés et Marguerite les fit entrer dans sa salle si chaude où tout reflétait le bonheur.

– Martin, Anne ! Oh, le bébé, tu me le montres ?

Les enfants sautaient de joie.

Malheureux et pensif, Martin s'en alla, quittant avec peine cette scène de bonheur pour ces rues froides où s'engouffrait la bise glaciale venue du Puy de Dôme et auxquelles il ne prêtait plus attention tant il les connaissait comme le contenu de son aumônière.

– Martin, tu fais attendre Monseigneur ! l'apostropha le vieux Baudime, l'homme de confiance de Pierre de Cros à qui il servait de secrétaire.

– J'ai été retardé, balbutia Martin, comme un enfant pris en faute, un peu honteux d'avoir négligé son travail, « le bien commun » comme disait Pierre Flotte, pour ses petites affaires personnelles.

Pierre de Cros était dans son retrait avec le prévôt du chapitre :

– J'ai plusieurs choses à débattre avec toi. J'ai d'abord l'intention d'envoyer deux chanoines à Rome afin d'obtenir des indulgences pour tenter de faire avancer le chantier de notre cathédrale ; mais les chrétiens croient-ils encore aux indulgences ? L'indulgence plénière accordée aux pèlerins se rendant à Rome l'année du jubilé nous a réduit notre clientèle. Je crois que mes chanoines devraient réclamer des indulgences pour les défunts, cela étendrait au contraire la liste des bénéficiaires possibles.

– Certes ! répondit en riant Martin avec un clin d'œil au prévôt.

– Toi, le juriste, tu vas me rédiger une demande en bonne forme. Je voudrais aussi obtenir des lettres de confession que je pourrais distribuer à quelques hauts personnages contre une importante aumône d'argent.

Le prévôt du chapitre opinait de la tête d'un air tranquille pendant que Martin abondait dans le sens de l'évêque qui semblait enfin désireux de mettre un terme à ce chantier.

— Vos bourgeois vont être satisfaits.

— Je ferai aussi une requête au roi pour qu'il accorde des subsides à la cathédrale; après tout, son grand-père l'a fait avant lui et son père s'y est marié [1]. Entretenir ce souvenir vaut bien quelques livres.

— Il faudra surtout vous assurer les services de bons prédicateurs d'indulgences si vous voulez qu'elles vous rapportent vraiment, observa Martin.

— Je pense que les chanoines Bertrand Paulat et Pierre de Ronzières s'y entendront bien. Ne les as-tu jamais entendus? Le premier est fougueux à souhait, maniant sévérité et humour, le deuxième bouleverse les foules avec ses paroles douces qui susurrent une morale facile à laquelle on ne peut résister. Comment ne pas porter la main à son aumônière?

Martin sourit à l'image de toutes ces bourses qui devraient s'ouvrir, tout en pensant aussi que les bourgeois de Clermont, si sollicités en ce moment, devraient être aidés par d'autres.

Intarissable, ce matin-là, Pierre de Cros continuait :

— En dernier lieu, je voudrais que tu prennes connaissance, Martin, du texte par lequel mon tribunal annule le mariage d'Isabelle Brillat pour raison de stérilité... Mes juges ont statué juste avant le retour de ladite Isabelle avec un enfant. Après tout, personne ne sait si c'est le sien, n'est-ce pas Martin?

— Oui Monseigneur, répondit Martin d'un ton neutre.

— Géraud Brillat pourra ouvrir largement son aumônière. Le chanoine de la fabrique va se frotter les mains. Veux-tu lire ce texte?

Martin, vaguement choqué par cet amalgame que semblait faire sans réticence l'évêque entre justice et argent, lut avec application les lignes déliant Isabelle de ce mariage qui avait ruiné autrefois ses espoirs. Tout en laissant courir ses yeux sur le parchemin, Martin songeait à ce temps révolu.

Il neigeait quand Martin traversa le jardin du palais épiscopal; la nature y était endormie et les arbres tendaient misérablement leurs branches dénudées vers un ciel de coton. Il croisa Jean-Baptiste qui errait, désœuvré, dans ce jardin qui était toute sa vie. De l'autre côté, des

1. Philippe III Le Hardi y épousa Isabelle d'Aragon en 1263.

enfants se pressaient aux fenêtres de l'école, surexcités par ces flocons qui faisaient bien tardivement leur apparition. Dans la rue du Terrail, les potiers avaient fermé la porte de leurs échoppes et se chauffaient près du four à terre. Lucie, la servante des Brillat, sortait de chez l'apothicaire avec une nouvelle tisane ordonnée par maître Clément pour Isabelle.

– Elle a passé une mauvaise nuit, lança-t-elle en courant pour rentrer.

– Eh, Martin, où vas-tu ?

Omblard sortait de l'échoppe d'un cordier-crinier qui devait lui livrer des cordes pour amarrer des bannières à des mâts destinés aux croisements des rues. L'artisan qui travaillait chanvre et crin de chevaux avait préparé une bride et un licol d'apparat qui seraient offerts à la reine pour son cheval. Au moment où Martin arrivait, l'artisan disait au peintre qu'il préférait ce genre de travail à la réalisation des cordes pour les pendus ou les roués du tribunal épiscopal.

– Je vais chez messire Géraud.

– Tu lui diras de passer voir sa chapelle. J'y travaille le peu de temps que me laisse la visite et cela prend tournure ; ce sera très beau avec le lapis-lazuli et le rouge vermillon, cela me change des commandes de couvents qui prêchent l'austérité. Dis-moi, Louis le charpentier m'a livré les deux chaires ouvrées pour le roi et la reine ; Guillaume a commencé la peinture de leurs armes qui sera finie à la Saint-Romain.

Martin accueillait avec satisfaction ces nouvelles.

– Ludovic le drapier a fait faire des coussins bleus fleurdelisés ; on a prévu aussi une petite couette très légère pour la reine Jeanne s'il fait trop froid. A voir aujourd'hui, on a peut-être bien fait.

Martin trouva messire Géraud dans son cabinet de travail et lui annonça avoir lu le texte annulant le mariage d'Isabelle.

– Dieu soit loué ! Ma pauvre petite, si elle ne guérit pas, ne partira pas en état de péché mortel.

– Comment va-t-elle ? demanda Martin par réflexe car Anne, puis Lucie venaient de lui donner des nouvelles.

– Elle délire toujours. Cocci m'a envoyé un médecin de Bologne de passage et qui y aurait connu Isabelle et Jean, un certain Lorenzo. Il a dit ce matin même que les soins de maître Clément étaient bons et qu'il fallait attendre.

Quant au chérubin aux yeux bleus, il fait la joie de tout le monde. Anne en est folle. On ne sait s'il est bien de notre sang mais tout le monde ici l'adore. Même moi, je fonds.

— Comment en douter avec ces cheveux noirs ? C'est bien le fils d'Isabelle et ses yeux bleus sont le sceau de Jean, je puis vous l'assurer ; je suis formel sur ce point.

— Alors si tu t'en portes caution, de toute façon, je le reconnaîtrai comme mon petit-fils.

Une ombre passa sur le front de Géraud qui, calé dans sa cathèdre légèrement de biais comme il aimait, reprit d'un ton grave :

— Martin, Isabelle délire mais raconte beaucoup de choses, de plus en plus au fil des jours... Parmi les noms qui reviennent souvent sur ses lèvres, il y a le tien et comme il vient avec celui de Thomas ou de Philippe, que dois-je en conclure ?

Géraud fronçait les sourcils, l'œil sévère comme rarement l'avait vu Martin, fort mal à l'aise. Si ses relations avec Isabelle étaient restées secrètes, ce n'en était pas moins un pan de sa courte vie dont il n'était pas fier ; il en avait conservé un sentiment de culpabilité vis-à-vis de Géraud et de Jeanne dont il avait trahi la confiance. Les yeux du banquier pesaient maintenant sur lui qui, si scrupuleux, avait l'impression d'étouffer sous leur étau.

— Martin, que réponds-tu ? insistait maintenant Géraud Brillat.

Comme quelqu'un qui a le sentiment qu'il va se noyer quoi qu'il arrive, il se jeta à l'eau, éperdu ; balbutiant, le verbe s'assura et le récit devint clair, sans fioriture, l'essentiel dit sans charge ni décharge pour Isabelle. Géraud écouta la confession sans broncher. Installé dans sa cathèdre, au milieu de coussins plus nombreux et moelleux depuis son retour de Paris pour parer aux douleurs qui le tourmentaient, il évoquait une statue de penseur sur fond de tapisserie. Ses estivaux s'agitaient simplement nerveusement sur le tapis d'orient acheté à un marchand vénitien à la foire de Provins quelques années plus tôt. Ses doigts malaxaient tout aussi fébrilement le sceau posé sur la table dont ils s'étaient emparés précipitamment aux premiers mots de Martin.

Quand celui-ci s'arrêta de parler, soulagé, le silence s'installa dans la petite pièce dont le seul chandelier ne luttait plus vraiment contre la pénombre. Dehors, le jour tombait presque avec la neige de plus en plus floconneuse qui feutrait tous les bruits. Dans la pièce voisine, l'activité des commis semblait avoir cessé. Martin avait le sentiment qu'une immense torpeur s'abattait sur lui pour l'entraîner à jamais dans un monde hostile. Lui à qui tant d'événements avaient souri était anéanti; il ne savait plus s'il devait s'en aller ou provoquer le regard de son interlocuteur. Il avait à la fois terriblement besoin que Géraud parle et tellement peur qu'il ne dise des mots définitifs.

— Je vous ai tout dit... Je m'en vais, finit-il par dire après quelques minutes de silence.

Puis il se leva, non sans la recherche de quelque effet théâtral, mais alors qu'il actionnait la grosse serrure de la porte, il entendit : « Reste » intimé comme un ordre.

Il reprit sa place sur ce siège léger en x qu'un forgeron du Courtial sous le rempart venait de réaliser. Géraud en avait commandé deux pour les visiteurs difficiles qu'il aimait voir ainsi inconfortablement installés face à lui pontifiant dans sa cathèdre à dossier quadrilobé superbement réalisée par le huchier-menuisier de la rue Saint-Pierre. Majestueuse contre le mur, la chaire était pour le banquier l'insigne de sa puissance, comparable au trône royal ou aux chaires plus ou moins monumentales qu'évêques et abbés commandaient pour leurs églises non sans ostentation. Et quand ses visiteurs étaient plus de deux, on avançait la bancelle habituellement rangée contre le mur, long siège muni d'un petit dossier sur lequel pouvaient prendre place au moins trois personnes; la position d'inférieurs était en tout cas bien signifiée aux visiteurs. Ce dispositif se trouvait en place ce jour-là car Géraud avait reçu des agents du fisc royal.

— Je te remercie de cette confession qui a dû te coûter, dit enfin Géraud en se redressant dans sa cathèdre. Le sceau avait été reposé sur la table et les doigts pianotaient sur les accotoirs du siège. Martin s'était rassis sur le tabouret et le fixait attentivement.

— Oui, j'ai souffert.

— Depuis sa disparition, j'ai beaucoup appris sur Isabelle et je n'ai pas lieu d'être fier de cette fille qui s'est conduite avec déshonneur. Ta confession me fait mal car ma confiance en toi était immense et elle se trouve ruinée même si je pense que tu étais alors très jeune. Je ne peux t'accabler.

Martin murmura un « merci » à peine audible.

— Aujourd'hui, je dirai seulement que tes projets avec

Anne me semblent remis *sine die*. Comment pourrais-tu devenir le beau-frère d'Isabelle ?

Martin ne réagit pas ; ses yeux erraient sur la tapisserie murale sans en accrocher le moindre détail.

— Tu comprends ?

— Oui, Messire, parvint-il à dire.

— Pour le reste, rien ne sera changé ; mes propositions de travail sont maintenues quand tu voudras et nos relations seront les mêmes.

— Merci, répéta Martin.

— Je ne t'imposerai pas de souper à la maison ce soir ; tu dois te reprendre ! Personne ne doit soupçonner ce que tu viens de me dire et si, par malheur, ma petite Isabelle venait à mourir, le secret que nous partageons serait enterré avec elle. Si Dieu me fait la grâce de la faire vivre, j'imagine qu'elle ne souhaitera pas ébruiter votre secret ; il faut simplement prier pour que si, dans son délire, elle le laissait échapper, il ne tombe pas dans de mauvaises oreilles.

Martin se leva. Ses jambes le portaient à peine, sa main tremblait en poussant le gros loquet.

— A demain, nous t'attendrons pour souper.

N'osant dire qu'il craignait de ne pas avoir le courage de venir, il ouvrit la porte et sortit.

Derrière la porte qui grinça en se refermant, Géraud, si froid, si maître de lui, passait sa colère sur les coussins de la cathèdre ; celui de cuir rouge ouvré à la « morisque [1] » et celui de velours d'azur furent envoyés violemment contre la tapisserie murale. Puis lentement, Géraud se leva, les ramassa, les tapota, les remit en place avec les autres de velours vermeil et s'installa à nouveau le plus confortablement possible pour mettre de l'ordre dans ses pensées et reprendre son masque de banquier avant de sonner la clochette toujours à portée de sa main pour appeler son secrétaire ou son commis le plus proche.

Dehors, il faisait sombre et en même temps si clair sous ce ciel plein de neige ; le froid devenu très vif avait arrêté les flocons mais figeait la neige au sol. Martin frissonna en remontant vers la cathédrale. Les rues étaient désertes, le charroi presque nul, le sol glissant et luisant ; les volailles étaient serrées dans les poulaillers, les échoppes avaient rentré leurs étalages et les verres des baies étaient emplis de buée alors que des stalactites commençaient à

1. Mauresque.

se former au bord des toits ou des encorbellements. D'un pas rapide, Martin franchit le plateau central où la bise était insupportable et rejoignit la rue des Gras.

Chez lui, Colin terminait un travail sur une petite table en équilibre précaire sur deux tréteaux; il avait heureusement activé le feu dans l'âtre et une douce chaleur prit au visage Martin qui attira un escabeau devant la cheminée et s'y assit songeur, les coudes sur les genoux, la tête dans les mains. Il avait à peine salué Colin qui, un peu étonné de ces manières inhabituelles, s'était replongé dans ses parchemins avant de se lever un long moment après.

— Tu pars?

— Oui, j'ai fini la copie de la requête que liront les corroyers. Je vais l'apporter à maître Nicolas Decuire.

— Très bien, Colin! Au revoir.

Seul, Martin reprit le cours de ses pensées en fixant les flammes qui crépitaient joyeusement; la servante, Bertrande, avait mis dans un coin sur un trépied un pot à soupe qui ne serait jamais chaud si Martin ne le poussait vers le feu, mais il n'en avait cure.

« Je n'épouserai donc pas Anne... Alors que faire? Radegonde, Isabelle, Anne... en aimerai-je une autre? Je devrais puisque après Radegonde, j'ai bien aimé Isabelle et Anne. Non, je ne pourrai plus. »

Quelques heures plus tard, Martin avait décidé en rejoignant enfin sa paillasse et sa couette qu'il deviendrait clerc.

— Fini les femmes! cria-t-il dans l'escalier qui conduisait à sa chambre.

Colin, rentré après avoir soupé chez Nicolas Decuire, n'avait pas osé déranger le mutisme de son maître et dormait depuis longtemps.

21

Le grand jour arriva enfin. Le soleil brillait sur la cité avec cet éclat incomparable des jours où la bise a dégagé tôt les brumes nocturnes et le froid du petit matin cédait peu à peu au fil des heures à une tiédeur plus clémente.

Le roi et la reine reçus d'abord en grand apparat à Riom étaient attendus dans la journée. Toutes les bannières étaient hissées au sommet des mâts pour la solidité desquels on avait craint la veille à cause d'une tempête soudaine qui s'était heureusement aussi vite apaisée. Les grands panneaux peints par l'atelier d'Omblard étaient installés au coin des rues, des tentures pendaient aux fenêtres et les échoppes étaient décorées.

Depuis les premières heures de la matinée, la foule déambulait un peu désœuvrée, en ce jour chômé, en attendant l'arrivée de l'hôte royal. Les auberges étaient pleines, beaucoup d'Auvergnats étaient venus des alentours; lorsqu'ils ne comptaient pas de parenté ou d'amis capables de les accueillir, ils les prenaient d'assaut et y passeraient la nuit pour profiter de la deuxième journée.

Martin, parcourant sans relâche le trajet qu'emprunterait le cortège royal pour tout contrôler, était nerveux. L'atmosphère d'attente et d'excitation joyeuses qui régnait dans la cité lui pesait tant il avait le sentiment qu'il ne serait plus jamais heureux. Dire que Géraud Brillat avait envisagé son mariage avec Anne lors de la visite royale! Il ressassait cela avec amertume et en voulait un peu à Omblard à qui, quelques jours plus tôt, il avait ouvert son cœur. Son ami avait doucement souri, tout en continuant à peindre avec application la scène de translation des reliques de Vital et d'Agricol dans la chapelle Brillat :

— Mon pauvre Martin, tu as vingt-cinq ans et tu as été amoureux plus que moi! Ne fais pas cette tête-là, tu te remettras. Allez, viens souper avec nous.

A la fin du repas, devant son air sombre, que ses plats préférés n'étaient pas parvenus à éclaircir, Marguerite avait fini par l'interroger.

— C'est fini, Marguerite, je vais me faire clerc.

La jeune femme, incrédule mais ignorant son aventure avec Isabelle, avait beaucoup ri de ce projet, vexant malgré elle le pauvre Martin, complètement désemparé. Seule, l'idée qu'il avait tissé autour de lui une atmosphère de secret, les uns sachant cela, les autres ceci, le fit sourire en pensant au clerc Maillart, responsable des messages privés du roi, si doué en la matière. Eh bien voilà, il pourrait remplacer le clerc Maillart!

Marguerite avait essayé de le dérider en revenant à la visite royale :

— C'est tout de même dommage qu'il vienne en mars, notre roi, nous ne pourrons faire de jonchées de fleurs dans les rues. Si tu voyais comme le père Grégoire prépare avec amour ses armoises, son plantain, son millepertuis et ses fougères pour la Saint-Jean! Je suis allée le voir ce matin; il est un peu dépité des gelées qui ont encore eu raison des amandiers et des abricotiers. Il est si émouvant quand il me parle d'Isabelle qui aimait tant les abricots!

Rien n'y faisait ce soir-là. Martin était loin. Il ne pensait pas seulement aux fêtes qui, comme à Paris, donneraient pour le roi un spectacle aussi pittoresque que solennel et grandiose. Il était las de tout.

Ce matin pourtant, Martin tentait de ne voir que le bon côté des choses et d'oublier ses affaires personnelles. Il était satisfait du travail accompli depuis que sergents, banniers et trompilles avaient annoncé la visite. Ainsi, chacun, ces derniers jours, avait balayé ou curé devant chez lui, les rues avaient été débarrassées de ces tas d'immondices qui s'amoncelaient au fil des ans et qui n'étaient enlevés que pour de grandes occasions. Que de tombereaux d'ordures et de fumier avaient été emmenés hors des remparts! Du haut de la rue de Sainte-Marie-Principale qu'il embrassait du regard jusqu'à la porte Champet, il voyait chaque maison « parée bien et notablement », selon l'édit épiscopal lu et relu chaque semaine par les crieurs de chaque rue. Beaucoup de riverains avaient encourtiné leur logis en tendant sur la façade selon leurs moyens feuillages et roseaux, voiles ou draps blancs ou colorés, tapisseries chatoyantes. Sainte-Marie-Principale avait été pavoisée comme toutes les églises du parcours royal : bannières et panonceaux pendaient des toits et des oriflammes au sommet des clochers volaient au vent léger. En bas de la rue, la porte avait caché son architecture désuète sous des draps tendus ornés de couronnes et d'écus; les vantaux repeints de frais étaient ornés de fleurs de lis, une réalisation de Guillaume, l'homme de confiance d'Omblard, qui avait fait enrager l'évêque :

— Alors les fleurs de lis resteront même après le départ du roi. Les Clermontois pourront croire que leur ville est devenue royale! Je proteste haut et fort.

Devant Sainte-Marie-Principale, en retrait, des estrades avaient été montées par la confrérie des charpentiers; les chanoines s'y tiendraient avec les associations du quartier, les forgerons et les potiers notamment. Ce serait le principal point de rassemblement sur la rue trop étroite où seuls les habitants aux fenêtres ou dans les échoppes ouvertes salueraient le cortège officiel. Et donc, à défaut de pouvoir s'agglutiner le long du parcours derrière des barrières dans un espace réduit contre les murs des maisons, les habitants se massaient déjà sur les remparts pour voir arriver le cortège se dirigeant depuis Montferrand vers le Champ Herm.

Martin se retourna vers la rue de la Ferreterie qui menait au Terrail, puis à la cathédrale où les maisons étaient aussi colorées, puis remonta en direction de l'hôtel de Boulogne. Un léger courant d'air soulevait les bannières chatoyantes et le ciel était toujours presque aussi bleu que les panneaux d'Omblard.

Plus loin, par les portes de la Boucherie et Saint-Pierre, les habitants des faubourgs pénétraient dans la cité et cherchaient le chemin de la cathédrale tendue, elle, aux couleurs de l'évêque qui alternaient avec des panneaux fleurdelisés. Martin contourna l'édifice pour traverser le jardin épiscopal dont l'entrée était gardée par deux sergents et ressortit vers le carrefour de l'Échaudé.

Là, au-dessus de l'église des cordeliers, était déjà massée une foule importante arrivée par la porte du Cerf à l'extrémité de la rue Saint-Esprit et par la porte des Cordeliers en bas de la rue monteuse qui longeait l'église du monastère. A chaque carrefour, une fontaine de vin improvisée était sous la garde d'un sergent qui n'en permettrait l'usage que dans la soirée lorsque le roi et sa suite seraient en train de souper au palais épiscopal; ces fontaines avaient été approvisionnées par les vignerons de Chanturgue qui dépendaient du chapitre cathédral ou de l'abbaye de Saint-Alyre.

Rebroussant chemin, Martin retraversa le jardin épiscopal où le vieux Baptiste se tenait; il avait ratissé les allées avec le plus grand soin et veillait jalousement à ce que les va-et-vient des domestiques n'en dérangent pas l'ordre.

– Quelle agitation! dit-il en voyant Martin. Quelle affaire! Le fruitier court après les potagiers, le souffleur de cuisine houspille les aides de rôtis et je ne parle pas des sauciers qui sont énervés par les bûchiers et porte-barrils. Le valet de Monseigneur a déjà trop bu, Baudime lui fait des remontrances et la pauvre Marthe ne voit pas d'un bon œil sa cuisine envahie par des chaircuitiers orgueilleux qui la traitent de haut.

Martin sourit au tableau dressé par le vieux Baptiste, tout en regardant arriver le chanoine Gauthier appuyé sur sa canne.

– Je vais prendre place à la cathédrale, ce n'est plus de mon âge de courir dans les rues comme les galopins. J'y attendrai et j'y prierai.

– Pour moi, merci.

– J'ai mis mon camail de fourrure, des estivaux doublés pour avoir bien chaud et Berthe m'a donné une miche de pain avec un peu de jambon. As-tu vu la décoration d'Omblard dans le chœur? Il a fait un grand tableau qui évoque le mariage du roi Philippe, le précédent. Ça me rappelle tous mes souvenirs! Et ça a grande allure avec un fond bleu au milieu des bannières qui pendent du triforium.

Martin quitta Gauthier et refit le chemin inverse vers la porte Champet. L'excitation montait. Toutes les fenêtres des maisons étaient noires de monde et devant la porte se mettait en place la procession qui irait au-devant du cortège royal à travers le Champ Herm à l'extérieur des remparts : de jeunes enfants aux cottes bleu et rouge qui portaient bannières et rameaux, précéderaient des hérauts trompilles annonçant l'évêque entouré d'une importante délégation de chanoines; viendraient ensuite les maîtres des métiers et quelques personnages désignés par les Clermontois comme représentatifs; parmi eux se trouvait Géraud Brillat et Martin s'y joindrait. Enfin, le cortège serait fermé par la compagnie des francs-archers entretenue par les bourgeois et gage symbolique d'un pouvoir qu'ils ne possédaient pas. Pierre de Cros, qui était philosophe sur ce point, ne prenait pas ombrage de cette manifestation de la puissance bourgeoise, y voyant même un possible renfort pour ses propres sergents, même si dans la mémoire collective, il y avait quelques souvenirs cuisants de luttes intestines.

Martin salua Géraud et les autres bourgeois. Le panetier du roi en tête du groupe l'invita à se ranger près de lui avec la cordialité dont il ne s'était jamais départi depuis leur fameuse entrevue.

Tout à coup, un frémissement parcourut la foule installée sur les remparts :

– Les voilà, les voilà...

Au même moment, un cavalier arrivait à bride abattue pour confirmer la nouvelle et les hérauts qui jalonnaient les remparts embouchèrent leurs trompettes tandis que toutes les cloches des églises se mettaient à sonner. Le vacarme assourdissant fit taire les conversations; les « sonneurs de campanes » s'en donnaient à cœur joie dans la trentaine d'églises de la cité intra-muros et hors les murs, offrant un concert inédit incroyable.

Martin eut même une réminiscence de la journée des états au moment où la procession se mettait en branle. Les enfants passèrent à pas mesurés sous les remparts entre les vantaux fleurdelisés. Jusque-là tout se passait comme prévu et le ciel était avec les Clermontois, pas un nuage à l'horizon! On marchait lentement et le temps semblait long à Martin dont l'impatience grandissait de minute en minute. Soudain le cortège s'immobilisa; en face venaient de surgir deux hérauts aux cottes fleurdelisées sur des chevaux caparaçonnés aux armes royales; ils répondirent aux trompilles locaux, puis s'écartèrent selon une figure très étudiée. A l'allure nonchalante de leurs chevaux, s'avançaient les souverains. La foule retint d'abord son souffle, puis les acclama. Ils répondirent d'un léger signe de la main et d'une ébauche de sourire.

Le roi était majestueux et impérieux, l'œil fixe, le menton un peu mou mais volontairement porté en avant; à côté, la reine paraissait modeste malgré ses riches atours, une cotte bleu clair rehaussée de galons d'or, un surcot doublé d'hermine comme le chapel tissé d'or.

« C'est peut-être Sybille qui a fait le chapel! » se dit Martin qui n'avait pas songé depuis longtemps à sa dernière maîtresse parisienne.

La reine Jeanne serrait dans ses bras un petit chien qui semblait habitué au faste des réceptions.

Derrière le roi se tenaient Gilles Aycelin, très imbu de lui-même dans une magnifique chape de drap sombre richement ornée d'orfrois argent et or, et Gilles de Rome, l'archevêque de Bourges, le « supérieur » de Pierre de Cros. Derrière la reine, Enguerrand de Marigny menait son escorte.

Comme en un ballet à la chorégraphie soigneusement réglée, enfants et hérauts s'écartèrent pour laisser passer l'évêque qui s'inclina respectueusement devant le roi et la reine avant de commencer son discours de bienvenue pour lequel Gilles Aycelin, lors de son dernier passage, avait recommandé brièveté et simplicité :

– Le roi est un homme impatient, ne l'agacez pas avec un long discours. Ne commencez surtout pas vos doléances dès son arrivée.

Pierre de Cros, qui avait fait relire son discours par Martin, avait respecté les consignes du prélat. Il était seulement dommage que les bannières qui claquaient au vent et le bruissement de la foule sur les remparts couvrent la voix sourde du prélat. Martin n'en saisit que quelques mots mais nota l'intérêt du roi qui répondit à son tour brièvement, d'une voix plus forte aux accents métalliques qu'il connaissait bien.

Lorsque la foule des remparts comprit que les discours étaient achevés, elle se mit à crier et à battre des mains, le roi et la reine la saluant avec beaucoup d'affabilité. Puis le cortège s'ébranla.

Dans toute la rue, des vivats secouèrent la foule pendant que, lentement, les chevaux progressaient, portant leurs cavaliers royaux presque à hauteur des fenêtres à l'étage des maisons.

Devant Sainte-Marie-Principale, le doyen du chapitre en heaume, entouré de ses chiens et l'épervier au poing, vint s'incliner devant le roi qui s'arrêta quelques instants pour écouter les explications de Gilles Aycelin à propos de cette curieuse image de doyen :

– C'est un souvenir du pouvoir comtal, de l'époque où le comte était maître de Sainte-Marie; n'est-ce pas une curieuse tradition, Sire?

Le roi sourit enfin, puis pressa son cheval de ses précieux éperons d'or pour reprendre sa lente ascension.

Les cloches tintaient toujours, simplement d'un ton plus modéré, n'annonçant plus l'arrivée mais accompagnant la progression du cortège.

Martin aperçut Anne avec son amie Aude Aycelin et répondit au signe amical qu'elles lui adressèrent.

Puis le défilé s'immobilisa enfin dans la cour de l'hôtel de Boulogne où le comte Robert fit les honneurs des lieux. Le roi, la reine et leur escorte montèrent se reposer dans les appartements de l'étage où de grands feux étaient entretenus depuis none, pendant que les officiels avec à leur tête l'évêque continuaient leur chemin jusqu'à la cathédrale où les souverains les rejoindraient un peu plus tard pour une cérémonie d'action de grâces.

Les prélats s'installèrent dans le chœur où les chanoines trônaient dans leurs stalles habituelles. Deux trônes sous un dais fleurdelisé attendaient les souverains. Dans la nef, au niveau du transept, prirent place avec Géraud et Martin les officiels et tous les maîtres des métiers. Omblard et Marguerite étaient installés juste derrière. Plus loin, deux chanoines tentaient de ramener le silence au moyen d'une clochette parmi une foule bruyante qui se calma seulement quand les chantres, massés derrière les colonnes du chœur, entonnèrent un chant, accompagnés par les musiciens qui les entouraient. Et la joie entra dans l'édifice fortement éclairé, en dépit de la tombée du jour, par des dizaines et des dizaines de chandeliers répartis astucieusement par le chanoine responsable du luminaire.

– Vous voyez, notre cathédrale est belle, mais trop petite; il faut l'achever! murmura Pierre de Cros aux deux archevêques qui l'entouraient, en montrant le désordre né de l'insuffisance des places.

– Ne commencez pas vos doléances, ironisa Gilles Aycelin, vendez vos indulgences, envoyez vos chanoines pour quêter au lieu de vous lamenter.

Comme par enchantement, le silence tomba enfin vraiment sur l'assistance au moment où le roi et la reine apparurent dans l'embrasure de la porte de septentrion. Pierre de Cros avait opté pour une cérémonie simple et rapide qui ménagerait les forces de ses hôtes ; il savait que le roi n'avait guère de goût pour les fastes religieux et avait donc prié les chanoines de dire un office rapide. Face à l'assistance, le roi et la reine sur une petite estrade pouvaient être vus à loisir, lui beau avec cette majesté innée qui en imposait, blond avec la carnation claire qu'il tenait de son ancêtre Isabelle de Hainaut.

« A le détailler, pensait Martin, le roi a les traits plus mous que ne le laisserait supposer son tempérament. »

Jeanne de Navarre avait un visage encadré de bouclettes châtaines qui élargissaient encore des pommettes déjà saillantes ; le nez droit et long surplombait une bouche fine et le regard sombre ne manquait pas d'intensité.

« Elle paraît un peu hautaine, mais l'est-elle vraiment ? N'est-ce pas plutôt de la timidité ? » songeait de son côté Gilles Aycelin qui avouait cependant « ne pas connaître grand-chose aux femmes ».

La cérémonie prit fin dans une grande envolée des chantres qui accompagna la sortie des souverains guidés par Pierre de Cros. Tenant à son rôle d'hôte unique pour bien marquer sa maîtrise de la cité, il avait écarté les prélats. Géraud avait rejoint dame Jeanne, Anne et Pierre se trouvant à quelques rangs derrière eux. S'il faisait nuit dans le jardin où brûlaient quelques torches, la grande salle du palais et celle du tribunal transformée pour la circonstance en salle de banquet étaient largement illuminées ; dans les cheminées aux extrémités des salles, de grosses bûches flambaient allègrement. Philippe le Bel et Jeanne de Navarre prirent place au centre d'une longue table dont les tréteaux étaient masqués par de grandes nappes blanches.

A peine installée, l'assistance vit se mettre en marche, tel un ballet bien orchestré, les acteurs principaux du banquet : les échansons servaient le vin de Chanturgue pendant que les pâtissiers présentaient les pâtés ; puis l'on vit les hasteurs [1], chargés de broches, apporter des chapons par dizaines. Un petit orchestre jouait depuis le jardin une musique un peu lancinante qui ne couvrait pas vraiment les conversations. Pierre de Cros avait entrepris le roi sur le chantier de sa cathédrale.

---

1. Les actionneurs des broches, de *haste*, anciennement : broche.

– Le trésor n'est pas riche, prélat! Interrogez Regnault Barbou et Geoffroy Cocatrix, ils vous le diront! Obtenez des indulgences, que diable! c'est le meilleur moyen! Sachez que je cherche de l'argent plus que je n'en donne.

Pierre de Cros hochait la tête d'un air compréhensif.

– Au cours de mon voyage en Languedoc, j'ai eu beaucoup de mal à faire comprendre cela aux populations; mes enquêteurs, comme Martin Detours et Nicolas Leclerc ici, m'ont appris beaucoup sur les gens des provinces : ils attendent beaucoup du roi, de l'État, mais moi aussi, j'attends beaucoup d'eux!

Martin Detours et Nicolas Leclerc furent les premiers visiteurs de l'hôtel de Boulogne le lendemain matin. La cité avait retrouvé son calme après une nuit agitée où les sergents avaient eu fort à faire pour maîtriser des citoyens éméchés, ou simplement surexcités. Le roi les reçut avec Gilles Aycelin dans une petite salle dont le mobilier se réduisait à une table, une cathèdre monumentale pour le souverain et quelques escabeaux.

Interrogés sur leur enquête, les deux hommes, passant rapidement sur les modalités anecdotiques, firent un bilan précis de la gestion des officiers royaux en Auvergne, sur le fonctionnement de la justice dans les différentes juridictions, y compris le tribunal épiscopal de Clermont, la pratique administrative et fiscale. Philippe Le Convers, enquêteur des forêts royales introduit ensuite, ajouta son témoignage sur la gestion des verdiers et autres agents forestiers.

D'une façon générale, il apparaissait aux uns et aux autres que s'il y avait des abus, des usurpations, des receveurs oublieux des droits du fisc ou des juges partiaux, la situation était loin d'être catastrophique, ce que le roi nota avec satisfaction. Cependant le travail des enquêteurs-réformateurs n'était pas achevé.

– Votre enquête doit être complétée sur tout le territoire, dit le roi, ensuite, il faudra voir si la grande réformation du 18 mars que vous contribuez à mettre en place n'est pas un feu de paille; Monseigneur, rappelez-en les principes!

– Les agents du roi doivent résider dans leur lieu de travail, exercer en personne leur fonction, rendre des comptes avant de partir, respecter la coutume locale, énuméra Gilles Aycelin de ce ton monocorde qu'il prenait d'habitude lorsqu'il souffrait d'ennui.

Martin, qui le connaissait trop pour que cela lui échappe, ne put réprimer un léger sourire.

Lors de la deuxième audience, les acteurs avaient changé autour du roi à l'exception de l'archevêque. C'était au tour de Géraud Brillat d'être reçu avec l'archevêque de Bourges, Gilles de Rome, Simon de Saint-Benoît, collecteur général dans l'archevêché de Bourges, et le bailli de Riom.

— Messire le panetier, commença le roi regardant dans les yeux Géraud, qui se retrouvait pour une fois inconfortablement assis sur un escabeau modeste, ce n'est pas nouveau, nous avons grand besoin d'argent !

— Oui, Sire, osa dire Géraud, en détendant sa jambe malade.

— Vous collectez les impôts pour moi depuis des années. Il faut en douceur persuader les gens d'Auvergne de contribuer à la guerre des Flandres que je dois recommencer ; la trêve du 20 septembre nous a donné un répit, certes, mais, après Courtrai, il faut reconstituer une armée et c'est coûteux.

— Oui, Sire, opina encore le banquier.

— Je sais, j'ai déjà demandé un effort considérable ces dernières années ; et ne me parlez pas de la manne juive, c'était insuffisant.

— Sire, j'ai peur d'une rébellion fiscale, dit timidement Géraud, cela fait tant d'années que nous collectons pour un but que les gens n'aperçoivent pas. Il n'y a plus guère de laine à tondre !

— Suffit, messire le panetier, coupa le roi visiblement agacé, la réformation annoncée par l'ordonnance du 18 mars se met en place et les enquêteurs-réformateurs ont montré aux gens du royaume de France que le roi s'intéressait à eux et voulait lutter contre les abus.

Gilles Aycelin hochait la tête et s'il l'avait mieux connu comme Martin, le banquier aurait compris qu'il n'était guère convaincu.

— Certes, Sire, mais l'argent est rare, insistait Géraud, avec une audace tenace qui plut à Gilles Aycelin.

— Regardez la fête que l'évêque m'a offerte hier : il y a bien encore de l'argent dans nos bonnes villes !

— Certes, Sire, convenait Géraud en esquissant un sourire au souvenir des discussions sur l'opportunité ou non de réceptions luxueuses.

— Je reconstitue peu à peu une armée; cela me coûte cher! Il a fallu armer une flotte qui sera commandée par le Gênois Rainier Grimaldi, cela coûte cher. Mais j'ai foi en l'entreprise, Courtrai sera vengé! Monsieur le bailli, vous aiderez messires Géraud Brillat et Simon de Saint-Benoît à présenter aux Auvergnats nos projets qui doivent aboutir.

Le roi avait appuyé son discours d'un index impératif qui signifiait aussi que la discussion était achevée, avant de se tourner vers l'archêque de Narbonne.

— Monseigneur, faites part à nos amis des bonnes nouvelles d'Angleterre, cela les aidera à plaider notre cause.

— Nous avons de bons espoirs de voir le roi d'Angleterre participer à la prochaine campagne de Flandre sous la bannière du roi de France. Il doit expulser les marchands flamands et armer vingt bateaux; enfin, le comte de Hainaut est aussi dans de bonnes dispositions.

— Peut-être pourriez-vous dire aussi que l'exportation de la laine anglaise vers les villes flamandes sera arrêtée; c'est un bon argument pour monsieur le panetier.

Géraud sourit.

— Si je comprends bien, dit-il plus détendu, vous voulez un subside exceptionnel qui s'ajoutera à l'obligation pour les roturiers d'entretenir six sergents pour cent feux et quatre mois.

— Oui, et à l'impôt qui frappe les chevaliers dans l'incapacité de tenir les armes, ajouta Simon de Saint-Benoît.

— A la décime du revenu des biens ecclésiastiques, murmura Gilles de Rome.

— Où voulez-vous que je trouve de l'argent autrement? Chez les templiers?

— Peut-être, laissa tomber laconiquement l'archevêque de Bourges.

— Monsieur le bailli, monsieur le panetier, monsieur le collecteur, continuait le roi sans prêter attention aux mots de Gilles de Rome, pas plus qu'à une certaine insolence de Géraud Brillat, je voudrais encore vous dire qu'au chapitre des bonnes nouvelles pour amadouer vos administrés, je promets solennellement de revenir à une bonne monnaie; je promets de cesser les remuements! Avant de quitter Paris, j'en ai conféré longuement avec un des maîtres de la monnaie, Étienne Barbette. Il faut que cesse l'inconvénient des deux métaux, or et argent, institués par le roi Louis, mon grand-père, qui avait cru bien faire, je le concède. J'en ai profité mais je sais que maintenant, c'est fini.

L'œil métallique se posa encore sur Géraud.

– Voilà, j'en ai terminé, vous savez votre mission, vous en connaissez les buts, je sais que je peux compter sur vous! Pierre Dubois ne me dit-il pas que les Français sont les plus raisonnables des hommes?

Gilles Aycelin sourit en revoyant ce petit avocat de Coutances qui soufflait au roi avec des arguments étonnants de viser une monarchie universelle. « Le roi a déjà bien du mal à gouverner son royaume, alors le monde! » lui répondaient les conseillers sceptiques, mais le roi était évidemment séduit.

Après ses audiences, le roi dîna avec quelques familiers auxquels se joignirent les visiteurs du matin qui avaient été conviés par le chambellan à leur sortie du cabinet royal. La reine assista aussi à ce repas plutôt frugal, préparé par la maison du roi assez réduite en voyage. Le boulanger de la rue de l'Espagnolette avait livré ce pain de seigle que l'on mangeait abondamment dans la province et qui faisait le délice des Parisiens avec ces petits pâtés moelleux du pâtissier de la rue des Tireries.

– Ne dit-on pas que ce pain fait les femmes plus belles et plus fraîches? demanda le roi qui se régala aussi des saumons de l'Allier apportés tôt le matin par des représentants de la cité de Pont-du-Château réputée pour ses pêches.

De fort bonne humeur, le roi mit la conversation sur la chasse dont tout le monde savait que c'était son seul divertissement, pratiqué surtout à Vincennes. Gilles Aycelin raconta les chasses à la bécasse dans le Bois du Cros à la porte ouest de Clermont, Simon de Saint-Benoît se révéla un expert en faucons alors que le bailli de Riom rapportait qu'un habitant de la ville-neuve d'Ennezat, aux portes de Riom, était un extraordinaire spécialiste de la filière, dressant des animaux de façon incroyable, une nouvelle qui fit pétiller les yeux du roi.

– Qu'on aille le quérir, cet homme, je veux le voir ici à la vêprée!

Un sergent fut immédiatement dépêché vers Ennezat.

L'atmosphère était bon enfant et, après le dîner, le roi décida de se promener à pied dans la cité alors que la reine préférait se reposer dans ses appartements avec ses suivantes. Après la journée chômée la veille pour saluer l'arrivée du souverain, l'activité avait repris dans les échoppes et ateliers et le charroi était redevenu normal dans les rues. Le roi, escorté par Gilles Aycelin, Martin, Nicolas Leclerc et Géraud, marchait lentement et, très vite, la nouvelle se répandit :

– Le roi arrive... vite !

Des visages apparurent aux fenêtres, les artisans abandonnaient marteaux et aiguilles pour saluer sur le pas de leur porte, plus ou moins cérémonieusement, le souverain, en enlevant leur chapel et en inclinant la tête. L'aubergiste du marché aux cuirs, près de la porte de la Boucherie, se précipita avec une cruche de vin de Saint-Pourçain mais le roi remercia en déclinant l'offre. Il traversa ensuite le Mazet autour duquel les bouchers étaient regroupés dans des échoppes toutes repeintes pour la circonstance et aux enseignes aussi rutilantes.

« Quand on pense aux détritus qui existaient là, il y a encore quelques jours, la visite royale a du bon », songeait Géraud. Le pâtissier de la rue de la Boucherie montra au roi les armoiries de la confrérie locale, « d'or à trois pâtés de gueules ».

– Vos pâtés étaient délicieux, maître Jandot, dit le roi au pâtissier se rengorgeant pour toute la confrérie qui avait contribué au souper de l'évêque.

Un peu plus bas, les marchands de fruits et légumes se rassemblèrent pour offrir une corbeille bien garnie au roi qui l'accepta et en chargea un valet. Puis on s'achemina vers l'hôpital Saint-Barthélemy où Philippe le Bel parcourut la grande salle d'un air un peu distrait, voire dégoûté par le spectacle de certains malades geignants et peu appétissants, tout en écoutant quelques explications des religieuses auxquelles il fit remettre la corbeille de fruits.

La visite de Saint-Barthélemy n'était pas un simple acte de bienfaisance mais consistait aussi pour le souverain en une reconnaissance de l'existence des bourgeois à qui une maigre charte arrachée au prix d'une lutte sans merci avait seulement donné un sceau, les clés de la cité, des trompettes et une compagnie d'archers. Or, leur lieu d'assemblée était l'hôpital, dans une grande salle voûtée où le roi signa un épais registre.

Remontant par la rue des Gras, puis la rue des Chaussetiers, le roi déboucha sur le jardin de l'évêque qu'il traversa d'un pas décidé, sans même un mot pour Jean-

Baptiste qui réparait les dégâts occasionnés par la foule de la veille et arrêta son ratissage pour lever son chapel. De ce même pas décidé, sans consulter son escorte, le roi pénétra dans la salle du tribunal qui avait perdu son aspect de salle de banquet pour un retour à l'austérité habituelle. Le prévôt qui dirigeait le procès en cours s'arrêta net dans son discours, alors que le secrétaire, intrigué par ce silence soudain, leva la tête et resta bouche bée; le prévenu, qui sortait de sa prison, ignorant qui était le visiteur, l'observait d'un œil vide et les clercs-jurés étaient médusés.

— Que la justice continue! lança le roi de sa voix péremptoire, tout en prenant place non loin du prévenu sur un banc un peu précaire.

Le prévôt intimidé reprit l'affaire en bafouillant; heureusement, il s'agissait d'une simple accusation de vol et le jury trancha sans difficulté. Cependant le roi, une fois le jugement rendu, se leva, impressionnant l'assistance par sa haute stature.

— Dites-vous bien à vos justiciables qu'ils peuvent faire appel devant le roi?

— Oui, Sire, nous le disons, balbutia le prévôt qui surmontait encore mal son trouble quand le sergent introduisit le prévenu suivant, impliqué dans une affaire de prêt usuraire.

— Martin Detours! interpella le roi qui s'apprêtait à quitter la salle, estimant qu'il avait assez perturbé le tribunal. Martin Detours, que pouvez-vous me dire sur le droit d'asile dans cette cité?

— Il semble exercé ici normalement. Le bailli use peu de son droit de se saisir des coupables par la force.

— C'est bien dommage, je le lui dirai. Martin Detours, je prépare un règlement pour les notaires qui n'auront plus le droit de rédiger leurs minutes en l'absence des contractants, qui verseront un droit d'authentification des actes à mes agents. Cela évitera bien des contestations et délivrera les tribunaux d'une masse importante d'affaires! Qu'en pensez-vous?

— C'est une bonne réforme, Sire, répondit Martin avec un sentiment de gêne à jouer les courtisans, alors qu'il était profondément convaincu du bien-fondé de ce nouveau règlement.

— Quant aux greffiers, Guillaume de Nogaret m'a suggéré...

« Il s'occupe de tout », pensait Géraud Brillat qui suivait à trois pas derrière.

Reprenant sa marche d'un pas décidé, le roi voulut traverser la cathédrale dont il fit le tour avec beaucoup d'attention, en regardant longuement les vitraux réalisés avec les subsides de son grand-père.

— On dirait ceux de la Sainte-Chapelle. Alors, cette cathédrale, où en est-elle ? Ah, Monseigneur, vous voici.

Pierre de Cros, qui avait été avisé par son secrétaire que le roi déambulait dans « son » jardin, visitait « son » tribunal et maintenant se dirigeait vers « sa » cathédrale, accourait tout essoufflé :

— Sire, vous le voyez, la nef n'a que trois arcs et la voûte n'est pas construite ! La charpente provisoire va bientôt pourrir ! Nous n'avons plus d'argent ; l'architecte travaille sur d'autres chantiers : Pierre Flotte lui a fait construire une église à Ravel-Salmeranges, au pied de son château, maintenant Gilles Aycelin le fait travailler à Billom, Béraud de Mercœur l'appelle à Ardes ! Confréries et familles bâtissent des chapelles autour d'un vaisseau vide ; ils les font peindre...

Le roi, qui s'amusait beaucoup des jérémiades de l'évêque, de plus en plus essoufflé par son discours et dont la voix devenait de plus en plus fluette, se laissa volontiers entraîner par Géraud Brillat vers sa chapelle où Omblard et Marguerite travaillaient justement.

— Maître Omblard, peintre, et son épouse Marguerite qui l'aide. C'est maître Omblard qui a été le grand maître d'œuvre de la décoration de la cité pour votre venue.

— Toutes mes félicitations pour les décors ! Et, maître Omblard, voilà une belle Crucifixion ! C'est du bel ouvrage qui me rappelle ce que font nos maîtres parisiens. Et vous, madame, que faites-vous ?

Marguerite, dont la cotte rose tendre était cachée par un vaste surplis moucheté de couleurs bariolées qui trahissaient les précédents chantiers, répondit très simplement au roi avec cette aisance en toutes circonstances qu'admirait son mari beaucoup plus intimidé :

— Je ne suis guère artiste, je fais les fonds et les bordures qui me rappellent mes broderies ou encore des fleurs comme dans mon jardin.

— C'est très joli, madame Marguerite, dit le roi dont le visage semblait détendu, bien différent de celui qu'il arborait au tribunal.

« Quel comédien ! » songea Martin qui se remémorait quelques scènes du conseil. « Mais peut-être est-il sincère maintenant ? »

Si Omblard et Marguerite étaient heureux de cette visite, Pierre de Cros avait la mine renfrognée de ceux qui n'ont rien obtenu. Le roi gagna la porte du septentrion, passa sous le grand tympan et son Christ-Juge, dignement drapé dans sa grande chape bleu d'azur, assortie à la cotte du roi.

— Vous peignez aussi vos sculptures, observa le roi, vous avez raison, votre pierre est si grise !

Il faisait froid dehors ; le léger vent d'ouest avait été remplacé par une bise du nord qui soulevait sans respect les cheveux aux reflets roux du souverain. Il rentra à l'hôtel de Boulogne par les rues des notaires et des librairies dont les échoppes étaient déjà éclairées par des chandelles ; à l'escorte officielle s'était jointe une petite cohorte de Clermontois qui se gonflait au fil des maisons. Tout à coup, d'une ruelle surgit Gros-Moulu qui plongea dans une immense révérence, chapel à la main.

— Gros-Moulu pour vous servir, Sire !

Un sergent voulut le faire circuler mais le roi, amusé, fit signe qu'on le laisse. L'autre répéta encore :

— Gros-Moulu pour vous servir, Sire, levant vers le roi une trogne dont le rouge habituel avait été décuplé par l'abus du vin des fontaines publiques, la nuit précédente.

Le roi fit signe à son valet d'ouvrir l'aumônière qui pendait à son braiel et tendit au mendiant une belle pièce brillante. Les yeux injectés de sang exprimèrent l'incrédulité la plus totale pendant que les doigts tournaient et retournaient le trésor ; puis tout à coup, comme si la nouvelle était enfin parvenue au cerveau, Gros-Moulu plongea à nouveau vers le sol.

— Gros-Moulu vous remercie, Sire. Gros-Moulu pour vous servir.

Il disparut. On sut plus tard qu'il parcourait les rues en chantant les louanges de son royal bienfaiteur et qu'il avait modifié son habituel refrain, devenu :

— Gros-Moulu pour vous servir, Gros-Moulu à qui son roi a donné une livre tournois.

Quelques mois plus tard, on retrouva le mendiant mort sous une porte cochère avec dans sa petite aumônière pouilleuse la fameuse pièce.

Quant au roi, après avoir joué les juristes au tribunal, les amateurs d'art à la cathédrale, il avait ajouté à bon marché à sa légende l'image de la générosité.

Rentrés à l'hôtel de Boulogne, le roi et sa suite commencèrent par goûter la chaleur des âtres, tandis que dans la grande salle s'affairaient, comme la veille au palais épiscopal, tous les corps de métiers impliqués dans la réalisation du souper offert par le roi. L'animation était grande autour des tables dressées avec des nappes blanches sur lesquelles vaisselles et verres attendaient déjà les invités. Le roi réclama une tisane chaude qu'il but à petites gorgées en prenant son temps avant de recevoir les maîtres des métiers et les bourgeois de la cité qui l'attendaient dans une salle voisine.

L'essentiel des doléances tenait dans la revendication d'une vraie charte et Geoffroy Rochat, pelletier de son état, se risqua même à suggérer que la cité devienne royale, en joignant à cette offre le geste puisqu'il en tendit les clés sur un coussin de velours rouge vermillon.

— Je ne peux accepter un cadeau qui ne vous appartient pas, répondit finement le souverain. Je parlerai à monseigneur de Cros mais je vous rappellerai que nous faisons des progrès dans les cités avec l'ordonnance de réformation de l'année dernière; nos officiers ont des pouvoirs accrus et vous pouvez toujours faire appel à la justice du roi.

Divers métiers soumirent ensuite des requêtes plus personnalisées de marchés ou de foires, de paiements en monnaie réelle ou tout simplement de monnaie. Le roi répéta aux maîtres des métiers ce qu'il avait déjà dit le matin à propos des remuements de monnaie, terminant son discours avec un « C'est fini! » qui semblait en effet définitif.

Méfiants cependant, les représentants de la cité s'en allèrent modérément satisfaits des réponses du souverain et n'en finirent pas de discuter dans les rues autour de l'hôtel de Boulogne. Au fond, le roi les avait bien reçus mais ils n'avaient rien obtenu!

— Bah! Que croyiez-vous qu'il allait vous sortir de son chapel? Nous savons bien que nous ne pouvons que compter sur nous-mêmes! conclut avec philosophie Geoffroi Rochat, approuvé par tous, de Jandot le pâtissier à André Beloncle le libraire, en passant par le regrattier Paul Richard ou le corroyer Julien Lepic.

Certains participèrent au souper offert par le roi à l'hôtel comtal, les confréries clermontoises ayant assez fortement sollicité les membres de la maison du roi chargés d'organiser des agapes « suffisantes mais modestes », selon les consignes royales. Outre les invités qui avaient été soigneusement triés, le roi régalerait la population en quelques endroits choisis avec soin : pâtés, volailles, oublies avaient été disposés comme par enchantement aux carrefours les plus importants où les fontaines de vin, vidées la veille, avaient été réapprovisionnées. Et quand Martin, rentré chez lui pour endosser une autre cotte plus gaie que les vêtements un peu austères mis le matin pour jouer les enquêteurs sérieux, remonta vers l'hôtel de Boulogne, les rues étaient déjà fort encombrées de gens qui attendaient avec impatience de pouvoir festoyer gratuitement.

Arrivé tôt dans la grande salle où se répandaient des fumets appétissants depuis l'immense cuisine, Martin fut un témoin attentif des allées et venues qui s'intensifiaient au fil des minutes, saluant les uns et les autres puisqu'il connaissait maintenant tout le monde, à l'exception des Auvergnats conviés eux aussi ce soir et venus en assez grand nombre de leurs résidences plus ou moins lointaines. Il vit ainsi arriver la famille Brillat au grand complet. Géraud avait revêtu une cotte de velours bleu sombre serrée à la taille par une ceinture de cuir noir ; son chapel bleu et noir cachait ses cheveux de plus en plus grisonnants ; dame Jeanne était en rouge grenat avec un surcot gris perle bordé de vair ; elle s'était étoffée au cours des derniers mois comme si les épreuves successives l'avaient peu à peu enrobée mais le visage conservait sa fraîcheur de teint sous des cheveux qui devenaient poivre et sel. Pierre portait une cotte vert émeraude du plus bel effet et arborait une aumônière sarrasinoise achetée à Paris, alors que le chapel vert et bleu seyait bien à la rousseur de ses cheveux. Tous étaient superbes mais totalement éclipsés par Anne éblouissante dont l'arrivée provoqua des murmures admiratifs ; le roi qui conversait sur la petite estrade dressée au fond de la salle pour surélever la table royale, sans perdre de l'œil ce qui s'y passait, demanda qui était « cette brune et miraculeuse apparition ».

— Anne Brillat, répondit Gilles, lui aussi séduit.

— La fille du panetier?

Le roi se souvint alors avoir remarqué quelques années plus tôt, au cours d'une réception à Paris, une jeune fille semblable.

Martin n'avait pu résister au plaisir d'aller au-devant des Brillat et de dire :

— Anne, que tu es belle!

Géraud le regarda alors d'un regard pénétrant où semblaient se mêler intimement dureté et tendresse.

— Toi aussi tu es beau. Cette cotte rouge vermillon te va bien! Et cette aumônière. Est-ce la même que celle de Pierre?

Anne souriait en parlant de cette voix un peu sourde qui avait tant de charme.

— Martin, où soupes-tu? continuait-elle de son ton enjoué. Ne pourrions-nous être ensemble?

— Martin doit être à la table d'honneur, dit Géraud qui éprouva un pincement de cœur aussi sec que Martin quand Bartolomeo Cocci vint enlever Anne pour l'entraîner à une table voisine.

— Romeo est là aussi, viens, Anne.

Martin se détourna et, pris de vertige, se dirigea vers une table nappée de blanc sur laquelle dansaient écuelles et godets. Gilles Aycelin l'arrêta :

— Où vas-tu? Tu as l'air perdu.

— Non, Monseigneur. Puis-je vous demander comment on devient archevêque?

Gilles éclata de ce rire franc qui caractérisait ce personnage droit et direct qu'il était.

— Quelle drôle d'idée!

— Je crois que je vais entrer dans les ordres.

— Quelle est cette vocation soudaine? C'est vrai que les clercs ont dans notre société beaucoup d'avenir. Il n'y a qu'à voir combien nous pesons au conseil. Tu veux remplacer le clerc Maillart?

Gilles s'amusait beaucoup à railler Martin.

— Mais tu es déjà vieux pour une grande carrière. Enfin, si tu veux être archevêque, je t'aiderai, évidemment.

— Oui, je préférerais être archevêque que le clerc Maillart. Cette atmosphère de secret ne me conviendrait guère.

— Bon! Mais les femmes? Tu n'aimes pas les femmes?

Je croyais que si. Regarde comme elles sont belles! Regarde ces cottes brillantes qui mettent en valeur ces teints de pêche ou ces carnations naturellement ambrées! Regarde ces voiles légers sur ces gorges palpitantes! Tu renoncerais à ces fleurs épanouies ou sur le point d'éclore? Regarde ma nièce Aude, cette petite blonde, n'est-elle pas à croquer? Et Anne Brillat dans un autre genre, quelle beauté, qui n'a pas échappé à notre roi, d'ailleurs.

Les yeux de Martin cherchèrent la jeune fille dont Bartolomeo Cocci captait l'attention avec des grands gestes de mains. Se sentant peut-être observée, Anne tourna la tête et croisa le regard de Martin qui eut le temps de saisir un éclair luisant dans le noir de ses yeux pendant qu'un sourire radieux illuminait le délicat visage. Bartolomeo interrompit d'ailleurs gestes et discours pour voir à qui s'adressait ce sourire glorieux, puis reprit de plus belle ses démonstrations qu'Anne semblait cependant suivre distraitement, pour le plus grand plaisir de Martin.

— Messire l'enquêteur-réformateur, je vous espère moins distrait dans votre travail.

Gilles avait imité pour prononcer le titre pompeux le ton un peu nasillard du roi. Mais l'enquêteur-réformateur avait l'œil rivé sur le couvre-chef réalisé dans ce tissu fait de cachemire et de soie que les merciers appelaient « camelot », un détail que Martin tenait de Sybille. Perdu dans cette méditation profonde, les paroles de Gilles ne lui parvenaient plus.

— Je t'explique comment on devient archevêque et tu ne m'écoutes pas, plaisanta Gilles, décidément d'humeur badine.

Coincé entre le bailli et le prévôt du chapitre cathédral, Martin trouva le souper bien long. Les six services n'en finissaient pas et le ballet des valets lui semblait d'une mortelle lenteur. Et cela d'autant plus qu'il apercevait dans une ligne tracée au milieu des convives Anne qui, à l'autre bout de la salle, semblait s'amuser entre Bartolomeo et Romeo. Martin retrouvait seulement un peu d'entrain pour pester quand Pierre Bompart faisait dodeliner sa tête vers la droite, lui bouchant la vue, ou quand Béatrix de Bulhon se rapprochait de son voisin Astorg d'Aurillac pour lui murmurer on ne savait quoi à l'oreille; Martin s'agitait alors sur son escabeau de bois pour retrouver sa ligne de vue et le bailli répétait pour la troisième fois la même question, en regardant surpris l'enquêteur-réformateur qui n'avait pas l'air bien dans son écuelle !

De l'extérieur, on percevait musiques, chants et cris au-delà de la cour intérieure, donnant une idée de l'animation qui montait peu à peu dans la cité, non sans donner quelques soucis aux sergents épiscopaux chargés de l'ordre. Une animation qui pénétra dans la salle de banquet quand, au milieu du troisième service, alors que, sous la direction du maître d'hôtel, s'affairaient les valets en livrées fleurdelisées, des jongleurs vinrent faire leur numéro entre le pâté de pimperneaux et le civet de lièvre. Astorg d'Aurillac en profita pour un long aparté avec sa voisine qui y prenait manifestement goût. Après les acrobaties parfois étonnantes des bateleurs et cette fois entre les rôtis de lapins et les oiseaux de rivière au riz, une jeune fille toute blonde, que l'on dit s'appeler Yseult, vint lire au nom de la cour littéraire dont Thomas avait fait quelques années plus tôt les beaux jours, un long poème qui se terminait par « Des pays est douce France la fleur ».

Ravi, le roi applaudit avant de se faire présenter la poétesse tandis que le brouhaha général des conversations interrompues quelques instants reprenait de plus belle. Enfin, une pantomime précéda les oublies, poirées, dragées et autres desserts présentés par des valets heureux d'arriver au bout de leur service ; le maître d'hôtel était détendu et les bruits venant de la cuisine s'estompaient peu à peu.

Martin n'en pouvait plus quand enfin le roi donna le signal de la fin du repas et se retira dans la salle voisine avec quelques « élus », dont Gilles Aycelin qui voulut l'entraîner aussi mais sans succès. Martin, en effet, préférait prendre l'air et pour une fois refuser des honneurs pour reprendre ses esprits dans la cour où les maîtres queux rangeaient à la hâte les reliefs du repas. Désœuvré, il les regardait sans les voir quand il sentit une main se poser sur son bras.

— J'ai envie de danser, il paraît que ce soir, on danse dans les rues, emmène-moi !

Anne le regardait dans les yeux avec cette franchise habituelle si attachante.

— Mais tu ne peux t'en aller ainsi.

— Pourquoi pas ?

— Tes parents...

— Ils penseront que je suis rentrée. Nous sommes à deux pas de la maison.

— Comment veux-tu qu'ils croient que tu es rentrée te coucher aussi tôt, un soir de fête en présence du roi ?

Martin, éperdu, résistait, luttait pied à pied :

— Tu as des amis pour danser.

— Oui, mais je veux danser avec toi, insistait Anne d'un ton capricieux qui donna à Martin une désagréable réminiscence des humeurs d'Isabelle et le glaça.

Pourtant, presque d'instinct, il lui prit la main et l'entraîna vers la rue qu'éclairait de loin le grand feu de joie allumé devant la porte de la Boucherie et la place du marché au cuir. Là, un groupe de musiciens avait été installé sur une estrade de bois presque à hauteur du premier étage des maisons ; un sonneur de clochettes s'y agitait en rythme à côté d'un joueur de triangle et d'un ancien croisé qui avait apporté des nacaires, naguère pillées en Orient sur un Sarrasin mort ; les deux petits tambours, normalement faits pour être accrochés sur l'échine d'un cheval, étaient suspendus à son cou par une mince courroie et ballottaient sur ses hanches alors qu'il scandait le rythme à l'aide de petites baguettes ; beaucoup plus paisibles étaient ses deux voisins qui paraissaient faire glisser tout en douceur leur archet sur les fines cordes de leur viole.

De l'autre côté de la place, au bout de la rue de la Boucherie, débouchèrent des trompettistes dont la musique tonitruante déclencha une étonnante cacophonie avant de couvrir impudemment la musique de l'estrade. Anne et Martin, presque contre leur gré, furent embarqués dans une ronde, puis tout à coup séparés au moment où un joueur de flûte se mettait à haranguer les danseurs :

— Dansez, dansez ! Les danses sont faites pour connaître si les amoureux sont dispos. Et à la fin, vous pouvez embrasser vos amoureuses.

Le hasard de la carole endiablée que jouaient maintenant musiciens et trompettistes, réconciliés dans une unisson presque harmonieuse, rapprocha Martin d'Anne et tous deux emboîtèrent le pas des danseurs qui dessinaient des figures cadencées. Leur régularité fut pourtant vite mise en péril par le déferlement d'un groupe bruyant et passablement éméché qui avait manifestement abusé des fontaines de vin.

Martin préféra soustraire Anne à leurs débordements et l'entraîna vers la cathédrale où la foule déambulait plus calmement. De là, ils remontèrent vers le carrefour de l'Échaudé par la rue des Chaussetiers où ils longèrent le palais épiscopal, tout éteint comme si Monseigneur avait recommandé les économies après les folies de la veille.

A la place habituelle du pilori, un orchestre de luths et vielles accompagnait un joueur de flûte de Pan et une jeune femme qui chantait une mélodieuse ballade en grattant négligemment une cithare. Martin fit asseoir Anne sur un des bancs disposés près du feu allumé au sommet de la montée des cordeliers et dont les flammes éclairaient les fins remplages des fenêtres de l'église voisine. L'atmosphère était un peu irréelle; il faisait à la fois chaud et froid, à la fois sombre et clair selon les caprices du feu et le public charmé par la mélodie de l'orchestre semblait envahi par une douce torpeur.

— Martin, tu ne viens plus nous voir, attaqua pourtant Anne qui semblait bien loin de s'endormir.

— J'ai eu beaucoup à faire avec la visite du roi, répondit Martin sobrement en forçant un peu sur le naturel.

Anne, tournée vers lui, le fixait droit dans les yeux, de ce regard sombre et tendre qui l'émouvait tant.

— Martin, reprit-elle sans se départir d'une évidente obstination dont Martin n'apercevait pas bien le but. Tu m'as demandé l'autre jour si je n'avais pas envie de me marier. Je voulais te dire que j'allais me marier.

Le cœur de Martin s'emballa sous sa cotte à tel point qu'un étau semblait lui comprimer la poitrine et malgré le souffle d'air qui s'engouffrait dans la montée des cordeliers depuis la ville-neuve de Jaude, il sentit la sueur perler sur son front.

— Avec qui? finit-il par articuler d'une voix qu'il avait bien du mal à assurer tant ses lèvres tremblaient.

— Je ne devrais pas te le dire.

— Pourquoi? dit-il encore avec beaucoup de difficulté.

— Mes parents ne sont pas au courant.

Le cœur de Martin bondit encore, apercevant que le prétendant ne pouvait être que ce Bartolomeo qui avait dû faire sa demande pendant le souper, ou pis encore ce Romeo. Anne s'était tue et semblait réfléchir.

— Oui, je te le dirai... même si cela ne se fait pas! confirma-t-elle en conclusion.

A l'émotion qui étreignait Martin s'ajouta alors la sensation pénible de retrouver le minaudage d'Isabelle qu'il estimait à la fois incongru et insupportable chez Anne.

— Finissons-en à la fin!

Martin exhalait à la fois sa douleur et sa nervosité par cette phrase impatiente qui trahissait presque l'exaspération et surprit Anne, dont le fixa à nouveau le regard noir et si brillant.

— Martin, voilà...

— Alors ?

— Anne, tu viens danser l'estampie ?

Bartolomeo avait surgi tel un diable et entraîné Anne en lui faisant de grands reproches sur sa soudaine disparition. Martin, médusé, qui n'avait même pas esquissé un geste, resta assis sur le banc, d'où il était incapable de se lever, à regarder les évolutions des danseurs comme dans un mauvais rêve. La jeune chanteuse avait cessé sa ballade et le rythme des musiciens devenait plus soutenu quand Martin trouva enfin la force de partir. Il refit le chemin inverse, croisant la foule qui refluait du marché au cuir vers l'Échaudé avec les derniers invités du souper royal qui regagnaient leurs résidences. Martin, à contre-courant, avait bien du mal à se frayer un chemin dans ces rues étroites où l'excitation était à son comble, témoins ces deux hommes qui se défiaient sous une porte cochère :

— Avant que je t'abandonne ma fille, le peigne frisera tes cheveux rebelles, disait l'un à l'autre dont le crâne chauve disait assez le mal-fondé de ses prétentions sur la fille du premier.

Il fallut tout de même l'arrivée de deux sergents épiscopaux pour éviter le pire, les deux protagonistes partant à l'opposé sans mot dire.

L'orchestre du marché au cuir avait lui aussi reflué devant la vieille façade de la cathédrale précédente, dont les murs lézardés étaient éclairés par quelques torchères et les spectateurs scandaient un air monotone en battant des mains pendant que des danseurs répétaient inlassablement les mêmes figures. Un peu plus loin, un poète qui s'accompagnait d'un luth retint un instant l'attention du pauvre Martin dont la longue silhouette voûtée n'avait plus rien à voir avec l'allure triomphante de l'enquêteur-réformateur.

— J'ai été comme homme éperdu par amour pendant longtemps, mais aujourd'hui, déclamait le poète d'une voix emphatique un peu forcée, j'ai reconnu que j'avais fait folie, que j'étais tout morfondu car m'étais privé de chanter et plus je demeurais muet et plus s'accroissait mon dommage.

Cette dernière phrase frappa particulièrement Martin qui songeait que malheureusement, pour lui, être muet était une obligation! Il en était là de ses pensées quand le troubadour conclut en grattant de plus belle son luth :

— Oyez, oyez, beaux damoiseaux, belles demoiselles, la ballade de Bernard de Ventadour.

Martin le regardait, pensif : « Après les ordres, je pourrais envisager la chanson! Je pourrais en faire des ballades pour les damoiseaux et les demoiselles! »

Il en était là de ses méditations, balançant entre traîner encore dans les rues pour fuir à tout prix la solitude ou rejoindre sa paillasse et sa couette. Cette deuxième alternative lui semblant trop propice aux idées pernicieuses, il espérait trouver quelque dérivatif à écouter ce poète qui, infatigable, reprenait :

— Lorsque les jours sont longs en mai me plaît doux chant d'oiseau lointain...

— Martin, je te cherche partout.

A nouveau, la petite main s'était glissée furtivement sous son bras.

— Et Bartolomeo, ton fiancé, qu'en as-tu fait?

— Bartolomeo, mon fiancé? (Anne pouffa de rire.) Quelle idée!

— Alors Romeo!

Anne redoubla de rire.

— Romeo! Tu divagues, dit-elle en lui pressant le bras.

— Alors, l'enquêteur-réformateur, c'est la fête ce soir?

Étienne Bompart et son épouse Souveraine de Pierrefort, accompagnés de leur frère et beau-frère Pierre, chanoine-comte de Brioude, rentraient à l'auberge du Bec d'Or vers la porte du Cerf. Martin salua le chevalier qui sourit à Anne :

— En si bonne compagnie, le temps est si court! Profitez-en bien!

Gêné, le chanoine entraîna son frère et Souveraine qui aurait bien voulu écouter le poète et ronchonna dans sa gorgerette.

— Martin, où pourrions-nous aller pour être tranquilles? Ramène-moi à la maison.

— Viens! dit Martin, subitement inspiré et en se saisissant à nouveau de la petite main fraîche qui pressa sa paume contre la sienne.

A nouveau, ils remontèrent vers la cathédrale et parlementant avec Jean-Baptiste, embusqué pour protéger son jardin de toute incursion, obtinrent d'entrer dans ce havre de paix où la musique et le bruit de la cité ne parvenaient que feutrés. Jean-Baptiste regarda Anne avec malice mais Martin savait pouvoir compter sur la discrétion du vieux jardinier.

Les bancs de pierre sombre, confectionnés en andésite comme la cathédrale, étant froids et humides, ils préférèrent marcher entre les plates-bandes soigneusement dessinées et faiblement éclairées par un pâle clair de lune. « Quelle belle soirée pour les amoureux! » songeait Martin quand Anne s'arrêta tout à coup et lui fit face.

— C'est avec toi que je voudrais me marier!

Martin, interloqué, se remit à marcher sans répondre. Anne le suivit et l'arrêta.

— Tu as entendu? Réponds-moi, je t'en supplie. Suis-je vraiment si laide? Je sais, j'ai eu tort de me jeter à ta tête. Si maman savait cela! Mais on ne le lui dira pas. Ce sera bien sûr toi qui m'auras demandée en mariage. Je sais que tu m'aimes mais tu es tellement sérieux que tu ne me le diras pas avant que j'aie quatre-vingts ans!

Anne arrêta son flot de paroles au moment où ils revenaient vers l'entrée après un tour complet du jardin. Martin ne disait rien et, si Anne voyait dans ce silence le signe d'une émotion profonde, elle n'en trouvait pas moins qu'il s'éternisait.

— Que penses-tu de ma proposition insensée? reprit-elle en lui passant à nouveau la main sous le bras avec un élan de tendresse qui lui paraissait insoutenable.

— Ce n'est pas possible, finit-il par dire laconiquement.

— Pas possible? Que veux-tu dire? Tu ne m'aimes pas?

— Écoute, Anne, je ne peux pas t'épouser. Je n'ai pas dit que je ne voulais pas mais je ne peux pas, dit Martin en baissant la voix car ils passaient à proximité de Jean-Baptiste dont pourtant la surdité s'était accentuée ces derniers mois.

— Pourquoi? Tu aimes une autre femme? Tu es déjà marié?

— Non, je ne suis pas marié, je n'aime pas d'autre femme.

— Tu ne m'aimes pas non plus.

— Je n'ai pas dit cela...

— Ou tu m'aimes ou tu ne m'aimes pas, choisis! Je suis sûre que papa approuvera mon choix. Il t'aime tant.

— Non, messire Géraud n'approuvera pas ton choix. Il me l'a dit.

— Je ne comprends rien. Comment peux-tu savoir que papa ne voudra pas de toi comme gendre?

— Je le sais, c'est tout. Moi, un enfant sans parents, sans passé, sans argent!

— Oui, mais avec quel avenir, dirait messire Géraud, interrompit Anne d'un ton subitement amusé. Combien de fois l'avons-nous entendu à la maison!

— Sans passé, te dis-je, oser regarder la jeune fille dont tout le monde rêve! Même le roi t'a remarquée. Il a demandé qui tu étais.

— Tu crois? minauda Anne.

— J'en suis sûr.

— Bon, alors tu ne veux pas de moi. Quand papa saura ça!

— Ne lui fais pas croire que c'est moi qui ai cherché cette conversation.

— Mais pourquoi?

— Je ne peux te le dire... (Martin n'en pouvait plus.) Je vais te raccompagner.

— Non, je peux rentrer seule. Je verrai papa, je saurai pourquoi tu ne veux pas de moi. Je vous ferai plier tous les deux.

Martin avait froid tout à coup. Anne s'éloigna sans qu'il fît un geste. Elle emportait la vie, sa vie. Il se dirigea lentement vers la porte et salua Jean-Baptiste qui, en la lui ouvrant précautionneusement, retourna le fer dans la plaie:

— Elle est si belle! Comment as-tu pu la laisser rentrer chez elle toute seule?

— Ne dis rien, tu ne peux pas comprendre.

Jean-Baptiste hocha la tête d'un air dubitatif en regardant Martin dont la silhouette longiligne semblait tassée sous le poids de la misère du monde. Martin repensait à Pétronille qui lui avait dit autrefois:

— Ah! les femmes, tu ne seras pas le maître. Elles te mèneront où elles voudront, quand elles voudront.

Cette nuit, il n'était nulle part; sans passé, il ne savait où il allait.

ÉPILOGUE

Quelques semaines plus tard, Isabelle mourut sans avoir repris connaissance. Nul ne sut jamais ce qu'était devenu Jean. Martin, rentré à Paris après avoir fini sa mission d'enquêteur-réformateur, apprit la nouvelle de la bouche même de Géraud Brillat, venu rendre compte de sa mission de collecteur et sur le départ pour la Flandre. Tous se retrouvèrent à la bataille de Mons-en-Pévèle [1] où Philippe le Bel vengea l'affront de Courtrai.

Au retour de la guerre, Martin osa reparler à Géraud d'épouser Anne.

— Isabelle est morte, emportant avec elle ses secrets, nos secrets. Le roi me fait chevalier. Me donneriez-vous votre fille, maintenant ?

Géraud accéda à la demande de Martin, d'autant plus que la fameuse nuit qui avait suivi le souper royal, il avait subi une scène de rare violence de la part d'Anne qui, depuis, ne lui adressait plus la parole, ce qu'il avait beaucoup de mal à supporter.

Le mariage eut lieu quelques mois plus tard à Sainte-Marie-Principale de Clermont. L'évêque de Cros était mort le jour de la bataille de Mons et Gilles Aycelin était parvenu à ses fins : faire élire son neveu Aubert. C'est lui qui bénit le mariage en présence de l'archevêque, revêtu une nouvelle fois de la chape du cardinal, son frère aîné. Gilles Aycelin couvait des yeux son poulain devenu chevalier et qui pouvait espérer le meilleur avenir, quelle que

1. 18 août 1304.

soit la voie choisie : le service du roi ou les finances, ou les deux comme son beau-père.

Anne et Martin s'installèrent à Paris dans l'hôtel Brillat. Ils emmenèrent avec eux l'enfant d'Isabelle que l'on avait baptisé Jean. Martin, enfin heureux avec Anne qui le comblait, voyait grandir sous ses yeux l'enfant dont la finesse des traits rappelait chaque jour davantage Isabelle alors que son regard si bleu était aussi celui de Radegonde. Certains soirs, en jouant avec l'enfant, Martin trouvait extraordinaire de réunir ainsi les trois femmes de sa vie.

— Pourquoi souris-tu ? disait alors Anne en se blottissant dans ses bras.

Quant à Omblard, après le mariage de Martin il passa de longs mois à Billom pour y peindre la chapelle de Gilles Aycelin enfin terminée. Marguerite vint s'installer dans une petite maison, tout près de Saint-Cerneuf, avec un jardin odorant alors que les enfants allaient à l'école des chanoines. C'est à Billom que naquit Guillaume, qui ressemblait étrangement aux anges peints par son père sur la voûte bleue étoilée d'or. Gilles Aycelin fut tellement satisfait du résultat qu'il voulut emmener Omblard à Paris.

— Tu aurais toute la clientèle possible avec ce talent, Omblard.

Le peintre déclina l'invitation ; il était bien à Clermont avec du travail devant lui pour plusieurs années.

Gilles Aycelin, garde du sceau, puis archevêque de Rouen, le ferait changer d'avis une fois pour peindre une chapelle dans sa nouvelle cathédrale.

Martin qui siégeait alors au conseil du roi obtint qu'il séjournât aussi quelque temps à Paris pour décorer son cabinet de travail, dans l'hôtel qu'il venait de faire construire dans le quartier Saint-Paul.

Omblard y peignit un homme en cotte d'apparat marquée de ses armes, « deux tours de gueules sur fond de sable », une femme brune aux traits fins, un enfant brun dont les yeux furent réalisés au lapis-lazuli, deux garçons aux cheveux aussi noirs que les yeux comme leur mère, et une petite fille blonde comme sa grand-mère...

Cet ouvrage a été réalisé par la
SOCIÉTÉ NOUVELLE FIRMIN-DIDOT
Mesnil-sur-l'Estrée
pour le compte des Presses de la Cité
12, avenue d'Italie, 75013 Paris
en février 1993

Imprimé en France
Dépôt légal : février 1993
N° d'édition : 6097 - N° d'impression : 22366